新中国70年70部
长篇小说典藏

李国文

(1930—　　)

当代作家，上海人。长篇小说《冬天里的春天》获第一届茅盾文学奖。

新中国70年70部
长篇小说典藏

冬天里的春天

上

李国文——著

学习出版社
人民文学出版社

图书在版编目（CIP）数据

冬天里的春天：全2册／李国文著．—北京：人民文学出版社：学习出版社，2019
（新中国70年70部长篇小说典藏）
ISBN 978-7-02-015456-2

Ⅰ．①冬… Ⅱ．①李… Ⅲ．①长篇小说—中国—当代 Ⅳ．①I247.5

中国版本图书馆CIP数据核字（2019）第156419号

责任编辑 王清平 薛子俊
装帧设计 刘 静
责任印制 徐 冉

出版发行 人民文学出版社 学习出版社
社 址 北京市朝内大街166号
邮政编码 100705
网 址 http：//www.rw-cn.com

印 刷 北京新华印刷有限公司
经 销 全国新华书店等

字 数 598千字
开 本 680毫米×960毫米 1/16
印 张 53.75 插页4
印 数 1—5000
版 次 1981年5月北京第1版
印 次 2019年9月第1次印刷

书 号 978-7-02-015456-2
定 价 148.00元（上下册）

出 版 说 明

为庆祝中华人民共和国成立70周年，全面展现中华民族的文化创造能力和文学发展水平，深入揭示新中国70年来的伟大历程、辉煌成就和宝贵经验，激励人们为实现“两个一百年”奋斗目标、中华民族伟大复兴的中国梦而不懈奋斗，我们策划出版了这套“新中国70年70部长篇小说典藏”丛书。为将该丛书打造成思想精深、艺术精湛、制作精良的精品丛书，我们成立了丛书评审专家委员会，成员均为密切关注和深刻了解我国长篇小说创作动态的资深评论家。委员会从历史评价、专家意见和读者喜好等方面对新中国成立70年来众多优秀长篇小说进行综合评定，从中选出70部描写我国人民生活图景、展现我国社会全方位变革、反映社会现实和人民主体地位、弘扬社会主义核心价值观和讴歌中华民族伟大复兴中国梦的精品力作。这些作品，大多为曾获中宣部“五个一工程”奖、“茅盾文学奖”等重大国家级奖项的长篇小说，政治性、思想性和艺术性高度统一，代表了中国文坛70年间长篇小说创作发展的最高成就。

我们致力于“把提高作品的精神高度、文化内涵、艺术价值作为追求”的使命任务，通过这套丛书的出版，在讲好中国故事、传播中国声音、阐释中国精神、展现中国风貌的同时，倡导精品阅读，引领和推动未来的中国文学原创出版。

“新中国70年70部长篇小说典藏”
评审专家委员会名单

评审专家委员会主任：李敬泽

评审专家委员会委员（按姓氏笔画排序）：

丁　帆	白　烨	朱向前	吴义勤	何向阳
应　红	张　柠	张清华	陆文虎	陈思和
孟繁华	胡　平	南　帆	贺绍俊	梁鸿鹰
董保生	董俊山	谢有顺	臧永清	潘凯雄

项目统筹：吴保平　宋　强

第一章

一

沉沉的大雾，似乎永远也不会消散地弥漫着，笼罩在石湖上空。迷迷蒙蒙，混混沌沌，任什么都看不出来，若不是咿咿呀呀的桨声，船头逆浪的水声，和远处湖村稀疏的、不甚响亮的鞭炮声，真会以为是一个死去的世界。那劈脸而来的浓雾，有时凝聚成团，有时飘洒如雨，有时稠得使人感到窒息难受，有时丝丝缕缕地游动着，似乎松散开了，眼前留出一点可以回旋的空际。但是，未容喘息工夫，顷刻间，更浓更密的雾团又将人紧紧裹住。

这石湖上冬末的晨雾，愈接近天亮时分，也愈浓烈，仿佛什么活生生的、有性格的东西，定要死乞白赖地缠住不松不放。这使得那位扶着船舱篷顶站立眺望的游击队女指导员，满脸恼怒，焦躁不安。她简直恨透了这密密麻麻不消不散的浓雾，那对明亮的眸子，无论怎样努力，也看不出三步以外的世界是个什么样子。她现在恨不能插翅飞上湖心的沙洲，因为情况突然间变得这样紧急，时间对她来讲，不但意味着亲人的生命，同时还攸关着整个游击支队的命运。然而，老天偏偏作对，在这大年初一的早晨，下起了没完没了的大雾，挡住了视线，辨别不清方向。而且芦苇丛中密如蛛网的河道，完全有可能搅昏了头，以致迷了路。

“老晚哥，路没错吧？”

“不能！”那个俯着身子吭哧吭哧划船的人回答着。他瞟了一眼她腰间挎着的匣枪，不由得心中一冷。那枪上的红缨，虽然已经陈旧，颜色不那样鲜艳了，但是却在提醒他，对待这样一个简直可以说是“杀星”的女人，还是以小心谨慎侍候为宜。所以压住他那爱唠叨的舌头，只拣最简单的字眼答复她的问题。

“那你加把劲，快点划！”

“打我出娘胎，也不曾这样卖过力气。”

“你早就该这样踏踏实实地做人啦！四姐，她够可怜的。你，一个当哥的，指着妹妹养活过日子，不成材啊！”

老晚沉重地叹了口气。

突然间，那对漆黑闪亮的瞳仁逼视着这个划船的人，尽管是雾天，朦朦胧胧，但那刺人的光芒，似乎穿透老晚的心：“是他划走了我的舢板，你实说！”

“嗯！”老晚艰难地点点头，显然，他不敢对她撒谎。

“他没告诉你去哪？”那声调听来十分严厉，只吓得这个划船人一连气地说了几个“没有”，矢口否认地晃着脑袋。

“他自然不会说给你听的。”这一点，她完全相信，如果他真的说出了他的去向，倒是值得认真考虑，没准可能是引入歧途的迷魂阵呢！她又凝视着密如屏障挡在眼前的雾，不由得思索那个被她斗败了的对手，趁着她暂时离开的工夫，竟驾着舢板先走一步，会到什么地方去呢？又有可能搞些什么名堂呢？如同这看不透的浓雾一样，难以揣摸得出他的意图。当然有可能投靠敌人，叛变支队，至少可以毫不费力地说出受伤的游击队长在沙洲上的什么地方躲藏着。那是很有价值的情报，敌人正撒出许多武装特务在遍地寻找呢！立刻，她仿佛在雾里看到了这样一个场面：那个背叛了革命的家伙，带领着保安团朝沙洲密林的腹地行进，企图一下子捉个活的，好去领功请赏……想到这里，她不觉出了一身冷汗，赶紧催着老晚："快点，再快点！"无论如何要抢在他的前头。她明白，只要游击队长落到敌人手里，决无生还之理，而且那也表明，石湖支队这一下可就真的垮了。所以，她不得不咬了咬牙，从怀里掏出那珍藏的五块银元，放在老晚脸前的船舱板上，几乎是央告地对他说："你不会白给革命尽力的，求求你，老晚哥，帮帮我们游击队的忙吧！"

老晚起小就在石湖上载客运货，还是有生以来头一回见到这么丰厚的脚钱，真是大年初一，发了个利市。虽然嘴上说"用不着"，但那闪亮的银元，给他增添了力气，小篷船像脱弦的箭那样，嗖嗖地在苇丛里的河道上穿行着。

一九四七年底，一九四八年初的那个春节，就这样在石湖的浓雾中，开始了它的一天。哦！多么阴冷的日子啊！在那兵荒马乱的岁月里，年节也过得冷冰冰的，甚至连稀疏的鞭炮声，也是喑哑的，有气无力的。好了，总算快到目的地了，虽然沙洲还在浓雾的隐蔽底下，看不真切，但啁啁啾啾的鸟鸣，却透过这密密的屏障，传进她的耳朵里，这使她放下了一颗心。尽管那是怕冷的鸟躲在窝里恓恓惶惶的叫声，但也表明了沙洲上是平静的，不曾发生过什么意外。有谁能比游击队更熟悉这片人迹罕至的沙洲呢？只要稍有一点动静，那些鸟雀就会惊起，仓皇不安地飞着，半天也不肯平息下来的。现在，沙洲上静悄悄的，静得连小鱼唼水的声音都清晰可闻，她的心安了。那双清澈如水的眼睛，出现了一丝倦意。的确，她太累了。过去的四十八个小时里面，紧张的接触，频繁的遭遇，血淋淋的白刃战，生与死的决斗，连喘口气的工夫都得不到。她回想起来，离开沙洲的这两天两夜，如同噩梦一场地度过去了。一路上提心吊胆惟恐发生不幸的预感，当她跳下了船，站稳在沙洲土地上的时候，也完全消逝了。想到马上就会见面的，她那负了重伤的丈夫，想到终于搞到手的特效药，想到有足够的时间来得及转移，两天来，第一次脸上出现了笑容。

她向老晚告别，并且说："这兴许是你一辈子头回赶了个早，真不容易，谢谢你！"说罢，踩着湖岸边细细的白沙走了。但是，没走两步，站住了，回过头来，痛惜地望了一眼舱板上白花花的银洋，实在舍不得啊！揣在身上多少年的心爱之物呀！然而再宝贵的东西，也得让位于对丈夫深沉的爱情。只要他游击队长活着，她一个做妻子的，有什么不可以牺牲的呢？

老晚知道这个杀伐果断的女人，是说话算数的，决不会给了钱又讨回去的。然而她扭回头来时的那股神色，使他懂得这五块银元的分量，于是他一块一块地捡了起来，放在手里，望着那个游击队的女指导员走进雾中。就在她身影快要被浓雾吞没的时候，他听到一条粗浊的嗓子在吼："什么人，站住！"

老晚吓了一跳，连忙站起来，扒开芦苇看去，只见一个斜挎着勃郎宁手枪的武装特务，三步并做两步地追赶着那位女指导员。糟了，老晚由不得替她捏把汗。但是，影影绰绰地，看见她猛地站住，车转身，手起枪响，那个正奔跑追赶的特务，好像被人绊了一跤似的，脸朝下仆倒在地上，一动也不动，死得没有再那样干脆的了。这一切，全在一眨眼工夫里发生的。老晚瞪大了眼，痴痴呆呆地望着，张口结舌，像傻了一样。然而，他刚刚清醒过来，只见芦苇丛中，蹿过来一个黑影，像一头伺机偷袭的野兽，连半点犹豫都没有，那分残忍，那分狠毒，直扑到她身后距离只有几步的近处，才朝她致命的后胸开了枪。

她踉跄了两步，站稳了，还回过头来，瞪着那熠熠发亮的眸子——那是老晚终生也忘不掉的——看了这个开黑枪的一眼，然后才倒在了湖岸洁白洁白的沙滩上。

当这个开黑枪的家伙，掉转身子，偏过脸来，老晚差点吓晕了过去。哦，可怕啊！是他，没有错，看得清清楚楚，是他。老晚像挨了沉重的一棒，失神地倒了下来。

五块银元跌在了舱板上，这亮晶晶的银元，是一个女人的生命象征啊！她像一颗闪烁着强光的彗星，在那残冬的最冷的日子里殒逝了。

沉沉的迷雾啊，越来越浓重了，大概永远也不会消散地弥漫着、笼罩着。

湖面上的迷雾终于开始在消散了。

三十年过去了，眼前的氛围变得明朗一些，较之早些时候，情况要好得多了。

黎明前，这位当年负伤的游击队长，划着舢板，来到湖心岛上，满天浓雾，使得咫尺之外，仿佛壁立着视线穿不透的屏障，连在船艄划桨的小助手都瞧不清楚。好像在这天地间，只存在着他老哥一个似的，除了欸乃寂寞的桨声，实在让他感到压抑和困惑。这使他想起刚刚走过来的十年，大概人类在登上另一星球探险时，很可能会产生这种被摈弃的感情吧？

他后悔起这么早，冒着茫茫大雾，钻进冷森森的石湖里来。本来，他只是做做样子，走走过场才带回一副钓竿，鬼才相信千里迢迢地奔回故乡,是为了钓鱼玩。无论说给谁听,谁都会哑然失笑的。然而,现在看来,这鱼是非钓不可,所以他不顾主人的劝阻,不顾自己长途旅行没有歇过乏来的困顿,鸡叫头遍,就把老林嫂全家都惊动了。这样一来,劳师动众,合宅老小都在为他这位贵客嘉宾下湖钓鱼忙碌着、张罗着,以至惊动了那小小的渔村。目的倒是达到了,但也未免太早了点,甚至此时此刻天色还算不得大明。

现在,这位上了年纪,但并不显老的领导干部——呵！这种人的派头,一眼就让人瞧出来的。在岛子的回湾处,物色到一块可以安身立脚之地,便舒展开腰板和胳膊,来了一套八段锦。哦,看上去,这还是一个挺直结实的汉子,甚至都能感到他的关节咯吧咯吧响,充满了力量。他不慌不忙地坐在岸边的树墩上,心想:该不会再有什么干扰了吧？说不定倒是他来干扰别人安静的时刻了！譬如这回终于成功的故乡之行。他想着想着笑了。于是,摸出了雪茄,先消消停停地享受一番口福再说。然而,真是败兴,火柴在上岛蹚水时弄湿了,没有办法,只好把烟叼在嘴上,权当一种精神上的满足。

可笑啊！他想:休看我们都是燧人氏的后代,但如今谁能掌握钻木取火的本领呢？也许物质文明使人逐步变得软弱,过去的十年,有多少骨头缺乏钙质的人,甚至好像醋泡过似的,禁不住半点风风雨雨。看那个躺在舢板里仰脸大睡的渔家孩子,使他多么羡慕啊！倘若他如法炮制一下,保险会着凉感冒,波及那颗已经粥样动脉硬化的心脏,至少要被医生,尤其是他的老伴,强迫住上几个礼拜的医院。而且他从来不曾睡得如此香甜,服用鲁米那也不灵,真叫他嫉妒。所以这位远方来客,天不亮就被石湖波涛吵醒了。

但是,湖里的水族们兀自还在沉睡,至今尚无半点动静。既然如此，好吧！他便俯下身去，捧水拭了把脸。温馨的湖水，使他感到舒适惬意，长途跋涉的辛苦，基本上也就无所谓了。本来，他可以坐飞机直达省会，然后，再由熟人搞辆小车送他回到石湖，那是再正常不过的途径。他偏不，因为他这次回乡，有他自己的目的，要寻找一把能够打开三十年来旧锁的钥匙，所以他不愿意落入官方或半官方的包围之中。坐硬板车，挤三等舱，一路颠簸，浑身骨头差点没散了架，才回到了阔别多年的石湖。

雾稀薄得已无碍于视线了，整个家乡的轮廓，呈现在他的眼前，似乎熟悉，又似乎陌生。也许存在着相当漫长的时间差距，以致山脉的峰峦起伏，湖岸的曲折走向都发生了一些什么变迁似的，和记忆里那从来不变的陈旧线条，无论如何也吻合不到一块去。看来，人们是容易习惯抱残守缺的。他望着湖对岸那个矮趴趴的、不算高耸的山头，心里禁不住涌上来一股感伤的滋味。山头上，沸沸扬扬的树木，使得它像个长发披拂的老翁。他想起他的游击队员曾经亲昵地称呼它为鹊山老爹。三十年前，那位女指导员牺牲以后，他像折断翅膀的大雁，不得不离开飞行编队，就是被人抬在担架上，告别鹊山，离开石湖的。记得吧，老爹！这位游击队长曾经暗地里向你许诺过，伤一痊愈，立即回石湖来。然而，一别三十多年，已经是六十出头的人啰，在满头华发，两鬓严霜的年纪，才将诺言兑现，连他自己都觉得未免晚了一点。

并不是他自食其言，也别责怪他把鹊山、石湖以及死去的亲人忘怀。原谅他吧！老爹，他确实时常在思念，而且不止一次打定主意要回来看看。如果说以前打算回乡，是感情上怀旧的因素占主导地位；那么去年春天以来，燃烧在心头的这把火，就是要剖析开那不解的哑谜了。到了今年，恐怕对这回乡之行，更多了一层意义,那就是履行一个布尔什维克的神圣职责了。然而,无论过去和现在,对我们的主人公于而龙来说,回故乡一趟,是一桩多么不容易的事情啊!比唐僧去西天取经还难。连他自己也弄不明白,为什么对别人是轻而易举的事,到他面前,就层层设卡,处处碰壁。为什么会有这么大的阻力?而这个阻力又来自何方?过去,他的确不曾认真思考过;现在,这位回到故乡钓鱼来的游击队长,坐在树墩上,倒要好好地想一想了。

"是这样,老爹!"他在心里对鹊山讲,"认识一个人容易,要讲到彻底理解一个人,那恐怕是很费难的了。"

于而龙记得最早萌出回乡主意的,好像是在一九六三年吧?熬过了三年自然灾害和由于专家撤走,造成工厂差点停摆的局面以后,他,厂党委书记兼厂长,实在感到累了。于是,决定回石湖去住上十天半月。美不美,家乡水么!连他老伴、闺女、儿子都嘲笑他这种要不得的思乡症,因为家乡连半个亲人都没有了。

飞机票都订妥了,那位神通广大的王纬宇,哦,实在是个了不得的人物,连省地两级都给通气打了招呼,安排得再妥当没有,合着眼也可以回老家了。然而,遗憾极了,开不完的会议,批不尽的文件,堵不完的漏洞,以及成堆涌来的问题,使他回想起解放战争时,骑着他那匹的卢,追赶残敌在黄河滩上,拔出了这条腿,那条腿又陷了进去一样。有什么办法?万把人的工厂,你是党委一班人的班长,想拍拍屁股休假走人,谈何容易。

好心的王纬宇敦促他迅速采取行动:"老于,横下一条心,赶快走人,别磨蹭啦!"

但不晓得谁多嘴多舌,竟传到了部机关和工办的耳朵里,他们觉得有些奇怪。按照常理，要疗养休息，有北戴河、青岛、从化，要游山逛水，有黄山、西湖、滇池。干吗去石湖？故乡！可连八竿子打不着的亲戚也没一个。于是，只好理解于而龙在闹情绪，老徐（在工办和部里都兼有职务的领导干部）问："是不是这次提了几个副部级的，没有他，受到一些影响啊？"

他的老上级周浩，就是那位很有战功的"将军"，由这个工业部调回部队工作去了，一个电话打到他家里，关照他的老伴说："若萍，你告诉二龙，不要心血来潮了吧！"于是他只好求自己的秘书小狄，将飞机票退掉了事。

谁没有自己的消息来源呢？没过几天，他就获知这情况是王纬宇捅上去的。顿时间，火冒三丈，差点要找这个"长舌妇"打架。但是，他终究不是早年间石湖上的"草莽英雄"了。耐住性子，又隔了几天，找了个适当机会问道："支持回乡的是你，反对回乡的还是你，出尔反尔，什么意思？这不是分明在耍两面派么？"

这个从来不会脸红的王纬宇，神色坦然地回答："如果你愿意那样来理解，我也不拦你。不过，应该允许认识有个发展过程：一开始，我从感情上讲，起心眼里支持你回到故乡去看看。尽管，说实在的，石湖也并没有什么值得留恋的。然而，冷静下来，理智地想想，又觉得不能放你走，这样一大摊子，全落在我副手的肩头上，真有点吃不消咧。老兄！不错——"他直率地承认："是我捅上去的，别怪我！"

于而龙眼珠还是瞪了起来，（这个人哪！）"那你本可以当面锣，对面鼓地对我讲嘛！"

他笑了，笑得那样自然："谁不知道你老人家的脾气，拿准了，是轻易不肯改变主意的。"

正如他了解于而龙的脾气一样，于而龙也摸透他的性格，这种“王纬宇式”的做法，他也不止领教过一次了。于而龙认为王纬宇或许有些道理。确实，工厂的事务像苍蝇落在蛛网上，缠得他动弹不得，是很难一走了之的。何况，他也没有什么急迫的和必须的理由一定要回石湖，于是，这最早的回乡打算，就这样偃旗息鼓地作罢了。

难道这一回的故乡之行，我们的主人公就那么痛快爽利了么？不，同样不，照旧还有阻力。

首先，是他的老伴不赞成。

其实，去年春天，当他们全家偶然间得知芦花——就是于而龙的第一个妻子，石湖支队的政治指导员牺牲的时候，还有一个开黑枪的第三者在场的情况，一下子推翻了三十年来毫不怀疑的结论，谢若萍是全心全意支持丈夫去搞清楚，弄个水落石出的。但是去年这一年，在中国近代史上决不能等闲视之的一九七六年，风云迭起，阴晴不定，就这样拖啊拖啊，一直拖到了十月的阳光，重又把人心照亮的时候，谢若萍倒变卦了。

也许人就是这样的习性，破罐破摔。一旦生活变得美好起来，而未来又更加充满希望的情况下，人就会越发地珍重自己，爱惜自己。特别是一个同甘共苦，历经忧患的妻子，能不怜惜老头子所剩下的，应该说是不多的岁月么？也不知谁给她耳边吹了风：“别让老于瞎折腾了。这十年，三灾九难，好不容易熬过来，让他安安生生多活几年吧。你是医生，若萍，得过心肌梗死的人，那就等于在马克思那儿备过案的，随传随到……”

而且通过去年失望的函调，谢若萍已经不大相信于而龙能剖析开三十年的不解之谜。不可能的，她这样想：能否找到那个划船的老汉？能否肯定他所说的一切，是绝对准确？能否找到那开黑枪的第三者……她觉得这“或然率”实在是太低了。

于而龙是有股犟脾气的。他认为：在没有证实为不可能之前，这种可能性总是存在着的。“事在人为，若萍！”说着说着，那眼神里就闪烁出一种期望追求的热烈火花。

每逢如此，谢若萍就给她老头降温，泼冷水，因为一提三十年前的不解之谜，他就会产生不是生理上的，而是心理上的高烧：“得得，又来劲啦！趁早，别想入非非了！我甚至怀疑，那老汉是不是信口开河？”

“不！”他大声反驳，“人家言之凿凿，半点不错，五块银元，那是铁的事实。别拦我，也别说服我，我马上动身！”

望着自己丈夫那股死不认输的劲头，谢若萍是又生气，又心疼，又对他无可奈何，只得苦口婆心地劝说：“很可能徒劳往返。二龙，依我说，还是安居乐业，老守田园吧！六十多岁的人，夕阳西下，该看到自己大闹天宫的黄金时代已经一去不复返了……”说到这里，她有点后悔自己言辞孟浪，很可能要触痛老头子的心了。果然，于而龙埋在沙发里不做声了。如今，他喜欢沉默，喜欢枯坐，喜欢冥思苦索——一个共产党员，历经九死一生，要是不回过头去，看看自己走过来的道路，总结一下成败得失，也实在是太可惋惜了。但谢若萍从医生的职业眼光观察，却认为这是一种衰老的朕兆。学过西洋绘画的女儿于莲告诉她，歌德、托尔斯泰、泰戈尔等等文坛泰斗，在晚年垂暮时，就出现过这种可怕的沉默症状，有的甚至在沉默中死亡。自然，老头子并非文豪，但也是渐近晚境的人了，于是转而央告他：“别去吧！啊？打消这个念头吧！你的心脏不适宜长途旅行，况且——”她说出心底里的话：“眼下，咱们家总算好不容易拢在一起，再也不会三缺一了。菱菱从发配的远方回来了，莲莲也干净利索地离了婚，你呢？也彻底宣告没什么问题。知足吧，不要节外生枝了。”

“哦，这种有限的幸福，可怜的幸福，倒够你陶醉的。”

“二龙，难能可贵的是平静。十年来，一波未平，一波又起，我实在经受不起，拉倒了吧。你一个劲地要往回奔，总像是不祥之兆，会产生什么不幸似的。”

于而龙从沙发里抬起头，可怜他老伴的惊弓之鸟的心情：“若萍，你是医生，应该讲究一点唯物论。”

“决定了？不等过了年？”

“不，我想马上走——”

她长长地叹了口气，也不再说什么。其实，谢若萍是典型的贤妻良母，性格是相当温柔的。从一九四八年把命运托付给这个铁一般的硬汉子起，从来也不曾拂逆过老头子的意志。何况担当过石湖支队的卫生员，目睹他和芦花深沉真挚、生死与共的爱；直到今天，深知那个牺牲的女指导员，还一直在牵系着他的灵魂。这固然使她产生一种女性本能的嫉妒，但也引起她对于而龙忠诚的敬重。这种对于同志至死不渝的感情，是多么宝贵啊！

难道谢若萍不希望把哑谜揭开，找出那个开黑枪的卑劣家伙，为芦花报仇雪恨么？不！从她心里说：不！她是芦花引导着走上革命道路的，像亲姐妹似的在支队共同生活了几年。可是，她默默地对那英武的女指导员的影子说——似乎就在她眼前呢！“原谅我吧，芦花，我是不该阻拦的。为你背后的一枪，是应该让二龙回石湖去查个一清二楚的。但，他老了，六十出头的人了，你如果活着，也不会舍得让他千里迢迢去奔波的。”

就在这个时刻，王纬宇、夏岚两口子满面笑容，一身轻松地来了。同住在部大院里，斜对门，抬腿就到。这种串门本不以为奇，然而，王纬宇一张嘴，于而龙怔住了：“听说你要回石湖过年，可有此事？”

于而龙心里一惊：喝！他怎么会知道的？记得还曾特地嘱咐过老伴，千万千万别透露给这两口子，到底瞒不住他。明人不做暗事，便坦然一笑：“如果我记性不错，六几年我就打算回故乡的，直到今天，才有可能。”

“神经病，大冬天，回去干吗？”

“钓鱼啊！”于而龙自己都觉得这谎撒得实在不高明，连忙弥补地说：“多少年也享受不到这种冰上垂钓的乐趣了。凿它一个窟窿，先做好窝子，然后，把鱼钩沉下去，就一条一条往上拎吧！鲫瓜呀，鲤鱼呀，白鲦呀，似乎赴约会地赶来咬钩。”

“得了吧！老兄！”王纬宇根本就不相信。

夏岚抿嘴含蓄地一笑：“若萍，老于现在可走不得。”

他望着这位一度在写作班子里“老娘”式的人物，心想：真不容易，如今她也能忙里偷闲，有空赏光来寒舍坐坐了。但是，像她字里行间，闪烁其词的文章一样，两口子又来卖什么膏药呢？王纬宇热络地俯身过来：“我们这些老而不死的家伙，正在为你活动使劲，呼吁呐喊，得给你安排工作，不能让你总赋闲待下去，那是一种罪孽……”

于而龙现在总算弄明白：不会撒谎的人撒了个谎，为什么总心虚胆怯、漏洞百出呢？而善于撒谎的人，哪怕瞒天过海，也绝不露馅，关键就在于前者怀疑自己是假的，而后者相信自己是真的。分明是他迟迟不给落实政策，推三阻四，却还说得这样娓娓动听。

永远是夫人具有权威。夏岚止住了她丈夫的饶舌，以消息灵通人士的姿态询问：“你们听到什么风声没有？”

谢若萍自愧弗如地回答：“哪有你知道得多，我的通天编辑！”

“你们猜，中央派谁来主持部里的工作？”十年来，夏岚由一家报社的普通编辑，坐冷板凳的角色，风云际会，一跃成为赫赫有名的写作班子里的中坚，她的有关上头的消息，那是绝对可靠的独家新闻。

“谁？”谢若萍挺关心。

“好好想一想！”她还挺会吊人胃口。

于而龙才懒得去动脑筋，谁来，与他无碍。反正，在那位老徐眼里，他是一粒难以煮烂的陈年僵豆，一个不大好克化的人物，所以王纬宇才有恃无恐地给他挂着。但万万没想到那位夫人，竟然一反那类似宣判书的严峻笔调，而以富于情感的声音对他说：“周浩同志回到部里来了！”

“哦，‘将军’！”谢若萍激动地说。

要说于而龙的心，不曾怦怦地跳得快些，或者不被这个意外信息所触动，那是不真实的。作为一个老同志，作为一个搞工业多年的领导干部，多么盼望国家、民族就此转运，走上康庄大道；多么盼望中央那把清除垃圾，打扫污秽的笤帚，扫到这个工业部来，扫到这个庞大的工厂里来。现在，可以看出，党中央腾出手来了，他确实感到兴奋。不过，他不愿在这心机叵测的两口子面前表露出来。可是，他暗自思忖：前不久，“将军”和路大姐夫妇还接了于莲同去温泉休养，为什么死丫头回来，只言片字都未曾提到过呀？

王纬宇接着奉劝：“因此，你最好哪儿也别去。‘将军’来了，趁热打铁,你不能永远做一个自由哥萨克,我的骑兵团长!”

就这样,于而龙急不可耐地拖过了年,他弄不明白,王纬宇干吗那么起劲拦阻他回乡呢?不过,终于看出了这点苗头,指望着他给你开绿灯啊,那是休想的事。于是越过他工厂这一级,直接向部里写了个申请,结果,无论如何没想到,老徐批了两个字,叫做“暂缓”。

岂有此理!于而龙去见“将军”。刚回到部里来,忙得不亦乐乎的周浩说:“怎么?又要心血来潮!”

“不——”于而龙说,“电话讲不清楚,登门求见!”

“坐下来,讲讲吧!为什么?”

“也许是为了芦花,‘将军’,我觉得也可以说是为了党!”

周浩严肃沉思的双眼,从老花眼镜上边认真地端详着这位老部下。这个骑兵团长,有时候横冲直撞,甚至有些鲁莽行事,但那是在头脑发热的情况下;可是经过深思熟虑以后的语言,“将军”是能够领会到它的意义和分量的。

“能不能再说得具体一点呢?二龙!”

“我只能讲到这儿为止,希望你支持我!”

沉吟的“将军”踱着步:“我新来乍到,棘手的事情还很多,总不能在他批了‘暂缓’两字后面,来个反建议吧?这么办行不行?二龙,你开过小差没有?”

“开小差?我可没干过,连批斗会大小三百余次,都从来不曾缺席。”

“那好!”周浩对他说,“这回,你就学习开它一回小差试试,如果你认为值得那样做的话。”

终于如愿以偿地坐在湖心岛上，坐在被露水润湿的枯树墩上，在洋溢着春天气息的石湖垂钓，一种说不出来的满足心情油然而生。这份心情里，既有那种脱网之鱼的侥幸，也有冲出樊笼、挣脱束缚的鸟儿，猛一下不知该往哪儿飞去的感觉。也就是说，回石湖的目的达到了，但下一步该怎样去做呢？

他想，还是应该钓鱼，难道没有看到昨天那种阵势么？

昨天下午，于而龙乘坐的那艘内河班轮，到达县城码头。阔别多年的县城，已经变得他完全认不出来了，只有那熟悉的乡音，使他感到亲切。突然间，正在播送着的震耳欲聋歌曲的高音喇叭，给掐断了，传出来一个女孩子咬文嚼字的普通话声。原来是特地请他于而龙到贵宾室去，县委有车来接他。当最初喊着他名字的时候，他吓了一跳。也许是十年来大小三百余次的批斗会，形成的条件反射，每逢陌生的嗓音径呼其名，都不由得一惊。但随后，他不禁诧异起来，谁是耳报神呢？消息传得这样快？紧跟着，看到显然是县里的接待人员，神色匆忙地和船上的负责人、服务员交头接耳，并且挨着甲板上层的高级房舱询问打听。但于而龙买的却是通舱客票，而且穿了一件他儿子的旧工作服，混杂在那些普普通通的老百姓中间，和大家一样拥挤着，像企鹅似的抻着脖子，傻张着嘴瞧热闹——看那些大小干部在着急慌忙地寻找一个叫做于而龙的乘客。

他害怕落到这些谁知是真热情还是假热情的人圈子里。凡是热情到可怕程度的人，会情不自禁地围住你。说得不好听一些，甚至是死神拥抱似的箍住你。这种使你摆脱不开，以至连气都透不过来的人墙，想办什么事都不能称心如意。而且，历史的教训告诉他，这类事托付官办是行不通的。去年函调就碰了壁，所以他才下决心要回石湖私访，尽管他意识到这一点，已经相当相当地晚了。

因此，他第一步必须先钓鱼，要让人们真的相信，他千真万确是回来钓鱼的，所以一头扎在柳墩这个湖心小渔村里。

不相信么？请看，于而龙把鱼钩甩在了那微微冒着热气的平静湖面上。

但他的眼光却凝滞在湖对岸的鹊山上。此刻，山脚下还残留着未消退尽的薄雾。飘来游去，像纱巾轻软地影住那个叫做三王庄的湖滨渔村。就在那一团朦胧之中，包含着他多少甜蜜的回忆、辛酸的往事。正是这块土地，消磨掉他最美好的青春年华；也正是这块土地，浸透了他亲人的鲜血。为什么，为什么总是把脸埋在雾障里，不愿展现出来？难道是为了责备他的姗姗来迟么？

其实，他的心早飞回来了。有什么办法，轮船驶进石湖，还是县城那套阵势，广播喇叭一遍又一遍地在叫他。他估计，到三王庄准也逃不脱，看来，有人撒了一个很大的网在兜抄他。所以才临时改变主意，在三王庄之前的一个小码头下了船，累得老林嫂的儿子水生，那个县农机厂的供销员，好久才把他接到。他们穿湖而过，渴慕故乡的于而龙，竭力想认出些什么，但是遗憾，找不到一点当年的影踪。正是傍晚时分，鸟雀归窠，三王庄在苍茫的暮色里，什么都看不清楚，除了响亮的广播声，证实那儿有人烟外，任何细节都无法辨别。

唉！真正让于而龙向往的，倒不是那灰溜溜的渔村。他所努力追寻的，想一眼看到的，正是鹊山脚下，银杏树旁，那微微隆起的、极其平凡朴实的坟墓和一块不大却是殷红色的石碑。正是她，长眠在地下的至亲至近的女指导员，像磁铁一样，三十多年来，无时无刻地在牵系住于而龙的心啊！

他在心里向她呼唤:芦花呀芦花,你的二龙回来看望你来了……

那丝丝缕缕飘忽着的雾,遮住了他的视线。他哆动着嘴唇,然而却是无声的呢喃:“芦花,我的亲人,你会听见我的心在向你靠近。雾是隔断不了的,听见了么?芦花!你在九泉下,也肯定会辨别出我向你走来的脚步声。你听见了,听见了,我的同命共运的姐妹,我的生死相知的战友,我的……”

像春潮泛滥的石湖,于而龙的心沸腾了,他的两眼慢慢地被泪花蒙住,一滴,一滴,冰凉地从脸颊上流了下来。

往事如潮,思绪如同脱缰的野马,无法羁绊地驰骋着。他惊诧自己,不知什么时候,回到昨天的世界里去了。不错,是那个阴冷、多雾、霉湿、生锈的世界;是人的尊严受到屈辱,而各类虫豸却在张牙舞爪的世界;是突然间散发出冲鼻的臭鱼烂虾腥味的世界;也是一个充满了痛苦的呻吟,死亡的威胁,洒遍了眼泪和鲜血的世界。慢慢地,这世界变成了一个硕大无朋的章鱼,伸出许多枝枝蔓蔓的触脚,紧紧地把他缠绕住了。立刻,他像跌进了一个暗无天日的陷阱里,只能透过缝隙,看到一条极其狭窄的蓝空。而那蓝色的、使他不曾绝望的天空里,有一颗明亮的闪烁的星星,死死地胶着住于而龙这个共产党员的心,使他觉得自己应该生活下去,战斗下去,一定要挣脱那个昨天的世界。

它像中子对铀235的轰击引起的链式反应一样,突然闪现在他脸前,是一个女性眼睛里明亮的瞳仁。太熟悉,也太亲切了,她正是于而龙盼望着的、怀念着的、永远在心灵中激起巨大回响的那个女人啊!

雾全部消散了,整个石湖文静地、像石湖姑娘那样深情地映入他沾满泪花的眼帘。但是，他脑海里的雾境，还没有澄净下来。历史和现实的交叉错叠，使他惊讶，那分明是一九三七年的情景，然而在一九七七年听来却又那样贴切。只见她眼里射出一股愤怒的火焰，用那种充满了复仇心理的语言在诅咒着。他听出来了，是芦花的声音，是她在对天盟誓："有朝一日，他落在我手里，我要把他剁成肉泥！"

她要亲手杀死的，不是别人，正是从一九六七年起接替了于而龙的职务，现在叫做工厂革命委员会主任的王纬宇啊！

历史啊！多么无情的历史啊！

二

王纬宇当革委会主任，已经有整整十年历史了。

尽管最初，并不叫这个名称，那是后来经过敲锣打鼓，庆祝游行，才开始叫的。然而，从实质上讲，自从一九六七年于而龙被打翻在地，并踏上千万只脚以后，王纬宇是这座庞大工厂的第一把手。但是，他比那位党委书记兼厂长要出息得多，竟然攀登到于而龙都攀登不到的"副部级"高峰。从去年年初，甚至更早一点，他就兼管整个部里的运动，那是炙手可热的差使，眼看就要坐上"红旗"轿车了。可是和这上升趋势正相反，于而龙开始走第二段下坡路，而且失败得更惨些，背着氧气袋上台检查，一场心肌梗死差点没见了马克思。

这一对朋友就这样碧落黄泉地彻底分野了。

真是"人还在，心不死"啊！偏偏这个一蹶不振的于而龙，是个不肯丢手、不肯罢休的顽固派。而且一直不认错，不服输，甚至连那个快坐“红旗”轿车的角色都不放在眼里。

“他?”

于而龙的这个问号显然是大有文章的。

可是去年,一九七六年那个暗淡的初春以后,若是有人再给这位垮台的党委书记提他的老战友王纬宇时,那问号就变成了完完全全的惊叹号了,印成书面文字的话,没准会一连串来三个。

“他呀!!!”

真遗憾,生性精细,滴水不漏的王纬宇,竟不曾注意到于而龙这一点细微的变化。哦!原谅这位忙人吧,去年他那辆“上海”轿车,在部直属机关,耗油量是数一数二的。

从问号到惊叹号的改变,应该说是从这一天开始的。

去年春天,于而龙从濒临死亡的边缘又活了过来。

也许因为他是打鱼出身,要不然,就是精神上的示威,不顾老伴闺女的劝阻,又坐到护城河畔的草地上钓鱼来了。背脊还是那样挺直,像冻不死的野草,又活着钻出地面。

突然有人在他身后不好意思地问:“匀我两条蚯蚓好吗?”

“请便吧!”他信口回答,并未注意是谁,因为钓鱼人的眼睛,不大愿意离开水面上的浮漂。

那人蹲下身来,在装有鱼饵的竹筒里,慢吞吞地翻捡。捡着捡着住了手,抬起脸来望着他:“怎么?老厂长,不认识你的老部下了吗?”

于而龙把注意力转移到这个没出息的钓鱼人身上。笑话,鱼饵都不准备就来钓鱼,还很罕见呢!可是一看见那刺猬似的络腮胡子,啊哈,他乐了,敢情还是个熟人。

他大概以为于而龙把他忘了，要求一个工厂的总负责人，记住全厂近万职工的姓名，那是不可能的。便提醒地说道："老厂长，你不记得啦，我是实验场的。"

但他，这个骑兵团的老战士，于而龙却是熟悉的："谁个不知你是咱们团的挂掌名手！"

他咧开嘴谨慎地笑了笑，凑过来："真不容易，我在河边候你一个多礼拜了。"他叹了口气："嗐，部大院的门卫真厉害，说啥也不让我去见你，找了你的电话号码，总机也不给接。"

"有事吗？"

这时正好甩上来一条小鲫瓜子，在河岸草丛里蹦跶，他自告奋勇帮助去捉。别看他是个钉掌的权威，是出色的风泵司机，好不容易才制服了那不丁点大的鱼。扎煞着满手的泥巴，站在那里。那副尴尬样儿，猛地使于而龙想起在暂时困难的六十年代初叶，他种烟叶的事情。

巨大的实验场地，国内最重要的动力科学研究基地，一直是绑住于而龙手脚的耻辱柱，使他有着永远赎不完的罪愆；他本意倒是为了造福，但却为此屡次三番地检讨认错。竟然好像还怕罪状不够似的，一小片生机盎然，长势良好的烟叶，在实验场的空地里迎风摆拂。

"谁种的？"于而龙那时是党委书记兼厂长，还是市委委员，威风凛凛地喝问着。

只见络腮胡子在"自留地"里站起，掸拭掉满手的泥土，和现在捉鱼一样地狼狈。

"要发展小农经济么？"

他不知所措地笑着，不过，笑得有点忐忑、有点勉强。骑兵团的战士都了解于而龙不打雷就下雨的坏脾气，他估计到准是凶多吉少，笑脸凝固了。

“马上给我全部拔掉，一棵都不准剩。”

“厂长——”他有些犹豫，烟叶才刚刚长成啊！

“当过骑兵的人嘛！”

“是！”他脸色严肃起来，笔直地立正站着。老战士的荣誉感，在心田里面压倒了那种小私有者的习气，一声不吭，弯下腰去，一棵一棵薅掉那青枝绿叶的烟草。

多漂亮的烟叶啊！他的一句话，别人的心血全白费了，谁都能体会络腮胡子拔烟草时，该是多么心疼。于而龙甚至觉得所有在场的人，包括那位廖总工程师，都不以为然。

廖思源悄悄说：“大可不必嘛！还怕对你的起诉书里，增加一款罪名？”

“要是现在——”这位第二次又趴下的于而龙想，“或许我该采取另外一种方法，嗐，我这永远改不了的坏脾气啊！说不定络腮胡子还耿耿于怀吧？”

不，于而龙，你可错看人啦！

这位骑兵团抱马蹄的名工巧匠，是专程请你去喝喜酒的，他的儿子要结婚啦！

“好极啦！恭喜你当老太爷啰！”他祝贺着，同时，又把鱼钩甩上来。空钩，护城河的鱼都让人给钓狡猾了。不过，这点聪明，却是以生命为代价换来的。于而龙不得不再挂上蚯蚓。“订的哪天办喜事啊？”

他本是泛泛地问了一句，没料到络腮胡子郑重其事地回答：“看你的方便！”

哦！这才注意到他压根儿不是来钓鱼的，于而龙放下鱼竿，凝视着他。

他有点结结巴巴地说："我老婆叫我来，请你老团长到家喝喜酒。"

"我？"

"是的。我老婆求你怎么也得赏咱们这个脸，说你准能高高兴兴地答应。"钉掌名手说，"因为我那小子能有今天，全亏了老团长。"

于而龙糊涂了："你讲得明白一点！"

"是！"他又笔挺地站着。骑兵立正的姿势总是有些不大自然，在马背上征战惯了的老兵，正如水手一样，登上不摇晃的陆地，倒觉得别扭。"多少年前的事了，你许是忘了，老团长。"

他讲起往事来……

"那时，你让我们骑兵回去接家属，来厂里扎根当工人，好，我那出息老婆一来就趴窝了。疼得满炕乱滚，孩子说啥生不出来。我能给再厉害的儿马挂掌，无论怎么尥蹶子，我也能制伏住它；可就是按不住我那疼疯了的老婆。我偷偷摸摸请来的王爷坟独一无二的老娘婆，她骂我是个废物点心：'你不是骑兵吗？快骑在你娘儿们身上吧！快点儿！要不就该憋死啦！我可用大秤钩子往外掏啦！咱可把话说清楚，只能顾一头，要大人，不能要崽子；要崽子，就保全不了大人，你倒是说话呀，当兵的。'老娘婆容不得我同老婆商量，又转脸数落那一直嗷嗷叫着、疼得受不了的老婆，骂了个狗血喷头：'你知道疼，还死命把肚里崽子撑得那么大，当兵的钱来得容易是不？哎唷！了不得啦……'老娘婆喊得人魂灵都出了窍：'孩子的小脚丫都伸出来了！'说着把大秤钩子抄在手里，啐口唾沫就要干，天保佑，不知哪阵风把你给刮来了。你一脚踢开门，冲进屋，二话没说，先赏了我一个拐脖，疼得我像落了枕，然后推倒吓得掉了魂、直是哆嗦的老娘婆，架着我老婆上了吉普车，把司机拨拉到一边去，你一脚油门踩到底，到了医院，才剖腹取出来的。”

“我动手打你了？”于而龙不大相信，有些细节，他记不得了。

“还关了我几天禁闭，要不是接老婆出院，还得写检查呢！”

有这等事？！于而龙觉得自己当时的领导水平，十分可笑。对于战士的无知和守旧，相信老娘婆，而不相信新法接生，竟然动武，太过分了。

他逗络腮胡子：“你为什么不在前些年的批斗会上，再给我两拐脖，算清老账啊？”

没想到这个老实人回答得很干脆：“我不是那种畜生！”看来，他倒不曾计较，而且大概一直把于而龙当做是孩子的救命恩人。是啊！本来是要被秤钩肢解的婴儿，如今成了人，要结婚了。这样的大喜日子，于而龙要不去坐在头席上，那可太不圆满、太逊色了。

盛情难却：“要去的，要去的！”愿者上钩，于而龙满口答应下来。尽管他二次趴下，尽管他并不在乎那些禁令，但还是嘱咐着：“不过，有言在先，你不要搞很多人，尤其是骑兵们，免得头头们说三道四，又在进行什么反革命串联，正催命似的逼着我去什么转弯子学习班呢！”

“那是自然，那是自然。”他满口应承。

络腮胡子很高兴自己完成了任务，然后，从怀里掏出一打子烤得金黄蜡亮的烟叶。“老团长，你烟瘾大，尝尝自家种的，看看味道醇不醇？”

“喝，自留地又搞起来啦？”

他红着脸承认："还是老地方！"

"实验场？"

络腮胡子惭愧地点点头，心痛地说："这还是去年二次给你贴大字报时种的，如今越发没了王法，偷的偷，拿的拿，就连大鼻子专家都磕头的神庙佛龛——"于而龙明白他指的是那台属于禁运物资的高级电子计算机——"都要拆下来捣买捣卖啦！嗐！……"

烟草的味道果然醇香可口，烤得也够火候，然而关于实验场的噩耗似的消息，使他再没心思坐在护城河畔垂钓。那高高围墙里发生的一切吸引着他，使他关切，也使他苦恼，尽管他又一次离开那个工厂。

实验场要这样下去，门口也该挂起招魂幡，等于寿终正寝一样。于是，他抬腿就走，径直敲开了王纬宇的家门，迈腿进去，也不管人家欢迎不欢迎。

自从发作心肌梗死以来，还是头一回登门。喝！什么时候房间里装上了菲律宾杨木的墙围？工厂在他手里，十年来搞得快要破产，他自己的设备倒经常更新。于而龙不曾问他这些，开门见山，直截了当："如果你多少还有点中国人的味儿，你就该去制止那些新贵们的愚蠢行动。毁坏工厂，反对机器，只有十八世纪英国工业革命时期，才会出现的一场历史的反动。"

"你又来危言耸听！"

再比不上七六年的春天、夏天，一直到秋天，有谁比王纬宇更为忙碌的了，简直是青云直上。部里的事，他都得过问一二，特别是有关政治运动方面，更是当之无愧的主宰人物。不过，对于而龙，这样一个不识时务与风向的倒霉角色，倒不像有些势利眼，见了忙不迭地躲开，像害怕黄疸性肝炎传染那样。王纬宇才不在乎，现在，甚至倡议："我给你煮点英国口味的咖啡喝，如何？"

"是卖了实验场，换来的咖啡吗？"

他宽宏大量地笑笑，因为他理解，凡是在野的草芥君子，免不了满腹牢骚："大概如此吧！我空挂了十年革委会主任的牌子，厂里弄得山穷水尽，工资都开不出去，真没想到。唉！看起来退居二线，放手让高歌那帮年轻人去干，还是值得考虑呢！"他将咖啡壶的插销插在电门上，不多一会儿，就咕噜咕噜地响开了，水晶球里滚动着茶褐色的香喷喷的咖啡。

"你在犯罪，明白吗？"于而龙从来弹不虚发，这一点有些像牺牲的女指导员，那个百发百中的神枪手。

"可是人民法院并没有给我发来届时到庭的传票呀！"他嘻嘻地笑着。

于而龙懂得他那笑声里，意味些什么。"老朋友，你操的哪门子心呢？连你自己，至今还是个梁上君子，没着没落，结论也做不出，倒有闲情逸致，去过问完全不用你过问的事。要不是你耗资千万，去建实验场，也许你今天的日子会好过一些。"

"你不要高兴得太早，总有一天，会有人站在被告席上的。"于而龙望着那毫无一丝邪恶的脸，认为有必要这样说。

"可你，已经提审过，并且尝着甜头啦！"他斟上咖啡，推过来方糖罐，"如果你嫌不甜的话，还可以再放点。"

是的，于而龙自忖着：耗资千万是我的过错，直到今天，我不是还为这个实验场，在赎我的罪么？但是一想到那巨大的动力实验基地，已经饱受劫掠，再大拆大卸，连电子计算机都要变卖，怕是魂都招不回来。于而龙从来不曾乞求过谁："你得说话呀，老王，你去对那些少爷们讲，我们中华民族不能活了今天，不顾明天。对一个有九百六十万平方公里的国家来讲，实验场绝不是太大。这不是我的话，建厂时中央的决定，老王啊老王！那是我们花了多少外汇买回来的呀，老王，得要多少列车鸡蛋、苹果、猪肉才换到手的呀！”

“干吗这样激动，注意你的心脏病才好！”

也许是浓咖啡的兴奋作用，要不，就是他关切实验场之情溢于言表，果真觉得心前区有点不太舒服，似乎是发病前的不祥之兆。立刻想起几个月前，背着氧气枕头被逼上台做检查的情景，赶紧含了一片硝酸甘油。

王纬宇那时飞黄腾达，一个实验场算得了什么，真是燕雀安知鸿鹄之志。于而龙，你和顽固的“将军”一样，只知守着一棵树吊死，那种朴质愚拙的情感，是又可笑，又可怜啊！“……不过，要是建厂初期我在的话，一定也不会赞成你那种做法的。”

“什么做法？”

“正如后来大家批判你的，贪大求洋呗！”

“啊！你——”于而龙气得手里的杯子都颤抖了。他清清楚楚地记得，六十年代，王纬宇刚调来工厂，曾经竭力称颂实验场是皇冠上的一颗明珠，赞誉廖总工程师的动力理论为诺贝尔奖金的可能获得者。当时，他兴奋地拍着于而龙的肩膀：“你不愧是条翻江倒海的蛟龙，真行啊！这双捞鱼摸虾的手，倒有搞一番大事业的气魄……”

他当然不会忘记的，但现在却脸皮一点也不红地说：“那有什么可以奇怪的，老于，你别瞪着你的牛眼睛。我是研究过历史的，时间的辩证法，总是不停地修正人们的陈腐观点。过去，曾经视之为正确的东西，隔了一些日子，可能变为谬误；反过来讲，一些荒诞不经的、别出心裁的事物，倒可能是顶礼膜拜的真理。要不断以新的眼光去衡量,要有勇气去改变昨天的观点,甚至一个小时以前的观点。没有什么神圣的准则。再说,这样庞大的实验场,对工厂来讲,很像鸡窝里卧着一只凤凰,不伦不类啊……”

“你给我闭嘴!”于而龙实在压不住火,他快要爆炸了。

“干什么?干什么?”王纬宇连忙递给于而龙一条毛巾,擦那泼溅出来的咖啡汁。“活见鬼,肝火这么旺,你算是听不得半点不同意见。”心里想:也就看在多年共事的分上,担待罢了。真可笑,此人至今还拉不下架子,就像孔乙己那样,不肯卖掉长衫,怕丢了斯文一样地令人可悲。很难理解于而龙对于工厂的奇怪情感,难道还有什么牵连么?没啦!六七年第一次被打倒,七六年第二次被打倒。事不过三,历史已经给你作出判决,老朋友,承认现实吧!

于而龙也觉得自己过分,推开了王纬宇送来的听装中华牌香烟,从口袋里摸出一支雪茄,点燃了。然后婉转地,同时也有点痛心地说:“你大概不知道,那个乳毛未褪、狗屁不通的专家组长,也曾经像你这样嘲笑过我!”

王纬宇调工厂前,外国专家在一夜间就全都撤走了,那时,他刚来,和于而龙并肩度过了一些难忘的岁月,使差点停摆的工厂,又正常地运转起来。

“……也许出于高人一等的优越感,要不,就是嫉妒心理作怪;那个刚拿到文凭就来中国当专家的别尔乌津,对实验场发表些什么感想:‘尊敬的厂长同志,你想在一个早晨,就把天国建成,使我钦佩。可是,除了密斯特廖,原谅我提个问题,使用实验场的中国专家在哪里?怕还在小学一年级课桌前坐着吧?’听,老王,他就这样挖苦我们,瞧不起我们。那种妄自尊大的习性,并不只是一个别尔乌津,我在那个国家实习过两年,我有发言权……”

于而龙站起来踱着，由于脚底软绵绵的异样感觉，低头一看，才发现自己踩在地毯上。哦，大约不久该装上空调设备啦！确实也该武装一下了，如今来走访王纬宇的，除了他于而龙是个不官不民的半吊子，都是屁股后边冒烟的党国栋梁。连个阿猫阿狗一朝得志，还搬进一整套院子去住，他这就算不得什么了。于是笑笑，接着把故事讲下去。

"……那时小狄还是翻译，我叫她按我的原话，一字不落地翻给别尔乌津：'亲爱的专家同志，如果你不介意，我给你介绍一篇中国古代的文章好吗？那是唐宋八大家之一柳宗元的著名作品，很值得一读。他写道，在中国西南地区，有个叫做贵州的省份，那里奇怪的是，从来没有见过一种叫做驴的动物。一次，有个好奇的客人，用船运去了一头，放在山野里……"

王纬宇笑得前仰后合："我就知道你不会善罢甘休的，挨了批评不是？"

"老王，实验场花掉人民小米千千万万，错是我铸下的，我已经受到惩罚，也甘心情愿永远接受审判。现在，只求你本着一颗中国人的心，想着民族，想着未来，即使廖总此生此世搞不出个名堂来，还是那句老话，失败的教训也是可贵的，千万别再干那些蠢事了！"

十年，在历史上只是滴答一声而已，而一个多么庞大的实验场，成了失去灵魂的躯壳，像历经兵燹的废墟。王纬宇不曾开着火车头去踏平实验场，也不曾混水摸鱼去偷白金坩埚，但他绝不是清白、干净和无罪的，正是他用最最"革命"的理论，怂恿和支持那些头头们、少爷们、败家子们，把一个好端端的工厂，砸了个稀巴烂。尤其是于而龙半生心血浇注的实验场，几乎只剩下一个空架子。

真是痛心啊！他记得终于磨破嘴唇，使廖总工程师到实验场上班去了。老头儿倒也不挑工作,只要让他干就行。可是一踏进实验场的大门,看到他追寻探索了一辈子的动力理论——其中有些部分在国外都运用到生产实践中去了,没想到在这个设计师的祖国,仅仅有的这个实验基地,竟落到了这种惨不忍睹的模样。这位工程师,甚至得知他挚爱的妻子逝世的消息,也不曾哭得这样伤心,好多有良心的老工人,都禁不住陪着落泪。是的,毁了,全毁了,而且是自己把自己毁了……

可是,王纬宇还觉得实验场死得不够,连那台电子计算机也要变卖了。

暴徒固然是可恨的,但制造出这批暴徒来的元凶才更可恶,就凭这一点,应该先把他们送上绞架。

于而龙不禁回忆起那些骑兵,在婚礼宴席上,从心田深处吼出来的话。至今,这些洪钟般的响亮语言,还在他耳边响着。在那次作为“反动集会”记录在案的婚礼上,正是那些骑兵,使他把多少年来的问号,改成了触目惊心的惊叹号。

“领着我们同他们干吧！老团长!”

多少双骑兵的眼睛望着他,多少双工人的粗手伸向他,于而龙那颗共产党员的心,活了。十年来,头一回跳得那样匀实、有力,像一个拳头要从胸膛里打出去。是的,三个惊叹号!!!

哦！那个被他弄得一团糟的婚礼啊!

这是他病后第一次出现在工厂附近的马棚住宅区,尽管他故意去得晚些,天都快擦黑了,但还是碰到了一些熟悉的面孔。那是回避不了的。握手、问好、交谈,一个传俩,两个传仨,都羡慕络腮胡子好大的面子,竟把老厂长弄来参加他儿子的婚礼,立刻,这消息不胫而走,传遍了马棚一带。

当他跨进钉马掌名手喜气洋洋的屋门，哦，人头攒动，黑压压的一片。喝！那么多骑兵啊！房间里挤得满满腾腾，快成了那刚打开来的沙丁鱼罐头。还陆续不断地往里挤，不亚于赶早班的公共汽车。于而龙有点埋怨络腮胡子，违背约法三章，搞来许多人。再说，骑兵和酒，就如同汽油和火一样，一点就着，肯定要闹出些爆炸性的名堂来。络腮胡子的老伴，直埋怨这位挂掌中士的嘴不严实，发誓要往他的嘴里，塞上块马蹄铁才算解恨。不过，她还是蛮高兴的，终究老团长来做客了，所以也并不怎么拦着大家。因此，大家兴致一来，弄得哪像个婚礼啊！倒像个校友同乐会。没等上席，五六瓶酒——都是骑兵听说老团长来了，从自己袖筒里掏出来的——就着花生米，罐头，和不知谁揣来的狗肉，全灌进肚里去了。

钉掌能手无可奈何地朝于而龙表示歉意："老团长，我要不告诉他们你来，众人还不得生吞活剥了我！"

年轻的新婚夫妇，紧挨着于而龙的身旁坐着，新娘也是骑兵家的后代，有着爽直泼辣的家风。和当今社会上年轻女性一样，毫无羞涩之意地做新媳妇。她劝着公婆："让大家都进来吧！挤一挤！老厂长难得来一回马棚，就是大伙儿的客人啦！我记得小时候，老厂长常来马棚串门，如今来得少啦，不怪他嘛。大家说是不是？来吧，能喝的喝，能吃的吃，让老厂长一块跟咱们高兴高兴。"

"好哇！好哇！新娘子先敬老团长一杯！"

他举起杯来。骑兵们都挺体谅他，知道他发作过一次险儿丧命的心脏病，知道他来一趟马棚，应该说不那么容易，不知什么帽子又在准备给他扣上呢！所以只要求他碰一碰杯，象征性地抿一口就行。这时，于而龙想起了他特地带来的礼品，是他女儿画的一幅油画，多少有点不合逻辑似的，一只强劲有力的巨拳，砸在了铁砧子上。他估计人们未必欣赏，谁知那位新媳妇却先爆出一个“好”！绝不是捧场，看得出她的确很中意，很喜欢。后来知道她正是工厂锻压中心的女锻工，怪不得她一连说了两三句：“真带劲！真够味！”来夸赞这幅画。

于而龙笑着告诉她：“这是一种被批判的画派，印象派，不怎么样！”

新娘子豪爽地回答：“批判？听拉拉蛄叫唤，还不种地呢！别看这拳头跟砧子连不到一块，逼急了，照样往下砸，我看画里的这股劲，正对着大家伙的心思，你们说呢！”

好几个人赞同地说：“别以为我们拳头是吃素的！”

看，酒喝多了不是？于而龙心想：议论渐渐出格了。

正当新娘捧着那幅油画，放得离眼远一点，打算仔细端详的时候，突然间，她的脸色变了。不光她，在座的骑兵们端着酒杯的手，都在空中像静止镜头一样停在那里，怎么回事？正在惊诧间，在门口进不来的人群里，一条粗浊的嗓子，带点半官方的味道问：“新娘新郎，恭喜恭喜，于而龙送你们俩什么礼物？怕不是白金坩埚吧？”

只见剽悍粗壮的小分队负责人康“司令”，从人群里挤了进来。这位康“司令”几年前在市里都是打出名的，只要有他介入的派仗，武斗，打出手，总会有几个脑袋瓜子开瓢的。

新娘，就是那个锻工，站起来，用手指着门，命令地呵斥着：“出去！”

哦！一个多么勇敢的骑兵后代啊！

“马上给我出去！”

他还是不识相地往席前靠拢：“好啊好！于而龙，给我站到前面来……”在干校，这位十年中突然发迹的，当过“盲流”的“司令”，每一次苦楚的“帮助”于而龙之前，总是以这样的口吻开头的。在座的客人中间，也有在干校呆过的，那种对付异教徒的办法，又浮现在眼前。人们实在不能再保持沉默了，豁拉一声，总有七八位吧，全都站了起来。其中有一个，岁数数他最长，用他那低沉的嗓音，吼着：“滚！”

发怒的骑兵，最好不要去惹他，纵使一匹顽暴的劣马，也会叫它趴在地下起不来。康“司令”光棍不吃眼前亏：“好啊好！于而龙，你等着，我去把小分队拉来，你不去学习班，胆敢跑到马棚来搞阴谋活动……”他边说边撤，搬兵去了。

于而龙仿佛从这些骑兵的眼睛里，看到了一种勇气、一种力量、一种觉醒。便淡淡一笑：“请吧！你有多大能耐，请使吧，咱们大家接着喝酒。”

那个差点被秤钩拉扯碎了的新郎，向尊贵的客人道了个歉，离席走到外间屋去，一会儿，络腮胡子和几个骑兵——都是膀大腰圆的，也请老团长先喝着，嘀嘀咕咕，在外间屋商量些什么，于而龙警告了一句：“可不要胡闹啊！”

新娘说：“老厂长，对付那些四肢发达，头脑简单的家伙，鞭子比说话更有效果，信不信？”真是马背人家，连一个女孩子说出话来，也这样威风凛凛。她端起酒杯，显然有点生气地：“干吗愣着呀？不就是让条狗给搅了一下，理他呢！喝！”她给众人满上，但谁都不举杯。

于而龙只好端起来：“我借主人一杯酒，祝在座的全体同志和你们的全家老少，身体健康！”说罢向那位年长的骑兵碰碰杯，全都喝了下去。

“老团长！……”那个老骑兵突然被激动得站了起来。他不请自饮，又给自己倒满一盅，咕嘟咕嘟倒进了嗓子里：“老团长，我心里有底了。你是不会服软的，还是当年一马当先，冲在前头的样子。那时候，哪怕死就在眼前，可我们谁打怵过？眉头都不带皱。干革命嘛！为了党嘛！就应该那样嗷嗷地往前冲。可现在，老团长啊！你给我们上上大课吧，为什么人倒是活着，可活得窝囊，简直都憋屈死了的难熬难挨啊？……”他大概酒劲上来了，有些语无伦次，而且每一句话都有进康“司令”专政队的危险：“……我从来没有活得这么颠倒，这么糊涂过，好人成了坏人，坏人成了圣人，婊子成了观音，乌龟王八都上了台。我想不通，要不是我思想反动，是个天生的反革命，那我就要说句不客气的话，今天这个共产党和我昨天认识的那个共产党不一样，要不，就是有一个好人的共产党，还有一个坏人的共产党。老团长，老团长，我们骑兵团多少弟兄的血流在黄河沙滩上呀？我们挖了多少坑，埋掉那一个个为国牺牲的同志，为什么？到底为了什么？你告诉我，我们死了那么多的人换来的江山，就是为了今天，为了让刚才那样一个王八蛋，骑到我们工人头上拉屎撒尿吗？我们这些年拼死拼活图什么？那些牺牲的烈士图什么？……”很清楚，他实实在在地醉了，于而龙夺下他的杯子，但他还是要说下去，抓起那幅油画，指着那斗大的拳头，突然，擂了一下桌子：“老团长，你有没有胆子？官逼民反，不得不反，你领着咱们一块儿反吧！……”说着说着抱头呜呜地哭起来。

糟透了，把好端端的婚礼给搅了个乱七八糟，于而龙抱歉地望着当年在炕上打滚的难产母亲，似乎在说：“看，非把我弄来，结果——”但她好像并不在乎，叹了口气：“句句是理，酒后吐真言呐……”

于而龙等了半天，也没见康“司令”把小分队拉来。

“他，只不过是桌底下啃骨头的一条狗罢了！坏透了的是他们背后的老板。”工人们直率的话，震动了于而龙的心。

这时候，来了更多面熟的人，把屋里门外都塞满了，不得不轮换倒班，来同于而龙碰碰杯子。不知为什么，大家脸上都流露出会心的笑，似乎小孩搞一件背着人的恶作剧那样，挤挤眼睛，大口大口地把酒灌下肚去。有些刚建厂时的年轻人，现在都是五大三粗的汉子，还像当年共同野游爬山时那样，调皮地拍拍于而龙，给他做鬼脸。于而龙真想展开臂膀把他们都拥抱住，对他们说：“我于而龙算老几？是你们，是你们两只手，才把王爷坟建成了一个强大的动力基地，你们这样款待我，我倒真是受之有愧呢！”

从人们的笑脸上，可以分明看出来，如果于而龙第一次打倒在地时，他们还半信半疑对待那铺天盖地的宣传攻势，那么这第二次趴下来，王爷坟所有正直的人，都认为于而龙是条真正的汉子，是为党、为国、为民的好人。这大概是属于物理学范畴的反馈现象，王纬宇恐怕是料想不到的。但于而龙却深深地感到内疚，过去，他在骑兵团冲锋的时候，总是一马当先，现在，这些战士的马跑到前头去了。

“等着我吧！同志们！”他在心里说，并且自慰地想，今天明白，还不算晚。

新郎回来了，络腮胡子回来了，那些个骑兵也耀武扬威地回来了：“没事了，老团长！”

“我们给你备好了马！”

喝！还从车库搞来一辆吉普，他向所有人告辞，等他走出门外，天哪……他的眼眶顿时热了起来，还有那么多的人进不到屋里，在楼道等候着。当他沿着楼梯往下走的时候，许许多多的亲切面孔，热情大手，朝他迎了过来，本来不太宽敞的楼道，就显得更拥塞狭窄了。

走吧，走吧！快些走吧！他催促着自己。要是再多待一会，还不定出些什么事呢！但是他的心被人们的热浪烘托着，尽管才喝了不多的酒，倒确确实实晕了。

那是一个没有春意的春天，隆冬的残影还盘桓在大地上，然而，在人们的心中，于而龙确实感到了春天的温暖。

等他回到了家，已经很晚了，没想到书房里还坐着一位客人，他估计到会有这一出戏要唱，但料不到这么快就掀开了上场门的门帘。

“赴宴去了吗？”王纬宇抬起头来。

他点了点头，倒在沙发上，琢磨这场戏该怎样收场。

“喝了什么好酒？”

“十全大补！”

王纬宇站起来在室内来回踱步，终于在他跟前停住脚，问道：“二龙，我不知道你到底还想干些什么？”

于而龙沉默着。

“你我不多不少，已经交往了快半个世纪，听我说，你就承认现状了吧！生活，应该使每个人变得聪明，以卵击石是没有用的。”

于而龙还是不做声。

这使一旁坐着的谢若萍惊奇，那是一个无论在口头上，行动上都不服输、不让步的倔犟水牛，今天怎么啦？竟俯首帖耳地听着，不反驳，不抗议，是近年来鲜见的。她想：十全大补是种什么酒呢？竟会使老头子变得和昨天迥不相同，成了另外一个人似的。

王纬宇开始滔滔不绝地讲了起来："你知道吗？就在你喝十全大补的时候，他们把康'司令'给揍了。这可是性质相当严重的问题，人家一下子就上了纲，是地地道道的反革命事件。要不是我捂着，捅到指挥部，就闹大发了……老兄……"正当他要奚落于而龙，没病找病，自作自受，炫耀自己斡旋有功的时候，只见那个喝了十全大补的闯祸家伙，把身子佝偻着弯了过来，脑袋垂下，几乎贴在了膝盖上。"咦？……"

"二龙——"谢若萍顿时觉得天昏地转，扑了过来。

"快……快给我输氧……"于而龙吭吭唧唧地吐出了这几个字。

"莲莲，莲莲——"她抱住他，喊着，"快拿氧气袋来！"

正在画画的于莲，一阵风地进来了，一见这阵势，吓得脸都白了。"爸，爸，不要紧吧？"

"没什么关系……现在好多了！……"等到老伴把氧气枕头的透明胶管粘在他鼻孔附近，于而龙仰卧在沙发上，显得极其疲惫软弱地回答着。然后，他呻吟地对客人说："老王，你接着，接着往下讲吧……"

"好吧！你先休息吧！"王纬宇要告辞了。

"你，你再坐会儿嘛！我，我好多啦！……"说着，似乎相当累乏地合上了眼睛。

王纬宇走了，谢若萍和于莲送他出来，在楼梯口，他拦住她俩："别送了，快照顾老于去！"径直回到斜对面的楼里。

谢若萍和她女儿回到屋里，正要责备他不该赴宴、不该饮酒（当着客人怎么好说这些呢？最初她就不同意），发现于而龙已经从沙发里站起来，正扯着粘住胶管的橡皮膏。

“你怎么啦?”医生不解地问。

“我没病——”于而龙回答,“而且从来没有像今天这样健康!”

谢若萍瞪大了眼珠子,莫名其妙地望着她的丈夫。

三

在平静的湖面上,忽然,颜色鲜艳的塑料浮漂,像蜻蜓点水那样,轻轻地颤抖了一下。

客人光临了!

于而龙压根儿就不是钓鱼来的,忽略了这个突如其来的信号,但他是石湖风浪里熬炼出来的捕鱼老手,虽说手上的老茧挺厚,但职业性的感觉神经相当纤细。他马上把那支冷雪茄塞回口袋里,站起来,对自己讲:这回,可得假戏真做了。

他苦笑了一下,生活总是这样给他开玩笑,刻意追求什么事物,往往碰壁;无心获得什么成功,常常不费力气就到了手。他是个天生的打鱼人,哪有把到手的美味放走的道理。然而他知道,要对付这条鱼,看它咬钩的神态,还得拿出点精神来呢!然而他并不是干这个营生来的呀!

这条造访的水下贵客,先是犹豫了一下,拿不定主意是张嘴吞掉食饵,还是斟酌斟酌再说;大人物通常不急于表态,水面上的浮漂又平稳地站住了。倘若不是它早晨醒来胃纳较佳,恐怕就是判断多少有些失误,以为是什么敌害之类。于是吧嗒一口,把钓饵吞在嘴里。哦,亲爱的,吞下苦果子容易,要想吐出来,可就难了。所有犯过自食其果的错误,大都是些充满自信的家伙,总是满不在乎地迈出第一步而悔之莫及。

塑料浮漂被它拖下了水，顷刻之间，无有影踪。钓竿上的线轴开始转动，尼龙丝一圈一圈地松了出去。根据他多年的经验，这条上钩的鱼，不是无足轻重之辈，而是一个说干就干的庞然大物。于而龙猜不透碰上它，是幸运还是倒霉？因为通常鱼在发觉上钩以后，免不了要惊慌失措，东游西蹿，以至方寸全乱，被人提出水面而结束一幕短剧。可它，像吃了定心丸似的镇静，像付过巨额保险似的自信，压根不当回事，安详沉稳地游着。看得出来，是一条不好对付的鱼，是一个老江湖，恐怕要费番周折。

但是于而龙思忖：凭你轻率地咬钩，说明我们彼此彼此，还算不得炉火纯青，这种不慎上钩的教训，我是领教过多次的，为那些诱人的钓饵，我曾付出多么沉重的代价啊！

甚至差一点付出了生命呢！

他想起了一九三七年，在心里对那位工厂革委会主任说："咱俩的交情，应该算是从这一年的早春开始的吧？"

迷雾又卷了回来，在心灵里，在他那胸臆间的空际弥漫着……

一九三七年的早春，冰封的湖面上，凛冽的北风，挟着沙粒似的干雪，扑打在人脸上，使人有着透不过气来的憋闷。除了于二龙——他原来不叫于而龙——和他哥哥大龙，偌大的湖面上，看不到半个人影。寥廓清冷，显得窒息也似的死气沉沉。

七九河开，八九雁来，但那一年的倒春寒拖得很久，以至靠石湖为生的船家和渔家都冻结在湖冰里，差不多户户落到了倾家荡产的地步。要不是出于万般无奈，于二龙对于高门楼的钓饵是不屑一顾的。但生活，债务，以及那种精神上的负担，逼得他孤注一掷地钻进了圈套。当然，也怪他太相信自己，直到今天，他也还是如此呢！

约莫有尺把来厚的湖冰，终于在大龙的冰镩下凿开了，小小的冰洞猛地蹿上来碧绿的湖水，和一些小鱼。在弟兄们之间，老大通常要憨厚些，老二、老三一般要活泼些、伶俐些。但于家哥俩，二龙未免太生龙活虎，因此越发衬得他哥老实巴交，拙于辞令，连动作都慢吞吞的。他琢磨冰洞凿开到这种程度大概可以了，问他弟弟："该行了吧？"

"钻进去就成。"于二龙在冰上蹦跳着，活动着筋骨。然后，扒掉破棉袄，一仰脖，咕嘟咕嘟把那对了砒霜的半瓶烧酒，全倒进了嗓子里。

那可不是他如今爱喝的五粮液。

"试试我今年的运气，来个开市大吉！"他双手伸进冰洞里，舀起一捧冷彻骨髓的冰水，拍了拍脑门，强作欢乐地说；正在给弟弟腰里系救命绳的大龙，听了这话，脸上涌出痛心的苦笑。他懂得他兄弟为他才豁出命去的，再三叮嘱着："下去别游远了，没鱼就上来！"一面在他腰里，系了一个结，又系了一个结，把他满腔的爱和感激，紧紧地系了进去。因为事情清楚得很，钻到冰下去捕鱼，凭着那一葫芦空气，是以生命为赌注的游戏，也许一脚下去，就是生死异域，永不相见了。

就在这一步生、一步死的艰难时刻，听到有人呼喊着奔过来："二龙，二龙……"

哥俩怔住了，回过头去，不约而同地："芦花，谁告诉了她？"只见她飞奔在滑溜溜的冰上，趺趺撞撞，不顾一切地喊着、跑着。这样，大龙有些拿不定主意了。

芦花那时在这个水上家庭里，虽说是外姓人，但有着举足轻重的地位，因为她不仅是大龙没有成亲的媳妇，而且上一年娘死去以后，哥儿俩的家实际是由她当的。因此，如此关系到性命的大事，他们竟背着情同骨肉的芦花，实在是太见外了。

主意却是于二龙拿定的，还不清娘死时借下高门楼的棺材钱，他哥和芦花的亲事就没着落。似乎有种义务，他得帮助他哥娶芦花，然而命运又使他和一块长大的芦花，产生了他也说不好的那种舍不得的感情。

现在，当然明白了。

拿准她是不会同意的，于二龙趁她还未赶到之前，一只脚伸进了冰洞里，才凿开只不过半袋烟工夫，又已结了层薄薄的冰凌。多么寒冷的天气啊，但芦花却满头大汗地跑到了，在冰洞口一把拖住了他。

大龙劝她："丢开手，让二龙去试试！"

"滚！"她从肺腑里爆出这个字，同时，腾出手来，狠狠地把大龙推了个趔趄。于二龙头一回见她这样粗暴地对待她一向尊敬的大龙。同时，也头一回见她这样死命地拉住自己，说什么也不让从那冰洞里滑走。

于是他给她解释：难得的是高门楼开了口，大先生——哦，就是王纬宇的哥哥，当着众人，赤口红舌许下来，只要交上一条五斤开外的红荷包鲤，活蹦乱跳，欠的租金全免，该的债款全勾。芦花，到哪儿去找这样的机会？他自诩地——确实也不是吹牛，只要一猛子扎下去，摸条把上来，全家就可以挺直腰杆，喘口气了。

芦花不是糊涂人，知道他是故意说得轻巧："你以为我不明白，这是拿命去换鱼咧！"

"笑话，凭我的水性。"于二龙自负地说，"芦花，你当我说没斤两的话啊？放心好啰！”

“哼！”芦花压根不相信。

“湖西哪一个打鱼的，会不晓得三王庄的于二龙？放开吧，芦花！”说着，想挣脱她往冰洞里滑。

“不行。”她拉得更紧。

“放开我！”

“不！”芦花仍是不撒手，于二龙越是想摆脱，她越是把胳臂箍得死死的，生死关头使她忘情了，紧紧地搂抱住这个年轻的于二龙。

“松手！”于二龙还是初次和异性挨得这样贴近，尽管水上人家男女之间不大忌讳，也不太回避，但被软绵绵的姑娘家的胸部紧紧贴着，却是破天荒的。

老天，原谅我们的青春时代吧！

他知道这种异样的感觉，会使自己动摇，男子汉的坚强，使他摆脱精神上的软弱。况且，药性已经发作，胸口开始发闷发热，他央告着：“想吃河豚肉，就得豁出命去！”

她凄苦地摆摆头，坚定地表态：“谁愿吃谁去试，我不要，也不让你要。”站在一边的大龙更没法插言了，她果毅地吼了出来：“债，咱们苦熬苦挣，还就是了。二龙，你不要愚，一钻进去，连个囫囵尸首都捞不着，我不能让你去喂鱼！”她嗓门压倒了北风：“明白吗，我不让你死——”

大龙好意地劝她：“说些不吉利的话干啥？”

芦花朝他嚷着：“你怎么不下？你怎么不下？……”然后对力图挣脱她的于二龙说：“你一定要去，那让我死在你前头……”说着，控制不住自己，泪水哗哗地涌出来。

现在，于二龙觉得那浸泡住脚面的冰水，不像刚才那样刺骨，相反，倒有点熨帖似的舒适了；浑身开始发烧，尤其在脏腑里，像是放了把火似的，热烘烘地煎熬着他难忍难挨，苦痛在不停地折磨他了。

酒精不会有那么大力量，能把于二龙打倒，而是那掺在酒里的砒霜弥散全身，发挥作用，把相当结实的汉子给挫折得趴下了。

“回家吧，二龙，家去吧！”芦花忍住泪水，好声好气地求他。

“不能啦！”于二龙热得像点燃了引线的炸药包。

“为什么？为什么？到底是为了啥吗？”芦花也弄不懂了，二龙的性子虽说是倔犟的，可对她，却一向是随和的呀！

他苦笑着：“我怎能白灌下去那药酒？”

“药酒？”她吓了一跳。

“对进砒霜的酒啊！”

“啊！”她手一松，挨了一闷棍似的失神跌坐在冰上。

于二龙向芦花亮出了心里话：“芦花，晚了，后悔也不赶趟了！”他拍打着自己火烧火燎的胸部：“想吐也吐不出来了，芦花，让我去吧！”

她痴呆呆地望着那只酒瓶，和瓶子旁边的粉红纸包，她认出了，那是从陈庄买回来，打算开春后作毒饵，药杀大雁的，他们没有猎枪，只好这样挣点钱花。

于二龙的腹腔里，绞痛不已，主要还是那不能忍受的干热和焦渴。他知道，他决不会死在痛上，而是热死、渴死、活活地被砒霜烧死。他两眼一闭，氽进了暗无天日的冰洞里去。

现在，他和充满空气的世界，就凭着一根绳子，在维系住了。

芦花发现于二龙没影了，疯狂地趴在冰洞口，也要往里钻，她凄凉地叫喊着:“二龙,二龙……”要不是大龙哀告地拖住,肯定要随他而去了。

听不到回答,只见冰洞里的碧水,映出一个披头散发的人影,她摇晃了两下,哇的一口,喷出了鲜红鲜红带泡沫的血……

于而龙耳畔又响起芦花的誓言:“我要杀死他,总会有这么一天!”

起因正是为了一条红荷包鲤呀!

现在,握住钓竿的于而龙,在猜测着他的对手,究竟是什么样的鱼?他估计不会是那种快牙利齿的鳜鱼,石湖一带叫做鲟花的急暴凶猛的家伙,它那尖锐的脊刺竖起来,会把最结实的渔网刮破。也不会是草青鲢鳙之类,因为草食性鱼类性格懦弱,上了钩马上就慌神了。当然更不会是甲鱼、鲶鱼之类爱钻窝、耍无赖的货色,它们缺乏长游的魄力。从这条鱼不疾不徐的速度,笔直不弯的路线,十有八九,是石湖的正宗,是鳞下闪出血光的红荷包鲤。

正是那点点血光,使它身价百倍,成了石湖的珍品,就因为它,于二龙险儿丧命啊……

在石湖,若干年来相沿成习,所有的红白喜事,大小寿庆,逢年过节,请客送礼,少不了一条红荷包鲤。似乎形成了一种规矩,谁也鼓不起勇气去破一破,以至成了可笑的迷信,很像土著崇拜图腾那样。没有红荷包鲤,如丧考妣,真是不可理解的愚昧,甚至智力健全的大人先生,也摆脱不了这种精神束缚。所以王纬宇一九三六年底由当时的北平回来,和县城商会会长的女儿订亲下聘,就因为石湖封冻,捉不来红荷包鲤,竟至于弄到子不语怪力乱神的诗书之家，也都寝食不安。

那时，能够迈进大学门槛的，在小小的石湖县是罕见的，而去遥远的北平攻读历史系，全县也就是石湖旗杆王家。王纬宇并不是反对这门婚姻，而是看不上会长千金那副倭瓜面孔；但他野心勃勃的大哥王经宇，想凭借城里权势人物的奥援，开拓他的事业，所以，王纬宇总说自己是牺牲品。

他们的老爹，绰号叫做肥油篓子的王敬堂，查看那几十挑子，准备送往县城的聘礼中，竟然看不到一条活生生的红荷包鲤，气得把水烟袋都摔了："区区三家村一个小户人家，都有一条红荷包鲤在前面领路，咱们倒不要图个吉利？岂有此理！"

家下人赶忙禀报："太爷，今年冰太厚，谁敢豁出命去弄？"

"惟其难才偏要，珍珠玛瑙，珊瑚翡翠，拿钱可以买到。三尺冰下，捉出鱼来，那才是稀世之珍。一定要弄到这红荷包鲤。"

重赏之下，必有勇夫，王经宇眼睛一眨，放出风来，于是，驱使着奴隶不顾一切向死亡的深渊跳进去。

于二龙也记不得怎样捉到那条鱼的？也记不得怎样摸到洞口回到人间？他只记得：终于呼吸到冰冷的空气，他那残存的一丝意识，庆幸自己仍旧活着，于是，求生的欲望，从快要被砒霜毒杀的躯体内部升起。他现在只盼着马上回到家，好像只有相依为生的渔船，才能摆脱死神的追逐。

芦花搀扶着他，东倒西歪地踩着滑溜溜的冰，朝三王庄走回去。

渔村就在眼前，破船的桅杆也看到了，他盼望一步迈进船舱，舀一瓢清水扑灭心头的恶火，可没完没了的路，何时才是尽头？

"不！我不能死在半路上，不能死，说啥也得活下去！"

但是，砒霜的热毒，使他干渴得快没命了。

“水、水——”他力竭声嘶地叫喊着，浑身苦楚地痉挛着，颈椎呈现出角弓反张的僵直，一分钟也不能再等待了。

“水、水——”他两眼充血似的暴突出来，像是毒药烧烤的火焰在往外冒，要不赶紧扑灭，于二龙就该烧焦了。

芦花慌了：“只有冰呀！二龙。”

对，现在只有靠冰来活命了，他那最后的一丝意识提醒他，赶紧趴下去啃冰，这是惟一得救的办法。紧跟着，他挣脱芦花，扑通一声俯卧在冰上，用门牙咯嘣咯嘣地啃。可是湖上的冰像镜也似的平展，无法下嘴，只好伸出舌头去舔，舔了一会儿，舌头也像冰那样僵硬，融化不了，他不得不用力地吮吸。哦，石湖多吝啬呀，连一口水都不肯赐予这个快死的人。

大龙把鱼搂在怀里，早就去高门楼了。现在，芦花是谁也指不上，拖，拖不起；抱，抱不动，风还是那样凛冽，雪粒还是那样刺脸，芦花跪在于二龙的身边，喊道：“二龙，你怎么啦？你怎么啦？……”

这会儿，他倒格外地安静下来，像孩子扑向母亲那样，伏在石湖的怀抱里，舒适地垂下脑袋，紧紧贴在冰上，大地母亲啊，你的孩子来啦！

“二龙，二龙……”芦花死命地把他扳转过来，一看那副模样，吓傻了，那木呆呆的瞳仁，跟煮熟了的鱼眼珠差不多，死气沉沉，似乎蒙着一层灰尘，失去了往日的光泽。

“二龙，你倒是说话呀，我的亲哥……”她捧起于二龙的头，失声地呼唤，可是他已经毫无反应，只有北风呼呼地刮着。

他第一次离开了人间。

死亡是化入和渐淡的长镜头，所以他记不清死去时的细节，找不到生与死的截然分界线。但是,活转来时所见到的第一个画面,那枝芽伸向苍天的银杏树,却永远留在记忆里。

是的,他恍然大悟,死过了,按照水上人家发送死人的一套程式全照办过了。裹条薄被,卷张芦席,烧了黄昏纸,送他的亡灵渡奈何桥走了。寒风把轻飘飘的纸钱灰和尚未化净的锡箔,刮在了他的身上、脸上、眼皮上。

奴隶的生命要结实些,虽然它最不值钱。他终于活了,生命回来时,像微细的水流,一丝丝,一缕缕,慢慢地注进那被亚砷酸酐毒害的躯体里去。他觉得他醒来了,先是感到光线在活动,好兆头,光是生命的来源。但于二龙却缺乏力气,好容易,才微微撑开线也似的一条眼缝。

够了,足够了,总算重新看到了苍天,和那支撑住苍天的银杏树,这棵在游击队心目中,是人民象征的巨树,没有它,天也许会坍下来吧?

大概人一旦合眼而去,也就万念俱消。但活转来以后,不管活得多么勉强,那睁开的双眼,被纷扰的人世吸引住,再也不肯闭上。他马上注意到有一张俯视着他的陌生面孔。石湖是个小县份,三王庄则是个更闭塞的渔村,那里是一个不常见到陌生面孔的偏僻社会。

"谁?"他惊奇地自问。

那一张庄稼人朴实的脸,凑拢得更近了,都能感到他的呼吸和喘息,于二龙怀着戒意,想偏开脑袋离远些。但是他无所作为,因为生命虽然回来了,但躯壳暂时还不属于他。

"干啥?"他吓坏了。

他害怕这个陌生人,为他有可能伤害自己而战栗。可怜的愚昧和可笑的警惕总是孪生的，因此，可以想象，于二龙当时是多么畏缩、恐惧、害怕，甚至抵触了。

那个陌生人伸过手来，用扳枪机的粗手指帮他把眼皮拨开，接着又把手背放在他鼻下试试，随后又把头贴在他胸口倾听。这样，脸凑得更近，差点碰着了鼻尖，只见那脸上浮出一个宽慰的笑容："活了，老表！"

他还是有生以来头一回听到江西土话"老表"这两个字，不明白是什么意思。尤其弄不懂芦花干吗不见？怎么落在外乡人手里？到底发生了一些什么事？……

哦！他脑海里的一股记忆细胞活了，想起了那瓶对进砒霜的药酒，想起了在暗无天日的冰下摸索，可是以后的细节，无论怎么使劲，也再不能回忆起来。

陌生人和善地笑着，他从于二龙的眼里，看出了疑虑的神色，便俯身过来在他耳边说："老表，你在树底下，躺了一夜啦！"

"啊？这是怎么回事？难道他说的一切都是真的？"于二龙愣住了。

是啊，于二龙觉出一点蹊跷来了。在他钻进冰洞以前，分明天空是铅灰色的，低低的云层压得人喘不过气来；现在，既没有一丝风，也没有一粒雪，而且微有暖意的阳光，正从枝桠的缝隙透过来，简直是个腊月里的小阳春。那么，陌生人大概不是撒谎，确实是昨天的事了。

对于死者，历史就可以较客观地写了。

当他在冰上趴倒以后，那是芦花第一次把他从死亡状态中背着奔波，命中注定她还要第二次从黑斑鸠岛背着垂危的他跋涉。哦！历史不惮其烦地重复，常常出现许多惊人的雷同之笔，而且也不一定如马克思在《雾月政变》所写，第一次出现是悲剧，第二次重现就是喜剧。不，甚至是第三次、第四次都可能是悲剧。

芦花终于把他背回到船上，放平在舱里，赶紧端来一瓢清水，那时候，他已经和《水浒传》描写武大郎被毒杀时的情景一样，浑身痉挛，脸皮紫黑，四肢僵硬，不省人事，就差七窍流血了。像所有临近最后一刻的死人捯气一样，只有出的气，没有进的气，奄奄一息，在那里等死了。她手一松，水瓢跌落在舱板上，扑在于二龙身上，死命抱住，伤心失望地哭了。那些邻居，都是船靠船、帮挨帮冻结在石湖里的水上人家，被芦花的嚎啕哭声招来了。

谁看到那副凶死恶杀的恐怖面色，都不由得倒抽一口冷气，退后半步。有见识的乡亲们翻翻于二龙的眼皮，叹了口气："芦花，快抬上岸，烧点纸钱，送二龙上路去吧！"

芦花说什么也不撒手，只是一味放声哭喊着。

"别傻啦，孩子，你细看看吧，二龙的瞳孔都散了，还等啥？"

她不相信人会死得这么快，药杀一只山鸡或者大雁，那生灵还要扑腾一会儿。一个活蹦乱跳的年轻人，连挣扎都没有，这样轻易地死去，太不可能了。"不，他没死，他活着。二龙，你醒一醒，快睁开眼吧！……"

好心的邻居，强把坚信不死的芦花撕掳开，找了条苇席裹住，把他抬到岸上停放。按水上人家的迷信，死在舱板上的人，永远也升不了天——"倒好像天堂里，给我于而龙预留着什么优待座位似的！"——那些善良的婶子大娘们，也不计较他往日的淘气，而惦着他的一点好处，一把鼻涕、一把眼泪地为他去阴间送行。

芦花像疯了似的拖住，哭着，喊着……

没想到这支送葬的行列，才走两步，就被人拦住了。"了不得啦！闯下大祸啦！大龙叫高门楼五花大绑，捆起来，要往区公所送咧！”

人们连忙把于二龙放在湖岸旁边。生活的逻辑从来如此，退出历史舞台的死者，也就只好由他去吧，无论如何，生者应该比死者重要。大家七嘴八舌围住这个通风报信的人，问个没完：“世上还有比大龙再老实的人么！整屁都放不出一个，高门楼为啥要捆他？人善被人欺，马善被人骑啊……”

“怪不得大龙的。”那人压低嗓门，生怕外人听见似的：“高门楼变卦了，鱼要按价收买。大先生说：多给两文钱可以，要想一笔勾销陈年旧账，不能开这个先例。世上哪有这等便宜，一条鱼又不是金子打的，能顶一屁股、两肋巴的债。”

听话的乡亲，吓得直探舌头：“天爷奶奶，人家可是拿命换来的呀！”

“谁知是旁人调唆大龙去问的呢？还是兔子逼急了，也会咬人，大龙问大先生的嘴，是横着长，还是竖着长，说出口的话，还能吮回去。好，遭了殃啦！高门楼哪受过这分寒碜？脸一板，指着冰镩，好小子，不但讹诈，还要行凶，给我绑起来，送陈庄。”

王经宇是到庐山训练团接受过党国栽培的，亲聆过他们委员长的训诲，一个区长能如此上得台盘，就知非同小可。后来，他也自然而然地成为石湖支队和滨海支队的对手。这个心毒手辣的恶棍，会给大龙什么好果子吃？

这时，在寒风里，白茫茫的湖冰上，有两支人马离开三王庄朝远处走去，乡亲们都被这场面吸引住了。

抢先映入眼帘里的，是那几十个挑夫，一字雁行地挑着礼盒出发了，在唢呐喇叭的引导下，那条用生命换来的红荷包鲤前面开路，往县城走去。哦，如今红荷包鲤要比卷在破芦席里的于二龙阔多了。它裹在红绫被里，而且用上好的酒给它喷醉，到县城后往水盆里一浸，保险还是活生生的；可他，却被砒霜酒毒死，连个葬身之地还没有物色到呢！不过，吹鼓手奏出的乐声，在风雪里，倒挺公平地既给王纬宇订亲欢庆，也给于二龙送终哀鸣，而且催命的唢呐，竟嘲讽似的，给押走坐牢的大龙，吹起了《何日君再来》。

人们这才注意到还有一小队人马，在冰上踽踽地向陈庄方向移动，三个蹀躞的人影，像幽灵似的，悄悄地，越走越远。但不论走多远，只要能看得见，就能分辨出两个持枪的人，当中押解着的窝窝囊囊的大龙。

“快去求求大先生，饶了大龙吧！芦花，不能光哭死的，还是顾活的要紧。”

她想想也是个理，可又舍不得把心里的二龙撇下不管，说着，冲众邻居扑通跪下，转着圈磕了个头。“婶子大娘们，我把二龙托付给你们了……”然后，又扑向卷在芦席里的于二龙：“二龙，二龙，不是我忍心丢下你，得救活人去呀！”

人们安慰着：“放心去吧！芦花，快撵大龙去吧！”

还没等芦花抬脚，人群后面有条公鸭嗓子吼住她：“等等，传大先生的话，你听着！”

乡亲们连忙闪出一条路，毕恭毕敬地让高门楼的家丁过来。其实，也不过是高门楼一个看家护院的，但是在三王庄，哪怕是高门楼的一条狗，人们也得给它让路，万万冲撞不得。

“大先生说啦，借的债不再宽限了，赶紧把老婆子死时借的棺材钱还清，大洋一十八块，加上利息，拢总是……”他打开一个折子，拉开来，有尺把长，给她看：“马上把账结了吧！”

“马上?”

“对!”他伸出手:“一共是二十五块大洋零八角。有零有整,快给钱吧!”

芦花的口袋里,经过那一个酷寒的冬天以后,连个毫子都没有。

“给粮,给鱼,给什么都能顶债,快掏吧!”公鸭嗓子剌剌不休地逼命。乡亲们一见汹汹来势,知道老于家大难临头,都磨蹭着后退想拔腿离开这块是非之地了。

“大伙站住,谁也别走——”高门楼的家丁一声喝,大家只得硬着头皮站住,听他发落:“众人帮我做个证见,一没钱,二没粮,鱼哪,满湖的冰,二龙倒有能耐,可惜死了,怎么办?债总得还,只好请列位回家去把冰镩拿来,帮兄弟一把,把他们家这条破船抬走抵债——”

听得“抬船”二字,好比当头一棒,芦花吓蒙了,就像脚底下踩着的那块土地,被人猛地抽走。失去了船,等于失去了家。上,无遮无盖;下,无着无落,连立锥之地都没有了,该怎么办呢?她望望躺在湖岸的死者,望望走远了的生者,在这个世界上她惟有的两个亲人,可谁也无法来帮她拿个主意。接二连三的打击,使她像跌进漩涡里的一根弱草,根本找不到任何可以摆脱灾难的力量。这仿佛六月里突如其来的冰雹,扑头盖脸打得她直立不起来了。

乡亲们谁敢违拗高门楼哪怕一个畜生的言语,慌不迭地取来了冰镩,围着老于家三代为生的那艘朽烂的船,一下一下,团团凿着冻得结结实实的湖冰。

芦花已经失去最起码的意识,成了一个毫无反应的旁观者,既不管被人押走的大龙,也不问马上抵债的破船,只是守在死去的于二龙身边，超脱地，一动不动，如同泥塑木雕，毫无表情地看着热闹，似乎所有的一切，都是可有可无的身外之物，早已置之度外了。

其实，她的心里何尝平静，冰镩不是在凿湖上的厚冰，而仿佛那锋利的尖刃，在一下一下戳着她的心呀。眼看着一个家，虽然是一枚铜板也找不出来的穷家，可这样毁于一旦，终究是摧心折肝的痛苦啊！

冰碎裂了，船浮动了，破东烂西也全给扔到外边来了，乡亲们无可奈何地，谁也不敢哼个“不”字，用肩膀顶着，将船抬着上了岸，往高门楼抵债去了。

“拿二十六块现大洋来赎船——”公鸭嗓嚷着走去。

芦花根本就没往耳朵里去，只是凝视着船抬走后，在湖面上留下的一块没封冰的空隙，碧绿的湖水正往外面泛出来，那些飘浮着的冰块，在里面动荡着，一时还冻结不住，显得快活轻松的样子，似乎在给绝望的芦花启示：“乐园就在我们这里，天堂近在咫尺，来吧！年轻人，石湖在张着臂膀欢迎你呢！”

她动心了，因为不知道还有什么样的厄运会降临到她头上。所以，她极苦痛地作出个决定：死！

芦花在心里对那个裹在苇席里的亲人说：“二龙，还有谁比我更倒霉更不走运的呢？我是个靠山山倒，靠水水干的苦命人，好不容易有了一个家，谁曾想，一眨巴眼工夫，家完了，人也没了。二龙，我想透了，活着还有什么指望，还有什么意思，我还是一头钻进湖底，跟你一块走吧……”

可是，她担心淹不死自己，必须找些什么沉重的物件，坠住自己才好。她一眼瞥见封冻前撇在湖岸上的铁锚，高门楼忘把它一块抬走顶债。看看四周，竟没有一个乡亲，那些左邻右舍，亲朋故旧，有多大胆子敢顶撞高门楼的威势和气焰，再说，谁也不愿沾上倒运人家的晦气，都慌不迭地走开了，躲得远远的。

芦花把锈蚀的铁锚拖来，绑在腿上，然后，蹒跚地朝冰穴走近，她打定了死的主意，毫不犹豫，趁这会儿没人，赶紧了结自己。

她一边走，泪水像泉似的涌出来。一边在喃喃地念叨着："二龙，等等我，我来了，我跟你生不能在一块，这会儿死在一块，永生永世也不分了！"

湖水显得热腾腾地，雾蒙蒙地，她两眼一闭，朝那已露出一丝春意的绿水，扑了过去。

正当死神朝她招手的时刻，一个矮墩墩的汉子，沿着湖堤向冰穴斜插着走下来。

芦花正纵身要跳，一见来了个生人，"呸！"连忙摇晃了两下臂膀，才勉勉强强在冰穴的边缘处站稳，啐了一口，心里咒着这个不识相的家伙："真倒霉，寻死都碰上晦气鬼！"

她盯着这个偏偏要作梗的人，身穿短打，肩背小铺盖卷，头戴一顶旧毡帽，步伐沉着，不慌不忙地走来。看他那身穿着，像个打短工的。看他肤色和手脚，又像个做零活的工匠。但那气概，倒不像是个普普通通，走乡串井，无足轻重之辈，脚步是多么有分量啊！只有走在自己的土地上，才能有这样坦荡自如，充满信心的神态。

芦花瞅住他，盼他赶紧离开。

可他好像没注意到她的存在，径直蹲在冰穴旁边，弯下身，扒拉开浮冰，用双手捧着，大口大口地喝着，很明显，他是个赶长路的过客，舌干口燥，喝起来没完没了。

芦花心里想："大肚蛤蟆，挺能灌，不怕得臌胀！"

“好甜的水哟!”他终于抹抹嘴,用芦花从来没听过的口音,赞美着石湖水。

他好像这才发现湖上还有一个人似的——其实,他早在堤上就看得清清楚楚——异样地打量着她,看得要寻死的芦花都难为情了,一个劲地把绑住铁锚的腿,闪在后面,因为那实在是不伦不类。但是南蛮子有点爱管闲事,眼里流露出诧异的神色,嘴上却是平淡地问:“大姐,你练啥功夫?”

芦花气得直咬牙,多不交运啊,偏碰上个半路杀出的程咬金。“没你的事,快赶路走吧!”

他镇定地笑了,但那庄稼汉似的纯朴的脸上,多少有点凄苦和自责的心情:“你太傻啦,这条路可不是轻易走得的呀!”

芦花又气又恨,从心眼里骂着苍天:“我是作了什么孽,才得这报应,想活没路,想死不成。老天,你不给我活路,连死路也堵绝吗?”

“大姐,你才多大的人,怎么想不开?”

芦花暗自嘟哝:“我倒放着活路不走? 路在哪里? 我怎么想不开? 敢情你活得自在。算了,管他咧,狗拿耗子,我一头钻到冰底下去,看他能救得成?”她喊了一声“二龙”,推开多管闲事的外乡人,一头朝冰穴钻进去。

芦花本想借助铁锚的重量下沉,谁知笨重的铁器拖累住她;结果,身子扑到了湖水里,脚反被扯住,还挂在冰上。被推倒的那个外乡人,一跃而起按住了铁锚;多亏那年冬天湖水冻得结实,不曾破裂,否则,这位从皖南来的老红军,也要成为枉死之鬼。

他那只有力的胳膊,把湿淋淋的芦花从水里提起:“你疯啦,大姐!”

满脸湖水和泪水的芦花，把满腔的恨，一肚子的怨，统统发泄到这个来到石湖的第一个共产党员身上。他沉静地任她殴打着、撕掳着、挣扎着，一动不动，俨然一尊石雕像，但那只健壮威武的手，始终紧紧地攫住她。现在，看起来，死神在这个共产党员面前退却了。

芦花愤怒到了极点，她觉得老天爷、高门楼，还有他——这个外路口音的蛮子，都成群结队地赶来欺侮她，欺侮一个仅仅活了十九岁的可怜人。他们不但剥夺了她那可怜的幸福，剥夺了她那微末的希望，甚至连死的权利都要剥夺，那确实是太残酷了。她要求的只是死的自由，一种奇怪的自由，一种惟一可以自己支配的自由。除此之外，她还剩有什么呢？然而即使获得这样悲惨的自由权，也身不由己，可以想象她是多么痛恨这位来到石湖播撒革命火种的赵亮了。

——"赵亮同志，我们的引路人，愿你的英魂在九泉下安息吧！"

那是一位身经百战的老红军啊，他身材不算魁梧，却是个浑实有力的车轴汉子，那铁钳似的大手，芦花是无法挣脱得开的。

赵亮被她豁出命去的劲头震惊住了，没见过这样不顾一切的年轻姑娘，像飞蛾扑火似的追求死亡，简直是不可理解的愚蠢。而且，她又是多么执拗，多么任性啊！那股顽强的斗争精神，看来，只要不撒手，她还有一口气，就要厮打挣扎下去。

他猛地松手，说道："好吧，大姐，你乐意死，我不拦你，不过，我看你不像个孬人，怎么倒走这条没出息的路？"

陌生汉子讲出的话，同他那五短身材一样，结结实实，一句句像砸夯似的击中了她的心。

“大姐，想必是受了什么委屈？想必是什么人欺侮了你？”

“欺侮？你说得轻巧，睁开眼看看，人都死在那儿啦！”

“哦？！”赵亮忙问：“怎么死的？”

“叫高门楼给逼的呀！……”芦花坐在冰上哭了。

“大姐，你别哭啦，我全明白了。”怎么能不一目了然呢？就冲芦花身上，穿的那件补丁摞补丁的破蓝布棉袄，就冲裹住于二龙的旧被子和苇席，还不足使一个党的工作者，一个工农红军，意识到自己肩头的重任么？他解下小铺盖卷，坐在芦花身边，像一位兄长似的劝导着。“大姐，看你不是糊涂人，怎么能不明白有冤伸冤，有仇报仇的道理？”

芦花哼了一声，很明白，担子不搁在谁肩上压着，谁都会说轻巧话。

“命只有一条，死要死得值啊，大姐，你不明不白地往湖里一钻，可就太便宜了别人。”

“想不便宜又怎么着？”芦花思忖着，“你倒拿鸡蛋去碰碰石头看，谁敢去斗一斗高门楼？大龙只不过讲了两句气不公的话，就关进大狱里了。”

“俗话讲，冤有头，债有主，你不是已经拿了主意打算死吗？那好，豁出去，就用你刚才跟我拼命的劲头，闹个一干二净，出了这口冤枉气，再死也来得及嘛。”

她长这大，还从来没听过这样的公然煽动，和直言不讳的燃起仇恨，因为我们中国历来都讲息事宁人的哲学，心字头上一把刀，你就忍了吧！哪有劝人去杀人的？“……可也是，我为什么不能杀人？鱼落在网里还蹦跶两下，我就不会临死前咬他们一口？他说得有点在理，横直一个死嘛！倒是这个账！”芦花望着他，问道：“你是谁?”

“跟你一样,早年间也被逼得寻死上吊过,现在不啦!”

“不啦?”

“我要报仇!”

“报仇?”

“对,一点不错,就是报仇。”

“你说,我该去杀人?”

“为什么不可以杀?你是人,他们也是人,他们没长着铁脖子,他们也没两条命。”赵亮越说越有劲,眼里闪出一股热烈的光芒。“他们不饶你,你也别饶他们。不能死,大姐,你可千万不能死,一头钻到水里去,报不了仇,雪不了恨,千年万载衔着这口冤枉,就永无出头之日了。”

芦花开始解下那只铁锚,死神悄悄地趁着夜幕来临撤退了。

就在暮鸦归窠,夜色昏沉的时候,决心不死,要活着伸冤报仇的芦花,点起了黄昏纸,忽明忽灭的火光,照亮了那个无法抬起脚一走了之的红军战士。那哀哀的哭声,惊动了赵亮的心灵,那悲愤的泣诉,该含有多么沉重的痛苦,多么深挚的哀伤啊!阶级的责任感和人民心心相连的战士情怀,使他走向那个趴在芦席卷上痛哭不已的姐妹身边。

要不是这个有点经验的老兵,扒开芦席掠了于二龙一眼,至少,今天该不至于使某些人不顺心了。——这一颗泡不软、煮不烂、克化不了的陈年僵豆啊,也着实够讨人嫌的了,两次打翻在地,摇摇晃晃又挺直腰杆站起来,甚至直到今天,还不肯老老实实安静待会儿,竟风尘仆仆地赶回石湖来,骑兵,可真有你的!

那瓶掺进砒霜的酒，并不曾使他去见阎罗王，大概在生死簿上勾过一笔的人，不容易再死，以致风风雨雨，一直活到了今天，整整一个花甲啦！相反，倒是他后来把赵亮、芦花一一地送了葬，命运哪，总喜欢这样捉弄人。

赵亮扯开恸哭的芦花，紧贴着于二龙的胸口听了又听，猛地站起来喝住她："你嚎的哪门子丧？大姐，他还没死，有那掉眼泪的工夫，赶紧去挖点鲜芦根，熬点绿豆汤灌下去解解毒吧！去呀！快点去！许还能救活，听见没有？你是聋是哑，还是个死人哪？"

芦花根本不存在任何指望，好人冻上大半天，也该半死了。没料到那个车轴汉子，发火地把芦花抓住，命令地："你听着，快去，就能救活，要快，明白吗！他还有口气，没死绝，快——"一使劲，把芦花搡出好远。

怪人！他的气势表明他的话是不可更改的，芦花尽管满腹狐疑，但只好照他的话去办。

在以后多年的游击战争中，人们很少看到他生气、发火、骂人、要态度，永远那么温和沉着，亲切近人，特别是他的开阔的胸襟、宽大的心怀，总是希望有更多的人站到革命行列里来，他把手伸给每一个要革命的同志。他那慢条斯理的性格，不疾不徐的脾气，使于而龙那一点就着的炮仗脾气，也都磨炼得收敛多了，但是遗憾哪，赵亮离开他太早了……

三王庄虽然是于二龙缴过船桩钱允许靠岸的家乡，可是，在昨天那个世界里，一块可以容他停尸的地方都不给。高门楼传下话来：凶死恶杀的尸首，停在村前要败坏风水的。于是赵亮——后来是他游击支队的政治委员，头一回把他的战友背到鹊山脚下的乱葬岗里，在那硕伟高大的银杏树下，为他坚持做那种看来是毫无希望的人工呼吸。

夜色愈来愈浓，气温也愈来愈低，但是，赵亮浑身裹着一层热雾，满头大汗，累得都要趴下了，也不肯停歇。最后，连芦花也死了心，央告着赵亮："求求你，别折腾他了，让他走吧，让他早点走吧！别叫他活受罪了。"

她又点燃起一挂纸钱，在火光里，她看到那个蛮子瞪着她，数落着："胡闹，快给他再灌点药！"他伸过脚来，把那纸钱踩灭。

坟茔里的枯树上，猫头鹰在呜呜地叫，叫得芦花心寒，墓地里，一只狐狸像幽灵似的，从她身边蹿了过去，加上乱葬岗里的磷磷鬼火，一闪一灭地滚动着，使得她突然间颖悟起来，念叨了一声"对啦"，站起来，仿佛魂不守舍地摇摇晃晃地走了。

"站住，你上哪去？"

芦花哽咽地："我懂得二龙的意思啦，他是等我一块上路，一块走咧！……二龙，我来了，我马上就来。"她捞起一根绳索，就是于二龙下水时腰间系的那根，满怀着报复之心，朝庄里走去。

哪见过这样置生死不顾的愚人哪！"混——蛋！"从来不骂人的赵亮大声痛斥："……快回来，干不得那种傻事！"可她还是走了。

他想跳起来追她，可又松不得手，只要一放下来，那微弱的心脏就会停止跳动，顾了这头，顾不了那头，急得他直跺脚。天没黑时，倒有几个热心人来看看，现在，他们怕冷、怕鬼、怕恶势力，都道了声歉离开了。现在，鹊山远离村庄，叫谁都不应，赵亮高声喊了两下，也无济于事，相反，倒惊起在银杏树上栖息的一群寒鸦，呱呱地在夜空里喧闹起来，好久好久不能平息，气得老兵直骂："鬼迷心窍的傻瓜！"……

手里捏着绳索的芦花终于来到高门楼前了。

大概她还是有史以来，头一回直着腰站在这台阶上，自从命运把她——一个被运走做包身工的奴隶，漂泊到三王庄来，高门楼前，她从来低着头匆匆而过，连眼都不敢抬。现在，她笔挺地对着像吃人的大嘴的黑漆大门，对着张牙舞爪向她扑来的石狮子，由于怀着决死的念头，不再存有过去那种小心畏惧之意。

她决定吊死在高门楼的大门上。

这种行径，是千百年来含冤负屈而又无能为力的人，尤其是妇女，所能给予仇家的最大报复了。一位诗人——他们的朋友，曾经对这种传统做法哀叹过：那是没有力量的力量，那是无法报复的报复，然而，有什么用场呢？

芦花回答他：那已经是迈出的，很了不起的一步。

下弦月冷森森地挂在半空，怀疑地凝视着十九岁的年轻人，似乎在问："死得是不是太早了一点？"

她沉着地将绳索拴在门梁上，系了一个渔民惯用的连环扣——那是越挣扎越紧的死扣，随后，攀上台阶旁的玉石栏杆，把头伸进绳套里去，只要脚一蹬，离开栏杆，半悬在空中，生命就会离开她了。

被赵亮惊起哇哇的寒鸦，叫声划破了夜空的沉静，芦花错认为是于二龙打发来迎接她魂灵的使者，便向大门上的兽头铜环——多么像高门楼父子一笑起来那下撇的嘴角呀，狠狠地骂了一句："王纬宇，我叫你笑！"脚一使劲，整个身子荡秋千一样半悬在空中。

生活里有时如同戏剧，会发生离奇巧合的传奇，正是那深夜鸦啼，同时，也惊醒了情人的美梦。黑漆大门吱呀一声，那个钟情王纬宇的四姐，一个船家姑娘，正从高门楼偷偷地踅了出来。幽会的人嘛，像偷嘴的猫一样，轻手轻脚，简直半点响动都没有。可是这个多情的石湖姑娘，光顾到脚下，疏忽了半空里吊着的芦花，加上天色朦胧，正是黎明前的黑暗，没留神，一下子撞个正着，眼一睁，恰巧是芦花悬着的双腿。

“啊——”四姐惨叫了一阵，魂灵都吓出了窍，立刻晕倒在大门槛上。王纬宇——那时是高门楼的二先生，三步并作两步蹿了过来，先把那个生活在虚幻梦境里，向往着不可能存在的幸福和爱情，可怜也实在可悲的情人，拖到一边隐匿起来，这才开始大喊大叫，满院子的人都惊醒了。

死，是多么艰难啊！

在微弱的晨曦映照下，风停了，雪止了，预示将是一个冬日的晴天。正好，家下人说，连老太爷都可以请出来，于是一场“帮助”——他们从来不会承认是“私刑”的——就在高门楼前开始了。

寻死不成的芦花，被绑在他们祖先在道光年间中过举，才许可竖立的大旗杆上，嘴里塞着破棉套，那件旧蓝布袄被扒掉，只穿着一件贴身小衫，瘦骨嶙峋地，露出了肩，露出了胸。这是她一辈子也难以忘却的耻辱和仇恨哪，那些无耻的家丁，故意把那件麻花了的布衫用鞭梢抽破，一片一片，衣不蔽体，而且鞭痕累累，血迹斑斑，对芦花来说，耻辱比伤痕更疼痛。

他们用蘸过水的青麻绳，一下一下地抽着，而且冠冕堂皇说不是抽打芦花，是惩罚附在她身上的，要找替身的吊死鬼。不奇怪，棍子和它制造的“真理”，总是同时落在你身上的。

王敬堂端着水烟袋，在高台阶上的太师椅里稳如泰山地坐着，左手捧着黄绫封套的《太上感应篇》，右臂垫着缮古堂明刻大字本《易经》，就好像凭借这两本圣书，就能够增添多大力量似的。在驱邪辟魔的爆竹声里，喝令着：“给我打，打这些伤风败俗、离经叛道的东西，两男一女住在一个舱里，可见是个不正经的货色，要不，找替身的鬼魂会找上她？打！打得她伏，打得她讨饶！”

讨饶？认罪？做梦去吧！如果那样的话，就不是石湖上鼎鼎大名的复仇之神芦花了。

啪，啪，鞭子无情地落在芦花的脸上，身上，因为堵住嘴，羞辱、疼痛、愤怒都憋在心里，变成了像岩浆似的仇恨烈火，从眼里喷发出来，她不想死了，而是要活下去。“那个外乡人说得多好，他是人，我也是人，对的，我是一个人，有朝一日，王纬宇要落在我手里，非剁成肉泥不可。”

那不是眼睛，是座活的火山口，慢慢地，火光凝聚了，冷缩了，汇集成一个极其明亮的星点，又映现在这位钓鱼人的脑海里。

于而龙的心像浸在水里一样，浑身冰凉。

这时，我们的主人公才如梦初醒地，从那被打得血肉模糊的芦花身边，回到现实生活里来。

像是有人轻轻地扯了一下他的手，哦，不知不觉间，鱼竿的缠线轴上的尼龙丝，全被那条鱼徐徐地拖走了。谁知是不是红荷包鲤呢？它毫不在乎地，像春游一样悠闲自在，根本不把于而龙放在心上。

“哦！老兄，你太蔑视人啦！这是强者充满信心的一种表现。不瞒你讲，我也曾经有过这样的日子。要是尼龙丝拉力是二十磅的话，我就强迫你就范，可眼前尚无别的法子可想，只好暂且让步，先顺着你，我得喊醒我的小助手了，他睡得太香甜，实在不忍扰他好梦，可是线轴空了。”

“秋！”于而龙向舢板上招呼。

一个十二三岁，晒得黑油油的孩子，翻身坐起，湖面上闪耀的阳光，使他猛乍睁不开眼。

“小伙子，长点精神，快把船划过来，咱们走运啦，准是钓到了一条红荷包鲤。”

那孩子顿时睡意全消，跳起来，一点竹篙，舢板轻巧地擦岸滑来，等于而龙上船坐稳，问道：“叔爷，怎么着？”

“先跟住它！”

渔村的孩子个个会使船弄水，他灵活地扳桨，在苇丛中的狭窄甬道上，在碧绿菖蒲的弯曲沟壕里，在刚浮出水面的莲叶菱角行间，追踪着不知疲倦的大鱼，不知不觉，湖心岛远远地落在背面，水面愈来愈宽阔了。

啊！钻出一丛密密麻麻的芦苇，在正前方，那强烈反光耀得人眼花缭乱的，不正是于而龙渴望看上一眼的三王庄吗？

那些像堆堆雪花似晾晒着的尼龙渔网，那些像片片明镜似新编织的苇帘蒲席，那些辉映着春光春水的过往白帆，那些明亮的玻璃门窗，那些新刷的粉墙白壁，那些乡亲们的笑脸，都把朝阳反射到当年游击队长的眼里。亮得他有些晕眩，有些窒息，有些不敢直视他的家乡了。他揉了揉眼，啊！原谅我们的队长吧！要不是鹊山老爹仍像往日那样慈祥地注视，说什么也不敢认了。

咦？他惊诧地注意到，那棵银杏树呢？

三王庄有过一棵享有盛名的银杏树，起码活了几个世纪，连石湖的《县志》都记载过它的史实，那大树枝干茂密，树叶婆娑，在湖滨亭亭而立，远远望去，像伞盖一样。在烽火硝烟弥漫的日子里，这棵巨树，成了石湖支队一面精神上的旗帜。于而龙尽管三十年未回故乡，但对它怀有特殊的眷恋之情。因为他曾经在这棵树下，死过去，又活了转来，结识了共产党员赵亮，走上了革命的道路；又在这棵树下举手宣誓，要为共产主义事业奋斗终生；后来，他和芦花突破重重阻力结合在一起，也是在这棵树下，有了他们的家。哦！那虽然只有巴掌大的草房，在他记忆里，并不亚于金碧辉煌的宫殿。夜静时，树叶的沙沙响声，像波涛，像海潮，是多么令人留恋啊！但最终也是在这里，埋葬了芦花，告别了石湖，一走整整三十多年。如今回到故乡，可是，作为历史见证人的大树呢？到哪里去了？

因此，他联想起自己这次故乡之行，难道真的应了老伴的话：能不能找到那个划船的老汉？能不能断定他的话是准确的？而更难的是能不能找到开黑枪的第三者？……本应矗立在湖滨的银杏树，都一无影踪，更何况那一把三十年没打开的锈锁呢？钥匙呢？还能找寻到么？

但是身背后那个孩子的话，给了他很大的鼓舞。秋儿猛地站起，晃得舢板两边都溢进来湖水，惊喜地向他喊叫："快瞧呀，叔爷，它露头啦！"

于而龙一阵怅惘之心登时消逝了，潜流不会永远在水底，连鱼——应该是红荷包鲤，也在给自己启示。他顺着孩子指的方向看去，鱼从深水里浮上来了，仅那黑森森的脊鳍，足有四指宽窄。他在石湖波涛里浪迹半生，还从未见过如此胆大泼辣的家伙，毫不在意地跃出水面，拐了一个立陡的弯，往回游去。

他那渔民的手，馋得直痒，眼快的小助手连忙晓事地递过鱼叉，还未容他接牢，那似乎洞悉两位阴谋家伎俩的老江湖，倏地翻了个漂亮的"轱辘"毛，给眼馋的钓客，亮出了银白色闪出血光的肚皮，然后砉拉一声，在湖面上卷了个斗大的漩涡，没影了，只见一串细碎无声的水泡,尾随着它往深处潜去。

证实了,是一条珍贵的红荷包鲤。

真是令人馋涎欲滴啊!在石湖,能够捕获到十多斤重的红荷包鲤的幸运儿,并不是太多的哟!只见它兴致勃勃地加速度行进,骑兵们都熟悉战马的性格,一开始鼻息翕张,嘶嘶吼叫,随着蹄声嘚嘚,由碎步、快步、一直到腾越地大步飞奔起来,那时候,缰绳就不起什么作用,风驰电掣,只有高举马刀朝前冲杀。现在,鱼也到了无法控制的程度,越游越快;于而龙紧抱钓竿,担心随时会绷断的尼龙丝,向小助手发出紧急通告:"来劲啦!这匹劣马,要跟上它,快点划呀,小伙子,全靠你啦!"

哪是一条鱼嘛!简直是一个有头脑的汉子!

看它忽深忽浅地前进,时左时右地改变航向,显得它足智多谋,狡狯灵巧,谁知它此刻是高兴,还是不耐烦,要是稍有点急躁慌乱,那倒是个好兆头。

一般地讲,手忙脚乱,毛毛糙糙的新手容易制伏,一个胸有成竹的老油条,可不大好对付。现在,于而龙并不忌惮它雄厚的体力,而是害怕它足够的冷静和临场不慌的理智。没有智慧的力量,算不得真正的力量,而以力量为后盾的智慧,千万不能低估。他摸不透对手究竟乱了阵脚没有?它飞快地往回游为了什么?

这类鱼多少年来,就是人们热衷捕捉的对象,它能幸存到今天,逃脱网捞罟捕,该不是凭借什么运气,而是风里浪里,生里死里摔打出来的。是懂得怎样战斗,怎样生活下去的老家伙,小看不得,所以于而龙决定继续尾随跟踪,决不冒冒失失地动手。

老家伙,是个含有蔑意的称呼,尤其从那些新贵嘴里吐出这三个字来,又加了层唾弃之意。于而龙自己也是个老家伙,而且还是个不死心的老家伙，惺惺相惜，他还是相当佩服红荷包鲤，直到此刻，也还不服输，仍以相当高的速度飞快游着呢！

红荷包鲤游了一程以后，到底发起脾气，又跃出水面来了。大概那根总赘在唇边的，不紧不松的尼龙丝惹恼了它，它要向于而龙挑战了。

激将法是古已有之的，而这条红荷包鲤竟敢来激怒于而龙，可见它是多么沉着老练，足智多谋了。通常，上当的钓客，只要一紧钓丝，老江湖就会借机趁势猛烈地摆头，不是脆弱的鱼弦折断，就是鱼钩从唇吻上拉豁脱掉，虽然自身要受很大痛苦，但可以逃出一条性命。

于而龙也是老行家了，不会鲁莽行事的，尽管很想给点颜色看看，但尼龙丝只有十磅拉力。因此，他关照秋儿尽快地划，使鱼弦不绷得很紧，让它恣意地游翔、滚翻，钓客们的眼睛差不多都瞪圆了，瞅着它每一次沉浮，每一个跳跃，等待着有利战机的到来。

终于它游得离舢板近了些，机会来临得太突然了，甚至连一篇社论都来不及了，就作出了决议，只见他手一扬，后面的孩子还不等意识到发生什么事，眼一眨，那锐利的五齿钢叉，嗖的一声，朝那靠得已经很近的鱼飞去。

按照常理，应该是一摊涌上来的、被鲜血染红的湖水，因为谁不闻名，于而龙是当年石湖上手不落空的神叉，然而，丢脸哪！鱼叉慢悠悠地从湖水里褪了出来。

于而龙，于而龙，难道你已不是三十年前那只鱼鹰了吗？难道就因为年逾花甲，生命的春天，会随着凋谢的桃杏花一块离开你么？……

红荷包鲤又钻出了湖面，轻轻地在波浪间吐出一个水泡，那水

泡破裂的声音,似乎在代替于而龙回答:

“不——”

是的,应该不!

四

两位钓鱼人亲眼目睹红荷包鲤,是怎样敏捷地把头一缩,迅速地偏转身子,躲开了致命的一击:那反应之灵活,行动之干脆,出手之不凡,使得一老一少都目瞪口呆了。

于而龙无可奈何地捞起鱼叉,悻悻然地骂道:“真是难得碰上的老滑头,鬼得厉害!”

秋儿也赞叹着:“真有两下子!”

“它不离开水,比咱们有办法些。”

也许,生命史上的黄金时代过去了,在三十年前的石湖上,能逃掉于而龙的杀手锏,是不大容易的。鱼,大约也使尽了浑身解数,才死里逃生,如今累了,潜在深水里不动了。至此,仍旧一无所获的钓客们,也需要喘口气了;看看表,八点多了,便问孩子:“秋,该吃点什么啦!看你奶奶都给我们准备了点啥?”

秋儿连忙把竹篮递过去,掀开蓝布盖帘,啊!几块烤得黄澄澄的米面饼,一碟红烧大头菜,一碟甜酱萝卜头,还有洗干净的芫荽、小葱,看到那碧绿新鲜的色彩,他胃口大开,食欲就来了。

他看到竹篮里带着三双筷子,笑了:“还有谁呀?”

“奶奶说,你们家吃饭讲卫生,挟菜单有筷子……”

于而龙皱起眉头,想起解放初期老林嫂从乡下来看他们,住在家里那股拘束劲,不自在的劲,此刻不由得埋怨:“若萍,若萍,你的那些讲究，那些习惯，那些文明，把个乡下老太婆弄得不敢登门了……不管啦！”说着手也不洗就捏着面饼，卷着蔬菜，大口嚼起来。秋儿看见叔爷吃得那个香劲，这才想起说：“还有咧，叔爷！”从舢板后梢摸出个黑釉陶罐，端到他面前：“奶奶让带来的糟鳗鲡。”

——啊！老林嫂，谢谢你，谢谢你！

还没揭开盖子，那股香喷喷的酒香，先把他醉倒了。多少年想闻都闻不到，只有石湖水上人家才会腌制得出的异味，一下子把他勾回到三十年前去了。

他似乎回到了湖荡里草木丛生的沙洲上，听着于莲刚刚来到人世间呱呱的哭声，守着产后显得疲惫的芦花，看着远处敌人扫荡，焚烧村舍房屋的浓烟，在传来阵阵沉闷的炮声之中，也曾被这香喷喷的糟鱼味陶醉过……

于而龙由不得叹息……

“莲莲，从你一出世，就不曾给我们带来过平静，直到现在，都三十二三岁的人了，仍旧牵系住我们做父母的心。艺术创作上的挫折和打击，婚姻生活上的不幸和变故，一桩接着一桩，好像从来没有消停过。当然，你给我们带来欢乐，可也带来了烦恼。有时候，为你犯愁，甚至愁得要命，一个嫁不出门的姑娘，总是父母的心事。虽说你最终还是幸运的，找到了失去的爱情，可我们，至今并不轻松啊！……”但是，于而龙望着茫茫的石湖，在那亲切的糟鱼曲香里，想起他女儿幼年，令他们和乡亲们担惊受怕的日子，目前这种浅浅的伤感，淡淡的忧虑，就算不得什么了。

——老林嫂啊老林嫂，你为莲莲付出了多少心血啊！

昨天傍晚，水生把于而龙接回柳墩，老林嫂劈头就问这位贵客：“为啥不把莲莲一块带回来？”可怜的干妈热切地惦念着她，大为失望地说:“丫头把我忘了。”

夜里,团坐在灯下,于而龙告诉她,长期来莲莲在生活上的不顺心,最后终于离婚,回到家里来了。老林嫂能不维护她的宝贝么:“晚了就晚了,晚开的花照样香!”

“可把若萍愁了一阵,真怕她老在家里咧!”

“怕什么!你们不养我养!”

老林嫂的声调,还像三十年前那样坚决果断,铿锵有力。当然今天说这句话,只不过是充满感情的激动而已,但在战争年月里,这大胆的承诺,可是字字千钧啊……

对于于莲这个不受欢迎的人,不适时地来到人间,除了她终生终世也不应该忘怀的干妈外,谁都看做是个沉重的负担。再没有比一九四五年日本鬼子快要失败、国民党企图卷土重来时,石湖支队所处的局面更为困难的了。因为支队的活动范围,正好处于敌人的心腹要地;“卧榻之旁,岂容他人鼾睡”,所以敌、伪、顽三者勾结起来,企图一举把这股“残共”扫荡干净。

频繁的战斗没完没了地打着,每天总得有四五次程度不同的接触,甚至一口气接连打几仗,才能摆脱重围。无休止的行军把战士拖累到了极点,常常一夜得转移几个村庄,才能甩开紧盯不舍的敌人,真是连合眼的工夫都没有,只好边走路边打瞌睡。那年夏秋之际的淫雨,和难消难解的迷雾,至今还在于而龙的脑海里,留下深刻的印象:泥泞的道路,无法通行的沼泽地,潮湿的衣衫,沉重吃力的步伐;再加上给养补充不上的饥饿,长时期得不到休整的劳累,啊,这是队伍最不好带的时期。就恰恰在这紧要关头,于莲,这位不速之客,要向烦恼的人世间报到来了。

芦花再也无法跟随队伍活动了，她已经到了实在坚持不下去的地步了，只要她能咬牙挺住，是决不会开口的。

“二龙，我得留下来，只怕是三两天的事！”

游击队长生气了，但生的是那种不讲道理的气。人处在不顺利的逆境之中，不晓得哪里来的火气，像个刺猬似的，动不动就把针刺直竖起来：“留下，留给谁？是留给忠义救国军，还是留给鬼子？”

战场上，死神是不可一世的，但是做母亲的偏要给这个世界带来新的生命，所以她们就要为孩子吃更多的苦头。拖着沉重的身子越过封锁线；背着襁褓中的婴儿，长距离的急行军；饥饿的日子里，挤不出一点奶水喂那嗷嗷待哺的小生命；在枪林弹雨中，宁肯自己牺牲，也把孩子紧紧搂住……所有这一切折磨，都是死神或者战神为在战斗岁月中做母亲的女同志准备的，看来，芦花也到了这一天。

路大姐那时正在石湖，她也曾在战场上做过母亲，可她比谁付出的代价都大，她生孩子那天，正赶上皖南事变发生，不得不忍痛割舍，随部队边打边撤出重围，所以，她建议支队政治委员想想办法，母亲总是疼爱孩子的。

赵亮皱着眉头，踌躇了良久，才下了决心：“好吧，派一个小组，突破封锁线，送芦花到后方去。我来跟滨海支队联系，叫他们配合一下！”

指挥员的职务提醒于二龙，半个战斗力也不能抽走，连续打了几个月疲劳的仗，支队的实力大大减弱，连本来不费劲就能吃掉的小股敌人，现在也只好眼巴巴地放弃。

那时已经担当副队长的王纬宇——这个混账东西啊！在大家

为难犯愁的情况下，居然还有心情掉书袋子，摇头晃脑地说："从《史书》上的记载来看，历代起义军，从汉末的黄巾，到明末的闯王，都是携着妻儿老小一起南征北战，只是到了太平天国，才分什么男馆女馆，但打起仗来，还是一齐冲锋陷阵。依我看，用不着冒风险过封锁线，只要派两个同志照应——"

"副队长，那我就先派你！"于二龙拿话堵他的嘴。

他一本正经地说："有何不可，只是我很抱歉，不会接生。"

"闭上你的嘴巴，我们是新四军，不是起义军，我们不能背着娃娃打仗。"他转过脸来，看见芦花和那时队里为数不多的女性，她们显然为了保卫妇女儿童的切身利益，正结成一个统一战线，联合在一起。她们不但给未来的于莲准备最初的衣衫，而且对游击队长施加某种压力。他火了，怎么？准备过家家吗？"嗐，你呀，你呀！"他朝芦花吼着。

赵亮瞪着他："你干吗总跟好斗架的黄牛一样，不能冷静点吗？像吃了枪药似的。"

芦花狠了狠心："好了，别操心，大家不要发愁，找个堡垒户，生出孩子就行。"在场的石湖人都懂得芦花的意思，那些女同志本来在缝着连着的，此刻都停下来了。在旧社会，石湖盛行溺婴的陋习，格外是女婴，活命的希望尤其不大。政委是江西老表，路大姐是外乡人，不懂得于莲的命运已经被决定了，他们还奇怪女同志一下子停了工，不做针线活是怎么回事？

快嘴丫头肖奎说："用不着啦！"

"为啥？"

"用不着就用不着了呗！"

等他追问明白，立刻火冒三丈，一个不爱发脾气的人，突然声严色厉地变了脸，人们总是要重视的："你们懂不懂？这是革命的后代，你们搞的什么名堂？长征路上，孩子在箩筐里挑着，还过了雪山草地。马上准备走！"

也许路大姐想起她扔在皖南那座刀豆山的儿子了吧？她支持政委的意见。

就在这个时候，老林嫂来到部队驻地，天大的一个难题，她一来有了办法，满天愁云都吹散了。哦！她满肚子计策，胸有成竹地说："放心吧！把芦花交给我好了。"赵亮高兴得笑了，让老林哥——游击支队的管家，把仅剩下不多的米，匀出了一点给她们带着。这个从来不知道忧愁的乐天派，连自己老婆也要逗逗趣，说几句玩笑话："听着，孩子他娘，这是部队口粮，可不带你老百姓的份！"

"好啊好啊！"老林嫂满口应承，"你也听着，孩子他爹，什么时候回家，千万别忘了带块膏药！"

老林哥直以为他那几个孩子生疮长疖子，追问着："干啥？"

直等老林嫂和芦花上了船，才回过头来对她丈夫说："好糊住你的嘴，不吃家里的饭哪！"在众人一片哄笑声里，小船载着两个女人走了，终于消失在水天一线的湖里，然而游击队长的心情，半点也不轻松。

那时候，于二龙从心底里诅咒于莲："这个混蛋家伙，怎么能毫无一点眼色，偏在最困难的时刻，给当队长的爸爸制造麻烦呢？"

隔了两天，在一次战斗的间隙里，政委高兴地跑来告诉队长："恭喜你啦！快去看看孩子吧！"于二龙弄不懂有什么值得他那样喜形于色？高兴得呵呵地合不拢嘴。直到他不久以后落到敌人手里，被杀害了，游击队长猛地变得孤单，变得软弱，越发需要他的时候,他那一片赤子之心,一种革命的天真,使得人们更加怀念这位播火者了。

他当时狠狠地给于二龙一拳:“看你一副死了老子娘的脸!”

“有啥好喜欢的?”

“你呀,二龙,我老婆生第一个伢子的时候,我是赤卫队长,乐得我直蹦高,又有一个打红旗的,还不高兴?看你嘟哝着脸,像灶王爷一样,别把刚出世的小游击队员吓哭了!”

于二龙笑了,那尴尬的笑容,比闹牙疼的脸还不受看,战士们都背过脸去捂着嘴乐。他也弄不清当时的心情是喜是忧,而且柳墩距离太远,部队马上还要转移,所以就不打算去看她们了。

赵亮看出他的疑虑,莞尔一笑:“你以为芦花在柳墩太太平平坐月子哪?老林嫂是真正的游击队员,在沙洲上呢,我们老早扎过营的树窝窝里安家啦!离这儿不算很远,你去吧,不过,我不是小看你,怕你未必能找到她们!”

笑话,沙洲对于二龙来讲,就像掌心里的纹路那样清楚,他们曾经在那里和讨伐的鬼子队长大久保,捉过多少次迷藏啊!通讯员长生和他在密密的野生树林里,拨开高可没人的蓬蒿,穿过纠缠钩绕的荆丛,蹚过深可及膝的溪流,攀着一团团簇拥着生长的杞柳,到达了旧日的宿营地带。

太阳在他们头顶上,慢慢地朝西偏斜,两个人的影子越来越长,知道时间不早了。呸,果真让赵亮说应了,两个女人不知隐藏在哪个角落?要不是于莲的呱呱哭声,恐怕他们只得扑空回去了,那未来画家的大嗓门,吓于而龙一跳,似乎她恨不能让全世界都听到呢!

孩子的咿呀啼叫,使他们很快发现了要寻找的目标,但是一想到同时也有可能招来敌人，队长的心立刻打了个寒噤似的紧缩起来。王纬宇引经据典，起义军是带着家小的；于而龙那时文化很低，不辨真伪，但至少他懂得石湖支队是行不通的。他想起前不久，整个支队在敌人的重重包围之中，是怎样在炮楼底下悄悄跑脱的，而且还是一个月明星稀的夜晚；倘若当时，有谁轻轻咳嗽一声，或者忍不住打个喷嚏，整个支队就会覆灭在大久保的包围圈里。可以想象在那样情况下，一个哭哭啼啼的婴儿会给周旋在敌人夹缝里的游击队，带来什么结果？这支在敌人心脏地带活动的共产党部队，已经在敌伪报纸上好几次宣称被彻底扫荡干净，然而他们始终没离开石湖，仍在牵制住敌人。一支要求高度机动的游击支队，怎么可能背着娃娃打仗？

——莲莲，原谅我吧，我已经决定了你的命运。于是我不由得放慢了脚步，也不知为什么，或许是想让你，在世界上多呼吸一会儿吧，原谅那时你残忍的爸爸吧！

通讯员孩子气地朝发现的，伪装得十分巧妙的掩体奔去，在小河里蹚着水，也是跑着跳着，同时兴奋地大声喊道：“指导员，指导员——”等于二龙慢悠悠地走到，他已把于莲从窝棚里抱了出来，说实在的，于莲裹在破褂子里，丝毫也不吸引人，说她是丑小鸭，半点也不过分。

在那棵碗口粗细，不算高大的苦楝树底下，芦花坐在窝棚门口，好像做了什么对不起人的事，非常愧疚地看着丈夫。自从于莲来到人间，吸了第一口乳汁以后，母性的本能，使她说什么也舍不得把孩子溺毙了。

“不行，芦花，说什么也不能留呀！”

谁也没有吭声，不但孩子的妈妈，就是抱着孩子的长生——其实那时他也是个孩子，都觉得他忍心把孩子割舍，是理所当然的事情，除此以外，还能有别的生路吗？

长生紧紧搂住于莲，生怕夺走似的，和他保持着一定的距离，而坐在窝棚门口的做母亲的芦花，心海里该掀起多么狂烈的波澜，可表面上不露半点表示异议的样子。事后，看她嘴唇上咬出来的深深的血印，和她手掌里捏得稀碎的蒿秆，可以猜出她是怎样努力控制住自己的。

他又何尝轻松呢？一条生命啊！她有权在世界上活下去。但是他却残酷地伸出手去："给我吧，长生！"

"支队长，你不能，你不能……"他恐惧地盯着于二龙，畏缩地后退着。

"天不早了，我们该往回走啦！"于二龙朝他走过去。

"支队长，你别过来——"他抱着于莲，背冲着于二龙，不让他看到孩子地继续躲着。

——莲莲，最先护卫过你的长生叔叔，早已不在人世了，他甚至还不曾活到你现在这样大，就为革命献出了青春的生命，愿他的灵魂在那黄河的沙滩里安息吧，还有我那匹忠实的"的卢"……

"别耽误事啦，长生。"

"支队长！"他哀求着："你就让孩子活着吧！"

"少废话，快给我！"他大步跨了过来。

"支队长，我求求你……"长生躲闪得更快了。

"站住，长生！"

"不，支队长，我说什么也不能把孩子交出来！"

"你听见没有？"于二龙脸色铁青："我命令你，把孩子给我！"

长生不回答，眼里啪嗒啪嗒地掉出了一串泪珠，一步一步地，哆着嘴唇，搂着不声不响、异常乖巧的于莲走了过来。于二龙的心也像刀绞似的，不知为什么，他觉得伸出去接抱孩子的胳臂都在颤抖。

突然间，一声霹雷似的叫喊，连同那个泼辣厉害的女人，从河边的树丛里冲了出来。

“做什么？你们要做什么？昏了头啦！做出这种缺德的事，你们这些天杀的啊……”

——莲莲，你的救星到了！

老林嫂从树丛里钻出来，手里拎着几条长长的鳗鲡鱼，原来她是捉鱼去了。于二龙满脸的晦气，和长生闪烁的泪珠，使她马上领悟到将要发生的悲剧；鱼也不要了，网也不要了，顾不得树枝剐破了小褂，露出了皮肉，飞也似的杀将过来，把孩子抢在怀里。然后，半点也不给当队长的留面子，当着通讯员就是劈头盖脸一顿骂，把那些专属于男人骂的难听话，七荤八素，随着唾沫星子，抛到游击队长的头上。

后来于二龙在国外游览天然动物园的时候，听向导给游客介绍：森林之王狮子，一旦发现它的幼仔受到伤害，那不可遏止的暴怒，连大象都吓得远远避开，谁也不敢靠近。于二龙完全相信向导的话，因为他有深刻体验，如果当时他要碰于莲一指头，老林嫂真敢泼出命去跟他打架的。

芦花挣扎着过来，为丈夫说情：“老林嫂也别怪他，孩子实在是难养啊！”

在苦楝树底下，老林嫂斩钉截铁地宣布：“你们不养我养！”于莲哇哇地大哭起来，谁知小小生命，是高兴呢？还是忧伤？

游击队长郑重地说：“老林嫂，你不要吃灯草灰，说得轻巧，你脚跟前还有几张嘴张着等喂呢!”

老林嫂的几个小子,个个都像老林哥那样茁壮结实,像马齿苋一样,落地就长,不管天旱地裂,不管人踩牛踏,总是长得那么叶肥枝壮。她信心百倍地回答:“我能养活那些个小子,还愁喂不饱一个闺女。乖乖,快别哭啦!有干妈心疼你呢!”

别看于二龙是个威武的队长,但是摆布不了一个候补的游击队员,这是她自封的称号,谁知道她从哪里懂得候补两个字?但是,她在传送情报,运输弹药,组织乡亲支援等等方面,她起的作用,要用候补两字可委屈了她。她威风凛凛地宣布:“沙洲上,我是司令员,得听我的,给我老实坐着。”她喝令着,随后,从窝棚里把那袋米拎出来,敢情一粒都没动。“你们背回去,还给那挨刀的。”她有许多称呼给老林哥预备着,这还是算客气的一个。她故意撇着嘴说:“我们不稀罕——”当然谁都明白,那时给养补充相当困难,她是为支队省着的呀!

“那你们指什么过活呀?”长生惊讶地叫了起来。

“你们尝尝山珍海味就明白啦!”说着端来了一个黑釉陶罐,掀开盖子,那醉人的香味,扑鼻而来。

——哦,我敢起誓,这种只有石湖才能做得出来的美味,简直是无法形容的鲜嫩,吃起来无疑是一种享受。记得五十年代率领人马去国外同类型工厂通盘实习的时候,主人特地招待的烤奶猪,对不起!好像也不及在沙洲上吃糟鳗鲡来得香美。

他和长生一筷子一筷子很快挟完了大半罐子,老林嫂还直劝他们加餐:“吃吧!吃吧!今年雨水大,鳗鲡都爬上树了。”

那小小的生命就这样获救了。

现在,吃着鳗鲡鱼的于二龙思索:假如莲莲一辈子守着这位保护神，那她该是多么幸运啊！

三十多年过去了，当初险儿被溺死的女婴，如今成了漂亮魅人的女性，也许因为离开老林嫂太远的缘故，至今还有这样那样的人，企图把她在生活道路上，艺术途程上活活给掐死，可再没有保护神从树林子里蹿出来搭救她了。

谢若萍总是朝她的老伴抱怨："悔不当初，就不该让她走上学绘画的道路。"

于而龙说："我和艺术不沾边，他们也没饶了我！"

"可是我觉得，她的不幸和你有关系。"

"也许，是这样，谁让她是我于而龙的女儿呢？吃挂落啦！"那还是他第二次垮台以前，正像一头抵角的牛，同那些人在较量的时候，他女儿又一次在艺术创作上，遭到了围攻和批判，显然，那也同时给他一点颜色看看。

那是个谁也救不了谁的年头，一声令下，于莲辛辛苦苦的劳动产品，被定为黑画，并且要押往审判台斩首示众了。

即使老林嫂赶来，她这位保护神也无能为力了。

于而龙不禁在这荡漾的小舟上，回想起他女儿那幅丢尽了脸的作品。他始终喜欢那幅油画，而且他女儿也承认画幅里，有她爸爸倾注的心血。是的，于莲画过许多作品，可哪一幅都比不上这幅不幸的《靶场》，更使他关切。

画面上是一个春光明媚的丘陵地带，似乎一场激烈的实弹演习，刚刚结束，硝烟还没有散去，好像能从画上嗅出浓浓的火药味。但和煦的阳光，已经欢乐地拥抱住泛浆的初春原野，拥抱住到处生长着的钻天白杨。在画面上，阳光有些奇特地，似乎可以捉摸得住的，映照在肥大的树叶上；同时，又像跳跃般的有生命的东西，蹦弹在化冻的洼地里，残留积冰的小溪中，处处都能体会到这种只是春天才有的亲切阳光。

那浓郁醇厚的春天气息，是多么类似他眼前的石湖呀！

在那幅画里，展示了一个阳光灿烂的世界，阳光带来温暖，带来生命，带来希望，同时还带来人们并不十分注意，可又是相当重要的东西，那就是色彩。

切莫把色彩看做是画家的专利，要知道使世界变得绚丽缤纷，使生活变得丰美多姿，使姑娘变得娇娆妩媚，使花卉变得鲜艳夺目，使整个地球，我们人类居住的行星，变得那样气象万千，一句话，是色彩的丰功伟绩。于而龙从他女儿的画里，得出了一个结论：一个失掉任何色彩的世界，一个极其平淡，极其单调，极其乏味的清一色世界，人即使活下去，恐怕也够勉强的。

于莲毫不吝惜色彩，在她笔下，永远是一个绚烂的世界。连于而龙都诧异，为什么在调色板上那一摊摊像鸡屎似的油画色，三抹两抹会成了惟妙惟肖的艺术形象？他真想还回到她童年时，捧住那梳小辫的脑袋亲一亲，褒奖她的聪明和得了个五分。可现在怎么能行呢？她比女人还更要女人些，那种画家们都穿的工作大褂里，是一个丰姿绰约线条优美的身体，正如追求她的那位同行所形容的，简直是活着的维纳斯。

谢若萍看不惯她女儿不修边幅，落拓不羁的艺术家脾气，总督促于而龙去敦劝女儿要检点些。

“你当妈的不也长着嘴么？”

“她笑话我是修女嬷嬷。”

于而龙笑了，一般地说，他够开通的，但也觉得吃过洋面包的女儿太肆无忌惮了一点，可未容他张嘴，画家拿话给他堵住了："得啦爸爸，难道要我戴上面纱吗？"

"你呀你呀！生是给惯坏了！"

还在最初勾勒草稿的时候，艾思就出现了，这个留着大鬓角的追求者，显然在打这个闹离婚的老同学的主意，差点没把于而龙家的门槛踏破。大凡漂亮一点的女性，总是像磁铁一样有吸引力，何况他是同行，而且是懂得一点"上头精神"的灵通人士。在那个年头，"上头精神"是艺术创作的生命线，于莲竟然敢撇开"样板"灵魂，自行其是，一开始就注定了作品失败的命运。

艾思不客气地给她敲警钟："啊！小姐，注意犯禁哦！我嗅到了一点莫奈的气味咧！"这位没有什么作品的艺术家，总爱炫耀肚皮里那一点点学问："无标题音乐给批了，印象派也跑不脱。"

"谁说的？"要说于莲一点不在乎，那也是不准确的。

他朝斜对面的楼上努了努嘴，谁都明白，他指的是已经进到写作班子的夏岚。"你应该找她谈谈你的创作意图。"

"她？"

这个和她老子一样不买账的女儿，显然又犯了一个策略性的错误。

过了一些日子以后，画稿有了一个初步模样，白杨树叶开始放光了，她对频频来访的殷勤客人问："艾思，你不觉得这是我自己艺术创作道路上的一次突破么？"

他可不这么看，尤其是画面上那位"将军"式的人物形象，愈来愈鲜明的时候，他说："我看你越滑越远了！"

"胡说八道。艾思，没有探索，还有什么艺术呢？"

"依样画葫芦，那是保险系数最大的，干吗冒风险？你这幅画，从内容到形式,都值得推敲。这里不但有西班牙的戈雅,还有英国的康斯泰布尔,透纳……”他像数家珍地把印象派的远祖都搬弄一番,然后做好人地说:“这我可以不指出来,横竖外行人不懂,可是——”他瞧着画面上的那个指挥员,把话咽住了。

“你比夏阿姨还神经衰弱,疑神见鬼些。”

“我不明白,于莲,你爸爸干吗总跟纬宇同志拧劲呢?”

于莲从画架上跳下来,蛾眉竖起,眼里闪出犀利的锋芒:“你这是什么意思?”

“随便说说——”艾思不由得赞叹着这个比油画还富有色彩的女人,她那类似标准模特儿的丰腴柔美的体态,充满了青春的诱力。他心里想,倘若她要脱掉沾满油画色的罩衫,肯定就是波提切利的不朽名作。诱惑使他禁不住地向她凑拢,但是画幅上的那个老兵,又使他望而却步。更使他害怕的是她头脑里的许多直率的见解,和愤世嫉俗的情绪。艾思固然欣赏她,但是,娶一位给自己带来灾祸的美人,还是有疑虑的,所以至今下不了决心。他在屋里踱来踱去,忽然,装得极其平淡地问了一句:“嗳!于莲,上回你说的那些小道消息,谁告诉你的?”他指着画面上那位倚靠在坦克履带上的指挥员,“是不是他?”

倘若不是艾思问得这样古怪,这样蹊跷,她也不会引起注意了。

“他是谁?”她问这个话里有话的人。

“嗐!谁不知道你以哪一位作蓝本,画这位将军啊!”他以嘿嘿的笑声来掩饰他想追寻的目的。

“追谣吗?”

“我可没有那个兴趣,只不过想证实一下那消息的可靠性、准确性，因为也有别人告诉了我。”

“快慰人心的消息总是长着腿的，不许招摇过市，不许代表中央讲话，不许接待外国人的约法三章也许是有的，报纸上很久没见她露面了。”这还是她为了创作这幅油画，来到她爸爸妈妈的战友肖奎那部队体验生活时，听那个快嘴阿姨告诉她的。

但艾思一个劲地追问：“是你爸爸的老上级，那位‘将军’透露出来的吧？”

于莲觉得紧紧追随夏岚的艺术家有些笨手笨脚，连个小特务都不会当，便嫣然一笑。那笑容真勾魂摄魄啊！“艾思，听小道消息有个基本道德，那就是哪儿听，哪儿了，出门概不负责。哈哈，真到了那一天，当庭对质，我就说是你讲的。”

真是一朵带刺的蔷薇，现在就感到扎手了。艾思也许确实有些想娶这个美人，便真诚地劝说：“于莲，你应该建议你父亲跟那位‘将军’保持一点距离，而且，我认为你不应该画他，这是要担很大政治风险的。”

“我哪里画的是他？天知道，我是塑造一个布尔什维克的形象！”

“可眉宇间有他的影子，而且那种气质——”

“瞎掰，我最讨厌牵强附会！”

“可已经有人在说你在为人树碑立传。”

“谁？”

艾思不做声。

“夏阿姨吗？”

尽管那个大鬓角矢口否认，但实际上是一个信号，于莲把它疏忽了，这就紧接着犯了第二个错误。

于莲凭着她的艺术直觉，画出了一个上了岁数的老兵，正在给簇拥住他的年轻战士，讲评刚才进行的实弹演习；他也同战士一块滚爬来着，浑身湿漉漉的，沾着泥污，谈笑风生，神采奕奕。在他对面，有个身材高大的战士，大约不是由于鲁莽，就是由于怯阵，造成反坦克火器发射失误，以至成绩吃了个空心鸭蛋，正臊得满脸通红，不好意思地瞅着大家。

很明显，老兵在讲评里涉及到他，要不然，那个从炮塔里探出半截身子的坦克手，也不会做鬼脸来讥笑大个子了，似乎可以听到坦克手的粗嗓门："要想搞掉我，你呀，刚出土的笋子，还嫩一点。"

所有战士都画得英俊可爱，虎气生生，乐呵呵地笑着——可有人竟说这是退出历史舞台的遗老遗少所发出的敌意嘲笑，天哪，在那些明公眼里，世界就是哈哈镜，无不歪曲扭斜。分明整个靶场上洋溢着亲切和谐的气氛，飘扬着善意期待和殷切鼓舞的笑意，但偏要说是"末日的审判"，而且连辩解的权利都不给，当然画面上有那么一点辛辣的胡椒面，可也不至于神经脆弱到那种程度。一个娃娃兵，从大个子身后，钻出个脑袋朝他撇嘴，还伸出个小拇指揶揄他："看你尾巴都快翘到天上去啦！"不知为什么，竟惹怒了一些新贵，说是指桑骂槐，打击革命新生事物，哦！罪名可不小咧！

其实问题的核心，是那个老兵，从他持重稳健的神态，和战士对他的尊敬信赖的心情来看，不言自明，可以估量出他的身份，起码在抗日战争时期，就是吃小灶的。他老了，应该说相当的老，可是在生气勃勃的青年中间，他又并不显得苍老。

于而龙赞美自己女儿奇妙的才思，钦佩她精湛的笔力，设计出了一个有老意而无老心的布尔什维克，一个永葆革命青春的形象。

艺术创作是艰难的劳动，他实在心疼在生活上遭遇不幸的女儿，在绘画生涯上也是流年不利，屡遭挫折，然而，他发现她和自己多少有点相像，总不甘心失败，继续在顽强地追寻探索，只要听她夜里徘徊踯躅的踱步声，就懂得那一点一触、一笔一画是多么来之不易了。每逢她进入这种创作的临产阵痛期，连他老伴也心疼——尽管她不赞成女儿自讨苦吃，往往侧耳倾听一会儿，便叫醒他。

“听见了么？莲莲还没睡！三点啦！”

“快要完成啦！熬了不少夜啦……”

“真够孩子辛苦的，啧！”她披衣起床，照例，沏杯浓浓的麦乳精，或者炼乳里冲个鸡蛋，给女儿送去；那幅油画足有半堵墙那么大，登高爬梯，也够劳累的。甚至工作衫嫌碍手碍脚都脱掉了，望着女儿只戴着胸罩的散漫样，直皱眉头，赶紧去把窗帘拉紧；可看她累得像小鬼似的，又觉得可怜和同情。于莲沉浸在创作意境里，不愿分神，给这位不是亲妈，胜似亲妈的母亲，照例，赏以甜甜一笑，又挥毫泼墨地画去了。

不为儿女操心的妈妈是极其少的，何况谢若萍格外母性一些；想到都三十出头的女儿，没着没落，几乎成了她的心病，她多少次想问：“莲莲，你画了那么多年轻小伙，可哪一个属于你？”

回到自己卧室，想起了什么，推醒老伴：“你看艾思怎样？”

于而龙那时从干校回来了，在工厂里忙得要命，二次上台以后，睡觉都要琢磨许多棘手的事，老伴的问题使他恼火：“什么意思？”

“我看她和那个艾思，年岁相当，又是老同学，倒也将就了！”

“我不相信莲莲和小农离了婚后，会嫁给这位大鬓角，那不是从屎窝挪到尿窝？”

“夏岚好像挺中意他!”

于而龙三句话不离本行:“鲇鱼找鲇鱼,嘎鱼找嘎鱼!”他问过于莲:“为什么艾思对那个老革命,总鼓着眼睛?”因为他关心这幅作品,喜爱这幅作品,所以任何反面的意见,他比他女儿还要敏感些。

“因为他熟悉行情。”

哦,于而龙明白了,在商人的眼睛里,怎么能看出两代人融和亲切的气氛?怎么能看出革命者同心同德的精神状态?怎么能看出燃烧在心头的理想、信念?在买卖人的脑袋里,不可能理解老兵的情操。那轩昂的眉宇间,描写出历经战火的深沉;那深邃的目光里,点画出对党的忠诚和挚爱;那坚毅的脸色中,流露出开阔的胸怀和豪迈的气概。他多么像于而龙心目里的那些老领导、老首长、老前辈呵!

于莲不落窠臼地给老兵画了一头齐刷刷的黑发,真是生花妙笔,更添神采,这就越发使人觉得他是个有着顽强生命力的老同志,绝不是那种应该退出历史舞台的落伍者。

所有来串门的同志们、朋友们,都被这个老布尔什维克的形象紧紧吸引住了。也许在那个时候,老,成为一种过错,一种罪恶,甚至一个乳毛未褪,戴着红箍的黄口小儿,竟能颐指气使指责为革命奔走一生的前辈。他,这个像参天老树,巍巍挺立的老指挥员,像中流砥柱,赢得了人们的心。

然而,也触犯了一些人,尤其于而龙寸步不让地在整顿,尽管是戴着枷锁跳舞,那个差点垮台的工厂,总算运转了。“惟生产力论”的初步奏效,使得那些人在一时奈何不得的情况下,杀鸡给猴看,拿这幅画开刀了。

精通行情的艾思并未说错，于莲确实是在挖掘埋葬自己的坟墓，《靶场》还没有定稿，就被押上审判台了！

——老林嫂，你在哪里？真理啊，你在哪里？

“欺骗、卑鄙、一出丑剧……”于莲发起火来，那闪亮的瞳仁和牺牲的女指导员一样，因为油画是连骗带哄地被绑架走的。艾思对天盟誓，他是无辜的罪人。

对还在娘肚里的胎儿就起诉，就判刑，实在是荒唐，然而，在那个“样板”时代，棍子就同时代表着准绳和法律，让你五更死，决不到天明。于是，和她闹离婚一样，又一次受到满城风雨的议论。于而龙知道由于他的缘故，使她倒霉，两口子心疼地看着女儿在憔悴下去，瘦削下去。当作品在一个内部展览会上陈列着的日子里，她就像被缚在耻辱柱上一样，谁都可以走过来啐她一口。那位布尔什维克也同那些猫头鹰呀，破车老驴呀，白菜萝卜呀，一同站在被告席里。

她辩解、她抗议、她不服——芦花的血在她血管里流动着咧！“要是我画完了，你们定什么罪，哪怕枪毙，我领。现在这种批判，是无的放矢，对我半点用都不起，反而使我抵触得很。你们迫不及待地用绑票的手段架走，干吗？搞《风波亭》么？”

可惜，那位进驻他们单位的小头人，一个当过油漆工的新贵，不懂这出陷害忠良的戏。问道：“这幅画是不是你的作品？啊？——”尾音也开始拖长了，显得很有气派。

“当然是我。”她望着这个昨天还在喷漆的小头人，不由得感慨史无前例的年代，真是人才辈出。她琢磨可能因为他能区分红黄蓝白，才派来进驻的吧？其实于莲也不必大惊小怪，戏子还当部长哩！

“那就够了,反动标语只要对准笔迹,马上可以定罪!”

于莲勃然大怒,拍着桌子:“把我打成现行反革命分子好了,那不更干脆!”

这个倔强的于莲多么像她老子啊!有些熟悉他们家庭的同志赞叹着。可于而龙却觉得,她更像芦花,不论多大的压力,决不低头弯腰。

等她下班骑着那辆破自行车回到家,就不是那个刚强不服的于莲了,而像一个可怜巴巴的,受了委屈和欺侮的小孩子,泄气的皮球似的,倒在沙发上,愁眉苦脸,唉声叹气;要不,趴在她妈妈怀里,呜呜咽咽地哭上一顿,弄得那时在厂子里也一筹莫展的于而龙心烦意乱。

天天如此,一家人都愁眉不展。

“好啦莲莲,也许我们来想点什么挽救办法吧!”谢若萍真后悔让于莲去学画,从她的毕业作品《深夜》,到留学回国后的作品《母亲》,都是幸亏“将军”出面讲话,才免去许多不自在,如今难道还去求爱护于莲的周浩么?谢若萍犹豫了,正要抓起电话,于而龙按住了她:“你这是把有把的烧饼送上门去呢!依我,就找王纬宇和夏岚,干吗老躲在幕后唱戏,问问他们到底莲莲是该杀该砍,不就解决了吗?”

“哦?”善良的医生从来不曾想这样多。

“去找他们,我倒要看看这些人是不是穿连裆裤?”

从六七年以来,王纬宇政治温度计的水银柱一直是上升的,到了七十年代,他已经是非同小可的人物,忙得不亦乐乎。想找到他却非易事,配了两个秘书、三个联络员,据说要和他见面谈话,也得排在一周以后。特别是一些儒家法家从“四旧”的故纸堆里爬出来，被时代的脚灯照亮，学过历史的王纬宇更是脚打后脑勺地奔走不停了。

但有一天晚上，两口子不请自来了。

“看看吧！看看吧！我早就说过——”王纬宇一进门大声埋怨。

于而龙关掉电视，向屏幕上慢慢淡逝的人影说：“对不起，车把式，你遛你的病马，我可要接待贵客了！”

谢若萍忙着张罗，因为王纬宇光临，从来是要沏杯上好茶水接待的，好像成了规矩：“好久都没来串门啦！”

“打扰你们家的平静来啦！”夏岚笑着说。

于而龙回答说：“主任驾临，拍马屁都来不及呢！”

“戴上你的老花眼镜！”王纬宇向他下命令，接着扔过来一份报纸送审清样，“看看吧，我早就说过——”

他早就说过什么？于而龙对着那黑麻麻的一片老五号字，猛一下看不出什么名堂，他如今深刻体会到《红楼梦》里王熙凤在办理贾母丧事时，那种处处掣肘，力不从心的支绌局面。一个生产指挥组，不知为什么竟比当年领导整个工厂的通盘工作，还要吃力，还要费劲，一点都不得心应手。他总想可能自己迟钝了，老朽了，是啊，连一篇报纸大样看起来都那么困难。

好汉不提当年勇，五十年代，六十年代，喝，那么多设计图纸，技术文件，甚至还有许多等不及专家工作处翻译出来的原文资料，都是一目十行地迅速审批，交给小狄去分给有关部室车间，谁都知道他的脾气，行就是行，不行就是不行，绝不拖延，办事非常痛快。

那些年忙到端饭碗时都得批文件，一厂之长嘛！哪桩事能不由他拍板？因此，谢若萍给精力饱满的丈夫，在餐桌旁边拼上一张工作案子,他可以边吃边看边批,甚至吃着吃着撂下筷子去打电话,发出一些简洁的指示;或者叫孩子到书房里,找一本什么皇家年鉴之类的厚书。讲究文明卫生的谢大夫,也无可奈何。他好像从来不懂得疲倦似的,在沙发上打个盹,接着搓搓手又干。

也许那时风华正茂,精力要旺盛些?

夏岚告诉谢若萍:“情况有点不大妙,莲莲要触霉头,我一直担心会出事,到底捂也捂不住,一篇有来头的评论文章里,点了莲莲那幅作品。”

谢若萍才想张嘴,求两口帮帮忙,谁知都上了报,妈呀!大夫跌坐在沙发里,只有叹气的份了。

“妈,瞧你,大惊小怪,无非我于莲臭名远扬罢了,不同样风头十足么!”于莲伸过去手,“爸爸,给我看看判决书!”

于而龙好不容易才在那大块文章里,找到有关他女儿的章节,差点没背过气去。作者写道:“……《靶场》里的主人公,摆在突出位置上的,绝不是主宰时代的人物形象,而把一个没落的,早被历史的滚滚潮流冲走的,企图阻挡历史前进的绊脚石,重新像沉渣似的泛了上来。作者竭力美化这种失去天堂,而又不甘心失败的人物,从意识形态领域里鼓舞那一类退出历史舞台的家伙,以十倍百倍的疯狂向无产阶级反攻倒算。而且作者以阴暗的阶级心理,恶毒咒骂生活里出现的新生事物,和丑化代表革命的新生力量……”

“纯粹是莫须有!”于而龙撇掉那张清样,实在使他厌恶,只不过半个火柴盒那么大小一段文字,就像啐在脸上的一块又黄又臭的黏痰,让人觉得恶心。

“你还有劲头嚷,我早就说过——”

“你早就说过什么?少扯淡。”于而龙反驳他。

“不要不服气，我早嗅出味道不对头，本末倒置，怎么能把一个代表新生力量的年轻人，处于被审判的地位，而把老家伙摆在一号人物的突出位置上，是一个根本性的错误。”

夏岚说：“埋怨也来不及了，原稿有些词句就更不客气了。”她从口袋里掏出一份打字稿念着：“为谁歌功颂德？为谁树碑立传？正是怀着被打倒的新仇旧恨，才战兢兢地请出亡灵，画了这幅七十年代的《末日审判》。我们可以回忆作者在黑线包庇下抛出来的株株毒草，不言自明，是有其历史渊源的。”她合上稿子，“我对他们讲，旧账还是不要提了吧！算是删掉了。”

“我看不用删，还在乎前科吗？横竖判了死刑，再多的罪名，也只是枪毙一次。”于而龙说。

王纬宇好意地说：“不要说负气的话！”

“要我感恩戴德，谢谢大老爷杀我头！”

“总是有错吧！”

“对操着屠刀的刽子手来讲，只要想结果性命，还怕找不到下刀的地方？”

正在看清样的于莲扑哧笑了出来：“看哪爸爸，这篇文章把你们二次上台，穿新鞋，走老路的这些老家伙，又扫了一笔，说这是社会上的一股反动思潮……”

于而龙无需了解什么了，拧开电视，再也不参加他们的讨论。

“我说老于，你也该接受这个教训，现在很难说这盘棋就是定局，识时务为俊杰，莲莲不画，哪至于闯祸！”

夏岚在大镜子前端详着自己的身材，不在意地说：“现在不是追究责任的时候。”

妈妈为了女儿，不得不赶快央告这位笔杆子，每天两块四的样板伙食,吃得她越来越丰满了:“夏阿姨,帮帮忙吧,莲莲是你们看着长大的呀!”

“妈,我不是三岁小孩!夏阿姨,我求你帮这个忙,建议发稿时附上我那幅画!”

“你呀,莲莲,跟你老子一样,顽固不化!”王纬宇笑了。

尽管谢若萍看出老头子在皱着眉头看电视,显然是嫌她不该去求他们。但她想,这神通广大的两口子既然来了,必然有转圜余地,就服个软,不就万事大吉了吗!

王纬宇知道游击队长的倔强性格,决不会向他开口告饶的,哪怕他女儿马上绑赴法场,也决不肯请求王纬宇开恩赦免。然而王纬宇今晚来,是向他显示力量来的,说句透彻的话,这种力量既可以叫你平地发迹,满身朱紫;也可以叫你身败名裂,万劫不复。“太太!”他问夏岚:“难道不可挽回了么?”

“我说了,那是上头有话的。”

王纬宇和他妻子商量:“至少不点出莲莲的名字也好啊!”

“怕难——”其实文章正是她的杰作。

谢若萍顺水推舟:“这还不跟大夫开个病假条一样容易。”

她终于在镜子前照够了,答允下来:“我试一试看!”

于而龙心里琢磨:“两口子的演出不错,配合得多默契啊!”

过了不久,总算老天开恩,于莲那幅油画,被内部展览会恩准退回,可谁去搬回已被斩首示众的作品呢?

于而龙绝不是赌气:“我去!”

谢若萍害怕地:“得啦得啦!我的好先生!”心想:“用不着你去抛头露脸,还嫌丑丢得不够?”但老头的话是无法违拗的,他珍惜那幅画,他喜爱那个老兵,于是,从厂里要来一辆“130”,于而龙亲自出动了。

卡车刚从部大院开出去，有人把他叫住："于伯伯，干什么去？急急忙忙！"

"呵！陈剀！"于而龙看到这个满脸晦气的角色，热烈地向他打着招呼。在那个年头，谁见了这样抱着大堆书籍的人，准以为他是打算到废品收购站论斤出售的，但他却不是，一本正经地啃这些书，而且还要写论文，可见是多么不合时宜了。

他是廖总工程师的外甥，原来在一个什么研究所工作，后来不知什么原因给下放农村了，而且正好去的是于而龙的家乡石湖县，还改了行，可他孜孜不息，并未放弃自己的专业，这回来，就是为他的一篇论文来打架的。

"干什么穿上工作服呀？"

"当搬运工去！"

"我给你打个下手吧！横直我也没事。"

"怎么？论文还排不上日程？"

"见不着官，谁也做不了主。"

"你堵他门口啊！傻子！"

"给轰回来啦！"

"哈哈……"

他听廖总谈起过，说他外甥现在把论文拿出来，纯粹是瞎胡闹，有那工夫，还不如对奶牛谈谈他的大功率阴极射电管和伽玛变异呢！

"搬什么东西，于伯伯？"

"一幅油画！"

一听油画二字，把书扔进车厢板内，很轻捷地爬上了车："走吧，于伯伯，我也许能帮点忙。”

汽车开到展览会的后院，在若干幅被审判、被羞辱、被耻笑的作品堆里，找到了于而龙那位敬重的布尔什维克，他心里觉得实在过意不去，就好像使老朋友受了多大委屈似的。

“哦！好大的画面！”陈剀惊叹地说。

“走吧！咱们把它抬上汽车！”

汽车开出大门时，就是那位刷过油漆的小头人，吩咐他们停车，像行刑后验明正身似的，叫手下人对着油画咔嚓咔嚓地拍照。而那个扶住画框的书呆子，被画中的人物和风景所吸引，衷心地在赞美着：“真好，真气派，于伯伯，就像太阳照在我头顶上一样，都有点热烘烘的春天意思了。太棒了，真不错，好极了……”也许搞理工科的人，感情词汇不那么丰富，除了棒、好、不错之类的大路货形容词，竟说不出一句别的，来表达他真正想赞美的意思。

于而龙在那书呆子的腰间捅了一拳，朋友，你还是不要多嘴多舌夸好吧！因为那位小头人的脸色，正如气象预报“多云转阴，傍晚前后有雷阵雨”那样，恼怒的云彩已经升起，准不是什么好兆头，赶紧走吧！

车子一直开到家门口，他俩把油画抬进来，放在楼道里，让它面壁靠墙立好，于而龙这才告诉他：“陈剀，这幅油画是大毒草，而你在那儿高唱赞美诗，你没看到吗？那狗脸已经飞起八月之霜啦！”

于而龙哈哈大笑。

“是吗？”他惊愕得说不出一句话，无论如何也不相信，又钻到背后去看了半天，满脸惶惑不解地跑来，直撅撅地问道：“于伯伯，你能不能坦率地讲给我听，这幅画的毒究竟在哪里？”

可谁能回答他呢？正如那件皇帝的新衣一样，据说，只有聪明的人，才能看得出来。

五

一望无涯的石湖，翡翠般的绿，镜也似的平。清澈可见的水草，袅袅娜娜，在湖底轻轻摆拂，环顾四周，整个石湖像块腻滑的碧玉，只有几片白帆在远远的地方闪亮，猛看过去，仿佛是在这块玉石上滑动一样。湖上静悄悄地，蒲叶似剑，苇秆似戟，这种刀光剑影的场面，使他好像听到三十多年前石湖上的咚咚战鼓，这位游击队长的心活了，觉得该是和水下的红荷包鲤，决一雌雄的时刻了。

是啊！壮士暮年，雄心不已，于而龙尽管两起两落，也不曾死了他那颗重整旗鼓的心。

他有时自我解嘲地说："像我们这些老家伙，等什么时候进了八宝山，大概才肯彻底安静吧！"

那天凑巧周浩来约于而龙去远郊的水库钓鱼，听了这话，不以为然地说："未必吧，二龙，你就是到了阴间，也不会老老实实的。看过老总的《梅岭三章》吗？"

"见过孩子们的手抄本，菱菱还刻印成册，到处分发，最近又忙着收集广场上的诗咧！"

"记得么？'此去泉台集旧部，旌旗十万斩阎罗'，多好，要没有这一点革命志气，和死也不绝的革命激情，也就白当了几十年共产党了！"

谢若萍得机会就向这位老领导告于而龙的状，说他总是不肯死心，总是蠢蠢欲动。周浩笑着安慰她："罢了罢了，小谢，一个人得了‘革命’这种病，那也算得上是个不治之症了。”

也许是这样，可是做妻子的心又使她担心和忧虑……

特别是去年十月以后，她看到于而龙的写字台上，又堆满了大部头科技书籍，和装订成册的外国期刊杂志，便叹息不已：“你呀，你呀！”于而龙碰上无可奈何的场面，总是以嘿嘿一笑来搪塞了事。“我看你是没完没了啦！”

“只不过随便翻翻。”

“真是贼心不死，别太忘情了，你的冠心病！”她是医生，所以负担又格外沉重些。

“没事，死不了，你放心。我是随便从老廖那里拿来的，这十年国际上动力科学的进展，真是让人吃惊，有机会能出国考察考察——”

他老伴眼都瞪圆了：“什么？还想出国！你就老老实实守着这家吧，哪儿也别去！”也许这就是谢若萍的主导思想，确实，十年来的风风雨雨，使这个善良温柔的女性，得出了这个结论，再经不起折腾了，再不要出事故了。于是，她还告诫着：“去老廖那儿，也用不着大张旗鼓！”

于而龙不爱听了：“难道这位总工程师还是不可接触的贱民？”

“我不是那意思，你别误会，我打心眼里尊重廖总，可你要明白，部大院里眼睛多，流言蜚语，又惹是生非。”

“最后，也得给这位动力专家落实政策，你放心。”

“听我的吧！二龙，避讳一点好——”谢若萍诚挚地说，“我并不反对你们谈谈玩玩解解闷，廖总光杆一人，也够孤独，够可怜的，可你千万别带出幌子来，弄来许多书，又给一些人造成口实，多没必要。”

“我不怕。”

“关键在老廖已经正式提出了申请——”

“提出申请怎么样？”妇女们特有的现实主义使他反感，“怎么？就不是共过患难的朋友，同挨批斗的伙伴了吗？不，若萍，你应该理解，我不是吓唬大的。”

她凄苦地笑了：“你就倒霉在认死理，一条道走到黑的毛病上，干吗非要东山再起，卷土重来？接力棒递出去，就算完成使命。假如你有兴趣，也不妨坐在跑道旁边，看别人去拿冠军，争名次，你还上场去跑个什么劲？”

“照你说，从此，永远是一个自由哥萨克？”

“那没有什么不好的！”

“干脆你给我注射一针氰化钾算了，告诉你，若萍，我不能像你说的那样活着。”

于莲正在外间屋收看电视，听到她爸爸的喉咙提高了调门，便关掉电视，走进套间，一向受宠的画家，玩世不恭地问：“老两口躲在屋里探讨什么？”

于而龙撵她走：“看你的电视去！”

“不，我偏想听听，因为好像很激烈。”

“有什么好激烈的——”于而龙说，“只不过我不赞成你妈去创立一种冬眠科学而已！”

谢若萍给气笑了。

“哦，从来没听说过。”于莲坐倒在床头沙发里，脚跷起老高，那漫不经心的样子，使得老两口无可奈何地瞪着。

于而龙说：“你妈妈在尝试，把青蛙的冬眠习性，移植到我的神经中枢上来。这样，我就可以不死不活地生存下去了。看起来是活的，但和死也差不离，要说是死的吧，又会喘气呼吸。”他说得一本正经，逗得他女儿格格地乐个没完。

“我不明白那有什么不好，无非没有上海牌小轿车，没有围着你转的一圈人墙。没有汽车，步行更有益于健康，多活动还能使胆固醇降低呢；没有人墙，离那些抬轿子、吹喇叭、拍马屁的人远些，你周围空气要新鲜得多。我觉得光强调防止环境污染还不够，其实，精神污染更具有毒害性。”

“乌拉！”于莲跳起来，搂住她，“妈妈，你的理论真高。”她直到今天还保留着在外国进修时养成的习惯，动不动就哇啦哇啦跟于而龙讲外国话。“走吧，走吧！看电视去！”于莲拉他们出屋。于是，一家人坐在电视机前，又一次欣赏那部车把式的国产故事片，如果记性不错的话，这部影片，他们看过的次数，起码要用两位数来统计了。

现在，屏幕上那位离职的车把式，正在黎明前的田野里，遛着那匹患了急腹症的病马。

对于马，当过骑兵团长的于而龙，怀有特殊的眷恋之情，他忘不了他那无言的忠诚战友“的卢”，是怎样掩护了他而惨死在黄河滩上。还是不要回忆那些场面吧！人可以用语言表达自己的思想感情，而那无言的伙伴，只能在泪水盈盈的眼睛里，流露出在生死诀别时对于而龙的依恋，它那温湿的舌头，无力地舔着骑兵团长的手，一直到生命的最后一刻。

马，有着一双在动物中最良善的眼睛，所以，五十年代，他率领整个骑兵团在王爷坟建厂，是怎样说服动员战士们才同这些军马告别的呀！一个呼啸冲杀的骑兵，和躲在洞穴里冬眠的青蛙，是两种多不相同的概念啊！

接着屏幕上走来了支部书记，开始讲述人所共知的真理。于莲坐在她爸的写字台上，居高临下地发表着议论：“我们国产艺术家的最大特点，就是碎嘴婆婆，没完没了的交待，也不怕观众耳朵长茧子。”

谢若萍说：“有些外国片子，跳来跳去，我就看不明白，半天，弄不清谁是好人，谁是坏人！”

“所以妈妈只能看吃了巴豆霜的艺术家的作品！”

谢若萍学过一阵中医，忙问：“干吗用这味泻药啊？”

“好噼里啪啦一口气全都拉出去呀！”

于而龙捧腹大笑：“那你呐？ 画家！”

“我岂能例外，不过，我服的是黑白丑——”她笑倒在写字台上：“因而泻得不那么爽快，人家这才管我叫印象派，等到把我赶进了追谣学习班，干脆，大便干燥，得了秘结，连个屁都没——”

这时，只听得电视机嘎嘎响了两声，荧光屏上出现了许多亮点，人物影像如同得了精神分裂症似的颤动。谢若萍埋怨：“莲莲，看你疯的，把电视机都震出毛病来了！”

偏偏于菱不在家，去年十月以后，他从遥远的沙漠那边“假释”回来，一如既往，毫不服帖，除了高能物理和那位舞蹈演员外，似乎还有些值得他关注的地方，例如搜寻广场上的诗歌啦！ 研究无神论啦！ 所以家里的事情，根本指望不上他。但属于近代文明的产品，只有他敢乱捅两下，现在无论是书记、大夫、画家都只能束手无策。那个不服老的车把式，他的脸形一会儿变成长的紫茄子，一会儿变成扁的西红柿。大凡陡然间红得发紫的人物，总不免要时长时扁，以适应环境。于莲觉得怪好玩，只是嘻嘻地笑着，谢若萍拔去插销，命令抽雪茄的于而龙：“去楼下请廖总家那个大学生来看看吧!”

“人家正经是研究生呢!”

“他好像懂得一点电视。”

“废话,陈剀是专攻电子学的,跟咱莲莲一样,也是出国喝过洋墨水的。反正糟蹋人才也不当回事了,弄到石湖县没完没了的改造、再教育,不过,他始终在钻本行。”

“那麻烦你去请请吧,既然这样投你脾胃。”

“对不起,你不是劝诫我避讳一点。”

“水牛!”她亲自下楼去了。

于莲坐了起来,理了理衣衫和头发,问她爸:“你觉得那个直冒傻气的书呆子,是不是挺可笑?”

“我不赞成世俗地看人。”在于而龙的印象里,陈剀一头扎在学问里,使于而龙钦佩外,特别是那一回于莲讲了追谣学习班,逼着她交出后台,甚至那个出卖她的艾思,都把话说透到这种地步:“你只要说出两个字就万事大吉了!”

“那我就说你,艾思,正好两个字。”

“嗐! 人家要抓的是周浩,这你还看不出来?”

“我爹妈没有教过我这样卑鄙、无耻,就像你一样。”

正当逼得无计可施的时候,于而龙找廖总琢磨对策,陈剀一听:“那不简单,听敌台是我职业许可的,说我好了。”

“你会吃不了兜着走的。”于而龙感谢他的好意。

“唉! 我也不怕再丢掉什么了。”

他觉得他不是个书呆子,是个很深沉,有内涵,懂事明理的年轻人。“莲莲,你那样菲薄陈剀是不对的。”

他那明眸皓齿的漂亮女儿,抖了抖秀丽的长发,莫测高深地一笑。

门推开了，谢若萍客气地招呼客人进屋。陈剀长得高大颀伟，有副学者派头，但待人接物，应酬交际却有些不在行。他显得有些局促拘谨地向于而龙点头，也许一篇论文，拖了两年没着没落，使他有些歉然——老实人总是把不属于自己的过错揽在身上。加之书生习气也真是没有法子，至少也得懂一点对于女性的礼貌呀！于而龙纳闷：或许他近视眼，或许他过于腼腆，竟对公主殿下，连眼都不抬；不过，姑奶奶竟然没有光火，通常有这样藐视她的宾客，早扭着腰肢走了。但她坐着，而且拿起她妈的毛线活，有一搭无一搭地织着。

陈剀扑向那台电视机，好像是摆脱困难处境的惟一办法。他一旦工作起来，就换了一个人了，生气勃勃，那份专注的劲头，就仿佛屋里的其他人都不存在似的。端给他茶水，他嗯嗯，递给他糖果，他也嗯嗯，于莲忍俊不住地窃笑。难者不会，会者不难，话是半点都不错的。陈剀三下两下，那个车把式又出现了，正在挥着鞭子，准备重新上阵，殊不知翻车的命运正在等待着他咧……

他站起来，搓搓手，皱着眉头："好像有人不在行地调整过，线路给搞乱了，恐怕还是要送到正经的地方去修理一下，因为手头没有什么测试仪器，彩色不会太理想，先将就看吧！"

"菱菱，菱菱……"全家都埋怨这个家里家外，到处闯祸的家伙了，看来，电视机是他搞糟的呀！

茶水也没喝得一口，拔腿走了，留也留不住。谢若萍直抱歉地："对不起，耽误了你……"

"那么多年都耽误了，也不在乎的！"陈剀的下半句话，谁知是不是想说他本来早就可以把论文拿出来的，无缘无故浪费了两年，结果黄瓜菜都凉了,还是有别的用意呢?他的语声随着人影,被谢若萍送出门外去了。

“一个人,还是有点追求、有点向往、有点理想,活着才有点意思。”

“爸,你挺欣赏他!”

“当然,凭他锲而不舍的劲头,会打开他那座天国的大门。”

“天国的门早闭上了,一个天生注定的失败者。”

于而龙大声抗议他女儿的宿命论:“不会的,不会再那样下去的,有希望啦。”

但是在屏幕上,那匹马惊了,车翻了……

那天晚上,于而龙久久睡不着,一个问题萦绕在脑际,又要上阵了,第一个回合,就得先回石湖,弄个分晓。但是事隔三十多年,会不会白费工夫?甚而至于翻了车?迷迷糊糊地被他老伴的啜泣声惊动了:“你怎么啦,若萍!”

她还没有休息,坐在她床边的软椅里,给于莲织毛衣,她平静地说:“你睡吧,明天礼拜,我多织一会儿。”

他披上衣服:“别瞒我,白天的争吵,使你不愉快了。”

她叹口气:“关键在你不死心,二龙。”

看样子又要争论,于而龙点燃了雪茄,准备听他老伴的絮叨。

“要是莲莲的妈活到今天,她会支持你吗?”

于而龙不大相信,那个英姿勃勃的女指导员,会流着泪水,婆婆妈妈地劝说自己算了,卸妆吧,已经表演完了,退出舞台吧!

“芦花也决舍不得你再去摔跤,跌得头破血流,我看你就收兵回营,让我也随着过两天安生日子吧!”

于而龙观察着那缕缕的青烟,沉默着。

“二龙，我们一起生活了三十年，我认为你直到今天，也不大懂得什么是女人的心理？”

女人的心理，从来没听说过的新鲜题目。

“自打你出事，整整十年，我就没消停过，先是莲莲，后是菱菱，一波未平，一波又起，我算彻底看透，人要正直地活在世界上，真是不易啊！你怎么就不长点记性，非得耗干了这盏灯油才算罢休？”

“只要有一滴油，也不能丢手，若萍，让我回石湖去，让我跟他们干！现实生活决不能像你描绘得那样绝望！”于而龙晃着头，望着这个曾经在炮火里，奋不顾身抢救伤员的白衣战士，会说出这样看破红尘的话。

“你已经较量了一次，差点送了命！”谢若萍说，“你从干校回来那年，要老实待着，哪至于！”

于而龙从床上跳下来：“若萍，若萍，你以为挂着脚镣跳舞，是一种享受吗？”

“那你还去干那吃力不讨好的活！”

“实验场加上一个共产党员的良心，‘将军’说得好，石湖总得有人在坚持斗争。”

“那么，明天，‘将军’怕不仅仅要你陪他钓鱼吧？”

“谁知道，老徐好容易把他从部里挤出去，一统天下，能欢迎他再回来碍手碍脚？”

然而那位消息灵通的笔杆子没有说错，周浩回部里了。

于而龙怎么办？只得跑步上前，他在心里对谢若萍说：“原谅我吧，老伴，在‘将军’面前，我永远是一个兵！”

《步兵操典》这样写道：

“兵之第一职能，乃是战斗！”

是的，这位骑兵团长又一次策马扬鞭往前冲锋了！

“秋，吃好了吗？咱们该来对付这条红荷包鲤啦！”

那小孩咧嘴一笑，笑影里多少还有一点他爷爷——和于而龙同时揭竿而起的战友——那和颜悦色的模样。

“这回主要看你的啦！要划得让那条老江湖，不知不觉地听咱们摆布才行，秋，动手吧！”

只见他像个老练的船工，前倾着身子，紧握着双桨，小舢板在他手下控制着，灵巧地在石湖上无声地滑动着，因为鱼类的听觉要比视觉更敏锐些。

说实在的，于而龙目前并未占有什么优势，尽管鱼上了他的钩，但距离胜利还相当遥远。该死的尼龙丝只有十磅拉力，要把老江湖弄到手，确实需要点本领。

水下那个对手马上觉察了，好厉害，一个水花从深深的湖底泛了上来。于而龙不由得苦笑，这场假戏非得下力气真唱不可了，尽管他十分同情这条不幸上钩的大鱼，而且将心比心地体谅到它的处境，是并不那么愉快。可他不能当着孩子，把钓丝放掉，那不西洋景全都拆穿了么？

对不起，红荷包鲤，我得把你弄到手！

他回忆起他怎样制伏“的卢”的办法，那匹桀骜不驯的劣马啊！曾经使他渔民出身的，新到任的骑兵团长，出了多大的洋相呵！在全团的一次集训检阅里，当着几千双上级、战士和乡亲们的眼睛，把他从马背上颠了下来，而且是在冷不防的情况下，来了个嘴啃泥，丢人哪！他知道那些骑兵在笑话他，一位不会骑马的骑兵团长。但是，过不了多久，在全团出了名的烈马“的卢”，不也在他的胯下，驰骋于解放战争的沙场上吗？即使最出色、最勇敢的骑手，也不能挑出他们团长骑术上的什么弊病了，要知道，于而龙为“的卢”花了多少心血呵！

看来，老江湖要比“的卢”难以应付，刚柔并济可以驯服烈马，但红荷包鲤未必听他这一套。听，从钓丝那端传来了它的咆哮声：“支队长，我们都是风里浪里的过来人了，难道你以为，我不懂你们想搞些什么名堂么？”说着它摆动了一下脑袋，乖乖，那力量之大，不仅他，操桨的秋儿都觉察出来了。他们立刻屏神敛息地等待，等待着它的反抗。总算幸运，它懒得发脾气。两个隔代人交换了个眼色，继续慢悠悠地牵着老江湖，朝埋伏好的伏击圈引过去。

所谓伏击圈，也就是湖水比较浅一点的地方罢了。

牵着鱼的鼻子走，并非难事，但要牵一条有点身份，有点重量的庞然大物，确实是需要技巧、耐性、经验。凡是大家伙、老家伙，都是自尊心相当强的，正如龙有逆鳞一样，要摸透大鱼的脾气，很难掌握得恰如分寸，而且水下千变万化，是个莫测高深的世界。这时，经验就成为决定性的因素了。只有姜太公凭幸运钓鱼，其他人都得凭经验钓鱼，反对也不行，当然，反对也可以，那就弄不到鱼吃。

想到这里，于而龙笑了，秋儿弄不懂爷爷辈的人物，有什么事使得他这样高兴？竟笑出了声！

孩子怎么能知道呢？于而龙在干校时，那农场周围的湖塘水洼，可叫他一个倒霉人物露足了脸。

也许因为那些骑兵和早进厂的青年，无论怎样启发、诱导，以致施加压力，他们的觉悟总是提不到新贵们所想达到憎恨高度，不但恨不起来，甚至丝丝缕缕划不清界限，于是，他从那个九平方米的“优待室”给撵了出来，送到干校的“特别班”来了。

有什么办法呢？撵都撵不走，赶也赶不跑的觉悟不高的人，总是踅到大仓库后面的“优待室”来，趁着警卫人员眼错不见，塞过来一个油纸包好、食堂小卖部出售的酱肘棒，或者一张通风报信的小纸条，告诉他应该提防谁，什么人在揭发些什么，这些人当中，有于而龙认识的，熟悉的，也有面生的，或者压根不曾见过的。他们不把于而龙看做是那个大字报上描绘出来的，十恶不赦的坏蛋，这使那个隔离反省的厂党委书记觉得温暖，好像久寒的冬天里，在暖洋洋的太阳底下晒着一样。甚至最滑稽的，来了一伙人扬言批斗，把他架走了。结果，给弄到一个车间角落的小屋里，好酒好烟款待他一顿。

“你们快别这样搞了，将来把戏拆穿，你们要吃苦头的！”于而龙甚至央告这些关心他的人。

“你还看不出来，他们要折腾散了你。你得吃，得喝，留得青山在呀！老厂长……”

于而龙记得最清楚的一回，在一次疲劳轰炸式的批斗以后，喷气式坐得他腰再也直不起了，就踉踉跄跄被人押回“优待室”来，一路上，推推搡搡，拳打脚踢，仿佛他是个供足球队员练脚的皮球似的，然而，就在这群簇拥着他的人群里，不知是谁？也许是深夜无法辨明，也许踢得他头晕眼花顾不过来，但毫无疑问，是那些如狼似虎的小分队当中的一个，把手探向他的口袋里。立刻，他感到沉甸甸的，却不知是什么东西？回到“优待室”，掏了出来，一只红艳艳的大苹果，还微有余温，肯定是在那人怀里揣了半天，才得到机会塞到他的口袋里。

后来还有几次类似的情况，甚至那当做神圣象征的芒果，这个被骂做“不齿于人类的狗屎堆”的，也有口福尝过。他觉得，这实在应算做是天大的笑话。

是的，他在这座王爷坟平地而起的工厂里，绝不是孤立的。生活的逻辑就是如此，了解是友情的基础，疏远往往造成隔膜。那些同他一起在沙场上厮杀过的骑兵，于而龙都能弄得清他们的祖宗三代，那些五十年代进厂的年轻娃娃，现在虽成家立业，人近中年，但于而龙能了解到他们的喜怒哀乐，能够推心置腹地谈谈，所以，在他落魄的日子里，这些人，谁也不曾碰过他一指头，甚至在他受到残酷折磨的场合，他们都咬着嘴唇，垂着眼皮，竭力不去看他受苦的模样。然而那些拿他当球踢的年轻人，恰恰是于而龙后来开始做官当老爷，不再和工人滚在一起时进厂的。

但在这万人大工厂里，还是前者人数占绝对优势，可到了干校，他就成了谁也不敢接触的特殊学员，像得了麻风病的患者，谁见了谁躲。一下子被隔绝摒弃在集体之外，过着孤独的生活。

由于他是需要重点补课的学员，工厂的新领导，把那个在市里大打出手，搞得名声很臭的康“司令”，和好几个身强力壮的彪形大汉，派来帮助于而龙认识错误。这些眼睛里布满血丝的职业打手，给于而龙造成那么沉重的痛苦，他觉得犹可忍受，只是让他离开工厂，离开那些相处多年的工人同志，实在是使他苦恼，想出这种釜底抽薪的主意，确实是够恶毒的。

只有周末，校方组织捕鱼活动，于而龙的欢乐才能来到，那些打鱼人来到洼子边，都必然用目光在人群里寻找于而龙。特别是在水面阔宽的湖泊里下大拖网，自然而然拥戴他出来指挥，校领导也无可奈何地默认，有什么办法，因为只有他能够打捞出足以改善生活的鱼，而且屡试不爽。

于而龙是个有魅力的汉子，他的笑声很富有传染性的，大家都乐于听这个倒霉人物指挥。甚至康“司令”和他的哥们儿，也不得不听于而龙的号令，实在是充满了讽刺意味的。啊！生活就是这样复杂多端，喜剧会有泪水，悲剧会有笑声，垮台的汉子会再起，而那些赫赫“英雄”倒成了历史垃圾。

网撒进宽广的水面上去，岸上的人都得遵从他的调度，拖着拽着；那些游动的散兵群，也就是老弱病残没力气的，吆喝着用棍棒竹竿敲击水面，吓唬那些惊慌失措的鱼儿往网里钻。在收获的喜悦里，人们忘掉他是个被批判的不可接触的贱民，甚至还要看他的脸色行事呢！

夕阳西下，晚霞辉映，湖泊里一片金浪，于而龙像原始部落的酋长，站在木筏上，向人们吆喝呼喊，有时着急发脾气，声严色厉的责备，甚至骂娘，还是那改不过来的劲，哦，又像在高围墙里发号施令的厂长一样。

鱼儿噼里啪啦地在收缩的包围圈里蹦跳，手急的人已经拿抄网去捞，人们惊呼着，嬉闹着，咧开嘴巴笑着。于而龙是见过大世面的，无论在地球哪一块水域上，只要是把鱼从水里弄出来，人们莫不高高兴兴，神采飞扬，很少见人在捞鱼时愁眉苦脸的。

大家都在招呼他，喊叫他，甚至请示他：“怎么办呀！快来呀，老于，鱼跑了！”“老于，快招呼人来帮帮忙吧！”“老于，哎呀，这是什么鱼呀？吓死人了！”……于而龙在部里也是出点名的，有的人忘了情，连厂长、书记之类官衔也脱口而出；有的人高兴得昏了头，竟然赞美：“还是老家伙有经验，有办法，有组织能力，不佩服不行。”

康“司令”被触怒了，本来让他来干校喝西北风，心里就有怨气，于而龙竟然如此张牙舞爪，于是大会小会的压力加码，语言的调门提高，犹属事小，教训的手脚加重，苦楚就增加了。康“司令”，这个非用白金坩埚炖鸡吃，到底要尝尝什么滋味的彪形大汉，高歌的小兄弟之一，拍着桌子：“于而龙，你不要神气活现，别忘了，你是我们网里的鱼！”是这样，一条被缚住的老虎，连狗都敢朝它嗤鼻子的。

又到了礼拜六，怎么办？“听他吆五喝六耍威风，纯粹是一种精神示威，缺了他于而龙，不信地球就不转。”他们撇开捕鱼的权威，浩浩荡荡组织了一次远征，气派够大的，高扬程抽水机带了一台，准备竭泽而渔，但筑几次堰垮几次；撒网的结果，也是竹篮子打水一场空。气得康“司令”直跺脚，但挡不住别人说风凉话：“别逞能啦！还是请人家出山，来收拾残局吧！”

康“司令”不肯轻易认输，不知哪位谋士出了个馊点子，与其浪费柴油抽水，不若倒进半瓶鱼藤精省事，就这样毒杀了一批鱼，找了个台阶，可医务所怕食物中毒，不许食用，生产队对断子绝孙的做法，也向干校提出抗议。

从此，除非周末不搞捕鱼活动，只要人们抬着渔网、木筏出征，就少不了他这位酋长。人们想想也禁不住可乐，也许刚才在批斗会上，被搞得狼狈不堪的于而龙，现在，他反转来斥责康“司令”：“怎么搞的？没长眼嘛？”尽管气得康“司令”鼓鼓的，可不敢异议。因为这是一种原始社会式的共同劳动，一个人的失职，往往导致整个围捕的破产，鱼会从那个缺口跑掉。

人们都以为于而龙掌握着鱼类的秘密，其实他一再讲，无非是年头多一点罢了。但人们不信，甚至不顾校方的禁令，非要他教给把鱼招来的咒语，还许下两瓶名酒作报酬呢！哈……

“叔爷，你笑什么？”

他跟孩子说什么呢？说他在回想那种阿Q式的精神胜利么？他对秋儿说:“说不定鱼在鼓着眼睛生我们的气呢!”

秋儿笑了,他觉得叔爷挺亲切。

是这样,无论在干校领着大伙拉鱼,还是回厂抓生产指挥组,或者像现在这样不肯罢休,都有人鼓起眼珠子不那么舒服的。他也着实有些讨人厌的地方,像小孩子招猫逗狗地惹是生非;他那好斗的脾气,不肯息事宁人的性格,和不肯迁就让步的作风,把一些人气得如同鼓肚的蛤蟆。

湖面上的浮萍杂草渐渐密了,说明于而龙已经成功地牵了一大段路,此时,已不容许它变卦翻脸,需要一鼓作气牵过来,牵到长满水生植物的浅湖区域里去。

这该更费劲了,偏违拗它的意志,但又不宜强逼,要有点压力,可又不致造成敌对性反抗,很类似他在生产指挥组那种欲干不能,欲罢未休的局面。喝！这台戏可不好唱啊,生旦净末丑,真要行行来得,鱼的不服帖劲儿已经使他越来越难牵了。

秋儿一桨下去,总要丝丝缕缕挂上些水草,泛起一阵泥汤,鱼对于浅水永远警惕,而混浊的水质更使它厌恶。红荷包鲤迟疑地止步了,于而龙再也休想扯动,好像钓丝缠在死树桩上一样,说什么也拽不动了。

红荷包鲤赖在那儿,在琢磨退身之计了。

秋儿给于而龙鼓劲:“拽呀！使点劲,再过来几步就好下手啦!”但是于而龙有劲使不上,因为他体贴到红荷包鲤的心情;再冒失地闯进伏击圈,就等于被人按在砧板上,等着快刀来刮鳞开膛了。

它决定撤退了。

不能走，老兄，于而龙怎么肯把一个早晨的惨淡经营付之流水，于是一面勒住，不使它痛痛快快地走；一面扯动钓丝，逗它烦躁，希望它在激怒中丧失理智，走完最后一段路程。

但是老江湖不再搞危及生命的游戏了。

因为大鱼通常不来浅水觅食，祖先遗传下来的本能，使它明白，充满光亮的上层，诱惑力固然大，同样，危险也大，说不定会遭到杀身之祸。想到这里，它不再犹豫，猛地车转身往回游去。

呵！它疏忽啦！

红荷包鲤本来应该紧贴湖底翻身，但它过于爱惜自己，不愿污泥残梗弄脏它那光洁的身子——所有正直的人都会这样做的。因此，略微提高了一点位置，忽略了此地已是浅水区域。糟啦！老兄，那可是因小失大，正如于而龙抓住坩埚事件做文章一样，倒捅了马蜂窝。现在，不幸随着大意而来，它那银白色的肚皮把位置暴露了，虽然那只是闪电般一掠，但逃不脱精明的，渔夫的眼睛。如今于而龙已经离不开老花眼镜，但经验帮助他判断出遁走的方向，运行的速度，和鱼叉入水所受到的阻力，像电子计算机似的，在千分之一秒里作出准确的答案，只见他举起鱼叉，朝那疾驰着的黑影头前掷去。

难道又扑了个空？

没有，只见叉杆猛地一颤，后仰着被拖进了水里。

秋儿高兴得蹦了起来，这种激动是可以理解的；石湖的红荷包鲤，不但在孩子的心目中，就是于而龙，不也心满意足地笑了吗？当年，他为这种鱼类，险些儿送了命，现在，好大的鱼呀，在石湖，这样的幸运儿也不是很多的。

要有根火柴就好了，于而龙嘴里都快淡出水，在快意的时刻，要是吸上两口烟，那可心旷神怡，再美不过的了。

想象不到的沉重一击，使红荷包鲤愤怒到达顶点，中了叉的老江湖，立刻疯狂了。尼龙丝从于而龙手里飞也似的捋过去，那种钓鱼人的幸福感，实在难以形容，就看于而龙的脸部表情，和将近十年前，终于从实验场把廖总那珍贵的资料装车外运，眼看就要成功时一样。

红荷包鲤加足马力，秋儿必须拼出性命划，才能勉强跟得上。现在它游起来可不那么自如了，斜插在脊背上的鱼叉，使它只好偏斜着身子，而鱼类在水里保持平衡，正如人类在地球上站稳脚跟一样，是个最起码的生存条件。

这种痛心的处境，于而龙比较理解，因为一段时间里，他也曾侧着身子游。所以他对不认输、不告饶、不缴械的对手，蒙受了如此沉重的打击，仍以高速度的冲刺摆脱困境，打心眼里起敬啊！

特别是它那殷红的血液，正随着刺进肉里的叉尖，在往外渗透，一点一滴地消耗着它的生命，但它不肯自暴自弃，不肯躺倒等死，不肯束手待毙，而是拼出性命，毫不停息地游下去。

于而龙站在舢板上，享受着即将胜利的欢乐，这个人有点古怪，不大喜欢大功告成的欢乐，那时候，通常见不到他，他把凯旋大团圆的场面留给别人，宁愿去享受战斗尚未结束，胜利已经在望的“临界”状态的乐趣。经历了挫折磨难，在得失之间徘徊良久，在成败之际反复较量以后，已见破晓的曙光，但还存在着暗淡的夜色，这种还要期待、还有追求、还需战斗的生活，更吸引石湖的蛟龙。

或许由于这个原因，他任红荷包鲤游着，当然，也有审慎的考虑在内，庞然大物还是不宜操之过急，它在水里，如同那些年石湖支队在乡亲们中间扎下了根，即使再失败，还有相当力量的。

真叫人惊讶，它哪有一点灰颓丧气的迹象，相反，倒有无穷无尽的生命力。“老家伙，我在向你敬礼啦！”当年的游击队长思量着：“那种对自己力量的信心，死不低头的精神，奋战到底的意志，无畏无惧的气势，难道不是在给我做出榜样，做出启示么？”

远处湖面上传来一阵清脆的马达声响，秋儿凝神听了一会儿，告诉于而龙说：“叔爷，那是县委的汽艇！”

果然，不一会儿，一艘蓝白相间，油漆得很鲜艳的游艇，一溜烟地从湖面上倏地掠了过去。游艇掀起的波浪，使得舢板猛烈地颠簸，也使那条身受重创的大鱼，失去了控制自己的能力，终于被叉杆的浮力，拽到水的上层来了。

“在那儿！在那儿！快要完蛋啦！”秋儿发现了刚刚露出水面的叉杆，快活地喊叫，拼出全身的力量想追上去，但鱼并不示弱，仍以惊人的速度前进，所以两者的距离并未缩短，但可喜的是叉杆在水面又升高了点。

老兄，每升高一点，离死亡的结局也近了一步。

游艇在湖心岛绕了个大圈，又从他们背后昂着头飞驶过去，这一回涌来的激浪相反倒把叉杆压了下去，垂死挣扎的鱼，就势又深潜下去一点。

于而龙对这种飞扬跋扈的作风深为恼火，生气地想：“搞的什么名堂？”眼看着叉杆从水面上消失了。

他决定冒一冒险，多年的经验告诉他，工厂产品的铭牌出力数字，往往有一个宽容度，托天保佑，也许尼龙丝的拉力，会超过十磅，那就斗胆给它一点颜色试试。因为于而龙估计到它此刻的体力，消耗得也差不多了，于是他开始紧紧地拉住尼龙丝，一英寸一英寸地把那条大鱼往跟前拉过来。但是实际上只是拖住它，不让它走得那么快，而是舢板在一英寸一英寸地接近它。

对手终究不是那么有力量了，很快，又重新看见了叉杆，在失去控制叉杆的能力时，物体反过来就要作用它，在水里，那叉杆起了舵的作用，使它偏离深水，朝一片长满荷叶的浅滩插过去。

舢板已经靠它很近了，于而龙再找不到别的武器，只好将那支短竹篙，像脱弦之箭，直奔黑森森的鱼背飞掷过去；这一记倘若命中，估计会叫它见阎王的。然而，它虽惨遭打击，但理智并未丧失，头脑仍然很清醒。当它听到不吉祥的水声，随即瞥见了一个充满杀机的黑影朝它奔来，便竭尽全力拐了个大弯，哗啦一声，那尾巴扫起的水，溅了他俩一身一脸，只见那竹篙，笔挺地空插在湖底淤泥里。

啊！好一个顽强的对手，它逃脱开了。

可是它也并不走运，正如所有失势倒运的人一样，不幸和灾祸总是接连来叩你的门，由于急于逃命，慌不择路，老江湖蹿进了长满龙须草的浅水滩上，那头发丝细的水草缠住它，弄得它寸步难行。

呵！再比不上误入绝境的悲剧更惨的了，因为他的失败，不是在真正的敌手面前战斗至死，而是由于不幸，落到了一群无耻宵小手里，就像可恶的龙须草一样裹个结实，无法脱身，实在是使英雄揾泪的憾事啊……

看来，命运是无情的，红荷包鲤逃脱不掉毁灭的下场了。

秋儿无法再划船了，而是用桨当做篙，将舢板撑进泥塘里，他们终于追上了正在草窝里挣扎着的大鱼。两个人什么都顾不得了，不管泥水溅得像小鬼似的，也不管舢板随时有翻船的危险，什么厂长的尊严，什么冠心病，统统不在话下了，恨不能一把就抓住它。

小家伙也不示弱，他抄起一把木桨，猛地朝大鱼剁去，第一下，它竟然知道偏脑袋，秋儿扑了个空；第二下，它往前一蹦，只碰到一点尾巴；气得那孩子举起桨来，准备和它决一死战。

好，还是于而龙有办法，一手攥住露在水面上的叉杆，那扎在脊背上要它命的钢叉呀！现在被骑兵团长掌握在手，就像烈马的鬃毛被骑手紧紧攥住，不得不听从摆布了。于而龙狠狠地使出浑身的劲，连叉带鱼一股脑儿地往水底按去，一直压到淤泥里，大有叫它“永世不得翻身”之势。

红荷包鲤即使陷在没顶的淤泥里，还在不停地战斗，于而龙不敢小看它，只要它不离开水，就还有决战的力量。啊，那股挣扎着的蛮劲多大，以至于而龙一只手按捺不住，再加上一只手也无济于事，最后不得不拼出全身重量都压了上去。

这样，脚使上了劲，舢板被蹬得滑动了。秋儿一桨没插稳，连忙招呼：“叔爷，当心——”话未落音，舢板滑开了，于而龙悬空了，噗通一声跌进了泥塘草窝里。

于而龙放声大笑，秋儿也跟着乐，两个人的朗朗笑声，惊动了在浅滩野菰丛里觅食的长腿鹭鸶，吧嗒吧嗒地拍着翅膀飞走了。

秋儿褪掉无袖小褂，跳下水：“叔爷，我去抠它上来！”

“喝，说得轻巧！”于而龙深深懂得，鱼借水劲，如同共产党依靠群众那样，会有很大力量的。但性急的孩子，却憋住一口气，一猛子扎了下去，他已经在泥里摸到那条滑溜溜的大鱼，兴奋得直蹬脚丫子。于而龙犹豫了一下，不相信小家伙能降伏住它，只是稍微把鱼叉松动了一点，以观察它的动静。也许是秋儿搂抱得过紧，要不，就是它长久在淤泥里憋得窒息过去，这条瘟鱼果然不动弹了。

秋儿急不可耐，晃动叉杆，他只得小心翼翼地拔起鱼叉，随着，只见孩子搂抱住那条比他身材短不了几许的红荷包鲤，从水里直起腰来。

他头刚探出水面，那条以为死去的鱼，突然精神抖擞地跳了起来，像刚套上笼头的生性子野马，嗖地从秋儿的怀抱里蹦弹出去，那有力的尾巴，刷的一下横扫着小家伙的前胸。（老家伙未必那样服帖，吃过这样亏的人不少咧！）秋儿哪里提防它的“扫堂腿”，这厉害的一手，拐他一个跟头，脚下是淤地烂草，没站稳，四脚朝天跌在水里。

好一条坚强不屈的老江湖呵……

你是强者，一个不肯屈膝低头的强者，虽然已被摧残到垂死的程度，但还是挺直腰杆在做最后的斗争，决不像那些出卖灵魂的背叛者，分一杯残羹的食客，摇尾乞怜的哈巴狗，为虎作伥的败类，舔屁股的下贱货……他只要活着，就斗争，就革命，就坚持真理，就说人话做人事，是一个铁铮铮的顶天立地的汉子。

鱼自由了，这一回，它没有弄错方位，笔直地冲出了龙须草织成的樊笼，向着清澈的深水游去。但是，于而龙飞起一叉，这一叉，如同他三十年前那样有力、准确，以迅雷不及掩耳之势击中目标，可怜的逃命者又落到了他们手里。

秋儿从水里爬将起来，胸前留着被鱼尾刮破的血印，骂骂咧咧地推着舢板过来，气势汹汹，恨不能生吞了叫他丢尽脸面的老家伙。

这一叉是致命的，红荷包鲤失去了最后抵抗的能力，但于而龙仍旧不敢大意，提心吊胆地抓住叉杆，把它拖到跟前，一把抱住了它，将它提出水面。已经上去舢板的秋儿，凑近过来，抢过叉杆，往它脊背上泄愤解怨地戳进去。

于而龙再一次惊讶地证实：越是年轻，他们下手时也更黑更狠。他本人，他那个工厂，他那个实验场，都曾领受年轻人手的力量。这些手，既能建设，也会破坏，就看“社会”这个教员怎样来教育引导他们了。

现在，红荷包鲤在于而龙的铁臂里，终于不动弹了，那长着肉须的唇吻张开来，只有十磅拉力的尼龙丝还在嘴边挂着。

一条多么光彩夺目的红鲤鱼呵！像荷包似的丰满，像锦缎似的光滑，像玉石似的细腻，虽然血迹斑斑，还沾着泥污，但也遮掩不住魅人的金色光辉，在早春的阳光下闪闪发亮。晶莹的鳞甲，闪耀出珠贝般的虹彩，漆亮的背脊，映现出悦目的霞晕，那膏白色丰腴的腹部，金丝缕缕，血花点点，大自然赋予它多少奇特的色彩呀！

一场没有白白辛苦的追逐总算结束了，胜利者的脸上，流露出欢欣喜悦的光辉，于而龙抱着沉甸甸的，足有十五六斤重的大红鲤鱼，真是心满意足，高兴非凡。

即使倒退回去三十年，从石湖里捕到这样一条红荷包鲤，那也是叫同行嫉妒眼红的呀！何况他已年逾花甲，而且近三十多年不在石湖操网垂钓，取得偌大成绩，难道不值得为之骄傲吗？

他确切地感到自己筋肉里充满力量，他似乎年轻了，一种渴望工作的追求，一种期望投入紧张劳动的激奋，一种企盼被任务压得透不出气，而从中能享受斗争幸福的感受，又从他一个老共产党员的胸怀里，苏醒了过来。

秋儿沉浸在欢乐里，望着这位游击队长叔爷爷，高兴地说：“奶奶该高兴啦，她昨晚上说，你准能打个大胜仗！”

“胜仗?”于而龙摇摇头,“不!还早着呢!”说罢,踩着湖底的烂泥,往舢板上登去。

正在这个时候,那艘游艇突突地减低速度,朝他们驶了过来。

游艇上舷窗拉开了,只见一个人探出半截身子,举起电喇叭向他们喊话:“秋,你们敢情在这儿哪?要不是鹭鸶飞,还找不到你们,快划过来。”

“爸爸……”秋儿为他爸爸能在县委的游艇上,而觉得荣耀,忙不迭地挥舞着双臂向他打招呼。

水生干吗坐着游艇来呀?于而龙诧异地思索着:那个站在水生身边,生着一张笑容可掬的脸,可是丝毫不相识的人,又是谁呢?

“快点划呀!秋!”电喇叭送来水生着急的语调,秋儿更加手忙脚乱,越乱越出岔,偏生又搁了浅,已经上了舢板的于而龙,不得不下水去推船。但水生仍在急不可耐地催促,幸亏那个笑吟吟的人干预了一下,并且好像关照了游艇司机,将发动机的火也熄灭了,显得有礼貌,有耐性地等待着。由此,可以估量那个人的身份了;既然,秋儿讲过游艇是县委的,毫无疑问,于而龙作出判断:准是父母官县太爷之流的大人物,昨天在码头上那份阵势,使他估计得出的这一关,终于这么快就来临了。好啊!多么好啊!恰巧我于而龙在钓鱼,而且钓到了一条大红荷包鲤!

舢板离开了浅滩,于而龙使劲送了一把,就势也纵上了船。舢板像利箭似朝游艇划去,水生这回不是用电喇叭,而是用手拢在嘴上,告诉他:“二叔,王书记特地来接你,我们把整个石湖都找遍了,连各队的渔船都没让下湖——”

怪不道鱼汛时期,湖面上静悄悄的,于而龙望着这位威风的王书记,心里想,他是谁呢?怎么想不起来呢?

那个王书记呵呵地笑着探出头："哈哈，支队长，你还是不减当年之勇，战果辉煌，一条漂亮的红荷包鲤，这么大，真是少见。"

啊！逐渐认出来了，他不就是那个怯生生的高中生吗？他被芦花动员从县城来湖西参加了革命，先给老林哥作过助手，后来，又担当了支队的事务长。对了对了，于而龙又想了起来，前几年，水生背了一口袋石湖土产，无非是鲞鱼干，蚶子米之类，千里迢迢地找王纬宇和他，为家乡建设，托他俩走走门路，不就是这个王惠平出的主意吗？

他也算得上是石湖支队残存下来，为数不多的人中间的一个。如今他胖了，发福了，大腹便便，不是当年那副瘦削的模样，所以猛乍一看都不敢认了。

"秋，快接住。"水生从游艇上扔过缆绳，司机把火打着了，游艇突突地响起来，浑身湿淋淋，尽是泥污的于而龙，实在不好意思弄脏干净的游艇。那怎么能行，王惠平伸过手来，扶他上艇，盛情却之不恭，他只得跨了上去。

他到艇上的头一件事，先向水生讨了个火，摸出雪茄，真是糟透了，烟泡汤了。水生是县里的供销员，走南闯北，有点眼力，赶快把兜里的过滤嘴香烟递过来。于而龙皱皱眉头，因为他烟瘾大，抽不来这种淡而无味的烟卷，无可奈何，只得权且将就了。

还没等他点燃手中的烟，只听得艇后舢板上，那孩子"嗷"的一声惊叫起来，回过头去，刹那间，他感到整个心脏都快涌上了嗓眼。不仅他，连水生、王惠平，还有司机，都一跃而起，情不自禁地嚷嚷着："快按住，快，抱住，别叫它跑了，快呀……"

红荷包鲤苏醒了，它像从沉睡里醒来似的，张口打了个呵欠，恢复了精神，要翻身起来了。

它那强有力的尾部抽搐着，紧接着，整个身躯像雕弓似的弯曲起来。突然，啪，它又把身子展平，把船板拍得山响，拍得那装食品的竹篮直蹦。

秋儿是个眼明手快的孩子，赶快扔掉了桨，扑了过去，一把抱住了鲤鱼。他和红荷包鲤在舢板上厮打着，滚扑着，原来就不曾系牢的缆绳松了开来，舢板离开游艇，飘出好几米远。

"抱紧，死命搂紧它，别松手！"艇上的人为帮不上忙而干着急，只好以呐喊助威来给孩子效劳了。

谁都懂得武术里"鲤鱼打挺"是个什么动作，但有幸见过真正的鲤鱼在打挺，这样机遇是并不多的。同志们，你们有福了，亲眼目睹了这个场面。

看哪，那条身负重伤的鱼，伤口流着津津的鲜血，但生的意志战胜了死亡，它同秋儿激烈的搏斗，表现出少见的勇敢。它那浑圆的身子，一会儿弯曲，一会儿展伸，一会儿又扭结起来，最后，从秋儿的紧抱中，挣脱出来。

它挣开了，终于摆开羁绊，在船板上猛烈地弹跳起，足足跳了两米来高，像跳高运动员过杆时滚翻一样，尾部矫健有力地卷着，头部傲然坚挺地昂起，瞪着暴突的眼球，甚至连唇吻边的肉须都笔直地翘起……

这时候，谁对它都无能为力了，只好眼巴巴地瞅着它从容不迫地打了个挺——多么英伟，多么有力啊！在半空里翻了个跟头，一头飞进碧绿澄清的湖水里，一眨眼工夫，踪影全无，给人们留下的，只是一圈圈在扩大着的波纹而已。

于而龙的眼眶顿时湿了。

他也不知为什么，竟会激动到这种地步？仿佛跳进水里去的，不是那条伤痕累累的大鱼，而是他自己似的。他觉得他的心，像那条大鱼一样，在泛滥的春潮里游弋着，迎着浪涛，迎着激流，在翻腾，在浮沉……

飞翔吧！老家伙，你欢畅地朝前游吧！你一定会游得更好的……

第 二 章

一

游艇载着失败的钓鱼贵客，在碧波荡漾的石湖里驶行着。

雾终于消散净了，在艇上放眼望去，春天在扫尽寒冬的残雪余冰以后，终于表现出那不可阻挡的势头。欢乐的桃花汛把石湖灌得满满的，差不多都快要溢出来了，那磅礴的气势，抖擞的精神，盎然的生机，使人觉得石湖早就应该摆脱严冬的桎梏。春天是来得晚了一些，但迟来的春天，倒把石湖装点得更欢乐，更富有活力。

石湖的春天，如同石湖上长大的姑娘那样，是笑逐颜开的，是容光焕发的，谁要在石湖待过，就很难忘怀那些大胆表露自己，毫不羞涩的船家女儿。因此，再比不上春天来游赏石湖，更为适时的了，它把所有的美，无遮无拦地全部呈现在你的眼前。

他站在游艇的前端，似乎还没有从那条终于获得自由的大鱼影子里，回到现实生活中来，一条多么勇敢的鱼啊！难道他于而龙不应该学到些什么吗？

难怪他老伴总嘲笑他了，说他是享不得安宁，受不起富贵的贱骨头，说他贼心不死，因此，他向谢若萍吼："你不要把我当做一匹劁过的骟马，一个去势的侏儒，我是个骑兵，是条汉子，只要我这盏灯油没耗尽，我就得战斗，就有权利去喊去叫，去哭去笑。"他恍惚觉得这条游艇，突然驶进惊涛骇浪的汪洋大海里去，哦，那山也似的巨浪扑过来，眼看这艘针尖大的游艇，就要被巨浪吞噬了，操船的水手紧张得眼不敢眨，气不敢出，必须拼出全身精力，去握紧桅缆，掌稳舵把，生死就在须臾之间。哦，那虽然是脑海里一刹那间的波澜，可他多么盼望去过那种浪漫生涯啊，可他老伴却喋喋不休地劝阻，并且恨不能他像青蛙似的冬眠。

“不，”他在心里大声说，“不——”

“支队长……”那个县委副书记亲切地站拢过来，朝这位很久以前的老领导问：“你大概有二十多年没回故乡了吧？”

于而龙从回忆与现实交混的境界里醒来，他没有用语言答复他的提问，只是竖起了三个指头表示那逝去的岁月。因为这笔账实在太便于计算了，一九七七减去一九四七，不多不少，正好是三十个春秋。

王惠平的记性不错：“啊，想起来了，四七年底，四八年初，你躺在担架上，是由长生和铁柱抬着离开家乡的。现在回想起来，好像是昨天的事——”

回忆的断片，随着艇尖激起的浪花飞沫，把他湮没了，于而龙自语地：“……那天清早有雾，是不是？”

“对——”王惠平也想起来了，“挺浓挺浓的雾，走不几步，就瞅不见你的担架了！”

于而龙不知为什么先想起雾？也许他在迷雾似的生活里呆得太久的缘故吧？那种令人窒息的迷雾呵！沉重混沌的迷雾呵！那遮掩住一切丑恶，同时也扼杀了所有光明的迷雾呵！在于而龙的记忆里，雾是压倒一切的东西。

“支队长这回回来的时候正对景，春暖花开，景色宜人。”

“可是，‘少小离家老大归’，你们看——”于而龙笑着让他看那半衰的鬓发。

“不，支队长可半点不显老咧！”

水生附和着他的上级，凑趣地说：“二叔精神总那么好！”

“哦！你们快别恭维我了。”于而龙相信他们说的多少是实情，他不到老态龙钟，衰迈不堪的地步，他还是有点力量的。人必须要具备力量，才会使他人敬重；但受人敬重，未必等于被人需要。因此，他在揣测：这位书记驾着游艇，就差挂两块“肃静”、“回避”牌子，满石湖地寻找他，目的何在？

当然，或许应该理解为游击队员的感情，理解为战斗中的友谊吧？同在一条战壕里并肩战斗，经过生死与共的考验，那情谊真挚纯洁，非同一般泛泛之交。王惠平说不定怀着这种崇高的情感，来迎接旧日的上级吧？

不，于而龙可不这样看，他说自己是条老泥鳅，如今也滑得很，对一些亲近的同志坦率承认心变坏了；他才不会天真烂漫相信游艇是为当年的游击队长开来的。因为在他的印象中，这位当年的支队事务长，绝不是那种罗曼蒂克式的人物，不会有“发思古之幽情”的雅趣。

倘若光阴倒退十年，对于一些盛大的迎送，隆重的款待，丰厚的佳筵，周到的照顾，甚至是破格的礼遇，于而龙这位大咧咧的骑兵也不以为奇，会处之泰然的。那时候，他不但受人所敬重，而且更为人所需要。现在，于而龙暗自盘算，县委负责人能从他身上捞些什么油水呢？

游艇驶进了流经石湖的塘河——一条湖中之河，很快赶上了一艘气喘吁吁的小火轮。

于而龙从小就认识它，算起来该有一百岁了，竟然还力竭声嘶地为人民效劳，实在使他肃然起敬。谁都有过自己的黄金时代，当它翩翩年少时，在石湖上也曾风头过的，所以千万不要嘲笑老家伙；因为有一天你也会老的，真到了你老的那一天，还不一定能像它一样为人民尽力呢！

他激奋地望着这艘古董，忘记了存在着的漫长时间差距，竟脱口而出，说了句三十年前的话："好像兴怡昌的快班吧？"

整个游艇上的人哄堂大笑。亲爱的厂长，以前你乘飞机出国，你那精通几国文字的秘书，小狄总提醒你，该按照当地的时差拨动你的手表。现在，没带秘书，你糊涂啦，要知道你的表整整慢了三十年啦！什么"兴怡昌"？什么"快班"？那都是死去的名词，只有将来续编《石湖县志》的人发生兴趣了。

"支队长一向好记性，连斤两都不会差的。"有过切身体验的王惠平笑完以后赞叹着。

水生告诉他："没人要的老牙货，只能在湖里搞搞短途运输，顶替了那些吃水上饭的人家。"

"船家？"

他吐出这两个字有点后悔了，因为他从县委负责人眼睛里，看出了果然不出所料的心情。所以他觉得自己由于情急而有些露出马脚，和他千里迢迢回乡垂钓的悠闲神态，很有些不调和。然而，正是他要寻找的这位船家老汉，可以打开三十年旧锁的那把钥匙，这把钥匙不仅能剖析开芦花死因的哑谜，而且还许能看透一点隐藏在迷雾中的罪恶。他怎么能不一下子变得激动？好像谁往油桶里投进一把火似的，刹那间沉不住气了。"稳住，于而龙……"他告诫着自己。

但他终究是条老狼，倒要测验一下这位大腹便便的书记和去年那次碰壁的函调有什么关系，便不露声色地询问："如今那些个船上人家呢？"石湖里有两类以船为家的居民，一类是捕鱼捞虾的，一类是运货载客的，整年和波涛为伍，生活在风浪里，形成一种和死也离不开那块土地的庄户人家，性格习气全然不相同的水上游牧民族。

王惠平回答着："都定居了，不复存在水上人家这个概念了。"

"人总是在的吵！"至关紧要的是，不知那位老汉还活在这个世界上没有。

他看到王惠平脸上掠过一丝疑影，然后听他说："老的都死绝了。"这和那次碰壁的答复，口径基本上是一致的。于而龙的心不觉往下一沉。

游艇在那一船乡亲们惊羡的目光迎送下，超越过去，离开塘河，穿越一望无际的湖面，加快马力行驶。于而龙根据鹊山的方向判明，这是去县城的水道。当年，他率领支队首次攻打县城失利，也是从这条水道浩浩荡荡开赴火线的。他问王惠平："哎，你打算回城？"

于而龙不知道该怎么称呼他，按照腐旧的字眼，他该算是个"袍泽"、"部属"，如今人家是堂堂一县之尊，自己是个不在其位的台下人物，就不好以旧日的关系来论。"小王"倒是早年间叫惯了的，现在却不相宜，会给人留下老气横秋的感觉。要是径呼其名"惠平"吧？三十年从未来往，是否过于亲昵？思来想去，干脆，什么都不叫。

王惠平大声地发着牢骚："支队长，你回到石湖，要不在我那儿落脚,这不是寒碜我,怕我备不起饭?"

于而龙说:"我是回到石湖钓鱼来的。"

"支队长,你可真会开玩笑!"他显然不相信。

"你不要勉强我,调回头吧,老林嫂还等着回去吃饭咧!"

他几乎不容转圜地:"走吧,支队长,进城去!"水生也帮着县委书记说服:"叔爷,既然王书记来接你——"

于而龙笑了:"就我这一身泥水,不怕给你们丢面子?肯定要进城去叨扰你的,等我钓到了鱼,还要到城北烈士陵园去看望赵亮的坟茔咧!"

"干吗钓到了鱼?"

"好有祭奠之物呀!"

"现在就去吧!"

"不!"于而龙晃晃头,口气倒是和缓的,但那执拗的性格一下子听出来了,"本来是个愉快的早晨,干吗生拉硬拽弄得大家不舒畅,这多年,也许你不大记得我的臭毛病了。"

王惠平哪能忘记游击队长说一不二的性格,况且他有求于这个快上台的人物,当风向刮得有利于这位一蹶不振的人物时,就不宜太拂逆了。他回头嘱咐司机改道驶往柳墩,然后说:"白打了保票啦!"

"你这话什么意思呀?"

"纬宇叔前些日子就来了电话,要我把你照料好,我还说,请谢医生尽管放心,我们县委的谜园招待所,还是住过高级首长的。"

于而龙不由得一怔,他可真关心哪,这个王纬宇!

"纬宇叔再三讲,支队长这回回乡,一定要吃好玩好休息好,那成什么问题,我拍胸脯给纬宇叔作了保证……"

一口一声纬宇叔，听起来是多么熟悉和刺耳啊！

啊，于而龙突然间发现，眼前胖胖的县委副书记，不知什么时候，变成了瘦瘦的支队事务长了，这大约还是民主抗日政权刚刚在石湖建立起来的时候。

游击队长正火冒三丈，厉声训斥着站在他面前的事务长，大吵大嚷要关他的禁闭。

那是石湖支队相当鼎盛的时期，三王庄成了一块稳固的根据地，大久保轻易不敢来骚扰了；湖西区抗日民主政府的大牌子，高高地挂在那芦花曾经悬梁上吊的大门口，着实威武。再也比不上看着自己亲手打出来的江山，更觉得自豪和骄傲的了。在敌人心腹地带建立一小块根据地，尽管是巴掌大那么一块，也是不容易，经过好几次反复易手，才巩固了下来。

“你以为还是在家当老百姓，在县城念你的高中，可以随随便便，吊儿郎当吗？咱们是革命队伍，不是麻皮阿六那帮土匪，执行上级命令，不许打折扣，尤其不准许自作主张。”

莫名其妙的王惠平一声不吭地站着，对付发脾气的支队长，最妙的办法，莫如徐庶进曹营，一言不发。起初以为支队长找他，又要查问粮秣数字，心里本来就揣着个兔子，先就有点胆怯；劈头一阵闷棍，打得他蒙头转向。他左思右想，虽然找不到什么有漏洞的环节，但他仍旧忐忑，支队长是决不会放空炮的。

“说话呀！为什么不开腔啦！”

他继续保持沉默，支队长的口气已经由责骂到讽刺，这就表明，阵头雨快过去了，很快就要出太阳，心平气和下来，一场磨难该结束了。

“用不着装出孬包样子，一副可怜相。呸！还掉金豆，快别现世啦！你们那种小资产阶级的软弱性，我算看透。”当时，流行着一种说新名词的癖好，一有机会就搬用。于而龙朝高门楼啐了一口：“我不是八十岁的老奶奶，又聋又瞎，你当我把话说过去，就扔脑勺后边忘了？告诉你，知识分子，支队长的话就是命令。”他猛地喊了声：“王惠平——”

“有！”他吓一跳，赶快答应着。

“听我口令！”

“是！”他赶紧按《步兵操典》的要求立正等待着。

于而龙连续发令，让他做着稍息、立正；立正、稍息的动作，王惠平也不明白为什么要单独对他进行操练。最后，喊了一声稍息，继续教训：“看明白没有？有的命令是不一定写在纸上的，你敢马马虎虎不执行吗？”说罢，他笑了，这个怪人啊……

王惠平以为雨过天晴，那笑声表明了这一点，便斗胆地冒出一句辩白的话，谁知他又在点燃了炮仗捻子。“支队长，我不清楚犯下啥根本性的错误？”

于而龙差点没气炸了肺，说了个口吐鲜血，直当苋菜水，不清楚吗？我会让你清楚的，啪，他把屋里那一小口袋山芋干，扔到他脚下。“背着它到禁闭室去，好好清楚清楚去！”

一会儿，通讯员长生回来向他反映：“报告支队长！”

于而龙还在盛怒之中：“什么事？”

那时候人们并不那么唯唯诺诺，长生站直了回答：“支队长，你大概冤屈了事务长！”

“滚蛋——”

“是。”

于而龙就是这样：脾气来得快，也去得快，特别觉察到错怪别人的时候，他会马上赔礼道歉；所以挨训者还耿耿于怀，他倒跑过来，向你敬礼，向你认错，拍拍你的肩膀，说不定开个玩笑，刚才他下的那阵鸡蛋大的冰雹，早化得无影无踪。

“回来！”他叫住通讯员，“那个知识分子鼻涕虫说些啥？记住，不许犯右倾——”

“事务长说他拿大秤约了再约，斤两不会错的。”

那年石湖闹灾，群众生活较苦，上级从滨海地区调运一批山芋干来帮助度荒，区委定了个框框，于而龙给王惠平挨个一说，交给他去办。

王惠平在禁闭室里枯坐着，没想到于而龙站在门口，那时作兴自觉关紧闭，连个警卫都不设。

于而龙问：“你约了再约？”

“是的！”他绝对有把握地回答。

“你再说一遍！”

“我？”小资产阶级的软弱性又上来了，他不敢坚信自己。

“家家户户都按我说的如数发了？”

“哦！”王惠平到现在才恍然大悟，支队长的火气从何而来，他以毫无挑剔的立正姿态，站起来理直气壮地回答：“就是那个秀才委员的救济粮没如数发给他。”

“为什么吗？”于而龙冲禁闭室吼。

他有所恃地回答：“按照现阶段阶级斗争的规律性来分析，他算不得革命的基本群众，而抗日之主要力量——”

“这是你的话吗？”

“不是。”

“谁讲的？”

“纬宇叔。”

“什么纬宇叔！”

“副队长。”他连忙改口。

“什么副队长？”那时，王纬宇由于作战勇敢，调到毗邻的滨海支队去了，已经不担任石湖支队的职务。

王惠平嗫嚅地说：“纬宇同志讲，山芋干是他们通过封锁线支援咱们的，居然去接济满清秀才，封建余孽，至少是右倾机会主义。”

于而龙压住火：“既然如此，干脆取消多好，为啥还送半口袋去，犯一半右倾机会主义的错误呢？”

“那不是老夫子，谁知是真是假，眼下还站在统一战线里吗！”

“这个混蛋，又来他那一套可怕的‘革命’性了……”于而龙在肚子里暗自骂那个王纬宇。而且诧异一个被芦花从城里动员到支队来的青年，怎么能那样信服王纬宇，支队长的命令可以减半执行，一个调走的纬宇叔，他的话倒当做圣旨，实在难以理解。

要不是那位老夫子求人将救济粮捎回来，刚才那场雷阵雨，也落不到王惠平头上了。其实，那位秀才委员并不是嫌不足数才退回的，而是他不愿给抗日民主政府增加负担，他托来人捎话：“我身为委员，理当体念时艰，心意老朽领受了，粮食还是先尽那些嗷嗷待哺的老百姓吧！”

他那时基本上无人侍养了，儿子跑到大后方国统区的重庆去了，女婿投靠了南京汪伪政府，好几次来接他，他不去：“道不同，乘桴飘于海，俗话讲：桥归桥，路归路，我要跟这些赤脚大仙在石湖待下去。”

早先时候，他的少爷和姑爷，媳妇和女儿一齐劝他离开石湖：“老爷子，别犯糊涂，这里眼看要成共产党的天下，泥杆子要坐江山啦！”

别看他是个入过闱，应过试的秀才，思想却并未停留在满清，倒是个新派人物：“我一没剿共，得罪了人家，二没家产，怕他们共产，我是皇帝、军阀、委员长三朝都过来的人啦！倒要亲眼看看共产党是不是有气候。”

像这样一位编过县志的耆宿，活着有功名的遗老，四州八县都闻名的板桥先生的后裔，自然，无论日本鬼子、国民党都想把这有点号召力的名望之士抢在手，以壮门面。汪记伪县长在城里望海楼摆下筵席，派汽艇专程到闸口接他就任顾问，他给辞退了；国民党第三战区拿着司令长官顾祝同的片子，聘他去作参事，抬着轿子来请，他给谢绝了。可是抗日民主政权建立以后，邀他代表三三制的一个方面，老先生连半点推托的话都不曾说，慨然允诺，而且对芦花说：“别看你给我腿上一枪，我还是拥护你们赤脚大仙！”

对这样有民族气节，靠书画为生，过着清寒岁月的老人，拨给一点救济粮，竟会犯下右的错误么？于而龙问护粮来的王纬宇：“是不是调门唱得越高，就越革命啊？”

“老兄，不是调门的问题，革命的最根本之点，就是阶级斗争。老夫子是什么人？咱们应该有清醒的估计。可惜你读不了绥拉菲莫维支的《铁流》——”他手往下一按，嘴角又抠得深深的，“告诉你吧，阶级斗争是铁和血的结晶。”

说来惭愧，游击队长那时很少什么学问，字也识不得两箩筐，他说：“我不懂你的铁流铜流，也不明白你的尿啦屎啦，我只晓得老秀才拥护咱们共产党的主张。”

王纬宇放肆地大笑：“他拥护他那漆了不知多少遍的棺材，假如不是那寿器赘着，早三年，就离开石湖；现在不是在重庆，也在南京当老太爷，不会有工夫来巴结你，讨你的好，把你的于二龙改成于而龙了。”

于而龙努力控制住自己的手，不去扇他的耳刮子，这张臭嘴，像墨斗鱼似的，把什么都搅了个昏天黑地。只见这个“纬宇叔”，在那墨黑墨黑的烟雾里，时而张牙舞爪飘游到上层来，时而钳首缩尾地深潜到水底，影影绰绰可以看见，但是捉摸不到，于是游击队长大喝一声：“你不要躲躲藏藏了，出来吧！”

他果真出来了，而且乐呵呵，似乎是从艇尖湖水里爬上来，印在了他脑海里记忆的屏幕上。

游击队长觉得应该把话说得更透些。

“咱们都是受党多年教育的人，至少残留一点最后的觉悟吧？如果到了今天这步光景，还昧着心去把假当真，把丑当美，把恶当善，那么，老兄——”

王纬宇摇摇头，不以为然：“任何真理都是相对的，不可能超越时空的限制，真，在一定时期一定条件下，如果需要，可能看做假，相反，同样也是需要的话，假会变作真。真理和需要是姻兄姻弟，信不信由你。”

“哦，可怕的实用主义。”

“你那些朴素的唯物论，早成了过时的东西了，老于，所以你总跟不上时代。”

“照你说，连良知都不要了。”于而龙问：“继续唱这种高调下去？”

“既然有人喜欢听——”

“甚至还可以制造真理,就像制造假币一样?”

“如果需要的话,我们就加工定做,成批生产,人们还虔诚地制造上帝咧!”

王纬宇坐在沙发里,跷起二郎腿,把他老婆所写的长篇累牍的大块文章拿给于而龙看。

于而龙诧异起来,咦?他怎么不是刚才脑海里的支队副队长,而是厂革委的第一把手?什么时候他脱掉那身破烂军装,变得衣冠楚楚起来?喝,连谈话的内容也改换了主题,老秀才的名字消失了,现在谈论的是另外一位老夫子,就是解放初期从国外回来的廖总工程师。

他正是为廖思源又一次登门拜访王纬宇而来,上一回为了实验场曾经恳求过,甚至是低声下气地央告这位赫赫扬扬的革委会主任。今天,他不是给他讲好话来的,一开始就问:“你懂得什么叫做光荣的撤退吗?”

王纬宇愣了一下,一个正是处于上升状态的红人,例如留有余地啊,急流勇退啊,不要把事情做绝啊一类语言是视为忌讳的。“怎么回事?这个垮台的英雄?”他在心里琢磨这个不肯罢休的怪物。

于而龙笑了,心想:不必如此紧张,看来,你良心上也很有些不安的东西呢。然后才说明来意:“没有必要再坚持下去了,该给廖老头落实政策,安排个工作啦!你早早晚晚总得这样做的。”

“你这个晦气家伙呀!”王纬宇这才放下了心,原来是为那位总工程师说项来了。“真是个多事之徒,上回,为实验场糟蹋了我煮的咖啡,这回,我可恕不招待啦!”

“你不要再拖了，上回来的那个外国代表团，我可是替你遮掩过去了，下回——”

王纬宇望着他，肚里骂道：“下回，没你的份啦！哪怕那些不识相的外国人，死活要见你，也不会让你出面啦！”他想起前不久宴请一个外国代表团时，于而龙和“将军”作为特别来宾应邀出席的情景，差点让他这个特别主人出了洋相啊！

“人家外国人都打听，关心廖总的研究，为什么咱们堂堂中国，倒不能把他那个动力实验，搞出个结果来呢？墙内开花墙外香，老兄，你不觉得可惜，有损国光吗？”

“可惜的东西多得很咧！”王纬宇耸耸肩。

“老王，干吗总挂着人家？让他工作，让他搞实验，让他埋下头来做学问，他就安心了，他也不会产生这样或者那样的怪念头了。”他心里想：“如果你有点人味，这或许是一次改恶从善的机会呢！”

“唉呀老于，你要嫌没事干，我可以教你怎样种植兰花，你操那份多余的心干什么？就好像一次心肌梗死还不够，偏要把石头往山里背。”王纬宇暗地讪笑这位失败的对手，到现在还不承认大局已定，可笑而又可悲的于而龙啊！如今可不是石湖，你的时代已经过去了。

“不过，我还是想进行一次最后的游说，你表态，听不听得下去？”他真是打算把“放下屠刀，立地成佛”的格言说给这位红极一时的革委会主任听听，而且很可能会被认为是精神病患者的梦呓。

王纬宇做出缠不过他的样子：“王某在此洗耳恭听，嗐，什么时候你才改掉包打天下的毛病？”一面晃着脑袋，一面在肚里骂道：“真是讨厌死了，我得轰他滚蛋！”

“廖总有什么里通外国的问题，不错，他有个女儿在大洋彼岸，可你的那些专案组、专政队、清查班子，连他家里的箱子旮旯里，有几颗樟脑丸都查遍了，弄得那位廖师母都无法再活下去，一命归西。挂了这么多年，该给老廖头高抬贵手了。”于而龙在软绵绵的地毯上踱着，心里琢磨：关键就在你这里，那些四肢发达，头脑简单的凶神恶煞，还不听你一句话，别故弄玄虚啦……

“老兄，哪怕廖思源干净得像个玻璃人儿，我们不能离开阶级斗争、路线斗争的实际来考虑问题。”边说边想的王纬宇，望着抽雪茄的老对手思忖着：情况明摆着，秃子头顶上的虱子，他要重新上台，你不是又该指日可待了么？好容易二次把你扳倒。“老兄，政策和策略是……”

“是不是我应该再去读一读《铁流》？”那意思分明在说：“好啊！高调又唱起来了！”

王纬宇不会建议他去读《铁流》了，因为那位曾经大字不识几个的游击队长，现在可以捧读原文版本，而这位一度当过文教厅长的人，至今也还是只会那几句洋泾浜英语。但是，王纬宇想，别着急，老兄，我这里有一根足以打得你两眼冒金花的铁棒呢！“你看了夏岚最近发表的一篇文章吗？”连忙从茶几下翻报纸，要拿给他看：“咦，她写的那篇跑到什么地方去了？全部是上头最新最新的精神，别看说的文艺界，实际上是带有普遍的指导意义，那很可能是一枚红色信号弹——”他嘿嘿一笑，于而龙从他得意的神色里，看得清清楚楚，他那没有说出来的话，就是：“你还是老老实实躲进掩体里去算了！”

“至于是红色的，还是黑色的，我不感兴趣。还谈廖总，这是我这篇文章的主题，你甭费劲找那篇信号弹啦。”

“好吧！我也无妨给你透个底，我们党委碰过头啦，研究过老廖的问题，打算给他找点事干干。”

于而龙其实直到今天，也还是个党委成员，那还是他第二次上台，让他抓生产指挥组时赏给他的，谁也不曾解他的职。但中国人有种识相知趣的传统，既然靠边站了，无需乎罢免，就自动拉倒了。于而龙决不会去责问：为什么不征求我这个委员的意见啊？所以他半点也不为自己蒙在鼓里而气不平，反而问：“怎么安排的呢？”

王纬宇字斟句酌地说：“让老廖去看守你心爱的实验场，如何？一天打四遍点，告诉工人该上班下班就行了。”

于而龙爆发出一阵大笑，差点没笑掉下巴颏，他揉着笑痛了的肚子说：“请递我一杆笔计算一下，一位拿三百来元工资的总工程师，一天的工作，只按四次电铃，每按一下，该折合多少人民币啊？今古奇观，哈哈，纯粹是今古奇观。”

“没有什么可乐的，‘将军’还打扫过部机关的厕所呢！穿着将校呢大衣又如何？假如老廖再高踞在总工程师的宝座上，岂不是一百八十度大转弯，又通通回去了吗？我不说‘复辟’、‘回潮’这类刺激你心脏的字眼；反正设身处地替小将们想想，他们辛辛苦苦，折腾这么多年，都付之流水，能心甘么？”

“你也不会心甘的，老兄！”

“哦，我可超脱得很，要不然我就不会跟你推心置腹了，不过，你应该读一读夏岚的文章。啊，找到了，这不是写着吗？兴灭国、继绝世、举逸民。咦？夏岚的题目是保卫成果与投降招安呀？对不住，弄错了，不过没什么关系，口径都是一致的。我就给你读读这篇：‘在史无前例，震天撼地席卷整个中国的历史巨澜之中，在浩浩荡荡，千军万马驰骋在新的革命途程之上，我们这些肩负历史重任的新的一代风流’——咦，人呢！老于？老于，他妈的，不辞而别!”

在他埋头念那篇文章的时候,于而龙抬起屁股走了,他没有兴趣听人放屁。

于而龙走进了自己那栋楼,推开门,正好碰到楼下的邻居,一位在国内国际都有点名气的动力专家,又穿上了那件磨成光板的,原是长大衣,硬给剪短的外套。这身打扮,使于而龙回想起他们俩在那九平方米的“优待室”里,所度过的患难日子,这位有着学者、博士、教授、专家一系列让他倒霉头衔的总工程师,是于而龙心目里又一个可敬的老夫子。

“干吗又穿起这套行头?”

“敲钟去!”

“哦,你已经知道了?”

“不愉快的消息,总是要比预料的来得快些,而好事才常常多磨!”

“我白给他磨半天嘴皮。”

“你多余去找他,我这就去当一天和尚撞一天钟,有什么不好的呢?”

“那么,你的理论——”

“唉——”他沉重地叹一口气,“在钟声中慢慢死亡吧!”

“不会的,不会的,这场历史的歇斯底里会过去的。”

他望着那对闪烁火花的眼睛:“不过,我未必看得见。”

“你不要这样灰颓,廖总!”

“谢谢你的好意,我努力挣扎挣扎看!”

“去吧,去吧,也许实验场会唤醒你的灵魂!”于而龙握住他的手,紧紧地,久久也没有话。

回到屋里,只听谢若萍在过道里叮嘱着房间里的儿子:“菱菱,明天,楼下廖伯伯要去工厂实验场上班,他上了点年岁,眼神又不济,路上人来车往万一有个闪失呢?我看你这个大学,成天大批判,也没个正经的,学不学两可,干脆,明天你甭到学校去,陪廖伯伯一趟吧!告诉他郊区车怎么坐,在哪儿倒车。”

“是喽!是喽!”于菱在他姐姐屋里答应着。

于而龙在心里暗暗感激他的老伴,她是个识大体、懂事理的女人,别看她有时候唠叨两句,可她有着一颗善良的、同情别人的心。

“干吗不进屋去对他讲?”他问。

“谁知他们姐弟俩画什么?不让我看。”

姐弟俩在屋里格格地笑着,他琢磨不透于菱近些日子,为什么一个劲地热衷绘画?究竟要达到什么目的?儿子有许多事对他是讳莫如深的,使他有些苦恼。于菱在他眼里,是被看做浅薄的、没有什么远大的理想和事业上的追求,基本上是属于浑浑噩噩,谈不上多大指望的家伙。但是,他有时冒出的一句话,两句话,又觉得孩子并不是毫无头脑的。记得前几年,于菱复员回来当工人那阵,兴致一来,向他姐姐学过几天绘画,但很快五分钟热度过去了。好容易他妈妈活动得把他保送进大学,怎么?于而龙纳闷,不学高能物理,又要回头学美术?儿子不像女儿,他觉得于莲几乎没有什么回避他的,她把他既看做是亲爱的爸爸,又看做是谈得来的朋友,可开始长胡子的儿子,却对他有着分明的隔膜。

他推开女儿既作画室,又作卧室的屋门,于莲正披着睡衣,捧着一部俄文版的《伊索寓言》,边走边译给她弟弟听,于而龙很快从寓言的含意,明白了她的意图。很明显,因为她不赞成弟弟找的对象，做姐姐的总是进行不惮其烦的教导。

“莲莲，莲莲……”于而龙心里念叨，“连我们做父母的，都相当明智地不再干预，放手不管了，你一个做姐姐的，干吗偏要从中作梗，做那种讨厌的反对派，一定要使菱菱不和那个舞蹈演员相好呢？”

于莲的散漫随便和落拓不羁，使得头脑相当开通的于而龙也对女儿的行止得耷拉着眼皮——“什么时候真得和她剀切地谈谈，咱们是中国！”可她，睡衣也不系紧，肩头都滑了出来，高耸的胸部，随着她边译边笑的语声在颤动：“城里的耗子决定邀请乡下的耗子，到他家来做客……”她掠了她爸爸一眼，似乎在说：“你别管我们的事，我非把他们的爱情给搅黄为止。”

这个怪特的姐姐脾气呀！“那个乡下耗子啊……”她半点看不上眼。

确实也是如此，于而龙承认，那个舞蹈演员有点轻佻，有些浮飘，是个很少见过大世面，小家子气十足的姑娘；可是爱情蒙住了眼睛，人就会变得盲目，于菱偏爱上这位特别外在，特别浅薄，像小市民一样眼皮“拉浅”的演员，有什么办法？总不能采取封建社会的家长威力，用强硬手段断绝这对情人的来往。尽管全家四口人，有三票反对，但决定性的一票，是他自己，他投定了，就再也不能更改。——“嗐！也是头犟驴啊！”

那时，他从部队服役期满回来，都是谢若萍张罗，在厂里安排了工作。不知怎么碰上了原来的同学，现在是舞蹈演员的柳娟，而且，不由分说，就如胶似漆地亲密了起来。谢大夫医院里有许多好看的姑娘，热心人成打地给他介绍过，并不比演员差到哪去；部大院里也有合适的女孩子，门当户对，比那个小家碧玉有身份多了。

不，于菱死活不干，偏要和这个跟高歌好过几天的舞蹈演员交朋友，谁也不能拆散，把他妈妈的胃病都气犯了。

"你要从政治上考虑利害，小祖宗——"谢若萍恨不能明明白白告诉儿子：你要为你老子想想，高歌现在是个什么人物？你从他手里把这个姑娘夺过来，该考虑会有什么样的后果？他苦苦地追求了好几年，现在，又有汽车，又有洋楼，就缺那么一位漂亮夫人；可你倒好，半路上给人家截走了。

于菱回答着他妈："廖伯伯说得有理，在爱情上，谈不到温良恭俭让，好比物理学电子俘获现象那样，用不着讲谦逊。我爱，我就大胆地爱；我追，我就勇敢地追。一个质子变为中子的过程，总要释放出一个中微子，就让高歌成为那个质量等于零的中微子吧！"

"你混蛋透顶！"犯着卡他性胃炎的妈妈骂着，"气死我啦，跟你老子一样，一头死不开窍的水牛！"

"廖伯伯讲：一个缺乏强烈爱情的男人，算不得一个男人；一个不敢爱、不敢恨的民族，准是个没出息的民族。他说，他要年轻五十岁，也会加入竞争的行列，在爱情的斗牛场上，就应该有卡门一样火热的爱情。"

"哎呀，他不怕廖师母从阴间回来掐他。"

那都是两年前的旧话了，如今既成事实，不接受不行，老两口也只得默认了。

惟有于莲，她尝过爱情婚姻生活的不幸，还在一个劲地说服他："……乡下耗子胆战心惊，稍有一点响动，就吓得失魂落魄。虽然食品很丰美，有乳酪、有面包，还有蜂蜜——"她又继续朗读俄文，可于菱却盯着他的父亲，显得多少有些局促不安地，摆弄着手里的油画笔。大概知其子莫如其父，于菱每当有些什么不想让老子知道的事，而常常逃不脱那双敏锐的眼睛。这时，在许多画稿中间，一张半开纸大的画幅上，有一个人面蛇身的女人，吸引住他。这显然不是于莲的手笔，那种漫画式的夸张，肯定是他儿子的杰作了，那个妖精用一种可恶的眼神，憎恨地仇视着她所看到的一切。尤其是那一副刚用炭铅勾勒上的秀郎眼镜，毫无疑问，是画家信手添上的了，这一添可不打紧，影影绰绰地看去，酷肖一个了不得的人物。

“干什么？你们要干什么？”于而龙朝那幅画走过去。

他女儿合上了那本《伊索寓言》，严密注视的眼神紧追着她爸爸的身影，似乎觉得他不应该是这种样子，起码报以会心的一笑才是。但是，那一连气追问的“干什么”当中，既有责难，也有惶惑，以至还有点害怕，自以为深刻理解爸爸的女儿，弄得不懂起来。一直到于而龙抬起手来，去撬那绷在画架上的揿钉时，这才喊了声：“爸爸——”

于而龙回过身来，望着于菱：“你搞这些只有傻瓜才干的事，是什么意思？”

“我干的——”姐姐回护着弟弟。

“不，姐姐，用不着瞒住爸，我要画一张贴在我们学校那大批判专栏上，凑凑热闹，别以为全中国九亿人民都是哑巴，都是不会讲话的牲口。”

“哦唷，英雄！”于而龙冷笑地说，假如没有和王纬宇这两次为了实验场，为了廖思源的交锋，那么今天如果不在表面上，至少在心底里会赞赏儿子这种敢作敢为的勇气。然而现在这种拼命三郎的做法，至少在这个打过游击的于而龙心里是采取否定看法的，应该积聚力量，应该等待时机，就像过去石湖支队处于劣势时那样，可是，怎样才能给他们讲明白呢？

“爸爸，我们不是孩子！”于莲温和地走去拉于而龙坐下。

但是，于而龙甩开了她的手：“你们这是在作死——”他本想说，聪明的剑手，决不会把柔软的下腹部去迎敌人的剑锋，而是应该躲其锋芒、避其锐气，然后，找到对手的破绽，一鼓作气，置其死地，一点也不手软地战斗到底。但是，于菱冷生生的一句话：“与其像狗似的活在这个世界上，还不如像人一样地死去——”把于而龙气得两眼发黑，于是回过手来，就要去撕那张画。

于莲一下子站在他和画架的中间，挡住了他的手，急促、气愤地喊了一声：“爸爸——”那高昂尖锐的声音，把在厨房里做饭的谢若萍都给引来了。她直以为出了什么事，推开门，只见爷儿三个都赤红着脸互相僵持着。

“怎么啦？你们怎么啦？”

突然，于莲那对特别明亮的眼睛里，簌簌的泪水像一串珠子从脸颊上滚落下来，她说：“爸爸，你从来不是一个胆小鬼，能指望你的儿女是贪生怕死的懦夫吗？……”

泪水使他匆匆而来的火气，匆匆而去，伸出去的手收了回来。他想：也许是这样，每一个时代的人，走上他革命道路的方式，怕不会是尽同的，由他们自己去闯吧，他们自会对他们所走的每一步负责的。

难道不是这样吗？他在回忆的波浪里越陷越深了……

那蛇身人面像又在脑海里升了起来，张着血盆大口，似乎要把这个世界都吞噬下去，紧跟着，那条张牙舞爪的章鱼，又朝他扑了过来，他仿佛感觉到那章鱼触脚的吸盘，在紧紧地吮着他，随后，又听到那熟悉的笑声，在耳边隆隆作响，也不知是王纬宇，还是王惠平的腔调，告诉他："需要，弄假成真；不需要，真亦是假！哈哈哈！"

于而龙果真被这些幻境搅得有点头晕，把那支没有吸完的纸烟，从舷窗扔到湖水里去，他也不知道为什么会乱到这种地步，脑子里简直像开了锅一样。

毫无奇怪之处，亲爱的游击队长同志，谁让你整整三十年不回家乡呢？

当然，每个人都有自己的故乡，久别以后回到那里，必然会产生一种激动，这是很自然的。更何况石湖对他来讲，又非一般乡土关系，因为这块土地，几乎每一寸，都是经过他的手，和敌人抢来夺去，好容易才成为人民的江山，所以就格外容易动感情了。

假如他不是抱着殷切的期望回乡，恐怕也不会像现在这样思绪万千，心潮起伏了。他做不到心如古井，能够喜怒哀乐，不动声色。不行，刚才县委副书记关于船家下落的两句话，差点露出了声色，有什么办法呢？他是一个有血有肉的汉子。谢若萍早就给他预料到了，医生的职业习惯，总要给病症作出确切的诊断，她说："你回石湖，心情决不会好的，比不得王纬宇，他三头两遭地到家乡转转。"

"从何说起呢？大夫！"

"信不信在你，因为我想，能使你欢乐起来的因素少，相反，让你失望、伤感的东西倒可能是很多的。"

说对啦！未老莫还乡，还乡须断肠，虽说于而龙已经六十出头，但终究不是那种老朽昏聩，感情麻木的人，他的血还是很热的，他的爱和恨还是挺强烈的，才回到故乡多大会儿，也就是一天不到的工夫吧？倒觉得自己的心，像跌进了无底深渊，透不过气来地下沉，而且是无止境地沉下去。

不知谁在提醒他：

“前面就是三王庄了！”

二

于而龙恨不能一步跨到三王庄，来到鹊山脚下，去凭吊那块殷红的石碑，一个石湖地区最早牺牲的女共产党员的坟墓。

三十年来，一直牵系住于而龙的墓地，现在离他愈来愈近了。他模糊中觉得芦花好像并未牺牲，而也许还活着，只不过是长时期的分别，现在又该重逢了。但芦花确确实实是他亲手放进墓穴里去的，就在那棵已不存在的银杏树的附近。自那以后，没有给坟上添一把土，现在，可以弥补多少年来引以为憾的事了。

他盼望着独自在石碑旁边坐下来，在毫无纷扰的情况下静静地想，只有安详的氛围、静谧的环境，才有助于思路的畅通。他要在凭吊中思索，也在思索中凭吊，凭吊是怀念已成历史的过去，思索却是为了战斗，为了明天。所以他需要好好地回味，三十多年，逝水般的日月，冲淡了他的记忆，而现在，他多么想把断续的历史画面一幅幅联缀起来，构成一个完整复原的当时形象，好作出新的判断，来帮助自己（恐怕还不仅是自己！）打开那把锈锁，揭示出哑谜的谜底。

芦花！于而龙真想朝村西大声喊：我多么需要你的帮助呀！

“上岸歇会儿吧！支队长！”王惠平向他提议，同时注意观察他的脸色。

于而龙犹豫了一下，但立刻否决了自己。不知为什么，他认为有一位信奉王纬宇的县委书记陪同，那么长眠的女指导员肯定会皱眉头的。

“快赶回柳墩去吧!”他尽管这样说,目光仍舍不得离开原来耸立着银杏树的村子尽头,可是新盖的房屋,挡住他的视线,游艇又不理解人的心情似的飞快行驶,三王庄很快落到身后边了。

芦花……于而龙在心里同她交谈起来。

要不是意外地巧遇着他当年的一位老战友,恐怕此生也只是在魂梦里来到她的身边了。只是一句无意中的言谈,才导致游击队长,重返故地,在石湖上乘着游艇疾驶啊!

“芦花,你无论如何也不会忘记劳辛,我们那位感情洋溢的诗人!”正是这位记者兼诗人的罗曼蒂克式人物,使于而龙三十年回乡的梦变为现实,而他和认为早已牺牲物故的劳辛见面,实在是极其偶然的。

去年,一九七六年的最初几天,在举国悲痛的日子里,在满城白花,阵阵哀乐声中,阳明,原来在根据地里他们的政委,长期卧病以后,也随着那颗殒落的巨星与世长辞,再也比不上那一年春天,整个中国更为苦痛的了。

阳明是一位非常体贴关怀下级的领导干部,大家都特别尊敬他。于而龙心肌梗死发病住院,这位政委还拖着很重的病,来看望过他。很清楚,是路大姐去告诉他,并要他来的。那时,周浩的处境要更糟糕些,一个被命名为“还乡团支队长”的挨批之人,怎么能到医院里来探视他于而龙呢! 又不知该造出什么舆论,作出何等文章。但是,在部队工作的阳明抱着病来看望了,他身体瘦得可怜,但精神矍铄,一个劲地说啊笑啊,劝于而龙不要颓唐,鼓起信心活下去。

“你就放心吧，阳明同志！”

“我对你还是蛮有信心的，谁让你是一条龙呢。”他温和地笑了，自从于而龙认识这位领导人以来，从来都是这样和蔼可亲，令人感到格外温暖。

谢若萍对这位部队首长说：“现在他是趴下的虫了！”

“没关系，鱼龙变化，未来还是可以飞腾的。看咱们那头铁打的狮子，不也被捆住了手脚嘛！”他轻松地谈起周浩。在那乌云滚滚的日子里，这种谈话方式使于而龙惊讶，为什么他不把事态看得那么绝望悲观，好像不得了，天全黑下来了。阳明敲敲他那铁床，发出丁当的声响：“有句俗话，叫做百炼成钢，听见没有，这是从烈火中炼出来的金石之音；你搞多年工业，更该明白这个道理。像我癌已扩散，指日可数之人，还充满信心地活下去呢！千万不要灰心失望。”他笑着问：“还记得六七年，我作为你的同谋犯，从你们工厂偷着往外运那套动力实验资料？”

“全让他们烧了，二十年辛苦，付之一炬！”

“造孽啊！”他叹了一口气，“总有恶贯满盈的一天！我记得那时候你也曾经趴下，可不曾服输，用他们的话，就叫做蠢蠢欲动，伺机再起，现在怎么啦？背一回氧气袋上台做检查，就失去勇气啦！”

——他全知道，全知道，一切他全了如指掌啊！

但是于而龙万万没料到，他出院还不曾来得及去探望政委，倒先接到了他的噩耗。谢若萍害怕老伴过于激动，直到开追悼会了，才不得不告诉。

——芦花，你该比我更熟悉阳明同志，他还是你们那一届抗大分校的负责人，那是一位多么严谨正直的老同志，又是多么爱护干部，关怀下级的好领导啊！

于而龙还记得最初攻打县城失败以后，政委来到三王庄，那是第一次和他见面。他那温文尔雅的样子，并不能使于而龙的忐忑之心稍稍平静下来，多少有点耗子见老猫似的，估计周浩式的一顿臭骂是免不了的。于是端坐在船舱里他的对面，准备迎接这场暴风雨。后来，游击队长才体会到政委和司令员的截然不同的性格，安排在船舱里个别交谈，正是他的细致之处，不像“将军”，那管人前人后，噼里啪啦一顿机关炮，搞得人下不了台。

阳明没有责备他，连一点批评口吻都未流露出来，而是文静地询问着战斗的全部过程，哪怕极其无关紧要的细节，都再三再四问个齐全，半点也不着急。那时候，于而龙是刚出炉的烧饼，虽然有股热劲，但还显得软嫩，是个才学会打仗的初级指挥员，有些问题，张口结舌答不上来，有些数字，模里模糊说不准确——要碰上周浩，眼睛早直了，就得朝你拍桌子。但他挺有耐心，宁静地等于而龙想好再回答，这时，只听水声汩汩地拍打着船帮。

王纬宇打发通讯员长生，至少来送过十回茶水，最后，阳明笑着说：“回去告诉关心你们队长命运的人，我保险不把他吃掉。”

事后，游击队长把参谋——王纬宇那时是参谋，叫到偏僻处，生气地问：“你在搞什么名堂？怕我把屎盆子全扣在你脑门上么？”

“如果你需要的话，也许会那样做。”

“敢作就敢当，我不像你。极力主张打的是你，出了娄子拼命把自己摆脱出来也是你。”那时，王纬宇仗打得英勇，没有少给他哥苦头吃，凡是能教训王经宇的地方，他都会奋不顾身地扑上去，这一仗，就是打他哥在县城的奥援。

他若无其事地说：“我只是测量一下领导同志的温度，拿船家的话讲，也就是要观一观风色！”

接着，政委像老师批改学生作业似的，一项一项都摊在船舱里，类似沙盘作业那样，从最初对敌情的判断，到一场攻坚战设想的形成，再从一二梯队的运用，发起攻击的时机，各种火力的配置，一直到部队的干部思想，战士情绪，从头至尾的政治工作，像剥莲蓬一样，一层一层给于而龙剖析着。

时属深秋，战士们还穿着单衣，在忍受凄寒，而我们这位石湖支队长，却像三伏天里钻进了灶炕，汗流浃背地听政委以商榷的口吻，同他探讨战斗的得失。那些个破绽哪！那些个漏洞哪！使他羞惭得无地自容，恨不能从船帮的缝隙里钻出去。

——直到今天，我还是个不及格的学生呵！

死去的政委当时毫无责备的意思，声调也不曾提高半分，而于而龙比受着斥骂、受着鞭挞还感到难过痛心。——这才能叫做真正的触及灵魂呢！

指挥员的鲁莽，是要以战士的生命为代价来补偿的，但是政委却把责任揽在自己头上："……轻敌的苦头，不作调查研究的苦头，轻易被人动摇自己判断的苦头——"哦，了解得多么仔细啊！——"我们都吃过，要是多在你们耳边吹吹风，至少会使你们慎重些，小心些。怪我吧，怪我来你们支队太少，而且也晚了点。"说着，紧握住于而龙的手："二龙，打起精神，我们来不及办军官学校，只好边打边学，要付出一些学费，也是势所必然。"

可是一旦获得一些成绩，取得一点进步，阳明决不会忘记夸奖和鼓励的。就在那以后不久，支队在陈庄、三河镇之间打了胜仗以后，政委赶快派记者来写他们。

他们就从那时起结识了劳辛，一个和他们生长环境迥不相同的人物，这个从海外跑回祖国来抗日的华侨青年，留着浪漫主义的长头发，写着充满激情的马雅可夫斯基的阶梯式的诗句。

说来也不怕丑，于而龙从不讳言，那时他和芦花是没跨出石湖一步的土豹子，不但不知道土星火星在宇宙间的轨道，甚至常挂在嘴边的英美法，日德意，也不晓得他们彼此谁挨着谁。延安那是心目中向往的圣地了，但实际距离多远并无确切的概念。尽管来不及地像饿汉般吞食着新名词，差点得了消化不良症；但要听懂劳辛那些古怪的外国话，比读天书都困难。什么“普罗意识”、什么“布尔乔亚的情趣”、什么“以狄亚”、什么“生蒂门答”、什么“我的烟斯披里纯来了！”等等等等，神仙也弄不明白。只是到了相当熟稔以后，于而龙和芦花——主要是充满好奇和追求，探索和思考的游击队长，才悄悄地问他那些洋话是怎么个意思？可是要他用老百姓的语言，来解释 sentimental 的涵义，诗人费难透了。甭说在四十年代，现在有谁来尝试一下，保管也不容易。

但这并不妨碍他们之间与日俱增的友谊，心和心在逐渐靠拢，革命是他们牢牢联系的纽带，但激情却是焊接剂。哦，还有，诗人那直到今天也不隐讳，而且是并不衰减的对于芦花的真挚情感——那时人们多么坦率和忠诚呀！这样，他们一起度过了石湖的最美好的时光。所以后来，传说诗人在战斗中牺牲的消息，曾经使他们多么悲痛了一阵啊！

但历史有时会重演的，巧合的情况也经常发生，要不然也就不能称之为充满戏剧性的世界了。是阳明使他们相交结识；三十多年以后，又是他让于而龙和劳辛重逢叙旧，然而却万万没有想到，是在政委的追悼会上。

“你还是不要去了吧！”谢若萍劝说着她的老伴。

“不，我爬，也要爬去参加追悼会的。”

按说革命队伍里，并不存在那种旧的伦理道德，但于而龙一直把阳明同志，赵亮同志，还有一些老领导，当做是自己的前辈，起心眼里尊敬他们。不顾他老伴的劝阻，到底赶去参加这位“恩师”的追悼会。等他走进灵堂，致悼词的一位负责同志都快要结束他的讲话了。

他只好在肃穆的人群后面垂首站立，那位负责同志无法抑制激动的情绪，时不时地把讲稿捏在手中停下来不做声，而且是长时间的停顿，大家也都沉静在自己的哀思里。此时，在寂静的灵堂里，听得出欷歔哽咽的声音，出席追悼会的，绝大多数都穿军服，而且有把子岁数的部队首长也不少——他女儿画中的那位老兵也该来的，然而遗憾，他在面壁！一般讲，人老了就不大容易激动，但一个个竟至于控制不住自己的感情，可见人们对死者怀念是多么深切了。

悼词里提到的死者在南方根据地，在苏浙皖，在苏中苏北，在江淮地区工作战斗的历史。那些听来怪熟悉的机构名称，部队番号，使于而龙回到了战火纷飞的年代里去。尤其一听到抗大分校，立刻想起了芦花，她曾经去学习过，而且还想起来，当她学习结束后，政委仍照顾地把她派回石湖。在离开抗大时，政委把他自己手抄的《共产党宣言》（记得还是根据早年陈望道的译本，工工整整抄写下来的）郑重地送给芦花：“这是我给你和二龙的一份纪念品！”在抄本扉页上，有他的蝇头小楷，并排写着芦花二龙的名字……于而龙不敢想下去，因为他和芦花的婚姻，曾经有过许多议论，直到今天，还可以说是余波不息。想起最初的政委的第一次支持，那等于是一份结婚证书呵！从此，才得以理直气壮地在银杏树下有了一间新房,是多么不容易冲破那重重思想束缚,盼到了这一天呀!哦!不敢再往下想去,他担心涌塞在胸头的感情,会控制不住从眼眶和喉头冲了出来。

“我们是幸运的一代,经历了一场伟大的革命;然而我们也是不幸的一代,因为我们受到了多得多的挫伤和痛苦,有些,完全是不必要的……”于而龙想起不久前阳明开导自己的话,心里觉得堵得慌,他努力稳定住自己,因为他老伴直是嘱咐:千万千万不要激动!

离他不远,站立着一位同样迟到的吊唁者,他瘦削枯干,乱发蓬松,拄了根老气横秋的手杖,一直不能安安生生地老实呆着,左顾右盼,躁动不安,惹得周围的人都不很满意。

追悼会最后在悲戚的气氛里,大家鱼贯地绕骨灰盒一周退出灵堂,每个人都放慢了脚步,虽然再看不见他亲切的面容,听不到他温和的声调,但还是希望在诀别的时刻,多停留一会儿,向政委作最后的道别。

于而龙凝视着那个不肯有片刻安静的老头,一颠一跛地从他面前走过去,曾经注意地掠了他一眼。当他拄着拐杖掉头绕回,正好和于而龙走了个对面的时候,那满是密密皱纹的老眼,突然亮了起来。他先迟疑了一下,接着迫不及待地伸出手,好像要抓住什么地走出行列。这样,灵堂里出了点小乱子,服务人员赶快搀扶他出去。见他摇摇晃晃,直以为发生了什么问题呢。

等于而龙退出灵堂,在宽阔的台阶上,明显在等候他的那个老头,一跃而起,用手杖挡住了他的去路。

“我不会认错人吧?”

“你是——”于而龙惊异地站住。

“要不是我老眼昏花，你该是跟我打过短暂交道的那条龙吧？”

说得半点不差，于而龙怔住了，该死的记忆力，怎么丝毫捕捉不到一点印象呢？脑血管硬化会使智力衰退么？这个不肯安生宁静的老头是谁？虽然在眼镜后边，闪烁的火花，使他多少有点熟识，但那也是快要熄灭的残灯余火，唤不起久已沉睡的记忆。不知道面前像蔫萝卜似的老头是哪方人士？什么时候打过交道？一个大工厂的领导干部，接触面是广的，要有个秘书在就好了，小狄会用最简练的语言告诉他，客人是什么身份、级别，和应有的接待规格，谈话时的分寸；有时实在措手不及，当着客人的面，她就用俄语讲。现在，哦！老头的手还伸着，等着他握，简直太失礼了。

“啊呀……”他用手指戳着于而龙，嘻嘻笑道，“支队长，你大概是贵人多忘，不才小可曾经写过你的战地通讯《水不在深》，还留有一点印象么？”

于而龙像被电击似的一颤，记忆像破闸之水涌过来。“妈的——”他忘情地骂出了声，把老头紧紧挟住，几乎无法相信地，“活见鬼，你是劳辛？”

“货真价实，丝毫不差。”

于而龙欢悦地喊了出来：“呵！我的诗人。”

“还诗人呢？倒不如说是一个活着的死人罢了！”这位“诗”“死”不分的诗人嘿嘿地笑，是那种玩世不恭地笑，和公墓四周庄严肃穆的气氛不相吻合，于是惹起别人明显的不满。太张狂了，太忘形了，竟然这样肆无忌惮地笑，未免太亵渎故去的人了。“不不不！”劳辛毫不在乎地，“阳明同志如果活着，他也会高兴的。来——”他张开膀臂，甩掉手杖，“咱们再拥抱一次！”

“庆贺我们活着见了面！”

两个人紧紧抱在一起，然后劳辛用拳头擂着于而龙宽阔的前胸："你呀！你呀！"

"你不是'光荣'了么？说得活灵活现，千真万确。"

劳辛又笑弯了腰："我也一直以为你'革命成功'了呢！直到我去了趟石湖，才知道你还在这个世界上，我就找呀找呀，你在哪个避风港里呆着？"

于而龙想起他那九平方米的"优待室"。"我不信，你会找不到臭名远扬的我？"

"我认为你不会离开部队。"

"早就当老百姓了。"

"说明白的，现在干什么？"

"无所事事，一个自由哥萨克。"

"彼此彼此。你要不这样，就不是于而龙了。"劳辛深情地注视着石湖上出名的蛟龙，时隔好几十年，除了花白的头发，饱经沧桑的鱼尾纹，依然是那高大不屈的身材，魁梧结实的躯干，而且还是那样器宇轩昂、神采飞扬，并没有什么明显的变化，不由得叹息："一条好船，卷起风帆，落下桅杆，在避风港里抛锚系缆，真可惜啊！"

握别的时候，劳辛紧握住他的双手："重新碰见你，真高兴，至少，在给我开追悼会时，又可以多一个生前友好了。"

他的风趣、乐观、充沛的感情，仍旧不减当年，使于而龙想起这个诗人、记者，当年曾经是一个风流倜傥的男子汉，他那翩翩风度，潇洒姿态，是相当有魅力的。记得那时在石湖湖滨召开群众大会，他总是站在临时搭起的主席台上，挥着年轻有力的臂膀，指挥台下的战士和乡亲，分部轮唱《保卫黄河》。哦，那激情澎湃的场面，现在想想也十分动人哪！那时候，人们什么都匮乏，到了难以想象的地步，诗人找不到一张写诗的纸，更谈不到吃穿用和枪支弹药了。可惟一不缺的是嘹亮的歌声，即使饿着肚皮，也要敞开喉咙唱出鼓舞人心的歌声。那一刹那间的劳辛，是一团炽烈的火，青春的火，热情的火。那时不讲究什么歌唱艺术，但是在他手臂的挥动下，那一部一部“风在吼、马在叫”的歌声，像暴风雨里的石湖，波涛起伏，巨浪翻滚，不可遏制，无法阻挡，显示出真正的人民群众的力量。在歌声里，似乎看到沉默的石湖人不再沉默，忍受的石湖人不再忍受，起来了，谁也无法让他们再弯下腰去！

脑海里的歌声消逝了，他目送着那个老态龙钟走远的劳辛，怎么也不能相信，那是当年热情洋溢的诗人。时间是最最无情的，即使最坚硬的黄金，慢慢地，全部光泽也会被时间磨蚀掉，最后变得灰暗浑浊起来。然而，革命者的意志，越是砥砺，越是坚定，越经过时间的考验，也越能映现出铮铮的光华。

岁寒方知松柏之后凋啊……

老战友走远了，于而龙却久久不见儿子来接他，在公墓门前焦躁地来回踱步。他估计，而且十猜九准，准是于菱拽着那位司机朋友，去试验他的单缸摩托了。

是谢若萍向厂里要的车，并派于菱陪同做伴的，来的一路上，就听他“发明家”儿子不停地询问属于汽车修理技术上的问题。于菱复员回来直到上大学之前，一直是在厂里机修车间待着的，和司机班混得鬼熟，肯定，请司机去进行某种技术上的指导了。

对于他儿子的“发明”，他早就下了断言：“菱菱，就冲你的五分钟热度，保证搞不成功。最后，汽缸搞坏，自行车报销，你才能太平，我们大家也都睡得着了。”

因为于菱白天要在那所著名的大学里，啃他根本啃不动的高能物理——活受罪啊！儿子，你当初少养养鸽子，少喂喂猎狗该多好！——只有礼拜六才能回家装配修理他的车。于而龙每逢周末深夜，常常会被那摩托发动的响声惊醒，不堪其扰地向老伴埋怨：“你的宝贝发明家快要把我们折磨出精神分裂症啦！”

他老伴总是原谅儿子：“不比出去给你闯祸惹事强？”

总算那个汽缸和它主人的性格一样，也是五分钟热度，响过一阵以后，无论用脚踹、用绳拉，它像懒牛一样趴在那儿，再也不肯干活了。于菱曾经求教过在动力学方面有很深造诣，还著过书，立过说，创造出新理论的廖总，这位被打倒的权威也束手无策，他只好安慰于菱：“或者你把它扔掉，扔进垃圾堆；或者，你再去买个新的。这个汽缸跟我一样，老朽啦！已经完成它的历史使命啦！”但于菱偏不肯丢手，每礼拜六从学校早早溜回来，而且照例在半夜噗噗地把于而龙惊醒。

“纨绔子弟啊！……”于而龙望着那宽阔的马路上，每一辆驶过来的北京吉普，都以为是他们该回来接他了，结果都从他面前疾驰而过，气得他直骂于菱。

“……一辈子休想有个出息，没有头脑，没有理想，没有追求，完蛋货！什么都想搞，什么也搞不了，毁坏东西倒是拿手好戏——”他可以历数儿子的罪状，那台飞利浦录音机是他修理的，聋子成了哑巴；于莲留学时买的基辅牌照相机是他调整的，结果不得不送去大修；电视机不知他怎么鼓捣了一下，人的脸色总是以黄绿为主，老有一股做贼心虚的样子；而电冰箱经他换了一根管子以后，从此发开寒热，不肯好好干活，消极怠工，唉……

要说不偏心的父母是绝少的，于而龙喜欢他的女儿，尤其欣赏她那锲而不舍的精神，虽然在艺术创作上，挨过不少棍子，但从来不曾气馁过，仍旧在苦苦地刻意追求，力臻技巧上的成熟，不断地从古今艺术作品中汲取营养。她花的买画买书的钱，连老两口眼都直了，得到一幅大师的影印本，能通宵达旦不知饥饱地欣赏着。而且手不停笔地写生素描，很少见她哪天不摸画笔，除非发烧三十八度，被她妈妈强迫躺下来。但是，“苍天不负苦心人”是句空话，许多耍嘴皮子的爬得高高地，而她辛勤追求自己天国的艺术家，却一直在崎岖的道路上颠簸，钉子碰得也越来越多了。

但于莲和她妈妈一样，对自己的弟弟有些偏疼，尽管他不成材，姐姐也喜爱他；尤其他越来越男子气，也被于莲艺术家的眼光欣赏，所以她认为于菱应该有一个比舞蹈演员还好的爱人。除了这点不同意见外，做姐姐的没有不支持他的，甚至答应放下画笔，坐在那辆改装的摩托车上，由于菱驾驶着兜风去。这辆没有上过牌照捐的老爷车，只好在天黑以后才敢出动。有一回他向他姐姐吹牛：“保证不比美国的哈雷差劲！”

摩托车开出部大院，于而龙向他老伴发出照会：“大夫，快准备急救箱抢救伤员吧！”谢若萍责怪他为什么不拦阻住，闯了祸该怎么办？于而龙回答说：“不让他碰个头破血流，不会长记性的。”果然，不大一会儿，摩托车倒骑着于菱回家，走路都一瘸一拐地，吓得老两口忙问：“你姐姐呢？”

那位花枝招展的画家，着意打扮了一阵才坐上车的，要出事该怎么得了？于菱安慰大家：“幸好，姐一点没碰着。”

“她人呢？”谢若萍还是不放心。

“碰上廖伯伯家的陈剀，在慢慢往回走咧！”那还是这个书呆子头一回出现在他舅舅家的时候。

尽管于而龙答应掏腰包,给他买一辆“轻骑”,免得半夜被他吵醒,但于菱偏不接受老子的好意——“何其相似乃尔,这混账东西!”游击队长叹息——照旧,也不照顾老爹的冠心病,继续在做他的“试验”。

隔了好久,吉普车才终于驶来,上了车,一看后座上有从花圈上跌落下来的白绢纸和碎银箔,于而龙心里明白了。那一丝一片,多么像点点滴滴的伤心泪痕啊!

他问:“又去献花圈了?这是第几个啦?”

于菱没有吭声,那个年轻司机也保持沉默,怪不得耽误很长时间,从市郊的大学开到广场,路程可是不近,半个城市都绕遍了。

于而龙叹口气:“送到什么时候为止?难道还能得出一个什么结果来么?”

两个年轻人仍旧不作任何反应,这时,车子蓦地急刹车,一批抬着花圈的吊唁队伍,从车前走过。于而龙看到那些人的脸部表情,已经是愤怒盛于悲哀,以一种合法的形式,表示着内心的抗议,眼里流出来的不是泪水,而是烈火了。

于而龙心里感到压抑,一种近乎窒息的压抑,一种近乎绝望的压抑。即使在石湖黑斑鸠岛上,濒于死亡前夕的时候,他也不曾这样悲观过,难道真的就三千年为一劫地下去了吗?

他摇摇头,似乎在喃喃自语:“没有用的,一点用都不顶,最好的记忆是在心里。”

没想到坐在后座的于菱,愤愤地说:“中国人都像你这样,早亡了!”

他像被噎住了似的哑口无言。

就这样，战友重逢，劳辛还约好来年雁回，春到石湖，一齐来看芦花，给她坟墓添上一抔土，然而现在，雁群结成人字形的长队，在游艇上空，嘎嘎长鸣地往北方飞去，可是，劳辛他未能践约，只是于而龙一个人孤身只影地回到了石湖。

果然，他的一句玩笑话，竟成了不幸的谶语，年初，在政委的追悼会上相遇；年底，又在诗人的追悼会上送他去天国了。

他是含笑离开这个世界的，那时候整个中国布满了希望的曙光，是在欢乐的笑声、胜利的锣鼓声里安详地闭上了眼睛。在他的手边，是未完成的诗篇《女指导员》，大概也和诗人对芦花真挚的感情一样，成为不尽的思念了。

安息吧，劳辛……于而龙默默祝祷着。

但是，三十年前，在芦花生命的最后一刻，那不肯阖上的眼睛，那惊疑不定的神色，那想说而说不出的话，那不肯撒手而去的对生命的留恋，始终是于而龙心目中的一个疑团。由于劳辛的出现，这疑团陡然间膨大起来了。

正是劳辛，在他重访石湖的那年，曾在搭船的时候，碰上一位船家老人，两盅酒下肚，老人谈起往事，告诉劳辛说，芦花当年搭他的船单独过湖，在沼泽地上了岸，急匆匆地走了。不一会儿，他听到了枪声……

一切简直太神奇了，于而龙不敢相信自己的耳朵，真的吗？是真的吗？他要求劳辛再说一遍，两眼几乎直了似的等着。

劳辛挺纳闷："说什么？"

"就是你刚才讲的。"

"讲的什么？"他懵懵懂懂地反问。

"刚说过就忘，就是船家老爷子告诉你的话呀！"

也许他看到于而龙那几乎变形的脸，意识到问题的严重性，又仔细地重复一遍："那是个爱唠叨的老头，说什么也不肯单独送我过湖，要不是我那两杯老酒的威力，才打不开那话匣子。他说他解放前，搭过一回石湖支队的女指导员，给了五块大洋的船钱，让他赶快渡她过湖，结果，哪知道，没送到地头，她着急在沼泽地上岸走了。好，没隔多大一会儿，就有人在苇子里开了黑枪。"

于而龙从沙发里跳了起来，吓得陪客人坐着的母女俩都傻了。

"你怎么啦？"谢若萍见他紧张得直捂胸口，只以为又一次发作心肌梗死，喊于莲快去拿氧气枕头，并且狠掐他手腕上的内关穴。他止住了紧张得要命的母女，一时像背气似的急得说不出话。于莲赶紧偎依住他："爸爸，你怎么啦？快说话，吓死我了！"

"莲莲，你哪里知道啊！"他躺倒在沙发上直是喘息。

劳辛那时已是于家的常客，莫名其妙地瞪着主人："我以为你犯了羊角风呢！干吗大惊小怪，我说错了吗？有什么值得你躺在沙发上直哼哼？简直叫我糊涂！"他对于莲讲："你那宝贝老子，真把大家吓得性命交关。"母女俩都笑了。他点起了一支他送来的哈瓦那雪茄，非要于而龙吸口烟，镇静一下让别人提心吊胆的神经。"人上了岁数毛病就多啦！"

于而龙呻吟着："老兄，你晓得你说了些什么？一个多么重要的情节，而且是三十年来，一直都不知道的情节。要是真的话，那么已成为历史的事实，岂不是又要重新认识了么？那船家老人不至于信口雌黄，他有什么必要吹嘘呢？虽然我们家乡有那么一种废话篓子，但他言之凿凿地提到了五块银洋呵！"

五块银洋，铁的证据。

那就意味着，除了那个被芦花打死的武装特务，还有个第三者。

这个第三者，在苇丛里开了黑枪……

他坐不住了，一刻也不能等待地着急起来。

“莲莲，快给休干班打个电话，告诉他们一声，我要回老家；若萍，马上给我收拾点简单行李；菱菱呢？让他去民航办事处买飞机票。快，越快越好。”

“你疯啦，你疯啦！”谢若萍急得直搓手。

“神经质、歇斯底里！”劳辛用手杖跺着地板骂他。

疯也罢，神经质也罢，他立刻就要走，谁都领教过于而龙的脾气，说干就干，雷厉风行。因此，他决定先把飞机票搞到手，“可菱菱呢？——”

这时，一个陌生的年轻人，敲开了他们家的门，谁也不认识这位来客，也不知是于菱在工厂里的同伴，还是学校里的同学？——一直到今天，也不晓得他是谁？那一双热情的，多少有点冒险神色的眼睛，在不太亮的楼道里闪着光，他轻声地向这家人极其神秘地说：“这两天，千万千万，叫于菱留点神，小心点！”说完匆匆转身走了。

于而龙和他老伴四目相视，心里直犯嘀咕，正在纳闷儿子究竟会发生什么需要小心的事？才回到客厅里坐下，只听楼道里传来急促的脚步声，柳娟，上气不接下气地冲进屋里来。气急败坏，面如死灰，一点血色都没有。一双本来非常秀媚的眼睛，都直勾勾地立了起来：“……他们，也不知是什么人，在公共汽车站，在大街上，就把菱菱给，给抓起来，戴上手铐给，给押走了——”这时，她才发现屋里有客人，连忙用手掩住了嘴，失神地倚在门上。

晴天霹雳，满城的杨花密密蒙蒙，像雾一样挡住了视线。屋里出现了死一般的沉寂。

——芦花,菱菱的悲剧,使我的行期拖了下来。

整整拖了一年,我才终于回到石湖,芦花。原谅我吧,原谅我来得这样晚,但愿那船家老人活得结实!

三

于而龙估计到他们俩会出事,不是女儿,就是儿子,但是没料到会来临得这样快,正如石湖上猛然间一场严酷的早霜那样,葳蕤的枝叶一下子就给打蔫了,整个家庭笼罩着一层死气沉沉的气氛。

在那最初的惊魂不定的日子里,谁也没有泪水,谁都是瞪着眼睛愣愣磕磕地怔着,除了奔走、打听、托人、求情不停地忙着外,回到这间屋里,就只知道呆呆地坐着。如今全家都已记不起来,那最早的几天,是怎么过来的?至少有一个礼拜没有举过火,做点什么热食吃过。全家要不是被这一棒打蒙了,那么显然是在等待挨第二棒,因为在那做狗易、做人难的年月里,株连本是一件例行公事。由于不知道哪个机关抓的,自然也不会知道被关在什么地方,就更不可能知道按法律的哪一款,哪一条逮捕法办的了。所以他们倒盼着株连,甚至满门抄斩才好,起码知道儿子的下落,去法场,到阴间,也好全家一路同行啊!

哪儿都没有消息,就像石沉大海一样,担心被秘密处决的阴影——那是完全能干得出的,而且也无法不使人不联想的,渐渐在他妈妈、姐姐和那舞蹈演员的脑海里,占据了主要位置,于是屋里似乎嗅到了一种恐怖的尸臭。

只有于而龙不相信,然而他说不服她们。

就在全家已经毫无指望的时刻，门轻轻地被推开了，两次失去儿子的路大姐给他们带来了消息，确实因为那幅恶毒攻击的漫画，给抓起来的，不过，人还活着，而且似乎还好。

“你见到菱菱了吗？路妈妈！”柳娟扑了过去。

路大姐点了点头，直到这一会儿，全家才像举丧似的哭了出来，连于而龙这个铁打的汉子，也禁不住老泪纵横，泪眼模糊地瞅着她们娘儿三个，虽然不是放声痛哭，确也把多天来憋在心胸里的悲愤和痛苦，一股脑儿地倾泻出来。

女人的眼泪啊，对于而龙来讲，简直就是无声的命令。他忙得焦头烂额，不但顾不上三十年前芦花牺牲时的谜团，甚至自己的冠心病也全忘了。

——原谅我吧，芦花，原谅我来得这样晚！

终于，王纬宇来了，他也探听到了于菱的下落，特地过来送信的，而且还表白自己已经费了九牛二虎之力，再也无法效劳了。

“菱菱这一刀戳得太深，谁也不敢讲话。想想吧，那是咳嗽一声，都能把人吓出神经病来的大人物，菱菱去招她惹她，不是没病找病吗？何况那小子假充英雄，供认不讳。”

“全承认了？”谢若萍关切地问，很清楚，他了解的情况要更多一些。

“现在你们只好去求一个人给讲讲情，年幼无知，受人蛊惑吗！”

“谁？”

“我看老于你最好亲自去求一趟小农他爸——”

“找他？”

“为儿为女嘛！”

于而龙真想大吼一声:“滚!”但是,一口唾沫,又把这个“滚”字咽了回去。

他记得,即使在那时,劳辛还婉转地劝说:“还是靠咱们自己想办法吧!”

劳辛也被于菱的悲剧给卷进来了,在他们这一家人的心目里,最够朋友,最讲义气(这可能是一个为标准左派所不爱听的词)自然要算死去的诗人了。于菱被关的两个月,他和这家人一起,分担着不幸和痛苦。

哦,那真是乌天黑日,家国同运的日子啊!儿子被抓走关进牢房,连个探监的权利都无法获得;女儿开始为那张惹祸的漫画受到株连,派驻到他们单位的那个小头人,硬说是她的手笔;于而龙更不轻松,那位过去的亲家,硬的软的胁迫他去学习班……所以每当谢若萍坐在门背后小马扎上静静流泪的时候,劳辛便在书房里摸出手绢来擤鼻子:“我的灵魂都长锈了,欲哭无泪,生活实在是越来越艰难了!”然后,他安慰失去儿子的母亲说:“你别哭啦!我们来想办法吧!”

尤其是谢若萍想念她的儿子,差点都要疯了,她时常半夜从梦里惊醒,忍不住地悲伤哭泣。不是说她梦见菱菱浑身血污、拷打致死啦,就是给押赴刑场,斩首示众啦,弄得于而龙心烦意乱,赶紧起床给她找镇静剂。她知道老头子不爱听这些玄虚的东西,可母亲的心呵,总得有个诉说的对象,要不然,非憋得心肌破裂不可,于是劳辛,有着骑士风度的诗人,听到做母亲的悲诉以后,发誓地说:“豁出老命,也得让你们母子见个面!”

他四处去请托奔走,好话说了千千万万,低声下气去恳求,去央告;虽说他不是什么有名的诗人,而且也早歇业改行,但诗人的气质却是很浓重的，从来做不惯这类低头哈腰说好话的事。可是有什么办法呢？破船多揽载，谁让他生有一颗容易同情别人的心咧？终于劳辛豁了出来，把他那支最珍爱的猎枪，都奉献出去，送给了一个能说得上话的权贵。

“不出点血是不行的，二龙——”他总结着经验，“社会风气败坏到这种程度，光你我保持贞节，就寸步难行，所以我干脆赞成明目张胆地接受贿赂，定出价码才好，这种不明不白地送礼，比贿赂更割肉！”

于而龙以那种真正猎人的遗憾，深表歉意地说：“真可惜了，那是一支多么漂亮的猎枪，是著名的安茨厂七十年代装上自动校正仪的产品，王牌货，足足可以对付一头熊或者一群狼的，然而却喂了猪，白搭了！”

——劳辛啊劳辛，谁让你心胸里有这种上古遗风，如今被人看不大起的高尚情感呢？你偏要追求真理，你偏要主持正义，你偏要把他人的忧愁苦恼当做自己的事，你偏要把战友闯祸的儿子，看成是自己的骨肉，而且你竟然比做父母的还要袒护，公开地宣布：“菱菱是无罪的。”那么，一支高级猎枪也就无所谓什么舍得舍不得的了。

还真是亏了他的奔走，谢若萍见到了被关在一座临时监狱里的儿子。老天爷啊……（在这种时刻，人们往往容易产生一种原始的宗教感情，由衷地感激那并不存在的苍天）于菱居然完整无缺地活着，她这才放下了一颗悬着的心。仅仅坐了几天牢，儿子变得傲慢、倔强和那么一种男子汉大丈夫的气概，粗声鲁气地对他妈妈讲：“你不要再来这种鬼地方了！”

做母亲的点点头，第一次听到儿子说出这种有分量的，一点也不是孩子气的话。好不容易批准的五分钟探监时间很快过去了，只得流着泪告别，谢若萍一下子跌坐在那里，被带走的儿子，连回头看一看妈妈的权利也没有。唉！生活啊！多么严酷的现实！于是手脚本来不利索的诗人，搀扶着伤心的母亲，走出了那座阴森的院落。

“我们来想办法，把孩子给活动出来，哪怕牺牲一切，不过，大夫，你一定答应我，别再哭……”害怕眼泪的劳辛，扶着她在小胡同里慢慢地走着。

于而龙在远处的岔路口，坐在汽车里等着，想到一个共产党员竟然还会有这一天，到共产党的监牢里，探望被共产党抓起来的儿子，实在是个非常难堪的讽刺。他不由得想起《红楼梦》里那位焦大的话，他从来是捆人的，哪有被人绑起来的道理。然而，于而龙此刻却是被紧紧缚住了，比焦大的命运还不如，因为他连探监的权利都得不到，理由很简单，根据他目前的政治态度，基本上是属于不可信那一类的，所以想看一眼儿子也不可能。

他怅惘地望着那深深的小胡同，难道生活总这样永无尽头么？

其实，王纬宇还是有板眼的，劳辛亲眼看到他出出进进那座警卫森严的院落，从来也没受到过刁难。于是诗人又总结性发表着感慨：“富人多吝啬，穷人倒慷慨，这年头，能帮忙的，不肯帮忙；想帮忙的，帮不上忙，大概也是条规律了。”

“他？”于而龙说，“还来不及逼我去学习班揭发批判‘将军’呢！”

“真是个好样的——”劳辛赞叹那位革委会主任。

“夏岚讲得就更加赤裸裸的了……”谢若萍告诉她丈夫：“昨晚上她说：‘这目标并不是要搞掉周浩，周浩算老几呢？说实在的，也是个小角色。关键是他身背后那位东山再起的大人物，明白吗？于而龙去揭发周浩，正如小卒过河那样，能顶大用罢了！’她说得再清楚没有，‘若萍，我敢给你打保票，只要老于去学习班，菱菱保证不成问题，可以放出来。这不是我的话，上头的。’”

这下子，于而龙总算明白了，那一回在马棚婚礼闹出的事故，在这儿收拾了自己。他对他老伴讲：“下回再有机会探监，告诉菱菱，让他死心塌地把牢底坐穿吧，我办不出那种卑鄙无耻的事，孩子会原谅我的。”

劳辛说：“这世界还不全是他们的，事情还不至于这样绝望，咱们分头活动去吧！”他汽车都不坐，拄着拐杖走了。

“咱们怎么办？”

这个不肯出卖灵魂的汉子，就像当年打游击经常碰到过的情况，一下子落入敌人的重围里，得靠自己冲杀出去似的寻求出路。

再说，有什么办法？儿子吗，骨肉吗，何况他只不过画了一张漫画，只有半张报纸那样大小，一条盘成一堆的蛇，一张女人的脸，就至于招惹了弥天大祸，去尝无产阶级专政的铁窗风味。倒不是做父母的偏袒自己的儿子，在那无边无沿的专政拳头下边，动辄得咎，做个人也实在太难了。

人家也都奇怪地问：“你们菱菱究竟画了什么呀？会被抓去坐牢？”

“一条化作美女的毒蛇。”

“连书本都有过的呀！犯什么法？”人们已经习惯成了自然，凡是上了书的、登了报的，那还有什么错嘛？

“啊呀，你们这些人，比我还愚，怎么不明白这个道理，他们可以拿这个打你，你可不能拿这个打他，何况那个该死的混蛋家伙——”他不得不在人家面前骂几句自己的儿子:“偏给那个女妖精,画上一副秀郎眼镜,而且,那发型,男不男,女不女……”

每当说到这里的时候,听话的对方,差不多都是同样的动作,赶紧把门关严,然后捧腹哈哈大笑,而且还总是说:“菱菱那小子可真够有种的,敢碰那娘们,了不起,用现在的革命词藻来说,可也实在够反动成性的了。”于而龙很难揣摸对方的语气,是褒还是贬?既然是于而龙肯张嘴去求的人家,大概也是些气味相投,可以直言无讳的同志或是战友。于是央求这些人:“我可不像你们,还有兴致去笑,想办法活动活动,把关着的菱菱给弄出来吧!”

最后,终于奔波到诗人自己都失去希望了,有一天,突然晕倒在电梯间里,幸亏有于莲陪着,赶紧送去医院急救,他对给他治疗的谢若萍,上气不接下气地说:“……照这样下去,总有一天,我们大家都会掉进这个十八层地狱里去……”

实际上,那支安茨厂高级猎枪还是起了点作用的。那位受贿者(劳辛并不认识,而且也没见面,一切交易,全靠一名中间人在接头的)确实是卖了点力气,看来这一枪打准了,传过话来,有可能获得释放。

就在这个时候,在写作班子所租用的高级房间里,据说是要通宵达旦突击一篇稿子的夏岚,对那个通天才子讲:“你快给打个电话吧!以那位老娘的名义,告诉他们,矛头直指她的那个于菱,出狱是可以的,但是有一条,永远也不得在这个城市露面。”

“谁说的?要放他?”才子搂住丰腴的佳人,惊诧地问。

“已经决定要放了,你要知道,像于而龙这类人,活动能量还是很强的,除非他什么时候咽了这口气。”

那位瘦骨嶙峋的才子,伸手去抓枕头旁边的电话,一边扒拉开那本厚厚的《金瓶梅词话》在拨号码,一边朝身旁那位徐娘半老、风韵犹存的女人讲:“现在我才懂得‘天下最毒妇人心’这话是半点不假的,你跟老娘简直不相上下。”

“女人是天生的现实主义者!”她对着手镜,用美国蜜斯佛陀的淡色唇膏,仔细地涂抹着。

于而龙终于把儿子从牢房里接了出来,并且答应把他送得远远地,唉,一杯掺了砒霜的酒啊!

他直到那时才懂得,为什么月台都筑得像运粮河里那长长的趸船,正是为了装载人们的感情呀!在列车就要开动的那几分钟里,告别的旅客像工厂做超负荷运行试验一样,感情的热流一下达到顶点。何况他们全家是送一个一去不回的亲人呢!

——孩子!也许等到你做父母的时候,才能体会我们在那一刹那被揉碎的心!人就怕老年丧子,虽然你并不是死,但那种勉强的活着,和死有什么差别呢?……

于菱不是去出差,不是去旅行,也不是一年一度享受探亲假的职工,更不是像他过去服三年兵役的义务兵,因为那样总是有回家的一天。而他是罪人,一个画漫画的罪人;那么,如果不说永远永远,至少也是遥遥无期的日子以后,才能重新踏在月台的这块土地上吧?

谁也没有让来,只是他们一家人来给于菱送行,大概多少有点生离死别的味道,在昏暗的灯光下,在雾蒙蒙的暮霭里,三位女性,他老伴、他女儿,还有他儿子的女友,都有些禁受不住。可是,又好像互相制约似的,谁也不愿使永不回来的年轻人,增添精神上和感情上的负担。妈妈的心,姐姐的心,还有那个可怜的女孩子的心,都沉浸在无言的哀伤里,泪水在眼圈里打转,但强忍着不使流出来。这时,任何一句稍微动心的话,都会使泉涌般的泪水夺眶而出。所以两位男子汉,于而龙和那位业余漫画家,在注视着月台上的大钟,希望它快快跳过几个分格,早点结束难堪的场面算了。

然而要度过开车前的几分钟也不容易,月台上的大钟好像停了一样——不奇怪,电钟是间歇半分钟才跳动半格的,于是,年轻的充军者便找些话来和他姐姐交谈,好熬过这属于死亡前的弥留期:"你猜我,在牢里看过一本什么好书?"

姐姐了解自己的弟弟是不怎么好学的,虽然他也挂过大学生的牌子,但一听他报出书名,不由得一惊:"什么? 赫尔岑的书?"

"描写十二月党人的。"

于而龙马上以卫道者的姿态呵斥着:"你少说两句,会把你当哑巴卖了!"

——原谅我吧,孩子,至今我还记得你对我的指责:"中国人要都像你这样,早就亡国啦!"

于菱冲着他爸苦笑了一下,并不是有意地反驳:"书是路妈妈去看我时留下的。"

"她?"

"路妈妈找到我可是不容易,就是不让她进,她干脆坐红旗车来,硬往院里冲,那些狗们拦不住了,她说她是失去儿子的母亲,有权利来看望孩子,无论犯了什么样的王法,总是许可亲人探监的。"

于而龙望着他老伴,而她,也凝视着自己的丈夫,都从心里感到"将军"那无言的爱。老头子自己被搞得焦头烂额,路大姐还拖着病去奔波。这位已经尝过一个儿子丢散,一个儿子牺牲的妈妈,又承受起做母亲的苦痛滋味,也许失去儿女的妇女,母爱会更加强烈吧?

开车的铃声响了。

忽然，那辆浅茶色的上海车一直开到站台上来，他们全家都以为王纬宇来了，因为于菱是他以工厂革委会名义，联系安排到沙漠那边的；倘若不然的话，连这点相应都沾不着。难道他会像多年前送于莲那样，又在站台上手舞足蹈，扮演得意的角色？只见小车司机从车里捧出点心和水果，对于而龙讲："王主任说他要开个会，来不了车站，叫我把东西给菱菱送来，顺便接你们回家。"

"哦！你来了——"于菱向司机打着招呼。

"等着吧，菱菱，我也快来跟你做伴了！"司机耸着肩膀回答。于而龙认出来了，正是年初那个给于菱运花圈的司机小伙子。他把一件件东西全递给了车窗里的于菱，于菱接不过来，乐了："喝，纬宇伯伯，以为我真的去西伯利亚了！"

谢若萍紧忙瞪她儿子一眼。

"哦，差点给忘了，还有王主任一封亲笔信，没封口，你看看就明白，到那儿交给管理你们的人，让他给转交上去，大概会有些照应吧？"

当母亲的衷心感激地说："纬宇伯伯多关心你呀！"

于而龙关照司机先走，不必等他，司机也了解老书记说一不二的脾气，不想勉强，便先开走了。

列车也终于启动了，谢若萍和柳娟再忍不住，热泪夺眶而出，那个父亲被杀死，爱人被夺走的舞蹈演员，哭得像泪人儿一样。独有于莲，跟着列车往前跑，叮嘱着她的弟弟："勇敢些，一定要勇敢地生活下去。菱菱，千万不要泄气，至少，我们能活得过他们。"

于菱大声地回答："我懂，姐姐，我懂，你们放心吧！"他一边说着话，一边把那封王纬宇的亲笔信扯了个粉碎，扔在月台尽头。

列车驶出车站，速度越来越快，于莲不追了，站在那儿，望着她弟弟越来越模糊的身影，泪珠像线似的一串串流下来。

载着于菱的列车，终于完全消失在那雾蒙蒙的黑夜里去了，黑暗把那个画漫画的罪犯给吞噬掉了。全家人呆呆地站在月台尽头处望着，似乎想从这迷雾般的夜幕上，寻找出什么答案。

然而，那是一个能得出正确答案的世界么？

“走吧，回家去吧！……”站台上已经空无一人了，这也许是一列最晚发出的列车，整个车站都安静下来。静得使人感到完全不能习惯，一个镇日间喧嚣的车站，突然猛一下变得这样沉默、这样空寂、这样阴暗。灯光一盏接一盏地熄灭了！仿佛车站刹那间死去了一样，变成了一个失去生命的躯壳，而这个躯壳正以沉重的压力，紧紧地压在这四个失去亲人的送行者头上。

“回去吧！菱菱不会回来的了，柳娟，走吧！”

那个苗条颀长的姑娘伫立着，好像没有听到似的。

“别站着啦！娟娟……”谢若萍说着，不由得鼻子又酸了。

“阿姨，你们先走吧！别管我啦！”柳娟回过身来，婉转地恳求着。

“让她站一会儿吧！”于而龙同情地说。

就在那一刻，无论是老两口，无论是于莲，都觉得这个舞蹈演员能够做到这种程度，已经相当不错的了。她至少在于菱被捕以后，没有马上断绝来往，没有怕受株连而赶紧洗净或者开脱自己，更没有落井下石，反诬一口——那还不是家常便饭么？

她和这家人一块流着泪，操着心，度过了那最难熬的几天。全家都相当满意她的表现，甚至都想说一声谢谢她。现在，于菱一去再也不回来了，他俩告一段落也是理所应当的，让她在这月台尽头作最后的告别吧！谁也没有埋怨她的意思，她做到了她应该做的，还有什么可以责难这个舞蹈演员的呢？

“那我们走啦！娟娟……”

“你们走吧！阿姨！”

现在，偌大的空旷站台上，只有这个似乎弱不禁风的纤细姑娘。夜风飘动着她那蓬乱的头发；她还在看着，想努力穿透那层薄雾，看到那颗离她愈来愈远的心。她对自己说：无论走多远，哪怕到天边，那颗心也是属于她柳娟的。

倘若不是她的父亲，那位中学校长的不幸惨死，也许柳娟早和高歌结婚了。在宣传队里，要论艺术才能，五分钟热度的于菱，远不是那个歌手的劲敌，弹过几天夏威夷吉他，“我的月亮”、“我的太阳”也吼过一阵，但于菱很快兴趣就转移到别的上面去了。至于向女孩子献殷勤方面，于菱也算得是条笨虫，但他的优越之处，就是他有一个比较显赫的老子，和一颗忠诚的心。所以那几年，舞蹈演员像跳“波尔卡”一样，时而这边，时而那边，如同一枚不稳定的指针，在高歌和于菱之间摇摆。

几乎和于菱一家被“礼请”出老房子，开始倒霉的同时，柳娟一家也同样是厄运临门了。她父亲被关在学校地下室里，那些突然间要主大地沉浮的年轻学生，轮番折磨着这个吞了一辈子粉笔灰的老校长，他惟一的罪过就是把知识传授给这些孩子，教他们做人，而不是去做畜生。然而现在，他们为自己所受到的教育而悔恨，老校长就仿佛成了鼓励他们吸食鸦片的毒犯，于是最后，他就被这些他亲自教过的“暴徒”，用最原始的刑法，活活拷打死了。那种无限延长的死，奄奄一息地拖了好几个日日夜夜，才最后咽下了一口气，告别了他的学生。这也许是他循循善诱的一种报应，谁叫他那样精心培植这一棵棵小树呢？现在，每一棵树都变成了棍子，那么，亲爱的老师，就只有伸出脊梁挨揍了。

死去几天以后，柳娟才得知这个可怕的消息。谁去交涉？谁去料理？谁去收尸？谁去送火葬场？在没有一个人敢伸头的情况下，寡妻弱女不知该向谁求援？

在柳娟最艰难的时刻，于菱不像那个势利眼的高歌。柳娟找到了他，他便默默地跟她去了，而敲开了高歌家的门，只见这个胳臂上缠着尺来宽红箍的歌手，慌不迭地躲开了这一对划入黑类的子女，生怕沾惹上什么是非借故走了。

柳娟直以为于菱也会因此走开，拉住他。

于菱挣脱开她的手："我是一个已经失去一切的人，同你一样，也无所谓害怕再失去什么了！"于是默默地承揽下柳娟应该做的那些事情，当然，自己家庭被抄被轰，父亲被抓被关，使他自然而然地同情那母女俩的遭遇。帮她们料理完了丧事，柳娟还没来得及从悲痛的深渊里，向他表示感谢，他，那个有着一颗赤诚的心的于菱，就参军走了。

于菱在部队三年服役期间，那个高歌一天红似一天，官职、权势、威风、待遇，无不称心如意。只是命运总不使他感到十全十美，尽管有的是巴结他的女性，但谁也比不上柳娟。于是他拼命纠缠着这个舞蹈演员。但她想到她妈妈说过的："他是什么人？娟娟，你可要看清，他是和整死你爸爸的人一伙。"就竭力躲着他，避开他。人的性格有时是这样：愈得不到愈追求。但是高歌很像人们常讲的：赌场上得意的人，情场上却是个失意者。在过去的十年里，他确实赌赢了，面前的筹码越堆越高，差点当上中央委员，可是，真遗憾，却赢不了一个女孩子的心。

复员兵一回来，那时还作兴半夜三更倾城出动，敲锣打鼓去游行庆祝的；广播电台一个劲地提醒听众有重要新闻，但又故意挨到很晚很晚才发表，于是大家都有组织地跑上街去。于菱想不到会在灯火通明的马路上，在熙熙攘攘的人群里，发现了那个婀娜多姿的舞蹈演员。他只叫了一声，但在喧嚣的人流里，相隔得那么远，她居然听到了。脸上登时笑开了花，叫着菱菱，离开自己的队伍跑过来，在明亮的莲花灯柱下，四只手紧紧地握在一起。

年轻人也够有意思的了，于菱在部队生活三年，整整给柳娟写了三年的信，平均一个月一封，都是交给他爸爸妈妈的战友，肖奎阿姨给发的。一直到复员时，肖奎把一沓子三十多封信，原封不动地给他拿出来。

于菱眼睛都直了："啊？阿姨，你一封也没有给我发？"

肖奎说："如果那个女孩子心里有你，她肯定会等你，信，发不发都一样；如果人家并不爱你，发多少信都是白搭。"

——肖奎啊肖奎，你可真能给孩子们开玩笑啊！

那还是柳娟头一回来到部大院，谢若萍看到被高歌苦苦追求着的女孩子，坦然地同自己儿子亲亲密密地来往，脸都吓白了，那岂不是太岁头上动土么？她的胃炎一下子就犯了，成天胸口捂着热水袋。

于菱把那三十多封信，一股脑儿地塞给了她，大约也在同时，塞给了她那颗忠诚的心。

"呶！——"而那个漂亮得出奇的演员，爱情更加焕发了她的风采，从手提包里，捧出了三大本日记："给你，菱菱，整整你走后的三年，一天不落！"

爱情,像大海的潮汐一样,涌上来的时候,那是不可阻拦的。

但是,古往今来,凡是真挚的爱情,无不遭受着磨难和挫折。于菱被那列客车拖到沉沉的黑夜里去了,她在那站台上站着,几乎站了一夜,看来,她的菱菱是不可能再回来了……

条件是严酷的,那就是要在边远的省份,在沙漠那边,遥遥无期地待下去,永远不许回来,连偶尔有特殊情况回来看一眼也不行,这样的活着,对这个家庭来讲,和死去又相差几许呢!

但是柳娟从来也没有失望过,因为那画家的一句话,着实叫她增强了信心:至少我们要活得比他们长久,谁也不能违背宇宙生死的法则,他们总是要死在我们前头。等着吧,菱菱,上帝会收拾他们的。所以,甚至到了几乎绝望的情况下,柳娟,这个娉娉婷婷的舞蹈演员,仍旧坚持每个礼拜来三趟,帮着收拾料理一些家务。她干起活来,洒脱勤快,扎上个白围裙,简直像跳《天鹅湖》似的那样轻盈。无论这家人怎样劝导她,晓谕她,给她把话说得既坦率,又真诚,认为她完全没有必要,更无什么义务非要等待于菱,那是和无期徒刑毫无差别的呀!但她,却置若罔闻地笑笑,每星期二四六一下班,准时来到,把于菱的房间收拾得跟他在家时一模一样。然后,坐在那里,放那不知听了多少遍的录音带,深沉的富有情感和色彩的女中音,在整个屋宇里回荡着:“……忘了吧!忘了吧!把我忘却,记住那春雨中的一朵白花……”

原先大家都认为是一个轻浮儇薄的女孩子,没想到竟是如此忠贞和痴情的姑娘,连于而龙自己都怀疑了,到底是谁的眼光正确,他儿子,还是他自己?

起初,全家人还以为她可能做做样子,来个光荣的撤退,坚持不了多久的。演员嘛，逢场作戏，感情浮飘得很，尤其搞舞蹈的，跳跳蹦蹦，肯定是早早晚晚就会拉倒的。何况追求她的还大有人在，尤其高歌至今也并未死心，仍旧属意于她。当然，那位明星未必非要娶她，仅是目前几位非正式的女伴争风吃醋，特别是那匹卷毛青鬃马像狗皮膏药缠着，就使他穷于应付。王纬宇曾经以过来人的资格给他敲过警钟：“小高，不要被女人搞昏了头！”但是，那种曾被屈辱的男性自尊心，总使他对柳娟耿耿于怀。

一个月过去了，两个月过去了，除非事先来电话告诉有演出，电报大楼的钟响六点以后，准听到她的敲门声。

“死心塌地要做那朵雨中的白花了！”画家不是生气，也不是羡慕，而是有点嫉妒地说。

谢若萍隔三天就得在医院里值个晚班，常常是过了零点才往回走。凑巧，有一天夜里她下了班，刚走出医院门口，一辆大客车载着一群有唱有闹的散戏演员驶过去，没开过去多远，车停住跳下一个人继续驶去了。在漆黑的夜幕里，路灯朦胧，她并未注意到是谁在那等着，走到眼前，只听轻柔地唤了她一声“阿姨”，她才惊奇地发现：“啊！娟娟！”

“怎么这么晚才下班？”柳娟诧异地问。

刚卸完妆的柳娟，脸上的油彩还没擦拭干净，深深的眼圈，越发显得楚楚动人。谢若萍想象得出，她在那一车欢乐的，无忧无虑的男女青年中间，该是个什么滋味？她想到自己也和柳娟一般大的时候，正是游击队的卫生员，也是过早地尝到了战争的艰辛，记不得有那么多青春的欢乐。现在战争倒是远了，不必担忧鬼子的扫荡，不必提防国民党部队的反扑，不必害怕饥饿的袭击，不必畏怯疲于奔命的转移行军。可是有的人，正如于而龙爱说的那样，总要找个石臼给自己戴起来。像柳娟，于菱走了就走了吧，不，偏要等，在绝望里还抱着一腔热血在等，人家多年结发夫妻还因为政治的挫折，派性的纠葛，劳燕分飞，各自东西呢！她，像现在走在漆黑的马路上一样，也不知道尽头在哪里，但还是一步一步地走下去。

“路太黑了，阿姨，您经常有晚班吗？”

等谢若萍说出了口，自己也后悔了，不该告诉这孩子的。

“阿姨，以后下晚班，您等着我来接您。”

“别胡闹，你一个姑娘家。”

“我不怕，我有一把刀！”

谢若萍笑了：“孩子气，你别来接我，我不许。”

但那是推不掉的，不论天热天冷，不论刮风下雨，整整大半年，她几乎从未间断过；对一个刚刚二十四五岁，纤细荏弱的女孩子来讲，确实需要点毅力呢！

这样，到了去年七月底，强烈的地震余波，把部大院的楼房都晃动起来，于而龙家的电冰箱，竟自动开步走，向酒柜靠拢；走廊里那位面壁修养的老兵，也翻了个身；于莲披了条床单，打算开门下楼，才想起自己连乳罩都没戴，裸着身子，全家惊慌失措的时候，有人急匆匆地砰砰敲门。

于而龙开了门，正是气喘咻咻，面如土色的柳娟。

当时，谁也顾不得问她：“你有家里的钥匙，干吗还死命地擂门啊？”

但是，在这最艰难的时候，也许马上都要入地狱的前夕，她同这家人生死与共，全家人才真正相信了她。第二天，雨下得多么大呀！谢若萍和柳娟顶着一把伞，在露天地里淋着。

“冷吧？娟娟！”

“不冷。”

“真的不冷？就一件衬衫，还撕破了。”

“阿姨，我一点都不冷，还热得直冒火呢！”

谢若萍把娇俏苗条的演员往身边揽得紧些，在沙沙的雨声里叹息：“娟娟，你干吗把你的命运，同我们正在衰败倒霉下去的家结合在一起呢？一条快沉的船，你不太傻了么？”

她不吭声。

“再说，菱菱根本没日子回来的呀！”

她继续不说话。

“娟娟，我从心里喜欢你，把你当做我自己的孩子才劝你，你年轻，漂亮，应该得到你的幸福，不要把个人的青春给耽误了。”

柳娟过了好久好久，才低声地说，在哗哗的暴雨里，多么像录音带上那个女中音的歌喉：“他十年不回来，我等他十年，他一辈子不回来，我等他一辈子——”到了这种地步，谁还能讲她是在说空话呢？那确确实实是从她内心深处涌出来的声音。“如果，那真是有罪的话，我也有责任，因为从我心里，痛恨那个女人；而且我——”当着母亲的面，还有什么不好讲的呢！“您也知道，我真的爱他。”

她不敢对谢若萍讲于菱留下的那本赫尔岑的书，许多十二月党人的妻子，是怎样冒着茫茫风雪，到荒无人烟的西伯利亚去，和被沙皇充军发配的丈夫生在一起，死在一起的。如果于菱向她招手，她会毫不犹豫地穿过那茫茫无际的沙漠，到他身边去，只要有真正的爱情，地狱也会变成天堂。

连最顽固的反对派于莲都动摇了，妥协了，承认了她在这个家庭里的地位，而且戏谑地给她起了个外号，叫做雨中的白花；破例地给她画了几幅肖像画，一幅在万里长城上她翘首企望的小品，不知为什么，马上就使人想起一位古代的忠实于自己爱情的妇女。

于菱到了边疆以后，只寄来过一张没有通讯处的明信片，谢若萍当时就哭了，她懂得处于那样状况下的人，这是惟一的通讯方式。但是，从此就音信杳然，像断了线的风筝一样。从二月到三月，天天盼着来信，连那不满足的明信片也收不到一张。谢若萍慌神了，常常一个人悄悄地偷着哭。难道于而龙能不想念远方的儿子么？终究是自己的骨肉啊！

每当邮递员来送信，老夫妻俩会情不自禁地走到窗口去等待，然而总是失望。而每一次失望以后，就更增加一分对儿子的悬念，全家越发地紧张起来，直以为于菱又出了什么事？那些日子，屋子里又笼罩着不吉祥的气氛。

一直到四月初，才收到了于菱寄来的第二张明信片，全家松了一口气。可是只写了四个大字："问大家好！"使他们琢磨了半天，也弄不懂他写的这个"大家"究竟是谁？后来，终于豁然开朗了，这个"大家"正是广场上的那千千万万的人民群众啊！

于而龙又想起了他儿子曾经噎过他的话："中国人要全像你这样，早亡了！"于是他第一次挤在那熙熙攘攘的广场里。是的，他早就想来的，而且也早就应该来的，但是，他身上终究有着那种根深蒂固的习性，循规蹈矩，不敢越雷池一步。虽然广场上人山人海非始一天，女儿、柳娟绘声绘色向他讲述广场上逐日发生的一切，而且那个老大不小的画家，让舞蹈演员架着，爬到高大的华灯上，摄取整个广场的全景，连夜冲洗出来给他看。他也不止一次萌出到广场上去的念头，但是，立刻，脑海里那位循规蹈矩的君子就站出来阻拦。于莲甚至都有些奇怪:“爸爸,难道你当初闹革命时,也这样瞻前顾后,畏首畏尾?”

他深深地叹了口气,那声音表明了他心头的负担是多么沉重!

“爸爸,我记得你讲过,那个从苏区来的红军,甚至劝你和芦花妈妈去杀人,可你,连广场都不敢去!”

于菱的明信片把这位游击队长带到广场上来了。

如果说那天在王爷坟,在马棚工人住宅区婚礼宴席上,只是看到整个画面的一个局部,那么在这泪飞如雨的清明节广场上,他仿佛回到了四十年前的石湖,那人民反抗的波涛,已经是不可压抑,快要到一触即发的地步了。

他想起那个酒喝多了的骑兵,充满醉意的话:“……官逼民反,不得不反了……”这时,才发现自己敢情还有一个叛逆者的灵魂。难道他说得不对吗?我们南征北战,流血牺牲,就是为了让这帮乌龟王八蛋爬在人民头上,屙屎撒尿,作威作福吗?

然而,那一个血雨腥风的夜晚终于来了,倘若不是那天早搏频繁,心律不齐,他也完全会裹在包围圈里,被棒子队殴打的。直到深夜,那两个女孩子才披头散发地回到家,而且,也是她们有生以来,头一回用肮脏的字眼,唾骂着那些恶贯满盈的大人物,几乎每一句话,都足够判处十五年徒刑的。

倘若于菱在的话,广场方砖上能不留下他的血迹么?那些天,这个不曾挨揍的游击队长,要比那些洒下热血的“阶级敌人”还难受,因为他终于像蜕壳似的,经历了一个苦痛的过程,决定把自己划归“阶级敌人”那个行列里去。因为一个城市中,竟会有百万“阶级敌人”,那么一个真正的共产党员,究竟应该站在哪里;游击队长如果还懵懂的话,那他就算白活了。

谢若萍说:“亏得菱菱走了,要不——”

于而龙反驳说:“难道在广场上洒下鲜血的年轻人,就不是我们的孩子吗?”

那天夜里,于而龙不知为什么,想起了那位劝人去杀人的老红军赵亮,他无论如何也睡不着了,穿好衣服,推门就要出去。谢若萍早被他窸窸窣窣的动静惊醒,赶紧披衣起来,在门口一把拉住了他。

“你要干什么?”

“出去走走。”

“你疯了吗? 半夜三更!”

“若萍,我的心快要憋死了……”

“你不能再去闯祸……”她完全理解自己的丈夫,一起生活了这么多年,还不明白他的性格! 一旦他认准了什么,那是用二十匹马也拉不回头的骑兵团长啊! 她怎么也忍不住,哽咽了一声二龙,泪水便迸裂出来,但她拼命咬住嘴唇,不叫哭出声来。

于而龙将他老伴的手,抓得紧紧地握了会子,然后,一言不发地掉头走出屋去。

谢若萍知道不该拦他,而且也拦不住他,然而作为一个忠诚的伴侣,患难与共的妻子,那颗心又紧张地提溜起来。又像那十年里经常发生的情况那样,搬来个小马扎,坐在门背后,悬心吊胆地等待着老伴回来。

请不要笑话一个懂科学的医生也会迷信。在这以前,每当那些一朝得志的“革命家”,把于而龙架走去游街、批斗、刑讯、逼供、拳打脚踢、坐喷气式或者关押在黑牢、地下室不见日月星光的时候。做妻子的总是在门廊后的小马扎上忐忑不安地坐着,和那位理应挡住恶鬼进宅的，然而偏偏挡不住的门神爷在一起，等待着，等待着，老天保佑，好像每次都不曾扑空过，终于等回来了。尽管遍体鳞伤，踉踉跄跄，但终于是活着回来的。

她现在又坐在小马扎上了，因为她首先是一个女人，一个妻子，然后才是一个医生，有什么理由去笑话她呢？

于而龙走在雾蒙蒙的街道上，两条腿不由自主地朝那封闭了一阵，又恢复原状的广场走去。他记得五十年代的时候，不是“十一”，就是“五一”，他总有机会在观礼台上得到一个席位，和那些熙熙攘攘的游行队伍同欢共乐。然而现在，马路上就他一个人踽踽行走，除了影子，在路灯下，时而前，时而后地陪着他，简直是少有的寂静。他也奇怪，当年那种主人公的感觉到哪里去了？好像走在别人的土地上似的，尽力避开那些拎着棒子的值勤人员。

他望着广场上的血——其实什么都没有，和血泊里隐隐约约的那个红军战士的形象，他的入党介绍人似乎在询问他：“二龙，你到哪里去了？”

“我一直在这里呀！政委。”

“那广场上有你洒下的一滴血么？”他的脸色严峻起来，显然在等待着他的答复，要他指出在哪块方砖上，曾经沾有他于而龙的血迹。

然而他能说些什么呢？

赵亮奇怪地瞪着他：“那么，你那颗共产党员的心呢？”

“原谅我吧，老赵！”头渐渐地低垂了下来。

他又听到了那一口江西土话：“为什么不可以杀人？他们也没长着铁脖子，他们也没两条命，他们不饶你，你也不能饶了他们……”

于而龙在广场中央蹲了下来，用手抚摸着脚前的那块方砖，也许是一种错觉，也许是一种精神作用，他似乎触摸到那潮湿的，还有点温暖的血液。他恨不能跪下来，趴在地上，去亲一亲这沾满年轻人鲜血的广场。他在心里喊着，也许是在呼唤他那在远方下落不明的儿子吧？

“孩子，你们来捶击我这颗共产党员的心吧！因为我是老兵，可是我却不在我的阵地上……”

四

游艇降低了速度，沿着满是碧绿菖蒲的水道驶了进去，不一会儿，一个被如丝如缕的垂柳，围得水泄不通的小渔村，出现在人们眼前，这就是柳墩。

司机揿着喇叭，驱散湖面上觅食的家鸭，向岸边靠拢，立刻，柳枝里钻出来不少孩子，从孩子身上已感到春天的暖意。看，他们都光着屁股，赤条条一丝不挂了。骨碌碌的小眼睛，贪馋地盯着漂亮的游艇，至于艇上的客人，则是成年人关注的对象了。

早有飞也似跑去送信的孩子，老林嫂放下手里编织的蒲草拎包，走来迎接他们。她责怪地问水生：“找了这么半天，耽误大伙鱼汛！”她又询问她的孙子：“都弄了些什么时鲜货，秋，还等着下锅呢！”

于而龙挥着空鱼篓子回答：“可丢脸啦！两手空空。”

老林嫂怎么能相信，石湖上出了名的鱼鹰，会空着手回来？

“确实。”于而龙向失望的候补游击队员解释。

她无法置信地摇摇头：“真蹊跷，想必是人老了，都那么不中用了？”

于而龙笑着:“确实是这样,不但鱼没钓着,倒被咱们的县太爷给钓回来了!”

王惠平在众多百姓面前,很有气派地笑了一下,这种笑声听来有些耳熟,哦,想了一会儿,和王纬宇那朗朗的笑声颇相近似。果然,于而龙不幸而言中,王惠平满石湖地搜索,确实是要来钓他的。

于而龙的东山再起,严格地讲,和县委副书记的关系,是风马牛不相及的,但不知为什么,犹如大年初一吞下了一个冷团子那样,总觉得搁在心窝里是块病似的。尤其是要了好几个长途电话,找不到他的“纬宇叔”以后,确实有些慌神。幸而天保佑,夏岚接了一次电话,告诉他,一切都挺好的,请他放心。

“我给工厂打电话,他们说纬宇叔要出国考察,可是当真?”

夏岚不置可否,只是说:“嗐! 该怎样照应你的支队长,你也不是不明白! 虽说不至于搞到夹道欢迎的程度,至少也要盛情接待才是。”

也许是心有灵犀,王惠平连忙应声回答:“我懂,我明白了!”接电话当时在场的他妻子懵懂地问:“你明白了什么?”县委副书记抢白了她一句:“不让你晓得的事别插嘴!”

石湖绿豆烧,也可算是一种小有名气的酒,甜脆爽口,而且有股子后劲,饭桌上,两盅酒一下肚,副书记展开了一个全面攻势,轻重火力一齐朝于而龙扑来。

“支队长,我算是借花献佛,请干了这杯。哎呀,老嫂子,让孩子们张罗,快入座,给你这杯酒,来,碰一碰,这是一杯高兴的酒,干了,一定要干,一定——”他一饮而尽,并把酒盅反扣过来给大家看。

水生赶快把酒盅斟满,他媳妇,一个腼腆的小学教员,忙进忙出地端菜，县太爷降临到一个平民百姓家，终究是一种不寻常的殊荣，小两口决定尽最大的力量来款待；尤其是水生，他妈都观察得出，对王惠平要表现得更加热情一点——原谅他的实用主义吧！老妈妈，要知道这是他的顶头上司呵！

县委副书记酒酣耳热，谈笑风生，他无论如何不相信支队长是个六十出头的人，甚至打趣道："看新换上的这一套，还真像个新郎官咧！"

大家都笑了，只有老林嫂正襟危坐，于而龙看得出，她对县委副书记只是一般的应酬，泛泛的来往，不像水生表现出强烈的兴趣，面露对上级的如慕如渴的驯顺之情。

为了表示有礼貌地恭听，于而龙点燃一支古巴雪茄，在袅袅的青烟里，那个拘谨的老妈妈，变成了一个候补的游击队员，一个生龙活虎似能干泼辣的大嫂；而正高谈阔论他十年来景况的县领导人，却成了当年那位胆怯木讷的小伙子。哦！那兵荒马乱的年头里，普遍都存在着营养不良的又黄又瘦的气色，而他，从县城来的高中生，就更明显些。

呵！青黄不接的春三月，也是游击队难熬的日子啊！

"咽不下去吗？哈哈……"

老林嫂毫不客气地打趣她丈夫的助手，那个年轻人正苦着一副脸子，吞咽着糠菜团子，说实在的，不光他，谁吃都要拿出一点毅力才行。

"看你这样子，倒像是吃药，小伙子，你来参加支队，赶上了老天出日头，好天气啦，不管好好赖赖，顿顿都能揭开锅。开头两年，能吃上糠菜团子，就像吃鱼翅海参席啦！"

心地和善的老林哥马上过去给王惠平解脱窘境，拉走爱管闲事，言语赛过快刀利剪的老婆：“算啦算啦！倒好像你吃过海参席似的，我问问你，海参啥样子？”

“你知道？”老林嫂反唇相讥。

“我当然知道，海参和花生一样，是在海里长的花生。”老林哥很自负地说。然后，悄悄地往那三个兜的学生装口袋里，塞进两块米饭锅巴。那时，这只是重伤员才能偶尔享受的优厚待遇，大概越是艰难困苦，人们的同情心也越强。

于而龙想起王惠平，当年围着老林哥转，甚至在战斗中，也寸步不离，都成了笑柄。现在，侃侃而谈的语言、坦然自若的神态、不亢不卑的气派，使旧日的支队长觉得，此人胸有城府，已经过分成熟了。难怪如他所说，十年来是在领导岗位上“赖着”——一个用得多么古怪的字眼，“赖着”，可也得有点子本领啊！别人有上有下，有起有落，而他只不过是有时分工多些，有时分工少些。现在大概管工交，他说：“我真希望步支队长的后尘，具体抓一两个工厂，搞些实际工作……”

于而龙挺有耐心地听着，数十年的领导生涯，使他练就出一种本领，一面环视着堂屋里的陈设，一面盘算着副书记，经过一番迂回曲折的战斗，到底要亮出一张什么底牌？

担当多年领导职务，日久天长，形成一种习惯，只要对方一张嘴，必须立刻判明来者的意图，而且马上准备好答案。

但是于而龙这一回失灵了，像他那纬宇叔一样，不可捉摸的因素太多了，因此在心里叹息：或许是老了；或许是久不在台上，此道生疏了，于是偏过脸盯看着东壁上挂着的一幅油画，不再思索那副书记费解的问题。大概昨晚来到，屋里灯光暗淡，不暇细看。现在，他才发现原来是于莲的作品，很可能是那年回石湖时画好留下的。画面上的主要人物,是那位抚养过她的干妈,正吃力地拎着一桶水,从湖岸走回来。因为是逆光,那脸部表情现出沉重艰难的模样,但背景是异常明亮的,碧绿的垂柳,和从柳枝缝隙里露出的烟波水光,非常耀眼。他女儿可能受了西班牙画家戈雅和俄罗斯圣像画的影响,色彩浓艳,对比度显得那样强烈。在满屋土色土香的家具和农具中间,这幅油画实在有点不伦不类。他望了望端坐着的一家之主,又比比画中十多年以前的她,老了,确确实实老了。

她对县太爷的叨叨,根本没往耳朵里去,或许,人的本能,对弹得过多的老调子,耳神经有种抗拒的自卫力量,所以显出一副漠不关心、置若罔闻的样子。

王惠平话锋一转:“这十年,我们一直为你担心,还记得老嫂子去找过我几趟呢!闹了好几场,说我们应该站出来讲话。那是自然,到要让讲话的时候,我是决不会缩着脖子的。老嫂子该还记得吧?我说过的吧?算不得什么预言了,支队长是决不能趴下的。怎么样?应验了吧!嗐!老嫂子的心情我完全理解,我何尝不急,可那时,谁都有一本难念的经,嗐,就甭提那些了。”他把酒盅递给于而龙,碰了一下:“为你的健康,干杯!支队长,别人不了解你,我们跟你在石湖滚爬过多年的同志,还摸不透?你可不是泥捏纸糊的,像黑斑鸠岛那样的难关都闯了过来,什么样的风浪,你顶不住?我们是又不放心又放心啊!”

于而龙一听到黑斑鸠岛,那阴森的情景立刻在眼前展现出来,顿时,本来明亮的堂屋暗了许多。也许一块浮云正好遮住太阳,天窗刹那间黑了。

“……怎么能不讲呢?老嫂子还嫌我讲得不够,天哪,我就差大喊大叫,事关我们石湖支队,事关我们县的革命斗争历史,我怎么能不去保卫我们的光荣。老嫂子怕直到今天，还对我有怨言吧？”

水生赶快替他母亲回答：“没，没。”

“是的，斗争得讲究策略，大喊大叫要看时机。”

于而龙注意老林嫂对王惠平的这番表白，竟没有一点表情，似乎在端详一个陌生的人，讲着和自己无关的事情那样呆着。他直到现在才听说，她竟然为了他，去找过县委，要他站出来讲话，这种关心比那罐糟鳗鲡更使他激动，他和老林嫂无亲无故，只是多年的革命情谊罢了，而她还去县衙门闹过几场。“老嫂子……”他望着油画上那副吃力拎水的样子，想着：是的，她揽下了多么沉重的担子，可是话说回来，我又为你做了些什么呢？

“……从石湖县看，掰着指头数，老同志剩下有限的几位，要论资排辈的话，开辟工作到打下江山，恐怕就数支队长和——”

于而龙深感自己不配开拓者的荣誉，马上纠正：“要说早，还是牺牲在县城西门的赵亮政委，他是党最早从南方根据地派来的。也是最早成立的县委负责人。那时石湖、滨海两县通共十几个党员，应该说都是他播下的革命火种。”

“那是自然啰，我的意思是本乡本土，最早起来闹革命的，也就是支队长，还有纬宇叔，是硕果仅存的了。支队长是揭竿而起，纬宇叔从北平带回‘一二·九’运动的影响……”

对于王惠平似是而非，驴唇不对马嘴的议论，才知道篡改历史已成为一些人的癖病，使他觉得可笑而又愤慨；幸而如今他落魄了，已经锻炼得心平气和，不那么爱生波澜。早个十年，他真会拍案而起，使伪造历史者下不了台。但尽管如此涵养，那种使得他嫉妒和愤激的情绪，又像三十年前，把他紧紧控制了。他弄不懂，同时又禁不住奇怪、诧异为什么当时支队里有些年轻人，很快被王纬宇征服，像行星似的围绕着他转？石湖湖滨就有一种红的或者黑的蜻蜓，在湖岸边上飞翔，逗引着顽童去捕捉它，而不小心失足跌进湖荡里溺死；于而龙认为王纬宇该是鬼蜻蜓之类的法师。记得眼前坐着的县太爷，来支队没过几天，就再也不提是芦花动员他来抗日，是芦花护送他过的封锁线；而跟王纬宇联了宗，排了个转折亲，东拐西拐，认了一个叔，亲亲热热地一直叫到了今天。

岂止在石湖支队，王纬宇来厂以后，他也照样吸引了一批年轻人，最明显的，就是那一口一声“王老”的高歌了。

啊！高歌，就是那颗突然在地平线上亮起，而且是一颗上升的闪亮明星；就是被王纬宇捧为革命小将的，红得发紫的人物；就是最早围着“王老”转的一颗小行星，蓦地里，像天马座那颗超新星爆裂似的，甚至王纬宇这颗恒星也可以沾上一点光了。

他还记得十几年前，这个毛头小伙子，一个忸怩的中学生，是怎样尴尬地闪在他父亲的身后，垂着眼皮，出现在他面前。那时，高歌显然被厂长办公室的声势和气派，以及进来出去请示报告的人员，那种规矩小心的态度给震慑住了。

高师傅是给于而龙开了多年小车的老司机，在办理完退休手续以后，照例，也是厂矿企业里一种传统，送他儿子进厂工作，接他的班，当世袭工人。

“厂长（其实于而龙早就是党委书记兼厂长了）！我把我那小子领来了，让你瞅瞅。”

“好啊！让我来过过目，是不是一匹好马驹？”于而龙离开了那至少有三平方米大的写字台——他弄不懂“专家”别尔乌津要这大写字台干什么？为他，厂里至今还有一间谁也打不来的弹子房，唉，黔之驴啊！——绕着走来向他们父子俩开玩笑地打招呼：“挺不错的小伙子吗！怎么，会打篮球吗？”

高歌摇摇头。

“他就喜欢吹拉弹唱，没个正经出息。”

“好啊！厂里有个文艺宣传队，正缺人。这么说，你会唱两嗓子了。”

“是的是的，嫌原来名字俗气，自己跑到派出所改了，叫什么高歌。嘿，难听死了，一点都不顺口。”

“很不错嘛，高歌猛进。”

高歌不那么胆怯了，传闻中十分威严厉害的于而龙，连王爷坟石人石马都躲着他的厂长，倒并不那么可怕。相反，态度和蔼，言谈亲切，因此不再拘束和紧张，而是感到他父亲未免太过于谦恭地恳求，大有损于年轻人的体面和自尊。高师傅嗫嚅地说：“厂长，看我多年的面，把他收留下来吧，学什么手艺都可以，有碗饭吃就成啊！”

若干年后，高歌在重新描述这段往事时，十分痛心地说：“于而龙逼我父亲不得不奴颜婢膝地，跪在地下向他哀求，才许我进厂。他手里有什么，不就是权么？”于而龙无法辩白：“有什么办法，夫子曰：‘仁者见仁，智者见智’，或许他当时就是那样看的吗！”

于而龙弄清父子俩的来意，便说：“是不是因为他年龄还不够呀？”

“按虚岁说够了，属狗的吗！厂长，可人事处讲——”老高开车，是相当稳重的，不疾不徐，但涉及到儿子的就业问题，就有点手忙脚乱，沉不住气。

“你去告诉他们，就说我同意了。”

“他们说——”高师傅知道话一出口，厂长非火不可，可为了儿子，也就管不得许多。“人事处说最好找厂长批个条子，好有个书面依据。”

果然，于而龙炸庙了：“你去对那些文牍主义者讲，让繁琐哲学的等因奉此见鬼去吧！”

那时，厂党委书记还是相当威风的，他的话，无论对与错，扔在地下是有声的。

他望着年轻人的背影消失在门外，心里想：“要是在战争时代，像他这样的，早给他一支枪，让他上前线去了！”

高歌果然参加了文艺宣传队，晚会上有时还可以欣赏到他那嘹亮的歌喉。于而龙的音乐素质极差，只会哼几句石湖上的渔歌，所以对于高歌颤巍巍的洋嗓子，并不怎么喜欢，尤其拿腔作势的姿态，看来也不舒服。可是演出结束来到后台，也不得不敷衍几句，但是王纬宇却兴奋地拍着歌唱家的肩膀：“小高，唱得不错嘛，有前途，好好锻炼，我给你找一位名师指点指点，会成为一个介乎 tanner 和 baritone 之间的优秀歌手。”

混蛋，总是炫耀他的学问，于而龙心里骂着王纬宇，回到家，问他儿子：“我记得你曾经也想成为歌手的，成天抱着吉他，唱什么我的太阳、我的月亮，你跟我讲讲，什么叫坦闹儿？什么叫巴列东？”

于菱耸耸肩膀，回答不上来，那时候，他的兴致，早已不是声乐，那支夏威夷吉他像元帅的佩刀一样，已经挂在墙上做纪念品了，而开始热衷养鸽子，四合院的上空，常常飘扬着悠扬的鸽哨声。以后，又发展到养狗，哈巴狗、猎狗、狼狗，他都养过。于而龙无奈地：“你这个不学无术的家伙！”于是推开窗户，向坐在葡萄架下阅读医学期刊的老伴问："喂，大夫，你学过拉丁文，介乎于坦闹儿和巴列东之间是个什么货色？"

"好像是意大利文吧？也许是音乐术语，你查一查辞典吧！"谢若萍只顾钻研她的学问，于而龙回到书房里去翻检辞典，终于弄清楚原来是什么男高音，次高音。他查着查着自己也乐了，难道音乐和他一个工厂党委书记有什么联系吗？光是属于动力学范畴的学问，就够他脑子负担的了。

不，骑兵团长永远记得那匹"的卢"给他的惨痛教训，该死的牲口是怎样当众把他掀下来出了丑的。

哦，开卷有益，当那位歌唱家，突然弄出一本数万字的学习心得，博览群书的于而龙一眼就看穿了，把那个大厚本子扔给了热心推荐的王纬宇："假的，全是东拼西凑抄袭来的。"他现在回想起来，不实事求是，凭摘取片言只语哗众取宠，吹嘘拍马，浮夸做假之风，可能从那时起，甚至还要早些，就开始存在，并且一天浓似一天。应该承认，那个小伙子鼻子够尖的，能够得风气之先，的确不易。"我不懂高歌弄这套玩意儿干什么？是不是嫌唱歌出不了名？这本东西，连假马克思主义都算不上，因为假的也是需要力气编造的，可这好，统统是抄的，亏你还捧着到处推销。"

"即使是抄的，这种学习精神也难能可贵！"王纬宇坚持。

"你不要宣传混账逻辑！"

王纬宇笑了一笑："你太天真，难道你以为报纸上登载的这个英雄，那个事迹，这个日记，那个摘抄，都是百分之百的真实吗？谢天谢地，夏岚在报社工作，她懂得高灯远亮的道理。我们厂端出一个学习方面的先进典型，名扬全国，树起一块样板，老兄，你我脸面都有光的。不会有那么一个不识趣的混蛋，跑来非要查阅他的学习心得的,我们还可以找几个秀才再加加工,都是如此炮制的吗!”

“滚蛋!”于而龙当着秘书的面,撵副厂长走。

“你要后悔的。”

“我们是搞动力的,一个马力的标准值是七十五公斤点米秒,来不得半点虚假,规规矩矩,老老实实才算好,那个高歌太飘浮,好高骛远,想走一条不费力气的捷径,一举成名,这是坏风气。你倒去捧他,助长他,像话吗?”

但是王纬宇不走,反问起于而龙来:“你听说高歌在单宿搞的共产主义红角么?”

“耳闻一点。”

“我看,这是相当新鲜的新生事物,没准是一种共产主义的萌芽。在我们社会里,物质条件不具备,精神上先过渡完全可能。小将在向我们挑战,提出值得深思的问题啦! 老兄,要赶上时代,适应时代,这是需要,不然会被历史淘汰的。”

“我宁肯被淘汰,也决不去抄。”

“不要抓住一点,不及其余,你看看这些年轻人吧,太可爱啦,他们开了支,把薪金放在一起,过着俭朴的生活,只吃一角钱以下的菜,准备把钱攒起来支援亚非拉的革命斗争;共同学习经典著作,每天坐在那里读十五页到二十页的《资本论》,管他懂不懂呢,热情总是应该受到鼓励的吧?”

“你就欣赏高歌的形式主义,有朝一日,他们闹散了伙,混合在一起的工资可由你去分,那是包文正都断不清的官司。他们干吗天天戴八角帽,穿草鞋上班,难道打扮成井冈山的样子,人就会有井冈山的精神了吗? 高歌脖子上拴根红布条子,领巾不是领巾,领带不是领带,出什么洋相。你下过命令,不许青工穿包住屁股的阿飞裤，可为什么不禁止他们？其实我看都是一路货色，不过是两种包装而已，出风头是一致的，而且还披上件革命的外衣，所以我认为要更可恶些。”

“你呀你呀！老于，让我说什么好？”他把那大厚本学习心得举起，“你去抄抄几万字试试看，得有股子劲。”

“他那劲使得不对头，直到现在还是个三级磨工。”

“该怎么鼓励鼓励才好呢？”王纬宇还不罢休。

“来，我在他本子上题几句词，如何？”

“妙极了！”王纬宇挺高兴地递过本子来。

于而龙掏出笔，写上了“脚踏实地，不尚浮华”八个大字，推回给他。

王纬宇叫了起来：“他妈的，有这样表扬的吗？”

“泼点冷水会使他头脑清醒，缰绳不勒紧些，就会走偏了路。”

“你呀……”王纬宇说，“一颗闪亮的明星被你扑灭了！”

就是这颗明星，没有过了几年，成了一颗超新星，是全市都知晓的鼎鼎大名的高歌了。

哦，于而龙正站在火车头后边的煤水车上，粗烟囱噗噗地喷吐着大股浓烟，车前顶着几辆货车车皮，顺着通往实验场的铁路专用线冲过来。

想到自己亲手建造起来的工厂，竟变成了双方交锋的战场，心里是不会轻快的，然而，现在谁还听他的呢？

车头后面是武装到牙齿的工人阶级，在实验场里踞守的，是牙齿都武装起来的同样的工人阶级，马上，只要谁一扣扳机，打响第一枪，工人阶级就要屠杀工人阶级了。哦，这一触即发的战争，对一个打过日本鬼子、国民党反动派、美帝国主义的老兵来讲，弄不懂历史为什么要这样残酷地开玩笑，若是按照因果循环的唯心主义哲学，是什么时候，什么人种下的恶果，才会有今天自相残杀的报应啊？

难道是我的责任？于而龙扪心自问。

他不能设想石湖支队的游击队员会互相斫伐；也不能设想骑兵团的战士会彼此袭击；更不能设想他最后领导的一师之众，这个团会去攻打那个团。可现在，他的工厂，党交给他的万余职工，却要以枪炮说话了。

"不能打，同志们，千万不能打。自己人不能打自己人，都是阶级兄弟！"他往两军夹攻中的无人地带走去。工厂里，杂草长得像石湖沙洲上那样繁密，因为相持的局面已经持续很长一段时期了。

高歌叱咤风云，马上就要结合到市革委里去了，需要清扫一下后院，荡涤那些至今还不肯臣服的反对派。火车头扑哧扑哧地开过来，高音喇叭进行刺耳的战争叫嚣，整个厂区一片金鼓杀伐之音。高歌站在车头一块防弹铁板后边，像鬼神附体似的咬牙切齿，两只布满血丝的眼睛，于而龙几乎认不出他来了。

"敌人不投降，就把他消灭！"

高歌发出了命令，因为最后通牒规定的缴械期限已经到了。

突然，在铁轨中心，出现一个人影，兀立在那儿，一动也不动。

"谁？"

"于而龙！"

"他疯啦？"

是的，他疯啦！只见他蹒跚地站在枕木上面，两腿有点别扭，显得不大灵活，那是小将们为了他的态度不够老实，而稍施教训留下的纪念。但一点点外伤，不算太碍事，何况还有那把他自嘲为总统的节杖——大竹笤帚可以扶持着呢！

“滚开！滚开！”那些不顾一切的暴徒们吼叫起来。

既然来了，于而龙是决不会撤退的。

“滚开！快滚开！”陷入歇斯底里狂热的人们也跟着呐喊。

不，于而龙像钢轨鱼尾板上的道钉一样，死死地楔在那儿。

“轧死他，他敢不让路的话……”高歌喝令那个生有一对又大又圆眼睛的火车司机，听得出来，是他那介乎 tanner 和 baritone 之间的声音。于而龙动都不动，盯着那从铁板后边探出头来、一张满脸横肉、露出狰狞杀气的面孔，盯着，一眨也不眨地盯着，盯着那个年轻人。

——放心吧，我于而龙是决不会给谁让路的。

火车头朝他滚动过来，轰隆轰隆地发出震耳的巨响。

高歌终于背过脸去，他绝不是害怕血肉横飞的场面，在市里都大打出手过，成为赫赫有名的“红色棒子队”和“铁拳头”；然而他憎恶于而龙那毫不畏惧的目光，和那钢浇铁铸的挺立着的形象。这样，他掉过身子，给于而龙留下了一个熟悉的背影，这个背影和当年从厂长办公室走出时，是一模一样，分毫不差。

于而龙诧异了，他奇怪地询问着自己。

在车轮声音益发地响，车厢身影益发地近的紧迫关头，竟有工夫给自己提出一个学究式的问题。

“为什么一张稚嫩的、单纯的、至多也可以说是缺乏表情、比较单调的面孔，怎么能在变成一个凶神恶煞般的、食肉兽似的、贪婪残酷面孔的同时，背景偏偏半点不改变？而且还是那样忸怩，胆怯，童稚，甚至还有点天真呢？谁能回答我？难道一个人的背影，如同指纹那样，终身也不会变？而随着年龄变化的，只是一个人的前脸？王纬宇，你被你的小将们尊之为王老，是他们的智囊，是他们的思想库。俗话说得好，‘有事问三老，’也许只有你能解答这个问题。”

但是，谁也来不及回答他了，火车头无情地朝他碾压了过来。

他觉得头晕了，家乡的绿豆烧在发挥着它的余威。“难道我醉了？”往事和现实，幻觉和真情，使得他的血液一个劲地往上冲。这时，一直默默无言的老林嫂，像姐姐似的细致体贴，侧过身来关切地问：“鱼刺扎嘴了么？”

于而龙摇摇头，鱼刺只会伤着皮肉，而生活里的刺，却是要永远扎痛一个人的心。

酒的后劲真不小啊……

王惠平倒毫未察觉到于而龙看他时那份苦涩的眼光，仍旧在兴致勃勃地，讲述着他的纬宇叔对石湖县的建设所做出的卓越贡献。本来，新鲜的春笋，活杀的鲫鱼，炖出来奶汁似的浓汤，应该是挺味美的，但于而龙被那不离嘴的“纬宇叔”，弄得倒了胃口，因此，连筷子都懒得举了。

“支队长，这些年，多亏了你们老同志！”

那年水生背着土特产去找他，可是碰了钉子的。所以他赶紧声明：“我是属铁公鸡的，历来一毛不拔，这顶桂冠我担当不起。”

王惠平笑了：“有你于而龙三个字就够了，省地两级，一提到你，还是响当当的。”

“百足之虫，死而不僵！哈哈……”

“特别是江海同志更关照些。”

“嗬,那个盐工嘛?”原来的老邻舍,滨海支队的队长,解放后一直在家乡工作,还是去年叶落知秋的时候,见过这位地委书记一面,“怎么?他重新工作了?”

“能不请出山么!他对石湖县抓得很紧,一是老根据地,多少沾点光;二来也看在支队长你的面子上,别看你现在不在台上,俗话讲——也许不中听,瘦死的骆驼,也比马大,你老拔根汗毛,也比我们腰粗呵!”

他看眼前的王惠平,很像刚读初中的小伙子,见到小学时老师那样,开始,还有点敬畏之心,表现得较为恭顺,稍过一会儿,意识到自己已经长起粉刺和小胡子,不在教鞭所及的范围里,大可不必俯首帖耳,于是渐渐放肆,以致敢于狎弄旧日的师尊;副书记不是在用刘姥姥的语言,和支队长开玩笑么?现在,于而龙在他眼里,很像阿拉伯神话里的那个巨无霸,由于被关进了瓶子里,不但毫无畏惧之意,而且马上要提出三个诸如此类的愿望来了。

呶,他不是张嘴了么?第一个要求就要抛出了。

他吮着酒糟泥螺,喝着水生总给他满上的绿豆烧:“支队长,我这两下子,你是清楚的,管工交,是打鸭子上架,所以,今后还得你多赐教,多指点——”

于而龙不动声色,心想:今后不会需要我教你打太极拳吧?那是每个休养干部都学会的拿手好戏。

他又绕了个弯:“我这个人有点怪脾气,或许是支队长在石湖留下的优良传统,不搞便罢,要搞,就必搞出些名堂。工业,我外行得很,初步有些想法,支队长难得回乡,这是学习请教的好机会。”

于而龙莞尔一笑,心想:怕不止这些吧?

“是嘛,在工业方面,你是元始天尊,看看,支队长,想法是否切合实际?”他掏出一本工作手册,翻到一页,递过去:“你是曾经出洋考察过,同外国专家合作过,搞了几十年工业的党的工作者,肯定是点石成金。”

他记得木讷的事务长,原本不擅辞令,现在,能说得娓娓动听,每一句都像涂了蜜的奶油小点心那样滋润可口。于是,游击队长不得不放下雪茄,戴起眼镜,做出一副认真的样子去看,而且在猜测,他的目的就这样简单么?

“支队长,巧妇难为无米之炊,我现在两手空空,需要你的支援啊!”

“精神上的支援吗?”于而龙幽默地问。

“这只老狐狸,看来买卖有点棘手。”王惠平心里骂着,但嘴上却说:“那是自然,有什么比老同志的关怀,更能鼓舞我们呢!但是,我们是唯物主义者,没有物,日子不好过啊!”

“他仅仅是要些东西么?”他望着这位副书记,有点莫测高深。“看来,你弄错了人,我是个看戏的,可不是做戏的。”

“不会让你肩膀总闲着。”

“你消息比我都灵通,是纬宇叔告诉你的了。”

终于想起夏岚嘱咐的话,王惠平顿时清醒了,决计不谈电子计算机的买卖问题,虚晃一招,分散注意力,这件事让水生跟他软磨硬泡就行了;要紧的,是不能留他在柳墩,留在候补游击队员家里,尽管委婉地晓以利害,告诫了那个多嘴多事的老太婆——对她,还不能用专政的办法,尤其现在,逼急了,老林嫂连命都豁得出去的。但是谁能把握她一时激动,说些个不三不四的话呢?对,还得把于而龙弄到城北的谜园——县委小招待所才能放心。“好!酒足饭饱,扰了老嫂子一顿,该我做东了吧?走,进城去,晚饭,在望海楼怎样？老队长(越来越亲切了)！眼下正是鲥鱼、鳝鱼、甲鱼当令，也是望海楼有名的风味菜，例如……”他报了不少菜名，看来，他是个座上常客。

于而龙记起县城里原来算是最高的建筑物，那个女指导员，在湖东开辟游击区的时候，曾经在望海楼里，表现出一个共产党员破釜沉舟、决一死战的勇气，但副书记信口报来的那些清蒸鲥鱼，剥皮大烤，双凤朝阳，他可没福品尝过。尤其是想起他自己，曾经有那么一次机会，应邀去望海楼赴宴，然而那是一杯不得不饮的苦酒，为了营救被捕的赵亮，带着五百块银元去赎他。可是，终于还是没救回来，望海楼，他怎么能去呢？

“依我说，免了罢！”老林嫂说。

“你也一块去凑个热闹吧，哪能少了你老嫂子呢？”

“我？”她晃了晃头，又流露出那幅油画上负担沉重的样子，“可不配哦！”

“老嫂子总是不饶人，还是那候补游击队员的脾气。”他转向他的真正目标，再一次怂恿着：“老队长，启动大驾吧！”

“不！”于而龙还是老一套，“我说好要去，就必然践约！”

“现在就走吧，汽艇来了，能空手而归吗？”

于而龙止住他：“别谈了，好不好？”

“真他妈的顽固不化！”王惠平脸上甜蜜地笑，心里在恶狠狠地骂，然后问道：“那也好，什么时候来接你呢？”

“不用费事了，县城我也不是不认路，不过先讲好，望海楼我可不感兴趣。”

王惠平离席告辞，笑着回答：“明白明白！”拱起手抱着拳，像跑江湖似的向大家表示致谢和道别，他满头热汗，绿豆烧在往脑子里冲。于而龙见他喝了那么多烈性酒而不醉,和他那纬宇叔一样,有着惊人的酒量,使支队长为之骇然。而且他坚持邀请他进城——到了执拗顽固的地步,是不是除了客情以外,还掺杂其他因素?毫无疑问,他那吞吞吐吐的言词背后,肯定包含着一颗叵测的心。

于而龙第一次在猜测对方心思时失灵。他暗想:倘若不是自己智力衰退,那么就是十年来把人磨炼得复杂起来,特别像王惠平这样的,怕是比蝌蚪文都难懂了。临别时,他仔细看了一下,确实再也不是当年的事务长了。但是,等副书记跨上游艇,吓了于而龙一跳,赫然跃入他眼帘的,是那和三十年前一模一样的背影。

难道一个人的背影永远也不会变?他好像听见那个从背后看去的高中生,正津津有味地,在讲述偷越封锁线的情景,芦花是怎样背着他到湖西来的,是怎样用身体替他挡住巡逻队的盲目扫射……尽管他不喜欢王惠平那大大变样的面孔,一个过于成熟的人,总使人疑惧和存有戒心,但是那熟悉的背影,倒使他觉得亲切。

"你一定来呀!支队长!"

王惠平一边矫揉造作地挥手,一边郑重其事地嘱咐司机朝去县城相反的方向开。有的人就是这样,酒喝得越多,头脑越清醒,胆识也越大,他需要做一次最后的努力。

游艇开远了,看热闹的乡亲和必须履行对上级迎送义务的社队干部都散了以后,老林嫂如释重负地长吐了一口气:"阿弥陀佛,他总算走了。"

"唔?"于而龙看着老林嫂。

"他?他呀!——"她似乎有许多话要倾吐出来,但是终于把话压了下去,只不过在鼻子里轻轻哼了一声——不细心还听不出来的。随后便在门口打谷场上的竹椅上坐下,接着编织蒲草拎包……

于而龙知道她心里不平静，她对王惠平的冷淡忌讳，不仅仅是微贱小民的自卑心理，而是有夙怨的，也许是为了他而大闹了一场，才结下不解的嫌隙？然而，为什么她忍气吞声不讲出来呢？于而龙很理解老林嫂的性格，她那张嘴像把锋利的快刀，一向是敢说敢讲的，可弄不懂，为什么哼一声，也是轻轻的？但是奇怪，她好像要把她满腹的话，编织进那只拎包里去似的，看那一下一下的紧紧勒着的动作，可以体会到她是怎样在约束自己、控制自己了。

唉！于而龙望着烟波浩渺的石湖，叹息着：我们生活在一个多么纷扰的世界上呵！

五

游击队长独自划着双桨，驾着舢板，离开柳墩，往陈庄驶去。

这回他可是终于达到目的，一个人自由自在地“垂钓”了，回到石湖，那最初的纷扰，总算平安无事地给搪塞过去。现在，头一步，自然是陈庄，因为据劳辛讲，他是在那里碰上船家老汉的。

诗人还健在的时候，于而龙总是希望他能把当时的情况，详细地回忆出来，但患有植物神经紊乱症的劳辛，竟很像脑软化患者，对任何细节都模模糊糊，记不真切了。

于而龙抱怨地责备：“真要命，你可怜的记性！”

“怪我吗？我根本不觉得是谜。”

“可怕的谜，难猜的谜，总是隐藏得很深很深的。”

独有陈庄这个地名，说得确切不移，诗人跺着拐杖赌咒，肯定不会记错。

“会不会那老汉相中了你手里的酒?”

劳辛说:“我不赞成你把人看得那样坏——”但诗人独对王纬宇不感兴趣,在石湖打游击的那些日子,他和这位历史系大学生,也没少打交道,但始终关系不是那么融洽的。劳辛说过:“我不喜欢一览无遗的诗,我也不喜欢一眼看不透的人。”

当于而龙获悉在芦花牺牲那刻,有一位亲眼目睹开黑枪的船家老汉的时候,恨不能马上插翅飞回石湖,偏偏由于儿子不幸被捕而拖了下来。谢若萍看到老伴那分着急,那分焦虑,那种心力交瘁的紧张神色,也没和他商量,就告诉了厂革委会主任王纬宇;希望通过组织上,把这个未免有点玄虚的陈年积案,帮助了解一下。

于而龙火了,还从来没有这样向妻子发过脾气。

劳辛劝住了:“你放心,他不会表现出多大热情的。”

但是诗人说差了,王纬宇挺当回事地跑来询问他:“不会记错吧?陈庄?一个船家老汉?大约多大岁数?还说了些什么?不会是神经不正常的人吧?我们家乡可是有一种爱说废话的牛皮匠。你再想一想,是陈庄?……”

劳辛不耐烦了,闭上眼睛,拒绝做任何回答。

王纬宇神态激动地,用拳头击着手掌:“我一想起莲莲的生母,说实在的——”也许涌在嗓子眼里想说的话太多了,你挤我,我挤你,结果反倒半句话都说不出来了。

正因为劳辛说得确切不移,所以送走县委副书记,决定马上去陈庄,半刻也不耽误。

老林嫂不解地问他:“怎么?当真还去钓鱼?”

“要不是钓鱼,我回石湖干什么呢?”

那位小学教员说:“要不,还叫秋儿给你打下手去吧!”

“不用了，再不会有那好运气，会碰上红荷包鲤的。”他想：要有一个孩子伴随着，办什么事都碍手碍脚的。

但是秋儿的妈妈偏坚持：“要不叫秋儿，也得等水生，哪能让你一个人在湖里乱闯。”

“怕我在石湖里迷了路吗？”

那怎么行？水生的腼腆媳妇急了，在县城那么一个天地里，科级干部就是了不得的，路人为之侧目。像于而龙这样有时在报纸一大堆人名里偶尔出现的人物，怎么能让他独自划着舢板走咧？县委副书记可是有话在先的呀！

老林嫂止住了儿媳：“由他去吧！他的脾气我懂！”儿媳妇连忙叫了一声：“妈——”但这位候补游击队员却生气地说：“谁家请来的客谁照应，用不着别人插嘴！”

她站在垂柳下望着慢悠悠划走的于而龙，嘱咐着：“早点回来，我给你烙马齿苋的馅饼吃咧！”

于而龙笑了，那是芦花的拿手好戏，亏她还记在心里。

船渐渐地远去了，老林嫂心里在想：他急急忙忙地去干什么呢？按说，他应该着急去看望芦花的坟呀！那是他的结发妻子呀！不过，她非常信赖游击队长，认为他所要做的一切必然是正确的，也许正是为了芦花才迫不及待地驾起舢板走的！

可是一想到芦花的坟墓，老林嫂的眉头打起了结。

王惠平呀王惠平，亏你好意思笑得出口，还笑得那么自在，呸……她朝湖里啐了一口，于而龙已经划得看不见了。

老林嫂，她从来不是怯懦的，是一个天不怕地不怕的泼辣人，一个多重的担子也敢挑，多大的风险也敢冒的候补游击队员，于而龙弄不懂分明她心里有话，干吗不敢讲呢？

他想起打游击那阵，要给在湖东开辟根据地的芦花，送份文件，递个情报，在陈庄封锁线上的盘查卡子，突然严禁得一般人不容易混过去的时候，就只好找到她："老林嫂，只得麻烦你啦！"她二话都不说，背上水生，扤上竹篮，装作讨饭的叫花子走了，谁都知道，只要一查出任何"通匪"的证据，立刻就地正法。

她胆怯过吗？没有。

于而龙弄不懂，难道成为一种规律，年岁老了，人就会变得软弱、变得瞻前顾后而丧失了胆量？王惠平能对一位烈属怎么样呢？

这他就不明白了，昨晚上，老林嫂不是已经把话点给了他："反正现在要来了鬼子，老百姓不大肯掩护干部的啰！"要不是她儿子白了她一眼，赶紧拿话打岔过去，肯定还会说得明白些。

她还总算是有勇气的，敢去找这位县委副书记，要他站出来讲几句公道话；敢于大闹公堂，弄得他至今还耿耿于怀。然而大概还是县太爷官大一品压死人，以致弄得这个不算太屈服的老百姓，想说又不敢说，不敢说又忍不住要说，吞吞吐吐，欲盖弥彰，其实，老林嫂并不是这种含含糊糊的人。

但是，她那张嘴确实被钳制住了。

于而龙想：我活了六十年，欢乐与痛苦，笑声和泪水，成功与失败，顺利与挫折，都一笔一画地写在历史上的。老嫂子，当真理的嘴被贴上封条的时候，你一个人为我喊的声音再高，也挡不住那满世界的喧嚣，就像闹蝗灾那样，沙沙的蝗群，铺天盖地而来，把整个蓝天都遮黑了，能把所有绿色的植物啃个精光。你一个烈属何其渺小，能挺得住那疯狂的，吞噬一切的天灾么？那沙沙的咀嚼着人类良知的声音，又在他耳畔响了起来——

"于而龙，芦花究竟是个什么样的女人？"

“她是你的嫂子吧?”

“你哥哥怎么牺牲的呢?”

“你们怎么出卖沼泽地的地下县委会?”

“为什么你和芦花迟到? 告密去了吧?”

“你怎么和你嫂子非法同居的?”

“你为什么被捕? 为什么投降?”

“为什么鬼子大久保抓住你,不斫你脑袋,优待你?”

“为什么?”

“为什么?”

啃吧! 啃吧! 蝗虫啃的是绿叶,而两条腿的蝗虫却在啃啮着每一个善良人的心。

“唉!”于而龙想:我应该早点给她写封信,告诉她不必为我操心,也就省得她受那位县委书记的气了。但是,话说回来,那时的于而龙或者穷于应付;或者压根不曾把千里之外的老太婆,那微末的支持当回事,这封信肯定是不会写的。现在,老林嫂那颗善良的心,就像这明镜似的石湖那样,也使他自己看到了灵魂上的灰尘。是的,他想:如果有上帝的话,这上帝就是人民;如果我要忏悔的话,也只能在他们面前低头!

老林嫂,她有一颗多么了不起的心啊!

在石湖支队扯起红旗以后,老林哥一直管着整个支队的粮秣辎重,根本就顾不了家。老林嫂要喂饱那几张嘴是相当不容易的,逼得她像男人一样,风里雨里地出湖捕鱼,而且还嫌受罪不够似的,后来又把于莲抱了回去。可她实在是个太累赘人的孩子,从小几乎是在老林嫂的背上长大的。有什么办法呢? 她要撑船,她要张网，只好把孩子捆在脊背上，而且还要走村串舍，为她背脊上的宝贝，去寻找那些有奶水的妈妈，讨口奶吃。哦，她走了多少路程啊！每天早中晚三顿，离柳墩最近的村舍，也得三华里开外，计算一下吧，整整两年啊，不论刮风下雨，不论天寒地冻，她背着小于莲，一步一步地在泥泞的道路上，在水漫漫的沼泽地里，趺趺撞撞地蹚着、走着，有时候不得不手脚并用，才能爬上那陡峭的堤岸，而莲莲还不住声地哭闹，在干妈的脊背上扭动挣扎。

“乖乖，别哭，快啦，快到啦……”

那种场景，于而龙现在一闭眼，立刻闪现在脑际。有时情况好些，条件许可，她就把孩子送到支队来；一旦紧张起来，战斗频繁，她准会把于莲抱回家去，而且总是给芦花说：“放心吧，只要我孩子死不了，她就能活着。”

于莲如今活着，可老林嫂的两个儿子呢？

石头，她的头生子，是在石湖残酷的阶级斗争中，最早牺牲的一名小战士，他死得那样悲惨，至今，于而龙还记得老林嫂坐在井台上，舀着一瓢瓢水，冲洗小石头破碎尸体的情景。那血迹斑斑的场面，犹历历在目。从此以后，两军对垒，就在严峻的斗争里厮杀、格斗、扭打、相扑，一直不曾停歇，甚至不分不解地战斗到公元的一九七六年，好像这一仗还没有见分晓。

“王纬宇，你是学过历史的，难道不应该这样来理解么？正如抽刀断水一样，历史是砍不断的，有前因才有后果，对不对呀？老兄……”

那个可爱的石头，总还是在妈妈的眼睛底下埋葬的，可铁柱呢？老林嫂的第二个小子，却是于而龙亲手埋在朝鲜定州南面，紧靠西海岸的一座山丘上，那是一个多么勇敢的骑兵，一直战斗到生命的最后一息。是他，小柱子和通讯员长生，一九四八年初用担架抬着游击队长离开石湖的，而今天，他回到石湖来了，可两个抬担架的年轻孩子呢？

当时，于而龙想，把小柱子埋在海边，那山头正朝着祖国的方向，海和海总是相连通着的，母亲怀念孩子的哀思和泪水，也许会顺着塘河流进大海，随波逐浪，飘泊到埋有儿子骨殖的异国他乡的土地上来吧？

三十年前，老林嫂亲自把铁柱交给于而龙："二龙，把柱子带走，当你的孩子一样，全托付给你啦……"一个做妈妈的嘴里说出这样的话，那该是多深的信赖，因为她拿出来的，不是别的什么，而是一颗母亲的心啊！

他无法想象一九五一年，当她收到那封报告不幸消息的信件，该是怎样度过那最悲痛的时刻？他把铁柱得到的军功章和部队的奖状，寄给了江海，就是现在主持地委工作的滨海支队长。请他在无论怎样忙的情况下，也要抽空去石湖柳墩一趟，看在老战友的分上，去看望一下失去儿子的母亲，为她分担一场可怕的灾难。

然而，军功章也好，奖状也好，能弥补母亲心头的巨大伤痛么？再说，江海究竟去了没有？也不曾再过问，就以为了却一桩心事，自己的灵魂也平安了。

当然啰，戎马倥偬，远离祖国，总还可以找到聊以塞责的理由，但这并不是老林嫂的最后一次打击。紧接着第二年，也就是一九五二年，老林哥，那位给他管了多年柴米油盐的老战友，一位再好不过的当家人，在湘西剿匪斗争中壮烈牺牲。他是掩护工作队冲出重围，而落到土匪手里的。那些匪徒残酷地折磨他，要他交出银洋、盐巴和粮食，因为他是后勤部长。最后，一无所获的土匪像一群十恶不赦的野兽,杀害了这位忠贞的战友,而且那帮匪类,像杀人生番似的,肢解了他的尸体,给煮吃了,只留下一顶破旧的军帽,一顶从石湖戴出去的军帽。

一个接一个的噩耗,像没顶的巨浪,向老林嫂压来,她该是以多么巨大的力量,才能克制住自己不至于发疯,即使一团钢铁,也会在苦痛的烈焰中熔化的。可是在她最需要人支持的那些年代里,于而龙问着自己:“我又在哪?”

哦,那时他正在王爷坟的石人石马中间,筹建一座巨大的工厂,忙得不可开交,一封抚慰的信都不曾让于莲给她带去。

不错,曾经接她来住了几天,然而她不习惯都市生活,尤其不习惯谢若萍的公筷制,吃口菜,要换两回筷子,卫生倒是有了,隔膜也随之产生。不久,她想念她的石湖,回去了。于而龙埋怨自己的妻子,可并不责怪自己,他总是能够自我宽解:“我忙啊!”难道他不了解么,无论回来得多晚,十点,十一点,她都在葡萄架下等着;毫无疑义,如果他忙得在王爷坟回不来,她肯定终夜在守候的,像过去打游击那阵一样。她多么盼望和他谈谈啊,随便谈一谈过去的事,现在的事。她并非是寻求安慰和支持才来的,也不是因为付出了代价,而要得到什么报酬。不,她只是把于而龙看做亲人,想和他诉一诉做母亲的衷情,然而那些繁文缛节把她苦了,挟筷子菜吃都那么费事,更不要提那花花绿绿的热带鱼,真是比祖宗还难侍候。她弄不懂养那劳什子有什么用?然而于而龙有工夫欣赏那些鱼,却没有时间听一个接连死了儿子和丈夫的,想吐一吐心头委屈的候补游击队员的呼声,唉,她怎么能不想念石湖呢?

但她,却在于而龙被诬陷得连狗屎都不如的时候,竟在县大堂上,扭住县委书记,挨着文攻武卫的棍子,要他讲公道话。甚至在风霜凄厉的北方之夜，守在接待站里坐以待明，要为过去的游击队长辩诬……

那棵失踪了的银杏树，无论如何也望不见了，但是，映入于而龙眼帘的，却是那个把一切都奉献给革命，连心都不吝惜掏出来的老林嫂的形象。她同他记忆里的那棵银杏树一样，高大壮伟，巍巍挺立，舢板已经划得够远的了，柳墩快淡得看不见了，但是，他觉得，老林嫂肯定还在垂柳下站立眺望。

——老林嫂，老林嫂，你完全有权责备我的呀！但是昨晚上，你却半个字没提到自己，只是一个劲地关切着我，关切着我的家庭："这些年可把你们苦了，不知为你们掉过多少眼泪，香也烧了不少，明知没用，可也偷偷地烧，还能指望谁呢？托天保佑你们吧！"

"我的老姐姐啊！"于而龙两眼湿润了。

"嘿，当心！"

一声清脆的语音打断了于而龙的忏悔，不远处，一双明亮得出奇的眼睛，在给他打招呼。

"我碍谁的事么？"于而龙驻下桨来，打量着同样划着一条舢板的女同志。湖面相当宽阔，两条船是绝对相撞不到的——生活倒常有这种现象，不应该相撞的，却偏偏碰在了一起，然而现在却并不如此。也许女性的逻辑，喜欢大惊小怪，和虚张声势吧？

"外乡人，请你注意到那些——"那个年轻姑娘轻盈地一笑，有礼貌地指给他看插在湖里的木桩。于而龙摸出眼镜戴上，才看清楚木桩上面还写有字迹，细细看去，认出了"测量标志，船只绕行"等不很显著的字样。

哦！而且还不止一根木桩，放眼望去，约莫每隔二十五米，就有一个露出水面的标志，逶迤不绝地伸展到很远很远，直到目光达不到的远处。

这些插在湖里的木桩，使他产生了一种奇异的联想，很像他五十年代春风得意的年头里去林区打围时，一路撒出去的连在绳索上的小旗，也是络绎不断，直延伸到看不见尽头的森林深处。可是，小旗是用来愚弄动物的；后来，他才了解，这些木桩，却是人类愚弄自己的一种标志。

于而龙马上沉浸到那次美好愉快的回忆里去了，也许这是人的性格软弱之处，值得留恋的往事不大容易忘却。

打猎，如同一场冒险的爱情角逐，胜利的可能性是相当渺茫的，也许空空地白跑了半天，一无所获；也许，弄不好，凶猛的野兽反扑过来，给上一爪子，鲜血淋漓。正如年轻姑娘的巴掌，抽在那些不识相的追求者脸上，猎物和漂亮狡猾的女性差不多，要想得到它和把它弄到手，中间是有相当距离的。

那一回，是好客的主人为他和廖总工程师，还有那位装腔作势的外国专家安排的一项余兴。那时候，他是个受人尊敬的厂长，几乎所到之处，无不热烈欢迎。

主人想出了打围的主意，于而龙的手痒了。

但是别尔乌津直耸肩膀，那阵，于而龙的俄语程度，会话要比阅读差劲，小狄翻译着这位专家的话："这种森林比不上西伯利亚无边无际的原始森林，怕不会有什么野生动物可打吧？"

"小狄，你就问他：到时候手抖不抖？打过枪没有？会不会扣扳机？要不要老兵给他讲讲射击要领？……"

廖思源永远保持一股绅士风度，即使后来在优待室隔离审查时，也总是温文尔雅地讲究礼貌，他对小狄说："不要照老于的话直接翻译，婉转些，不妨说：只要有目标、有理想、有追求，就不会落空的，并不决定于森林面积的大小。”工程师有着强烈的民族自尊感。

别尔乌津认为自己胜利了，因为他看出小狄不肯翻译。

主人问他：“打过仗吗？”

他拍拍自己的肩膀，表示也曾扛过军衔的：“卫国战争期间，是个中尉。”

“哈哈，看他样子，倒像是当过几天中将似的。”于而龙递给他一支崭新的双筒猎枪，烧蓝发出森森的幽光，别尔乌津接在手里，情不自禁地端起来瞄准。看来，那种跃跃欲试的兴奋使他冲动了，于而龙对主人讲：“看见没有？沙文主义来精神了，不过，你得想法让他打到点什么才好，哪怕一只瘟山鸡，或者一条傻狍子，要不然，他会认为丢了他们的国光。”

他们在一群嘶嘶乱窜的猎犬护卫下，由几名精明的猎手陪同，在黑森森的老林里，足足折腾了大半天，累得人仰马翻，精疲力竭，才抬回来那条蹲了一冬天仓，而变得瘦弱不堪的棕熊，以及其他一些猎获物。

黔之驴乐不可支，向年轻的翻译滴里嘟噜说个没完，小狄是个非常娇气的女性，那姣俏玲珑的秀丽身材，那瓷雕似的白净面孔，那晶莹玉洁的皮肤，仿佛透明似的。她正为在森林里跋涉之苦生气不已，哪有兴致翻译别尔乌津的感想，只是笼统地概括一句说：“他说他像伯爵一样，过了一次中世纪的狩猎生活，高兴坏了。”

于而龙问：“他大概讲他们的伯爵，也比我们的好吧？”

廖总工程师笑着：“你呀你呀……”那位伯爵以为他们附和他的观点，一个劲地围着那头棕熊，喊着“哈啦少”……

出差回来还未坐稳，周浩打电话叫他到部里来一次，于而龙有点沉不住气,虽然电话里语调相当平稳,但那是台风眼里的安静,多少是不祥之兆。他知道,“将军”决不会夸奖他的枪法,只好硬着头皮推开了他的门。

周浩开门见山:“听说你一枪结果那头熊的性命,是吗?”

黔之驴的枪法实在稀松,可能他那个中尉,是在机关里熬出来的军衔,连打几枪,那头棕熊还在咆哮着逃跑。于而龙禁不住主人和猎手的怂恿,骑兵打活动目标是拿手好戏,一枪就把熊撂倒了。

“呵!真了不起啊!看样子芦花牺牲了,神枪手的光荣该轮到你啦!可惜那不是石湖,也不是打游击。于而龙,于而龙,你都搞了些什么名堂,比钦差大臣的谱儿还摆得大,皇帝出巡,也搞不出你的排场,多神气,多威风,人家整个机关干部,都跑到林子里为你吆喝,把熊轰出来,让你射击,你,你……”

无法再回忆下去了,于而龙觉得他耳朵根都发热了,因为“将军”在发火的时候,那江西老表骂起人来,是相当粗鲁的。

廖思源自知是个免于追究的同案犯,直安慰于而龙:“没办法,诱惑有时是不可抗拒的,我们都是夏娃的后代,免不了要去吞食禁果。”

那天,“将军”发完了脾气以后,问他:“听说你打猎回来,还背那个女翻译过河,不会是别人给你造谣吧?”

于而龙不觉得有什么不妥当的地方,回答得很干脆:“不是造谣,确有其事。”

“将军”的脸又沉了下来:“她是小儿麻痹症吗?”

“那条小河还挺深,会淹死她的。”

“其他人呢?非得你去背?”

“还有谁?就我们几个抄近道往回走的,让那个外国专家背吗？小狄死活不干，让廖总背吗？他还需要我搀扶着，你说——”

周浩多少理解一点石湖风俗，叹口气：“你该懂得人言可畏的道理，并不是所有的人都那么心地纯洁的呀！”

“我不明白有什么文章可做。”

六十年代初期，别尔乌津走了，小狄“失业”了，于而龙存心要气一气爱嚼舌头根的道学先生，请来了那位瓷娃娃，问她：“还记得那回在林区打猎，我背你过河？”

“记得呀！还有人很说了阵闲话呢！”

“害怕了吗？”

“那有什么好怕的。”她坦率纯洁的两眼明亮如水。

“真的不怕？”

“当然。”

“那好，如果你不反对，我请你给我做秘书来！”

要是小狄在，于而龙想：肯定会很快弄清楚年轻姑娘姓甚名谁？是干什么行当的？从何处来到何处去？但是，正如他老伴的评语一样，于而龙不大懂得去研究女性，更少了解女性的心理。他只能判断出她大概是个石湖姑娘，不仅仅凭那亲切的乡音，而是那大胆的眼光，坦然的神色可以证明。但从那不一般的衣着来看，款式新颖，花色别致，素雅中显得飘逸，合体而又那样有气派——几乎可以说一种雍容的贵族气派，就觉得她又不像石湖人，因为在中国，城乡差别总是存在着的。

看她年岁，大概也同自己女儿差不多，甚至好像还要年轻一点，冷淡一位可爱的女性，那可是不礼貌；何况，她正把舢板靠拢，于而龙看出她显然想同他这位不明身份但好像又有点身份的过客攀谈攀谈。

“你是外地来石湖的吗?”

“一点都没说错。”

“看样子,你像个旅行家。”

“那你可没说准。”

年轻姑娘对于而龙挺感兴趣,因为他的举止言谈、气派风度给她留下了深刻的印象。于而龙上午跌进石湖,回到柳墩所换的一身服装,未免太派头了一点,马上去参加哪国使馆的鸡尾酒会都是可以的。

那姑娘从头到脚地打量着他,然后戏谑地说:“反正,你不简单。”

“何以见得呢?”

“一眼就看出来了。”她微笑着说,“我们不傻!”

“我是地地道道的石湖佬啰!”

“别骗人啦,你连我们的家乡话都学不来。”她这次是真正地笑了,笑得那样轻盈、含蓄,看得出来,她相当懂事,凡是伶俐一点的女性,眼神里总会流露出慧黠聪明之气。她使于而龙想起他女儿给他看过的一幅伦勃朗的杰作,那幅妩媚动人的少妇像,和她的姿容是多么神似呵!

于而龙觉察得出她在研究他,那眼光是热烈的,但又是克制的;她按捺不住好奇心向他靠拢,可又保持着一定的戒意;她有石湖姑娘那种自由放浪的天性,但又有和她年龄不相称的成熟。她终于把舢板紧紧地挨了过来,很明显,她想接近他,她有她的目的,警戒线在逐步撤除着。

她根本不相信眼前南腔北调的老同志,会是她的乡亲,所有的女性都有副好眼力,和实验室里的微量分析天平一样,能够准确地估量出对方的真实价值。县委的干部全都和她打过交道，地委干部差不多也都熟识，那么，毫无疑问，划船的老同志，不是省里，就是首都来的了。于是，态度变得热烈了，甚至有点亲切地问道："你是下来了解情况的吗？"

"恰恰相反。"

她摇摇头，根本不相信，继续问着："你上哪去呀？"

"陈庄！"

她眼睛更亮了，连忙把舢板贴靠着："认识路吗？要不要我帮忙？"

"那太感谢了，记得往陈庄去，好像那片苇荡里有条近路，是不？"

她友善地看着，心里想："他对石湖还挺熟悉，谁呀？"

"可以证明我是本地人了吧？"

"不见得，那里早堵死了，已经成了万顷良田了！"

"呵！真是沧海桑田！"于而龙并没有听出她说万顷良田时，那种讽刺的口吻，只是感叹地，"请原谅我，使的还是三十年前的地图。"

"我指给你一条新开的河道吧！"

"谢谢啦！"

"干吗这样客气？"她热烈地富有感情地看了于而龙一眼，他的和蔼，他的礼貌，他像所有负责人那种有节制的笑声，使她益发地相信他是个来头不小的干部。她打起船桨，微笑地在前面引路："跟我来吧！"

"那我可以问一声，你一个人在湖里干什么呢？"

"我嘛！"她转回脸，告诉他，"大干部同志，这就是我的天地！"

她又笑了,而且是出声地笑。

于而龙想着,怎么这副动人的面孔有点熟悉呢?似乎曾在哪里见过似的,而且绝不是在那幅伦勃朗的画上。

眼前这位多少有点贵族气派的姑娘,岁数要比于莲小些,但是比起画家来,要深沉得多,稳重得多,她很能约束自己,懂得超过她年龄所能负担的东西。她莞尔一笑,适可而止,分明想接近你,但又很有分寸;有些想和你攀谈的意思,可又不显得唐突冒失;打算了解你,又不露出过分的兴趣;也许希望你帮她一点忙,却又不让你看出她准备巴结你,一个多么复杂的心灵啊!

活见鬼啊!她头发那样黑,她背影又是那样绰约,特别是那张魅人的笑脸,确实,于而龙敢发誓,曾经在哪儿见过,然而记不起来了。

尽管眼前这个姑娘,和于莲的性格是绝不相同的,然而,于而龙却发觉到她和自己的女儿一样,眉宇间留有那种辛酸的、不太愉快的生活残影,那若隐若现的烦恼,那时来时去的阴云,会在眼波间一刹那闪过。

难道她们都曾在生活的海洋里浮沉过,或者,还呛了几口又咸又涩的水?

于而龙愈来愈相信自己的判断,这是一个地道的石湖姑娘,她那种大胆奔放的情感,坦率亲切的态度,是石湖女性特有的开朗性格。不过,由于那种残存在眉宇间的阴影,就像冬天的石湖,那一层薄薄的冰,把欢悦的绿水给凝固住了。

但是他女儿,却似乎冲破了这种阴影的局限,她才不在乎一个离婚的女人,而受到的那些有意或者无意的议论褒贬。她有着活泼开朗的性格，有着豁达大度的胸怀，是一个心中不存丝毫芥蒂的女性。

她笑起来，是纵情的，任性的，甚至是放肆的，会笑得前仰后合，会笑得泪水迸溅，会笑得弯下腰，妈哟妈哟喊肚子疼。

“莲莲，都三十老几的人啦！还孩子气。”谢若萍每当她笑得不可开交的时候，总要提醒她一声。

“妈！太可笑了！太可笑了！”她常常会格格地笑个没完没了。

于而龙不禁想起那个追查谣言的艾思，恨不能把“将军”都拖陷到编织的罗网里去，是怎样被于莲一耳光扇走的，那是他头一回领教了这个泼辣的女儿，那爆发性的笑。

大概爱情的追求，和在猎场上的奔逐，在某些道理上是相通的，必须在万无一失，绝对有把握的情况下，才能举枪射击；否则，惊起猎物，也只是扑空，而且，万一碰上一头凶猛的野兽，对不起，一蓊一扑，翻过身来，那猎手的处境就够狼狈的了。

于莲，确实像一头野马，她漂亮，迷人，然而她很难驯服。艾思，他和夏岚保持着某种联系，俨然是艺术界的一个哨兵，总伸出警犬似的鼻子，这里那里在嗅着异端可疑的气味，好编在他的阶级敌人新动向的情况简报里。在出了于菱被捕的事情以后，足迹稀疏了一些——因为他也顾忌自己被编进别人的情况简报里。终于，经夏岚的同意，又来叩于莲的门了。何况，正如他自己说的，在灵与肉的考验面前，后者战胜了前者，他被那充满魅力的画家吸引得不由自主地来了。

于莲那时正在给外贸出口公司，画一幅中国画风格的油画《百花》，她总是喜欢作艺术上的探索和尝试，而且只有沉浸在创作意境里，才能免去画室外阵阵袭来的烦恼。事实上，谁也躲不进象牙之塔，这不是来敲门了。但她，可没有在意，因为她的心在那朵舒张的玉兰花上，多么盼望着自己也有那么一天。

正在于菱抓走以后，显得格外空荡荡的房间里，倾听着录音带的柳娟，出来给这位怀揣野心的猎人开门。

“在吗？”艾思手里捧着一大把鲜花，那马蹄莲张着大嘴，显然象征着捧花人的某种欲望。

柳娟紧蹙着眉头，首肯地歪歪脑袋，表示于莲在屋里作画。她虽然还算不得这一家的正式成员，但已能按照这家人的不同标准，接待不同的来访者。她脸上的笑容，可以像风力一样，分出十二个级别，从淡漠的笑，谨慎的笑，到亲切的笑，甜蜜的笑，分别送给每个客人。演员吗，拿不出这点本事还行？她给艾思一个节制的笑，就像编辑碰上一部名家粗制滥造出的蹩脚作品那样，因为她分明看出，他不是一个有希望的竞争者，不过拘着面子罢了！

艾思推开了画室的门，只见于莲正在画架前聚精会神地画着粉露欲滴的花瓣，那像白玉也似皎洁的颜色，似乎画出了花瓣细腻的肌理，也使求婚者透过她那薄薄的半透明尼龙裙，看到了她那和花瓣一样诱人的象牙似的肤色。他决定了，甚至在敲门时还曾有过的疑虑，都被这个披着纱裙的维纳斯赶个精光。她不是女人，在他的眼里，是一个勾魂摄魄的肉体妖魔，他无法控制自己了……两年多来，一直使他犹豫，斗争，拿不定主意，究竟应不应该向于莲求婚？一个离过婚的风流女人，一个头脑里有许多异端的画家，一个有着倒霉的老子，有着囚犯的弟弟，在政治上处于危险边缘的人物，值不值得为之付出牺牲？现在，他拿定了主意，举起了双筒猎枪——哦，不，举起那张开大嘴的马蹄莲，盯着那连衣裙里高耸的乳峰，向着那玉兰花一样动人的脸，把嘴凑过去。

“你干吗？艾思。”

于莲生性怕热，在夜晚作画的时候，甚至只穿一条三角裤衩，那还热得她动不动跑到浴室里去冲凉，现在，觉得艾思热烘烘的身子挨得太近了。

“于莲，我的蒙娜丽莎……”他把那丰腴销魂的肉体揽在了怀抱里。

画家推开了他，诧异地：“你喝酒了吧？怎么有股酒精味？”

他乜斜着眼缠过来：“于莲，我想了好久，坦率讲吧，你也不是豆蔻年华，我也不是毛头小伙子，咱们总该有个结果啦，还用得着海誓山盟吗，夏岚同志讲得好，已经到了现实主义的年龄了。”

“看样子你没有发高烧！”她看他那副神魂颠倒的样子，便推开那束鲜花，告诉他，“不要自作多情吧！”

“那是什么话，两年来——”

于莲放下画笔，转过身来，慵懒地斜靠在梯凳上，在艾思眼里，她整个体态和那断臂女神相似极了，同样，那冷酷的神情也和石雕一样淡漠，她说：“你要知道，我是一个女人，有时需要一点慰藉和同情，正如一条小船，在岸边暂时靠一靠，但决不会和土地联系在一起的，从长远来看，她终究是要和风波、浪涛为伍的。”

他高声地：“我就是浪涛，我就是风波——”

“不，你是一个告密者！”她想起了那回追谣的事情。

他装听不懂，靠前一步：“我现在什么都置之脑后，你爸爸，你弟弟，还有你的过去，我作出了不顾一切的牺牲，于莲，为了幸福，为了爱情……”他冲动地把于莲搂住，最初一次，也是最后一次把酒精味、石碳酸味的嘴，贴在那海棠红的粉脸上。

啪！——于莲反身抽出手来，眼眉倒竖，狠狠地抽了他一记耳光，暴怒地说："不许提我弟弟！"

可她弟弟的忠实女友，却在隔壁房间里，放着不知从哪里转录来的流行歌曲，一个低沉的女中音，在如泣如诉地吟哦着："忘了吧！忘了吧！把我忘却，记住那春雨中的一朵白花……"

求婚者捂着嘴巴走了。

于而龙和谢若萍亲眼看到女儿在楼栋门口和客人告别，然后就听她一阵风地哈哈大笑地冲回屋里，那格格的狂笑，把"雨中的白花"都打断了。

"出了什么事？"

她笑得直在沙发上打滚，尼龙裙皱成一团。

大夫皱起眉头："至于高兴到这种程度，三十老儿的人啦！"

"自打弟弟走，我头一回痛痛快快地笑了个够。"她笑完了给自己总结着。

"怎么啦？"

"我给艾思一巴掌。"

"干吗打人？"

"他要娶我，夏阿姨批准的。"她又哈哈地大笑。

于而龙突然冒出一句："打得好！"他老伴反对他，尽管她并不喜欢艾思，但女儿粗暴地对待求婚的人，以后谁还敢登门："怎么说不该动武。"

"妈，我表演给你看，该打不该打？"于莲搂住柳娟，装出艾思死皮涎脸想亲嘴的模样，"你们说，还有别的办法叫他头脑清醒吗？只不过一下，可不得了啦，他捂着个脸，干嚎着，疼得在地板上打滚，然后又嗷嗷地爬起来踮着脚跳，那份德行，哦，还记得那年，菱菱养的黑狗，遭开水烫的那回，艾思真是狗急跳墙，恨不能从楼上蹦下去。”

于而龙不相信：“装蒜，会疼到那种地步？”

他女儿又大笑起来：“他是才从医院拔了牙，就赶来求婚的呀！”

哈哈哈哈，全家都笑得合不拢嘴，柳娟都笑出了眼泪，确实，自从于菱被保释出来，充军发配以后，头一回屋里充满了欢乐的笑声。

“我实在有点抱歉，下楼时对他说，对不起！我是通关手，干妈从小对我就讲，打人最疼的了。他端着下巴颏，哼哼唧唧地：‘领教领教，要是通关手长在那些工宣队的手上，你的《靶场》，你的谣言，早和你弟弟做伴去了！’”

然而，历史并不常如人意。

倘若眼前的年轻姑娘，于而龙思忖着：恐怕就办不出如此张狂的举动，而且也不会创造出“小船靠岸”的爱情理论。于莲，是一朵带刺的三月玫瑰，弄不好会扎手，是一匹桀骜不驯的野马，那蹄子是不大饶人的。但是，和于而龙并驾齐驱划着舢板为他指路的姑娘，却以石湖方式表达她的兴趣和性格。

齐头并进的船只，由于水流的力量，往往不善驾驭就相互碰撞，因此，需要一点熟练的技巧。这位自告奋勇的同伴，好几次似乎无心地将船头歪过来，害得于而龙差一点来不及闪避。

她嘻嘻一笑，一种富有心机的慧黠：“你挺会使船。”

“实不相瞒，我是个打鱼人。”

“鬼才信咧！”她看着那身挺括的制服，十分肯定地说，“你不会是省里来的干部？”

“为什么是省里?”

“那我估计对了,从首都来的。”

“也许可能吧!”

她微笑地说:“看你的风度,有点像。”

于而龙笑了,他记得有一回在国外,去看一家著名的艺术剧院演出果戈理的名剧《钦差大臣》,主人错把他当做周浩同志,而把“将军”、部长当做普通陪同人员,闹了一场误会。看来,这副派头把年轻人给征服了。

“反正你是个不小的干部,也许是下来私访的吧?”

“瞎说。”

“给我们呼吁呼吁吧!”

“呼吁,我能给你效什么劳呢?”

“其实也不是为我,是为鱼。”

一提到鱼,于而龙来了精神,这个年轻姑娘使他越发地感到亲切。

她咬咬嘴唇,终于侃侃地谈起来:“……你看到那一连串的桩子了吗?要围湖造田呢!造田当然是件好事,但是,造一亩田要花费多少劳动力,多少钱哪?倒也不用去讲了,算政治账吗!可是破坏了生态平衡,连鳗鲡鱼都没法回游产卵啦!”

于而龙由不得郑重地看着这位替鱼类讲话的姑娘,从她讲到的生态平衡,可以肯定她是一条在石湖生长,见过海洋大世面的小鳗鱼。

“石湖的红荷包鲤都快要绝种了,你给那些目光短浅的人讲讲,造一亩田,打双千斤,所能提供的蛋白质,也不如一亩水面的鱼类提供得更多。去年,从海里回来的鳗鲡,成千成万地死在半路上，水都变臭了，看着真心疼啊！”

他由不得肃然起敬，鱼是他们的共同语言，可是，于而龙想：“我能给你帮什么忙呢？孩子！”他坦率地告诉她：“没有人会听我的。”

“别哄人啰！一清早就静了湖，不许渔船出港，县委的游艇也出动了，说明贵客来临，我们那位王书记，他呀！——”说完轻轻一笑，听那语气，该和王惠平不陌生的，因为她是以一种不介意的态度来议论他，正如于而龙随便谈起王纬宇一样：他那个人哪……

“其实我啥也不是，正如你所说的，一个旅行家，小同志！”

“小同志？”她笑了，从笑声里，于而龙听出来他女儿自认为是个成熟女人的笑声。而且一般常识，女性往往喜欢别人说她年轻，可她，却有点怪。

“我确实是一个回到故乡来的旅行家！”为了给她提供一个有说服力的证据，他朝三王庄方向指去：“我是那里的人。”

“三王庄？”

“嗯，真正是你的乡亲。”

她摇头：“你别骗人啦！”

“那里还曾经有过一棵挺高挺大的白果树，至少半个石湖都看得见的，不知怎么没了？”

她开始注意地倾听，显得有点认真了。

“我能向谁呼吁？去说服谁？一个普普通通的人。”

她眼光里透出一点半信半疑的神色，但是在那满月似的脸盘上，似乎有个熟悉的影子，于而龙确好像在哪见过似的，但是搜遍脑海里每个角落，找不到一丝印象。她说：“我还是不大信，虽说你口音有点石湖味，可你一点不像石湖人，因为在我印象里，石湖好像不可能——”她格格地笑着把话咽住了。

“好,那我再说给你听——”他声音沉重凝滞起来,“就在那棵白果树旁边,有一块墓碑,可不是谁都会注意到的,姑娘,怕你也不见得关心那块小小的墓碑。”

她突然止住了桨,转过身来把他仔细端详,本来她那魅人的笑容,好像湖面上的一丝漪涟,刹那间被清风吹跑了。她轻轻地,似乎是自言自语:“干吗提起白果树下的墓碑呢?”

他向刚结识的同伴解释:“年轻人,每个人都有他心目中视之为神圣的东西。”也许因为他言语中带着深沉的感情,她礼貌地报之以淡漠的一笑,显得有些勉强,一点也不像刚才那样动人了。

她说:“我全明白了。”嘴角带点挑战的意味,这使于而龙惶惑,接着她又歪着头问:“是从柳墩来的啰!”

“眼力不错呀!”他夸了一句,以为她会高兴。

她毫无表情,仍旧冷静地问:“从林大娘家来?”

“完全正确。”他奇怪这条小鳗鱼对于情况了如指掌的熟悉。

“你该是到陈庄寻找一个人的下落?也许这个人对你来讲,会是一段不愉快的历史插曲吧?”她苦笑着。

于而龙听得毛发都竖起来,战略意图的暴露,是兵家大忌,他停下桨来凝视着对方。

她嫣然一笑,但是笑得冷冰冰的:“果然是你!”

“我是谁?”于而龙才不相信她会知道一个离开三十年的游击队长。

“用不着说得那么明白,我心里有数就行啊,欢迎哪!”

“那可以问问你是谁吗?”

她已经不那么友好了:“何必多问呢?你不是要去陈庄吗?”

女性的心真是善变啊，一转眼间，那股热情劲早消逝得无影无踪。她冷淡地扬着手，以那副贵族的雍容气派，向芦苇丛中挖出的笔直河道指着："一直往前走吧，就该认识啦！"

于而龙问："是认识你，还是认识湖荡里的路？"

她盯着于而龙，眼光是多种心情的混合物，似乎酸甜苦辣都有，慢慢地思索着回答："谁知道呢？也许，迟早都会认识的……哦，实在对不起，我得忙我的鱼去了。"

她变成了另外一个人，一个陌生的路人。

两条舢板拨转船头，分道驶了开去……

于而龙望着那窈窕的背影，心里在琢磨：她是怎么回事？像石湖的潮水那样，来得匆匆，去得匆匆，究竟是为了什么？

游击队长越发地莫名其妙起来。

六

也许谢若萍指摘过他的话，多少有些道理，他，对于女人的心理研究得实在很少，好端端的，一位萍水相逢的姑娘，不知哪句话没有讲得妥当，把她惹恼了，不愉快地分手了。

"真的，生我什么气呢？"于而龙不那么看，也许因为自己不是她所想象，或者需要的那种法力无边的大干部，帮不上什么忙，而不再感到什么兴趣了。于是，他又独自一个人，沿着新挖出的河道，闷闷不乐地朝陈庄划去。

"神经质，女人有时就会发作一阵莫名其妙的歇斯底里，例如莲莲……"他给自己解释。譬如他那离了婚在家住着的女儿，就动不动闹些令人摸不着头脑的别扭。

每当碰上这样不愉快的场面，谢若萍就会发表她那不知讲了多少遍的话："该结婚啦！一个女人，怎么能没有爱情、婚姻、家庭、孩子这几部曲呢？"

对于儿女的婚姻大事，于而龙从去年年初，就决定奉行不再干预，不再插手的政策。因为事实教训了他，于莲的婚姻，他是染过指的，结果是那样不幸；相反，于菱和那位舞蹈演员，他曾经投过反对票，但经过风风雨雨的考验，倒证实了是完美圆满的一对佳偶。

"放心吧！大夫，你也不用担太大的忧，我们只见过枯萎的花，可很少见到一个枯萎的年轻女性——"

就在一个耳光把那个求婚者扇走以后，做母亲的便担忧地问："莲莲，你不该这样任性胡来，应该认认真真地考虑一下啦！"

于莲又止不住地笑了："看来，妈妈恨不得我赶快嫁出去呢！"

"不能永远这样。"

"放心，我不会让二老大人养我一辈子的。"

"姐姐——"那个舞蹈演员凭着那种女性的敏感，狡狯地一笑。但是，很遗憾，无论是于而龙，还是谢若萍，都不曾注意到于莲白了柳娟一眼。而聪颖的演员马上懂得了她的潜台词，嫣然一笑回去听那"雨中的白花"了。

"你们猜猜，今天我碰见谁啦？"

谢若萍突然提出来一个没头没脑的问题，但是两位听众都懒得搭腔问一声谁？好像父女俩都能预卜到她碰上的，准不是什么感到兴趣的人。果然，谢若萍见父女俩毫无反应，便自己讲了："小农他爸今天来医院了。"

于而龙连问都不想问一声这位以往的亲家，虽然他是在某某工办和部里都是相当显赫的人物。但是于而龙生就的脾气，没办法，就是不买他的账。其实只消他一句话，于菱就可以回来，但哪怕死，于而龙也不朝他开口。

他老伴直是解释，因为她完全理解那位官运一直亨通的老徐，对周浩，对于而龙，对所有和他不唱一个调调的人，是想方设法要做到或是投入他的麾下，或是离开他的眼前，直到他看不到的地方去。而且他是一个很有耐性的人，只要他一天不离开这个世界，他会一步一步地或打或拉，又打又拉地达到他的目的。“他主动地跟我打招呼，挺热情，又有医院的头头脑脑陪着，我是科主任，躲也躲不开。”

两位听众既没有责怪她不该去接触这位显贵，也不曾表示赞赏她去应酬这位表面温和、内心残忍的政客。——是的，这是我们社会产生出来的畸胎。

“他都不知道菱菱被捕的事！”

于而龙在肚皮里骂着：“装蒜！”

“还叹了口气，得想法弄出来才是——”谢若萍当时差一点点就要向这位大人物张嘴了。但是，她是于而龙的妻子，丈夫的骨气，使她把到了嘴边的话又咽了回去。

于莲坐在沙发扶手上，给她妈梳弄着头发，也不说话，因为一想起原先曾经生活过的那个家庭，怎么也是一段不愉快的回忆。

“后来，我们那位热心肠的院长，跑来对我讲，小农现在很后悔，很苦恼，给他介绍了几个，都看不上，不是拿不出手，就是没点水平；老徐也埋怨他老伴，事情全是她搞糟的，办得太鲁莽，太不慎重了。”

两个人分明不愿听牧师讲道式的话，可又不得不听下去。说实在的，听不入耳的话，偏逼着自己去听，正如不愿看的狗屁文章非要看一样，也是一种活受罪的表现。于莲拦住了她妈的话头，提醒地："妈，什么时候，又白了一绺头发？"端详着天花板的老头子是个直筒性格，他把于莲含而不露的话，一语道破："纯粹是咸吃萝卜淡操心的结果。"

医生给气得哭笑不得："你们爷儿俩，真算是死爹哭妈的拧种了。"

于而龙站起来，望着墙上镜框里珂勒惠支的版画，那是于菱突然被捕以后，于莲从一堆藏画里找出来挂上的，那画面上是一个失神的母亲，捧着她死去的孩子。哦！看上去是怪触目惊心的。"你们那个婆婆妈妈的院长，也打算学王纬宇的样，讨好巴结这位大人物，拿莲莲作为祭坛上的牺牲品？够了，你应该直截了当地回绝她，我们不愿意把女儿再送进那种人家去。别看他侯门似海，我不羡慕。那个小农，还从事尖端科学的研究，会毫无一点丈夫气，我怎么也弄不明白。拿骑兵的话说，是匹劁大发了的马，连点精神劲都给骟掉了，小农除了不会生孩子以外，跟娘们儿有什么区别？有一回，我看见他津津有味地钩花，编什么尼龙丝小玩艺，好没出息，我问他，这和你那抛物线方程有什么联系？你们猜他回答什么？'指望我去得诺贝尔奖金吗！'是啊，他只能是拴在他妈裤腰带上的宝贝，要不，就去当面首或者男妾，现在不是有人正津津乐道吗？"

"你看问题太偏激，按说像那种家庭出来的孩子，完全可能是个纨绔子弟——"

"这类畸形的变种更坏。"

谢若萍不理他，转过脸来问她女儿："莲莲，你再认真地考虑考虑，一个能以你的意志为意志的丈夫，小农倒是蛮合适的。而且我想，或许对菱菱有利！"

老头子火了："你倒是去跟那种鼻涕虫，过几天试试看。"

于莲从国外留学——严格讲，应该是进修——回来以后，正是风华正茂的时候，追求她的，关心她的，旧雨新知使老房子，他们家原来居住的那套四合院，电铃整天响个不停，来来往往的年轻人，进进出出的艺术家，弄得厂部保卫处长老秦，那个大个子，婉转地向于而龙提出意见。他只好向处长解释："可惜你没个成年的女儿，否则，就能体谅我目前的处境了。老秦，我总不能在大门口贴个布告，写上'求婚者止步'吧？"

做爹娘的终于找了个适当机会，同越长越标致的女儿，谈谈她的终身大事。于而龙记得她在小学时，有一次选几个孩子给外国元首献花，她未被挑中，气得回来骂镜子里那个眍眍瞜瞜的小女孩，没点样。但是，女大十八变，现在，甚至一位电影导演都坚定地约她去试镜头。老两口才一张嘴，问所有追求者中间，她比较倾向谁时，于莲干脆痛快地回答："他们纯粹是瞎起哄，我已经有了。"

"二老大人"吓得张口结舌，半天才想起来问："是谁？"

她不说。

"在哪儿？"

她依旧不说。

做妈的思路要开阔些，因为那时她才回国不久，连忙问："是中国人吧？"她知道，女儿是个相当任性的女孩子，她真敢给你招个洋驸马回来。

"中国有六亿人口，我干吗找外国人呀？我只说一个条件，看看你们的态度吧？"

老两口像进了考场似的，静听主考官发落。

于莲不慌不忙地说:"别的我先不谈,头一条,他父亲原来是个民主人士,后来是个右派,你们干不干?"

右派分子和番邦驸马相差几许,那怎么能行,谢若萍首先抗议:"别再往下说了,莲莲,我跟你讲,不行,毫无考虑余地!"在她眼里,右派两字,同她在显微镜里所见到阿米巴、杆状细菌、立克次体是差不多的东西。"莲莲,你也不想想,咱们怎么能同那种人家攀亲?"

"不过,那位民主人士不在人世,已经死了。"于莲又补充了一句。

"人死了,可填在成分栏里那四个字,永远活着,一代、两代、三代都得背下去。"

于而龙记得当时于莲介绍过,好像那位民主人士还是给革命做过一些贡献的。但是他终究不能够脱离现实,视野的局限,文明的程度,各式各样的禁忌和桎梏,总是还要束缚住自己的思想,正如卢梭曾经哀叹过的:"人,生来本该是自由的,却处处受锁链的束缚。"——所以事情就弄到女儿这种离婚寡居的结局了。

他谴责着自己:怪我吧,莲莲,怪我头脑里那个鬼,非但不敢支持你,相反参加了由你妈和王纬宇两口组成的说服阵营,劝你回心转意,和那个我们既不知道姓名,也没见过一面,更不了解其品行的年轻人决裂,是多么残酷啊!

罪孽啊,任何倒行逆施的罪孽,总要付出沉重的代价,历史证明了这一点,原谅我吧,莲莲……

于莲对大家的意见,自然要抗拒:"不!"

说服阵营异口同声也说出同样的字:"不!"而在这个合唱队里,王纬宇的嗓门最高。

两个“不”字，总要有一个认输，在这方面，姐姐就不如她弟弟，于菱是多么敢于坚持自己的观点呵！无论人们怎么反对柳娟，他不为所动。而画家，正如廖思源剖析自己那样，知识分子身上的哈姆雷特味道要多一些，疑虑重重，瞻前顾后。结果，于莲拗不过大家，只得屈服了。

在老房子的葡萄架下，吃着还没熟透的玫瑰香，王纬宇正夸夸其谈地谈论着爱情，也不顾他那位编辑的斜眼藐视，越说越来精神：“……莲莲，相信我的话，初恋是有很大的盲目性的，而且绝对不会成功的，即使勉强结合在一起，那也不会幸福。初恋，是一杯苦酒，抿一口就可以了，叫做浅尝辄止——”

充满了嫉妒心的夏岚讽刺地说：“你可是大口大口地饮呢！”

“嗐，别提我吗！莲莲，天涯何处无芳草，年纪还轻，塞翁失马，焉知非福，会找到一颗更堪匹配你的皇冠上的宝石。”

——于而龙这会儿才领悟到，怪不得他嚷嚷得那么凶，敢情那时候，他就埋伏下一个徐小农了吧？

编辑赶紧劝喻：“女人都是天生的现实主义者，说真的，少女时代，多梦季节，有那么一点幻想；但爱情离不开现实的土地，政治和革命是考虑任何问题的一对翅膀。”

“我不想那么多！”她挺着充满青春活力的胸脯回答。

“社会，亲爱的，你生活在这个社会里。”

谢若萍强硬地说：“没有商量余地，首先从我这儿。”她举起竹剪子，挟下一大串葡萄，放在消毒水里，招呼客人们吃。于莲的爱情，也像没熟透的果实，给人们生生剪断了。

于而龙从心里讲，当时也不怎么同意有这样的亲家。死了，并不等于结束，甚至只是开始。但听他们说得太过分了，便不由得心头火起，怎么？是洪水猛兽吗？他反驳着："照这样讲，鱼找鱼，虾找虾，那莲莲该回石湖去找婆家，她是渔民的女儿。"

于莲高兴了，她认为她爸在支持她，心里充满了光明和希望。她知道，客人是后排议员，最有发言权的是石湖上的游击队长。

她妈妈深知严酷的现实："莲莲，你死心吧，除非哪天我闭上眼，可以随你，我要对你亲妈负责，你，一个烈士的女儿，怎么能嫁到那种人家去当儿媳？笑话。"

"一个国民党，一个共产党啊！"王纬宇插了一句："应该从这个原则高度认识。"

谢若萍语重心长地说："莲莲，也许这样说有点不大符合组织原则，好在都是党员，连你爸都未必知道，纬宇伯伯才在老徐那儿看到一份报中央的名单，准备提拔几位司局长担任副部长，其中有你爸爸的名字。莲莲，你想，为你父亲考虑考虑，有那么一门亲戚，究竟有利，还是不利？"

于莲举着葡萄的手，无力地垂了下来。

——孩子，责备你的爸爸吧，当时，他脑袋里的那个鬼，也被副部长三个字给迷惑住了。结果硬让你割断了那显然不应割断的爱情。如果当时你要让我看一眼那个年轻人，我又会怎样呢？

而且，还仅是一个开端，错误是逐步酿成的。徐小农出现了。尽管你并不爱他，但那个初看来是眉清目秀的留学生，却是老徐的独生子，把所有的求婚者，在他的物质攻势前头赶跑了。哦，又导致了那桩不幸的婚事。

作孽啊！莲莲，我头脑里那个鬼。

真的，要是你亲生妈妈还活着，那个指导员，也有这种女人的现实主义吗？

从密密的芦苇上空，飘来了高音喇叭广播的歌曲声，陈庄，快要到了。

过去打游击的时候，是凭鸡叫狗咬，来判断村庄的远近。如今，广播喇叭却是最忠实的向导。当于而龙拴好船，登上岸的时候，王小义和买买提，两个当兵的正大声歌唱，半点也不害羞地制造噪音。因此，他向人家打听什么，不得不提高八度。他记起那年拿下陈庄，召开祝捷大会，向数千乡亲讲话，也不用如此费劲，恐怕爱迪生或者马可尼，听到这种震耳欲聋的歌喉，也会后悔自己的发明。

他看到原来挂着王纬宇家“兴怡昌”招牌的蛋厂、丝厂、机米厂、洋广百货店，如今大都变得丑陋破败，完全不是记忆里的模样。乡亲们对他南腔北调的语音，先感到新奇，继之看他的行头，觉得有点怪，再一听他要寻找的船家，更是惊诧不已，倒好像他是从火星土星上来，询问唐代宋代的事情似的。

“介绍信？”人们伸出手来，“或者证件！”

没有介绍信，就像没有路条，会被儿童团当奸细给抓起来的。糟糕，他走得匆促，疏忽了虽说细小却颇为关键的证件。过去，都由他秘书小狄经手的，而且不论到哪，车接人迎，谁也不曾向他讨过证件，没有人长那豹子胆。但是现在，找不到办法证明你是好人，那么，就不能排除你是个坏蛋。

疑神见鬼、草木皆兵的警惕性，但在水生留给他的那包过滤嘴香烟前解除武装，一位乡亲自告奋勇陪他去找。

他领着于而龙穿过了大街小巷，三十年来，陈庄变得全认不出来了，叨叨起来没完没了的向导，抽了第三根烟以后，嗓门快赶上王小义和买买提了。

“……算你走运，碰上我，你想想，一个搭客载货的船家，只有过湖时想着他，上了岸，谁还惦着，早扔脑袋后边了。可我们那时打游击，就不敢得罪船家，他妈的，后面国民党追着屁股撵，白哗哗一片水挡在面前——”

“你打过游击？”

“当然。”

“在哪个支部队？”

“那还用问，石湖支队呗！”

——于而龙，于而龙，你这个当队长的，还不如一头撞死了吧！你率领的战士，竟有一个只知道撅起屁股逃命的胆小鬼……

“麻烦，给支烟。”他第四次伸出了手。

看那没出息的样子，于而龙真想掏出手枪敲掉他，石湖支队哪有这号孬种熊包，然而口袋里却没有枪，只有一包纸烟。他打量着于而龙，拿不准主意是整盒拿走，还是抽一支？可能外乡人的气色不大顺当，便小心翼翼地摸了一根，然后赔笑地说：“还得麻烦借个火。”

于而龙递过火柴，不相信地问：“你真是石湖支队的？”

支队的战士他大半熟悉，而且绝大多数都在樊城攻坚战牺牲了，他会是于而龙的战士？纯粹是丢脸的败类，甭说那些他指挥过的游击队员，就是跟他在王爷坟干了二十年的骑兵，敢说没有一个像眼前这种豆腐渣式的孬包。高歌就气得直跺脚，他对那些骑兵，那些早年进厂的工人，和于而龙的感情联系，某种精神上共同的地方，恨得咬牙切齿，曾经诅咒过：“总有一天，把那一个个小于而龙都打倒，就像八国联军对付佛香阁上的佛像一样，个个脑袋都给他砸掉，这才能彻底搞掉于而龙。”

这位曾经是游击队员的豆腐渣大言不惭地说:“我哄你干什么,外乡人,石湖支队如今不是什么香饽饽了,早先,提起打游击倒是蛮光荣的,现在,全完了,连于而龙都垮台了。想当年,我们在一起的时候,他脚一跺,石湖乱晃,如今趴下了。”

“你认识他?”

“当然,老交情了。”

如今这种当面撒谎而不脸红的人,于而龙见得太多,连戳穿的兴趣都失去了。说实在的,因为戳不胜戳,而且越戳越多。看那满嘴唾沫星子乱飞,薄嘴片像缺氧的鱼那样,浮在水面吧唼着唇吻,肯定是他离开石湖以后,王纬宇当队长时吸收进来的一批,转为正式建制又被淘汰掉的。他谎撒得无边无沿,慢慢地,他在游击队长的眼里,只剩下一张嘴,一张满口喷沫的嘴,甚至四周的空气都给染上了干唾沫的臭烘烘味道。

“到了。”向导终于站住脚。

一座半新不旧的房子,出现在面前,但是遗憾,门上横着一把铁锁。

“这家就娘儿俩,我来叫叫。她姑娘叫珊珊,可是个闹腾过一阵,了不得的人。”

看样子,他又要无穷尽地演说,于而龙止住了他:“是不是这家老爷子已经故去,只剩下孤儿寡母?”如果真是那样,那可后悔莫及了。

他仿佛头一回听到似的:“什么老爷子?”

闹了半天,他还不知道于而龙要找谁,游击队长无可奈何地又解释一番。

他歪着脑袋辩解:“珊珊娘就是船家。”

“我要找的是位老爷子,明白吗,跟你差不离,话多。”

他做出一副大惑不解的样子:“陈庄除了珊珊娘,还有谁是船家?”于是扯起脖子喊:“珊珊娘！珊珊娘!”

左邻右舍都给惊动了,很快围来了一群乡亲,珊珊娘的菜园遭了殃,踩倒了不少棵结荚的蚕豆,要不是珊珊娘去探望生病的哥——邻居们这样讲的——肯定是不依不饶的。于而龙下决心撤退,还是寻找舢板回柳墩,吃老林嫂特地做的马齿苋馅饼去吧。

啊！他看到舢板敢情就拴在近处的河岸边,原来是被自称的游击队员欺骗了,他为了多抽几支烟,不惜领着于而龙兜了个大圈子。这位回乡的游击队长难堪地笑了,一个人没落到哄支烟抽的无聊境地,实在够可悲的,于是把那包剩下的烟塞给他,向他告别。

他怔住了,那飞薄的嘴片子竟说不出什么来了,只是无声地嗫嚅着。

于而龙跳上了舢板,已经划离了岸。突然,他像旋风似的冲过来:“告诉你,有啦,小姑家,有个老汉,在陈庄揽过座,你找找去吧!”

直到划了很远的地方,还听那豆腐渣在喊:“小姑家,小姑家……”

小姑家,于而龙是熟悉的,那是芦花在湖东开辟游击区的第一个点。

于而龙记得在派芦花他们小组过湖,研究扎点的时候,政委赵亮都不赞成在小姑家站脚:“靠得太近了,离陈庄炮楼才两里半路,抽袋烟的工夫,就一步迈到了。”

芦花坚持自己的观点,她说:“就要在鬼子的鼻子底下,才让他们明白石湖支队的厉害!”

于而龙看看腕上的表，时间尚早，去一趟打听打听还来得及，说不定劳辛碰到的正是他呢？

他沿着陈庄大街的河堤滑行着，尽管村庄变化得一点都认不出来，但是，那乌烟瘴气的旧世界，仍旧盘踞在他脑海里，怎么推也推不开。那是他和芦花迈出最初一步的地方呀！回想那连天都压不来的日子，看看现在，心是多么畅快啊！整个陈庄被春天的太阳，晒得暖洋洋的，像祖国九百六十万平方公里土地上，每一个村庄一样，呼吸着春风送来的新鲜空气，于而龙情不自禁想振臂高呼："好啊！好啊！"甚至那两个大声喧哗，吵得人头发晕的小伙子，也不那么讨厌了。

他真想对那两个唱歌的小伙子说：亲爱的买买提，王小义同志，你们多幸福啊！一来到人间，就自然而然成为土地的主人，生活的主人。而我们，直到多久多久以后，才懂得自己应该像主人一样生活呀！

呵！就在这条长街上呀！是的，而且也是这样一个暖洋洋的春天，不，好像季节还要晚一些，新鲜蚕豆已经上市了。他们，在这儿，第一次像人似的站起来了。

当于二龙在砒霜的毒害下，终于像蜕了一层皮似的活了过来，他和芦花商量，去陈庄看望关押着的大龙。

芦花苦笑着："朝谁去借条船呢？"

渔民没了船，犹如失去了手脚的残废人一样，处境是十分可怜的，因此，无论如何，一家三口人总得商讨个对策，今后的出路该往哪儿走？事实证明，老天不是救星，它最不怜惜倒运的人，说它趋炎附势也不算过分，例如于二龙每一次遭殃时，老天总是火上浇油地给他增加些痛苦,一个人倒霉到连黄鼬都不畏惧的程度,可想而知,老天是怎样对待他的了。

那个救活了于二龙,同时又阻止了芦花自杀的外乡人,鼓励着两个苦命的穷人:“不要灰心,不要失望,等着吧!熬着吧!出头之日不会远的。”再美好的祝愿,既烧不热灶,也填不满锅,就更谈不到报仇伸冤了。

他们到哪去借条船呢?并不是邻居啬刻,而是谁也不敢开罪高门楼。他们俩走了许多路,直到高门楼不入眼的荒野孤村,才算被人家同情于二龙病病歪歪的样子,装看不见地让他们撑条破船走了。

“石湖上还有咱们的活路吗?”她撑着船,愤愤地说。

蹲在舱里往外戽水的于二龙回答:“走?到外乡去?只是咽不下去这口气呀!”

“哼!可惜我是个女的。”

于二龙听她可怕的语调,抬起脸来:“你说些什么?”

她抓住竹篙,狠狠地朝湖底泄恨地插去:“我要亲手杀死他!”

“谁?”

“王经宇。”

“芦花,你——”

“二龙,投奔麻皮阿六去吧,当土匪去,报仇。”

“轻点!”于二龙嘘了一声。

那时,于二龙不仅有精神枷锁的束缚,而且还有被突如其来的打击,搞得家破人亡的恐惧心理。其实,在辽阔的湖面上,除了芦苇,水下的鱼,是不会被别人听见的,干吗那样胆怯呢?

他们撑着那艘破船,到了陈庄,本来是满心去探监的,在区公所门口打听大龙时，里面涌出几个“短打朋友”，打着哈哈过来：“姓于的，正要传你们去，倒不请自来了……”

他俩直以为大龙的事，一直跟进后院，在槅扇外垂手恭候。王经宇正趴在桌上看些什么，其实，他早发现要抓的人犯押到，还在拿腔作势，过了一会儿，才推开那张石印文告，捏着手指关节发出格格的声响。那些人趁此向他报告：“带来了，区长！”

他头也不抬地问：“谁？”

“共产党嫌疑犯！”

他脸冲着桌面：“先关起来再说。”

于二龙和芦花不懂得“共产党”三个字，但关起来，是明白什么涵义的，两个人几乎同时地：“凭啥？关人？”而且芦花声音更高些。

王经宇抬起脸，嘴角那两道阴沉的下垂纹，赫然映入两个人的眼里，他们懂得，这绝不是好兆头。只听嘿嘿两声，他指着那张中国共产党的抗日救国大纲，用他习惯性的短促问句，像审判官似的发问：“见过这张布告吗？”

“没。”芦花坚定地回答。

“没有问你，你别插言。于二龙，你敢勾结共产党！”

于二龙站着，头一回细细琢磨这个听起来怪响亮的字眼。“大先生——”他才要说不明白，站在旁边的芦花插嘴：“我们啥也不知道。”

“放肆！——有人去找过你们吧？”

“谁？”

“就是它！”王经宇一拍八仙桌上的印刷品，“你们跟共产党来往，打量我不摸底吗？”

两个人目瞪口呆，实实在在糊涂了。

“说，怎么联络上的？”

“说，都找过你们几回？”

“老实讲出来，搞过什么活动？”

于二龙望着芦花，懵懵懂懂，丈二和尚摸不着头脑，大先生怎么啦？吃错药了吗？但谁能想到，王经宇站起来，喝令：“绑起来！”

那些手下人一迭声地答应。

“做我的百姓，头一条是安分守己，谁要邪魔外道，别怪我翻脸不认人。”

两个人自然要挣扎，但一听他说：“告诉你们，要是早两年，就共产党三个字，先砍头，再问罪，押下去！”完完全全怔住了。

一霎间，两个清白无辜的渔民，变成了要被砍头的罪犯，真是太突然、太意外了。他们被推进漆黑的仓屋，从心底里涌上前所未有的委屈，不分青红皂白，不问是非情由，就给定为阶下之囚，为什么？为什么？

在黑咕隆咚的仓屋里摸墙靠着坐下，渐渐适应了屋里的黑暗以后，终于发现屋角还有个被捆住手脚的汉子，芦花立刻认出来是谁，挪过去，仿佛他乡遇故知似的亲热招呼：“大哥，把你给关着干吗？”

于二龙看着那张朴实的庄稼汉的脸孔，立刻明白了王经宇那一个接一个问号，芦花也懂得了问题的症结所在，她又俯近了些，似乎想看穿他：“原来你就是共产党？”

他坦率地承认：“是的。”

“共产党？那是得砍头的。”

“还不是怕我们砍他的头。”

“砍谁？”

“砍那个地主的头。”赵亮把手向下一剁，因为双手绑着，那剁的劲头更猛烈些。“砍那个鸦片鬼！”

芦花的眼睛在黑暗里闪光，她迫切地想得到证实：“敢砍他的头？”

“为什么不敢，他脖子也没套着铁箍——”

“共产党是怎么回事，快说说。”

赵亮沉静地笑了，没有直接回答问题，而是像扯闲篇地谈起这种装粮食的谷仓。他说他们家乡也有，而且夸耀地认为还要结实些，连地皮都用石夯夯实，甭说耗子，蚂蚁都钻不进，关押个人犯，确实是蛮好的。

“也关人？”于二龙问。

“那还用说。”他哼了一声，“不过，在苏区，可不关像你像我这样的穷苦人。”

“关谁？”

“不关我们，你们想想，关谁呢？”

芦花笑了，原来那些神圣的高门楼老爷，也是可以关得的，不但关，还可以砍，并不像石湖边上的鹊山那样万世不动，实在是猛醒顿悟，在精神上又获得一次解放。她问：“你们那儿也有大先生，二先生吗？”

“就是那些平素骑在我们头上屙屎撒尿的老爷吗？哈哈，有的砍了头，有的逃跑了，有的夹着尾巴像个灰孙子。地分给穷人种，房分给穷人住，家产也都统统地分了……”他讲了许多江西苏区见闻。啊！天外有天，敢情石湖外面的天地大得很咧！

芦花不那么相信：“当真？大哥！你别是哄骗我们！”

“我骗你们干吗？”

“你们哪来的胆子?”

“告诉你们吧——”

“什么?”他们拢得紧紧地围过去。

只听他铿锵有力地吐出几个字:“因为有了共产党!”

芦花忘记身在狱中,高兴地说:“啊!共产党硬是好咧!二龙,咱们投奔共产党去吧!”

“你不跳水寻死,悬梁上吊啦?”

她咬着牙,狠狠地说:“我不死,要看他们死咧!大哥,你把我们带到你说的那个共产党里去吧!”她说着说着激动起来,泪花在黑暗里放光。“我们没法活下去啦!求求你,大哥,再搭救我们一把吧!”说着,捆住的双手拄在地上,朝赵亮磕了个头。

赵亮也没法去扶她起来,只得满怀深情地望着,轻声地,似乎是喃喃自语:“记住吧,芦花、二龙,只要认准了走共产党这条路,就得打算吃天大的苦,受天大的罪,为了千千万万的人,不再过这样的日子,敢豁得出这条命去干呢!……”

——赵亮同志,用生命点燃了石湖火种,又把革命种子播在我们心中的先行者,我是多么怀念你啊!

那一天,恰巧是陈庄的逢七集市,其实到了午后,集市本该散了,但王经宇一声令下,叫人堵住码头路口,拿这两个人做样子,杀鸡给猴看,让乡亲们明白,不安分守己地做个良民百姓,是个什么下场?

他们被拉出仓屋,五花大绑地给推搡着,押上了陈庄沿湖的一溜长街。

“我们犯了哪家王法?”

“犯了法,还问?”

“你们凭什么抓人？”

“没罪会抓起你来？”

逻辑再简单不过：当法律成为权力的奴婢时，只有傻瓜才会提那样的问题。

哐！哐！他们筛着一面破锣：“看游街的啰！看游街的啰！……”

那些吆五喝六的区丁、保安队们，推搡着，殴打着，骂着，吼着。他们像饿狼似的扑过来，恨不能把这两个渔民给撕个粉碎。尤其对芦花，那些两条腿的畜生要更加凶暴残忍，他们围住她，用淫猥的眼光，和下流的话，朝她吐唾沫，狠命拽她的头发，往她身上涂阴沟泥，撕她的褂子，恨不能剥光，这帮禽兽啊……

“叫你们尝尝跟着共产党的甜头……”

“共产党给了你啥好处？”

“跟共产党的下场就是这样——”

一个保安队抓住于二龙，那时他太虚弱，连挣扎的力气都没有，被狠命地一推，俯伏着跌倒在泥泞的街心里。

“装死，站起来，共产党救不了你！”

芦花掖住撕碎的褂子，掩住裸露的胸，那些无耻的保丁，直扇她的嘴巴，她腾不出手遮挡，只好任嘴角哗哗地往下流着鲜血。

哐！哐！锣声一阵响似一阵。

“看清楚了吧！他们要把共产党给引来呢！现在给他们一点颜色看看，不紧紧他们的骨头，哪晓得马王爷长几只眼？”拳头、棍棒、枪托，又像雨点似的落在他们身上。

围裹着他们的人越来越多，行进的速度越来越慢，他们所遭受到的苦痛越来越重，除了那群畜生，还有被蛊惑鼓动起来的狂热分子，一齐压在他们头上。

狂热分子眼睛要红起来，那手条也是很辣的，他们有的撇砖头；有的骂大街；有的钻到跟前踢几脚捶几拳以泄愤；有的装作正经，啐芦花不要脸；有的瞪着眼说于二龙偷过他家的鸡……

人在没有嘴为自己辩护的时候，加上什么罪名也只好无可奈何地随它去了。

恶毒的咒骂，邪恶的眼光，鄙夷的神气，耻笑的心情，以及鞭子棍棒，砖头瓦块像倒塌下来的天，要压碎这两个坚信共产主义必胜的人。

这时候，真觉得天整个都黑下来了。

要不是赵亮那番话："……只要认准了走共产党这条路，就得打算吃天大的苦，受天大的罪……"否则，对两个年轻渔民来讲，是经受不住的，尤其是开头两步，那真是艰难啊！……

于而龙想：王小义，买买提，他们多幸福啊！

他看到芦花被扯破衣衫的肩头上，旧的伤痕未愈，又添上了新的仇恨烙印，惟一能帮助她的，只有这一句慰藉的话了："不要怕，芦花！"

一个保安队员扬着棍棒喝着："看你们还死心塌地地跟着共产党走……"

芦花昂起头，似乎在宣告："只要我不死，只要还有一口气，我就要投奔共产党！"她迎着那寻衅找碴的眼光，迎着那小人得志的神色，迎着那幸灾乐祸的心情，毫无半点畏惧退缩之意。"总有一天，我要伸冤，我要报仇，我要出气！"

"死婆娘，还挺着个脑袋不服！"那个保安队员大声吆喝，"低头，低下你那狗头！"

芦花白他一眼，那股蔑视的神情，使他恼羞成怒，猛地一推，晃得她踉跄两步，站稳了脚跟以后，又昂起了头。没料到的坚定的反抗，那混蛋气得快发狂了，脸上的肌肉一根根都横了，他跳上来，死命地按住芦花的头，恨不能把她按倒在地面上，才消他心头怒火似的。可是芦花像狂风吹不倒的芦苇，他手一松，她又挺起身子，而且把头扬得更高。那个保安队员，火冒三丈，一口都想把她生吞了，顺手抢过路边掌鞋摊上的铁拐子，冲过来，朝芦花的头砸过去。于二龙看得清楚，这一拐下去，芦花的命就完了。他不顾那些押解的区丁，挣脱出来，护着芦花，用肩膀搪了一下，芦花躲开了死神，只是在后脑勺上凿了个洞，立刻，鲜血汩汩地冒了出来。

整个游街队伍惊讶地哦了一声，停顿在闹市中间，被捆绑住双手的于二龙，无法扶住摇摇欲坠的芦花，只好用身体支托着她，不知谁踢了他一脚，跌坐在街心的烂泥塘里，芦花神志昏迷地跌倒在他身上。

他们仿佛陷在不计其数的观众，一层层的包围圈里，于二龙看着那些持枪弄棒的打手，那些作恶多端的歹徒，那些为虎作伥的帮凶；看着那群由婊子、流氓、烟鬼和青皮组成的啦啦队。哦，他们兴奋、欢跃、激动、鼓噪，脸上闪着油光，鼻尖冒着汗珠，眼球挂着血丝，狗颠屁股地来回奔跑，上蹿下跳。他们呼叫，呐喊，摇着胳膊，张着大嘴，像一群疯狗似的狺狺狂吠，吼着嚎着簇拥上来。

哦，在那一刹那，世界成了他们的了，成了无天无日的恶狗村了。

啊哟！糟糕！于而龙怎么瞧见了几个熟悉的面孔，好像是工厂里的什么人……弄差了，他的神经系统出了点故障，就仿佛那台电视机一样，不知哪个线路给搅乱了，屏幕上乱糟糟的影像，搅得人都糊涂了。

一点都不错，是他们工厂的同志们，千真万确，他都能叫得出张三李四来了，还有那些骑兵，那些老师傅，那些年轻人。啊，他不禁想问：同志们，你们来干什么？干吗不说话呀？为什么保持异样的沉默啊？

更可怪的，他还能听到有位家属在数落着，该不是骂那些押解于而龙和廖思源的头头们吧？不，那时候他们不会有那胆子，哦，敢情她在骂一些讨厌的小崽子："作孽吧，作吧，有一天会给你算账的。"

于而龙竟然发现自己置身在繁华的马棚住宅区——当年骑兵在王爷坟拴马的地方，如今，住宅区越来越扩展，公共汽车都在这里设站，就叫马棚站。为之检查认罪挨批判的工人住宅啊，就连那些批他用福利腐蚀工人灵魂的住户，也未必明白马棚二字的来历了。

错啦！他到底是恍惚了，是陈庄，是石湖的一个村庄，他把相距数千里的陈庄和马棚混淆在一起了。

他看到了，看到了他的乡亲，在长街的两旁，在河岸，在湖边，在茅屋里，在门缝的后面，在小巷深处……那里，还有更多的不做声的人，也就是沉默的大多数，看来，世界并不是属于那些恶狗的。

"芦花，醒过来吧！你睁开眼来看一看吧！天不会塌下来，而且永远也不会塌下来……"于二龙在心里朝她说。

哐，哐，锣声又响了。

"站起来，给我走！"

走就走，别说区区的游街会吓倒他俩，就是再崎岖的道路，甚至布满了荆棘，他们也是要跟定共产党走下去，决不会踌躇止步的。

“走共产党这条路，就要敢豁得出命去！”黑仓屋里那个朴实憨厚的外乡人说过的话，又在他耳边响起。

那是一句多么胸怀壮烈，充满革命献身精神的话呀！要做一个真正的共产党员，没有这点子精神还行？

——芦花，你醒醒吧，你快醒醒吧！……

七

从陈庄到小姑家只有短短的三里水路。

陈庄广播喇叭里那两个义务兵的歌声，总算随着于而龙的桨声，渐渐地减弱下去。

好容易清静一会儿，没想到，王小义和买买提在他前进的方向出现，在小姑家欢唱着迎接游击队长。

当他终于看到小村的长堤时，那两个快乐的小伙子，并不因为村小而收敛一点，像在陈庄一样，扯开嗓门大声吼着。

于而龙实在钦佩他乡亲们的可贵耐性，成天在高音喇叭的声波干扰下而不厌其烦，而且他更诧异，公社广播站好像仅此一张唱片，没完没了，无休无止地放送。

上岸后，他不得不又一次提高八度向人打听，总算幸运，小村子里的乡亲要淳朴些，厚道些：第一，没有向他讨介绍信；第二，也不曾盘长问短地查他三代，而是相当痛快：“领你去，安爷爷家！”

小姑家离陈庄很近，但于而龙只记得来过一回，还是当年芦花扎点湖东以后，他来看她，是深夜通过陈庄封锁线，摸进村里的。但那时小姑家是个什么模样，除了凄凉冷落之外，细节都完全忘却了。现在，也许刚从人烟昌盛的陈庄来，觉得还是可怜巴巴的样子。别看村小,那环村的长堤,倒是十分气派,看得出是经过精心管理的,拾掇得整齐,修缮得牢固,仅那齐刷刷的草皮,可以见到村里人的匠心。

他们来到一家独立院落的门口,有人替他叫门:“队长在家么?”

闻声走出一位四十多岁,不大像农村人,也不大像城里人的汉子,赤红脸,光着脚,像个庄稼汉;可那套涤卡上装,和塞在口袋里的笔记本,又像是管点事的。看人们对他的敬重,毫无疑义,在抗日战争时期,他准是村长,在自卫战争时期,很可能是个农会会长,现在,无须细问,他是小姑家的生产队长。

他一下盯住于而龙:“你——”而且马上认出来了。

于而龙非常惊讶,从他的眼睛里,看得出来,生产队长是认识自己的,心里由不得掂掇:“谁?怎么会认识我?”多年来,旧帽遮颜过闹市,真有点害怕碰见熟人。

他笑了,一种下属对于上级的笑,是那种有点忐忑、有点拘谨、嘴巴不敢张得太大的笑,伸手迎将过来:“老同志,欢迎欢迎,怎么不打个招呼,好派人去接你。”

“糟啦,也许他认错了人,要不——”于而龙想,“就是我这套该死的行头,把他吓住了。”

“快请进,快请进!”他热情地延让来客进屋。石湖人的礼貌,实在令人感动,主客之间就为谁先迈进门去,起码谦虚了两分钟之久。

挺麻利的主妇,在她丈夫“你先请”、“你先走”的客气声中,两杯新沏的雨前毛尖,已经泡好,端到了贵客座前。于而龙揭开盖碗,两枚红枣还在滴溜溜地转动:“嗬嗬,当上宾款待啦!”

主人讷讷地说:“欢迎领导来小姑家检查工作!”他那赤红脸更红了,掏出手册,不免有些紧张拘束地讲着:“今年倒春寒,我们的早插早播任务……”

看样子,于而龙猜到对方定要汇报些什么了。当他还在那厂长室里坐着的时候,他最害怕这类疲劳轰炸了。他曾执意请求那些书记、主任、分厂厂长、处长、科长、大小干部:“请你们饶饶我行不行？能不能搞一种条陈式的节录,三言两语,简单明了,解决问题就行,干吗非要成本大套,从类人猿时代的大好形势一直讲起呢?”不行,无论如何扭不过来,很像不善修饰的女性那样,以为多抹点脂粉,就会更漂亮些那样,洋洋洒洒,挥笔千言,有什么办法,他苦心孤诣准备了好久,就像公鸡到黎明非要引吭高啼不可。说实在的,那种令人打瞌睡的官样文章,是鸡叫天亮,鸡不叫天也会亮的形式主义。

当然,把满心汇报大好形势的人比作公鸡,未免太刻薄了些,但那时于而龙在台上,大家嘿嘿一笑了之,捧臭脚的还敢赞美一句:“于厂长议论精辟!”然而,一旦失势落魄,这些公鸡们就会奓着脖毛来鹐你了。是啊！谁让你去招人不快呢？也许本意倒是为了工作,但是当你刺痛别人,这些刺就变成一条荆棘丛生的路在等待你,可于而龙却不在乎地笑笑,如果有机会,他还会讲。记得在“革命派”的批判会上,那些誉之为高明论断的人,竟指着于而龙的鼻子,振振有词地:“你独断专行,飞扬跋扈,听不进别人半句话,你像皇帝那样,要我们向你奏本,上条陈,写节录,活活一位暴君……”

人嘴两张皮,通过十年来的周折,于而龙算是识得透透的。听吧！既然你一定要讲,客随主便,他也只得捺住头皮听。

亏了那些领路的,一见队长“周吴郑王”地汇报开早插早播,和上级干部的来意大相径庭,连忙提醒:“队长,领导是来看望你老爷子的。”

“找我爹?”他惊诧地看着于而龙。

正说着,于而龙礼貌地站起来,因为一位白发苍苍,约有七十多岁的老人家,已经被人找了回来。他步伐迟疑地进到屋里,四处张望寻找,脸上分明挂着疑问:“还有谁惦着我,前脚都迈进棺材的老头子了。”

老人眼神欠佳,听力不灵,要不是人们把于而龙闪出来,他一时发现不到。

“老人家!”于而龙跨前半步。

他注视了好大一会儿,然后晃晃脑袋,大声地询问陌生的来客:“你老哥是谁啊?”

游击队长不得不报出自己的名字。

“于而龙”三个字,除了那几个没桌子高的小孩无动于衷,满屋男女,像被一位会奇门遁甲的法师,大喝一声“疾”,施了定身法那样,一个个木僵僵地你望着我,我望着你,谁也想不起该说些什么。只听院里公鸡在昏头昏脑朝落山的太阳啼叫,和那永不休止的王小义、买买提的嘹亮歌声,屋里却连半点动静都没有。

他就是鼎鼎大名的游击队长?他就是传说中那条翻江搅海的蛟龙?人们讶异地看着他,穿得干干净净,笔笔挺挺,谁都不相信他真的是。

“原来你是咱们的支队长啊!我当是谁呢?县委王书记在游艇上陪着你!”

做一个基层干部确也不容易,连那些和上级交往的人,都得心里有个数呀!他把早插早播的笔记本揣回去,热烈地捉住于而龙的手摇晃,那种公事公办的表情消失了,而代之以亲切的真诚欢迎。他向老爷子高声朗气地说:“爹,他就是你叨叨半辈子的支队长,咱们石湖支队的于而龙同志啊!”

双耳重听的老人,终于明白了,颤颤巍巍地走拢过来,伸出哆哆嗦嗦的手,摸那高级毛料做成的合体服装,激动地说:“有人说你完蛋了!”

“呶! 不是活得好好的。”

“是好好的,真的,支队长,活着就好啊!”老人高兴了,呵呵地笑了。

“老人家,你身子骨挺硬朗啊!”

“没想到,你还惦着我老汉,跑到小姑家来看我,支队长,我……”才笑展满脸皱纹的老人,又欷歔地哽咽起来,像一个小孩那样委屈地啪嗒啪嗒地掉眼泪。

那个能干的主妇,把枣茶撤了下去,重又端上了一碗荷包鸡蛋,少说也打有五六个鸡蛋在里面。石湖待亲戚的规矩,是作兴卧鸡子款待来客的。她劝着哽咽的老爷子:“爹,你该高兴啊,你惦了这些年的指导员哪,队长哪,现在不是来咱们家了吗?”

“高兴,高兴,眼泪也都高兴出来了,我早就给你们讲过的,支队长记性最好,过目不忘;他就来过小姑家一趟,后来我送指导员去湖西开会,一下就把我认出来,还动员我参加支队哩!”

“实在抱歉呀,老人家!”于而龙俯下了脑袋,装作吃的样子,心里却像堤外的波涛在强烈地起伏着。忘了,全把这些普普通通的老百姓给忘了,一点都记不起来。可老爷子越是口口声声认为于而龙是特地来看望他,也越发使他感到愧怍。

“你快喝吧! 队长,别凉了!”老人诚心诚意地把碗推到于而龙的面前,满碗白玉似的荷包蛋,使得冠心病患者犹豫了,胆固醇可够高的,要是让谢若萍,那位忌讳特别多的医生晓得,又不得过关,降血脂的药,肯定得加量,而且会唠叨个没完没了。但在这间温暖的屋里,在老人恳切的目光下,别说胆固醇指数是多高,即使一口毒药,那情谊也使他必须吞下去。汤刚沾唇,立刻抬起头来,望着那个深情注视着他的主妇,他真的想站起来,摘下帽子,向她,向所有乡亲鞠一大躬。

他真想对大家讲:谢谢你们,亲人们,你们把我当做至亲近戚来招待,半点也不把我看做外人,更不曾因为我倒台而瞧不起我,真叫我感动得不知说些什么好了。

在石湖,款待亲戚,越是亲近,糖放得也越多,他才抿了一口,蜜也似的汤汁,先把于而龙甜倒了。

老人说:“吃吧吃吧,到家来啦!”

这个家,和所有那些掩护过他、养活过他、支持过他的家一样,只是在偶尔忏悔时,才模糊地在脑海里闪一下。他这时,在老人诚挚的目光前面,倒真的感到心痛了。

“队长!”老人接着说下去,“要我那时也参加的话,怕跟我的兄弟一样,把骨头扔在樊城了。”

“呵! 怪不得!”于而龙才明白自己迈进一个游击队员的家。

那个一直挺亲切瞧着的家庭主妇,也告诉他:“我有个嫡亲舅舅,也是在樊城战斗里牺牲的。”

听到这里,于而龙的心猛地往下一沉,是啊,石湖子弟兵大都在山城的一次战斗里,壮烈牺牲了。提起往事,永远是他心头的一笔沉重负担。蛋白像卡在他喉咙里一样,再也咽不下去。他放下了筷子,屋里也都沉默了下来。

他知道，无论是烈士的哥哥，还是那位烈士的外甥女，都不会责怪他队长的，因为他在四七年底，四八年初就离开石湖了，但是他的心，难道因此会轻松一点吗？

“要都能活到今天就好了，唉！……”老人沉重地叹了口气，“就说指导员吧，她是个多好的人啊！一到小姑家，先把群众装在心里。她说过的，等到有一天我们胜利了，大堤要修得牢靠结实，再不会决口，不管刮风，下雨，石湖水涨得多高，也可以睡安生觉了，不用半夜担心湖水倒灌，可不么？如今都应了指导员的话了。”

别人告诉他，因为大堤是芦花当年领着修过的，至今村里人管它叫芦花堤。

听老人亲切地谈起芦花，于而龙希望之火扑灭了，这是他四十年来主动出击的一仗，一开头就多灾多难。是啊，他绝不是要寻找的那个船家老人，像他这样一位抗属，怎么会向芦花讨那么多的船钱？听到枪响以后，会不掉转船头去抢救芦花？会不去寻找那个开黑枪的歹徒？不，从老人谈到指导员时那股眷恋之情，他想在这里寻找能够破谜钥匙的希望，肯定是不行的了。他在盘算下一步，这个不肯认输的汉子。

他们来到宽阔牢固的堤上，听人们——自然都是些上了年岁的老人，讲述着那个英勇的女指导员，在小姑家，怎样领着群众，在陈庄炮楼三八大盖的射击范围里，修筑起护村的长堤来的。那该是多么不容易呵！但他却记不得芦花曾经讲过；或许讲过，已经忘记了，然而，三十多年以后，村子里的乡亲们至今还记在心里。

人民是真正的母亲，只有忘记母亲的儿子，而决不会有忘记儿子的母亲。于而龙望着浩渺的烟波石湖，这块生他养他的土地，真的后悔自己回来迟了。

赤红脸的生产队长自豪地说:“我们小姑家,连三岁孩子都晓得,堤是新四军的女指导员领着修的。爹,是不是陈庄炮楼派人来扒过三回?”

“那可不,狗日的王经宇。”老人气愤地骂着,于而龙掠他一眼,马上想起那个正在忙着出国考察访问的革委会主任,该启程了吧?“来扒了三回,指导员领着我们修三回,一回修得比一回结实。”

“气得王经宇没法,咬牙切齿,领着保安团来,非要扒平不可,指导员把我们组织起来,手里有了枪,三五个伪军都不敢从小姑家过。”

老人回忆着芦花刚来小姑家的情景……

“哦,那一夜啊,又是风又是雨,湖水都涨到堤口了,我睡着睡着,怕拴船的桩橛松了,破船漂个没影没踪。半夜起来,拎着马灯,去堤上看看。只听见一些人在说话,在干活;我寻思,谁深更半夜,风风雨雨地在堤上啊?走近一看,傻眼啦!堤决了个大口,呼呼地往村里灌水。怎么办?村里大人小孩都在做梦呢!猛地,只见一个人跳进缺口里,用身子挡住水流,喊着:‘朝我身上扔土吧!没关系,快点扔!’一听是妇女声音,我由不得奇怪,仔细一看,只见四五个年轻人,正浑身淋得跟水鸡子一样,往缺口里填土。我拿马灯一照,敢情真是个女同志,赶紧对她说:‘大姐,快上来吧,我去筛锣,把大伙吆喝起来吧!’你们猜她说什么:‘甭去惊动乡亲们啦!口子不大,我们堵得上。’听听,你们听听,她就是指导员哪……是啊,是啊!如今像指导员那样一心扑在群众身上的人,不是我说得绝,不多啦!我划了一辈子船,摇了一辈子橹,搭船的客人成千上万,见识的人也算得多啦,说心里话,就是指导员我忘不了。”

“什么时候放下橹把的?老人家!”

“打解放，就上了岸，待着享福啦！”

听他的话，于而龙越发肯定他不是劳辛所说的那一位船家。

“陈庄除了那个珊珊娘，解放后还有谁在那儿划船搭客？”

“是喽！是那句老话啰！”父子俩会意地点点头，“敢情是真的啦！”

“怎么回事？”

“去年，县里来了位工作同志，说是要调查一个老船家，”——哦！于而龙想：那些王纬宇指令发出的函调信还真起到作用——“我告诉过他们，去三河镇找老迟吧，解放后，他在陈庄干过。”

“老迟？”

“是他，就是他。怎么，那些调查的老爷连这两步路都懒得走？”他对他儿子说：“快打发人去把迟大爷找来。”

于而龙看看天色，太阳沉没在湖水里，晚霞烧红了碧空，老林嫂该惦念了，她肯定在烙着菜饼等待着呢。但作为侦察兵的于而龙，怎么能丢手呢？一不做，二不休，决计趁热打铁去一趟。

他此刻的心情，就好像在扑朔迷离的尘雾里，循着一条特别纤细的蛛丝似的线索，希图找到一点头绪，要不然他千里迢迢跑回家乡干什么？仅仅是为了凭吊么？但是脆弱的游丝，随时有断头的危险，而一旦出现那样的情况，就得做一个永远败北的将军了。

但是他想要离开好客的乡亲，谈何容易，尤其是那位给指导员划过船，多次通过封锁线的老人，说什么也不让走，一面催促他儿子去派人请老迟；一面拖着于而龙往家来。

这绝不是虚伪的应付场面的客套，而是实实在在的情感，于而龙已经充分领受到那股辐射过来的热，一种炽烈逼人般的热，他的心在这股热浪里融化了：“谢谢，谢谢，老人家，你们款待我，让我说什么好；我在石湖既没有亲人，也没有家，今天我真是跟回家似的，见到了这么多的亲人！……”他也有点说不下去了，咽了半天，那涌上来的激情和泪花才控制住，紧握住老人的手：“不再打扰了，我要去看看你说的那位老迟——”

走不了的，于而龙，老人怎么能放你走呢？他竟说出了无法缓转的话：“就看在我那牺牲的兄弟分上，那是你的部下，看他的面，也得在家住两天，不多，只住两天。”老人的要求并不高，仅仅两天，于而龙怎么能使年逾古稀的老人难过呢？

姓安的人并不多，于而龙想：在石湖支队里，我怎么就记不得有个姓安的战士呢？他既然是在樊城牺牲的，肯定是个老队员了，我的该死的记性啊！

于而龙只得留下来，他那条舢板被派去接老迟的人驾走了。（老林嫂可要急坏了！）他现在根本没法离开这个小村，离开这家抗属了，尤其是不忍拂逆老人的盛情厚意。

霞辉变得沉重凝滞起来，最早的几颗星星开始在蓝空里眏眼，回到院子里，只见那位亲舅舅也在樊城献出生命的女主人，正和她的小儿子在扑打追撵着一群乱飞的鸡。老人指着那只比孩子矮不多少的肥鸡说：“就那只狼山种九斤黄吧！”

干什么？太兴师动众了！于而龙深深觉得不安了，看那个能干的主妇，大概把他当做她亲舅舅那样诚心悦意地款待了。老人顺便告诉他，狼山鸡种也还是指导员去滨海支队开会时带回来的，打那以后，全村一直养到今天。于而龙在心里叹息那个女指导员：“芦花，芦花，我怎么一丁点儿都不曾想到过这些，滨海支队那里，我去过的次数少么？可你，却连群众养鸡的事都惦着啊！”

“不行，不行！”于而龙阻止着那位不惜破费一切的大嫂，但一点用都不顶，她把他当娘家亲戚招待了。越是这样杀鸡宰鸭大张旗鼓地操办，他的良心也越是受到谴责，因为直到现在，于而龙想不出老人兄弟的模样和任何细节，更不用说那位煺鸡毛的主妇娘家舅了。那些平凡的游击队员，那些英勇的战士，会连一丝痕迹，也不曾在队长的脑海里留下，实在叫于而龙感到内疚。可当时，乡亲们是多么信赖你游击队长，把自己的亲人，自己的孩子，自己的丈夫，送到你于而龙的手里呀！

惭愧呀！于而龙多少像发怔似的，看着来了贵客而忙碌起来的家庭，那些自动来帮忙的邻居，那些好奇围绕着的乡亲，那些羞涩的、站在后排的姑娘、媳妇，都把目光集中在已经显得老迈的于而龙身上。都有点不大相信，他就是当年的游击队长，一个充满传奇式故事的人物，在石湖地区，他的那些神出鬼没，打得敌人晕头转向的事迹，已经在人民口头上加工，简直近乎神话一般了。

应该把那份珍藏着的烈士花名册，带来就好了……于而龙想着。

那是一本相当古老的账册，上面用毛笔记载着一九四九年石湖县发放烈士抚恤金的名册，于而龙认得出是老林哥的手迹。那时，他大概在县的民政部门担任什么职务，于而龙曾经写信问他，石湖支队转为正规部队后，在樊城战斗中的伤亡情况。老林哥可能正忙于随军南下，无暇细细一一写来，便把名册索性给他寄来。

二十多年来，名册已经发黄变脆，但是每次打开来看，还是像最初看到时，使于而龙心弦震颤。一个个熟悉的名字，立刻在脑海里，变成有血有肉的活生生的形象，几乎可以听到和看到他们的音容笑貌。于而龙无论如何也不相信那些活蹦乱跳的小伙子，会和他已经生死异路，早已不在人间。那些勇敢机智的石湖战士，在敌后长期的游击战争中，随时随刻都有牺牲的可能，却不曾死亡；想不到在全国解放前夕，倒把生命交给了那个偏僻的山城。

每当他捧着那本名册，捧着他们支队的大部精华，他的心啊，是丝毫也不轻松的呀！

后来，工厂保卫处鉴于这位党委书记和厂长，有些必要的文件和图纸，带有机密字样，便在那座四合院的老房子里，安装了一个保险柜。谢若萍出于好意，便把这份珍贵的名册，连同那支源远流长的二十响匣子，一齐锁了进去。

但是，她万万没想到，后来，他们全家被新贵们“礼请”出老房子，那份名册差点没要了于而龙的命。

啊，那阵势就差动用工兵的探雷器了，每一条地板缝，每一块砖头底下，都怀疑到了。因为他们，“红角”革命家初出茅庐，确实有些嫩，上过于而龙的当，所以怀恨在心，查得特别细，抄得格外凶。由于他们曾被他没倒的威风，唬了一顿，放了扣押的廖总，随后他又搞走十几箱重要试验资料，在他们眼皮底下捣了鬼；所以一来气势非凡，下马威是很厉害的。

但结果，在四合院里，除了于而龙的书，就是于莲的画，那些大师们的裸体画，以伤风败俗的名义没收了，除此以外，都是大路货，半点足以打倒于而龙的尖端材料也找不到，遗憾哪！

于而龙背抄着手，叉开腿，站在葡萄架下，不由得想《红楼梦》里锦衣府查抄宁国府那一回。“这些二十世纪六十年代末期的锦衣府呀！”他慨叹着，“真是历史的莫大嘲讽。”

最后，他们打开了保险柜，几个好事之徒，先从大堆文件图纸底下，发现那支匣枪。“啪！”拍在于而龙面前：“什么东西？”

“还用得着我告诉你么？年轻人——”于而龙冷冷一笑，“它叫勃郎宁，是一种杀人武器。”

那时，高歌胆子越来越壮，他神气地用电话召来了大个子保卫处长，厉声地责问：“于而龙私藏手枪，你知道吗？”

位置颠倒过来，审判员成了被告，而囚犯坐到法官的高背椅上，本身就有点喜剧味道。高歌审讯开保卫处长了。

可是不多久以前，高歌他们那个共产主义“红角”，曾经传阅过一部卢梭的《忏悔录》。秦大个在一次工作谈话中间，问起党委书记：“在单身宿舍里，有那么几个小青年，组织了一个叫做‘红角’的小团体，你听说过吗？”

于而龙早听王纬宇吹嘘起，便点了点头。

“是不是需要注意一点？”属于职业的警惕性使得他问。

“用不着太神经过敏吧？”

“有人反映，他们在偷看一部讲手淫的书！”

党委书记兼厂长不由得一惊：“有这等事？”

“我把那个男高音剋了一顿，没想到，那小子脸皮薄得很，给吓哭了！”

于而龙看了一下被没收的那部书，笑了，问大个子处长：“老秦，你知道卢骚是谁？”

“就冲作家的名字好不了！”

“何以见得？”于而龙倒要请教请教。

“一个名字，什么字用不得？非用一个‘骚’字，骚气烘烘，不会是什么正经货。”

“得啦得啦，大个子，把书还给高歌，让车间书记找他们谈谈，以后多读些技术方面的书籍。”同时，于而龙向保卫处长建议：“你不妨先了解一下,再训也不迟。卢骚是法国的一位大文豪,取了个骚气烘烘的名字,可不是他个人的过错,那是中国翻译家强加给他的,现在也有人叫他卢梭。”

保卫处长多少有点尴尬。

为了消除他的窘态,于而龙讲起他自己的一段往事:“我们家乡有一位同情革命的老秀才,他祖先是郑板桥,画竹是很有名的。那时,我已经是游击队长,地方政权代表,一个堂堂的区长,十品官了。秀才先生向我提起他的这位前辈。哦,我闹了个笑话,因为我们家乡有的村名地名叫什么桥的。便说,你老家是住在郑板桥的啊?在哪儿呀?错把人名当做地名。有什么好奇怪的呢!我们原来都是土豹子吗!”

现在,轮着哭过鼻子的高歌,反过来教训哭丧着脸的秦处长了。

“我们不明白于而龙的命就那么值钱,办公室里,他秘书小狄给他收藏着一把崭新的枪;家里,又保存着一把生了锈的枪。我问你,老秦,这些枪你都知道吗?”

于而龙的脸刷地一下白了,二十响匣子秦大个子确实不知道,还在部队的时候,保卫部就不当回事,后来,转业了,一下子就带了来,也疏忽了办个移交手续。糟糕,他望着那个保卫处长,要是他摇一摇头,或者含糊其辞,那他就得承担天大的干系。

大个子总算正直,而且有点幽默感,他恭敬地回答高歌,甚至原来对身兼市委委员的于而龙,也未必如此谦逊:“高勤务员(当时的奇特称呼)!枪是德国货,是著名的军火大王克虏伯工厂的出品,三十年代老掉牙的货色。”

于而龙简直忍不住笑,大个子一本正经地撒谎,而且编得有鼻子有眼，那几个一辈子头回摸到武器的红角英雄，围拢过来。

保卫处长讲得天花乱坠："你们看看枪上几个外国字，就知道它的老资格了，用来自杀大概还勉强，要说打人，我怀疑——"他噼里啪啦地把枪卸开，"看，撞针都快成挖耳朵勺了。"

"谁叫你卖狗皮膏药，我问你办没办手续？"

他装出一种奇怪的样子，似乎那是属于普通常识："当然有，那是我的职责范围，其实这支枪怕还是于书记过去打游击时候的古董了……"

旁边有人申斥他："什么于书记？"

保卫处长连声说："是，是。"

"用不着你给他吹，打游击又怎么啦？长征也没有什么了不起，井冈山的骡子照样也得杀。"

高歌早看出保卫处长与于而龙沆瀣一气，枪上做不出什么文章，便捧着那份烈士花名册走过来："你给解释解释，这是什么？"很明显，被当成一份秘密联络图了。因为造册的老林哥文化水平不高，几笔字写得歪歪扭扭且不说，仅那花名册上，他所留下的记号，数码，标志，手印等等无法解释的名目，即使把老事务长从阴间请回来，他自己也未必能说得清，更何况于而龙，何况保卫处长。

大个子愣住了，直眨眼，不是自己打自己嘴巴吗？才刚夸下海口，说保险柜里的一切一切，都全部了解。

"那你说说看，名单上画的那些暗号是什么意思？"

正在葡萄架下收拾什物的于菱，对于被"礼请"出老房子，心里本来不痛快，他和高歌还算是同过学的，包括柳娟，都是学校宣传队的积极分子，也许因为熟悉，才没好气地说："看不出来么？是本变天账！"

于而龙瞪他一眼，瞎说些什么？还嫌不够热闹么？

“是的，眼睛睁大些，一本变国民党的天的账！要不是他们献出生命，打出个新中国；高歌，你今天最多混得跟你老子一样，给老爷们开车，决不能一步登天，抖到自己屁股后边也冒烟啦！”

“于菱，你小子放老实些！”

几个四肢发达的喽啰簇拥上来，显然要收拾于菱一顿，但是，于菱挺身跳出来，一点也不是他父亲所想象的那样软弱，毫不怯懦地应战，像一头愤怒的豹子。

看来，一场激战是免不了的，剑拔弩张，拉开了架势，而且结局分明，于菱会被认为是阶级敌人的反扑给群众专政起来。幸好，王纬宇风驰电掣般地来了，他把已经厮打在一块的双方解开，和高歌耳语了几句，算是免除了当场被扫地出门的厄运，在部大院里给了现在的一套房子。

于而龙始终可惜那架玫瑰香葡萄，正在盛果期，全给糟蹋了，后来搬进去的两家暴发户，因为孩子到秋天争吃葡萄打架动武，以致脑袋开瓢，他们搞了个彻底措施，干脆连根都铲除了。其实，他们毁坏的岂止一架葡萄，那样巨大的实验场都名存实亡了。

就这样，他们被逐出了老房子，在那困难的时刻，还真亏了王纬宇伸出了友谊之手……

搬进部大院，直到今天，谢若萍提起来也还是感激王纬宇，只有一个人不承情，那就是软硬不吃的于而龙。

同样，那位笔杆子夏岚倒一直埋怨她丈夫，办了一件愚蠢的事，把这一家弄到眼面前，碍手碍脚。

“夫人！”王纬宇说，“你要知道运动刚开始的时候，羔子们像咬红了眼的狗一样，要于而龙一趴到底，我就该上断头台啦！让他搬到部大院，比到喜马拉雅山还扎眼呢！”

不过，于而龙当他面倒奉承过两句：“你可真够朋友！”

他瞅着这个替他搪灾的倒台英雄说：“那可不——”

“不过，你别忘了，打过游击的人都知道，靠炮楼越近，有时反倒更安全——”于而龙在心里回答着。

“嗐！我应该带来那份花名册就好了！”

于而龙正后悔着，谁知那老人催促着他的儿子，赶紧去弄点黄鳝，吓得游击队长死命把他们拖住。

“老天，你们饶饶我吧！……”

他真想坦坦率率地把头向众人低下：“谴责我吧！怪罪我吧！我不但没能把你们的亲人，活着交还给你们，连他们的名字、模样，都忘了个干净，我对不起你们哪！”

“去呀！去弄点鳝鱼来呀！”老人仍旧不肯罢休。

于而龙拖住生产队长，不让他动弹：“老人家，我没法再待下去啦！”

“噢？还让我给你麸子饼吃啊……”老人又讲起于而龙根本毫无印象的往事。

“那是民国三十四年的事了，支队长，你还记得不，你是夜里到的，指导员把你托付给我。不瞒众人说，那年头春天日子最不好过，青黄不接，揭不开锅。家家全靠苣荬菜，灰灰菜，马齿苋过活。可我也不能请队长吃野菜团子，好在天气暖和了，扒下身上的棉袄，让死去的老伴，去陈庄集上换了点麦麸，总算没丢丑，好歹是粮食嘛！支队长，今天你来得是时候了，山珍海味我拿不出，家常饭菜我可是供得起了。”

老人的孙子正坐在门槛上，剥着刚劈下的大笋，撕开笋衣，露出晶莹洁白的笋心，使于而龙联想到扒掉棉袄为他备一顿饭的抗属，不也是有着一颗纯洁真挚、善良朴实的心嘛！“……我们就是这些人民用小米喂养大的呀！”于而龙望着这位可敬的老人，心里想：“他图什么？在那个年代里，当一名抗属得担多大的风险？敌人一进村，先拿走不脱的抗属开刀问斩的呀！就凭他为游击队长备饭这条罪名，狗腿子也饶不了而要敲顿竹杠的。然而他并不在乎，也不计较，更不害怕，非要把他的命运和新四军联结在一起。是啊，棉袄都毫不吝惜地卖掉了，真的，冬天来了，他该怎么熬过去呢？”

可他半点印象都不存在了，或者说，统统忘怀了。按照于而龙直爽的性格，真想全兜出来，告诉他们，他是个不值得他们尊敬的人，他不配享受他们的热情款待，这比骂、比打，更使他的灵魂受到熬煎。他记得那些年的批斗会，从来不是心甘情愿低下头来，即使强捺下去，也是金刚怒目式的。然而此刻，他确确实实感到自己心虚理亏，脊背汗涔涔地，为之负担沉重，而充满了忏悔之情。

但是，人们是决不会怪罪他的，老人说得再清楚不过，当时即使不是他，换位别的同志，只要是指导员嘱咐过的，他也会尽力量招待自己队伍上的人。

他忙着张罗饭菜，来弥补民国三十四年的那顿麦麸饼，可游击队长用什么去弥补他失去的兄弟和他儿媳的亲舅舅？用什么去弥补他和石湖支队的命运拧在一起后，所度过的那些艰险的岁月，难熬的生活，和提心吊胆的日子呢？“不应该忘记啊！”于而龙责备着自己，“不应该忘记这最根本的一条，人民！而我们，我们许许多多吃过人民小米的人，已经把人民当做一种抽象的概念，而不再是一种有血有肉的实体了，可怕的变化呀！”

香喷喷的狼山鸡端上来了，小孙子无意中把话说漏了嘴，那原是一只种鸡，过年都没舍得吃。啊！现在为一个路过的游击队长宰了。他快举不动那双竹筷了，感情负担太沉重了，抿了一口酒，使这个近十年来饱经忧患，遍尝冷暖的游击队长，心情激荡，像风雨中的石湖一样。

老人看出了客人的不安，连忙解劝道：“支队长，还惦念着棉袄的事吧？放心吧，那一年的秋天，鬼子投降，肖奎同志来了。”

肖奎，于而龙自然记得那个快嘴丫头，十年前，为了把廖总的实验资料弄到安全地点去，她，她爱人，还有阳明同志都是共谋犯。差点捉不到狐狸，惹了一身臊。

“她一阵风地刮到小姑家来，才知道指导员生了个女孩，我问肖奎来干什么？啪，那姑娘给我抖开一件皮袍，干吗？我问她，她说：‘你以为能瞒过指导员去？你棉袄成了麦麸饼，芦花大姐一直惦在心里。这是战利品，她叫我送来给你过个暖和年呢！’”说到这里，老人虔诚地站起来，郑重地举起酒盅，朝着屋顶：“我只说一句，支队长，人心才是没字的碑！”

什么意思？老爷子没头没脑的话，神怪的动作，于而龙弄得不懂起来。

不大一会儿，接人的小伙子，空手回来了，他讪讪地说：“才不巧呢！迟大爷病倒了。”

老人冒火了，嫌他儿子派去个不办事的“衙役”，还说这个老迟前两天还答应给他送甲鱼来的。

于而龙沉不住气，那种游丝飘忽，攸关成败的感觉，又在使他忐忑不安，姓迟的老人，没准是他急待寻找的那一位吧？病倒，可能是呜呼哀哉的前奏,那是耽误不得的,他放下碗筷:“我马上去三河一趟。”

老人哪能同意:“不行,不行……”

他儿子也不赞成:“夜深了,路不好走。”

“放我走吧!”于而龙诚心诚意地说着,然后,他补充了一句:“为她,你们也明白,是为了芦花。”

当然,还有个更重要的目的,不过,他没有讲。

够了,只有芦花这个普普通通的名字就够了。老人会意地捉住于而龙的手,爽直痛快地说:“我不留你,去吧,支队长,为了指导员,你就去吧!”

“认识路?”他儿子担心地问。

“我在三河打过一仗,忘不了的。”

正在给他腾屋铺床,打算让他住下的女主人闻声走出,很难过地问:“要走吗?”也许她想起她那位把骨头抛在异乡的嫡亲舅舅,把他认作了亲戚,依依不舍充满惜别之情:“才来,就要离开啦!……”

“走了!亲人们!……”于而龙不得不向他们告别,如果说,他是空着双手来的,现在,当他离开这里的时候,他的心是异常充实的,带着乡亲们温暖的友情走了。

谁知过多少年后,他会不会又把这一家子,这个夜晚,这份情谊统统给淡忘了呢?

在芦花堤上,老人和他的全家向他挥手告别,河水闪着微弱的星光,激流发出哗哗的声响。老人晃动着胳臂,又时不时地去揉眼睛,因为夜幕浓重,看不清楚马上要离去的游击队长,所以他很激动,也很难受。由于于而龙的陡然出现,也许使他更加怀念那个让他过个暖和年的女指导员;想起了半夜风雨里堵决口的芦花同志了吧？他由他儿子儿媳搀扶着，一直走到堤下河边，频频地叮嘱着，让于而龙在临走之前，务必再来家一趟。

于而龙在舢板上答应着："一定的，一定的。"

可不论他自己，还是那一家人，都知道只是一句空话，未必会有时间再来，只不过是相互安慰罢了。

在这个世界上，他们是不大有机会再碰面的了，他怀着一股压抑的情绪，离开游击队员的家，离开抗属的家，把舢板驶向沉沉的黑暗里去。

时已夜半，万籁俱寂，浓雾开始升腾汇聚起来，在河面上，带着苇叶的清香，水草的腥味，把舢板上孤独的于而龙紧紧裹住。那一家人大概还在芦花堤下站立，因为他听见那抗属老人仍旧在叮咛着："走好啊！支队长！一定要来的啊……"

于而龙忍不住回过头去，朝那声音传来的方向望去，但是，什么都看不出来了。

迷雾呵！多么浓重抑郁的迷雾啊！

八

在于而龙漫长的生命途程中，像舢板一样，不止一次地驶进过浓密的迷雾里。

他的一生，似乎和迷雾有着难解难分的因缘，他的许多记忆，尤其是辛酸的、苦涩的、悲痛的回忆，总是笼罩着迷迷蒙蒙的雾。

蟒河上，除了雾还是雾，只有咿呀的桨声，和船在逆流行驶时的阻力，使人知道雾里面，还有一个真实的世界。而去年，中国近代史上一个关键的年头，一九七六年，从年初的泪水开始，到四月广场上的血,他确实认为那弥漫的混浊大雾,大概永远消散不了。也许果真应了王纬宇的话,三千年为一劫,而一劫不复了吧?

没有什么可以讳言的,绝望过,于而龙承认自己快到完全绝望的程度,濒于边缘了。倘若真到了没有一丝希望的地步,他也会走楼下那位高级知识分子曾经想走的路;但他总还是坚信三十年以前,在漆黑的仓屋里,那位启蒙老师的教诲:"只要认准了走共产党这条路,就得打算吃天大的苦,受天大的罪……"

赵亮的话永远响在他的耳边,所以在最阴沉多雾的日子里,也总是这样砥砺着自己。

……果然,他和芦花经受了陈庄长街上那番严酷的折磨以后,并没有退却,也没有趴下,而是像蜕皮似的——主要在精神世界上,变得硬朗、坚强起来。

他们在游完街,逐出了区公所,被好心的乡亲带回三王庄后不久,赵亮背着他那薄薄的铺盖卷来了。(这个铺盖卷,还是从江西背出来的,一直背到他在石湖牺牲为止,至今,于而龙还记得住铺盖卷里,那靛蓝染的粗布褂,青麻纳的土布鞋,现在,也该化成泥土了吧?)

那是一个浓雾弥漫的夜晚,他来了,推开了他们那个草棚,亲切地问:"有人在家吗?"

芦花听到那外乡口音,顾不得伤痛,挣扎起点上油灯迎他进来,然后又跌跌撞撞去把在人家寄宿的于二龙喊回,这时才发现赵亮浑身上下,衣衫狼狈,显然是凶恶地搏斗来着。

"哦!从区公所牢房里打出来的?"

"出来倒没费难,半路上,跟一个可怜虫干一架,差点没要了我的命!"他大口地喝着芦花舀给他的一瓢瓢水。

“碰上劫道的啦！”

“嗯！他力气真大，像头牛似的闷声闷气，到底没扭得过他，把上级发给我的五块银元给夺走了。”

“伤着筋骨了吧？”芦花关注地问。

“我也不能轻饶了他的，够他喝一壶的。”他咕嘟咕嘟喝足以后：“好了，不去管他，想不到我会从黑仓屋里跑出来吧？”

“老赵大哥，带我们走吧！”

他似乎忘记了他的诺言：“哪儿去？”

“就是你说的共产党的地界，没有大先生、二先生的那个苏区，能杀他们头，砍他们脑袋的那个地方。”

赵亮乐了，拳头打在膝盖上：“对，咱们就在石湖干，把它变成共产党的世界嘛！”

“谁们？”芦花弄得不懂起来。

“就是我，你，还有他！”他指着惶惑不解的于二龙，然后他建议：“吹了灯，省点油，你们听我来讲一讲，什么是共产党吧！”

也许，那是他们的第一次党课吧！

夜是那样的漆黑，雾是那样的沉重，然而真理的光芒却像烛炬一样，点亮了他们的心。这时，他们才明白，这世界原本不应该这样乌七八糟的，别看魑魅魍魉那样横行无忌，那终究是一时搅浑了的水，会澄净下来的，生活不会永远绝望下去。

于而龙不由得回想起那漫长的十年……

就在那一堂启蒙课快要结束，天色即将破晓的时刻，只听得急促的脚步声朝村边银杏树下的草棚走来。这儿本是个乱葬岗，人迹罕至的荒僻所在，于是，这三个人都在黑暗里竖起耳朵静听。

“是朝这儿走过来的。”芦花悄声地说，“你们先避一避！”

于二龙把赵亮引出去,让他闪在银杏树旁的柴草垛边,然后回到屋里,想不到看见一个熟悉的身影,在刚点着还没亮的油灯火亮里。他认出来了,扑了过去:“哥——”

“二龙!”哗哗的泪水,从那老实人的眼里,泉也似的涌了出来。

芦花高兴得难以抑制住嘴角的笑意,张罗着要给他做些什么吃。自从冰上那场噩梦似的灾难开始,一连串不幸的波折,现在总算团圆了,怎能不感到欢欣呢?

她立刻想起了屋外的赵亮,向于二龙使了个眼色,该把他请回来啦!

于大龙不叫他走:“别张罗啦,芦花,还是赶紧收拾收拾,趁天亮前出庄,迟了就不赶趟了!”

这番话说得于二龙和芦花都怔住了,因为他一向优柔寡断,不多说话,大主意都是听别人的,怎么坐了牢,倒变了个样?

“麻皮阿六手下的人进了陈庄,区公所的臭鱼烂虾都吓跑了,我们也逃出来了,一个土匪头目说,谁要上山入伙,跟他走,天亮,他在山神庙等着。”

“什么?当土匪去?”

“还有别的活路吗?我就是回来叫你们一块投奔麻皮阿六的。”

芦花望着二龙,二龙瞧着芦花,那倒曾经是他们早先想过的念头呵!但是,经过赵亮给他们讲清了什么是共产党,什么是共产主义以后,投奔麻皮阿六,当土匪去,已经不再具有什么诱惑力了。

扯过一条板凳,芦花按他坐下:“别急,你听我说——”

于大龙错会了芦花的意思:“你不想去也罢,二龙,你快收拾吧!”

“二龙也不能去，哥！”

“你们怎么回事？”大龙盯着他兄弟，希望他能作出一个明白的解释。

芦花又恢复她那当家做主的口吻：“不光我和二龙不去，你啊也回来，另找出路。”她说这话时，是多么有信心啊！

于大龙悲愤地：“怎么，再让高门楼抓起来？”说罢转身欲走。

“哥！”芦花拉住了他，发现他走路有点一瘸一拐，好像受了伤似的，便问：“你怎么啦？”

“干了一架，告诉你们吧，我已经抢人啦！”

“哥！”芦花急了，“你怎么能走那条路？”

“好吧，你们不走那条道，有你们的打算，我不勉强，好，我走啦！”

于二龙看出他哥误解了。那是他最害怕的那种误解，连忙说：“哥，你想到哪里去了。我们有什么打算？”

他听也不听地调头外出，忽然想起什么，又一颠一簸地走回来，从裤腰里摸出五块亮晶晶的银元，哐的一声扔在桌上：“给你们留着花吧！”

哦，立刻明白了怎么回事，原来是他打劫了赵亮的钱。这时，那个共产党员不请自来地走进屋，热诚地向于大龙招呼：“不打不相识，咱们再见个面吧！”

谁？于大龙往后一跳，倚住门，准备随时撤退，当他认出正是那个踢肿他腿的南蛮子，火从心底升起，抽出门杠，像饿虎扑食地跳了过来，恨不能生吞了他。

于二龙连忙搪住他哥的手：“慢着，哥！”

赵亮估计会碰上这不愉快的场面，镇静但是热忱地一笑，并不畏缩和闪避,充满谅解心情看着。

芦花叫于二龙松手,厉害地责问着:“你冲他举门杠,你不害羞吗?”

“他是谁?”于大龙板起脸喝问。

“是好人,是亲人,是嫡嫡亲亲的一家人。”

“哥——”于二龙向他解释:“你先住手,听我讲……”

大龙哪里还有耐性听下去,因为晨曦透过浓雾映白了窗纸,他难以掩饰心头的失望,和被丢弃在家庭之外的怨愤,扔下门杠,扭头冲出门去,很快消逝在茫茫大雾里。

他们谁也不敢叫喊,因为怕惊动高门楼,赵亮和于大龙一样,都是在逃的罪犯呵!

世界是多么大呵!但容不下几个真正的人,呵!那阴惨惨的、多雾的昨天啊!

这五块珍贵的银洋,芦花一直在身边珍藏着,度过了多少急风暴雨的岁月,经历了多少艰险曲折的路程,甚至在最饥饿的情况下,也不曾舍得为她自己动用,一直用块蓝花布包着,因为五块银元联系着两位牺牲的同志,于大龙和政委赵亮。

于而龙记得芦花识字以后,在每块银元上都刻上一个字,凑起来正是他们俩的名字,作为永远的纪念,还说等他们的女儿长大了,给她在出嫁时压箱底呢!现在,无论于而龙怎样设想,怎样猜测,也设想不出究竟是个何等重要,何等紧迫的情况,才拿出五块银元当做船钱。而且在沙洲上枪响以后,发现了她,在最后停止呼吸以前,她完全来得及讲出来的,但那阴险恶毒的最后一枪,再没有那么准地击中了喉头。眼睛是心灵的窗户,透露出她是有许多话要讲的,但一句话也讲不出来,直到闭上眼睛以后,她才坦然地安静下来，脸上出现了往常她固有的，充满信心的微笑。

三十年的不解之谜啊！

远处，舢板的前方，传来了报晓的鸡啼，于而龙知道，三河镇快要到了。马上，那场恶战的回忆，扣住了他的心弦。

经过政委阳明在船舱里那番谆谆教诲，于而龙决计不去攻打县城，而是要把驻防在县城的鬼子队长大久保诱引出城来敲他一下。

人越打越狡猾，仗越打越聪明。

他们埋伏在陈庄和三河镇之间的蟒河河堤上，和现在一样，夜是深的，雾是浓的，惟一不同的是季节变化。那时是初冬，战士们的棉衣还没有着落，不多会儿，寒雾浸润到骨头缝里，冷得直打哆嗦。

王纬宇在陈庄早打响了，但城里仍旧毫无动静，冷风凄凄，他们埋伏下的二十多个人——仅仅一个狙击排，由于而龙率领着——早等着不耐烦了："怎么回事？大久保看《三国演义》入迷啦？"

于而龙保持沉默，他知道，陈庄炮楼此时正在电话里，向大久保紧张地求援。他曾向王纬宇交待，一定要打得狠些，打他个措手不及，等到狙击排枪响以后才掐电话线。

王纬宇那时真是条汉子，屁股上挎着驳壳枪，腰里掖着美式转轮手枪，和七八枚手榴弹，他说："放心吧！我会把他们敲得魂灵出窍的。"

而大久保却不是鲁莽的军人，他大概估计得出，于而龙会在三河镇的镇上埋伏，因为那里河道狭窄，而且房屋是绝妙的工事。但老练的帝国军人却揣摸不到于而龙牌下押的什么注，是围点打援，目标朝着他？还是狙击着他，拔除陈庄炮楼？

大久保有点汉学基础，尤其喜欢看《三国演义》，不是那种只知杀杀杀的法西斯，当然也不是绝对不杀，有时还搞搞攻心战。

有一回，他给于而龙写了封亲笔信，那一笔汉字，比于而龙写得漂亮，内容却是些陈词滥调，什么你我都是军人，军人以服从为天职，各保其主，还要求和于而龙签署一份君子协定：湖西他不来扫荡，湖东也不要去骚扰他。最根本的一条，要把芦花从湖东撤回，因为那个女指导员的枪法，成了伪军的丧门星，他们甚至以挨芦花枪子来赌咒发誓。于而龙懒得去理他，可来过几回信，他上了脸，干脆要求派代表会晤，还约好了时间地点，联络办法。于而龙让传话人转告他："你去告诉大久保，我只有一个回答：'狗屁少放'，就照原话对他讲，湖西湖东都是中国的地方，我愿意到哪就到哪！"

据说大久保听到四字真言以后，倒抽一口冷气，摇头叹息："于而龙的礼貌，大大的没有——"

"你应该懂得最起码的礼貌，明白吗？这是一种需要。为人处世，礼貌总得讲一点，绅士风度嘛，干吗搞得半点水平都没有，老同志嘛，人至察则无徒，不糊涂不做阿家翁，要体现出一点传帮带的肚量。"王纬宇摇晃着硕伟的身躯，侃侃而谈，指责他最起码的交情都不讲。

"你是有所指啰？"

"当然，该让若萍给你带点泻盐回来，好好泻泻火！"

王纬宇那时在老徐的推荐下，兼管了部里面属于上层建筑方面的事情，工厂里已不大见到那辆上海车了。

“老于，你太不够朋友。”他还在唠叨不休。

于而龙早知他的来意，但是却说：“我还不大明白，横竖办公室只有小狄，我的旧班底，你直截了当也无妨。”那个已经有个娃娃的妈妈，仍是那小巧玲珑的样子，似乎她有着青春永驻的灵丹妙药，笑笑，站起来要走。

“不碍事，小狄，你给评论评论，这位你的老上级，是不是比过去心胸狭窄，变得小肚鸡肠？”

小狄粲然一笑：“要看从哪一方面讲了。”

“你看，人家多么宽宏大量，虚怀若谷，把他从干校请回来，决心谅解他，把厂里的生产大权交给他，小将们不是表现出一种高尚的革命风格吗？”

“大势所趋，不得不这样，总是要有人收拾残局的。”瓷娃娃似的小狄倚仗和王纬宇熟悉，不在乎地说，“也许王主任不大喜欢听这种话的。”

王纬宇对于而龙说：“可你好，上任才几天，心血来潮，在白金坩埚上做什么文章。”

于而龙想：你去看一看后门守卫室里那根木桩吧！

“老兄，我再一次提醒你，千万不要别出心裁，干扰大方向，难道你看不出来，夏岚他们那个写作班子的文章，和那些讲整顿的中央文件，在精神上有什么差别吗？不要糊里糊涂地再犯错误，栽跟头！”

“照你意思，不应该追回白金坩埚？”

“现在是芝麻与西瓜的关系。”

小狄插嘴：“西瓜抱不住，捡芝麻也可以。”

“我看你又该去职工食堂卖饭票了！”王纬宇笑着说。

“王主任，你不要以为我多么羡慕眼前的工作。”

“那不是你的老上级，点名要的台柱吗？”他讥刺地说。

她毫不在乎地回答：“确实如此，要不然我还不来呢！别人愿意怎样想，随便。过去，把我说得那样不要脸的时候，我都无所谓，现在——”

于而龙心想：“跟他说那些干吗，傻孩子——”别过脸冲着王纬宇说：“那么，白金坩埚应该留着炖小鸡吃？”

“实验场就丢掉了几个白金坩埚么？”

“只剩下失去了灵魂的躯壳。”

“坩埚，不过是牛身上一根毛而已，老于，你很懂得资产阶级的新闻学，制造出一个哗众取宠的题目，煽动舆论，夏岚对你的分析，半点不错。”

“哦，那可是个行家里手。”

“不过，你放心好了，既然你挑战——”

“谢谢你的提醒，我不那么神经脆弱！”于而龙要不是打游击，还不回来呢！

“我给你戳穿吧，老兄，无非白金坩埚在康‘司令’手里，他是高歌的一个小兄弟！”

于而龙狡狯地一笑：“正因为他是高歌的左膀右臂，所以起个带头作用不更好？”这句话使得在生产指挥组来回踱步的王纬宇停下了脚，惊奇地打量着旧日的游击队长，分明是要掀起一场论争的意思。那副吃惊的眼神，就好像在拳击场上，一个已经被打倒在地的对手，在裁判数到九的时候，突然苏醒过来，并且挣扎着站了起来。

妈的，让你逃脱电工室那一关，实在是绝顶的错误。王纬宇想着，脸色黑沉了下来。

于而龙从来不想不宣而战——这一回到石湖来是惟一的例外——“告诉你，老王，我并不是要做官才回厂的。讲得明白些，是为实验场，为动力科学，才坐在这里。我是共产党员，我是中国人，我要工作，要战斗。”

“你知道同谁在战斗么？”他又恢复常态：“那小康背后仅有一个高歌吗？高歌背后又有哪些人物，他能见得着的那些头头脑脑，你未必能见到呢！”

“给我护官符吗？既然要干，就不怕捅马蜂窝！”

“冷静一点，老兄。这些人的出现，是时代的需要，你干吗逆潮流而动。他们不是成事之辈，这一点，我赞同小农他爸的观点。但是没有痞子就不会有暴烈的革命行动，这都是上了书的，只有这股盲动的破坏力，是可以依靠他们去冲破一切束缚的主力。所以杀死一些人，毁坏一些东西，是正常现象。比咱们位置高得多的人物，都纵容，包庇，甚至欣赏，鼓励，你干吗非做挡箭牌？”

“小狄，听听，这样的混账逻辑！”

“那是最最现实的现实主义，老朋友，不见外，才这样谈的。”他走到门口，好像才想起来：“你告诉一声莲莲，让她做好精神准备，那篇评论文章最近要见报，小心着吧！”

他走了。

但是，大久保来了。

汽艇声已经由远方传来了，那突突突的轮机声在平原水网地带，在漆黑多雾的夜晚，就显得更清晰可闻了。

侦察员找到了他们,兴奋地报告:“参谋长——”那时王纬宇还没升副队长——“攻进了陈庄。”

果然,陈庄方向的枪声稀疏一些,侦察员告诉他,王纬宇真够有种的,直摸到炮楼底下,才端起轻机枪冲上去,嗷嗷地用官话喊着这个连从这儿上,那个连从那儿打,吓得伪军连裤子都来不及穿,直以为主力部队打过来了呢!

“芦花呢?”

“她正带着几个乡的民兵朝三河镇运动。”

于而龙的计划是给大久保布置一个口袋,袋底就是陈庄,吸引狡猾的敌人往里钻。他们狙击排的任务,在陈庄三河之间这段堤上,牵制住敌人,消耗时间,以便芦花,和从陈庄撤出战斗的王纬宇赶到三河镇,在蟒河最狭窄的地段,把口袋系牢。

当然,大久保未必是个傻瓜,好戏就这样开场了。

汽艇终于在浓雾里出现个影子,该死的雾啊!等到看清楚,敌人已经靠得过近了。

“打!”于而龙喊了一声,堤上一片火光。

鬼子显然早有精神准备,汽艇停俥,组织力量还击,倚仗着优势火力和防弹钢板,丝毫不想冲过去,或往回跑。于而龙笑了:“正好,就要你大久保听从我的指挥!”

“啊!阳明同志!”他摸出一支“白金龙”,点着了,叼在嘴上,在战斗中,他允许自己有一点奢侈,同时在心里说:“你再来看看在船舱里直冒汗的那个角色吧!”于而龙觉得自己要聪明一点了,大概只要是凡人,总免不了凡俗的感情,他暗自庆幸,老滑头大久保也有上圈套的时候,哈哈,他在心里偷偷笑着。

不多一会儿,接着又出现了一条汽艇,速度要开得慢些,于而龙招呼大家,趁那条汽艇还没靠近,先搞掉眼前这条,它已经失去战斗力了。爆破组冲下堤去,他率领大部力量转回头扑向新来到的敌人。再比不上打顺利的仗更得心应手的了,战士兴奋,求战心切,指挥员痛快,一呼百应,而且彼此默契,心领神会,相互配合得也好;不像吃败仗时那分泄气,埋怨,被动。一支缺乏武器弹药的小股部队,能牵制住强大的敌人,是并不容易的呀!

突然,一梭子弹,从他们身边呼啸着扫过去。糟糕,怎么身后有了敌人?什么时候摸过来的?于而龙立刻招呼弟兄们卧倒,脑子里闪过一个念头:“中了埋伏?”

汽艇原来是大久保安排的诱饵,没想到,就在数米开外,有人在对话:

“多少人?”

“十八。”

“数准了?”

“他们从我脸面前跑过去的。”

“没错?”

“谎报军情,长官把我毙了。”

“认出于而龙没有?”

“看不清楚。”

“废物!——听着,皇军有话,抓活的。”

他数得半点不差,是十八个人,那几个是爆破组,正在堤下活动,因为雾大,不曾被他发现。要他有一挺机枪,天哪,保险每个人都会穿上几个窟窿。很清楚,于而龙给大久保准备了一个口袋;可是,在口袋里面,大久保又回敬他一个小口袋,战争就是这样千变万化,生活永远要比书本丰富多彩。

“皇军说了，于而龙准在这儿，抓活的，谁抓到他，三千——”

“于而龙的子弹不多啦！”

“围上来呀，他们跑不脱啦！”这时候，仿佛有无数人的脚步声，枪托碰击声，拔刺刀声，朝他们逼紧过来。

于而龙没料到蛇没捉住，反倒被它缠了个结实，敌人从四面八方包抄，准备来个连锅端。

大久保料到会有人堵击，而且他敢保证，准是于而龙有胆量硬碰硬。但是，他起初对于而龙竟不利用三河镇那样好的地形地物，有点惶惑，使他不免有点犹豫。后来，他掌握于而龙一个致命弱点，估计他很可能不愿意使三河镇的老百姓受到损失，才把战场移到当不当，正不正的半路上吧？（“军人的不是啊！”有经验的帝国军人，嘲笑渔民出身的游击队长。）现在，大久保改变了主意，捉住于而龙比去解陈庄之围更为重要，他采用草船借箭的计策，用一艘汽艇消耗尽游击队的弹药，然后包围活捉。因为他知道于而龙的特点，来得快，去得也快，急风行云，从不恋战，说撤就撤的，所以他采取人海战术，水泄不通地围了上来。

天还没有亮，于而龙趴在堤上，心里琢磨，下一步应该怎么办？

于而龙走出生产指挥组，钻进那辆浅茶色的轿车，这个喜怒不形于色的人关照司机：“开到专家小招待所去！”

小狄听得清清楚楚，而且也知道那是个什么场合。但是现在，她明白，说什么也晚了，多年给于而龙做秘书的经验，了解他只要迈出步去，就不会收回来。她望着这个她尊敬的父辈的老人，心痛地想：你这是何苦来呢？他们可以毫不费力地吞掉你，可你一个人扳不动那座大山，这种中世纪的黑暗，只靠你一根火柴的光亮，是无济于事的。等着吧，不是暴风，就是急雨……

这时，厂里的高音喇叭广播政工办的一项通知，下午全厂停产，开展革命歌曲演唱活动，随着，整个王爷坟上空，飘扬着震得人耳膜都发麻的歌声。

原来，坚持文明生产的于而龙，在厂区种了许多树木，成林以后，招来许许多多的喜鹊在枝头噪闹。现在，那些鸟类都被高音喇叭撵走了，而代之以一片“就是好，就是好”，似乎是强词夺理，似乎是赌气的歌声。于而龙收拾好他的提包，对小狄说：“马克思曾经说过，生产是人类自身存在和整个社会发展的首要条件。现在，看来这位祖师爷的话值得商讨，人类是可以靠精神这股仙气活下去的，不信，就让他来厂里看看这些停产唱歌的人吧！——哦，吵得我都头疼了，下午我不来了，有事给我打电话吧！”

他回到家，屋里只有“啦啦啦”地唱着《哈巴涅拉》的舞蹈演员。

“柳娟(那时还不算亲近)今天晚上有演出？”

“不，那伟大的样板，颠来倒去，观众都看腻了。今天是全日政治学习，我头疼，请了假。”

喝，于而龙暗笑，她也头疼。“菱菱呢？”

“关在屋里壁橱里冲胶卷呢！”

看起来，女朋友比他那啃不动的高能物理重要，大热天，竟有工夫和耐性，钻到壁橱里去冲胶卷，爱情的力量会使人不顾一切。

于而龙不禁想，像自己这样不顾一切，简直是破釜沉舟地跟那些痞子干，也就是同那些支持痞子的家伙们干，究竟为了什么？难道也是一种爱情的力量么？

确实，他太爱这个在王爷坟沼泽地里兴建起来的宏伟的工厂了。

他记得，有一次大规模的协同作战实习结束以后，在参与演习的各种兵器鉴定会上，一位他不熟悉的指挥员把发生事故的原因推诿到他们工厂的产品质量问题上，于而龙火冒三丈，蹦了起来。一位元帅笑着止住了他："冷静点嘛！于而龙！"

"这攸关我们工厂的信誉！"

他当场和那位不认输的指挥员对产品作了超负荷试验，在那狭窄的座舱里，翻来滚去，一直到整个机械的动力部分都烧红了，警报显示器发出危险信号，于而龙看出那位没有实战经验的指挥员，大汗淋漓，面如土色，好像马上就会爆炸似的吓得发抖，这时，以生命去爱自己工厂的于而龙才关了阼。

是的，他是不能让这个厂只生产打火机、生产台灯、生产沙发腿才回来的。爱情，使得他毫不考虑后果，只要他在这个阵地一天，就决不后撤。

柳娟在轻曼多情地唱着："你不爱我，我倒要爱你……"难道不是这样么？要不是有那么多热爱党、热爱国家的真正的布尔什维克和志士仁人，这个有着九百六十万平方公里土地的伟大祖国不就该沉沦了么？

《哈巴涅拉》的歌声在屋里回荡，看来，跟于而龙一样，并不真的头疼。那位生产指挥组的负责人又在写字台前，摊开新到的外文期刊，翻到小狄作了记录，认为他有必要一读的地方，就着本《英汉大辞典》看起来。

有人在敲门。

他听见了，便喊："柳娟，看谁来啦？"

柳娟从那时起，就一点不见外地，把自己看做是这家成员了，尽管全家都不承认，尤其是那位画家姐姐。一嫌她爱美，讲究穿戴，二嫌她嘴馋，零食不断，三嫌她浅薄，狗屁不懂。于莲下定决心，非要搅黄他俩的关系不可。但柳娟进进出出，硬把这个家当做自己的家，毫不在乎地要客人承认她是这家未来的儿媳。

如今的女孩子，已经完全撩开那羞涩的面纱，大方得实在令人可怕。那个唱着“你不爱我，我倒要爱你，我爱上你，可要当心”的“卡门”应声飞去开门，拉开弹子锁，她怔住了。无论如何也没有想到，站在面前的是一位败阵的斗牛士。

“啊?”她猛地一惊，张口结舌站在那里。

“哦！噢？——”站在门外的高歌，也不曾料到会在于而龙家，遇到自己拼命追求竟然碰壁的女人。

柳娟起先倒是有点窘，但很快镇定了下来。她是个出色的演员，在舞台上，即使在大场面的群舞中，她也能独树一帜地抓住观众。很快给了客人一个周旋性质的笑，这种笑，说老实话，像是在冰箱里放过一些日子似的，冷漠无情，而且有点残酷，连味道都似乎变了。

高歌不无嫉妒地说：“你，柳娟！——”他的脸色由红而白，最后呈现一种浅灰的忿激颜色，一种看起来令人不快，而又带点受不了侮辱的挑衅颜色。

谁也无法使自己宽解或者愉快起来，除非他不是男人，何况掺杂着许多复杂因素，不仅仅是一般的三角恋爱，按照王纬宇警告谢若萍的话说：“干吗，犯疯了吧？菱菱要去找那个跳舞的，没病找病。人家会从路线斗争来看问题，会以为是老于挑唆儿子干这种事的。”因此，高歌认为她不是普普通通的拒绝，既然站在敌人的巢穴里，那么，就是在政治上对“小将”的打击。“走着瞧吧柳娟，但愿你永远幸福……”

现在，站在门口的高歌，是见过世面的人物了。据说去游泳，也是三两位年轻女性伴游，而且穿着“出水芙蓉”式的游泳衣。所以他也恢复了平静，伸出了手：“什么时候请我吃糖啊？”

柳娟昂起脑袋，做出一个延让的姿势：“请进！”

于而龙捧着书本正看得入神，《哈巴涅拉》戛然中止，他猜出，是一位生客，是一位不寻常的来访者，果然，满面春风的高歌走进书房。

他来到部大院于而龙家做客，是头一回。还在老房子住的时候，于而龙倒记得他常来找于菱玩。那时，他已经进工厂当徒工了。看得出，他有点巴结俯就于菱，见到忙得一塌糊涂的于而龙，也是一脸谄笑，恭敬地叫声“伯伯”而不叫“厂长”或“党委书记”，俨然世交的子侄之辈垂手站着，自然那是随着他父亲的关系来称呼的了。

开车的老高师傅退休后不久就病了，好像是半身不遂，于而龙还特地去探望过几回，这位领导干部的弱点是感情太浓而且恋旧。有一天，他在车间巡视，看到了高歌，不由得想起那个卧病在床的老高师傅，对于老同志的怀念，使他向那个小伙子伸出手去。高歌连忙用棉纱头擦干净自己油污的手，紧紧地握住于而龙，心底的喜悦都洋溢到脸上来了。在庞大的工厂里，近万名职工，并不是人人都能被党委书记注意到的。他也像现在在书房里一样，满面春风地回答领导的关心：“挺好，挺好！”

“好好干！”于而龙拍拍他的肩膀，鼓励着他。

在车间办公室，同干部们谈完工作，随便地问了一句：“那个唱歌的小伙子怎样？”

“一般吧！”车间主任猜不出领导人的好恶，用了个模棱两可的字眼。

“你们看，送他进技校学两年怎么样？”

“轮不到他呢！”

“通融通融吧，不是什么原则问题。”要说于而龙半点私情都不循，铁面包拯，恐怕连他自己都不信。无伤大雅，偶一为之，也算不得失足。人嘛，终究是情感动物，因此，他离开车间以后，几个干部会商了一下，便把高歌叫来，办理技校入学手续了。

在书房的沙发上坐着，不再尊称为“伯伯”了，而是老气横秋地说：“老于，想不到的不速之客吧？”

于而龙给他沏了一盏碧螺春，要是别的客人，柳娟早款款地扭着纤腰热情招待了。她那灵活的眼珠一转，立刻能量出客人和于而龙友谊的深度，是用婺绿，还是用祁红？是用君山银蕊，还是用古丈毛尖？于而龙对于烟酒茶三道是颇为讲究的，而柳娟准能投合他的心意，恰如其分地把茶沏好送来。

但是这一回她不露面了，于而龙很理解，她，他，和自己的儿子，至今还在构成一个不等边三角形。这种爱情上的不均衡三角，在他年轻时，曾经也存在于他、大龙和芦花之间，因此，他有切身体会。

高歌用他那动听的男次高音谈起来：“因为有些话，会上也不便谈，找你来通通气。”

“欢迎啊！”于而龙燃起一支雪茄。

“老于，我坦率地说，你至今还对我们冲杀出来的同志，抱着格格不入的感情。看王老，跟你一样都是三八式的老干部，他态度就鲜明，从来不像你，别别扭扭，半推半就；一开始屁股就坐在我们这边。而你，直到我坐在这儿为止，你还是以一种贵族的傲慢态度来看我们。要说我们，相当顾全大局，以党的利益为重，让请你回来，我们亲自去干校接；让结合你进班子，我们给你腾出头几把交椅；让你来抓生产，我们把斗大的印章捧给你。怎样，够不够意思？你上台以后，把那些旧班底，旧龙套，旧王朝的得力干将，一个个扶植起来，我们忍受了；把那些老章程，老规矩，批得臭不可闻的老古董端出来，我们不吭声；你以生产压革命，鼓吹技术第一，高抬知识分子，我们也保持沉默，看你往哪走？好，现在，你要算老账，搞报复，杀鸡给猴看，在白金坩埚上打开个缺口，我就不得不讲话啦！老于，我了解你是痛快人，今天我来就是要证实一下，究竟是你自作主张？还是有点来头的？”

“也可以说是自作主张，但更多的却是有点来头。”他想起了守卫室里那根伤痕累累的木头柱子。

“好极了！”他抿了一口碧螺春，“早看得出来，来者不善，善者不来，是有人给了你尚方宝剑的。（他指的是谁，喝茶的主人和客人心里很明白。）你在白金坩埚上做文章，决不会无的放矢！”

“我一向不喜欢放空炮，也许我至今还有点骑兵性格，横冲直撞惯了，但上了点年纪，也有些力不从心啦！”

“我还想问问，目标，到底是什么？”

“喝得惯么？碧螺春，味道比较清淡，倒是可以去些暑热的火气。”

“现在我是相当够‘修养’的了，居然坐在你家和你一起品茶，要是放在几年前，连这点共同语言都找不到的。那么，从白金坩埚开始，最后到达什么地步？”

“把生产搞上去，小高，社会主义是唱不出来的。”

“马上全市还要唱咧！现在回到正题上来，我希望你在来得及的时候，马上煞车，交出后台！”

“这你办不到的。”

“真话？”

“一点不假。”

“老于，我佩服你，一定要干到底？”

“一个共产党员么！”

“要是坩埚在我手里，如何？”

“那我可能也给你通通气，叫你先主动交出来。”

“我偏不交的话——”

“那就按盗窃国家财产的办法。”

“很好，老于，你非要一条道走到黑，死不改悔，不要以为我们第二次不会打倒你，包括周浩，甚至比周浩更大的。”

“请便吧！”他对脸上肉丝又横起来的高歌讲，然后端茶送客，直到门口。

然后，他站在窗前，看高歌走进王纬宇的那栋楼里去，大约没说几句话，很快，高歌的汽车急速地开走了。

下班前，小狄给他来了个电话，话筒里传来厂里“就是好、就是好”的广播歌曲声，和她多少有些惊慌的语音。她用俄语告诉他，厂里贴满了他的大字报，现在把生产指挥组都糊满了。

“没有给我留一块答辩的地方吗？”

她又讲起汉语来：“自然要加些鱼子酱了，最好是鲑鱼的。”

“小狄，你神经错乱了么？什么鱼子酱？”

“记住，洋葱一定不要先放进去！”接着又用俄语告诉他：“没有办法，我只好撒谎说，在教人做道俄式菜。没准还要贴到你家里去，看这铺天盖地的气势！”她又说起汉语：“好了，一切都齐全了，就准备在火里慢慢地烤吧!”

鬼灵精,于而龙笑了。

难道我还怕火烤么?于而龙想:在老君炉里都待过的了。

来吧!无非是冈村宁次的铁壁合围,既然是战斗,就存在着失败的可能,难道能因为怕失败而裹足不前了么?

“投降吧,于而龙!”

“你跑不脱啦!缴械投降,归顺皇军吧!”

他做了个手势,十八个人都头挨头地围拢过来听他的命令:“冲出去,从两条汽艇的夹缝空当里泅过去。”

于而龙哪肯轻易认输,即使撤退,也得顺手牵羊地捞些什么,他要搞掉那条作为诱饵的汽艇。苦中作乐,此人真是有股好兴致啊!说话间,他一马当先,冲下堤去,会合着爆破组,往汽艇运动过去。

啊!形势紧急万分,岸上的敌人往下逼,艇上的鬼子往回打,于而龙压低喉咙唤了一声“下”,二十多个人撺进了凉飕飕的蟒河。

那是长生,他记起来了,把那捆集束手榴弹顶在头上,踩着水,竟还有工夫和心情,咧开大嘴笑,年轻人真不知道忧愁啊,嬉笑着扯出弦准备掷出去。

于而龙拦住他:“慢,小鬼,再靠近些!”

“会被汽艇发现的。”

“雾大,不碍事。”

但头顶上飞来飞去的子弹,使他不顾于而龙的命令,使出浑身的劲,把手榴弹扔到汽艇上。

“妈哟!”艇上有人用中国话喊叫:“快救命,手榴弹,还冒烟咧！”

于而龙估计要坏事，冒着激烈的弹雨，往汽艇靠拢，只见一个鬼子跑着把那捆冒烟的手榴弹往外扔。

“躲开，支队长！”紧追过来掩护他的长生提醒着。

于而龙非但不躲开，而像饿虎扑食地来个鱼跃，蹿过去，连他自己也想象不到会那样顺利，一手攫住了那捆手榴弹，一手扒住汽艇的铁壳，猛使劲又把手榴弹送了回去，而且一直滑到了底舱机器旁边，紧接着轰的一声，汽艇在蟒河里像打摆子似的抖动起来。

“赶快撤，我掩护你们。”

“队长你——”

“快撤，到三河镇去。”

从这以后，他也不知道从哪儿来的精力，一会儿爬在岸上，一会儿凫在水里，一会儿混在敌人堆里，浑身也不知是血、是汗，还是水，和敌人纠缠着，横直打谁都可以，都是敌人。

最可笑的，在紧张的战斗中，竟有一个糊里糊涂的伪军，向他打听：“游击队在哪个方向啊，弄得我不知朝哪打？”

“我来告诉你吧！老弟。”他扑了过去，用惟一剩下的手榴弹敲昏了他，夺过他的机枪，在敌人丛里东南西北地射击起来。

可是没过多大一会儿瘾，子弹打光了，有四五个日本鬼子从雾里摸索过来，他摔倒两个以后，枪没夺到手，实在围困得无以脱身了，便拉出手榴弹的弦索。但那枚边区造的手榴弹，没有引爆，却一边跌在地上乱滚，一边冒出大股浓烟。日本鬼子都是训练有素的军人，以为于而龙放了毒气弹，立刻卧倒在地，把战斗帽后边的披巾，拉过来捂住鼻子。于而龙趁机冲出重围，一溜烟往河岸滚着，半路上还绊倒了一个日本鬼子，被不客气地骂了声：“八格牙路！”于而龙枪里没有子弹，只好挨骂了。等那个鬼子意识到是游击队，朝河里开枪，于而龙早扎了个猛子，钻到炸坏的汽艇底下。

现在，云消雾散，晨曦照在蟒河上，于而龙已经不能混水摸鱼，而且他实在太累了，以致一只手托住船底，脸仰出水面，只露出鼻尖，居然还打了个瞌睡，直到手一松，呛了口水，才惊醒过来，短暂的休息，使他精神又健旺了。这会儿，敌人在两岸发疯似的搜查，必须设法离开此地，才是上策，可在光天化日之下，怎么逃脱呢？

于而龙，于而龙，这位滑铁卢的拿破仑犯愁了。

三河镇到了。

河畔坐着一个垂钓的老年人，神态安详，在静谧的氛围里，在微明的薄雾中，仿佛一尊塑像，毫无声息地坐着。于而龙把舢板轻轻绕过去，招呼着：“早哇，老人家！”

“你也不晚。”一般地讲，钓鱼人最怕别人扰乱他的平静。

于而龙直是抱歉：“麻烦，向你打听这镇上的一个人。”

他只顾手里团捏着鱼食，头都不偏地问：“打听谁吧？”

“有位在陈庄划船揽客载货的老迟大爷。”

他慢吞吞地把脸仰起，注视地盯着于而龙，突然问了声：“你敢情真是——”

于而龙觉得他头部僵硬的动作有点眼熟。

“是你啊！队长！”他激动地站起，想往前走，但一抬脚就是大河，他晃晃两下，站住，伸出了手：“敢情是队长啊！”

“你是——”他看不清楚他的脸，一时认不出来。

“支队长，你划近点儿，怕我咬你吗？”

“划过去，会搅乱你的滚钩！”

“不碍事，过来细看看。”

于而龙谨慎地把舢板靠过去，一下就先看到那脸颊上相当明显的瘢痕，从耳旁延伸到脖颈，像黑夜里的闪电，把一切都给照亮了。

游击队长顾不得一切地，从舢板跳到岸上，一把抓住他的手，猛烈地摇晃着：“你还活着——”虽然一时间想不起他的名字——于而龙不应该忘记的东西太多了，但是，顷刻之间，所有的细节，都纤毫分明地呈现在眼前……

那个难忘的一天，就这样开始了。

经过激烈的混战以后，天色要比现在亮得多了。

敌人处处搜查遍了，不知是谁献媚地说：“于而龙是出了名的鱼鹰，能在水底呆三天三夜，没准猫在河里。”

于是，三五成群的敌人，在岸边，苇丛，水草里寻找，向一切形迹可疑的现象开枪；汽艇上的鬼子，大皮鞋橐橐地响，也开始查看汽艇四周河里的情况，蟒河水是那样清澈，一个大活人是隐藏不住的。

于而龙，你的戏快要收场了。

就在他马上陷入绝境的时候，从三河镇方向驶来一条可以装鲜活鱼的小船。正是现在的钓鱼人，坐在船上，慢悠悠地划着。船舱里放着两小篮白花花的鸡蛋，和两只捆着的肥母鸡，哦，那是相当有诱惑力的东西。

两岸的敌人，尤其是日本鬼子，都恨不能把鸡和蛋搞到手，你叫过来查查，他叫过去问问，可谁也没胆量没收。因为大久保正在堤上威武地站着，毫无疑问，战利品首先是属于最高司令的。

他一直划到汽艇旁边，难道他有一双慧目，隔那么远就发现于而龙潜伏在处境危殆的汽艇下？不，他根本不可能发觉，只是按照芦花关照的,哪儿能猫住人,就往哪儿划过去。

汽艇上的鬼子正忙着修理,一看鸡和蛋,丢了手里的活,围了过来。他们要权威一点,向岸上的大久保队长笑笑,把战利品钩到了艇上。

“太君,太君……”他划船绕着汽艇走了一圈,向他们讨还东西,有个鬼子给了两枪托,算是付了报酬。要不是于而龙在水下晃晃船,发了个信号,他敢去找大久保告状呢!

于而龙早就放心了,几根脆滑的芦管从透气的舱底穿出来,他连是谁派这条船来搭救他都明白。而且,可以肯定,芦花已经把她在湖东搞起来的人民武装,都运动到三河镇了。

现在,谁叫停船,这个划船人都不乐意了:“鸡和蛋都让太君给米西啦!”敌人一看舱里空空如也,毫无油水可捞,也只好放他走了。

他们终于脱离了险境,又划了一程才停下船,俯身招呼于而龙:“支队长,太平啦,出来吧!”

于而龙钻出水,望着这个素不相识的人:“谢谢你呀!老乡!”

“谢谢指导员吧,她真有板有眼呀,白赔了鸡和蛋,可赚回一个支队长,划算,划算……”他高兴得拍着巴掌大笑。

但是,砰的一声枪响,打断了他们俩的笑声。

原来,他们的船尽管划得够远,认为足够安全了,但还是没划出大久保那架蔡司望远镜的观测距离之外。原谅渔民出身的游击队长吧,他那时刚刚懂得砍断电话线,切掉敌人的联系,但对于光学、电学,以及其他科学技术,一窍不通,犯了一个可笑的错误。

所以他常常叹息:“我是由于落后,屁股上挨过鞭子的。”

现在,那些被愚弄过的追兵,发狂地追逐过来。

“你快跑,支队长。”

“你要落到他们手里的。”

“他们能拿我怎么的？一个老百姓，快走你的吧！”他把于而龙推下河，拨转船头，逆水而上，朝追来的敌人迎上去。

于而龙怔怔地望着……

在湖东，一个新区，普通群众豁出命来救他，现在又勇敢地挺身出来保护他，生死不计，肝胆照人，于而龙不禁想问：芦花，芦花，你是怎样赢得这些人的心的？

他哪能撇下群众径顾自己逃命，那还叫什么共产党员？不，他掉回头，顶着激流游回去。

“快走吧！快走吧！”划船的人在撵他。

于而龙也许真有点迂腐，谁都可以谅解，你比他们重要嘛！屁，他不这样看，从来不认为自己的命更值钱些，应该使别人付出牺牲，而保全自己。他是个感情太重的人，所以他不顾生死危险，终于还是游回来了。

那条船被敌人拦截住了，于而龙连忙踅进岸边的苇丛里。他听见敌人追问自己的下落，拨开芦苇，露出一点缝隙，只见那个可怜的三河镇群众，落入了一群野兽中间，拳打脚踢地被摧残着。

鬼子叫伪军把船拖上河岸，以为于而龙还潜在水下，劈里啪啦地往河里开枪，以致不少被打死的小鱼从于而龙腿旁流过。

大久保来了，手里握住那望远镜，和颜悦色地问：“你把于而龙弄到哪边去啦？”

“太君，他像蚂蟥叮在船上，一露头，我就推他下河，赶紧来向皇军报告。”

“你的撒谎大大的，我看见你们两个哈哈大笑。”

于而龙在芦苇丛里听得根根头发都立了起来。

"你看一看吧！"大久保把望远镜架在已被捆起的人脸前："能逃掉我诸葛亮的神机妙算？"他还掏出一叠花花绿绿的"储备"票："只要你帮我们找到于而龙的话——"

"太君，太君，我怎么能找到他？湖西的人都说，于而龙是红鲤鱼精变的，来了，咬咬钩，又走了。"

"你，狡猾得很。"

"不敢，太君，我不敢。"

有个伪军在翻起的船底，找到了绑着的芦管，就跑来狗颠屁股地巴结讨好，大久保初时还不甚了了，但一旦翻译官给他讲清楚，马上变脸，大发雷霆，拔出指挥刀来："你石湖支队的干活。"

"太君，我是大大的良民！"他连忙掏出良民证，并且自豪地说："我还是太君的情报员。"

"于而龙哪边的去了？"

"我当真的不知道，对天发誓，太君！"

"八格——"大久保举起了指挥刀，朝挺身保卫于而龙的一个普通老百姓砍去。

瞧得真切的于而龙，从芦苇丛里跳将出来，雷鸣似的喝了声："住手——"

大久保被惊天动地的吼声吓了一跳，刀只是从那个人的耳边划过，留下了今天一道长长的发亮的瘢痕。

他被敌人团团围住，几十支枪口都对准了他。

大久保得意地大步走来，向他伸出了手，并且郑重其事地说："作为一个帝国军人，很荣幸会见队长阁下！"并且掏出了一张名片，于而龙记得好像是"久保"什么"三津郎"，那大概是他的名字了。

于而龙才不听翻译官的咬文嚼字，冲过去，抱住那个血流满身，摇摇欲倒的，一个他不知道名姓的基本群众，——我们党之所以有力量，正是扎根在这些中国的脊梁骨上。他用手托住那撕裂的下巴，尽力想止住血，但是，那鲜红的、温暖的血，一滴一滴地流在于而龙的手上，又从指缝间，跌落到泥土里，浸湿了母亲也似的故乡土地。

他就这样，落到了敌人的手里。

九

于而龙低头迈进挂满蛛网的屋门，心情很有点沮丧，看来，他的朋友，不，应该说是结草衔环的救命恩人，过着不很惬意的日子。一个曾经为革命差点献出生命的基本群众，还过着和三十年前大体上没有很大变化的生活，这使他那一颗游击队长的心，一颗共产党员的心，真正地感到苦楚。如果他不那么健忘的话，当年他许诺给石湖乡亲的，至少要比今天这种样子的岁月强一些。

然而，似乎讽刺似的，不知是听觉的毛病，还是一种实感，于而龙好像听到了自己家里，谢若萍坚持要添置的，那种静电吸尘器的嗡嗡营营之声。哦，可是这间屋里，和电的概念是完全绝缘的，至今还点着那种类似出土文物的油灯。哪里会有这种近代文明的产物，吸尘器距离这位救命恩人，起码有一个世纪那么远。

是一个家么？他端详着屋里乱糟糟的一切，不由得说："伙计，你日子过得够糟心的！"

"糟吗？"他歪过头来反问。

"孩子呢？"于而龙突然间想起，"我记得你好像有个孩子！"

"藤都枯了，瓜纽儿还能活？"

“多少年来，就你孤身一个人？”

“谁肯同我残废一块过？”

看到曾经用生命掩护过自己，生死与共的乡亲，这些年来像一只失群的雁，勉为其难地活着，于而龙的心里，揪成了一个疙瘩。如果说昨晚在小姑家那位抗属家里，还是一种忏悔心情的话，那么，此刻，他充满了罪愆深重的感觉。

变了！于而龙！……他发现自己在这些人面前，确确实实挺不起胸脯，因为他已经丢掉了一些相当宝贵的东西，如果说得具体些，那就是和群众的血肉联系。他现在才明白老林嫂为什么不再去看望他们，干吗非要强迫一个乡下老太婆，必须穿上睡衣睡裤才能上床呢？记得老林嫂曾经气恼地问：“你们这样脱脱换换，也不嫌麻烦啊？”言外之意当年在石湖打游击的时候，怎么过来着？

至少有两个于而龙，一个是存在于人们心目里的那早年间的于而龙；一个是眼前多少变了点样子的于而龙，有什么办法，现实就是这样严酷，时间在每个人身上留下烙印，就如同树木的年轮一样，不可能永远保持同心圆，想说自己始终如一，还保持着革命的童贞，不过是骗骗人而已。

“想喝点酒么？”他问于而龙——自然是他心目中的那个游击队长，“我有焖得酥烂的甲鱼……”原来那类似静电吸尘器的电流声，是从灶里残火中煨着的瓦锅哼出来的。

“好东西！”

“你不嫌腌臜？”他显然是对目前这个气派非凡的于而龙说：“大人物啦！能吃这龌龊东西？”

“哪里话，快端来吧！”

假如谢若萍大夫看到他席地而坐，品尝着谁知道弄得干净不干净的高胆固醇异味，一定会昏厥过去的。但是，游击队长就着主人的粗瓷花碗，喝了一口混浊的白酒，然后把筷子伸到那黑黢黢的瓦锅里——他一边挟着往嘴里送，一边警告着自己："千万别苦着脸子，皱着眉头！于而龙，如果你还有一点点人味的话……"

他想起来了，芦花曾经这样讲过，而且还加了一句："如果你还是一个为国为民的共产党员的话……"

于是像当年打游击时偶尔改善伙食那样，慢慢地连筷子都不用了，干脆上手抓着啃嚼起来。他望着那个显然有点激奋的残废人："你完全可以打听打听，给我写封信的嘛？"

他笑了，那脸上的疤痕牵扯着，样子反而变成痛苦的神态。他说："有人给我出过主意，叫我去找你，你一准会周济我的。不错，我掩护过你，可你又是为谁呢？芦花指导员为孩子妈伸冤报仇，我该怎么报答她呢？"

芦花，那尊复仇之神的形象顿时出现了！

究竟从她枪口下被打发到阴曹地府去的敌人，总数一共是多少，连她自己都记不清了，只要她抬起胳臂，生死簿上准会勾掉一个。

然而她一口气，端着机枪把距离只有一米开外的五个敌人，穿上几十个透明窟窿的那回，就是在这蟒河上发生过的事，事后，因为她违反俘虏政策，打死举手告饶的伪军而受到处分。

"你疯了吗？"

于而龙头一回朝他妻子拍桌子。

芦花沉静地回答："如果你还有一点点人味，如果你还是一个为国为民的共产党员的话……"

那五个为非作歹的伪军,做梦也没有想到会碰到芦花的枪口上。无论如何认不出站在舱板上的年轻人,是女扮男装的石湖支队指导员,是个杀人不眨眼的复仇之神。

“站起来!”她猛喝一声。

这帮轮奸犯还吆五喝六地喊:“滚!”

“你们睁开眼看看我是谁?”

“指导员,快救救我……”被绑在后舱的这个可怜的钓鱼人大声呼救起来。

“啊?”那五个畜生这才如梦初醒地提着裤子狼狈地站起,颤抖着叩求芦花饶命。

望着船舱里那个被剥得光光的年轻媳妇,让这些畜生糟蹋得死去活来。而且那是怀有身孕的人啊!如今下体血淋淋地,奄奄一息晕死在那里。于是,芦花,安详地把那支匣枪塞回腰间,拿起匪徒们的一支轻机枪,在手里掂量着。

“救命!饶了我们吧!”死期不远的伪军呼天抢地地哀求。

芦花招呼那个眼看妻子被糟蹋的丈夫过来,他刚走到指导员身边,只听哒哒哒的一阵连发,朝那五个举手投降的伪军前胸和脑袋射去。子弹把舱板都穿了几十个洞眼,满舱到处飞溅着红的肉末,白的脑浆,因为距离太近了,芦花自己也成了个血人。

和于而龙一起来处理这次枪杀俘虏的分区保卫部长有意替她开脱:“他们拒绝投降,是不?”

“没有。”

“他们至少不曾举手?”

“也没有。”

“那么说,不肯缴械?”

“你不用问了，我就是不能让他们从我手里活着走开！”

“为什么？为什么？芦花……”

“因为他们是一群伤天害理的畜生！”这个复仇之神说，“我都嫌弄脏了我的枪，是用他们的武器结果他们的。”

她惟一承认的错误，就是不该打坏人家的船。

唉！谁让我们都是有血有肉的感情动物呢！于而龙感慨地说：“不过，你还是应该找找我。”

“你是泥菩萨过江，我知情。”

“那你也该找找政府！”

他又痛苦样地笑了：“看政府在什么人手里？那一年，翻箱倒柜，陈谷子烂芝麻都给折腾出来的时候，我这个残废人也不放过，非咬我当过鬼子的情报员，分明是冒名顶替的假良民证，是糊弄鬼子的，过了几十年，弄假成真，叫你哭不得笑不得。”

“哦？”

“我去找县委王书记，他说记不得了，可当年事情是他办的，他不认账，我可洗不清。谁知我顶替的是个有人命血债的家伙呀！有人说：‘快给支队长写信吧，他不会把脖子缩回去的。’可我一听你们工厂来外调的人，说的那些话，晓得你日子也好过不了。——吃啊！缺盐少酱，可惜了那条大元鱼。”他把酒碗又推回来，于而龙注意到他的右手食指短了一截，心里奇怪：他什么时候手又受过伤？真是黄鼠狼单咬病鸡了。

“当就当吧！真的假不了，假的真不了。”

“不会那么便宜的，他们非逼着我交待杀过人的罪行，天哪，我杀过猪，宰过牛，哪会杀人呀！你们工厂的人，还有县里的人，眼睛瞪得铜铃大：‘你不杀就休想过关！’好吧，捆绑吊打，折磨得受不了，只好开了杀戒——”

“你杀人？”

“让我承认杀人，可杀谁呢？费了难啦！还要杀得有名有姓，有鼻子有眼才行。”他脸部肌肉扭曲着，表示他在笑，“想了半天，我把早死了的老岳父先给杀了，杀一个人是不行的，他们有指标，非杀够数才饶你。跟着就把我舅舅、表叔、姑老爷、姨丈全给杀了，横竖他们早见了阎王，再死一回也碍不着什么。”

“他们能相信？”

“去调查过，只有一个被我说露了馅，一位叔伯大爷，快八十了，我以为他该死了，就把他的名字报上去，谁知他还活着，给生产队放鸭呢。他找到三河镇骂我个狗血喷头：‘活够啦？我怎么得罪你啦？坐在家里咒我，编得有头有尾，给了三枪，我才咽气，放你妈的屁。’”

“后来呢？”

“我有那么多血债，还不得立功赎罪？”

“立功赎罪？”他想起了要他参加学习班揭发周浩的事。

“揭发你，支队长，要不干吗整我？咱们不是一块关进汽艇吗？喝，那声势，印色盒子放在面前，说一句，记一句，按一个手印。他们问：‘鬼子没碰于而龙一指头吧？’‘关在汽艇上，绑都不曾绑吧？’‘大久保客客气气跟他谈话吧？’好，一张纸上先按了三个手印。他们又问：‘谈判以后，于而龙答应条件，向日本人投降，是不是？’我从凳子上蹦起来：‘青天白日，你们也不怕大风闪了舌头！’他们拍桌子吓唬我：‘嚣张什么？你血债累累，还不赶紧揭发，这是给你机会。’我对他们讲：‘谢谢你们的关照，可我总不能昧着良心说瞎话！’那些人劝我：‘反戈一击有功，按手印吧，可以减轻你的罪过。’我说你们马上把我五马分尸，我也不按手印。他们火冒三丈，说：‘于而龙自己都承认了，你还包庇！’他们非要我按不可，折腾了一天一夜，支队长，他们轮着班逼我：‘手印，手印！’我是个残废，只要一晕倒，他们愿意怎么按都行。一横心，逼我去杀死人，也就罢了，这会儿又逼我去杀活人。‘按！’‘不按！’我抢过那张纸，撕了个粉碎，咯嘣一口，把这根手指头给咬断了，叫你们按去……”

于而龙看着那短了一截的手指头，刹那间回到三河镇那次惊心动魄的战斗场面中去。

就在三河镇战斗结束以后，打扫战场，在一片芦苇丛中，发现一个年轻的战士，紧握住一个鬼子不放，他那双大手，紧掐着敌人的脖子，那五个钢打铁铸的手指头，生生地勒死了对方。但是，别的敌人又用刺刀戳死了他，他背上留下了几个血洞，流尽了最后一滴血阵亡了。

现在，于而龙想起那始终无法松解的手指头，是怎样费了半天的劲，才从鬼子的脖子上掰开。老林哥就像当他还活着时那样，唤着这个战士的小名，亲切地跟他恳谈着：“松开吧，你放心好了，我们一定给你报仇。你看，连支队长也来看你啦，哦！松开吧！队伍该转移了，我知道，你是个好样的战士……”说来也怪，话没有讲完，那个鬼子的头颅滚到一边，死者的关节缓解了。

于而龙从来不相信鬼神，但是，直到今天也无法解释，这个奇特的现象。现在，他从一个党的基本群众身上，看到了爱和恨是一种多么强烈的感情，他紧紧地握住了那个残废人的手。

记起来了，当得意洋洋的敌人，把他俩押上后边那条炸坏的汽艇，准备凯旋回城的时候，这个脖子险几砍断的人苏醒过来，虽然费了很大的劲，但说得很清晰："多余啊！支队长。"

于而龙扶住他，关注地问："你为我受苦了。"

他很遗憾："也没救了你。"

大久保狡猾残忍，究竟是个正牌军人，而且还读过《三国演义》，自比诸葛孔明，所以对于一直交手的于而龙，比较优容宽待，不仅不去捆绑他，而且劝降遭到他的辱骂，也笑笑不往心里去。只是把那底舱的密封舱门关紧，回到前边艇上，发出"开路"的命令，浩浩荡荡地回县城去了。

胜利者的得意心情，于而龙能够设想得出，心想：且慢高兴，游击队的战争小曲离结尾还远着咧！

那个受伤的人，挺关心身外的事物，贴在钢板上的耳朵，听见了密封舱外的动静："怪！锣鼓家伙，谁在敲敲打打？这年头。"

于而龙悄悄地告诉着："要给大久保办喜事咧！"

"哦，我懂啦，指导员会救咱们的。"他笑了，但又不敢笑，因为一笑，致命的疼痛，使他满头冒出豆粒大的汗珠。

"坚持住！"他抱住这个受伤的乡亲。

在舱外，那些鬼子和伪军都被锣鼓声、鞭炮声吸引着，站出来看热闹，哦，还有要龙的，踩高跷的。一般地讲，廉价的噱头，有时会有较高的票房价值。汽艇上的敌人，都咧开大嘴呵呵乐着。但是，表演应该恰到好处，过分夸张，矫揉造作，缺乏内心真实情感，反而会被观众看出假来的。这些年来，看到过多少装腔作势的拙劣演员，被嘘下了舞台，人民是最有鉴赏水平的观众。

大久保并未失去必要的警惕性，在驾驶舱里，焦躁不安地踱步，自言自语地："什么的干活？"翻译官赶紧凑过去向他介绍："老百姓欢迎皇军打了胜仗，活捉了于而龙，为队长阁下庆功咧！"他摇着脑袋，怀疑地注视着那些欢跃高兴的人群，不相信一块被征服的土地上，人们会这样真情实意地为他庆贺。

翻译官知道他是个"三国"迷，马上引用一段刘皇叔入川，父老妇孺壶酒箪浆迎接的典故。他不提犹可，一提，大久保在蔡司望远镜里，既找不到白发皤皤的老妪，也看不见拄杖曳行的老叟。他立刻领悟到这个皇叔是当不得的，说不定性命交关，要他的好看，于是拔出指挥刀，发出命令，准备战斗，汽笛发出刺耳的呼啸。

从陈庄战斗撤下来的部队，正在参谋长王纬宇的率领下，以急行军的速度，飞也似朝三河镇赶来，几乎和敌人汽艇并肩地前进着。他听到汽笛发出警报，立刻改变主意，这个机灵透顶的大学生，于而龙有时真是赞成他，也许他长着比干的心眼，比别人多一窍吧？他后来说："我不能等鬼子的意识清醒过来，也不能等汽艇开到最窄的河道上再下手，所以没跟芦花联系，提前进攻了。"

他懂得同样的打击，打在猝不及防的糊涂傻瓜头上，和打在已有准备的敌手身上，效果是大不相同的。他看是战机了，率领队伍朝着河岸靠拢，喊了一声打，轻重火力，一齐朝汽艇压过来。

那时节的王纬宇是相当心满意足的，他哥哥终于在石湖县立不住脚，第二次被赶走了，依附在第三战区的一个游击司令的身边，挂上空头县长的牌子，处境狼狈，这是王纬宇给他亲哥的一点惩处，他比谁都打得狠些；同样，县城里那个非嫁给他女儿的商会会长，他也不能饶过，所以才撺掇于而龙攻打县城，游击队那时也气盛一些，非要去啃硬骨头，结果失利了，但王纬宇的目的达到了。据说那个商会会长一辈子在上海当寓公，再也不敢回乡，他说过：

“王纬宇那小子，连他亲娘亲老子，也敢下手宰的。”确实如此，王纬宇为什么要加入石湖支队，他的哲学是：“如果需要，地狱的门也可以去敲！”

在三河镇那场战斗中，王纬宇确实称得上是条汉子，也许他为了弥补上次攻打县城的蛊惑之罪，也许他获知支队要增设副职；所以他打得很出色、很勇敢，像一条泥鳅，滑得敌人无从下手，然而他要咬住敌人，却又像鳖鱼一口，死也不会撒嘴。在那芦苇后的小堤上，只见他来回跑着，边打边指挥，也许他个子魁伟，于而龙透过船旁的圆窗，一眼就看到了他。

“混账啊！”于而龙吐口唾沫骂开了，“你弯点腰吧，笨蛋，想当活靶吗？”战争中时常会出现这样的奇迹：你有一千次随时可以死去的机会，结果连皮都不曾蹭破一点；相反，有人在万无一失的情况下，倒会送掉性命。一颗流弹，一块弹皮，连声都不吭一声，一蹶不起。敌人汽艇上的几挺重机枪，显然以他为目标扫射着，许多芦苇给排风似的弹头扫倒了，但王纬宇像只活跃的狸猫，继续跳来蹦去。

于而龙自当队长以来，还是初次看人家打仗而伸不上手，壁上观战使他心急火燎，坐不稳，立不安，看那样子，恨不能自己是个炸药包，点燃引信，把这艘汽艇炸碎。

“混蛋，王纬宇，你瞎了眼？”他骂出声来，“多好的地形，你不利用，哪怕拉过一条机枪来，占住那高处，又是怎么个劲头？你简直是一头蠢驴……”气得于而龙把他祖宗三代骂了个够。

“别着急呀！支队长！”受伤的人倒转来安慰他。

“我怎能不急，提前发动攻击，想抢头功，该赏他一顿耳刮子。仗是这样打的吗？我要不关他的禁闭才怪，好的机枪射手都给了他，怎么？在陈庄报销光啦？”

——支队长，你在舷窗里所见到的，只是战斗场面的一个局部，于而龙，于而龙，你还是捺住性子，冷静点吧！

“为什么提前动手？你问我，我不知该问谁去？”在战斗结束后的总结会上，王纬宇说，“谁想出主意要龙踩高跷的？要不是那个破绽，还可以打得漂亮点，大久保不一定逃得掉！”

“怪我吧！”芦花承担了责任，“同志们也是好意，既是糊弄鬼子，索性搞得火爆些，哪晓得弄大发了，露了马脚。”

“要知道，做假也是一门很大的学问。”王纬宇意味深长地说。

芦花不否认：“我确实少个心眼。”

大久保总算识时务，一看岸上芦苇丛里，响起枪声，人头攒动；又看到前面那些敲锣打鼓的老百姓，一眨眼间，变成持刀弄棒的游击队，知道三河镇是一道鬼门关，进来容易出去难了。现在，他才领会为什么于而龙偏要在离三河镇两三公里之外的堤上埋伏。“于而龙，于而龙，厉害呀！你胃口够大的。”看来，如果不想当俘虏，逃命该是当务之急了。

可是，拖着那艘炸坏的汽艇，是无法躲开覆灭的命运，因此他断然地下令砍断缆绳，像壁虎一样，甩掉了累赘的尾巴，加足马力，冲出重围。

要是在三河镇安上一门炮就好了，游击队没有重武器，手榴弹根本无济于事，只好眼巴巴看着到嘴的肥肉飞了。

剩下的残敌在一场血战以后，很快消灭了。王纬宇头一个打开那密封的舱门，冲了进来，由衷的喜悦在他脸上闪现出来，他一把搂抱住于而龙。

“活着，二龙！”

“活得好好的。”他还了一拳，正好捅到王纬宇腰里，两个人都笑了起来，朗朗的笑声在狭小的船舱里轰响。于而龙回过头去，才发现芦花也进到舱里，正蹲在那个受伤的群众身边，小心翼翼地给他重新包扎着伤口。

“赢了！二龙，我们胜利啦！”

芦花说：“可我们伤亡也不小。”

一场付出相当代价，只是名义上的胜利，对指挥员说，怕不是很光彩的。但分区司令员周浩和政委阳明来了，还带来了诗人劳辛，参加他们的庆祝大会。

阳明同志勉励他：“打得聪明多了，开了点窍，今后，还要灵活一点，游击战的游字，还是大有文章可做。这回你把文章从陈庄一直做到三河，绵亘数十里，还是蛮不错的。”

“不错？死伤那么大，我都替你害羞，于二龙同志——”周浩当着主席台上那么多党政军干部，刮他的胡子，半点也不留情面，“一个不懂得爱惜战士的指挥员，不是一个好指挥员。”

审判吧，同志们，望着那一座座新坟，望着那一船船运走的伤员，于而龙第一次尝到了自我审判的滋味。刚才在小姑家的抗属屋里，现在在这残废人的破桌旁边，这种自我审判的滋味，和那辛辣的酒一样，不怎么好咽下去啊！

“喂！”他放下酒碗，问那位残废朋友，“陪我去找个人！”

“谁？”

“一家姓迟的。”

他斜过脸来：“找这姓迟的干吗？”

“芦花搭过他的船。”

“你酒喝多了，支队长！”

于而龙站起来:“走吧！找他去!”

“你真明白,还是假糊涂,我就是。”

“是你？笑话!”

“千真万确就是我,三河镇,不,方圆几十里就我一家姓迟。”

“什么,你是老迟?”于而龙跌坐在板凳上。

那根游丝又从手指缝隙里滑走了,怎么可能是他那样一个基本群众呢？“老迟,有那么一个船家,在陈庄搭芦花上船,就她一个客,大年初一,到了沙洲,讨了五块大洋的船钱,也就是那回,她牺牲的。”

“什么？要那么多船钱？敲竹杠,有这种混账东西,纯粹丢船家的脸。他是谁？看我敢不当面唾他!”他越说越火,伤疤都充血闪亮了。

“我不是向你打听,反倒问我!”

老迟认真地一个个思索起来,于而龙发现,他对于在陈庄揽过座的船家,了如指掌,熟悉极了,不禁纳闷,那回王纬宇经手,王惠平承办的外调,为什么把这样一个对象给忽略过去呢?

“从来不曾有人朝你调查过?”

他茫然地摇头,只见他掰着手指挨个地,像户籍警那样,说出一个名字,随着自己就否决了。看起来,当时拥护游击队的群众实在多得数不清,几乎找不到一个会向石湖支队讨船钱的人家。

于而龙思索:为什么那次外调撇掉他呢？小姑家那位抗属还特意提到了这位老迟……

陈庄,在石湖,算得上是热闹码头,来这里揽客载货的船家确也不少。然而老迟把那些船家都数尽了,也想不出会有人向游击队伸手!

“就说这一家吧！”——他随便举了个例子——“出名的穷，丁当山响，常年揭不开锅，孩子饿得嗷嗷叫。我们都绕着他家走，不让他支援游击队，晓得他穷，日子不好过，可那不行，把坛子里剩下的一把米，也倒进拥军的笸箩里。支队长，你想想，指导员有急事搭船，会要钱，笑话！”

“石湖支队要没有人民支持，一天也活不下去啊！”

老迟还在琢磨：“那能是谁呢？你为什么不早些来呢？”

于而龙叹了口气：“说起来怪我，来晚啦！”

在沉思中的老迟，突然抓住游击队长：“你说什么？你说什么？”

“你怎么啦？”

“快，支队长，你才说些什么？”

“唉！我后悔来晚了。”

他跳起来，酒洒了一身：“是他是他，除了他谁也干不出那种没脸的事。”

于而龙也跟着高兴了，飘忽即逝的游丝，又牢牢地在手心里掌握住了。“谁？”

“老晚！”他卓有把握地说，“他不是我们湖东的人，有个妹子嫁给陈庄，他就时不时地来陈庄揽点生意，你没去陈庄？”

“我先去的那儿。”

“没找到一家姓叶的？”

“只去过那大伙都叫珊珊娘的家。”

“就是她家呀！”

看来于而龙那不成器的部下，还是个不错的向导。老迟站起来，仿佛猜透了他的心思：“你该坐不住了。”

“老迟……”他实在难以张嘴说出一个“走”字。

“走！”他倒响亮地讲出来，“为了指导员……”

真是快人快事，于而龙握着那食指短一截的手，还用得着多说些什么呢？

到底是长年在水上生活过的，不见老迟怎样费力，舢板在雾蒙蒙的蟒河里疾驶，那种即将揭晓的期待，已见端倪的紧张，和如愿以偿的欣慰混在一起的感情，使他忘掉通宵未眠的疲劳，渴望一步跨到陈庄。

“老晚想必是个外号吧？”

“一点不错，谁要搭他的船，准误了轮船的班，大伙才叫他老晚。”

于而龙想起劳辛说过，正是那个船家误了班轮才攀谈起来的，没错，是他，那是毫无疑问的了。

“老晚是个啰嗦嘴吧？”

老迟笑了：“唾沫都能把人淹死。”

就是他，就是他，于而龙控制不住自己了，突然间，一丝忧虑袭上心头：“听说他病了？”

老迟不相信地大笑：“他能死？还没把那娘儿俩作践够呢！”

但愿一切顺利，他在心里默默祝祷着。

陈庄不远了，虽然茫茫迷雾遮掩住，什么也看不出来，但是，清晨五点半钟，那两个当兵的，一个叫王小义，一个叫买买提，已经在劲头十足地唱起来了。

终于，在高音喇叭的声浪里，陈庄露出亲切的笑容迎接他，人的心情要愉快的话，看什么都是顺眼的。他们拴好了船，从昨天上岸的地方，又爬了上来。

穿过菜园,昨天踩倒的蚕豆还狼藉在那里,老迟回过头来,突如其来地问:“你知道珊珊吗?”

“珊珊?”

他十分奇怪地问:“人们没有给你讲过?”

于而龙一点也不明白其中玄虚,想问个究竟;但老迟已走到门口,咳嗽了一声问:“屋里有人么?”

当他们听到无人应声,转回头来,正好,一位老态龙钟的妇女,从薄雾里走出,慢腾腾地,用迟疑呆滞的目光,打量着门外的客人。

“珊珊娘!”老迟迎了上去。

于而龙愣住了,她是谁?这个面容愁怆的妇女,怎么依稀有点面熟?呵,他终于认出来了,在那衰老的面容里,看到了一个熟悉的影子。

四姐,她不是王纬宇的四姐么?

她走近过来,并未认出于而龙,而于而龙却发现她那发髻上,竟簪着一朵白色绒花。老迟也注意到了,忙问:“怎么,老晚他——”

珊珊娘,也就是年轻时的四姐,脸色呆板而又显得苍白,目光迟钝,完全失去了当年的神采,没有什么悲痛,没有什么哀伤,心情倒是格外平静,淡淡地告诉他们:“昨晚上,惊动了县委王书记,劳他的驾来看望,这可折了阳寿,折腾了大半夜,断了气。”

游丝终于断了,像死者的名字一样,晚了,无可挽回地晚了。

生活的逻辑就是这样古怪,当有足够的时间,去做什么事的时候,并不十分着急,可一旦发现来不及了,要想抓紧做点什么,却常常赶不上趟,以至后悔莫及。细想我们浪费了的许许多多宝贵时光,真是连哭都迟了。

是啊!遗憾吧!晚了!

第 三 章

一

于而龙料想不到结局会是这样，而且来得如此之快，突然间，那根本来难以捉摸的线，像琴弦一样咯嘣一声断了，寻人破谜的乐曲，至此中断，成为绝响。他现在不是懊丧，不是失悔，而是觉得毛骨悚然。因为打过几天仗的指挥员都懂得，本来打算合围之后，聚而歼之，但是，忽然发现自己扑了个空，那么，毫无疑问，倒有被敌人反包围的危险。

现在，在决定性的一步上，他输了一筹，晚了，昨天夜里才断的气，真是会巧到这种程度，令人咋舌。很像一场田径对抗赛，他于而龙失去了当年游击队长那股猛冲猛打的劲头，以致落在了那位殷勤好客的县委副书记的后面。这种一晃而过，失之交臂的局面，近年来，他大概不止一次地碰到过。可这一回，游击队长决不轻易地丢手了，尽管小试锋芒，但双方已经形成剑拔弩张的形势，于是，他像过去多次在战斗中交手失败那样，马上撤退了。他告别了老迟，告别了陈庄，独自往三王庄划去，看望芦花的坟。

他在石湖上边划边想：要是去年十月以后，就立定主意回乡，那该多好？或者此次回来，不是乘坐慢腾腾的火车和轮船，而是坐飞机的话，或许可以抢在那个县委书记前头，见到要寻访的船家老汉吧?

他埋怨着,说起来,多少有点怪罪自己的女儿:“莲莲,莲莲,都是你哦……”

几乎每年春季,他们全家(主要是陪着这位掌上明珠写生),总是去西山脚下春游,欣赏那寺院里几株迟开的玉兰,差不多已经成为惯例了。

当人们在沉闷混浊的空气里,蛰伏了整整一冬以后,在微寒未艾,春意初兴的田野里,呼吸着解冻后新鲜的泥土香味,享受着不算强烈,但也相当温馨的阳光,它明明亮亮地照射着你,暖暖和和地抚慰着你,确实产生一种舒展解放的幸福。

再比不上今年的春天,一九七七年的春天,给于而龙留下的印象如此深刻,尽管他不是诗人,也好像有着连珠似的绝妙诗句,要从胸臆间迸发出来。于是他心血来潮了,向全家人倡议,今年春游,换个地方,和大伙儿一块去挤挤公园,看看那些多年来未曾展开的笑脸吧!

于莲马上不乐意了,脸板了起来。做父母的至今也不明白,每年都去西山画玉兰,成了不能破的规矩,是为了什么?

甚至去年,那个相当凄凉的春天,一个失去巨人,万民痛哭的春天,他因为冠心病发作,卧病在床,无法陪她去西山,以为她也许作罢了吧?谁知她还是拉着弟弟做伴,到那个古老的寺院逗留半天。全家谁也猜不透其中的隐秘,然而她还是去了,而且画回来一幅令人失望的画,她拿给躺在病床上的于而龙看:“好吧?爸爸!”

玉兰,是她喜爱的画题,也是她拿手的好戏,在她笔下的那种木本花卉,永远是神采奕奕,栩栩如生的。但是,他哪里想到,在画幅上，看到了一个凋谢的春天，地下是落英缤纷，树上是残花败朵，和于莲的一贯笔法大相径庭，是一幅非常暗淡和绝望的画，于而龙看了以后，由不得感到心前区发紧憋气。

第二次失败的这位游击队长，在他的单人病房里，感叹系之地说："也许今年去晚了，没赶上花期，像我一样，已经谢了。"

"我认为不晚，爸爸。"

"不晚？"于而龙望着那对芦花式的眼睛。

"当然，不会晚的，还包括你。"

"我？"

"我和弟弟议论过你，爸爸，你不会真的颓丧下去的。病绝不能挫折倒你，你是应该死在沙场上的汉子。爸爸，要是再打游击，你还敢出生入死地干吗？"

于而龙苦笑着反问："一个冠心病患者？"

"干吗这样失望，你说过的吗，历史不会倒写，即使出现了这种情况，颠倒了的东西，终久还会颠倒过来。"

"但是这场可怕的癫痫发作期，简直太长了，难道非要把党拖垮，把中国搞完蛋才丢手么？莲莲，一个人的力量是有限的。"

"你再仔细看看好吗？干吗像编辑看稿子似的，翻一翻就扔字纸篚里去？"

于而龙奉命又把那幅画放在眼前，就在那"流水落花春去也"的淡淡哀愁的气氛里，他才注意到那种先花后叶的多年生乔木的枝丫上，于莲着意刻画了许多饱满茁壮的叶芽。有的像结实的拳头；有的像舒展的手掌；有的叶尖翘挺，英姿飒爽，精神抖擞；有的破膜而出，表现了不可束缚的生命力，似乎谁也压制不住它们，去迎接春天的到来。一个叶芽或许是脆弱的，稚嫩的，然而在这满树春意之中，那强大的力量，体现了自然界的一种总趋势，就不是任何人为的障碍所能阻挠的了。

从绝望里看出希望，从幻灭里感到光明，给差点死于心肌梗塞的于而龙，以强有力的鼓舞。但是，他纳闷："好端端地，姐弟俩议论起打游击，为什么？"

于莲把她的作品，朝远处挪了挪："爸，你再眯上眼远远看，像不像元月份那满城伴着泪水和哀乐声的白花？"

"有这样欣赏美术作品的吗？和鲁迅讲用奴隶的语言去写文章，倒是异曲同工呢！"

"爸爸，你说，难道那些花会白白地凋谢摧残了吗？你是一个正统的共产党人，会感觉不出人民中间，在酝酿，在积聚，迟早会爆炸的一种可怕的力量吗？爸爸，我在想：长此以往，人民群众会背弃我们的。"

于而龙摇摇头，他不相信会有那一天。

"已经到了悬崖尽头。信不信，爸爸，这么多的人，自发地献上一枚白花，仅仅是为了哀悼吗？那是人类历史上最大的一次民意测验，每个人都在表明自己的政治观点。爸爸，只是在心里哭泣，那显然是不够的。"

"批评我吗？莲莲！"

她贴近过来："爸爸，也许我们太幼稚，太天真，然而，革命，在某种程度上说，是属于青年人的专利。"

"你们要干什么？"

他那画家女儿笑而不答。于是，他也沉思起来，也许应该抱病去那个该死的学习班，发表一通石破天惊的演说，慷慨陈词，使那些二十世纪七十年代的秦桧们听听，作孽必自毙，不要弄到天怒人怨的地步吧！可是继而一想，他在石湖第一次举起枪的时候，曾经发表过什么惊天动地的檄文吗？没有。要紧的还是脚踏实地地干，他从他女儿的眼睛里看出这点，似乎是芦花在对他说："干吧，跟他们干吧，我们还有别的活路吗？"

然而，终于迎来了一九七七年的春天。

"怎么样？逛逛公园去，如何？"

"爸爸，西山脚下，哪年都是要去的嘛！"

"不可更改么？为什么？"

"不要刨根问底行不行？爸爸！"

"关键是时间紧迫，'将军'已经默许我走啦！"

谢若萍插嘴："去石湖早点晚点无所谓。"

他瞪着眼看他老伴，生气这位医生半点也不支持他的回乡之行，可是忍住了没有发作，因为他不大愿意使女儿烦恼，一方面是有些娇宠，一方面也是对她有些负疚，尽可能地弥补自己以往的过错。

过去那些年，全家春游，是个盛大的节日。那时候，于而龙还是个有车阶层，选上一个风和日丽的礼拜天，驱车前往那个不为游客稔知的寺院，在西山脚下，消磨掉一个神圣的休息日。但从十年前开始，那辆浅茶色的"上海"不属于他了，交通也成为一个烦恼的课题，然而挡不住全家人的豪兴，仍旧年复一年地准备着春天来临后的野游。

因为在那荒僻的寺院里，哪怕骂皇帝老子，那些泥塑木雕的金刚罗汉，也绝不会去打小报告的。所以，无形中成为规矩，他们通常不邀请外人参加。连于莲还没离婚时，那位小农经济，老徐的儿子，都没有资格。但现在，那朵雨中的白花，那位哭倒长城的孟姜女，却得到了她应得的一席位置。

于而龙着实有点着急，很清楚，必须回到石湖，才有可能把哑谜揭晓，通过十年痛苦的教训，如果还不长点见识，那也算白白地死去活来了。但是，全家人都不放他走，春游哪能少了他呢？何况是今年。尝过流放滋味的儿子，或许因为他那舞蹈演员头一回参加盛会，便说："爸爸，这第一个春天，干嘛这样煞风景呢？"

谢若萍知道不该拦阻老伴回乡，但从医生的角度出发，深知这个感情容易激动，经过十年坎坷不平的路走过来的汉子，回到石湖，旧情新绪，触目惊心，神经会吃不消，心脏也受不住。老伴老伴，越老越互相疼惜，她害怕他那冠心病突然发作，穷乡僻壤，医疗条件差，怎么抢救？因此主张于而龙晚回早归，最好是不回去，因此说："还是不要扫孩子们的兴吧！"

"你以为我仅仅是去凭吊吗！"

谢若萍在心里向那个女指导员道歉："原谅我的自私吧，芦花，因为你也舍不得再让他受折腾了……"她是个软心肠的大夫，不论是生理上，还是心理上的病人，永远寄予一股温暖的同情，于是把春游的日期提前。

那一个礼拜天，他们全家都起得格外地早，因为骑自行车，就更得提前出发。动身前，谢大夫进行每年一度的宣讲："……骑自行车是一项有益于身心的运动，据说许多美国人，都不坐汽车，改骑自行车了。文献上有记载，每天骑十五公里……"

照例，于而龙善意地打断她："请不要进行这种阿 Q 式的讲道了，赶紧上马吧！"

"那朵'雨中的白花'呢？"于莲问她弟弟。

"她在郊区汽车总站等我们。"

“走!”于莲背着写生的画夹,一溜烟地蹬车走了。

老两口慢慢骑行,边走边谈。于而龙问他老伴:“注意到什么新的迹象了吗？你的女儿。”

“有什么异常吗?”

“你呀,除了病人,谁都正常。”

“怎么啦?”谢若萍有些紧张,也许这是母亲们的共同心理状态,一个嫁不出去的女儿,似乎做妈的要格外多负些责任似的。

“你不觉得莲莲近来心情好得多啦?”

“大家都这样的嘛,从去年十月以来……”

“咳,你呀你呀!”于而龙真想透露出他的看法,“依我看,她大概有目标啦!”但是,他很难说出口,终究只是一种肤浅的观察,看事态的自然发展吧!

郊区汽车总站快到了,老远就看到娉娉婷婷的舞蹈演员,简直像海洋里灯标一样明显夺目。那色彩艳丽、图案古怪、凡人不敢围的纱巾,正在春风里飘荡。于而龙是周游过列国的人物,自信是见过世面的,他从不禁止厂里的青年工人穿牛仔裤,而且也不反对儿子听爵士乐;他讨厌那种看什么都皱眉头的警察脾气,动不动开红灯。他常说些他同辈人不愿听的话:“干吗硬充救世主？青年人的脑容量不比我们少一克,不会是无知的迷途羔羊。难道我们当年不也是东碰西撞,以后走起路来,脚跟才站稳的吗!”然而现在,在郊区新绿的田野中间,他也觉得这位未来儿媳的穿戴打扮,实在有些过分,和环境太不调和了。绛红色的尼龙练功裤,紧箍住身子的白色羊绒衫,披在肩头的海蓝色外套,哦,还有那顶奶油色的小帽,使于而龙想起了不知像哪国的国旗,吸引了全部候车旅客,向这面国旗行注目礼。

“娟娟,你的车呢?”谢大夫忙问。

她嫣然一笑,于菱赶紧过来解释:“她今天晚上有演出,蹬完车就没法上台啦!”

“那——”他母亲踌躇为难起来。

年轻的骑士说:“妈,我带她。”

妈妈总是心疼儿子:“哦,好几十里山路!”

“她坐二等车!”于菱笑着,等那娇俏的演员轻盈地跃上后座,便飞快地追赶他姐姐去了。

“累死你——”谢大夫指着他们后背骂。

“不会的。”于而龙安慰着。

确实如此,即使牛顿在这里,也会修改他的力学定律,那个重四十公斤的纤细腰肢的少女,非但不是累赘的重量,而几乎相当四十马力的发动机,在推动于菱飞快前进呢!

于而龙不禁想起自己,当他还是骑兵团长的时候,为了去看一看师部医院的谢医生,尽管要翻过两道山梁,还得穿过很长的河谷,不也骑着那匹的卢,飞也似的策马快跑么?可在回来的路上,那匹伶俐懂事的牲口,在他俩后面,缓辔而行,蹄声嘚嘚,又是多么体贴人哪!

爱情会使人年轻起来,老两口也蹬得快了,不知不觉,西山,郁郁苍苍地在脸前了。

在公园里的玉兰花早已过景的时候,西山脚下的寺院里,或许由于山阴凉爽,或许由于海拔略高;此时,白色的玉兰,紫色的辛夷,正千姿百态、像漂亮的善于表情的少女那样,有的含苞待放,有的绽开笑脸,妩媚婉约,丰姿幽雅,在吸引着人们的注意。而那一股幽雅的清香,早飘逸出残败的寺院,老远就把人迷住了。

于莲是第一个推开寺院的山门，这使得她父亲琢磨，肯定有着一种牵系住她灵魂的什么因素，使得她魂牵梦萦，每年无论如何也要到寺院来朝拜。也许是为了宁抚那颗不安的心；也许是为了追怀难以忘却的记忆，但他从来不敢去问个究竟。因为每个人的心底里，总是会有些奥秘的，还是轻易不去触动吧！可是，在年轻的心灵里，那燃烧得最旺的火，除了被古往今来的诗人，讴歌赞美的爱情之外，还能有什么呢？

他想：他的女儿很可能在花下寻找那失去的爱情吧？那是他于而龙亲手扑灭了的火焰啊！是啊，夭折的爱情，枯萎的花朵，失去的青春，确实如同诗人劳辛在四十年代，留着长发时，爱说的那句“生的门蒂”一样，太令人伤感了。

花丛里，于菱在给柳娟照相，那张魅人的脸孔，映衬得越发动人了。于而龙羡慕他的儿子，倒不是因为他儿子有着幸福的经过考验的爱情，而是赞赏儿子在爱情问题上，所表现出来的决断和自信。

他在于菱这大年纪时，也尝过爱情的滋味，尽管那时并不懂得这种奇异的感情，就叫做爱情。然而，他缺乏他儿子那样的意志，因此，痛苦的折磨曾经揉碎过他的心。

耳边又响起蝗虫吞噬一切的声音，那种审案式的粗鲁讯问，在敲打着他的灵魂：“芦花照理该是你的嫂子，怎么后来又成为你的妻子？你和芦花的感情，究竟是你哥牺牲以前就有了的呢？还是以后？”

真是个又苦又涩的问题啊！

然而属于心底的奥秘，似乎用不着对那些心地肮脏的审判官讲吧,他们已经习惯把人看得卑鄙龌龊,最神圣的原则,在他们眼里,也是臭屎一摊,正如在医院太平间待久了的看门人一样,活人和尸首都快画等号的了。

他回忆起来了,回忆起那时缺乏信心的可笑……

他躺在他们家那艘破船的舱板上,仰望着万里无云的蓝天,看着大雁由北而南的一队队飞去,雁黄燕绿,那该是个深秋季节。收获完了,家乡的习惯,多余的劳动力,就该背起小铺盖卷外出打短工去了。于二龙心里对于终究要做出决断来的事实,无论如何也不是滋味,但必须做出决断,已经不能再拖了。一条不大的船上,两个小伙子加上一个年轻姑娘,自从他们的母亲去世以后,再也保持不了旧日的平衡了,虽说石湖水上人家,不太讲究男女之间授受不亲,但局面肯定是维持不下去了。

然而,他却下不了那个一走了之的狠心,似乎有些什么东西在牵系住他,使他难舍难抛。究竟是什么呢?他也说不好;也许他拿不准该用个什么词语来表达?但那是他和芦花在无嫌隙的长期相处里产生的互相体贴之情,是一种水滴石穿,慢慢积累起来的彼此倾慕之情,是无需用语言、无需用手势,只要眼睛就完全足够表达的爱情呵!

自从命运的波浪,把芦花——被出卖的包身工,送到他们船上开始,似乎有种不成文法,理所当然等长大后成为于大龙的媳妇。她大约早就意识到了,和老实巴交的于大龙像隔堵墙似的疏远,对于二龙却像亲兄妹似的毫无隔膜。事情就是这样:常常朝着原设计的反方向发展进行,谁也没料到这一层,爱情的幼苗,一有合适的土壤,就会萌芽,就会出土,那是谁也遏制不住的。

他们俩谁心里都清楚得很,然而谁也不曾点破。

但是，于二龙缺乏决断的勇气，躺在舱板上，嘴里咬着一根信手捞来的青苇，尝着那清香扑鼻，然而是满嘴苦涩的滋味。

他眼睛跟着那飞行中的雁队，开始挨次数起来，把决定命运的权利，托付给这种玩笑式的占卜上——所有缺乏信心的人，都容易迷信。他想：倘若数到最后一只逢单的话，毫无疑问，正是自己命运的写照，一只离群索居的孤雁，那么也该背起行李离开石湖，连头也不回，到外乡谋生去。

芦花正在舱里纳鞋底，要是她了解到此刻于二龙的心理状态，肯定会发问（她是个有主见的人）："要是结尾是个双数，你敢明明亮亮地讲出心里的话么？"再巧不过，正好数到六十八只，雁声嘹唳，带着清秋的凉意，往南飞去了。

他缺乏那种张嘴的勇气，和从看不见的精神枷锁里解脱出来的力量。

这时，蔚蓝爽朗的高空里，嘎嘎地又飞过来一队大雁，于二龙决定再重复一遍，假如结尾数逢双，他在心里对船后摇橹的于大龙讲：该你们成双成对，我远走高飞。他又瞥了一眼芦花，她纳鞋底的锥子，竟会扎破了自己的手指，她在寻思些什么才分的心？"芦花……"他在心里念叨，"我也舍不得离开这条船，可有什么法子？娘临死时亲口说下的话呀！要你看在她多年养育你的分上，答应和大龙成亲，顶门立户把家支撑着过下去……"七十八、七十九、八十，好，数到这里，一行雁队唱着嘹亮的歌，从头顶上飞过去。

年轻的渔民决计要离乡背井走了，割舍是痛苦的，正如强迫他离开那高围墙的工厂一样；但痛苦又是不可避免的，谁让他灵魂里有那么多条条框框，有那么多精神枷锁，谁让他缺乏坚持真理的信心，逆来顺受，舍此之外，他寻求不出别的选择。

但是，谁知又飞过来一只掉队的雁，正努力追赶着，振动长大的翅膀，终于撵上了队伍。八十一只，呸，他吐掉嘴里的开始泛甜味的青苇，妈的，该怎么办呢？

在爱情上谈不到温良恭俭让，那位动力工程权威激励于菱去追求柳娟："怕什么高歌？你是一个孱头啊！一个没有脊梁骨的鼻涕虫啊！连个姑娘都保护不住。别听王纬宇的教导，把那样爱你的一个姑娘让出去。怎么？爱情成了商品，可以进行交易的吗？"看来，这位留美的工程师是对的，同样是自己的儿女，于而龙望着那神采飞扬在花下摄影的一对，和那孤零零画花的一个，不是已经说明问题了吗？是啊，一个自己吃过苦头的人，还要让自己的孩子再吃苦头。"哦！"他责备自己，"我是多么愚蠢啊！"

突然间，于莲嗷的一声，扔下画板就跑，正在摆出各式姿态拍照的舞蹈演员，也锐声怪气地叫唤，锻炼身体的谢大夫也止住了她那太极拳，不知发生什么意外？

原来，是一条蜥蜴，学名叫做石龙子的小动物，正鼓着眼睛，歪着脑袋，从树旁太湖石缝里爬了出来。于菱拿照相机的三脚架，把它挑得远远地，诧异人们的大惊小怪："这有什么，我在沙漠那边的时候，这种四脚蛇、变色龙多的是。"

正说着，退到庙门口的于莲，又惊呼起来，于而龙以为又是一条变色龙呢！哪料到她在高声叫喊以后，响起一串银铃般的笑声："纬宇伯伯，敢情是你来啦！"

革委会主任的熟悉笑声，使得于而龙发麻，站在庙门口的四大金刚，也面面相觑，被震得木木然地呆看这位来客。

"哦！夏阿姨——"柳娟飞也似的冲向上海牌小轿车，把从写作班子回到报社的夏岚扶了出来。其实都是抬头不见低头见的近邻，异地相逢，就好像不同一般，气氛变得热烈亲切，欢快的笑声把满殿的麻雀都吓飞了。

夏岚娇嗔地埋怨："你们全家郊游，也不告诉一声。"

"怕你们忙呀……"谢若萍打着马虎眼。

"忙里也是可以偷闲的嘛！"王纬宇说，"不过，我要骂老于，这个自私自利的家伙，如此绝妙的一个胜地，竟然对我保密。"

"怕请你不来哦！"

"鬼话，向来你也没张过嘴。"王纬宇又问："是谁发现这块新大陆的？真美。"

"她是哥伦布。"于而龙指着正在作画的女儿。

"啊！莲莲，我想除了你这样的艺术家，谁也不会发现的。胜景如人，和你一样的把我吸引住了。哦，古老的寺院，盛开的玉兰，巍峨的西山，蓝蓝的云天，真是美得不能再美，可是不为人所知，不被人欣赏，被埋没了的美，多么遗憾呵！"

"真正的美，是不会感到孤独的，纬宇伯伯。"

"是的是的，也许如此，没有永远紧锁的大门，总是会敲开的。"

夏岚接着她丈夫的话说："我也觉得该莲莲的春天来了。"

于而龙对陡然出现的客人，满腹狐疑。是谁告诉了他？又为什么追到这里？现在，尤其是去冬以来，他总像个影子似的跟踪着，究竟要达到个什么目的呢？难道他也有一个和自己相对峙的战略？

"纬宇伯伯，什么风把你吹来的呀？"似乎领会了他父亲心思的于菱走过来问。"一般地讲，这个目标是不大容易被发现的。"

"嗐，咱们都是当过兵的，还不懂得火线侦察的道理？今天给你们送电影票去碰了锁,才获悉你们全家的去向。"

"什么电影?夏阿姨!"柳娟最关心的事,莫过于看内部参考片了。

"好莱坞的旧拷贝,《鸳梦重温》!"夏岚回答着,拿眼睛扫着于莲,似乎看她有什么反应。

"片名取得多好!画家,你说是不是?"王纬宇一定要于莲表态。

于莲略一思索,果然那张格外鲜艳的脸上,泛出了一个甜蜜的笑容:"是的,确实是一个富有诗意的片名。"

柳娟直是叹气:"多不巧,多不巧,可能是费雯丽主演的吧?"为失去的良机惋惜不已。

"没有关系。"编辑如今随和多了,不是那种不食人间烟火的高士,肯同普通人谈谈话了,"我们有兴趣的话,可以叫他再找票子。"

"谁?这大能耐!"

夏岚指着于莲抿嘴一笑——这是那种使得通天才子骨头都酥的笑:"假如她发个令的话,甚至可以组织一个专场。"

哦!于莲恍然大悟,什么幸福的敲门声,什么《鸳梦重温》,原来是为那个缺乏男人气的男人游说来了。她哈哈地笑起来:"煞费苦心的纬宇伯伯,夏阿姨,我该怎么感谢你们的关心?"

于而龙笑着:"你还不了解吗?你纬宇伯伯从来是无事不登三宝殿的。"谢若萍白了他一眼,心想:人家好心好意来和合,你倒像猫头鹰一样幸灾乐祸地笑。不晓得你这个当老子的,是何居心,想把女儿老死在家里么?……于而龙看出他老伴眼神里流露出的意思,"我倒不是泼冷水,恐怕也是一种徒劳的努力。"

"这个徐小农也真有意思,没完没了。"于菱发表着他的见解。

于而龙想：孩子，你还嫩一点，这怕碍不着徐小农什么事，关键在有些人把儿女婚姻也当做一种政治手段来使用的。

“看看吧，一个老子，一个小子，全不考虑莲莲的孤独。”夏岚用社论里习惯的点题语气说，“关键问题就是如同俗话所讲的：饱汉不知饿汉饥呀！”

“嗐，没办法，一对混账！”谢若萍气得骂街。

“噢！别提那些了。莲莲，难得的是小农那一片痴心赤情吗！”王纬宇不愧是情场老手，说起这类话来，由不得带上一种情感，就像吃了润肠剂似的那样自如地涌出。

但于莲提醒好心人说：“纬宇伯伯，泼水难收，我看你们就不用再提了，还是欣赏欣赏美景吧！”

“莲莲——”谢若萍不满意地叫了一声。

夏岚告诉大家：“一会儿小农还要来呢！”然后坐到于莲身边，“我们诚心诚意希望你幸福，小两口吵架，不可开交，最后闹离婚，并不仅仅是你们。分开来生活一阵，大家冷一冷，也就该分久必合了。我喜欢讲女人是最现实主义的，你说舍去小农，还有谁更合适？”

“谢谢，我不需要。”

王纬宇说：“造成今天的结局，都怪老徐婆子（于而龙一惊，他竟敢如此尊称他的恩人！）从中捣乱，搬弄是非，婆婆妈妈，没起好作用。我们也把她批评了，老徐更对她不满意，什么事她都要插手，讨厌得很。说实在的，这种夫人干涉政局、垂帘听政的坏风气该刹一刹了。不过，你们两位太太例外。”

“滚蛋！”夏岚才不愿听这些，凑到于莲身边，“答应我，莲莲，回头小农来了，你可不要拒人千里之外噢！”

“你放心，莲莲是见过世面的。”王纬宇捧场地说。

“来就来吧，寺院也不是我的。”于莲笑着继续作她的画。

“哎！艺术家自有一种绅士风度呢！”王纬宇高兴了，两口子三寸不烂之舌，撮合山的任务，总算有个良好的开端。当然，这还只是第一步，要紧的还是那个叼着雪茄的于而龙，一块掉在茅坑里又臭又硬的石头啊！才是他真正的目标。

“我们敬爱的纬宇伯伯，永远扮演善良的角色。”于菱调皮地、不无嘲讽之意地说。

“滚一边去，十二月党人。”

于而龙心里觉得可笑，这个外号还是去年于菱被流放后，他姐姐想起来叫的。当时王纬宇听了不以为然：“他算什么十二月党人，别亵渎那些俄罗斯真正的革命者了。菱菱，只不过是可怜的牺牲品罢了，画那么一幅漫画，进行人身攻击，可以说是一种下作。”如今，他也以赞同的口吻跟着叫了；不奇怪，他的哲学基础是需要，需要说它是红的就红，需要说它是绿的就绿。他现在甚至拉着十二月党人，去给那个翩翩跹跹的舞蹈演员照相，和年轻人一样，在花下嘻嘻哈哈地笑着，赞美着，显然是故意讲给于莲听的：“春天、爱情、幸福，可以说是同义语。”

“这里莲莲已经给你形象化地画出来了。”夏岚提醒她的丈夫。

于莲画了一树心花怒放的玉兰，每一朵花都兴高采烈，喜气洋洋，不由得使人联想起去年十月那欢天喜地的情景。于而龙也在注视着他女儿的画，可去年初那幅凋零落花图的印象，似乎在画面上浮现出来，仅仅相隔一年，就有如此变化，倘若十年二十年以后，又不知是怎样的繁茂景象。他在赞叹：大自然的规律，和人类社会发展的总趋势一样，度过严寒，春天就来临了。

“莲莲，这幅玉兰，我预订下了，回头我就送美术工厂装框去。”夏岚说，“纬宇，你看如何？比咱们家挂的那幅马屁精画的，强得多多。”

“当然当然，”王纬宇正在对镜头，“莲莲这点面子会不给么？”

“实在抱歉——”于莲放下画笔，“夏阿姨，只好改日另画啦！”

“有主啦？”王纬宇走回来，“谁？一张纸画个鼻子，好大的脸？”

“这是楼下廖伯伯特地命题的画。”

“哈哈，你老子的智慧之囊，苦难之源——”他大概觉得有些忘情，未免过分，就刹住了。“嗳，我去送电影票，怎么发现他那位外甥还没走？”

于莲是个说酸脸马上就能撂下面孔的女人，一脸愠色地问：“往哪儿走？”

“说是他闹了研究所——”

“该闹，对官僚主义闹一闹也无妨。”于而龙说。

“可他不该闹，那样一个家庭，那样一个出身，那样复杂的社会关系，要不然怎么敢对他下个驱逐出境的命令呢？”

“混账——”于莲义愤地骂着。

“听说你这个女侠客还为他打抱不平呢！不过，要不是那个书呆子，我们还真不知道你们全家来这里春游。最可乐的是老廖，穿起西服来了。”

“预先体验体验生活吧！”夏岚是左派，自从廖思源提出了申请以后，连话都不大同他交谈的。因为在她眼里——岂止她呢？政治上的可疑，如同瘟疫似的，是可以通过空气传染的。

“廖伯伯大概感到孤单、苦恼，连仅有的一个亲人也要撵走，所以，他希望我画一幅欢乐的画，留作永远的纪念。”

于菱插话说："这是完全正常的心理，我在边疆时听说过，在大风雪里迷了路冻死的人，是笑着死的，因为他最终看到所有的雪，都变成熊熊的火——"

他姐姐反问："你意思一切都是泡影么？"

"也许有那么一点意思，反正我不像你们那样乐观，所以我理解廖伯伯的心理状态。"

王纬宇嗤之以鼻地说："除了动力学，那老头懂个屁，居然要画一幅欢乐的画，看不出来，他有那份风雅！"

"是啊，革委会主任才是一代风流！"于而龙给了他一句。

"瞧，若萍，你老头又来劲了，一碰老廖，他就神经过敏，可是也真遗憾，那权威偏不给老于争气。好，不提他，至于艺术上的见解，老兄，你也不灵，莲莲差点毁在你手里。"

于而龙指着谢若萍，故意气他地说："还是让当妈的向你表示感激吧！"

王纬宇连忙捂起耳朵，不愿意听。

谢若萍对夏岚讲："真的，送莲莲出国学画，我压根儿不赞成，变成现在这样，不能说和她出国养成的洋习惯、洋风气没关系。"

"呵！天哪……"王纬宇呻吟地说，"我费了九牛二虎之力，倒成了罪人……"

"得啦得啦，妈妈——"于莲拦住了谢若萍。

于而龙哈哈大笑，其实，他是支持女儿去深造的，而且认为是王纬宇所做过的事里，惟一可以值得称道的。他从不怀疑女儿轻率的离婚，是由于留洋的缘故，中国离婚的人多了，都去过外国吗？那样一个丈夫，那样一个家庭，谁也无法生活下去。

谢若萍不同意，过去一直同丈夫争论："根子就在于她太开化，而且学画也用不着到外国去！”

“快收起你那些蠢话吧！闭关自守，是怯懦的表现，害怕外来事物，是愚昧无知的结果。一个搞艺术的，没有开阔的视野，没有丰富的阅历，没有渊博的知识，没有中外古今文化精华的营养，不可能取得任何进步和发展。老伴，连你都懂得看国外医学书刊，倒反过来要莲莲闭塞，闭塞的结果是什么？类似生物学上的近亲繁殖，只会一代一代退化下去，最后大家返祖，一齐成为毛孩。”

“我反正不信莲莲和小农过不到一块。”

“缺乏强烈爱情的婚姻，老伴，依我看，还不如趁早分手的好。”

谢若萍终究是女人，她同情女儿，难道女儿不该享受到女人应该享受的一切么？但是，她又是社会的一员，一个离婚的女儿，无论有多么正当的理由，也总使作妈妈的不那么理直气壮。嗐，人是一个矛盾着的实体，所以偶尔也能听到她忏悔的声音：“当初，我们也太不给莲莲留余地了。”

“副部长的美梦啊！”于而龙比他老伴更后悔，内心里给自己的惩罚也更重些。有一回，他突然问谢若萍：“你还记得刚建厂时，我是怎样整那个昏了头的连长吗？”

“什么连长？”她不知所以然地问。

哦，他才悟到自己从来不同妻子谈工厂里的长长短短，因为夫人们、太太们，有种情不自禁的欲望，要插手丈夫的事。小农他妈，那个老妖精就是一例，什么都要过问，甚至越俎代庖，所以于而龙很避讳这点。是啊，谢若萍怎么能知道他是如何整得昏昏然的连长服服帖帖的呢？

于而龙叹口气：“为什么没有人整整我呢？让我清醒清醒，那时候，我也被副部长那纱帽翅搧得昏头涨脑啦……”

那是骑兵团里一个年轻的剽悍连长，漂亮的大个子，英武魁伟，马上劈刺，考过全团第一，战斗中跃马扬鞭，冲在前头，是个勇敢的连指挥员。毫无疑问，很中于而龙的意，大家都摸透这位师长的脾气，吊儿郎当一些，军风纪差点，他都能容忍，只要在战场上打得勇敢，打得出色，不拖泥带水，能独当一面，看吧，早晚他是要提拔的，给副重担子挑。这个连长在建厂过程中，表现得很不错，在王爷坟那一片泽国里，泥里水里滚着，就破例越级提拔为车间主任。

乖乖，全厂轰动，那时干部配备，分厂一级是正团级，车间至少是个营级，他一个兵头将尾的小干部，也居然和那些三八式平起平坐，说实在的，即使一个再清醒的脑子也不免发晕的。不知怎么搞的，一来二去，迷恋上了那个穿列宁服，把腰束得细细的女技术员。于是想方设法要和还穿着农村大襟褂子的老婆离婚，闹了个乌烟瘴气，满城风雨。那一阵，工厂里面的干部中间，爱上剪发头，嫌弃农村来的媳妇，还有几位，都在看着大个子连长，只要他那缺口一开，就准备一齐上法院打离婚。

但是，这个喜新厌旧的家伙，却苦于找不到老婆的半点把柄，猫吃螃蟹，无处下嘴，最后终于被他抓到一个有把的烧饼，一口咬住老婆家的成分太高，影响他的进步。一个车间主任，怎么能有一个富农子女的老婆呢？非要拉她上法院断官司。

于而龙想到这里，不由得苦笑，那时候，在葡萄架下，说得是多么振振有辞，一个准副部长的门楣，怎么能同一位五类分子的右派家庭攀亲联姻，那是两根不同的弦，弹不出一样音调来的呀……

那时，工厂在高速度的建设，一切附带设施来不及跟上，譬如上下班的道路，都达到了怨声载道的地步，其他更不必说了。至今，人们还记得那位动力专家，是怎样骑着马在烂泥塘里蹚水，不止一次跌进泥洼里，他高擎着图纸求救。在他眼里，那份工厂设计蓝图，比他身上的那套火姆斯本呢料西服贵重得多。所以那位连长为了打离婚，不得不开着拖拉机接他老婆进城，因为道路太泥泞了。

拖拉机没有关机闭火，继续突突地在马棚为家属临时搭起的房前响着。哦，如今半点残迹都找不到，已经成了一片高楼住宅区了。

他老婆才不相信他甜言蜜语是领她进城游逛，哭天抹泪地赖在屋里门背后不肯出来，那个连长死说活劝，也不动弹，恨不得用钢丝绳套上她用拖拉机拽出来。

人就是这样，脑袋一热，是什么事都干得出的。

其实本来用不着厂长亲自过问，但气得眼睛发蓝了的于而龙骑着马过来了。群众马上看出来，这块黑云彩里，不是碗大的雹子，也是劈头的雷阵雨。

于而龙忍住脾气问："你可不简单，用拖拉机来拽你媳妇——"

这位漂亮连长自恃在师长面前有点良好印象，行了个军礼："老团长，我们已经谈通了，双方都同意——"

正说着，那个媳妇冲了出来，跪在了马前头，哭着诉说："老团长，救救俺们娘儿俩吧，我什么都答应他了，他愿意跟谁结婚，就跟谁结去，只要不把俺们撵出家，就这样，他也不认可，非逼着……"

他努力捺住性子，问那个负心的丈夫："你媳妇究竟怎么不好？你给我说说。"

"他们家成分太高。"

于而龙望着那可怜的媳妇，竟然忍让到这种程度，同意她丈夫再娶一个妻子,只要不撵走她就满足了。太软弱啦！上帝给你牙齿干什么的？那也是武器,咬死他,咬死这种忘恩负义的东西,谁也甭想自在。但是,一个堂堂厂长怎么能公然煽动仇恨哲学呢?于是他问那哭哭啼啼的媳妇:“你们家成分什么时候定的?”

“俺家是在四七年土改时定的。”

“你和他什么时候结婚的?”

“四九年大军南下那年。”

他转回头问那个“陈世美”:“你结婚的时候,大概得了习惯性耳聋了吧？就不曾打听打听她家的成分,糊里糊涂娶的她?”

“倒不是那样,只不过我现在的思想水平,阶级觉悟高了。”

于而龙压住火,要在部队,早就该请大言不惭的连长去禁闭室休息了:“好吧,既然你觉悟高,就别浪费柴油,把拖拉机开回去。”

“是。”大个子连长觉得老团长挺开脸,敬个礼走了。

等拖拉机的声音远了,于而龙问年轻媳妇:“你过得来苦日月么?”

“他南下那两年,俺怀着孩子,也是半年糠菜半年粮地过来着。”

“好吧,你就打谱儿再啃上几年窝窝头咸菜,我要撤掉他的车间主任职务,降他几级工资,让那些见了女人走不动道的花花太岁们懂得,应该夹着尾巴,老老实实地做人。”

妻子惩治负心的丈夫,往往是不择手段的,而且嫉恨使她毫不怜惜和心疼:“老团长,你看咋让他好,就咋办吧!”于而龙一张便条,送到人事处,变成行政命令。有时候,扬汤止沸莫如釜底抽薪,猛乍一看,手段有点粗暴简单,可对神魂颠倒,飘飘然不知所以的人,倒是一帖清凉剂。

大约整整过了三年，于而龙，那时已是书记兼厂长，才在党委会上提出，让那个改邪归正的浪子，重新回到他原来的位置上去。

前几年，当于而龙站在被告席上，高歌就曾经撺掇过这位连长，要他去控诉于而龙的军阀作风和家长统治："我们了解，刚建厂那阵，他把你整得好苦，你是身受其害，应该站出来革命……"

那个拖拉机都拽不动的年轻媳妇，如今是三个孩子的妈妈，对闪亮的明星高歌说："小高！承你情登上家门，真是天大的面子，如今好多人想巴结都巴结不上，倒不是俺们不识抬举，要说早年间的事，怪不得老团长，不光俺这辈子念他的好处，俺三个孩儿也忘不了，要不，他们就没爹啦……"等到高歌走后，她就训斥她的丈夫："你要是吃粪长大的，你就上台去控诉。"看到丈夫慑于那股淫威，有点对新贵们怵头怵脑的样子，便说，"了不起姓高的小子，撸了你的主任，没啥。老团长十多年前就说过，顶多啃上几年窝头咸菜；你把心放在肚子里，砖头瓦块成不了精。"

于而龙想起"红角"革命家押解他在马棚游街，或许就是她，她张嘴就是俺嘛，或许是别的家属，在凉台上，在门洞里，在大街旁，有的打狗，有的撵鸡，有的干脆拍打自己的孩子，指桑骂槐地数落："作孽吧，看到时候不收拾你才怪！天怎么瞎了眼，不劈死你这条万人嫌的癞狗！"

马棚如今一色是宽广平坦的柏油路，那是于而龙和全厂工人用了几年时间，每一个厂礼拜都不休息才填起来的。尽管现在脖子上挂着木牌——这可能是仿希特勒给犹太人挂黄星而演变来的——但是，脚却是走在自己修起的路上，心里倒是充实的，听着那些大嫂们绝不是无心说出的话，看着那些努力避开自己的眼睛，他深信这个世界究竟还是好人占多数，要不然，这世界还有什么希望呢！

那个连长经过于而龙的一顿敲打，老实了，和他妻子圆满地生活过来了，可他这位准副部长呢？于而龙想：难道我不就是那个连长么？要是当时有人给我副部长的美梦，来个当头棒喝，那么，莲莲今天肯定又是一副样子了。

——莲莲，责备我吧，错是我铸下的，而报应却落在你的头上，历史总是这样来惩罚人类的。

不知谁嚷了一声饿，于是野餐开始。

谢若萍从自行车上，夏岚从小轿车里，仿佛比赛似的，把吃的喝的搬运到玉兰花下的塑料布上。从两位主妇准备的食品看，既不重样，而且还是双份，显然有事先串通的预谋嫌疑，除非有后殿弥勒佛的大肚皮，才能消化如此丰盛的食物。

于而龙发现自己上当受骗了，尤其当王纬宇变戏法地摸出一瓶五粮液，给他斟满时，脸顿时黑了下来，为被人捉弄而恼火了。

谢若萍直向他使眼色，那意思要他忍耐，无论如何也不要发作，仿佛恳求地说："看在我的面上，千万别犯犟牛脾气，要知道王纬宇的根子硬，得罪不得。"

王纬宇不是傻子，不过他不在乎，竟倡议摄影留念："难得的春天，难得的玉兰。"

正在分发食品、汽水、啤酒的谢若萍凑趣地说："难得的是两家人聚会。"

"最难得的还是友谊。"夏岚表演了她的一分钟照相机，把柳娟眼馋到了极点，恨不能立刻给自己照张特写。

"什么友谊，像两只公鸡，鹐了一辈子的架！"王纬宇习惯于最难下笔处做文章的，他端起酒杯，俨然以主人的身份发号施令：“大家都举起杯来，十二月党人，快给你姐斟酒，白的、白的，她连伏特卡都敢喝。好，我要发表祝酒词啦！”

“限三百字！少啰嗦！”夏岚发命令。

“快点吧，纬宇伯伯，我手都举酸了。”

“哪能喝没有题目的酒，无标题音乐还闹场风波呢！好，为我和你们的老子，整整四十年，吵嘴也好，打架也好，弟兄俩还有动刀子的时候。那有什么办法，历史有它自身的阶梯。现在说了归齐，也不算泄密，老徐这一回出马力保，要你到部里去工作——”

“部里？”全场的人都吃了一惊。

“不会是副部长吧？”于而龙自嘲地问。

“也许将来会是，目前大概要你抓抓企业管理，计划之类吧！你是有实践经验的老干将了。”

“对不起，如果不是副部长，麻烦你转告老徐，我不希望离开王爷坟。”于而龙对着酒杯里的五粮液说。

王纬宇倒抽一口冷气，心里骂了一声“妈的”，然后高声地说：“这一回干杯的题目就是友谊第一，那是永恒的！”

“阿门——”于菱做出一副虔诚的样子，大家都笑了。

王纬宇并不是特别留恋王爷坟，而害怕于而龙夺了他的饭碗；起心眼里讲，他恨不能马上撤腿，把烂摊子推给这位打鱼的老兄。但是，“多米诺”骨牌反应，他是害怕的，只要前脚拔出，后脚就会着火，那些恶少们既是痞子，也是秕子，银样镴枪头，敢抱住他一块跳井。所以他必须在王爷坟呆着，稳住阵脚，以防窝里哄。谁知于而龙到底还是要来，电工室没有收拾住，心肌梗死没有结果住，看来，一场新的对抗赛又要开始。好，想到这里，便把那杯酒统统倒进嗓子里,足足有一两。

于而龙从来不喝急酒,他喜欢细斟慢饮,除了四十年前那瓶砒霜酒,是一口气喝完的,以后再也不曾喝醉过,死亡的记忆使他对杯中物持有戒意,抿了一口,抹了抹嘴:“我来说两句煞风景的话——”

谢若萍赶快塞给他一个扁罐头:“油浸鲫鱼,你爱吃。”

“老伴,你别堵上我的嘴,我并没有喝醉,决不会说得荒腔走板,我提议为春天,为繁花干一杯,如何? 大夫,我没越轨吧?”

谢若萍笑了:“看你,也不怕孩子笑话,越说越上脸。”

“繁花和春天,也可算是一种友谊,可不幸的是不能永远是春天,当春天变成冰雪笼罩的冬天,对不起,一朵花都见不到了,所以说,友谊也受价值规律的制约,在这个世界上,真正的敌人要多于真正的朋友,你们信是不信?”

“你呀你呀,像一缸做坏了的酒,净冒酸味。”王纬宇哈哈大笑,“你的论点丝毫也不高明,说明你不理解真正的友谊。同归于尽,绝不是好朋友要做的事,因为那太容易做到了。相反,两肋插刀,拯朋友于水火之中,才是够朋友呢! 十年前,一九六七年那个风雪之夜,该还记得不? 我是根据需要才唱低调的。孩子们,你们都会游泳,怎样去救一个溺水的人,会吗? 第一步,先得一拳把溺水者击昏过去,是不是?”

“太高明啦! 应该为你的救人新术干一杯!”

“你不要不服气。”王纬宇真的端起酒杯,“要不是这缺乏友谊的友谊;要不是这不算朋友的朋友,只怕——”他跟于而龙碰杯,然后喝光,连余沥都不剩。

于而龙皱着眉头,望着瓶里的余酒,琢磨酒量骇人的对手,那胸有成竹的沉着，稳如磐石的安详，使他惊异；一个对自己充满信心的角色，无论成败，总还是叫人不可低估的。啊！他是一个什么样的双料混蛋哪！连十年前那雪夜里的狼狈相，从此分道扬镳，也找到了合理的解释，真不愧是听过胡适讲课的高足，“历史是一个任人装扮的女孩子”啊。

“咔”的一声，夏岚抢下了他一刹那的镜头，当一分钟后，从相机里抽出那张彩色照片时，在座的人都捧腹大笑，于而龙自己都禁不住笑得大摇其头。

“欣赏你的尊容吧！”王纬宇讥诮地说。

谢若萍也开玩笑：“这形象够人看三个月的，哪像是干杯，倒像是吃耗子药。”

正在笑得忘形的时刻，于莲突然扔下酒杯站了起来，大家还来不及弄清怎么回事，只听她热烈地向庙门口招呼：“廖伯伯！”

除了夏岚在搞她的一分钟照相机外，人们都起立欢迎穿着西服，显得有点怪模怪样的总工程师——直到今天还不曾正式恢复职称，春天的阳光照亮了大地，但把阴影留给了他。

“呵，你们在野餐嘛，好极了。”他高兴得直搓手，然后四处回顾，“咦，我那陈剀没来？他该到啦！”

于莲自告奋勇：“廖伯伯，我替你看看去。”说着，甩掉了外套，露出了打着黑领结的白绸衬衫——似乎是她在留学时的装束，她许多在国外拍的照片，都是这样打扮的，在明亮耀目的阳光下，越发衬出她脸庞皎洁，眼波润泽，画家一向是不着意装点自己的，有些落拓不羁，有些散漫气息。今天，老两口都看傻了，还从来少见她这样婀娜动人，尽量展示出自己的美，就像寺院里的玉兰一样，虽然开得迟些，照样芳香扑鼻，光鲜照人。她大概看出了父母眼睛里的疑问号和惊叹号，笑了笑，露出两个迷人的酒涡，走了出去。

她穿过前殿，站立在山门口，迎着和煦的春风，啊！只见两个人几乎肩并肩地朝她走过来。

一个是结了婚，然后生活不到一起，又离了婚的没有丈夫气的丈夫；

一个是突然间相爱，又突然间割舍，至今也不能忘情的恋人。

哦！鸳梦重温，一个多么富有诗意的名字。

徐小农和陈剀两个人都把手向她伸出，不约而同地热烈地喊着：

“莲莲，莲莲……”

她该答应谁，握哪一位的手呢？

二

轻巧的舢板顺着水流滑进了塘河，于而龙就把桨挂起来，摸出雪茄，点燃了。那香馥的烟味，提起他的精神，可以有优裕的工夫，无需旁顾地集中想些什么了。因为舢板像识途老马一样，顺着塘河往三王庄驶去，往芦花的坟墓处驶去，他用不着操心了。

塘河像一匹不甚驯顺的快马，急速地穿湖而过，形成一条奇特的湖中之河。他望着河湖之间那隐隐约约的分界线，怎么也忘不了三十多年前，那个觉醒了的，但是偏执的芦花，用那斩钉截铁的语言说：

“要依我的性子，一个不饶，老的少的，统统杀光！”她从怀里抽出磨得雪亮的柴刀，啪地拍在船舱底板上。

船舱里挤坐着的十几位石湖首义者都吓了一跳。

赵亮赶忙缓和空气，笑着说："芦花，我们不是麻皮阿六，杀人绑票；我们是共产党，党是由政策管着的，可不能由着性子胡来。我们是去高门楼借枪抗日，不是去搞清算斗争。"

芦花指着河湖之间的分水线，劝说着赵亮："高门楼和咱们渔家船家，是两股搅不到一块去的水。老赵大哥，你要指望着他们哪，就好比指望着猫不吃腥，黄鼠狼对鸡发善心一样，等到石湖见底吧！"

等到石湖见底，是于而龙家乡的一句谚语，意味着永无可能。是不是太绝对了呢？于而龙后来并不赞同芦花那种偏颇的观点，僵直的态度，过分的警惕，和不必要的狭隘，他常为王纬宇辩护："好好赖赖，考验了好几年么！"

芦花摇头。

"你总得有点什么说道！"

她说："二龙，我应许过赵亮的话，说到做到，至死不变；要我相信他，当做自己人，你死心吧，我下辈子都办不到。"

于而龙始终无法说服他固执的妻子。

那一船石湖最早打起红旗的渔民，马上就要到三王庄了，赵亮在讲明团结抗日的大道理以后，对芦花说："听我的，芦花，把你的柴刀，留在船上吧！"他知道她在大旗杆上被抽打的苦痛，在陈庄大街上被欺凌的屈辱，她的仇恨，也同石湖的底一样深，一把刀捏在手里，那会忍不住要往仇人脖子上砍去的。

她保证地说："你放心，我不能杀他。"他，就是王纬宇，高门楼的二少爷，从北平回来的历史系大学生，当时决定要把他争取过来共同抗日。

“说话算话?”赵亮盯着她。

她然诺地点了点头。

芦花一辈子恪守她的诺言,一手指头都不曾碰他,而且不止一次,在战斗中救过他的命;但始终对他冷冰冰地,从不讲一句多余的话。她和他之间,壁立着一道无形的墙,像塘河与石湖一样,有着无法逾越的界限。

“芦花,你叫人家怎么放手工作?”

“我碍着他什么了么? 二龙。”

“知识分子,比较敏感,叫人家伤心的。”

芦花声音低沉下来:“你怎么不问问我,我伤心不?”

游击队长现在清清楚楚地记起来了……

他的小小舢板变成了那种摇橹的篷船,橹声咿呀地朝三王庄那棵银杏树驶去。舱里坐着十多个石湖上的起义者。其中有七八个是和于二龙一样,都是几个月前,被高门楼一张告示,永远驱逐出境的三王庄人。他们,由于无家可归,无亲可投,所以报仇雪恨的心情要急切些。

别的村庄的参加者,此时此刻,心里有点忐忑不安。——原谅他们吧! 天生的英雄豪杰是书本上吹出来的,谁迈出决定性的一步,总会产生瞬间的迟疑。但于二龙性格火暴,他一般有话,肚里是藏不住的,向赵亮埋怨:“悔不该带他们来的,看吧,到上阵的时候,非屙一裤裆屎不可。”

“头回拉了稀,二回就不屙了,共产党从来不单枪匹马打江山。”

船就要靠岸了,舱里的空气益发紧张,说是胆怯,说是恐惧都不算过分。这是人类对于全然不知的事物,必定会产生的心理状态，是丝毫不以为奇的。爱说实话的老林哥事后承认："头一回爬上三王庄的岸，那两条腿都不听使唤了，说瞎话让老天劈我，我直是哆嗦，直打飘，像喝多了绿豆烧似的……"但是，历史潮流推涌着这帮渔花子走上舞台，退却是不可能的了。

于二龙压低嗓门鼓动着大伙："别害怕，别怯场，高门楼那十几个看家护院的，全是纸糊的灯笼，外边光。咱们一对一，也能拼出个高低，要紧的是别泄气。王经宇带人带船进省里去了，不会有人从陈庄来救他们，看他肥油篓子敢不乖乖交枪抗日！"

"可别小瞧那些个看家狗——"老林哥永远是现实主义者："一个个膀大腰圆，怕不是他们的对手。"

"还没动手，先怯了三分。"

"是这么个道理吗！二龙，人家吃的是正经粮食，咱们咽的是谷糠野菜，人是铁，饭是钢啊！……"老林哥当事务长的才华，从最早创业时期就展现出来了。

于二龙后悔不如把他的小子石头带来，那个天不怕、地不怕的孩子，比尽惦着肚皮的老子强。出发前，他争着上船，央告着："二叔，带我去吧！"

"不行，动刀动枪，万一有个失闪，谁顾得了你！"

"我保管不碍手碍脚。"

于二龙说不行，那是毫无转圜余地的，老林嫂捉住孩子的手："小石头，你别给二叔添乱去！"那孩子圆瞪着双眼，一声不吭地走了。

船靠了岸，石湖上的第一名女战士先跳了上去。

"上，快！"她回头招呼，这时，庄上的狗已汪汪地叫成一片。那七八个坚定的三王庄人，被撵出村庄好久，一窝蜂地拥上岸来。好像长年流浪在外乡的游子,尽管故土并无特别留恋之处,但一旦回乡,照旧也会产生一些激动:“回来了,故乡故土啊!”虽然故乡板着面孔,并不欢迎。

老林哥蹒跚地爬上岸,跌跌撞撞,差点摔了一跤,招呼那些后悔跟随的外村人:“还打什么退堂鼓,跟着上吧!”于二龙一看那几位稳坐不动,两眼马上冒了火。“强扭的瓜不甜,上杆子不是买卖,你们——”赵亮在黑处捅了他一拳,才把那些难听的话咽住,没吐出口。

但是,谁也想不到,一条稚嫩的嗓子,从前舱板下喊出声来:“他们不去,我去。”

“小石头!”芦花惊喜地叫着,从岸上扭回头来。

“姑姑,等等我!”只见前舱的盖板活动了,蛰伏在舱里的小石头钻了出来,一对漆亮的眼睛在黑夜里闪闪发光。

老林哥直晃脑袋,他从来不会给孩子发脾气:“又不是赶庙会,你凑什么热闹?石头!”

“我跟你们一块干!”

“干?干什么呀?”赵亮笑着问。

他自然答复不了,歪着脑袋想了会子:“就干你们干的事,就是,就是,……对,就是打高门楼。”

“走吧,走吧!”赵亮就着孩子的话,回到船上,拉着那几个迟疑的起义者:“站脚助威,壮壮声势,也是好的吗!”他们被赵亮强拉硬拽地上了岸。

一行起义的奴隶,在三王庄沿湖长街上,朝高门楼走去,光脚板踩着石板路,发出啪啪的声响,那是一九三七年夏天一个闷热的夜晚,乡亲们被他们的脚步声惊醒了。

“谁们?”这是三王庄的一句土话,谁的复数语式,书本上向来不见的。

渔花子敢挺直腰杆在庄上大摇大摆,在三王庄历史上是破天荒的,多少年来保持着高门楼的一统局面,开始由他们几个异端给破坏了。

“不是二龙吗？啊！芦花！还有好几个被撵走的小伙子咧……”

整个村子在半夜里被惊动起来,鸡笼鸭栏也发出恓恓惶惶不安的动静;高门楼马上得到情报,来不及请示刚抽了大烟安睡的王敬堂,和不知去向的王纬宇,就在黑漆大门上,加上了一根笆斗粗的顶门杠,落下门闩里的消息,闭关自守,向陈庄呼救了。

渔民们的第一次出征,现在回想起来,于而龙觉得多少有点儿戏,要是高门楼稍微有点警惕,有他们以后表现出来的毒辣阴险,十几个渔民,根本不堪一击,甚至到不了高门楼的台阶前,就被打跑了。大概作为革命与反革命两个阵营的初次交锋,都同样地缺乏斗争经验。只是通过长期对垒以后,才相互长了学问,摸到一些门径。

高门楼没敢应战的主要原因,是被夸大了的敌情吓倒了。传话人说:“于二龙带着一船人来了。”一船人,是个很难弄确切的数字概念,到底是多少？要是心毒手辣的王经宇在,他准会下令开枪,但现在那些看家护院的,都面面相觑。有的说应该动家伙,养兵千日,用在一时;有的说可千万别开火,你有枪,难保于二龙会空着手？咱们谁长两个脑袋,犯不着卖命。

其实起义者手无寸铁,多么轻率冒失的进攻呀!

高门楼门前的两只石狮,虎视眈眈地瞪着不速之客,门里的狗吠成一团,于二龙伸出拳头,望了芦花一眼,便用力地擂那黑漆大门。

“嘭，嘭，嘭……”

可以听到里面又顶上一根门杠，看样子，肥油篓子已被惊醒，而且发了话，任凭敲门砸锁，死活不开。等陈庄区公所派兵来了再说。

谁都知道，高门楼像中世纪的城堡，关上大门，不同人们来往，三年两年照样逍遥自在，有吃有喝不发愁的。人们至今还传说一九三〇年，也就是民国十九年的特大洪水，高门楼开仓济贫，施舍给灾民们吃的那些发霉的陈仓烂米，那些哈喇长醭的腌鱼腊肉，识得几个字的乡亲，都被腊肉皮板上盖着的辛亥，壬子等年号印章吓呆了，细细推算一下，那该是民国初年的东西了。于二龙和那时刚刚漂泊来的芦花，都有幸吃到过他们诞生以前的食品，真是口福不浅。可水退以后，为了感激高门楼的无量功德，他们曾经付出过多少无偿劳动呵！

上帝——如果有的话，在给渔民们一个富饶丰盛的石湖同时，又给了一张高门楼吃人大嘴。人们在湖上远远看去，那黑漆大门，真像贪吃不厌的无底洞，所以石湖的水常满，渔民的苦没完。

“除非石湖见底！”人们抱怨自己永无出头之日，痛恨无休无止的勒索盘剥，诅咒老天的不幸安排。然而到了一九三七年的夏天，石湖水不那么平稳了。看，于二龙，只不过是个蝼蚁般的小人物，竟然也叉着腰站在高门楼前，盘算着该怎样攻打进去。

他眼睛一亮，芦花在暗里立刻瞧出了那闪烁的光彩，以往他每回从湖底钻出来，挥去满头的水，眼里光灿灿地，准是摸到了一条大鱼，现在，他肯定有了主意了。

王敬堂失算了，他那中过举的祖先给他留下来一条祸根。在前清，谁家中得举人，有资格立根旗杆，虽然已是民国，但旗杆仍旧是高门楼骄傲的象征。如今，这无上光荣、威震石湖的旗杆，却给于二龙造成突破的战机。

他往竖立旗杆的石座一蹦，两腿一挟旗杆，这个石湖上驶船挂帆的能手，在别人眼里，似乎不大费劲，松快自如地往顶端攀去。紧跟着他是一个矮小细弱的身影，像热带丛林里的猱猿那样，轻捷地、如履平地的飕飕蹿到于二龙身边，围着看热闹的乡亲，竟有忍不住为之喝彩的。

“叔！”他轻轻地唤了一声。

“石头！”在旗杆顶端，他搂住了这个才十岁的孩子，于二龙的心里觉得热烘烘的，“怕吗？”

小石头摇摇头。

想起跟他一起跳进院子里去的孩子，于而龙的心又不能平静了。

像流星一样，稍露光华，瞬即消逝的小石头，倘能活到今天，也该有五十岁了，可他，永远以一个小石头的孩子模样，留在他妈妈的脑海里，留在游击队长叔叔的脑海里。

小石头，小石头……

他真想冲着石湖，呼喊最早同他一起战斗过的小伙伴。

……站在高门楼屋顶上的于二龙，喊了一声：“跟着我，石头！”说着朝天井里跳了下去，他们俩，就像一块投进狼群里的肉，那伙高门楼豢养的打手，恨不能生吞活剥了两个胆敢冒犯尊严的臭渔花子。

“打，给我往死里打！”

他瞥见廊檐下站着一个瘦高挑儿，在发出号令，声音不很响亮，但是口气非常决断，犹如铁锤砸在砧子上一样短促有力。

于是打手像疯了似的扑上来，于二龙和小石头背抵背地同他们搏斗厮打，一边朝大门口接近。从天井到门廊，只是一步之遥，但是在比打手还凶的恶狗，比恶狗还野的打手重重包围圈里，想挪动一只脚都万分困难。于二龙急中生智，喊了一声："小石头，你快钻出去，我拉手榴弹跟他们王八蛋拼了。"

"二叔，你——"小石头喊着。

"别管我，快。"他搡了孩子一把，然后假装把手探进怀里，这时候，除了几条不懂人话的恶狗，继续狺狺狂吠外，那些怕死惜命的奴才，豁拉一下往四处散开。于二龙跳出重围，小石头早蹿到门边，把两根门杠拽倒，但他不懂得机关消息，那门闩怎么也拉不开。

"过来一个把门打开，要不，咱们谁也别想好看。"

"是，是，你别拉弦，我们开，我们开！"

大门刚刚拉开一道缝，赵亮、芦花和同志们就蜂拥地挤了进来，还有一些胆子大的庄上人，也跟在后面来凑热闹。

"反啦，反啦，你们干什么？半夜三更，来打扰老爷。"一个狗腿子，横着枪大声吆喝。

于二龙把他拨拉到一边："甭拿烧火棍吓唬，要怕它就不登门了。"

"你们打算——"

"找王敬堂谈点事。"

"老爷睡了。"

"睡了也不是死了，去把他叫起来。"

他刚转身，于二龙和他们一群人也随之而进，在一连三间装着镶花玻璃槅扇的大厅前，从来不敢进高门楼的穷苦渔民，竟指名道姓地大声喊着："王敬堂，你看看，是谁回来了？"

在高门楼里，直呼老爷大名，简直如同触犯天条，亵渎神灵。一个打着光脚的渔花子，竟敢踏在花厅的瓷砖上吆五喝六，那还了得。

王敬堂，石湖首户，县太尊都要卑让三分的大人物，气得发昏过去，吩咐两边的仆役："给我掌嘴！"

但他话音尚未落地，于二龙一个箭步蹿了进来，满屋里那些铜锡器皿，玻璃屏风，相框衣镜，灯伞挂钟所发出的光亮，使得在黑暗里战斗了半天，气还喘不均匀的年轻渔民怔了一会儿。然而，躺在藤榻上的王敬堂，使他定下神来。

"看谁掌谁的嘴，王敬堂！"

他一手揪住他的夏布汗褟，把那摊肥肉从鸦片灯旁提起，足足有两百多斤分量，他也不知从哪来的神力，王敬堂并不比打谷场上的石碌碡轻多少。

忽然，从屏风后边闪出一个人来，瘦瘦的个子，高高的身挑，文质彬彬地说："放下手来，有话慢讲，用不着动武。"话说得慢吞吞地，但那是相当自信，带有命令的口吻。

那是一个闷热的夏夜，于而龙记得很清楚，热得令人烦躁不安，闷得连脑壳都快迸裂。远处，滚动着隆隆的，不绝于耳的低沉的雷鸣；近处，在高门楼院墙外面，一个妇女在凄厉地叫喊，那是妈妈为她的孩子叫魂："……回家来吧，孩子，回来吧，听见妈妈在叫你吗？回来吧，孩子，快回来吧……"

是的，该回来啦，在这群奴隶的心胸里，作为一个真正的人，那种有着最起码的尊严，能像人一样生活的灵魂，应该回来啦！

王纬宇，穿着派力斯长衫，挽起的袖口，是雪白的杭纺褂子，戴着一副金丝克罗咪的眼镜。于二龙打量了一眼,跟刚才在廊檐下发令往死打的那个人,有点相似,但又不尽相同。现在他不是那种无情狠毒的口吻,而是婉转地说:“都是一个庄上的人,有什么不能好好讲的呢?”

于二龙把王敬堂扔了回去,虎生生地盯着王纬宇:“那好,咱们把话摊开,谈谈。”

王纬宇才不怯阵,一个渔花子再跳,最后,也得落在舱板上:“过去家父对列位有些处置失当之处,驱逐你们出了庄子,流落外乡,受了几天苦,委屈了众人,从现在起,可以收回成命,大家回庄来安居乐业,不好吗?”

那时于二龙胸无点墨,王纬宇的酸文假醋,并不完全听懂,但大致意思是明白的,回答着说:“用不着,脚长在自己腿上,我愿意走就走,我愿意来就来,那张屁告示不顶用的。”

“那么列位光临舍下的来意——”

“你是个读书人,大学生,日本鬼子打到什么地方,该比我们明白。今儿我们来,是来朝府上借枪打鬼子,保家乡。”

“哦!借枪?”他惊诧地反问,这是他不曾料及的。

“说借是客气,该是物归原主。”

王纬宇笑了笑,他需要延宕一步,以便思谋对策:“这话我倒想请教请教。”

赵亮向前迈出一步:“就你们高门楼一个鱼税卡子,收了打鱼人家多少自卫捐?”老林哥在人群里嘟哝:“我们从湖里打上一条鱼,这捐那税,还能剩个啥,吮鱼尾巴都没份啦!”

王纬宇做出一副光棍模样:“大家既有爱国热忱,我们也应鼎力协助,只不过,枪支弹药,一向由家兄经手,等他从省里办事回来，咱们再议好不好？”

“少说废话——”芦花从人群里挤出来，逼近王纬宇，“你给大伙说个明白，借，还是不借？”

“大姐，我难道说过不借二字吗？你，你——”他显然不大愿意正面接触那火一般的眼光，“你，用不着发这大火。”

赵亮趁此机会向他宣传了党的抗日救国纲领，他自然是听不进去的，冷笑一声：“共产党的主张，鄙人略知一二，关于借枪的事，我可以替家兄做主，只要他回陈庄，我去把枪给列位取来，如何？”

于二龙一拍那红木八仙桌，震得几个茶碗都跳起来：“到时候就怕你做不了他的主，倒是他要做你的主呢！”

这句话实在戳王纬宇的肺管子，他脸一红，但旋即镇定下来：“巧妇难为无米之炊，枪支弹药都在区公所，我拿什么借呢？”

于二龙哼了一声，指着那几个持枪的家丁：“他们身上背的什么？”

“那是我们家自己的。”王纬宇不以为然。

“我们就借它！”

王纬宇脸沉了下来：“咱们先礼后兵，我们已经答应你们，再要蛮不讲理的话，我王纬宇也不是好欺侮的。”

于二龙大喝一声：“下枪！”

王纬宇也吼了出来：“谁敢动一动，就开枪！”一眨眼间，花厅里的空气紧张起来。

只见那位复仇之神芦花，一个箭步跳到藤榻上，踢倒了烟灯，碰翻了烟枪，抽出那把亮晶晶的柴刀，像机枪点发似的，从她嘴里迸出话来：“要枪，要命，你们挑吧！”

王敬堂一生养尊处优惯了，从来不曾被人这样粗暴对待过，刚才经于二龙一抓一搡，气还没有喘匀，哪想到一个女人，一个他视为妖逆的下贱女人,竟然高踞在他的头上。而且伸出来一只脚,一只女渔花子的脚,踩在自己身上,真是天大的晦气,永远也洗不净的邪秽。他马上想到可以辟邪的《太上感应篇》和《易经》,想叫佣人们赶紧找来。但一看那女人手里明晃晃的凶器,和那一脸杀气,他吓坏了,连忙闭上了眼睛,有气无力地叫了声:“老二!”

王纬宇咬咬牙,横下心:“好吧,不能让你们空手回去,给他们一杆枪——”他向那些看家护院的吩咐着。

“二先生,你可太大方啦!”于二龙嘿嘿冷笑,“我们不是朝你讨饭来的,三文两文就想把人打发走。你就痛快地发个话吧!让他们乖乖地把枪交了,省得动手动脚麻烦。你别指望区公所保安队会来搭救你们,他们都跟着你老哥串州逛府去啦,小快班也开走啦,余下的虾兵蟹将,慢腾腾地摇着船来,只怕日头都老高了吧!”

王纬宇看着站在他面前的渔花子,完全上不得台盘的乡巴佬,一个根本看不在眼里的微末之人,居然说出话来,句句落地有声。再看那个眼睁睁要杀人的女人,他知道,她要一刀砍下去,手是决不会发抖的。于是,他重重地叹了一口气,把手一挥,服了输。

啊,石湖上的奴隶,穷苦的渔花子,第一次有了自己的武器。

愈离三王庄近,水面上的一切对于而龙来讲,也愈加熟悉亲切,东一片翠绿的芦苇,他曾经捡过螺蛳蚌蛤的,西一片青葱的荷叶,他年年都要挖野生莲藕充饥的。哦,远方是连绵不断的湖心岛屿,那是和敌人捉迷藏的战场,近处是迷宫一样的浅污土墩,却是芦花采撷野菜的场合。如今,这些墩子上种满了各式各样的菜蔬,猛乍看去,类似镶花嵌刻的什锦图案,绽放的菜花,是鹅黄色的,稚嫩的苜蓿,是姹紫色的,肥厚的蔓菁,是碧蓝色的,繁密的慈菇,是翠绿色的，呵，真是五彩缤纷，是那样的赏心悦目。春天的大地，确实像善于梳妆的姑娘，懂得怎样把自己打扮得更好看些。

他凝望着这些熟悉的场景，突然间，好像戏台上的机关布景迅速转换似的，那个穿着派力斯长衫的王纬宇，变成了石湖支队的一员，正全身蹲在碧绿的湖水里，露出一个也学会顽皮嬉闹的脑袋，给游击队员们讲宋代苏轼的一首绝句，那些只会打渔捞虾的队员，根本弄不懂什么“竹外桃花三两枝，春江水暖鸭先知”，是个啥意思？

原来在刚刚结束的一场战斗中，他那支老套筒不知怎么搞的炸了膛，总算幸运，他机灵地躲过这场灾难，只是倒霉，裤子剐了几个大窟窿。一般讲，裤子有洞，在小腿部分，无伤大雅，大腿往上，任何部位都是见不得人的。那时的石湖支队，是创业初期的艰苦岁月，滚来滚去一身皮，没有替换衣服。王纬宇自不例外；他只得光屁股蹲在湖水里，靠湖水替他遮丑，把衣服丢到岸上，央求游击队当时惟一的女性，给他缝补。他那金丝克罗咪眼镜镜架早断了，也无法去配，只好用线绳拴在耳朵上，那样子，是相当狼狈的。他也学会了骂大街：“妈的×，要不是老套筒炸膛，我还真体会不出苏东坡诗的意境呢！”

芦花停下针线来，问他：“怪谁？”

王纬宇不服气地：“怪我吗？这支老掉牙的步枪！”

芦花说：“其实还是怪你，那是你们家的枪，就是你让那些手下人交出来的枪。”

“是吗？是吗？”他不相信地说。

“你当时要说话算话，你哥回来把好枪拿来换，就不至于今天蹲在水里当鸭子了。”

王纬宇放纵地大笑起来，笑声在水面上震出碎细的波纹：“芦花，芦花，那回借枪，要是你手里那把明晃晃的刀，在我死去的老头子身上，哪怕划上一个小口子，出点血，那拿走的就不是几支旧家伙，而是十支崭新的，没开过膛的中正式，还有一挺蜡油封得好好的加拿大轻机枪，都在我老头子那张藤榻下面摆着咧！……”

——想不到，我们，还有赵亮同志，到底叫他给骗住了，谁知道，王纬宇现在还骗我什么呢？

蓦地里，在迷宫般的湖中墩子间，不知在哪个角落，传来了一声清脆悦耳的女性语音。

“是谁在划船呀？麻烦过来搭我两步！”

于而龙陡然间想起石湖上关于水鬼的传说，老年人总是告诫好奇的孩子，孤身一人在湖上的时候，千万别去贸贸然答应别人的呼喊，因为水鬼会变化成个漂亮的姐儿，或者装作受气的委屈媳妇，来诱惑，来狐魅，使人失足落水淹死，然后水鬼就可以找个替身脱生。于而龙自然不相信鬼神，但习惯养成了他不爱答应，而是把舢板绕了几个弯，才找到喊叫搭船的女客。

一眼就把她认出来了，虽然她站在密密的桑林里，新叶如拳，尚未张开，所以清清楚楚透过枝条看到她的背影，那套合体的服装，可着腰肢，显得娉娉婷婷的样子，一下子标明了她是谁，原来是昨天下午的老相识了。她正踮起脚寻找听不见桨声的小船，直到于而龙轻轻咳了一声，招呼着她：“上船吧，姑娘！”才惊了一跳地车转身来。

她先喊了一声“老大爷”，穿过桑林，双手拨开那些枝条，忍不住自己扑哧笑了，什么老大爷，鼎鼎大名的游击队长，一个她拿不准该是怎样对待的人：“哦，是你——”

在金黄色的朝曦映照下，于而龙仔细地端详着那张迷人的脸，有一点野性的魅力，洋溢着青春的热情。于而龙越来越觉得在哪里曾经认识过她似的，而绝不是昨天下午。

“又见面了！”

她脸上的表情在迅速地变换着：高兴，欣喜，诧异，惊愕，呆愣，最后，又很快回复到昨天下午分手时，那种淡淡的，外交辞令中的“友好”面容。她笑了笑，露出一嘴整齐的明灿灿的牙，从那丰满的嘴唇里，吐出几个敬谢不敏的词，使于而龙惊讶。

“谢谢你，我用不着了。”

她下到湖滩，把在水里泡着的一些测试仪器捞起来，打算往回绕原路走了。

简直奇怪，分明躲着自己，于而龙也实在捉摸不出她是个什么性格？“怎么？怕我吃了你？”

激将法起了作用，她站住了，用一种怨恨的眼光瞟着他：“你以为我怕吗？好，那就麻烦你，送我到那边的墩子上去。”

她上来舢板，便把脸别了过去，看对面那姹紫嫣红开满豌豆花的土墩，一路上谁也不想说话，只听桨声欸乃，水声汩汩。于而龙想着她是谁？我怎么觉得眼熟？然而，脑海是空白的，任什么也找寻不出来。可是，也就算是奇怪了，就连这姑娘那一头漆黑乌亮，密致秀丽的头发，丝毫不亚于他那画家女儿的动人长发，也好像应该能从记忆里找出点蛛丝马迹的，但是，想不出任何印象来。

一直快到她的目的地，才回过脸来问：“你这是要去三王庄的啰？”

“当然啦！”

“看得出你是个不大肯罢休的人！”

“什么意思？”于而龙一惊，难道这个女孩子有一双慧眼能穿透人心？

她微微一笑："随便说说，我看你这两天没完没了地在湖上划船，大概总想干些什么吧？"她那怪秀媚的两眼盯着他，眉毛挑了起来，似乎像把钻子，想钻透他的内心奥秘，那眼神既有疑虑，也有探索，而且有着许多想说的话。然而她咬住嘴唇，用那多少是玩世不恭的神态，来控制自己激动的心灵。

于而龙自然不会把来意告诉她的，便说："今天，昨天，我也在湖面上碰见你，看起来，你够辛苦的。"

她低沉地说："能不付出一些代价吗？"

"我是喜欢鱼的，和它打了多少年的交道，看到你这样为鱼奔走，想尽办法来挽救，真叫人钦佩——"

"不是挽救鱼，而是挽救自己，支队长！"

于而龙听愣了，以为她是开玩笑，然而她是一本正经的样子，简直无法相信，犹如小娃娃学说成年人的语言似的，她会说出如此沉重的话："真有意思！"他把舢板靠上了墩子。

她向他审慎地一笑，并不那么轻松地说："一点也不夸张，我是在赎罪！"说着，跳上了墩子，头也不回地，袅袅娜娜地，朝那繁花似锦的早豌豆田里走过去。

一个年轻魅人的姑娘，有什么罪可赎的呢？于而龙不由得沉思起来。

三

昨天下午，于而龙离开柳墩以后，老林嫂伫立在湖滨，看了好久好久，一直到那条舢板完全消失在水平线上，她还认为舢板像小黑点在水波里跳跃。其实,那只不过是种错觉而已,要不是她儿媳挓个竹篮来喊她,还不知要站到什么时候去。

“妈,你不是说要剜马齿苋去吗?”小学教员提醒她。

马齿苋是一种生命力顽强的野菜,除了灾年,连庄稼人都不吃的,可无一寸耕地的水上人家,倒是饭桌上的常客,于而龙在记忆里,芦花的拿手好戏,就是马齿菜馅饼。

石湖水上人家的名声,在四乡八邻的心目里,是不雅的,除了船家姑娘的自由放浪,和那种特别多情的性格,造成了被那个社会认为不洁的空气外,最糟糕的就是顺手牵羊式的小偷小摸,弄得臭名远扬。譬如扯走人家在河边晾晒的衣裳啦!爬进庄稼户的菜园里,拔几个萝卜,拽几棵花椰菜啦!要不然趁人眼错不见,偷鸡摸鸭悄悄杀了解顿馋啦!所以船一进村,人们都像防贼似的小心起来。那时候,这类没出息的事,于大龙是不挨边的,因为他缺乏那种机灵劲;于二龙不屑干,他随便下水摸条鱼,也比做贼强。最主要的是正直不苟的芦花,坚决反对像一条偷食的狗那样,被人跟着屁股唾骂,所以他们家总吃老天爷赐给无地可种的渔民,那又酸又涩的马齿苋。

饼早就烙出来了,可舢板还不见影,老林嫂心神不宁地望着垂柳外的湖面上,心里想:“该回来啦!不会让你再碰上一条红荷包鲤的,好运道轮不上你我了,捉不到鱼回家吧!”现在,晚霞在湖面上洒下了一片金浪,偌大的湖面上,一条船的影子也不见。

她眼神不算太好——泪水流得太多的缘故,但她孙子,那个丢了红荷包鲤的秋儿,一直在码头上坐着,奉他奶奶的命令在眺望叔爷,他眼睛尖,要看到什么,早来报信了。

难道她害怕于而龙的舢板,会在湖里发生什么事故么?不会的,石湖有点欺生,但决不会难为他的。在黑斑鸠岛落到那种地步,石湖还给他留了一条命呢!对了,老林嫂终于弄明白自己悬心吊胆的原因啦!老天,该不是去三王庄了吧?去探望芦花的坟墓去了吧?哦,那可一切都要弄糟了的呀!

怎么办呢?……老林嫂的心沉了下来。

天完全黑了,菜饼放在桌上也凉透了,等客人回来再动手宰杀的活鱼,在木盆里泼剌泼剌地蹦着,但是,于而龙还是不见踪影。

老林嫂打发她儿媳去给城里的儿子通个电话,告诉他二叔直到现在还无消息,会不会出什么事,赶紧去通知那个王书记。

她早看出水生过分地巴结王惠平,一心想攀附着他,谋个好差使,混个好日子,居然抛下二叔不管,登上游艇,尾随书记进城去了。她半点也不赞成儿子必得投奔一个靠山,找棵大树庇护自己的做法。她早劝说过:"水生,干革命,干革命,是干出来的,不是靠出来的。"

"妈,你不懂,如今社会,老一套吃不开啦!"

"如今社会怎么啦?还不是共产党的天下吗?"

水生有他自己的处世哲学。老林嫂全盘不动地向于而龙学说,他说:"妈,共产党的天下,这话不错,不过,如今的共产党跟早先那时的共产党,不全一样啦!那时共产党是打天下,要老百姓养活,要老百姓出力,所以有过那么一个小调,小时我也唱过:'子弟兵,上前方,为了爹娘去打仗。'如今共产党是坐天下,就掉过个来啦,老百姓得靠共产党啦!妈,你别瞪眼,不是我发明的,天天不离嘴唱过的:'鱼儿离不开水,瓜儿离不开秧,革命群众离不开共产党。'听!我怎么能离开王书记?他就是党,党就是他,这一点我看得比你清楚,妈,你别糊涂啦……"

老林嫂对于而龙叹息:“水生一点也不像他死去的老子,死去的哥哥啊! 是谁教他这一套学问的呀?”

谁教的? 老林嫂,社会有时是个教员,过去,它教人们为了共产主义理想,抛头颅,洒热血,前仆后继,不顾一切,去追求真理、自由、解放。现在,它教人们蝇营狗苟,追名逐利,巴结上司,讨好领导,吹吹拍拍,言不由衷……社会风气在潜移默化着每一个成员。过去,老林哥夫妇、石头、铁柱是在倾心尽意的干革命;现在,水生却是在谋生,这是有着根本的差别呀! 老林嫂,能责怪孩子什么呢? 责任就好比绿叶上被虫子蚕食出来的洞,那怎么能是绿叶的过错呢?

夜色渐渐地浓了,于而龙还不见回来。

打发儿媳和孙子睡去以后,搬把竹椅坐在门口,等待着如同她亲兄弟似的同辈人。她是闲不住的,信手又编结起蒲草拎包来。

她坐在春夜湖边的场院里,由于游击队长的到来,使她想起许多往事,那逝去的岁月,那失去的亲人,重又回到年过七旬的妈妈心中。现在,活在世界上的,除了石湖,除了鹊山,就是于而龙,是她和那流逝过去的一切,惟一能联系起来的桥梁。是的,她爱他,像亲姐姐地爱他,从他们一起迈上革命的路程开始,他们就结下了近亲似的革命情谊。尽管后来他进城以后,变得生疏了,不那么来往了。但她希望他幸福,心甘乐意地愿意为他做些什么,甚至到了今天,他在老姐姐的心里,仍旧占有很大的比重。是啊! 也许把她那无处倾注的,对老林哥的怀念,对小石头、对铁柱的母爱,都汇聚集中到于而龙的身上了吧?

一颗希望别人幸福的心,是多么值得珍贵啊……

雾气渐渐地重了起来,她不住手编织着的拎包,也有点湿漉漉的，蒲叶也柔润得不那么刚脆了，蜷缩在她脚下的那条黑狗——就是原来于菱养过的那条纯种猎犬，也团得更紧了。还是不见于而龙回来，越等越急，越是急躁，心情也越是不安。于是这样那样的不幸设想，就在心头涌现。“不行！”老林嫂坐不住了，站了起来，拄了根棍子，朝生产队的办公室踽踽地走去，后面跟随着那条无声的，像影子一样的黑狗。

生产队的小会计被她的敲门声惊醒了，开门让她进来，揉着眼睛，怔忡地问：“老奶奶，你有什么事？半夜三更！”

“孩子，求求你，给我往县里挂个电话。”

“找水生叔吗？”

“不，你给我找县委王书记。”

小会计突然想起，好像上头关照下来的，不要随便让这位烈属老奶奶，动不动给县里去电话。前些年，她可是没少给县里找麻烦，气得王惠平下了这道口谕。在县城那样一个天地里，书记的话是和圣旨差不多的，小会计便劝老林嫂说：“老奶奶啊！你看看都几点啦！”他抓起桌上的马蹄表：“哟，两点了，王书记都做了三个梦了。”

“你给我打到他家里去，他家里有电话。”

“老奶奶，你摸摸我头皮，太软，可没长那分胆子，敢大半夜去惊扰他。”

“有要紧事，孩子，我要找他——”老林嫂告诉他，“我们家的客人不见啦！”

“是吗？”小会计瞪出眼珠子来，“支队长给丢啦？这还了得？”他知道于而龙是个大干部，是王书记的老领导，而且白天专程开着游艇，封了湖，满世界地找他，看来非同小可。权衡了一下利害关系，立刻给县里挂通电话，把王惠平从梦中惊醒。他战战兢兢地捧着电话，听得出来，那声调是相当不耐烦的。小会计吓得忙把听筒塞给了老林嫂："你给他讲吧！"

老林嫂把情况断断续续地告诉了他。

没等她讲完，王惠平不乐意地打断了她："水生来告诉过啦，我通知秘书，叫他给陈庄公社打电话了。"

啪地挂上了电话，嘟哝了一句："大惊小怪！"

他老婆问道："谁来电话？"

"柳墩那老婆子！"

柳墩的老婆子还在捧着听筒，一个劲地啊啊着，殊不知电话员早撤线了。

小会计说："要怪罪下来，你可顶着。"

老林嫂说："放心，犯不了死罪，走，家去！"她招呼她那条黑狗走了。

就在黑狗又蜷缩在老林嫂的脚前，闭起眼打瞌睡的时候，对不起，王惠平床头的电话铃又响了："丁零，丁零！"

又是柳墩那老婆子。

待不去接吧，电话铃一阵响似一阵，他老婆光火了，没完没了，不识相的老婆子又该缠住不放。她想起这个全县最出名的烈属，死了丈夫和两个儿子的烈属，前几年放着好端端的日子不过，进省上京，去为于而龙鸣冤叫屈，纯粹是一种不可理解的愚昧。于是抓起电话，没有一点好声气地问："谁？"

听筒里传来电话员埋怨的声音："地委江书记的电话，你们怎么半天才接？"

她赶紧推了一下接着做梦的丈夫:"快,是江海——"把听筒塞给一跃而起的,光着身子的王惠平,他老婆赶快找了件衣服给他披上。但他什么都顾不得了,因为地委书记的声音,远不是那么友好的,丝毫不亚于刚才他和老林嫂通话时的冷淡和不耐烦。

劈头就是一句:"……你是怎么搞的吗?"老盐工的话,天生有股又咸又苦的味道:"于而龙来石湖,你怎么能不马上告诉我?别人要疏忽了,我可以谅解,他们不了解我和老于之间的生死关系,你是知道的,为什么不早点讲?要不是'将军'来电话,我岂不是蒙在鼓里。你把他安排在谜园里啦?什么?住在柳墩?(他听见江海倒抽一口冷气,连忙解释说:"是他本人坚持要住那儿的,我去接他,他说啥也不肯来县里!")我说小王小王,亏你还是跟过他的老同志,他在柳墩,你怎么倒在家里安生躺着?"糟糕,想法给自己找个推脱的理由才好,也没加什么思考,信口说出:"他现在不在柳墩!"江海紧忙追问于而龙的去向,王惠平一面回答,一面恨不能撕自己的嘴,可又无法不如实汇报:"柳墩那位烈属老林嫂才来过电话,说他下午出去钓鱼,一直没回来,不知下落——"

"砰"的一声,他听到江海气得把电话摔了。

请原谅我们都是些凡俗的庸人吧!别看我们在领导岗位上呆着,在群众或者下级的面前,指手画脚,颐指气使,滔滔不绝,口若悬河;但在我们的上级面前,照样也噤若寒蝉,言谈嗫嚅,举止失措,狼狈不安。不奇怪,这正是社会的复杂可爱之处,倘若都是单线条的话,恐怕就不成其为社会了。

于是,他又摇通了地委书记办公室,值班同志告诉他:"你等着吧,江书记坐灭蝗的直升飞机去你们石湖了。"他赶紧光脚跳下床,腆着个大肚皮推开窗户,望着灰蒙蒙有雾的,刚刚发亮的天空,总算幸运，雾成全了他，飞机没有起飞，要不然那只摇晃翅膀的铁鸟早来了，现在听不到马达声，他才放下心，叹了口气，坐在床边，耷拉着双腿，用手指弹着发胀的前额。

听说是江海电话后，一直没敢合眼陪着的他老婆，安慰着他："休息吧，用不着伤脑筋。"

"他们是生死相交的老战友。"

"纬宇叔不也是么？"

王惠平晃晃头："他跟他们不一路。"

"当方土地，谁来了都好好应酬呗！"

"哪能那样简单，我替纬宇叔犯愁，一整天都没来电话了……"

生活就像缠绕着的合股绳索一样，把许许多多矛盾着的头绪拧在一起，也许在这一股上彼此谁也碰不着，但在那一股上，必然会纠缠得难解难分。

于而龙告别了那个姑娘的背影，回过头来，朝三王庄划去。

也许是那个"赎罪"的姑娘，使他想起了自己的女儿，要是莲莲没有突然在地平线上出现的陈剀，为他的居留权在厮杀奔走，也许会同自己一起回到石湖的。

那样的话，该多好，不但可以告慰地下芦花的英灵，而且也会使那用心血把她哺养大的老林嫂，感到晚年的欢乐。

他终于觉得歉然了，只是一句偶尔的话，老林嫂便答应昨天晚间做马齿菜的饼子吃，还说，莲莲那年回家来，也缠着干妈非要吃那种苦森森、酸溜溜的野菜。肯定，她会因为他吃不上菜饼而没精打采；会因为他整夜不归而悬心挂胆；也肯定会因为至今不见他的影子，打发水生去陈庄找他，他说过一句，钓不到鱼，没准去陈庄看看。

错啦！于而龙，她亲自领着秋儿，还有那条非蹦上船的黑狗，带着你爱吃的马齿菜饼，摇着舢板来寻找啦！

老林嫂，总是把欢乐带给别人，而把别人的痛苦和不幸，揽在自己身上的善良老妈妈，她活到今天，该是多么的不容易啊！而她永远是无偿地付出一切，从来也不想得到什么报酬。

他还记得于莲留学回国，分配在一个艺术单位，领到了她第一个月的工资，“乌拉”了一阵，起码当时自己做出了四五种方案，怎样来花掉几十块钱。但是，一下子她改变主意，骑上车到邮局，把整月工资汇给了整年背着她长大的干妈。

可是汇款原封不动地退了回来，水生附来一封信，说是莲莲要能回石湖住一阵子，比汇钱不知强多少倍。于而龙明白，由于四合院里兴出来的许多规矩，什么公筷制啊！什么一早起床就进洗澡间啊！老林嫂是无论如何也不肯来城里做客，受那份洋罪的了。

正好于莲想画些什么，特别是她那份爱情，在葡萄架下被众人生生给扼杀以后，她也像她弟弟那条被烫伤的猎狗一样，需要躲在洞穴里去舔抚自己的伤口。于是在那位万能的王纬宇一手操办下，沿途像国宾似的人接人送，带着那条于菱五分钟热度已经过去的猎狗，顺利地回到故乡。整个柳墩的乡亲都出来了，迎接由地委书记江海亲自陪伴的于莲。

在县城里，一个科级干部，路人都会为之侧目，所以小小柳墩自盘古开天辟地以来，头一回出现了这样热烈壮观的场面。地委书记当做宝贝也似的客人，那还了得？被褥，席梦思，钢丝床是从县委小招待所谜园运来的，要不是于莲的坚决反对，连服务员，厨师都要派到柳墩来照应她的。

老林嫂直是感叹：“莲莲，你可真成了金枝玉叶了！”

谁知这位为革命奉献了一切的烈属，她的话是讽刺呢，还是骄傲？或者是从心底里感到的一种委屈！

没过几天，于而龙开始收到他女儿，从石湖陆陆续续写来的信。

“……我坐在新栽的电杆，刚接通的电灯下给二老大人写信。干妈说，要早些日子回柳墩，我们也就早不用油灯，托莲莲的福，我们全村亮亮堂堂，不用摸黑了。然后，她叹了口气：‘鸟就是这样子的，长大了，飞走了，可老窝呢？管它风吹雨淋，忘了，再也记不得了。’

“现在，谈谈我自己，你们别惦念，一路平安，替我谢谢法力无边的纬宇伯伯，他说得非常正确，他的名字就是护照，就是通行证，人们把我托在掌心里送回故乡来了！

“但是，真正从心坎里欢迎我的，是背我长大的干妈，她扑上来，紧紧地搂住我，先是笑，后是哭，抱着我似的进了屋门，连地委书记都不管不顾了。她那脸上又是笑容，又是泪花，我敢说，你们别嫉妒，她比你们更爱我，要是我说一声：‘干妈，我要你的心！’她会毫不犹豫地剖开胸膛掏给我。假如有那么一天，我向你们讨的话，亲爱的爸爸妈妈，你们舍得么？……”

读着信的老两口交换了个眼色，彼此也都心照不宣，为了那副部长的门楣，强使她割舍了爱情，是多么伤害了少女的心？

如果真的疼爱自己的女儿，为什么要让她作出牺牲呢？

“……上封信告诉了到达的情况，这几天，干妈成天守着我，寸步不离，生怕我会飞走似的。每天早晨一睁眼，她就坐在床头端详,在饭桌上,她看着我咽下去的每一口。我想:肯定是干妈丢失得太多,丢失得她都害怕了,所以她才特别珍惜剩下的一点点欢乐,是不是?

"干妈每天领我走村访舍,爸爸妈妈,我现在才明白,是群众把我喂养大的呀!我喝了那么多婶子大娘的奶汁,我有过多少善良好心的妈妈呀!她们甚至为了喂我这个游击队长的孩子一口奶,冒着挨打受罚,说不定还会送命的危险。想到这里,看看这些护庇过我的妈妈们的生活,凭良心讲,远不是那么愉快的。我也看到了藏过我的缸、瓮和地窖,那些人家,说实在的,还那么破破烂烂,我心里感到十分压抑。她们,为我们付出了一切,把我们托上了云霄,而这些善良的人,继续过着绝不是十分惬意的生活。爸爸妈妈,干妈不是轻易说出'忘了'这句话的。

"我的心太沉重了,爸爸,妈妈,就觉得目前自己感情上的一点负担,实在是不相称的卑微……"

于而龙看完信后说:"看吧!莲莲的心跳出了自己的小圈子,该想画点什么了!"

果然,没过两天,收到她的一封长信。

"……一个题材在我脑子里酝酿着,无论如何也推不开了,也许是那些妈妈们的乳汁,在我血管里流动的结果,我打算画一个为革命献出一切的母亲形象,在那个年代里做出最大牺牲的人就是母亲。我要不画她们,就愧对那些用乳汁喂养我的妈妈们了。

"因此,我每天都要走访,寻找我画中人的模特儿。

"惟一从心里感到遗憾的,是再也见不到埋在银杏树下的芦花妈妈,那天,干妈陪着我在芦花妈妈的坟上,坐了好久好久。那块刻着五角星的石碑,已经生满苍苔,我望着飒飒做响的银杏树,确如你们所说，那棵巨人也似的树，给人留下了一个顶天立地的印象。要是妈妈活着，我想她肯定是最理想的模特儿。因为我的草稿，干妈看了，她说很像芦花妈妈。啊！她要仍旧活在这个世界上该多好啊！

“但是我要画出来，无法抑制的创作冲动，已经使我饥火中烧，干妈陪着我东游西逛，那当然是她最乐意的事情，我像她的展览品一样，到处炫耀。——哦，还有那条紧跟着的猎狗！不是吹，爸爸，在石湖上，我现在的名声，比你当年的游击队长还响，几乎无人不知老林嫂背上的宝贝回来了。

“爸爸，妈妈，你们还记得石湖吗？

“我找啊找啊！连干妈都诧异了：‘莲莲，你像是丢了些啥？’我怎么回答她，其实我是什么都没有找到呀！

“真幸运，我终于找到了理想的模特儿！”

紧接着，于莲用俄语写了两句：“爸爸，我很荣幸获知您一些早年的罗曼史！”

于而龙吓了一跳，同时看信的大夫忙问：“莲莲写些什么？”游击队长想了想，回答着：“好像是有关艺术创作的浪漫主义问题吧？”

谢若萍以一种女性的精细心理，察觉他在撒谎，但又暂时不戳穿地掠他一眼。

“……昨天，我从陈庄搭船去闸口，准备去拜访郑老夫子的故居，和那座哥特式小教堂，上船时，雾很大，船上的搭客也多，只听一个悦耳的声音在招呼大家。到得湖中，雾散天晴，阳光灿烂，湖山的色彩鲜艳极了。我突然发现船尾摇橹的那个中年妇女，一张瞩目远望、聚神凝思的脸，不正是我正要寻找的模特儿么？真是

‘众里寻他千百度，蓦地回首，那人却在灯火阑珊处’。我猛然站了起来，头碰着舱顶也不觉得痛，赶紧抽出速写册，在橹声里绘下那一刹那的形象。她，我的模特儿，一点也不像常人那样拘束，落落大方，坦然自若地由着我画。到了闸口镇，干妈叫我上岸，我改变了主意，决定搭原船返回。

“干妈只好顺从着我，向那个妇女付了回程的船钱，有些歉意：‘这是二龙的孩子，起小让我惯坏了，什么都得由着她性儿。’

“那妇女笑了一笑，没有做声，但那笑容使我相信，年轻时代，她肯定是个绝妙的石湖姑娘，是相当美的，要不然——”

于莲又用俄语写了一句：“通常来讲，美女总是爱慕英雄的。”

于而龙估计，准是老林嫂给孩子讲了早年间那些没影的事，他老伴只懂医用拉丁文，笑了：“又是艺术创作的术语吗？”

“是的。”于而龙这回面不改色地答复。

“今天，我又专门去搭她的船，她让我画，但很少同我交谈，她知道爸爸、妈妈，还有纬宇伯伯，但我对她一无所知，只听说她有个漂亮的女儿，人家那样讲，我也相信。

“但她还有别的欢乐吗？不知道。她顶多笑笑，那是很快就消逝的笑，顷刻间又恢复了淡淡的哀愁。说实在的，那不是我画中人物所需要的精神状态，但是她那身影，她那面容，尤其是她那眼睛，和我设想的那个母亲一模一样，再也料不到那样酷似的了。

“我快回来了，你们的女儿已经忘掉了那杯苦酒的滋味，要在创作中寻找我失去的早欢。”

于莲满载而归，葡萄架下，举办了一次沙龙式的小型画展。

王纬宇、夏岚两口子引着一位客人来了，他不是别人，正是老徐的儿子小农，一个外表上还说得过去的年轻人。但是，王纬宇一眼先看到了那画得惟妙惟肖的四姐，想转身退出院子也不可能了。谢若萍拉住他："正好，正好，也让小农看看石湖的风貌！"

但徐小农的眼睛，却更多地落在画家身上。

王纬宇呆呆地立着，忘了他的介绍人的使命，而是被那幅着意描画的特写吸引住了，画面上一对沉默的，若有所思的大眼睛，似乎在凝视着他，不论他在院子里哪个角落，也仿佛被她紧紧盯着。

谢若萍略微知悉一点这位船家妇女的命运，但是幸运的人是不大容易同情别人的不幸的，所以也不想知道更多的悲惨细节。开玩笑地说："哎，你们二位应该认识她吧？她是谁？"她本意倒是要将老头子一军，因为女儿来信里的俄语，给她留下了疑窦。虽说她从未怀疑过丈夫的忠诚，但恼人的嫉妒心总使她对这个在船艄摇橹的妇女持有戒意。没料到她的话叫王纬宇大为尴尬，而正吃着自制冰激凌的夏岚，马上发现到自己丈夫的微妙变化，放下玻璃托杯，像记者采访似的询问："你能否透露一点背景情况呢？"

夏岚哪里知道画中人的底里呢？于而龙对于朋友的往事，他那隐恶扬善的汉子精神，认为既往之事，留给历史去评价吧！何必播扬出去，让别人再受奚落。现在谢若萍歪打正着，偏偏于莲又在编辑的醋海里投进一块石头，画家说："她还向我打听过你呢，纬宇伯伯！"

王纬宇恨不得于莲一口被冰激凌噎死才好，因为夏岚妒火中烧，会失去理智，大吵大闹撒泼的。何况今天负有红娘使命，要把徐小农和于莲的红线拴在一起，倘她打翻醋坛子，可就要砸锅了。

他求援地望着于而龙，希望他能给解围。

"不奇怪，在石湖打了几年游击，谁不认识！"于而龙给副厂长圆了场。

“不,爸爸,听她口气里,似乎早就——”于莲又回想起那摇橹妇女欲言又止的神情。

夏岚急切地追问:“莲莲,快说下去——”

于莲笑了:“也许我将来才能理解,谁知道,生活的艰辛,还没有把我磨炼出来,她,似乎不太幸福!”

谢若萍感触地说:“对,莲莲,最不幸的,总是我们女人,包括她——”她指着速写上那眼睛似乎会说话的,失去了青春,失去了欢乐的中年妇女。

说实在的,第一次会见,徐小农给于莲留下的印象还算不错。

过了不久,油画的基本轮廓勾勒出来了。

整个格调显得低沉,这使于而龙想起五十年代在国外实习时,那时还算得上好客的主人,曾经领他们去参观圆萝卜头的教堂,里面的宗教史诗画,就是这股压抑的味道。

于莲说:“正是我想达到的。”

“使人觉得憋得慌,我用老百姓的话对你讲!”

“明快的色彩缺乏真实基础,和空洞的豪言壮语一样,虚假的自我安慰罢了。我们为革命所付出的那么沉重的代价,仅仅表现革命乐观主义,是不够的。”

“还是应该昂扬一点,调子应该高些。”于而龙皱着眉头。

“那是一个不可能有笑的冬天,爸爸!”

“冬天孕育着春天的生机,你应该画出希望来。”

“爸爸,你说得太对了!”她从梯磴上下来,好像作为一种奖励似的,跟她爸爸亲了一下,“冬天里的春天,这大概是所有巨大历史转变时期,必然出现的自然现象。我要把它画出来。”

“别犯疯，莲莲！”他推开缠住他的女儿，对于她的洋习惯，实在不喜欢。老大不小的女孩子，当着客人，有时也毫不在乎和她的“二老大人”亲嘴贴脸，弄得老两口无可奈何。

“需要我向你汇报一下那位求婚人的情况吗？”于莲问。

“我看你倒顶能支使他的，评价怎样？”

“两个字。”

“什么？”

“鸡肋。”

父女俩大笑起来。

油画终于脱稿了，像磁铁一样吸引着他，特别是送子参军的母亲，扰得他灵魂不能平静，作为一个游击队长，当时，有多少母亲把孩子交到他的手里呀！

她是谁呢？每当他看了以后，总在不断地思索。

他还不能完全欣赏自己女儿的艺术手法，弄不明白那些抽象的线条和阴影究竟什么涵义？为什么冬天淡漠的阳光，会是一块一块的？还有，那不合乎比例的眼睛，也使他接受不了。但是也怪，看了一眼以后，便再也不能忘却。每天从工厂回来，无论多晚，无论忙到什么程度，总要推开画室的门，看看那有许多语言的眼睛。

她就是那个摇橹的四姐么？不，已经不完全是，连王纬宇都悄悄地对他耳语：“我向上帝发誓，不大像那个人了，我倒看出来一点芦花的影子。”

“瞎说，莲莲不会记得她妈的模样——”

但是，经王纬宇一提醒，那一夜，他真的失眠了，于是老两口从床上爬起，来到画室，站在那里，久久地仰望着画中的母亲。

“也许是精神作用,我怎么越看越像芦花?”

谢若萍说:“只能说精神上有点类似,莲莲她妈要年轻得多,而且比画上的母亲英俊,特别有股吸引人的魅力。我记得我头回见她,她女扮男装,进城到我们学校里做工作来。猛乍一看,一个可精神、可漂亮的小伙子,同学们都看傻了。”

不知什么时候,于莲站在他们身后:“在欣赏我的杰作么?”

“快要送出去展览了,我们再看看——”于而龙说,“是的,为那漫长的苦寒日子,我们付出过沉痛的代价,一味乐观主义,或者爽性撇在脑后不去理会,那是不真实的。你在那刚接过枪上火线的孩子脸上,画出了光明和希望。作品的生命力就有了。”

谢若萍笑了:“最有趣的是小农,他说:‘看谁敢提个不字?’那劲头,真是忠心耿耿——”她望着眼前充满青春活力,有着诱人丰姿的女儿,不难理解徐小农神魂颠倒,恨不能整天长在这四合院里。

于莲敏感地问:“看样子,你们非要我嫁他不可啦?”

“我不晓得你还要挑啥样的?”

“他只能使我可怜,而不使我可爱,明白吗?二老大人!”

“别任性!”她妈妈劝诫着:“你只能被人侍候,哪能去侍候别人,小农听话、老实,是个合适的对象。”

于莲说:“如果我真心爱那个人,我甘心情愿像世界上最好的妻子那样去侍候他,别以为我做不到。”

于而龙不觉得和官居三品的老徐结亲有什么好,但也不觉得有什么不好。反正,他看到别的追求者,都陆陆续续退出了竞技场,告别四合院。那么,以吉姆车和显贵父母为后盾的徐小农,获得他女儿的局面,是势所必然的了。

“似乎是二十世纪的变相抢婚，真讨厌。”于而龙有着一副天生的拗骨，总是要反抗那种强加在他意志上的东西。那天晚上，他不想表态，只是把自己沉浸在那幅快要送去展览的油画里。

哦，那些粗看起来，仿佛是格格不入的线条，构思独特的光线和阴影，都浑然成为一体，半点也不多余，而且，甚至是缺一不可了。

“死丫头呵……”他赞叹着，而且不知不觉地像梦幻那样沉醉过去，仿佛自己挤进在那群支前的乡亲中间，尤其是那妈妈的小儿子，正接过他哥哥的枪，马上要到火线上去，使他激动不安。正是这些母亲把儿子献给革命，革命才获得成功的呀！可是现在还有多少人记得起她们呢？战争已经离我们很远很远了，谁也不大想起在战争中失去儿子的母亲，失去丈夫的妻子，是怎样为革命做出最大牺牲的。忘了，甚至支队里那些勇敢善战，打起仗来不要命的小鬼，都渐渐淡忘了，那些孩子全部牺牲了，而他，却活着。

三王庄已映入目中，他那朋友家的高门楼，三十年后，仍旧触目惊心地矗立在村子的中心。他又想起了他女儿的油画，那画里就用高门楼的一角作为背景。画面上阴森沉闷，透出一股死亡的气息，那个躺在担架上的大儿子，头已经歪到了一侧，显然快要死了。妈妈一只手捧着他，一只手把他的枪交给身边的小儿子，哥儿俩都长着一对跟他们妈妈相同的黑圈眼睛，是一种刺人的会讲话的眼睛……

那是十几年前的被批判的旧画了，但现在又在眼前展现出来，或许由于高门楼的缘故，触景生情，想起了那幅画吧？

突然间，躺在担架上的那个垂危的人，眼珠活动了，奇怪，他知道这是一种幻觉，因为眼前活生生的现实，是他阔别多年的三王庄,不是那幅油画,即使是的话,也决不会有画中人物眼珠转动的事。于而龙慢慢地划着桨,使幻影持续在脑际里,确实是在转动,而且还辨别出,认出来躺在担架上的人是谁。糟糕,是工厂里那个赫赫有名的高歌,他怎么躺在地下?他怎么命在垂危之中?是谁把他打伤或者击毙的呢?……

荒诞不经的幻觉呀!

这时,一架直升飞机,从头顶上轧轧地飞了过去,掀起了一股强风,把他的舢板,送到了整整离开三十年的故乡。

他在心里呼唤:

芦花,你的二龙来啦!……

四

于而龙像三十年前一样,熟练地驾着舢板,从碇泊着的许多船只的空隙里穿过,靠了岸,系好船,踏上了三王庄的土地,像长期飘泊在海洋上的水手一样,上岸时总情不自禁地蹦跶两下,活动活动。

这里和陈庄同样是一个高音喇叭的世界,是王小义和买买提喧嚷的世界。于而龙站在街口,完全怔住了,想不到是一个几乎认不出来的三王庄,出现在他的面前。他踌躇了,不知该往哪儿举步?

倘若他还是支队长的话,不由分说,准会大踏步向高门楼走去,因为那里设有支队的指挥机关,是湖西地区的党政领导中心。而且可以预料,只要他跨进大门,高门楼前后几进院落,休想有个安静。他像一股旋风,难得有他吹不进去的角落,搅得他的部下都像风车似的转动起来，大家都不由得感慨："要支队长安生下来，等石湖见底吧！"

他会给他的下属带回来一口袋问题，倒出来，琳琅满目，像贪婪的渔民，爱用细眼目的网一样，上至鱼，下至虾，大事小情，像涌过来的波浪，把整个机关都淹没了。

"要不得，要不得，你把正常工作秩序都给搅乱了。"王纬宇在担当这座动力工厂的副手以后，开始不那么温顺了。因此，那些科室人员也响起一片聒噪之声。但于而龙要把人员压得尽可能的少，而任务倒要加得尽可能的多。这不能不引起一种本能的反抗，连廖总工程师都出面劝告："算了，也不是要你于而龙个人掏钱去养活他们。"

"你这是什么话？"他不满意这位讲求效率的工程师，会说出如此息事宁人的语言。

"这是中国——"廖思源只说出了半句，那未吐出口的，显然是："你不可能去办那根本办不成的事情。闲人，你就养着吧，只求他不给你捣乱生事，就算上天保佑了。"

于而龙别转头问王纬宇："先从你那一摊子行政部门砍起如何？"

王纬宇耸耸肩，表示无能为力。

"我绝不是戈尔洛夫……"这还是解放区时代的名词，于而龙已经习惯成自然地说出了口，他向反对他的精简压缩政策的人们宣传："我当区长，县长那阵，腰里挎着匣子，口袋里掖着公章，背包里装着全区党政财文大权，找不到那么多坐在椅子上喝茶看报的老爷。难道因为中国是生产茶叶的国家，大家就得没完没了地坐在那里品味？"

“刀把子在你厂长兼书记的手里。”

“你干什么?”

“我下不去手!”

“王纬宇,你不要搞这种邀买人心的廉价同情!”他喜欢讲话一针见血,“你打过仗,该懂得这个最浅显的道理,一个优秀的机枪射手,可以独当一面;而十个饭桶,能给制造出一百个麻烦。”讲这种话,是很刺伤一些人的心灵的,但是,他认为自己是办工厂,而不是办慈善机关的,所以,一个萝卜一个坑,宁缺毋滥。啊,一开始他估计到会有阻力,但想不到大得吓人的程度,民怨沸腾,状子不仅告到部里,甚至告到国务院去。他气得直骂:如果将来中国一旦亡国灭种的话,罪过就在这些不产生任何价值,但却要消耗社会财富的寄生虫身上。但于而龙认准一个目标,那是不大会改变的,一条道走到黑,黑就黑,还得走。

办公室里一片窃窃私语之声,那是他拼命压缩非生产人员的主要对象:“于书记恨不能一个处长,把科长、股长、科员的工作一肩膀全挑起来,搞一条流水作业线,把等因奉此也来个自动化。”

他听了大笑不已:“如果外国有这种等因奉此自动线,我就申请外汇去买那个专利,搞它一条,让那些老爷们忙得应接不暇,手忙脚乱,满头冒豆粒大的汗珠才好。”

“天哪!这不是要我们的命吗?”

“很简单,干不了就让位,谁有能耐谁上。不要挡道,不要占着茅坑不拉屎!”

廖总工程师背后劝他:“你搞就搞吧,何必说些使人不愉快的话,刺伤那些人的自尊心,火上加油!”

“我就是要他们坐在转圈椅上不舒服!”

“没有用的。”廖思源只求不给自己捣乱就行。

“一个社会的灭亡，往往由于消耗的人多于生产的人。”

“好吧！”廖总预言着，“如果你有兴趣播种蒺藜，那就等着收获荆棘吧！”

“火线上的铁刺网都趴过，无非头破血流，扎一身窟窿。”

那时，高歌已经从厂技术学校出来，一直在车间办公室帮忙，因为这个年轻人虽然能把自己打扮得水光溜滑，但他的磨床，所磨出来的工件，永远也达不到规定的光洁度。再加上他一年有六个月得去厂部的宣传队唱歌，车间主任看透了：“算了小高，你就以工代干，在车间职能部门帮帮忙吧！”但是，于而龙的压缩之风，像厂里的七千吨水压机一样，没完没了地压下来，于是，高歌又回到了磨床旁边去了。

王纬宇为歌手求情：“把小伙子安排到政工部门吧！”

“你嫌政工部门那些人还少么？”

“可惜了，高歌挺聪明。”

“他可以把聪明用到正地方，我们国家需要呱呱叫的工人，不需要那些耍嘴皮子的空谈家。”

高歌亲自到厂长室找他，于而龙知道他要说些什么，便让秘书小狄转告：“什么时候成为一名真正的磨工，咱们才能有共同的语言，回车间去吧，像你爸爸一样，踏踏实实干活，勤勤恳恳做人。”

当家人，恶水缸，于而龙得罪了许多人，而王纬宇轻松自在，处处讨好，有什么办法？于而龙爱说：“同志，假如你在火线上呆过，就会投我的赞成票。”

但是，好像投赞成票的人并不多，一直到高歌成了工厂的“主人”，于是在帮助于而龙提高认识的会议上，旧事重提，老账新算，分明知道于而龙是个残废军人，却偏要他弯腰低头，像把折刀似合拢，恨不能把于而龙那颗倔犟的脑袋，塞到他的裤裆里去。然后，人们在控诉他的资本主义托拉斯经营，血汗工资制度，残酷剥削工人的罪恶以后，问他："为什么打击革命小将？"

"谁？"于而龙脑部由于下垂充血而肿胀着。

"你干吗把高歌弄回车间劳动？"人们厉声问。

尽管于而龙头晕目眩，腰疼欲断，但他却是一个死了的鸭子——嘴硬："我认为社会主义不应该是懒汉的天堂！"

人们扑上来，拳打脚踢，要打掉他的"嚣张气焰"。

"交待！为什么？为什么？"

他挣脱一切，把腰挺起来回答："我是希望他踏踏实实地做一个人。"

那时候，坐在主席台首座的高歌，确实在眼里闪过一道听了良心为之一动的，那种呆板迟钝的光芒，就如同刚才在湖面上划着舢板，保持在幻觉中那死去的战士，突然眼珠动弹一样。这使于而龙自己多多少少意识到一点点责任，正如那个战士的死，游击队长不能不承担责任。难道老高师傅把自己的儿子领到他面前，做父亲的会希望儿子变成现在这种样子么？

所以，他觉得不能这样丢手就走，不能轻易结束故乡之行。现在，他认为倒是难得的，能够独自一人去看看芦花的坟墓，抚着那块石碑，静静地坐一会儿，想想下一步该怎么走？

是的，于而龙是不大肯认输的。

游击队长抬起脚来往村西走去，起初有些犹豫，好像转了向似的，后来才意识到是失去了银杏树的结果，因此，才不迟疑地向前走。可能是春汛大忙季节，很少什么闲人，原来估计没准碰上几个熟面孔，但他失望了，谁也不注意他一个老三王庄人。因为公路修通以后，三王庄不再那样闭塞了，管你是谁呢？一个昔日的游击队长，那是过去的光荣。十年前，或许还会被少先队请去讲讲革命传统；现在就像躺在路旁的磨盘，已经由于有了打米机，而变成无用的累赘，是碍事讨厌但有点重量的古董了。于而龙想到自己是个磨盘式的人物，觉得很可笑。果然，走了一程，除了那两个小伙子唱歌外，谁也不对回乡的游子发生兴趣。

其实，对于石湖水上人家来说，哪个村子都算不得是自己的家乡。但是从他记事开始，好像逐年都要向高门楼缴纳一笔桩子钱，才被允许在三王庄靠岸拴船，也许如同现在的存车费吧？大约由于纳贡臣服的关系，他视自己为三王庄的居民吧？

正好，他经过一家饭馆的门口，客堂里很清静，生煎包的香味，使他回想起脍炙人口的家乡风味，蟹黄粉包白鸡面，和石湖姑娘一样，也是远近闻名的。于是他迈了进去，一方面有点口渴，另一方面说实在话，划了这么远船，肚子也有点饿了。

说来惭愧，多少年来，他还是头一回独自去饭店进餐，而且还是一家简陋的不怎么卫生的渔村小馆子。

虽然客堂里放着几张油腻的桌子，但找不到一条可以坐下来的凳子，总算那个梳着两把刷子的服务员，同情他有把子年纪，而且衣冠端正，便把自己坐的一张方凳，站起来踢给了当年的游击队长。她还在继续自己的演说："……哪怕豁出赶八里路，今儿晚上我还要赶到闸口镇去看电影。"

于而龙看出她是一位和柳娟似的电影迷，不过，柳娟对国产影片一点不感兴趣，所以很少见到她坐在电视机前，看那个翻车的老把式。但这位服务员对于电影演员的熟悉，连他于而龙都惊讶了，甚至对私生活都了解得一清二楚。她讲了好一会子，才发现顾客听她讲的兴趣，超过吃的兴趣，便一扬脖子："买票去！"前厂长兼党委书记从来没经手过，通常都是他的秘书代劳，或者家里人给安排妥当，他只消坐到桌边去吃去喝就行了。如果是宴会，需要讲点什么，小狄自会把讲稿塞进他口袋里的。可是现在，他得去买票，天知道，店堂里只有他一个顾客，何必那么多繁琐哲学？然而作为制度，他必须按照规定的程序，把票买来交给讲述演员私生活的服务员。

"……她结了婚，不久又离了婚，离了婚以后马上又找了个主结婚，这回她嫁给了一个导演，就是——"她把于而龙买来的票，递给了站在两步远外锅灶旁的胖师傅，那位师傅便铲了一碟热腾腾的生煎包子，煮了一碗汤面交给她。但她并不着急马上端来，还在和那卖票的姑娘，切肉的小伙子，高声朗气地议论大概是昨夜放映过的影片，直到她认为顾客的耐性考验到差不多的时候，才款款地哼着影片插曲给于而龙送来。

也许是本地风味，要不就是昨晚的狼山鸡，今早的元鱼都消化完了，竟吃得挺有胃口，这样，去年十月间那顿烤鸭的印象又涌了回来。

于而龙的胃口，王纬宇的酒量，真堪称得上是珠联璧合，宴会上要是有他们两位参加，谁也挡不住他们的联合攻势，一个劝你喝，一个劝你吃，盛情难却，一直到醉饱为止。但那是陈年旧账了，谁还提那些不合时宜的往事呢？

虽然两家同住在部大院里，承蒙不弃，王纬宇有时还来串串门,但在同一个宴会上碰杯,一饮而尽,起码也是一个年代(世纪的十分之一!!!)以前的事情了。

去年秋天的于而龙家,破例的是那几盆菊花,竟也喷奇吐艳地开出了一个繁花似锦的局面,真得感谢痴情等待着于菱的柳娟,于而龙全家都这样看,要不是她收拾照料,花决长不到这么好的。舞蹈演员的家,自从她父亲悲剧性的惨死以后,好像比于而龙家更早地面临着衰败的命运。菊花是年初于菱一时高兴,从她家挖来栽在盆里的,但不幸的是,菊花刚刚在新地方挺立起枝茎,挪花的人莫名其妙地被捕了。

此后,柳娟就把几盆菊花,当做双重意义的遗物,每逢休息日,或者接谢若萍下夜班的时候,给它浇点水。想不到一个性格轻佻,作风浮飘的女孩子,竟能坐在晒台上,抱着膝头,静静地端详上半天。于而龙有时忍不住问他老伴:“那个卖火柴的女儿,从菊花的枝叶上能看到些什么呢?”

然而,工夫不负有心人,花枝上冒出了许许多多的蓓蕾,有一盆竟结了一百多个骨朵,那位不曾见过面的中学校长,竟是一位莳花名手,栽的都是菊谱上有名有姓的品种。哦,可以想象,他肯定像种菊似的耐心培育他的门墙桃李吧,但是,谁曾想到他会死在他教过的学生手里。喃,现在整个书房充满了他亲手培育出的菊花清香,于而龙经常搬把藤椅,坐在晒台门口看书。

有一天下午,电话铃响了,他估计准是他老伴,关照不必等她,让他和莲莲先吃晚饭。一个失势的人,电话铃也不响得那么起劲了。

他抓起电话,话筒里传来了他那听惯了的威严声音:“是二龙吗? 你在干什么?”

于而龙向“将军”报告:“我在看一本无聊的书。”

“什么书?”

“《御香缥缈录》。”

“什么意思?”

“描写清朝宫闱,主要是记叙慈禧太后的书,没有多大意义。”

周浩在电话里大声地:“不用去研究那个女人了吧,咱们还是去欣赏一顿烤鸭吧,如何?”

“烤鸭?”他实在惊讶“将军”的雅兴,好像阳明同志逝世以后,原来政委身上的达观开朗、容让体贴的性格,又在这位老司令员的作风里体现出来,真的,已经难得看到他暴跳如雷了。

“我好久没有吃了。”周浩挺有胃口地说。

于而龙在电话里推却:“那东西胆固醇可够高的。”

“将军”笑了一声:“哦,你到底学会了小心谨慎,似乎用不着如此忌嘴吧!”

于而龙听出了话里的弦外之音,心想:谁能比得了你苏维埃乡主席啊!

“好吧,我七点半派车去接你们全家。”说完他撂下了电话。

“有什么办法,他有着一副不容置辩的将军脾气!”于而龙摇摇头,对那些盛开的菊花讲。

他记不清那著名的烤鸭店,是否也有买票等等繁琐手续,“将军”的秘书把他们接来,送到楼上一个典雅精致的房间里,周浩和路大姐早在那里等着了。

啊!周浩容光焕发,神采奕奕,握住他手说:“我以为你会不敢来的。”

“说哪里话?我也不是吓大的。”于而龙笑了,“顶多让人家做做文章，去年在听鹂馆吃的那一顿，‘将军’，你还记得不？分明是陪一个外国代表团，人家知道廖总，问了几句，回来我提出该给老廖落实政策，花钱买外国专利，可祖师爷却在敲钟，这不是捧着金饭碗要饭吗？后来，他们非追我是接受了你的黑指示……”

“啊！那些精神病患者，全是些疑神见鬼的恐惧狂、迫害狂！”

在圆桌的另一侧，路大姐埋怨于莲：“丫头丫头，国庆节都不过来看看我。”

“妈妈怕影响你身体，不让我去闹你。”

于莲也是周浩老两口的掌上明珠，因为一九四九年把她从石湖接出来以后，不久，于而龙和谢若萍就去了朝鲜战场，便把她寄养在“将军”家里。她喜欢并且尊敬慈父般的老布尔什维克，而周浩也把她当做翅膀下面的小鸡雏，总是关心和庇护着她。那个老徐所以要同于而龙结亲家，真正的目标，并不是他，而是苏维埃乡主席，一个正直不苟，很难亲近的人，所以需要一座沟通的桥梁。谁不知道呢，“将军”膝下无儿，于莲是他的娇宝贝。

谢若萍笑着解释：“路大姐，是我没让莲莲去，人多嘴杂，苍蝇见没缝的鸡蛋还下蛆，又该给你们添油加醋啦！”

“必要的时候，小谢讲究点卫生还是对的。”周浩总结地讲，接着他举起酒杯，“好吧，今天我们应当高高兴兴地喝一杯！”

于莲提醒他：“你拿错杯子了，那是茅台！”

周浩一向不饮烈性酒，倘若宴会上有王纬宇，于而龙等部属在场，都是他们自觉自愿代劳的，于莲自小在他家住过，很懂得“将军”的习性，便马上给他换酒。

“今天我要喝一点——”周浩喜滋滋地说。

最令于而龙奇怪的，历来滴酒不沾唇的路大姐，也笑着凑趣：

“莲丫头，给路妈妈也来一点茅台。”还命令着：“给你妈也满上。”

谢若萍问：“是不是需要我打电话给医院，叫他们派辆救护车来？——路大姐，你绝对不能喝烈性酒，我是医生，我有权。”

“今天就由我例外一次。”她竟然央告着。

怎么？于而龙诧异起来：老两口找到了失踪的小儿子？“皖南事变”时，突围出来丢在了刀豆山的孩子，又回到他们身边了？有什么事使得老头、老太太竟想起要开怀畅饮一杯？简直莫名其妙。

“端起来，朝我集中，我也来个以我为核心，碰一下，不行，不够响亮，再来一次！好，能喝的多喝，不能喝的象征性抿一口。”

没想到，老两口把半盅茅台统统倒进了嘴里。周浩用餐巾擦擦嘴角，若无其事，他老伴则辣得呛咳着，连泪水都流了出来。

谢若萍轻轻地拍着她的后背，用嗔怪的眼光看着她：“路大姐，路大姐，你……”

“没关系，我还想喝呢！”

谢若萍抢走了她的高脚酒盅。

“要说起来，这该是我第二次主动想喝点酒的呀！”周浩玩弄着手里的玻璃杯子，“二龙，你自斟自饮吧，莲莲，你代表我，陪你爸喝着。那还是‘皖南事变’突围过江以后的事情了，我们几个人是乘着一艘小船过江的，那时候的心情该怎样形容呢？——吃啊，拌鸭蹼倒别有风味，我记得莲莲小时候，爱吃糟鸭脑，今天不知有没有（他的秘书连忙放下筷子走去要菜）？——当时，心里头主要是种痛定思痛的情绪，想想吧，好端端的一个革命局面，怎么会一下子给摧残到凄零破碎，濒于毁灭的下场。惨哪！相当的惨！不错，敌人是强大的，我们中了埋伏。但是，话说回来，我们是共产党人，是唯物主义者，敌人绝不是一夜之间突然强大起来的。为什么我们会失败得那么惨重？是我们的战士打仗不勇敢？是我们中级指挥员作战不力？一次冲锋，往往一个同志都回不来，许多挎手枪的营连长倒在战士前面。不是我们的过错，二龙，就像现在一样，我们没有罪，硬把我们当做罪人，历史最终会洗刷这些耻辱的。就算我现在见到马克思，我也毫无愧色。——还是给我点矿泉水吧，我要开始给你们讲喝酒的事了。过了长江，来到江北，找到了我的部队，把那些个残兵败将拢了拢，可怜哪，千来人剩下了百十人。这时，一个军部通讯员骑着一匹马，牵着一匹马来找我，让我赶紧去见军长，延安已经发布命令，司令员代理军长职务啦，我一口气跑了一百二十华里，马匹像从水里爬出来一样。司令员见了我劈头一句是：‘还剩多少同志？’我告诉了他准确的数目字。他沉吟地说，仿佛像在作他的诗。‘要是一个人去扩展一个区，我们就会有好几个县，要是一个人去扩展一个县，我们就会有好几个省。周浩，周浩，这会你就放手去干吧！党已经搬开了挡路的绊脚石，我们可以大踏步地东进了。’我记得那里是一个冬天里暖洋洋的小集镇，也许南方季节要早一点，河边的柳枝都软了。我怎么也忍不住，就在一家小酒店的迎街柜台上，要了一小壶烫得滚热的酒，一小碟干丝，三下两下，全倒进了嘴里。也许是酒在胃里燃烧，虽说是冬天，但我觉得倒好像是春天。司令员的一席话，展示了冲出绝境以后的希望，二龙，心里那分热呀，把积压在心头多少日子的闷郁之气，全都驱赶了出来。由不得再想向那个戴着毡帽头的店老板，讨了一壶酒。——莲莲，给我再倒半盅茅台，丫头，我一直支持你做一个真实的艺术家，敢于说出人民心里想说的话，所以你必须研究人的灵魂，我坦率地对你讲，我在渡江的时候，心情是并不平静的，我痛恨，我从心里诅咒那些把革命搞到这步田地的人，同时我也深深谴责那些纵容姑息，包庇支持，使得错误逐步酿成的人，他们都负有责任。江面上惨凄凄的冷风，吹凉了我的心，我觉得那不是风，而是牺牲了的同志的冤魂，也随着我们过江北上了吧？莲莲，他们不应该死的，他们死得屈，死得冤，完全可以活到今天，同我们一起的，然而饮恨九泉，死不瞑目。损失了多少好同志啊？能统计得出来吗？付出了多么沉痛的代价啊？能计算得出来吗？现实生活也许就是这样，有过烦恼，才有痛快；有过辛酸，才有甜蜜；有过苦痛，才有欢乐。我是一个老兵，难免常人的感情，所以，我要——”他说着，把那半盅酒举起，慢慢地把酒抿完，连最后一滴也滴进了嘴里。

这时，厨师和女服务员，端着香气扑鼻油黄蜡亮的烤好的肥鸭，走进房间。

于而龙在思忖：有什么事使得老头高兴，激动得以致开怀畅饮？他提起了皖南的旧事，莫非他们失踪的小儿子有了音信？那是根本无望的事情，解放后，多次去刀豆山查访过，丢弃孩子的歇脚凉亭还在，但孩子的消息杳如黄鹤，难道现在会找到?！不，不可能。而且，一般地讲，他理解没有一根白发的年老的将军（他女儿那幅遭到灾祸的油画《靶场》，那个老兵的形象里可以看到将军的影子）。属于他个人身边的一切，是很少当回事提起的。“皖南事变”夺走了他的小儿子，路大姐带着大孩子辗转周折，脱险到了江北。谁知解放后，这孩子刚刚学有成就，又在一次不幸的事故中牺牲。那是他陪着周浩去处理善后的，也不曾见他如此情感激动过。

那么，还会有什么事呢？连路大姐也面有春色，看起来，多少有点反常呢！屋里有点热，周浩又一个劲地劝他多喝。他站起来，推开了沿街的窗户。入夜，马路上静下来了，秋风扫着落叶，他敞开衣襟，任凉风吹着，心里想：也许这也是“将军”所说的带有冤魂的风吧？谁知道，说不定也真是呢！反正，这顿酒喝得有些蹊跷。

“现在画些什么？”周浩转了个话题，问着于莲。

“画花。”谢若萍替女儿回答。

“玉兰吗？”

“不，我们家有许多好看的菊花。”于莲说，“美不胜收，有一盆‘晓雪’，真正的百花齐放，开了一百二十几朵。”

周浩笑了，对站在窗口的于而龙说：“听见了吗？真正的百花齐放，这么说，难道还有——”

“当然啰，我们已经领教够了那种非真正的百花齐放。”

谢若萍向路大姐抱怨：“他们爷儿两个，一唱一和，尽说些不咸不淡的话，有什么用呢？我一直不赞成莲莲搞上层建筑，那是玩火，弄不好就烫了自己，和走钢丝差不多，随时都会来个倒栽葱。前些日子为出口画百花齐放，总该保险系数要大点了吧？也出了问题，他们说什么？百花齐放跑到国外去了，反过来说，就是国内没有百花齐放的意思，也就等于间接的，用隐含的敌意否定了大好形势。”

周浩乐了，不相信地问：“果然有这种高明的审判官么？”

“亏他们挖空心思，琢磨得出！”路大姐抚摸着于莲的秀发，“看来，路妈妈当年支持你学美术，是错的喽！”

“我们都没有学美术，难道错还少么？”周浩说，“把那幅画买回来，我付钱。”

“我为你再画一幅算了。”

于而龙抗议：“我可没法再给你找来那么许多品种的花卉！”

“送你两瓶茅台，二龙！”

于而龙笑着摆手:“不稀罕!不稀罕!”

他又想起陪着莲莲去百花坞写生的情景,在老兵面壁的情况下,她才接受这项保险不会出错的任务,谁知道世界上没有什么绝对的事物,不走运的莲莲哪!

真可惜了那么多的花呀!

然而遗憾,当现在于而龙非常需要一把花的时候,却连一枝花都搞不到;虽说即使他空着双手,站到芦花的坟前,她也决不会责怪他的。可是他记起了一篇鲁迅的小说,就连夏瑜的坟头上,还飘着一束凄凉的白花,难道三十年后,他却连这点心意都不能尽到?怎么能原宥自己?三十年,三十年后第一次踏上她的坟头呀!

他透过窗棂,就在饮食服务部的后院里,看到了一个如锦似绣的花坛,月季、迎春,还有几支白色的笑靥花,黄色的金缕梅和已过盛花期的芍药,都簇拥在小小的天地里,翘首弄姿地开放着,怪不得有些小蜜蜂在客堂里营营嗡嗡地飞舞。

他向那个服务员招手,她以为又要吃什么,仍旧一扬脖子:“买票去!”

“不,我是想麻烦你——”

她不以为然地走过来,问道:“什么事呀?”于而龙听那直撅撅的语气,知道她对待穿非毛料衣服的顾客,肯定声音决不会更悦耳动听的。

于而龙话刚出口,就有点失悔了:“小同志,后院里是谁家的花?我能不能掐一把?要是肯收钱的话,那就更好了。”

假如小狄在场就好了,她肯定会用对方无法谢绝的动人语言,来打动铁石心肠的服务员。但是话从他嘴里出来,像盛过醋的瓶子又去装酒，完全变了味，本来讨两支花是桩风雅的事，却引起了误解。那位女服务员警惕性高得出奇，脸色陡然变得蜡黄，像被水蝎子蜇了一下似的，猛地退后半步，打量着衣冠楚楚的食客。因为在她的头脑里，马上映出她入迷的反特故事片，几乎都成为模式了，所有敌特在接头时，都要使用暧昧其词的联络暗号。好端端的问起花啊草的干什么？于是她盘问起来，在这里，可别认为她不礼貌，她在履行一种神圣的职责。

“你好像是从挺远的地方来？”

“不错。”

“有证明吗？”

“没有。”

“怎么会没有证明？”

“忘了带。”

她笑笑，于而龙也陪着笑笑，因为他明白惹麻烦了。

“是到我们三王庄来的吗？”她腔调里已经充满了公安人员的气味了。

三王庄成了她的？于而龙真感到悲哀，他生于斯，食于斯，长于斯，倒成了一个陌生可疑的嫌疑犯。他羡慕那个饮中八仙的贺知章，起码那位诗人回到他故乡时，是被儿童们笑着问的。也许中国在唐代，大家的警惕性比较低，不那么草木皆兵，可现在，他在受到一番理所当然的怀疑。

她弄清楚衣着不凡的老人，确实是来三王庄，便紧接着问：“那你找谁？”

他怎么能告诉神经过敏到可笑地步的服务员，是来看望一位死去三十年的女人呢？便耸耸肩回答：“我，谁也不找。”

“游山逛景么?”

“嗯!”

“也许还有别的任务吧?”现在,梳刷子的服务员看他不耐烦用手指弹着桌面,心想:他是不是在发报?于是向柜台里使了个眼色。那个卖票的姑娘立刻领会,便锁上抽屉走出店门报案去了。这里,那个女服务员继续和他谈话,要把这个可疑人物羁縻住。“那么,你要花做什么用呢?”

“哦!你太好奇啦!小同志。”他决计不依靠那个自作聪明的年轻人,径直穿过客堂,到后院里去。

“哎,哎,同志……”她不满地要拦住他,但是她办不到了。因为于而龙看到了花坛旁边的一口古井,那像磁铁一样的古井吸引着他,什么人,什么力量也拦阻不住,他一步一步朝那口古井靠拢过去。

长满了滑溜溜的青苔,围着石栏,铺着石板的古井,是三王庄独一无二的一口水井。在水乡石湖,各村的水井都是备而不用的。只是大旱年景,海水倒灌,人们无法食用苦涩的咸水时,才想起古井来。

于而龙站在那里呆住了。

他仿佛看到,就在古井的石台上,老林嫂正在用井里汲出的凉水,洗拭着小石头浑身血污的尸体。他,浑身上下,千疮百孔,找不到一处完整的小石头,是石湖阶级斗争的风暴中,最早献出生命的小勇士。他们是如何从孩子身上泄恨的呀?把这个窥见了高门楼与麻皮阿六勾结的小孩,极其残酷地杀害了,也许因为他看到了不应看到的秘密,才狠毒地剜掉了他的眼球吧?

难忘的血债啊，老林嫂的悲惨哭声，又在他的耳畔响起……

“杀人犯！谁是杀人犯哪……”

在哀伤的哭声里，没有救得孩子性命的游击队长，像现在一样，站在井台上，望着老林嫂和芦花，舀着吊桶里的井水，一瓢一瓢地，轻轻地洗净孩子身上的血迹和污泥。一个多么活跃的小战士，那样安详地躺着，井水和泪水混在一起流在他的尸体上。

最无法忘却的，是那两只被剜走后，深邃的黑洞似的眼睛，在异样地盯着你，盯得人心里直打寒战。

这种奇异的感官刺激，于而龙一生只有过两次体验，一次是在被敌人蹂躏得死去的小石头跟前；另一次，就是前几年，重新回到久别的工厂，看到那心爱的实验场的时候。尽管一个是有生命的孩子，一个是无生命的机体，但是他们都有一双盯着你的眼睛，都似乎在向你的心敲击：“你来晚一步，你没能救得了我……”

狠毒的人都是朝着最致命的部位下手。

难忘的石湖上最初掀起的浪涛啊……

高门楼的枪支被强借以后，无异点燃了一颗引信，肯定，是下一个回合的触发点。但人们并不把王纬宇放在眼里，认为他是个新钻出地皮的笋子，嫩得很咧！报复无疑会来临的，但不是他，而是要等到那个进省谋官的王经宇回来后才会发生。因为听说高门楼派人给他送信，报告枪支被抢走，和肥油篓子惊吓成病的消息，他正在省会陪着达官贵人搓麻将，只是哼了一声，无动于衷，照样做了副满贯。大家立刻想到，不叫喊的狗往往更厉害些，便等着他回来同他较量。

即使现在，王纬宇的脸上，也总挂着一副天真无邪的样子，像纯洁的天使那样，任何罪恶都和他不沾边，所以三十年前的第一次交手,就被那张漂亮的无罪面孔给蒙蔽住了。

但是,突然间,芦花从三王庄派人给柳墩送来消息,高门楼把子弹装在运稻谷的船里,转移到陈庄区公所去。

"娘的。"老林哥一拍大腿。

怪谁? 于二龙知道不怪别人,怪自己缺乏经验,怪自己那么容易满足,枪一到手,也不顾赵亮的眼色,便赶紧撤了,没想到让他们交出全部收藏的子弹。没有子弹,枪还不如一根烧火棍呢!

"走,截住船去!"他朝浓雾弥漫的石湖下了决心。

"慢着,不会有鬼?"老林哥说。

"是鬼,也得把他降伏住。"于二龙跳上舢板,一点篙,离开湖岸。

"多去几个人吧!"

"不,人多,船划不快,该撵不着他们了。"

小石头从雾里蹿出来,喊着:"带我去。"

他插住竹篙:"好,快跳!"

只见他赤条条地像只狸猫飞蹦过来:"干啥去? 二叔!"

"撵高门楼的大篷船,妈的,偷运子弹,说不定又要动手咧!"最初的借枪胜利,使得于二龙不把对手看在眼里;英勇好斗的小石头立刻摩拳擦掌地兴奋起来,根本不害怕。

舢板在浓雾里划着,亏得是在石湖里张网捕鱼的能手,要不然,不但抄不了近道,说不定还会迷路,该死的漫天大雾呀!

忽然,小石头竖起耳朵,高兴地俯身过来:"二叔,在那边呢!"果然,于二龙也听到了隐隐约约的划桨声,但他摇了摇头,因为大篷船吃水深,通常是使用竹篙和大橹,他认为也许是别的过路船只。孩子的听觉要敏锐些,又侧着头倾听了一会儿。"二叔,不止一条!”

“拉大网的吧?”

拉大网,就是几艘渔船联合作业,趁有雾的天气,涨潮的时候,围捕那些放松警惕而浮到上层来的鱼群。但是,于二龙却不曾发觉自己正是要落到网里去的捕获物。所以在迷雾混沌的日子里,是最容易遭到暗算的时期。他现在懂得“将军”为什么要开怀畅饮的原因了。

到底舢板轻巧,抢了个先,他们两个控制住去陈庄的通道,也就是昨天下午那个忽热忽冷的赎罪者,变了脸色和他分道扬镳的地方。他们涉水在狭长通道两岸的泥滩上,查勘了一番,并没有新留下的竹篙印迹,证明那艘大篷船尚未通过,而它又必须从这儿通过的。

他们确信芦花是不会捎错信的,坐在岸边等候,大篷船一直过了很久很久,才在雾里朦朦胧胧地出现。

“不要怕！小石头。”

“怕个卵!”他还用手指头弯起来,做了个猥亵的动作,显然是跟那些不成材的队员学的。

于二龙回手给了他一巴掌:“学点好。”

小石头没想到他会发火,眼里闪出委屈的泪花,望着他。

他也后悔了,而且后悔一辈子,这一巴掌打得太重了,不应该打孩子,应该打那些教唆犯,还是那句话,年轻人有什么过错,社会才是教员。但是,打完那一巴掌以后,孩子和他就生死异路了。

在井台边,这位前游击队长,朝着那并不存在的尸体忏悔地说:“原谅你二叔吧！小石头……”

他们在泥滩上跳起来,朝大篷船喊着:“站住,给我站住……”

摇橹的船工自然听命于坐在舱里的老爷,压根不理睬他们的喊叫,慢悠悠地驶进狭长的通道里来。

小石头一个鱼跃,撺进水中,连扑带游地靠近了大船。船工们犹豫了,不知该怎么办才好?舱里的人发了话,踌躇为难的船工,才开始动手把快爬上船去的孩子推下水。

谁?他立刻闪出一个念头,莫不是王经宇回来了?那白眼珠多,黑眼珠少的家伙,是什么手都下得了的。

但是,小石头是个天不怕、地不怕的孩子,他被推落下水后,又咕噜噜地冒出来,激怒地攀住船尾的大橹,死命抱住,怎么甩也甩不掉他。他身轻灵活,像鹊山的狸子顺着大橹蹿上了船,抽出他总别在腰里的柴刀,三下两下,砍断橹绳,又从舱顶飞跑到前舱,对准桅杆,只听得"丁"的一声,大布帆哗啦啦地落了下来。他站在那几个茫然失措的船工中间,两手往腰里一掐:"看你们敢不停下来?"

舱门打开了,于二龙不由得一怔,揉了揉眼,定睛望去,敢情是王纬宇!——笋子就是那样,一天不见,再见就长得老高,原来是他的鬼花样。

他像跑江湖地拱起双手,至少在语调上是相当亲热的:"二龙,有事吗?"

"二先生起得够早的。"

他向船工们发令:"快搭跳板!"然后向于二龙毫不见外地招呼:"有话到船上来谈。"

上船就上船,怕你吃了我?于二龙倒要瞅瞅在舱里发号施令的是谁?因为他始终没瞧得起王纬宇会是个对手,他那副该死的面孔,使人无论如何想不到他会做出那些偷运子弹和渔民对抗的事。

但是，舱里有谁？只是在舱角里坐着一个可怜巴巴的女人。

于二龙怔住了，敢情斯斯文文的王纬宇，也会耍把戏，隔着门缝看人，把他看扁了。

王纬宇请他进舱，指着舱角里的那个人："不认得了吗？"

因为于二龙从亮处走进舱里，无法辨别细节，眼睛适应了舱里的暗淡光线，定神一看，再回味王纬宇别有含意的语言，只觉一股热血直冲头顶，两眼都闪出愤怒的火花。谁不知道于二龙是个血性汉子，当时，恨不能一口把她和他都吞了。

她就是四姐，就是今天清早在陈庄见到的那个戴孝的珊珊娘啊！

在命运的河流里，谁也不会知道自己将在哪里驻脚，系上自己的爱情之舟？机缘是莫测的，错舛是经常的，以为万无一失的佳偶，会不翼而飞，预卜不会成功的一对，反倒白首偕老。要不是那个多情的历史系大学生，也许珊珊娘今天又是另一种样子吧？

但在船舱里，于二龙和王纬宇同时出现在她面前的时候，她的心像刚出壳的鸡雏那样，一面瑟瑟地抖，一面蹒跚地走。她该往哪一个方向举步？王纬宇是可近而不可攀；于二龙是可攀而不可近，她的头垂得更低了。

也许，女人的不幸就是要多些。

四姐是和芦花一块在民国十九年那场水灾漂泊来的。船家和渔家都是水上生涯，再门当户对不过了。甚至还在于二龙刚成年的那时，两家把亲事说定了，互换了庚辰帖子，难道还会有什么差错可出么？多少年来，水上人家都是这样媒妁婚姻的呀！

后来，都渐渐地长大了，谁知是上帝的慈悲，还是老天的作弄，她出息得水葱似娇嫩柔美，粉白的脸，细细的眉，秀媚的眼睛，纤纤的手,那样一个窈窕的体态,至少在水上人家,是不常见的。但是脸上长得俊俏多情,对女人来讲,有时候是福,有时候是祸,有时候说不定会是一场灾难。

因此,她们家在湖上一年四季很少闲着,总有客人雇她家的船,生意从来不曾清淡过,以致夺了兴怡昌小快班的常川客户。是啊,对那些腰包沉甸甸的商贾来讲,坐在舱里,有后舱一个漂亮标致的姑娘陪着说说笑笑,是不会嫌路程长和时间慢的,为了让四姐道声多谢,多给几个脚钱也是倾心乐意的。

旧社会的水上人家,只要船上有年轻媳妇或者姑娘,必定会有些不雅的流言蜚语,难免抛短流长,蒙上不洁的浊雾。但是能怪罪她们吗?正如于二龙也曾去喝掺进砒霜的毒酒,同样是在饮鸩止渴呀!

在南洋群岛的伊里安岛附近,有种极乐鸟,它丧身的主要原因,就是有着一支美丽的长羽。——这是劳辛告诉过他的。

于而龙想起他女儿信里,用俄语写的,那是他最早的罗曼史。错啦!孩子,她和芦花都不是石湖土生土长的女儿,所以不那么大胆,也不那么放浪,她只是在后舱里偷偷瞟上一眼。而别个,每天傍晚在湖里嬉戏的时候,总是那么胆大和毫无顾忌,当夜色浓得足以遮住羞涩和别人的目光,相爱的人便紧紧地搂在一起,在水里游得很远很远。按说,于二龙的水性是佼佼者了,但四姐却不敢作这样的游戏,没有,从来没有亲近过。

所以他站在船舱的稻谷里,嘲弄地,这是最能掩饰自己真实心灵的手段,向垂着头的四姐说:“哦,划船的成了坐船的人啦!”

她哭了,是委屈?是苦恼?是后悔?还是软弱?一颗女人的心啊!他从那个时期起,就不太懂得。

于二龙撇开她，对王纬宇说："二先生，你要说话算话！"

"我一生不对朋友食言，大丈夫应当言而有信。"

"那你不该背着我们搞鬼！"

"我不明白。"

"你心里清楚。"

"我从来正大光明，你有话直说好了。"

"子弹，二先生。"

他镇静地笑了一笑："我没有那东西。"

"不，就在船上。"于二龙卓有把握地回答。因为芦花的消息，如同她后来成为神射手一样的准确，绝对错不了的。但满舱稻谷，从哪儿去找到挟带的私货，使他犹豫起来。

小石头，那个精明懂事的孩子，正用他那把柴刀，朝稻谷里扎着探着，一共整整三大舱，百多担粮食，要扎到何年何月去？没想到，在这为难的时刻，浑身湿漉漉，衣衫紧贴在身上的芦花出现在舱门口。小石头眼尖，立刻扑了过去："姑姑——"

于二龙眼睛亮了，她不但捎回情报，而且亲自跟着大船。她该在哪里藏身？肯定是挂在船梢，泡在水里一路吧！啊！他从心里赞叹：真了不起，芦花，你和那个只会坐在蒲团上哭的女人，虽然是一块飘泊来的，但走的却是两条不同的路了……

芦花逼上一步："二先生，交出子弹吧！"

王纬宇理直气壮："你们说些什么？"

"四姐，你可一直在船上，二先生是快开船才上来的，你给他提个醒吧！"

"我！"四姐胆怯地掠了王纬宇一眼。

"二先生，你不发话，她哪敢开口噢！"芦花瞪着他。

“秃子头上的虱子，明摆的事，何必再啰嗦呢？”于二龙性子上来，不那么耐烦了。

王纬宇后退一步，口气依然很硬地顶着：“我确实不知道，这不是强人所难吗？”

“那你就让四姐讲。”

“我并没有封住她嘴。”

“四姐——”芦花走过去：“告诉我们，这能瞒了谁，我亲眼看见的。”

四姐离开她坐的蒲团，掩着脸迈到后船梢去，以一种畏缩的犯罪心情看着大伙。

小石头几乎到处都探到了，这时，他用脚踢开蒲团，一刀扎下去，碰到了硬的物件，赶忙丢刀，趴下去，用双手把散装的稻谷翻腾开来，不多一会儿，两只装子弹的铁皮箱给扒了出来，浑身粘满稻谷和灰尘的小石头，一屁股坐在箱子上，问道：“是什么，你自己说吧！”

“啊？！”王纬宇大惊失色，张大了嘴，站在那里愣住了。

“怎么回事？二先生，你说说吧！”

他似乎刚明白过来：“哦，怪事，家里还真有子弹？”他那副惶惑不解、受骗上当的样子，不但于二龙，连芦花都笑了。把戏揭穿以后，何必再装模作样？但他却像真事似的，捶胸大吼，朝那可怜的四姐、朝那些无辜的船工发火：“有子弹，不交出来抗日，往哪儿运？送给什么人？你们为什么不告诉我？为什么串通起来瞒着我？这家我到底做得了主么？你们眼里还有我么？……”

他越是淋漓尽致地表演，于二龙越是觉得他能耐不大，虽然是长高了的笋子，但终究是没过年的新竹，还嫌嫩一点，经不起什么分量，比起他那位令兄，差得远了。一种优胜者的心理，在年轻渔民头脑里盘旋："到底没跑脱这条滑溜溜的小鲶鱼，二先生，我是打鱼的神手！"

"就两箱么？"王纬宇还直管追问他的手下人，"挟带私货到底想干什么名堂？给我丢人——"

"算了，你不比谁清楚？"于二龙不愿意再看他做戏了。收场吧！一个拙劣的、表演不算高明的演员，人赃俱在，无法抵赖，老实认输吧！

王纬宇推开小石头，做出不甘心的样子："我怎么不知道家里还有两箱子弹，打开看——"

于二龙呵呵大笑："二先生真会装。"

但是，王纬宇三下两下，手脚利索地打开了铁皮箱，倒出来的东西，让于二龙、芦花都看傻了，没有一粒子弹，而是一包包大烟土，真正的云土，用油纸封裹住的上等烟膏。

这回该轮到王纬宇笑了，不过，他是冷冷地笑。

雾，还没有散……

王纬宇踢了踢跌落在稻谷上的云南烟土，问道："怎么办？"

不是所需要的子弹，于二龙还有什么好说的，他心里丧气极了，包括芦花、小石头在内，都弄得毫无兴头，站起来，走出舱门，什么话也不说地打算走了。

哪想到，他前脚刚跨上跳板，王纬宇开腔了，还是那种冷生生的口气："二龙，你又错了。"

这腔调使于二龙万分恼火，现在局面改观，王纬宇成了空中盘旋的老鹰，他是一只无处藏身的鸡雏，只好由着他摆布了。错在什么地方？年轻的渔民心里琢磨着停住脚。

“鸦片烟是政府明令禁止的违禁品。”

“违禁品？”那时于二龙不仅不懂第二外国语，连本国语文都谈不到精通，但他模模糊糊懂得违禁品大概的意思。

“你完全有理由把烟膏扣下。”

于二龙理智的网给搅乱了，高门楼的二先生会偏向自己说话，真是乱弹琴。他认为自己耳朵出了毛病，因为按照他当时的思维逻辑推断，从 a 点到 b 点，只能有一根笔直的线。

“悟不开这个道理来么？”他还是冷笑，掺上那种对于无知的怜悯，“烟土是和黄金等价的玩意，可以换到更多的子弹。”

老天，究竟是信他，还是不信他？马上要作出决定，只可惜赵亮去了滨海支队，要他在场的话，准能帮着拿个准主意了。芦花催他赶紧离开，因为她的判断很简单，而且一辈子也不曾改变，她认为王纬宇决不会安好心眼，后来甚至更加顽固地坚持。但王纬宇却向船工发了话：“撤跳，掉头，回庄！”他对思考中的于二龙说：“到时候，你就明白我啦！”于二龙望着他那张永远也看不透的脸，心里说：“只怕你不回三王庄呢，那又不是龙潭虎穴。”

大篷船在狭窄的水道里掉头，折腾不少时间，在浓雾里，费了好大的劲，于二龙也不得不帮把手，挂起大帆，重新驶进宽阔的水域里踏上归程。

许多事情是难以逆料的，谁能想到两个势不并立的对手，竟会难解难分地合作多半辈子。王纬宇当时也预卜不出一个渔花子会成大事，而且以后高踞在自己头上，甚至也想不到，过不多久，他弄得山穷水尽，以致还要投靠游击队。要是略微见到一些朕兆，他也决不会在严肃正经的面容下，戏弄他未来的上级了。

他那漠然的眼光，落在了于二龙满是胼胝的大手上，渔民的手，是成年和渔网缆绳打交道的，要格外的粗糙些。于是，从怀里掏出一个精致的烟盒，啪地弹开盒盖，伸到年轻渔民面前："抽烟，请！"他是想看看那粗壮笨拙的手指，怎样夹起那支炮台烟。

于二龙斜着眼看他一下，一直持有戒意的年轻渔民，本不想接他的烟，认为还是远他一点的好。但是，谁没有一点虚荣心呢？都是血气方刚的年轻人，而且还有那个本来属于他，现在却投奔到王纬宇怀抱里的四姐，在舱里悄悄地看着两个男人在竞逐。类似坐骨神经痛的感觉，在侵扰着他。一支烟都不敢接，竟土到这种程度吗？然而，待他伸过手去，他后悔了，那烟盒的结构颇为精巧，他那粗笨的手指，摆弄半天，硬是抠不出一支烟。

他脸红了，自尊心大大地受到伤害，尽管二先生内心世界得到相当满足，表面上不露任何声色。他轻轻一触烟盒的暗簧，便弹出一支香烟，蹦到了于二龙的手上。

于二龙没有抽这支烟，而是把它捏在结实的掌心里，碾了个稀烂粉碎。

王纬宇也怔住了，他是第一次就近观察到于二龙心里的地震，那强烈的地震波使他都感觉到了。他谴责自己做得太愚蠢、太浅薄了。因为这局棋还不能讲最后的胜负，逼将还嫌早了点。不过，雾里有了船只的动静，他要正式和他较量了。他先掠了对手一眼，好像没有什么特殊的反应，便问："好像雾里有不少船呢？"

"拉大网的吧？"

——于而龙，于而龙，你一辈子是以力量把王纬宇制伏，而他，却是以狡计把你压倒。真是棋逢对手呀，可这最初一个回合，直到今天，你还在扑朔迷离之中。为什么要剜掉小石头的眼睛，就是因为孩子看到了隐秘。所以在历史的长河里，有许多永远也揭示不了的秘密，这里面也包括你在石湖最后一个回合里，留下来的三十年不解的哑谜。

追寻吧！战斗还正在开始……

突然间，出乎意料之外，从雾里钻出来三四条大大小小的船，采取包围的姿态，团团裹住大船，是一个拉大网的架势，但目标并不是鱼，而是人。

“麻皮阿六！”一个船工恐惧地喊了声。

“不错，是我六爷——”那土匪头子大模大样地站在一艘独舱船上，穿着一件敞开的黑色香云纱褂裤，宽皮带上，插着两把手枪，响响亮亮地回答着。

“来者不善，碰上了这帮土匪，糟——”王纬宇轻轻地推了一把于二龙，“进舱去，我来搪他一阵！”

在石湖四周数县，很少不知道麻皮阿六的，这个骚扰一方的土匪匪帮，到处做有手脚，连县里都有他们买通的关节。对这帮为非作歹的匪徒，官府无可奈何，甚至下了通缉令，麻皮阿六还在城里望海楼吃馆子呢！

土匪是一种特殊的社会集团，是社会上一种凶暴残忍带有强烈破坏性的力量，在兵荒马乱的年头里，他们打家劫舍，敲诈抢掠，像自然界的飓风一样，所过之处，都要受到程度不同的灾害。现在，当然不会有土匪了，但是，这种特殊的社会力量，并不会消失，只要看一眼那座高围墙工厂里的实验场，该知道这股社会上的飓风是多么强烈，麻皮阿六简直是望尘莫及了。

于二龙很钦佩斯文的二先生，并未吓得浑身筛糠，还高声地问：“你们究竟想要干什么？”

“那不是高门楼的二先生吗？啊，弟兄们，今天算发了个利市，碰上财神菩萨啦！”他一挥手，包围圈又缩紧了一点。

王纬宇指挥着于二龙：“告诉她们，快把烟土埋起来。”于二龙不得不听从他，向舱里的芦花传达，在这里，征服者和被征服者的关系全搞乱了。

王纬宇是一个怪物，仅仅用领袖欲三字来形容他的癖性是不够的，只要那个场合除他以外还有人在，那么，别人得众星捧月似的围住他，要是，造物者不幸在那里先有了一个或几个别的恒星，那么他就情不自禁地喧宾夺主，或者凌驾在他人以上，或者役使着对方，或者利用着替自己拉车出力，或者干脆火并王伦，他坐首把交椅。毫无办法，他生有一种指挥别人的病，有时候，他不得不退居二线，做个副职；瞧着吧，不出半载一年，他那二线比一线还热闹，他那副职也是头角峥嵘，非同小可。演讲，他嗓门最高，照相，他坐在正中，宴会时分不清他是主人，还是客人，战斗中同样也看不出他是参谋长，还是司令员。

但千万不要轻易给他下一个好出风头的结论。

只听得王纬宇朗朗地干笑了两声，举起手，很有气概地对匪徒们讲：“不必过来，有话好讲。”

麻皮阿六嘴一歪：“好的，二先生能开面子，那就给个价吧！”

“实在惭愧，船上装的全是稻谷，改日吧！”

“白张嘴么？见面礼都不给吗？二先生，我们不是臭要饭的，朝你白伸回手。弟兄们，上！”他一挥手，那些匪徒便蜂拥地往大船靠拢。

于二龙看得清楚了，除了麻皮阿六带有两把大镜面匣子，别人都不持什么武器，便拔出腰间的手枪，冲天打了一发，大声喝着：

"看谁敢动?"

匪首顷刻之间变出一副光棍不吃眼前亏的面孔,嘻嘻哈哈地嚷着:"别误会,别误会,二先生,这位是——"

"我的朋友——"王纬宇答复着。

朋友,实在是很难找到准确涵义的名词了,于二龙听得心里直发麻,黄鼠狼和鸡交朋友,但不幸的历史,偏偏验证了这个不等式。站在舱顶上的持枪渔民,当时倒没想那么多,而是大声地问麻皮阿六:"不认识吧? 于二龙,听说过吧?"

"啊哈……是二龙兄弟,自家人,自家人,我正打算会会你那山门呢!"他把船紧挨过来,但见于二龙居高临下,自己不占便宜地势,便嬉皮笑脸地拱起手:"你哥投奔了我,我可没亏待他。大龙呢? 大龙,大龙……"他回头招呼。但那个早看见自己兄弟的于大龙,闪在匪徒后面不出来。麻皮阿六高声地嚷:"二龙兄弟,听说你拉起杆子,好样的,干嘛你要打共产党的旗号? 咱们合伙干,怎么样?"

于二龙根本没听他说,而是寻找匪徒中间他那愚直的、任是牛拉马牵也不回头的哥哥,芦花闻声也走出舱外,因为捎去几回口信,都被他骂回来。

有些匪徒正试着要往大船上爬,于二龙一跺舱顶,威严地吼着:"谁敢上船试试,摸摸脖子上长几颗脑袋?"

"啊呀老弟,咱们算是有缘相会,今天咱们就来交朋友,叫做一回生,二回熟——"他喝令匪徒,"谁也不许上大船,给我老实呆着。"说罢,他做出一副拙手笨脚的样子,从那艘低矮的船想爬过来,同于二龙拉拉手。"老弟,你真了不起,说干就干,一拉好几十号人,有板眼。往后,老哥还得朝你请教……"

于二龙到底是刚拿起武器的渔民，哪里懂得惯匪的苦肉计，麻痹战术——正如那回王纬宇在南方混不下去，来投奔他一样。应该飞起一脚，踢他下水，或者顺势牵羊，先下了麻皮阿六的枪，但是他坐失良机，竟在舱顶上给匪首留下立脚之地。果然，麻皮阿六站稳以后，刚才还是一脸胁肩谄笑，刹那间，麻脸闪过一掠残忍的黑影。一个来势凶猛的扫堂腿，于二龙未加防范，措手不及，被拐倒下来。只见麻皮阿六伶俐地来个鹞子翻身，压在了他的身上。现在才看出刚才的笨拙，纯粹是障眼法，而实际上，他的拳脚功夫不浅。他腾出一只手，向空中一招，那帮匪徒，呼啸而上，站在舱门口的芦花，抄起一块护桅板，奋不顾身地迎了过去。

于二龙被压在麻皮阿六的身下，向那些吓呆了的船工大声招呼："把他们打下船去，打下去！"但那些力气比谁都不小的船工，动都不动地木然站着。

麻皮阿六笑了，他能笑着把过期不赎的肉票活活杀死，掐住于二龙的脖子，嘲弄地："二龙兄弟，你给他们什么好处，人家干嘛为你拼命！"

于而龙一辈子记住麻皮阿六的教训，精神上的感召，只能施行于迷信的教徒，而群众，凭空喊，是喊不来的。而在多年的游击战争中，那些血肉相连的基本群众，则是用心换出来的。

只有一个小石头，才给过一记耳光的小石头，蹦上了舱顶，浑身是胆地骑在惯匪头目的腿上，用他那把柴刀，剁着麻皮阿六。只是可惜他个子太小，刀把太短，怎么也击中不了他的脑勺，而且他分量太轻，无论怎样使劲，也压不住那踢蹬的两腿。但是小石头的助战，总算让于二龙腾出一只手来，那长满老茧的渔民的手，结结实实地捏住了麻皮阿六的脖根。于二龙虽然被他卡住透不转气，但此刻,也看到他脸上一粒一粒的麻斑,憋得紫红发亮起来。论拳脚,于二龙短练;论力气,麻皮阿六可不是对手。幸亏匪首眼快,只被于二龙的手握住脖根,倘若要向上挪二指,那么,麻皮阿六就不会后来被击毙在闸口镇的小教堂里,而此刻在舱顶上早报销了。

至少,麻皮阿六多少年来,不曾吃过这么大的苦头,特别是顽强拼命的小石头,在他后背上,剁破那件拷绸褂子,砍出好多道血口子,使得麻皮阿六渐渐失去那股亡命徒的骁勇,快要从优势转为劣势,于二龙试着要翻转身来,给他一点颜色瞧瞧了。

在舱前应战的芦花,纵使有三头六臂,也抵挡不住一哄而上的匪徒。她独力支撑住局面,甚至还寄期望于陷在贼巢里的于大龙,能助一臂之力,不让他们上舱顶去救援麻皮阿六,只要于二龙翻过身,擒贼先擒王,那么这局棋就大为改观了。

她愤怒地喊了一声:“大龙,你死了吗?”

于大龙已经爬上来大船,芦花的一声呐喊,他迟疑了。倘若不是一旁虚张声势帮助芦花的王纬宇,他会毫不迟疑地倒戈和匪徒格斗的。但是,他也是一个从a点到b点只能有一根直线的人,甚至比他兄弟还不会拐弯,而且反应来得更慢。他看到于二龙和芦花给不共戴天的高门楼效力卖命,冲过去,抡起拳头,对着芦花咆哮:“你们全忘了咱们家是怎么落到这种样子的啦……”

芦花举起护桅板的手,自然不能朝亲人的头砸去,只是迟疑了一下,双手被匪徒执持住,眼看他们一拥而上,把匪首给解救出来。于二龙,芦花,小石头成了他们的俘虏。

芦花朝于大龙啐了一口:“呸!”

不知什么意思,麻皮阿六并不像传说里的杀人不眨眼的魔王,而是以出奇的冷静,让手下人裹伤,望着王纬宇说:“二先生看笑话了，做了一场蚀本买卖！”

王纬宇说了一句莫名其妙的话：“你斟酌着办吧！”

一个独眼龙向匪首建议：“干脆，把他们全给‘恭喜’算了。”虽说“恭喜”两字，是匪巢里的黑话，但那意思，三个被绑的人，心里是全明白的。

于大龙黑着脸，走到麻皮阿六跟前，无言胜似有言，虎生生地瞪着，看他下文说些什么？麻皮阿六是老江湖，窝里反不是好事，便骂了一声独眼龙：“糊涂，喝多了么？”转身对于二龙说，“你放心，咱们是不打不相识——”话未落音，几个匪徒扭着四姐，捧出烟土走来。麻皮阿六抖开纸包，把烟膏放在鼻下美滋滋地闻着，赞许地说：“是真货，好东西，谢谢你的烟土，二先生，够朋友。”

王纬宇不自然地看了于二龙一眼，连忙抢过话来讲：“大家都是本乡本土，还得互相担待！”

“少废话，你给二龙多少支枪？”

“没有，没有——”他矢口否认。

“得啦，少给我装熊！”麻皮阿六一巴掌扠过去，王纬宇跌跌撞撞，差点倒在于大龙的身边。没想到正为了报仇才上山当土匪的于大龙，哪能放过这千载难逢的好机会，就势揪过他的脖子，一把按倒在地。那明光雪亮的匕首，从后腰掏了出来，朝王纬宇心窝扎去。要不是麻皮阿六眼疾手快，一个箭步，握住于大龙的手，今天的革委会主任就当不成了。“你要干什么？”麻皮阿六气得脸都绿了。

于大龙说：“先‘恭喜’了他！”

独眼龙过去，踢开于大龙：“干你的屁事，滚开！”

“头儿——”于大龙不服地抗议。

麻皮阿六说:“自家人,别伤和气,听我的。”他抓住王纬宇,做出一副杀气腾腾的样子,“快说,几杆枪!”

王纬宇拿眼瞟绑在桅柱上的于二龙。

于二龙挺起胸脯:“问我就是了,六杆长的,一支短的。”

麻皮阿六掂着刚扭到手的短枪,一支小号勃郎宁:“这就是那杆短的了,好吧! ——”他让人松开小石头,和颜悦色地说,“好兄弟,我佩服你有种,六爷请你去做客,见见世面。三天以后——”他又换了一副凶神恶煞的嘴脸,对于二龙和芦花讲:“山神庙见,你们把六杆枪全部送来,把孩子领回去。”

“啊,绑票——”于二龙想不到会来这一手。

独眼龙问麻皮阿六:“不带走于二龙?”

“不!”麻皮阿六摸摸浑身伤口,苦笑地说。

“那怎么朝朋友交账?”

麻皮阿六望了一眼王纬宇:“这我就够败兴的了,快撤,别嚼蛆啦!”

“站住,把孩子放下。”

“三天后,山神庙见面吧!”匪徒们一窝蜂地跳回各自的船上,小石头也被他们拖去了。

“二叔,姑姑……”小石头在挣扎着。

于二龙叫住他哥,本意无非要他照应一点孩子,但是那个不爱说话的人,讲出的话更加堵噎得慌:“你们过好日子去吧!”

匪徒们的船只像箭一样四散而去。

“二叔,姑姑……”小石头力竭声嘶地喊着。

芦花也被绑了个结结实实,动都动不得,只能大声地向那走远了的孩子喊:“小石头,小石头,我的石头啊……”她大声地哭出声来。

也许是孩子听见了她的哭声，他在喊："姑姑，你放心，我不怕，我……"

要不是于二龙绑着，他肯定会跳下湖去追的，死活也要和小石头在一起，怎么能把一个十岁的孩子，抛到一群野兽中间去，想起那一巴掌过重的责罚，他后悔死了。

"二叔，姑姑……"从雾里传来了愈来愈远的喊声，肯定匪徒是不会轻饶孩子的，他和哭着的芦花都心碎了。

人们给他俩松了绑，他们赶忙冲到舱顶，一声一声喊叫着小石头，可是迷雾笼罩着的石湖，像死一般的寂静，连个回声都没有。

迷雾吞没了那个孩子，也吞没了他们声声呼唤……

于而龙陷在惆怅的思绪里，望着那口古井……

因为屋脊高耸，遮住了早晨的阳光，天井里的一切似乎还在沉睡。井台上，露水斑斑，辘轳架，挂满水珠，花坛上的枝叶、蓓蕾和绽放的花朵，好像都闪烁着晶莹的泪花，使游击队长联想起老林嫂脸上的泪水，是啊！母亲的心啊！

于而龙想：莲莲那幅画有什么值得指责的呢？不就是因为她反映了生活的真实吗？革命是艰难的，为革命付出的代价是沉重的。艺术家，如果确实想反映一个时代的心声，就不应该在严峻的生活面前把脸掉过去，或者把眼睛闭起来。

你要是母亲，献出自己的儿子试试看！

仅仅是三天的期限，对于小石头命运的担心和悬念，每一分钟，每一秒钟，都是难熬的；但对于必须做出决断的于二龙来说，又感到时限太短促了。

偏巧，赵亮还没赶回来，几十双眼睛，包括老林嫂哭肿了的眼睛，都在盼着他。

三天一过，匪徒会毫不留情撕票的。去拼？去跟他们干？把小石头给夺回来？凭这几杆枪，几个人，谈何容易。按照匪徒的条件，拿枪赎人，那以后还干不干革命？还能施展得开手脚？第一回被他们拿捏住，第二回该在脑袋上屙屎了。

老林哥说（他也只能这样说）："他们能把一个孩子怎么样？"

老林嫂两眼肿得像核桃，到底是她的头生子啊！可是在人面前，一滴眼泪也没掉过。她恨不能马上见到孩子，搂在怀里。可是她也明白，几支枪对赤手空拳的渔民来讲，不仅仅是壮胆的东西，而且是身家性命，有它就能生存下去，失去它……她对于二龙说："我是心疼石头，二叔，可我不是糊涂人。"

"老林嫂——"于二龙像一只刚捉进笼子的野兽，紧握着拳头，不知该往哪儿打去。

真笨！于二龙发现自己常常是事情过去以后，才变得聪明起来，总要吃够了苦头，才改弦易辙。三十多年过去了，他方悟到：当时为什么不懂得给高门楼施加压力呢？难道还看不到蛛丝马迹来么？闻不出一点阴谋的味道来吗？老林哥说得对，有鬼，确实有鬼，他想起雾里听到的船声，还以为是拉大网的。"他妈的，串通好了等待着我上钩啊！"

但是，当时他被那张无邪的脸骗了。

三天，吊心悬胆的三天，于二龙也不知怎么过来的。那时，人们没有钟表，对于时间的概念，白天根据太阳，夜晚依靠星辰，水上生活的人家，星辰的作用要更明显些。他望着那颗启明星第三次从杨树顶端出现，整整两天两夜不曾合眼了。

在这同一时刻里，那个安排了金钩钓鳌妙计的王纬宇，也是通宵未眠，眼巴巴地望着微明的曙色，透过帘栊，把屋里的轮廓在黑暗里显现出来。他同样愁眉不展，大凡是人，都免不了有他自己的烦恼，该怎样去答复那个多情的船家姑娘呢？这位足智多谋的二先生费难了。

三天以前，四姐特地从陈庄赶来了，连自家的船都来不及坐，可见事态的严重。她脸色苍白，也不知是高兴，也不知是忧愁地告诉他："我好像有了……"

"不会的吧！"

"我就怕……"她确实感到未来的无可预测的恐怖。

王纬宇放下手里那本《少年维特的烦恼》，看着娇俏的细嫩脸庞，便把门第低微的船家绿蒂搂在怀里。心想：要是城里那位千金有她的模样，或者她有城里那位千金的身价，该多好。

"怎么办呢？"四姐喃喃地说。大概心地越是纯洁的女性，感情也越真挚，既不善于掩饰和伪装，也不能像老于此道的女人，拿着来反咬一口，要挟对方，或者借此敲笔竹杠。但王纬宇马上想到这手，一个劲地开脱，用着安慰的口吻否认："不能，不能，决不会的，哪有的事。"

"要万一真是有喜呢？"她害怕得要命。

他都能感觉到她在自己怀抱里瑟缩地颤抖，那颗生了老茧的心也竟然被震动了，不得不说一句应景的话："那是更该高兴的事了。"

其实，无论是他，是她，都无法高兴的。他的空洞的笑声，并不能使她安心，反而更感到前景渺茫，充满了破灭的恐惧感。她要走了，从他怀抱里挣扎出来，从陈庄起五更赶大早来到三王庄，就为告诉他一句话,和得到片刻的温存,可怜的女人哪!

“就要回去么?”

她酸苦地回答:“不回去我待在哪儿?”

“一会儿有装稻谷的船去陈庄,你先去船上等着吧!我也要去的。”

“你也去?”

“嗯,没准今儿个半路上有点热闹——”

“什么热闹?”

“你别问啦!”

…………

王纬宇躺在床上,揉着失眠而有些胀闷的太阳穴,他在考虑:真的要怀孕了该怎么办?冒天下之大不韪,同船家姑娘结婚?他那病倒在床上的老子能准许么?他那一心想拉队伍的哥哥能答应么?亲朋故友、宗族世交能同情么?石湖还有他的立脚之地么?……

出走?所有爱情小说的主人公,除了屈服,也只有这样一条出路。其实他也未尝不想去试试,可以带她去上海,在租界里找间石库门的弄堂房子,然后想法谋个事,自食其力,教个中学历史想来不成问题的吧?那么,四姐就做起太太来,穿起旗袍,打扮得花枝招展,肯定会比城里那位千金漂亮动人,也拿得出手。但是,这两个女人都有一个共同点,太缺乏高尚的情趣,城里那位小姐只知道流行歌曲,而四姐,甚至连《何日君再来》都不晓得,只懂得把热烘烘的身子依偎着他,享受着爱情。可是继而一想,难道灵与肉不可兼得,我该永远忍受那种廉价花露水的粗俗香味?只不过是逢场作戏,弥补一下空虚而已,至于作出这样大的牺牲么?假如她真是绿蒂的话,那又另当别论了,然而,唉……

怎么办呢? 四姐那副焦黄的面孔,又出现在眼前。

屋外廊檐里有脚步声,只听佣人在门帘外轻声地问:"二先生,醒了吗?"

"唔?"

"大先生从省里回来了,他说,要是你起来了,请你去商量点事。"

"知道了。"

差不多就在同时,赵亮从滨海回来了,八十华里的路程,整整走了一夜,穿坏两双草鞋,赶到柳墩。

赵亮一出现在大家的面前,尤其是老林嫂,都认为小石头有救了。他好像不经什么思索,不见怎么犹豫,立刻作出决定:"有什么费难的呢? 当然最最要紧的是人啰,把武器给他们,把孩子领回来。"

"可是枪——"

"再搞吗! 快去,干吗等到三天头上,派人找他们谈判,马上就换。"

"定下来了?"于二龙有些疑虑,说实在的,他也有点舍不得那几支破枪,盯着问了一句。

"不要三心二意,快去吧!"赵亮看到他眼里一丝惶惑不定的神色,笑了。那种朴实憨厚的庄稼人的笑声,在人们心情都紧张得像绷紧的弦,起着抚慰镇静的作用。两天两夜以来,柳墩的空气好像凝固冻结一样,笑声使得紧缩的心脏松缓开来。他提了一个问题,也等于把考卷摊在于二龙面前:"大伙说说,咱们是先有的人,还是先有的枪啊?"

他意味深长地拍着于二龙肩膀说:“要珍惜、爱护每一个同志,每一个群众,以至于每一个人,因为我们是共产党……”

于二龙二话没说,跳上舢板:“我上鹊山去找麻皮阿六!”六支步枪又从人们的肩头上摘下来,递给了他。当时,在场的人都保持沉默,不知为什么,包括盼着孩子回来的老林嫂,像被摘走心肝一样的难受。人们不由得联想失去武器以后的景况,该是那晚秋才孵出的鸡雏,寒冬即将来临,羽毛尚未丰满,只好整天躲在窝里瑟缩地啁啁哀鸣了。

老林嫂坐在码头旁边,心窝里仿佛有谁在用锉刀锉似的。身边是系着舢板的木桩,她恨不得马上解开缆绳,去把小石头换回来,但是一看到那几支命一样宝贵的枪,又紧紧地把绳系在手里不松开。

但是,王经宇并不欣赏他令弟戴着白手套的绅士做法,认为对付渔花子,毫无必要搞那么复杂的圈套。“脱裤子放屁,多费一道手续。”

“一箭双雕的事,何乐不为,横竖历年规矩,也是该给麻皮阿六这支别动队开销两个钱的,趁此又收拾了那个不可小看的于二龙。要知道背后有共产党啊,做事得谨慎一些。”

“书生之见,共产党怎么啦?这回省里准我搞个保安团,就为对付他们。你去对麻皮阿六讲,把那支短家伙讨回来,现在拉队伍,武器第一要紧。”

“用不着如此急促,今天三天期限已到,他们会把枪送到麻皮阿六那里去的。”

“不!”王经宇说,“派人去找到那伙渔花子,通知他们,省里把抗日的事交给我王某人了,限他们今天赶紧把枪送回,我可免于追究，要不然的话——"

"完全可以假手别人，何必亲自树敌招怨。"

"对于愚民，主要靠它——"这位蒋委员长的信徒，掂着手里的文明棍。

"不用棍棒，同样能达到目的。"王纬宇不满意他的做法，转身走去。

"短枪还得你上趟鹊山讨回来，要不，麻皮阿六会揩了油的，趁早凉，走一趟吧。"他叮嘱王纬宇，然后又派人去陈庄，把保安队拉来，要给渔花子一点颜色看看。现在，手里有了省府的底牌，可以大展宏图地撒手干了。

在柳墩，于二龙正要点篙离岸，消息先被自己人传了过来。大家都知道王经宇心毒手辣，早就估计，他一回到石湖，好戏马上开台。但人们盘算过的，手里有枪，腰杆硬实，尽管子弹少些，足可周旋一阵。然而枪已摘走，揭竿而起的渔民，手无寸铁，在石湖上该无立脚存身之地了。

赵亮向于二龙挥手："快去吧，这里，我们大伙商量着对付他们。"

舢板载着那六支步枪，倒好像不是从湖岸离开，而是从人们心坎上割舍下来，轻轻地在湖面上飏了出去。

一直坐在码头上沉默不语的老林嫂，突然站了起来，先伸出了手，然后才喊出声来："二龙……"

"怎么啦？老林嫂——"

"二龙，别走，给我回来。"

于二龙咬住牙，点了一篙，舢板滑得更远了。

老林嫂急了："站住，二龙，你快站住吧！"她见于二龙没有停下的意思，越划越远，而且从陈庄方向，传来了枪响，老林嫂顾不得一切地，扑通一声，跳进石湖里去。

渔村的妇女都识点水性，她追波逐浪地向前冲过去。于二龙不得不稳住竹篙，大声地问：“你要干什么吗？老林嫂！”

她在波浪里昂起头，尽管神情是苦痛的，但声调却是有力的，高亢的：“二龙，我不是糊涂人，快回来！”

“别耽误事，老林嫂，让我去接小石头。”

“不！”她大声地吼了。

“干什么？老林嫂，你要干什么吗？”

她坚定地吐出三个惊天动地的字：

“我，要，枪！”

五

前天傍晚，于而龙到达柳墩，看到了站在湖边翘首企望的老林嫂，无论如何也没法使自己相信，她就是三十多年前，跳进湖里去追枪的那位英勇慷慨的母亲。

她一把拉住，只叫了一声“二龙！”底下的话就噎在喉咙里，半天半天也不吭声。因为她从这位稀客的身影里，看到了逝去的岁月，看到了牺牲的亲人。但是，她没有泪水，早流得干干净净的了，只有那双颤抖的粗手，哆嗦的嘴唇，使于而龙觉得她的心，是多么的不平静。

直到深夜，围着灯火，全家人团团围坐聊着往事的时候，于而龙才从一个变得完全不敢相认的衰老妇女身上，看出来那个熟悉的候补游击队员的形影。

话题总是离不开她惦念着的，那背上的宝贝。

于而龙想起了临走前画家的心意，等到她有了如愿的那一天，一定要接干妈去住些日子，而且一定不再搞那些繁琐哲学。对于在干校插过秧的于莲，在深山沟当过医疗队员的谢若萍，在劳改农场生活过的于菱，在九平方米民办监狱里度过春秋的于而龙，过去在四合院里居住时，那种仿贵族式的种种派头和生活习惯，现在看来多么渺小啊！

老林嫂笑笑，显然她早原谅了。

“去吧！如今建设得可不是你早年见过的样子了！”

老林嫂突然冒出了一句：“也就那样吧！不过房子高些、大些、多些，人挤得要命。”

于而龙奇怪地看着她，也许上了点年纪，说话就不免颠三倒四，以假讹真，说得神乎其神，似乎亲眼目睹。那一本正经的样子，又不禁怀疑，她去过？干什么？为什么自己不知道？水生给他解开了疑团，原来老林嫂为了说几句公道话，证明于而龙在石湖打游击的那些年，绝不是叛徒，也不是败类；在别人都缩着脖子不敢抻头的情况下，她不远千里地跋涉奔波，进省上京，去替他辩诬，去替他洗刷，以牺牲的丈夫和两个儿子的名义，去打这场绝不是为了自己的官司……

老天哪！他诚惶诚恐地站了起来，叫了一声：“老林嫂，你啊！你……”顿时，他觉得这个家庭，这个夜晚的小渔村，这个静悄悄的石湖是多不平凡哪！一股强烈的暖流，在他心胸里回荡，禁不住热泪在眼眶里滚着。

老林嫂端坐着，她只是随便说说，并不认为有什么特别的意义。

“你一个人去的吗?”

“就这样,人家还找我算账呢!”她看到儿子盯她一眼,便不往下说了。

于而龙关切地追问:“是哪一年去上访的?”

“早啦!”她也记不准确了,“好像是大大前年吧? 还正经闹了阵蝗虫呢,乱啃一气!”连水生那样一个工作人员,也记不清闹蝗灾是哪一年了。也实在难怪人们的记忆力,前些年真好像是电影的慢动作镜头似的,很难区分这一年和下一年有些什么明显的差别特征。在于而龙记忆之树的年轮上,也像树木的生长规律一样,愈远的年代界限愈清楚,而愈近则愈模糊。老林嫂所说的大大前年,他已经记不得那年都干了些什么? 仿佛那些年他的生长停滞了,生活凝固了,是囫囵吞枣地活过来的。现在,倘若按历史学给于而龙的现代史分分期的话,那就是挨斗期,悬挂期,东山再起期,重新垮台期。那么老林嫂上访是他在优待室学《英语初级》的时期,还是在干校水洼里拉大网的时期,就难以确定了。

“可我从来没听若萍和莲莲提过呀! 按说你来家,用不着瞒我吗!”

老林嫂平静地说:“我不想去你们家!”

于而龙跳了起来:“为什么? ……”

她笑了,依旧是那种平淡的笑:“我过不来你们那种日子,我是个乡下人——”

“你就捶我的心吧! ……”他恨不能向她喊出来。

但老林嫂却怪罪自己:“说那些干吗? 也不光你们一家讲究,都那样的嘛,总得随大流了——”是的,她原谅了。可是,于而龙却没法原谅自己,他像站在一面镜子面前,好像头一回看到自己又脏又黑又丑。

“那你到底住在哪儿?”

“住在接待站的大院子里呗!”

“啊? 在露天地里?”

“那有什么?”老林嫂似乎觉得他的诧异惊讶是完全多余的,上访告状的不都那样等待着吗?

于而龙连忙问:“那是什么节气?”

水生告诉他:“妈是秋后队里分了粮才离家的,先上的省,后进的京。”

“那该是十一月份了吧?”于而龙问老林嫂:“天很冷了吧?”

“还算熬得过去,人家办公室刚安火炉……”

于而龙哑口无言,还有什么细节需要问的呢! 足够了,完全足够了。

虽说北方的初冬,刚刚南下的冷空气,还不是那样凛冽,但是对露宿在那样宽阔大院的老林嫂来说,铺天盖地,等待黎明,实在使他无法往下想去。眼前立刻浮现出一副凄寒的画面:漆黑的夜,半明的灯,老林嫂披着一身寒霜,在嘶嘶的寒风里枯坐……

她为了什么? 只是为了说一句公道话,在有人像躲避瘟疫似的离开他,在有人恨不能把他斩尽杀绝,在有人朝他吐唾沫以示自己清白,在有人落井下石,踩着他的肩膀往上爬的时候,老林嫂那颗全不顾自己,而为别人跳动的心脏,该是何等可贵啊!

老姐姐啊! 在石湖上,她也许是我惟一活着的亲人了! ……于而龙在默默地望着她,忍住泪水,努力不使它流出来。

这时候,她那坚定有力的声音:“我,要,枪!”似乎从井底下,从地之深处传了出来,她要回来的不仅仅是几支枪,而是整个石湖的革命事业，但是她付出的代价也太沉重，太巨大了，是小石头、铁柱、老林哥他们三个人的热血，和她自己默默无闻、全然无私的一生。

于莲给她画的那幅油画，她也许是无意，但画出了于而龙的心声，在老林嫂手里拎着的，不是两桶清水，而是一副艰辛的生活重担。就像大地驮负着整个人类，母亲怀抱着子女那样，永远把那颗滚烫的心紧紧贴在别人身上。

老林嫂终于游近了舢板，抬起那副坚毅的脸，她已经决定了：“二龙，把枪给我，孩子是娘心上的肉，能不疼么？高门楼不能轻饶咱，大伙的命更要紧。”

“松开！”于二龙劝她。

“我不会撒手的。”

枪声越来越近，陈庄区公所派来的保安队，采取了一个包围的姿态，扑向柳墩。为了应急，六支步枪又回到站起来的渔民手上。

那是他们揭开十年战争的序幕，第一次接火，第一次胜利，或许于二龙比别人幸运些，首战对手，竟是一群脓包。那些鱼肉乡民的保安队实在不堪一击，在老兵赵亮的指挥下，三下两下轻松愉快地结束战斗。

打胜仗总是一桩令人高兴的事，再说谁的皮也不曾擦破一块。柳墩上空的晴天，变得那样喜悦，好像每人多喝了二两绿豆烧似的，眉宇展开了，愁云消失了，于二龙也沉浸在欢乐的气氛里。要不是赵亮提醒，险几误了大事，此刻手里有了刚缴获的枪支，便敛了六杆旧枪，爽朗痛快地说：“好，我这就接小石头去！”

“慢着，弄条大点的船，把这些抓住的俘虏顺便给王经宇捎去，他现在没兵没卒，你多带几个人去三王庄找他，让他看看，谁缴了谁的械！”

去三王庄的一路上，满船装着欢笑，除了灰溜溜的押着的俘虏，游击队员们敞开了嗓子唱赵亮教的红军歌曲，把野鸭子、水鸟吓得钻到水底下去。一直惦念着小石头的老林嫂，也是三天来，头一回被年轻人的笑声感染了，露出了一丝笑容。

“给小石头带点什么好吃的呀？”

芦花代替妈妈回答：“小石头最爱吃的赤豆粽子。”

端午节早过去了，但疼爱孩子的妈妈，早一天就裹好了等着石头回来吃，可谁也没让知道，生怕大伙看出她思念孩子的情绪，增加人们的心理压力，现在她不左右为难了，扤着一篮粽子上了船，亲自去接儿子。

有个小伙子，伸过手来，掀起竹篮的盖布，要拿粽子，被芦花一手打掉：“没你吃的份，馋鬼！”老林嫂直是让着：“吃吧吃吧，带多着咧！”便递篮子过去，那个小伙子咧着大嘴笑了：“我怎么那样没出息，抢先吃呢，等接到石头兄弟，他吃剩下，有多少我全包圆。”

船往三王庄去，人们笑逐颜开，布帆也随着人的心意，鼓得满满地，发着猎猎的声响，好像格格格地笑着，但是谁也料想不到会有什么场面在等待着。

在革命战争的年代里，歌声总是那样响亮，当三王庄愈来愈近的时候，欢快的歌声吼得连高门楼前两尊石狮都为之动容。但是，刹那间，仿佛有人兜脸给了一拳，歌声给打断了，喑哑了，死一般的沉寂了，这一拳把年轻的于二龙打得两眼发黑，手里抓住缆绳，也不知往树桩上拴，目瞪口呆站在那船头上，动也不动。

站在他面前岸上的，不是别人，正是他的哥哥于大龙，他铁青着脸，死鼓着眼，闪出一股仇恨和愤怒的眼光，怀里抱着满身血污的小石头。那孩子已经完全僵硬，毫无生气地耷拉着一只手，看不清他的脸面，很清楚，匪徒把孩子杀害了。

“小石头——”他终于还是喊了出来，因为他想起了那一巴掌，一辈子都后悔不已的过重责罚，尽管明摆着孩子死了，但他还是请求饶恕地扑了过去。

老林嫂冲上岸来，她不叫、不哭、也不流泪水，只是来不及地把孩子接过来紧紧搂着。然而，她一看到小石头被匪徒挖掉眼珠后，留下的两个深陷的空洞，便失神地往后一仰，虽然芦花赶紧扶住，还是连人带孩子一块跌倒在地上。

竹篮里的赤豆粽子滚落在湖岸边。

“老林嫂，你哭吧——”

妈妈抓住孩子不放，痴痴呆呆地望着芦花。

“哭吧！老林嫂，你快哭出声来吧！”芦花抱住她，拼命摇晃神志失常的妈妈，但老林嫂却抢过来一只粽子，塞在那僵直的孩子手里，见他不接，依然跌落在地上，便完全失去控制自己的能力，顿时，手足抽搐，人事不知，仰面倒在了芦花的怀里。

于二龙严厉地责问他哥：“怎么回事？”

“麻皮阿六撕了票。”

“今天才是三天头上。”

于大龙爆发地，像喷发着怒火，因为他从来不这样，芦花也扭过头来瞧他：“高门楼害的，就是你们做看家狗的高门楼。”

“你说些什么——”

“你们问问孩子吧！”他跪倒在小石头的身边，“说吧，快说吧，他们来了，可你什么话也说不出来了。孩子看见了那个坏种，我只见着个背影儿，他们瞒着我，不许我知道，可孩子看得清清楚楚，我听他叫嚷来着：‘敢情你们是一伙的，好啊，我回去告诉二叔，拆平你们高门楼。’我要进屋，独眼龙不放我进，我到底冲了进去，那坏种躲了，我就问孩子——”他痛心地望着那两只空洞似的眼睛，捶着自己的胸，“他，他信不过我，我真糊涂，哪晓得他们穿的是连裆裤啊！”然后，啊啊地伏在地上哭了……

芦花一面掐着老林嫂的人中，一面摩挲着她背过气的心口，好容易才使她哇的一声哭了出来。她终于挣扎着站了起来，问道：“告诉我，他们干吗这样折磨我的小石头，告诉我，为什么？为什么？……”说着，她伤心地俯伏在孩子的尸体上嚎啕大哭。

慈祥的鹊山老爹注视着失去儿子的母亲，银杏树发出飒飒的响声，像哀叹、像悲泣，把无限同情都付与悲伤的母亲，和那个被残害的孩子身上，似乎那些没有生灵的东西，也在随着亲娘的哭声，一齐责问着：“为什么？为什么？”

“告诉我吧！为什么？”

于二龙真想冲着苍天大吼：“为什么？为什么？你们快说话呀，快给我回答呀！……”

但是，使他非常奇怪的，脑海里出现的景象，不是草木森然的鹊山，而是巍巍的水塔和高高的烟囱；不是枝盛叶茂的银杏树，而是工厂铁路专用线上的信号灯柱，在闪烁着红色或者绿色的光。

哦！他想起来了，那还是他从干校被“解放”回来以后，第一回来到王爷坟所见到的一切。

一般地讲，他应该在马棚站下公共汽车，往后一拐，穿过热闹的住宅区，穿过繁华的闹市口，穿过他坚持开辟的街心公园，便是工厂正门，进厂不远，就是厂部大楼，过去多少年来，他都是由高歌的父亲，那位老高师傅开着车，循着这条路线，轮胎擦地发出猎猎声响，直抵厂部大楼门口，然后，他一路小跑，登上台阶，奔向他的办公室，而他那忠实的秘书，准会轻盈地一笑，赞他一句："你正点到达！"

于而龙是一位讲求效率的厂长。

但是那一天，这位干校的蹲班生倒没有怎么着急，他偏偏多坐了一站，计划沿着工厂的侧门，也就是铁路专用线的大门，慢慢地踱进厂里去看。另外，也免得在马棚碰见许多熟面孔，尤其是至今还保留着剽悍气质的骑兵，准会嗷嗷地叫着围过来。他们始终不相信那些暴发户们的宣传，因为无论如何不会认为，举着马刀冲在最前面的骑兵团长，竟是一个被描绘成十恶不赦的坏蛋。

在中国这块土地上，大概再找不到比那时更颠倒的年头了，人们逐渐形成了一种反馈的本能，事物的发展会完全出乎原设计者的想象，越捧越臭，越批越香。于而龙有过这样的体验，一些原来同他有些隔膜的人，现在，心倒贴得近些，早先存在于彼此之间的误会恚怨也不消自除了。所以十年前，他从七千吨水压机上一个跟头栽下来，被踏上千万只脚以后，于而龙不要说王爷坟马棚那方圆数平方公里之内，即使城区里一些公共场合，一些繁华热闹的去处，都尽量避免露面。近万职工及其家属，是无法一一躲开的，况且他们也不像有头有脸的讲究忌讳避嫌，惟恐接触了沾染是非。这些大老粗们根本无所谓，涌过来，老团长、老书记、老厂长亲亲热热地叫，嗓门之响都能把过路人吓一跳，分明是带有一点示威的性质。所以他决定不在马棚下车，那些个不怕死的骑兵呵！会团团围裹住他，那由粗大温暖的手掌，直率热情的语言所组成的暖流，会淹得透不过气，以致耽误正事。哦，尽管是个滴水成冰的严冬，尽管公共汽车在马棚只停了一会儿，有的眼快的人已经看出了他，而闪烁着欣喜的光彩迎过来，怎能不使他感到人们心头洋溢出的盎然春意？一想到马上又要回到他的那些工人中间，这个石湖游击队长觉得自己活了。

活了，又活了，要回到高围墙的工厂里来了，他觉得“将军”的譬喻很有意思，给个什么样的差使，是个次要问题，要紧的是必须有人在石湖领导群众坚持下去。

“我们和‘他们’之间的斗争呵！”

“明白了，土地是一块一块地争取的。”

说来也可笑，解放二十多年，又要来打游击，扩大根据地。他顺着铁路枕木，朝着工厂走去，想着自己的使命。一双被捆绑住五六年的手，突然解放出来，重新上阵，确实是有股说不出来的劲头。所以也不去注意那厚厚的云层，呼呼的西北风，和盘旋在高空、始终也不消散的冷空气。

他怕碰见熟人，偏偏碰到了一个熟得不能再熟的人，迎上来的却是小狄，那个似乎能使自己青春永驻的秘书。

她早就在这里等他了，但于而龙只顾低着头在枕木上走，不曾发现那守候着他的母女俩。小狄笑了，便让孩子叫他。

“姥爷，姥爷！……”

于而龙愣住了，小女孩清脆的声音，很明显是在喊叫自己，因为侧门比较冷落荒僻，很少有人来往。呵，他认出来了，一个像她妈妈一样的小瓷娃娃向他挠弄着小手。

“啊，小狄！”他高兴地伸出双手。

她迎了过来，把那小女孩抱到他面前：“叫姥爷亲亲！”

“姥爷的大胡子扎人……”小女孩软软的小手钩住他的脖子，像她文静的妈妈一样柔声细语。

于而龙被那小手挠得痒起来，哈哈大笑：“你妈妈结婚，我被关在优待室里，你来到这个世界上的时候，我又在干校当蹲班生。今天见到你，两手空空，怎么办？”

“看您说到哪里去了？……”小狄深情地注视着这位父一辈的老上级，“您好像瘦了一点——”

“挺好。”

“精神上呢？”

“也还不错吧！要不，也不会再作冯妇了。”

小狄笑了一笑，然后，朝她小女孩讲：“让你告诉姥爷什么话来着？”

那个小女孩想起了她的任务，连忙附在于而龙的耳边说悄悄话：“姥爷，你别回到工厂里来，他们不欢迎——”

于而龙哈哈大笑，儿童说出成年人口吻的语言，是特别叫人感到滑稽的，便搂住那孩子说：“谢谢你的提醒，小宝贝，明天，一定送你个最大最好最漂亮的娃娃——”他问小狄，“你们消息倒真灵通，我昨天还在干校挨批咧！”

“可这儿，‘欢迎’你的大字块都贴出来了！”

“那不更好嘛！”心想：原本就是来打游击的嘛！

“我赶紧打电话给谢大夫，她说你从干校回到家，放下行李就来工厂了，我马上抱着孩子迎你。”

“你怎么猜到我会从侧门进厂呢？”于而龙有些奇怪，因为他是在公共汽车上打票时，才改变主意避开马棚的。

她笑了笑：“要不，怎么是你的秘书呢？”

“这些年,你这个于而龙的黑班底都干什么?”

“烧过锅炉,当过瓦工,后来落实政策,让我在食堂卖饭票。”

“也许你们食堂给外国人办的吧?需要一个懂三国语言的人才,笑话!”

小狄笑了起来:“你猜猜我爱人干什么营生?”

“那位在外国留学的工程师,现在搞什么哪?”

那位小瓷娃娃嗲声嗲气地学舌:“我爸爸当大官!”

“什么官?”于而龙好奇地问。

孩子大声地回答:“我爸爸当猪倌,当羊倌!”

于而龙猛一下觉得工厂侧门的过堂风还挺冷,于是他把衣领竖立起来。

“不知那些小贵族们会给你一个什么官?”小狄问。

“管它咧!小狄,我不是为当官来的!”

“真的——”她充满了女性的同情问,“干吗偏回厂里来呢?”

“小狄,也许你能理解我,这个工厂对我来讲,很大程度像你的女儿跟你一样。”

也许这句话感动了她那颗母亲的心,她深情地望着这个为工厂贡献出全部心血的布尔什维克。

他似乎对自己讲:“总这样停产下去,总这样不给部队提供装备,就好像让我们的战士,赤身裸体似的暴露在敌人面前,一排排地倒下去,我会有永远也洗不清的罪过……”

她用俄语说了一句:“愿万能的主赐福给您,您可小心哪!路程太艰难了……”说着晶莹的泪珠,从眼窝里迸裂出来。

他也用俄语回答她:“我知道,孩子,我是打算戴着镣铐跳舞的,有什么办法,一个共产党员的良心——”说罢,他亲亲那个女孩,交还给年轻的母亲。然后,头也不回地朝工厂走去,这回,他一步跨两根枕木地迅跑着。

小狄抱着孩子,站在呼呼的西北风里,久久地望着那个亲切的背影,直到他跨进厂门,才姗姗地走去。

门卫没有把这一位曾经是党委书记兼厂长的于而龙认出来,因为夜色已经很浓,路灯光线黯淡,他们拦住了问:“干什么的?”

“啊? 不认得了嘛!”

“哦!”门卫赶快回身去叫屋里的同伴,“你们快来看看,是谁来啦?”

于而龙记得他们,这些门卫是曾经帮助他为实验场作最后努力的朋友,笑着问:“还是你们几位门神爷把关?”

“是的,是的。”他们多少有点自豪地,拉着于而龙进了守卫室里面的小屋,并且告诉他说,“这些年来,哪位新领导都不曾来光顾过,坐吧坐吧,还是你的老位置。要不要给你沏碗大叶茶,这天气够意思,说是寒流——”

“你们这屋里倒挺暖和!”

“抽袋叶子烟吧! 老厂长!”

“不用麻烦啦,我想进厂去看看。”

“坐会儿,坐会儿。”他们坚决邀请他围住旺旺的炉子坐着,“别着急,等那帮少爷羔子出来了,你再进去,免得碰上了生闲气!”

“谁们?”他又说起了他家乡的土话。

“如今还有谁得意? ——”他们的话还没有说完,只听见一阵淆杂的脚步声,从厂内走出来,路过门卫室,于而龙透过里屋的玻璃窗看去,只见有那么四五个身影,穿着棉大衣,戴着袖章,每个人都像变古彩戏法似的,在大衣里藏着掖着许多东西,鼓鼓囊囊,打闹说笑地丝毫也不觉得羞耻地向门卫室摆了摆手，走出厂门，消失在黑暗里。

“他们是——”

围着火炉的那几位门神爷，谁也不想回答于而龙的问题。

“公开地偷？盗窃成了合理合法的行为？”

但是，人们只是沉默地坐着，听炉子上坐着的水壶，在唱和着门外的西北风，发出嘶嘶的呻吟。或许他们认为于而龙提的，根本就算不得什么问题，正如问一个人他每天吃不吃饭一样，这难道还值得大惊小怪么？已经是司空见惯了。“撑死胆儿大的，饿死胆儿小的”，早成为那些暴发户的座右铭了。

“那你们坐在这儿是个摆设啰！”于而龙瞧着他的朋友们。

这时，有一个门卫同志从屋外进来，拿起火炉旁用来砸煤的消防斧，对着屋当中，一根笆斗来粗，支撑住屋顶的大木柱，深深地剁上了一个口子。

“嗒——”屋子都给震动了一下。

于而龙好奇地打量着他的古怪的动作，古怪的神色，和整个屋里古怪的气氛。

“老厂长……”另外一个门卫叹了口气，“你来仔细看看这根柱子吧！几年来，他们偷过、盗过、抢过、拿过多少回，都在这上面一斧子一斧子刻着呢！”

于而龙吃惊地站起来，怔住了。

他注视着那些深深浅浅的斧痕，密密麻麻地布满在柱子的上下四周，漫说一个工厂，即使是金山、银山也会被耗子搬空的。他转回身，看着这几位门卫，当年，为了把那些宝贵的试验资料偷运出厂，他们是何等英勇，不怕任何风险，来支持他一个倒台的厂长。

可现在，在暗淡的灯光下，在炉火映得红通通的屋子里，眼看那些魑魅魍魉从眼前走过，多么像泥塑木雕似的，半点用也不顶的门神啊！

可是能责备他们吗？不，不是他们软弱，不是他们无能，也不是他们放弃职守，而是和于而龙一样，都被捆绑住手脚，动弹不得呀！但他们却像鲁滨孙在荒凉的海岛上，用刻木记事的办法，记下了一笔一笔的账。难怪从他们自豪的声调里可以听出："是的，是的，我们是门神爷，是不说话可心里有数的门神爷！"

于而龙走到柱子跟前，抚摸着累累伤痕的木柱，不知怎么回事，使他联想起他哥哥牺牲在沼泽地里的最后情景，他顿时觉得眼前黑了下来。哦！那么多吸血的蚂蟥在蠕动，爬满了整个身躯。他闭了会儿眼，定了定神，一言不发，走出了守卫室，往厂里迈着大步而去。

他走着，不停地走着，果然像小狄说的那样，到处贴有"欢迎"他的标语，虽然数量不多，但是这个车间的墙上，那个分厂的门前，都稀稀拉拉地糊着几条，也许是冬天的缘故，糨糊还没有干透就冻得邦邦硬了。

"我们不需要救世主！"

"黑手打天下，白手坐江山吗？"

"不打倒于××死不瞑目！"

"把卷土重来的大鲨鱼赶出厂去！"

于而龙仍旧不停步，一直往前走着，标语是吓不倒游击队长的，大久保还曾悬赏三千呢！现在，他下意识地，任两条腿自己往那个必定要去的地方走去。

到了，他看到了那几扇火车头都进得去的大门，他就缓缓地停下来，幸而是晚间，黑沉沉的夜幕遮掩住许多不敢让于而龙看到的地方，但仅是他能辨明的一些，也足以使他差点晕倒在铁道上，还能叫做实验场吗？是那首屈一指的动力科学实验基地么？是叫别尔乌津都嫉妒的那一个早晨建成的天堂么？

毁了，成了一片近似瓦砾场的废墟，他打过仗，知道经过战火以后的断墙残壁，是幅什么景象。格外可怕的是那摇摇欲坠，可又不倒的屋架，和那黑洞洞敞开的大门，多么像搂在老林嫂怀抱里，被挖去了眼珠的小石头啊！

一点也不错，敌人总是朝最软弱的下腹部袭击，无毒不丈夫呀！于而龙真想像老林嫂那样大声地问："为什么？为什么？"

难道麻皮阿六还活着？

现在看起来，只有一个人能回答。

他走过来了，沿着三王庄靠湖岸的大路走过来了。

于而龙记得清清楚楚，那是一个酷热的夏天，湖面上风平浪静，静得像一块平滑的玻璃，树叶像死了似的纹丝不动，知了一个劲地聒噪，吵得人头痛欲裂。王纬宇穿着潇洒的长衫，似乎是刚换上身的，连褶缝都来不及展平，由于迈着匆促的步子，他一手拎着下摆，一手摇着折扇，显然听人传话赶来了。

他是个有胆识的人，从来不怕由难处下笔。

于二龙以为他是为活捉的保安队而来，但他看也不屑看地，径直往人群里走来。庄上人立刻给他闪开一条路，他看见了抱着孩子哭泣的老林嫂，便回过头，在人群里寻找于二龙问他，似乎他有义务，必须要回答问题似的。

"他们真是无恶不作，把孩子——"说着扔掉折扇，俯身去看被残害的孩子，然后，咬牙切齿地说，"活活的禽兽啊，下得了这样的毒手——"摘下金丝眼镜擦着,显然动了感情。

谁也想不到,于大龙站了起来,从他的脚一直看到他那摘掉眼镜后有些发愣的双眼,冷冷地给他提出了个问题:"你见过这孩子么?"

大家一时还未明白过来,王纬宇勃然大怒,厉声喝着:"你是什么人? 敢站在这儿!"

"你该认识我!"

"当然知道你是谁!"

"知道就好,那孩子临死前说些什么话,你给大伙儿,给孩子的妈,学一学吧!"

王纬宇沉静了一会儿,问道:"天太热了,热得你都发昏说胡话了。"

于大龙从来不曾慷慨陈词过,现在,望着孩子黑洞似的双眼:"一只手捂不住天,你的鞋,露了你的马脚,石湖三十六村,七十二舍,就你二先生穿黑漆皮鞋,我可是在麻皮阿六屋里看到的。"

"很好,你自己说了跟麻皮阿六一伙,是想来反咬一口吗? 孩子我明睁着眼是你们绑票绑走的,弄死了想往我头上栽赃,你该洗刷干净再来,看你一身孩子的血。你说,你说,杀了孩子,还要逼死孩子他妈吗?"

大伙儿经他提醒,才看到于大龙的衣衫上,沾满了血污,特别是老林嫂,也抬起头来打量着他,倒弄得那个老实人不自在起来。

于二龙明知他哥决不会撒谎,因为皮鞋在石湖四周,确是屈指可数,但是王纬宇并未说错,拦船绑票抢劫,于大龙是参加了的。说他杀害小石头,自然是无中生有,但浑身血污又怎么洗得清? 当着众多乡亲的眼光,必须作出谁是谁非的结论,使他犹豫为难了。

思前想后，有许多疑窦足以说明王纬宇充满了阴谋气味，然而抓不住把柄，无可奈何他一点；相反，那个老实人，由于他是土匪，由于他的血衣，由于他的局促不安，背上了杀人的嫌疑。

“怎么了结？二龙！”

王纬宇那挑衅的眼光，等待着他的回答。

于而龙想起来了，是芦花，她走过来，把老林嫂身边的小石头抱起来，扶着哀伤的母亲：“走吧，老林嫂，别让孩子在这太阳心里晒着了。”

王纬宇哼了一声：“要是孩子能开口就好了！”

芦花站住，望着他，半天不言语，然后，以审判的口气说：“孩子的话早讲得再透没有了。”

他打开折扇沉着地扇着：“说些什么？……”

从芦花嘴里冒出了两个骇人的字：“你——们！”

“谁们？”王纬宇像受了莫大侮辱似的反问着。

“孩子说的：是你们高门楼和麻皮阿六一伙。还有什么好讲的，躲开，让我过去！”

闪到一边的王纬宇咆哮着：“你胡说，你要负责任，你血口喷人……”

芦花理都不理他，紧搂着小石头，往村心里的古井走去。一路，老林嫂的哭声，在石湖上空，哀哀欲绝地响着。

付出最最沉重代价的，永远是母亲。

有的人悲伤化作泪水，流了出来；有的人却把它郁积在心头，慢慢地就变成一股烈火，而且永远不灭地在燃烧着。于而龙第一次经过实验场的门口，就似乎听到那孩子稚嫩的嗓音：“二叔，怎么办?”

“打!”

这就是第二次上台的于而龙,在心里做出的回答。

大概过去若干世纪以后,人们在编纂史书,或者修订《辞海》之类工具书时,一定会对这十年间许多政治词汇的阐述,要感到挠头的。譬如“生产指挥组”这种奇特的机构,就不是一句话或两句话,能做出准确的解释来的。于而龙第二次回到工厂,给他安排的工作,正是这个生产指挥组。

“孙子辈的!”那些在生产指挥组坐够了冷板凳的同事向他抱怨。难道不是这样吗?和于而龙同时由干校回厂的康“司令”,随便一句话,就把工人从生产岗位上抽下来,成天趴在地上,端着空枪瞄准胸环靶练兵习武;或者套上红袖箍,执行巡逻小分队的任务,在马路上溜达,而车床却在那里停着,慢慢地生出了那种黄褐色的铁锈。一个曾经给部队提供大量重型动力装备的工厂,现在,白天像死一样的沉默,夜幕一降临,那些嗜血的蚂蟥就麇集在可怜的工厂身上,贪婪地偷盗着、搜刮着、敲骨吸髓地榨取最后的一滴血。

按照于而龙以往的工作习惯,那还用得着问吗?一纸命令,自即日起,如何如何,贴在厂门口,就足够了。谁敢以身试法跟于而龙较量较量看,他会毫不留情地处分你,开除你,或者送你上法院。然而现在,他的语言还那样有效么?他的威力还那么强大么?连他自己都不相信了。但他记住周浩说的,要像在石湖打游击时那样,一块一块地把地盘巩固下来。他相信,人民是不会死的,除了那些已经失去人类良知的二十世纪六十年代的麻皮阿六们,在胸膛里搏动着的,总还是一颗颗工人的心。

他向这些心伸出了求援的手。

这是王纬宇所料想不到的，也是高歌和他的小兄弟们估计不出的，虎死余威在，尽管已经垮台了这么多年的于而龙，一旦他站起来振臂高呼，竟然有些人泪汪汪地听他讲话："……要再这样停产下来，什么也不干，你偷我摸，坐吃山空，我们就要成为上对不起先烈，下对不起后代的罪人，将会受到千秋万代的唾骂！……"

不给他提供讲坛。前头他讲了，后头跟着有人吹冷风，给他的话消毒。然而，谁也挡不住于而龙的两条腿，又像轮流批斗时的逐个车间挨次地走，只要围上一圈人，他就和他们交谈，讨论，琢磨着怎样使这个死去的厂子复苏。所以，当部里研究决定用一大笔硬通货去外国购买部件，组装自己的巨型设备时，于而龙在会议桌的最后头——生产指挥组的负责人，也不过类似弼马温那样的官职，是不会在主席台上就位的。但他举起了手，用那大家久已听不到的毋庸置疑的腔调说："这种代号为 C100 型的部件，我们工厂完全可以承担下来。那些宝贵的外汇，还是留作他用吧！"

和王纬宇并肩坐在前面的高歌，用胳膊肘碰了碰，似乎在说："看，于而龙一出手就不凡——"

王纬宇不置可否地淡淡一笑，望了望那个沉着的于而龙，他讲完这段话，像在会场里扔了一颗手榴弹以后，仰着脸，端详着天花板上多孔吸音刨花板，谁也不理。

那次会议，破例是老徐驾临，以部领导和上一级工办代表的名义瞟了一下周浩。那意思说，这是好几个部的协作产品，事关尖端，他这样大言不惭，你周浩是个什么态度？穿着"将军"呢大衣的周浩，用铅笔敲了敲桌子："于而龙，现在，我还允许你翻悔！"

于而龙的眼光，从刨花板移到吊灯上。他说："一般地讲，我不收回我已经讲出口的话!”

“狂妄!”老徐心里说,嘴上却似褒似贬地笑笑讲:“好像我们都熟悉他这股骑兵性格!”

周浩把脸转向旁边的王纬宇和高歌,半点也不是玩笑口吻地问:“你们能不能尿到一个壶里?要能,我就拍板,要不能,趁早说话。”这种再分明不过的激将,包括老徐在内,都觉得心里怪堵得慌。

散会的时候,于而龙凑巧和王纬宇、高歌同乘电梯下楼,快到底层的时候,突然停了电——那是当时的家常便饭,就悬挂在二楼与三楼之间。王纬宇显得很关切的样子问:“还有什么困难?二龙!”

“一条!”于而龙望着这张无邪的面孔,“最好能少一点干扰!”然后,他多少以一点威胁的口气说:“要不然,咱们都得一块儿蹲在这笼子里受罪!”

“妈的,让他抓到了一个有把的烧饼!”高歌在部机关大门口,望着于而龙独自走去的背影,对王纬宇嘟哝着。

王纬宇说:“这回他一炮打响了!小高,我想你脸上一定是很光彩的,其实,我只是挂个名的革委会主任。”

“不该放虎归山!”他抱怨着。

“可你搞不成C100型部件。”王纬宇望着这个多血质型的青年人,那种容易冲动和激奋的性格,使那薄嘴唇不说话时,也不由自主地哆动着。“老弟,姜永远是老的辣!”

高歌说了声:“走着瞧吧!”钻进小汽车开走了。

这台戏于而龙知道不好唱,但他已经挑开门帘上了场,那是决不后退的。

“多余！”好多人劝他，“他们有钱让他们到外国去买好了，你何苦揽这个苦差使？弄成了，谁也不会感激你，弄不成，所有屎盆子都要扣在你的头上。”连他忠实的秘书都反对他：“他们败坏了整整一代人，败坏了社会风气，败坏了道德和是非标准，败坏了人们心目中的理想和信念；你一个人想力挽狂澜，岂不是在做一件傻事么？”

于而龙低声地说：“革命，在某些人来看，实际上是件傻事情。”

那是他终于托人在友谊商店，买了一个漂亮的玩具娃娃，第一次去拜访她的小家庭时，谈论起来的。似乎那位牧猪放羊的工程师和他的娇小妻子抱着同一观点。

像她妈妈一样的小瓷人，一眼瞥见了娃娃，高喊着姥爷，仿佛小燕子一样，飞到站在门外的于而龙怀抱里。

他问孩子：“你喜欢吗？”

她点点头，紧紧地搂住那个娃娃。

“那我们再认识一次，你叫什么名字啊？”

“我叫成果，姥爷！”

“什么？”他听得有些刺耳，又问了一遍。

“成果——”孩子并不特别在意地回答。

“你们怎么给孩子起了这样一个怪名字？”他用责难的眼光，注视着为他到来而忙碌的年轻夫妇。

“不好吗？成——果！”小狄永远是柔声细语地回答。

工程师不大好意思地笑着：“她是我们这些年来的最最丰硕的成果！”

“最最最最！”他原来的秘书补充着。

于而龙抱起这个被叫做成果的女孩，真觉得她像自己的外孙女一样，叹了口气："你爸爸妈妈的情绪不对头啊！"

小狄偏着头打量着她的老上级，于而龙知道她对这样的批评持有保留态度，而她的丈夫则用一种可怜他的眼光，同情他的眼光瞅着他，这使他恼火。"听说——"工程师用讥诮的语调问，"你打算让一个老病号去参加马拉松赛跑？"

"什么意思？"他明知故问。

小狄以那种秘书的职业习惯提醒："你要让工厂上 C100 型部件，这老牛破车会散架子的，已经不是你那时的工厂了！"在她眼里，这个被败坏的工厂，病入膏肓，无药可治了。"算了吧！我把你看做父亲一样的长辈，才这样说的。"

于而龙火了，吓了那小女孩一跳："亏你们两个还是共产党员，当另外一个共产党员被人用绳子绑住脖子，就要勒死的时候，你们却在议论他是否应该跪下来求饶。好吧，既然你们变得如此聪明，那么，这是我最初一次，也是最后一次，踏进你们的家门——"他起身告辞。

"姥爷——"成果拉住他。

"别，别……"小狄连忙堵住门口，不放他走。她说出了她心里的话，"我们有什么呢？主要是怕你……"

"大不了一个死！孩子们，让我们一块冲上去吧！"

"姥爷，你哭了？"成果望着他，然后用软软的手指擦他眼窝里溢出来的泪滴。

他苦笑了一下："我倒真想嚎啕大哭一番，不过，现在没工夫。这样办，他们无论如何不同意起用老廖，这总工程师的职务，暂且交给你爱人，不会投反对票吧？至于你，那卖饭票的差使，我已经找到了人，你从明天起，还是回来当秘书。每一步都是斗争出来的，甚至放个屁，也得跟他们磨半天牙。”

两口子对着脸傻瞧着，生活的漩涡啊，谁也没有力量能够摆脱。

从那时起，于而龙开始过焦头烂额的日子。

王纬宇再不在厂里露面，时代赋予他的新任务，是要把历史上从盘古开始，直到清代末帝为止的每一个人物，按儒法两家分类，贴上标签，那工作量是相当大的。然而，就在他把岳飞定为儒家，因为他的愚忠，因为他镇压过农民起义，是毫无疑义的了；正犹豫不决该不该把他的对立面秦桧赐予法家美称的考虑之余，驱车前往工厂原为外国专家盖的小招待所去。那班少爷们，不知从哪儿搞来一部《出水芙蓉》的拷贝，正在小放映室里大腿驾二腿地欣赏着呢！突然，室内电灯一亮，伊漱维莲丝从银幕上消失，高歌和他的小兄弟看到的，是王纬宇一副铁青的脸，和嘴角两道深深的纹路。

高歌推开那位贴得过分亲近的女伴，站起来问：“王老，有什么事吗？”

“你们好轻松自在，由着于而龙一个人在那奋斗，你们为什么不去帮帮他的忙，眼看他把 C100 型部件搞成功呢？”他浏览一过在沙发椅上东倒西歪，站无站相，坐无坐相的“小将”们，不免有点寒心。他想，若是鸦片开禁的话，在座的恐怕个个都是“老枪”。“同志们，路线斗争是千万不能掉以轻心的呀！到时候，脑袋瓜子掉了，还不知是怎么搞掉的呢！”他转脸走了，准备回家给秦桧做翻案文章去了。这些可爱的“小将”们，再没心思看大腿片了，于是便赤裸裸地商量起来，该怎样给于而龙制造麻烦？

停水停电，抽人抽马，一直到中止材料供应，制造技术事故，以至煽动怠工，不为错误路线生产，每一条都以革命的名义出现的。所以，于而龙奈何他们不得，全厂近万职工在眼巴巴地盯着他，等待他下一步棋往哪儿走？特别是康"司令"，肆无忌惮地从实验场取走了白金坩埚，企图拆台的时候，于而龙像愤怒的狮子咆哮起来了。要不是高歌保护这位给他立过汗马功劳的小兄弟，送到中央首长举办的读书班窝藏起来，肯定是要落到狼狈出丑的境地里的。这似乎是一场公民投票那样，他一个生产指挥组的负责人，在表面上取得了胜利。那时处于守势地位的王纬宇隐忍未发，眼看着所设置的障碍，被这条石湖上的蛟龙冲破了，除了夏岚在报上利用于莲的画，搞了他一下以外，于而龙整天拖着肿胀的腿，像救火队那样，哪儿出了问题，到哪儿去解决，什么地方捅了娄子，什么地方就有他在。人心是肉长的，这个社会终究还是良善的人占多数，不是狼群。那些骑兵、那些老工人、那些长大了的年轻人，都尽可能地替他分担一些责任。"你休息去吧！""你放心好了！""交给我们，你就不用操心了！"……每当听到这些语言，于而龙仿佛回到了石湖支队，在那艰难困苦的岁月里，乡亲们也曾经这样讲过的。

那庞大的机件终于吊上了特制的铁路平板车，马上就要出厂了。人们用了那么多红布、红绸去制作袖标、胸章，却找不到一束彩带来装饰这停产若干年后的新生儿，不知谁，打来了一面五星红旗，插在车上，在风中猎猎作响。于而龙望着这列火车，慢慢地驶出了工厂侧门，开远了。

当他扭回脸，五个新刷上的大字块映入眼中。

"打、倒、还、乡、团！"只见高歌、康"司令"像麻皮阿六一样，叉着手，在笑吟吟地盯着他。

六

“喂——”一声不很礼貌的招呼，打断了于而龙的遐想，回过头来，发现了一双刺人的眼睛不算友好地打量着他。在大自然的怀抱里，经常参加劳动的农村干部，阳光会给他们的肤色，涂上一层较浓重的色彩。这位白白净净的工作人员，从那开始膨胀凸出的肚皮，和立着眼睛看人的神态，表明了一种权势的威严。而且从那把他搬来的卖饭票姑娘的脸上，已经清楚地标明来者的身份了。据说要判别某人的级别、工资、职务，只消看一看四周趋之若鹜的女性，就可了若指掌，而且不会有多大误差。

“干什么的？”那人用审问盲流的腔调单刀直入地问。

“旅行家！”于而龙自己也纳闷，怎么把那个姑娘赐给他的称号搬出来，她能使用这样一个奇特的词，一定有个聪明的、见过世面的脑袋瓜吧？

感谢他身上那套挺括神气的中山服吧！还是十年前最后一次出国时定做的。那个被不咸不淡的旅行家三个字激恼了的干部，正要伸手去抓他的脖领，被那细腻的高级毛料震慑住了，手在空中画了个问号。

“什么旅行家，拿出证件我瞧。”他为自己的虚怯而感到屈辱，声严色厉地喝问，调门很有点“专政”味道了。

于而龙摊了摊手，表示遗憾，实在是无法弥补的漏洞，而且确实属于自己的疏忽。

“够了！”一个拿不出证件的旅行家，像在海关官员面前缴不出护照的游客一样，就有走私犯的嫌疑了，他对于而龙不容置辩地说:“跟我到办公室去!”

“干吗?”

“谈谈。”

糟糕!于而龙心想:一顿教诲是免不了的啦!他觉得实在无可奈何。如今喜欢诲人不倦的老师未免太多,写过一个剧本,发表两篇小说,居然大言不惭地谈论创作经验,有的人沾沾自喜,甚至连老婆的功绩也要捎上一笔。鲁迅答《北斗》社问,才那么几条,可这些老师们倒好像著有《战争与和平》或者《人间喜剧》等等巨作似的,也不嫌脸红和肉麻。看来这胖子饶不了他,于是向训导者建议:“就在井台边简单谈谈不行吗?”心里却在反抗:纸张紧张,篇幅有限,你那些屁不放,死不了人的。

“不方便吧?”他一向在三王庄说了算数的,便不准反驳地答复。

“没有什么不可公开的。”

于而龙怎么能离开井台呢?那里曾躺过一个被土匪残酷杀害的孩子呵!记忆像苦涩的海水把他淹没,那是母亲的泪水。凄惨的哭声还在耳边响着,那是母亲的控诉,血和泪交织着在震撼游击队长的心啊!

于而龙诚挚地唤了一声:“同志,你听我说——”

“谁是你的同志?”他瞪了一眼。

于而龙苦笑着,正如当年高歌用一双穿草鞋的脚表示革命一样,这位干部得把嘴上的阵线分清,就好像被来历不明的人喊一声同志,就有成为对方同伙的危险,这种革命的纯净是多么形式主义啊!殊不知有些“同志”比敌人更坏,年轻人,也许你不信,但是井台上那孩子的尸体使于而龙明白了这一点。

“好吧！我不称呼你同志，但是，我想请教，在这个井台上，凭吊一位最早为石湖献出生命的小同志，总是该允许的吧！”

“你少给我掉枪花！”

“你说什么？”

“马上跟我走，少废话！”他狠狠地拉住于而龙的手。

于而龙有些愠怒地问：“假如你路过你亲人的坟前，能不站住脚看上一眼么？”他甩开了那个干部。

这个被激怒的人，一把抓紧：“你不要胡扯淡！”

于而龙使劲挣脱了他：“年轻人，你爹妈就教育你用这样的语言，来同老年人讲话吗？”

那干部恼羞成怒，尤其在那位小家碧玉面前，更是有失体面，于是啪地一拳，直冲于而龙而去。投之以桃，报之以李，游击队长认为不回答也实在太不客气了。

他横起胳膊，格开了对手捅过来的相当厉害的右长拳，看来，那是一个受过擒拿格斗训练，习惯以拳头代替政策的人，而且半点羞耻之心都没有，对付一个老头子，竟用这样辣手的拳脚。于而龙一使劲，把他摔到一边去。

于而龙虽然六十出头，双鬓斑白，并且患有冠心病，但他筋肉间还保存有张帆使舵的力气，那灵活敏捷的劲头，并不亚于这位肚子变得沉甸甸的年轻干部，他三闪两躲，使对手扑了好几个空。最后，狡猾的于而龙把他引到花坛旁，井台边，那块湿漉漉的长满青苔的地方，虚晃了一拳，那人踉跄了两步，没踩稳，摔了个四脚朝天。他气急败坏地喊叫：“别让坏人跑掉，绑住他。”

他站在那里：“放心，我决不会跑掉！”

这种沉着的笑，和不打算逃跑的镇定神态，使得那些饭馆里的人员，不敢执行“绑住他”的命令。于而龙侃侃地发表着评论：“你们以为好人坏人，像国产电影一样，一眼就让你看出来？正因为有这样的观众，他们才问心无愧地生产出三流四流影片。”他走近那个摔痛屁股的干部，伸出手去，搀扶他站起，心里思忖：“我和王纬宇相处了四十年，直到今天，才算初步有个认识，还谈不到彻底；何况咱俩素昧平生，只是萍水相逢呢？”于是客气地说：“好吧，我忘带证件，那也该允许我找一个证明人吧？”

他粗暴地问：“谁？”

于而龙本想列举老林嫂、水生、老安、老迟这些普通老百姓的名字，但是一看对方脸上凶悻的气色，多少有些恶作剧地报了一下他顶头上司的官衔：“你不信，可以打个电话，问问你们县委的王书记嘛！”

一提王书记，整个庭院里的气氛，变得轻松多了，再不那么剑拔弩张了。花朵是那样鲜艳，枝叶是那样繁茂，抬头望天，连天色都蓝得那么可爱，飞得很高的叫天子，也唱得格外的优美动听。

什么时候，人们心灵深处的这种劣根性才能清除啊？

于而龙的性格是有点怪，不那么随和，刚才让他去，他不去。现在，他倒乐意跟随那个干部，像个嫌疑犯似的，在三王庄的街道上大摇大摆。平静的渔村好像头一回碰上热闹的场面，一串人，在追逐围看这个外乡人。

“卖假药的。”有人在他身后悄声地介绍。

“当场在饭铺里给逮住了。”有人在证实着。

他想也许曾经向服务员讨了杯水，吃了一片长效硝酸甘油的缘故，要不，对于花草的兴趣而误解配什么中药？他笑了，由于一张证明的疏忽，而成了当场拿获的假郎中。

终于来到了办公室，无需介绍，于而龙一眼就认出来这是当年高门楼的花厅。那些彩色玻璃镶嵌起来的槅扇，历经战火，还保留着一点残存的遗迹。他记得，当年曾经是金碧辉煌过一阵的，然而，时过境迁，如今看上去，粗俗不堪，一点吸引力都不存在了。

那个干部多少是半信半疑地，并不十分理他，于而龙自己找了个凳子坐下，摸出雪茄，悠然自得地抽着。这使那个干部皱眉头，在等电话的空隙，琢磨着这位像主人一样抽烟的旅行家，或许真是有板眼的大家伙，要不就是个熟练的骗子手。竟敢打县委书记的牌子来吓人，没准还能搬出地委一把手呢！

真是不幸而言中，正当王惠平额头沁出汗珠，四处寻找失踪的游击队长，下落不明的时候，三王庄打来的电话，像是给落水的人，扔过来的一个救生圈。因为特地从专区来看望老战友的江海，正坐在他面前，并且用深含责备的眼光看着他说："你看你是怎么搞的嘛？"

其他几位县级领导人也都觉得很抱歉。

老盐工说："我就惟王惠平是问，你们不负任何责任。"

"……什么？有个人认识我，要我证明？谁？"

于而龙听得出电话里传来的王惠平着急的声调。

"……你问一问，他姓什么？可能是支队长吧？该死，怎么我才给公社党委打电话问过，说是没见，我估计他会去三王庄。"

"老同志，您贵姓？"那个干部捂住听筒询问。他一听到那怪耳熟的三个字，从旅行家嘴里吐出来，立刻舌头好像僵得不那么好使地向王惠平汇报："是他。他就是——"

但王惠平比他更着急，截住他的话："你对支队长讲，请他无论如何等一等，地委江书记看他来，我马上派游艇去接……不，不，我和江书记到三王庄!”

“什么? 地委江书记? ——”但对方把电话挂了。

于而龙站起来:“同志,我可以走了吧?”

现在,他的脸上完全堆满了笑,映着红红绿绿的光彩,简直像一篇甜得流蜜的颂诗,赶紧搬过一张藤椅给他换坐,还从抽屉里取出好茶叶,沏了一杯茶端给他:“支队长,支队长,我们都是只听说你的名字,没见过你的面,所以——”他笑得很自然,“请你等一下,县委王书记,还有地委江书记,马上就到——”

江海,滨海支队的老战友啦!

他又回到了去年十月初那顿小宴的回忆里去了……

那晚,当烤鸭削得只剩下骨架,那位师傅端走去烧汤,服务员也退出房间的时候,路大姐笑着对周浩讲:“看起来,二龙好久不打仗,枪丢得太生了,连一点预感都觉不出。”

周浩莞尔一笑:“按理说,战士嘛,对于金鼓杀伐之音总该敏感些。”

一家人都被老两口的话给搅糊涂了,尤其是于而龙,如坠五里雾中,瞪着春风满面的“将军”。

周浩笑吟吟地要来解释疑团了:“好,我来讲一讲,为什么我第二次想喝酒? 二龙,你不要鼓起眼睛看我。”他晃一晃茅台酒的瓶子,知道酒不算太多了,向大伙说:“咱们约法三章:第一,不许再添酒,第二,不许喧哗,第三,听见了只当没听见。好——”

正当“将军”用筷子蘸着酒在盘子里要写什么的时候,门外传来了王纬宇的朗朗笑声,那个女服务员引他进屋,在他身后,就是几乎认不出来的江海,要不是有王纬宇,准以为他是找错门的就餐者。

“不速之客!”王纬宇把他推到席前。

短小精干的老盐工,一手捉住“将军”,一手握住于而龙,半天,足足有半支烟的工夫,笑着、握着,呵呵地笑着,紧紧地握着……

周浩叹息这个变化实在太大的老部下:“小江,你怎么搞的嘛?”

“还小江呢!”他抓搔着头顶上不多的全白短发。

“活见鬼,你怎么老成这个样子?”“将军”直是摇头。

“大自然的规律,世界上没有长生不老的人嘛!”

王纬宇是烤鸭店的常客,业务经理都闻讯前来应酬,还献殷勤地向他推荐:“王老,有熊掌呢!欣赏吗?”

“冰箱货吧?又骗我!”

“保证新鲜。”

“好吧,尝尝看。”

“其他呐?”

“你斟酌办吧!”

“老规矩?”

“自然,还要丰盛些。”

于是,小小的宴会重新开始,王纬宇好像理所当然地成了主人。江山易改,秉性难移,于而龙虽久不与他同席,但估计他又该吵吵嚷嚷,不会寂寞的了,不过,有“将军”在座,他可能会感到一些拘束,会有所收敛吧?但看他泰然自若的样子,便明白了,如今“将军”是偏殿上供奉着的散仙,已经没有多少香火,王纬宇是不会把过去的纵队司令员再放在眼里了。

但他记得“将军”有限的酒量,便要了一瓶连日本国前首相都喝过的那种甜酒；他有幸参加那次国宴，而且是前座，并拍了电视片。乖乖，那得意之色，满座侧目。他便以那一脸荣光，给周浩满满斟上一杯，显得相当体贴的样子："请——"

王纬宇然后举起酒杯，祝酒词像刚打开瓶塞的香槟酒一样涌了出来，虽然是些泡沫和二氧化碳，但相当有声有色："啊！真是难得的一次聚会，两个支队的头头，再加上我们的老上级，即使在根据地，这样的机会也不多，还有一直搞保卫锄奸工作的路大姐，还有谢医生。哦，莲莲，你不要嫉妒，虽然没有提到你，但你生母却是我始终不能忘怀的人呢！（他朝江海眏眏眼）认出来了么？她是谁？——好，举起杯，为了不平常的会见，为了那难忘的岁月；据说日本现在很盛行一种怀旧文学，缅怀他们光荣的过去。我们不讲那些，因为我们属于新的社会力量，主要是展望未来——"

于而龙插进来："你题外的话是不是可以省略一些，运动办主任（老徐只是让他抓一抓部里的政工组，官衔是于而龙自己杜撰的）！好久没跟你一块喝酒了，还等着和你干上一大杯咧！"

"好，咱们为'将军'，为大姐的健康，为老江，为你，死不回头的水牛，为若萍和莲莲的幸福、欢乐、愉快、开心，来，干！"王纬宇把酒杯碰得丁当山响，然后一饮而尽，接着又让于莲给大家斟满。于而龙估计该唱友谊之歌了，果然不错，还来不及从容吃些什么，正在飞黄腾达的人物，又把杯子举起："莲莲，先给你打个招呼，这会你还得例外，因为在座的除了你，都是闻过火药味的老兵，而且都在一个战壕里滚爬过，所以今天在医院里巧遇老江，唤起了我的战斗中的感情，无论如何要聚一聚，哪怕招惹一场是非呢！"

"不必这么害怕，在座不会有人打小报告的。"

"你他妈的总是言不及义。"王纬宇笑着骂于而龙。

于而龙心里说:“要不是‘将军’、老江,我非给你来个下不了台,你完全可以退席,免得我们玷污你。说实在的,你一扰乱,弄得‘将军’想说些什么,也给打断了。”

“总之,为了我们在石湖的友谊——”王纬宇把酒杯伸到席中。

“将军”笑了:“怕不合时宜吧,这种题目!”

王纬宇竖起一只手指头:“我们是私下的、非正式的,而且不涉及到当前政治,纯粹是字面上、最狭义解释的友情,为这个友情干一杯!”

路大姐也乐了:“为加上‘但书’的友情,为战战兢兢的友情而干杯,真有趣!”

江海感慨万千地说:“没想到还能活着碰到你们,我早就来了,不敢去找你们,连战战兢兢都不够。要不是医院下逐客令,正遇上老王,只好来生来世同你们干杯了。”

周浩提议:“喝酒吧!”

江海显然不理解“将军”的让他多喝酒、少伤感的好意,拿起杯子,突然冒出一句:“莲莲,看见了你,就像看到了芦花同志。真的,原谅我吧,我没能保护住她……”

于而龙不知他的话是什么意思,望了一眼比自己要憔悴得多的老头,也许他又想起以往的过错?为了那批支援的薯干,强令芦花给滨海送枪支弹药作为交换,而负了伤,感到自己的责任吧?但是江海紧接着说下去的话,就更令人不解了。

他酒喝得猛了些,呛咳起来,也许他一生吸进了过多的海风和飞扬的盐粉尘,以致肺部怀疑生了不治之症,才转院治疗的。他离席咳了好一会儿,才平静下来。

谢若萍关切地问:“好些了吗?”

“谢谢你,大夫!”

“看样子你够痛苦的。”

他长叹了一声:“嗐,这是一个无论对于生者,或者死者,都是严峻考验的年代啊……”他回到席上,又对于而龙抱歉地说:“无能为力啊,一个人的力量终究是太渺小了!”

于而龙思索:他究竟实际在指些什么呢?

吃完了滑腻的熊掌、鱼翅以后,那位经理进来告诉王纬宇,有他的电话。周浩关照他的秘书去付款,但经理看着王纬宇急匆匆离去的背影,笑着告诉说:“他已经付了。”

“胡闹,这个王纬宇——”周浩直摇头。

王纬宇三步并作两步回来,便问:“怎么样?《红楼梦》里有句话,叫做‘千里搭长棚,没有不散的筵席’,‘将军’,咱们该酒阑人散了吧!”

“好的,天也不早了!”周浩站起来,大家陆续跟着他下楼,走出餐厅,车已经停在门前。

王纬宇抱歉地:“老江,你挤‘将军’的车吧,我还要赶到报社去一趟,谁知夏岚有些什么事?偏要我马上去。”

他刚要钻进那辆浅茶色的“上海”车,周浩似乎是开玩笑,似乎是当真地说:“明天晚上,于而龙摆宴请客,你可来啊!”

于而龙愣住了,谢若萍和于莲也不懂地笑了。

“好的好的。”王纬宇满口答应,连忙问:“哪一家餐厅?”

周浩说:“让他请我们吃西餐吧!”

于而龙对“将军”的好兴致,简直觉得奇怪,王纬宇在一言为定的爽朗笑声里,坐车走了,很快消失在巍巍的城楼黑影里。那平坦的马路上,随着疾驰而去的汽车,卷起一阵最早飘零的落叶,一叶落而知秋至，可不是么？季节开始变换了。

"将军"的"红旗"车里塞得满满的，周浩同江海交谈，询问着省地两级一些老同志、老部下的情况，好像都流年不利地有那么一段共同的遭遇。于而龙没有细听，只是满腹疑团地在汽车里想来想去，"将军"究竟要讲些什么？为什么糊里糊涂做明晚的东道主？一直到家，及至躺倒在床上，也久久不能合眼。他如今是稍一兴奋，就要失眠了。

也许"将军"找到了儿子，像传奇故事一样，骨肉离散多年以后重新团聚？许多悲欢离合的艺术作品，赚了人们潺潺般泪水，不正是从这些动人心弦的地方，震撼人们的灵魂嘛！但是路大姐，在冲破包围圈杀出来的时候，什么凭证，什么纪念物都未曾给割舍了的孩子留下来。因为孩子刚出世，正好是皖南事变发生的日子，孩子身上有些什么标记也顾不得注意，哪怕一块朱砂痣呢？艺术家们设计出了多少情节啊，一面重圆的镜子，一件妈妈绣的肚兜，一颗长在眉心的痦子，甚至一封血泪斑斑的书信。而必须马上杀出血海去的路大姐，和坐在书桌前编剧本的作家不同，她首先是战士，然后才是母亲。因此，直到今天，除去不变的刀豆山这个地名外，什么线索都消逝了。即使这个孩子有幸还活着，也没法相认了。剧本是编的，生活却不是那么随心所欲的。他们老两口即使是找到了儿子的话，也没有理由让别人做东。于而龙想：也许和自身有什么关联？但也无须他越俎代庖发出请柬呀？难道是有关菱菱的什么值得高兴的事？他脑袋都胀疼了，想不出所以然。

"不错，我也是失去儿子的人，可我的儿子是被他们夺走的，明明活着，可也不许相认啊……"

谢若萍也帮着思索，但琢磨不出老两口究竟为什么！

于是他又调转头来想江海的话（失眠的人总是这样千头万绪地折磨自己），怎么叫做没有保护好？怎么叫做对于生者和死者都艰难的年代？……活见鬼，他越想越烦躁，辗转反侧，更无一点睡意。

“你今晚上酒喝多了点！”打毛衣的谢若萍说。

于而龙记得谢若萍从那一天，开始给女儿织毛衣的，至今快半年了，好像不见什么进展。难怪，从去年十月以来，谁能捺得下心来，坐在那里一针一针打毛活呢？她坐在床头小沙发里，开始给这件毛衣起头。同时埋怨着老头子不善于控制自己，不该和王纬宇干杯。

于而龙披衣坐起，问道：“老江突然讲起芦花，为什么？”

“也许因为见到莲莲，她长得太像她妈了。”

“他干吗讲没有保护住？”

谢若萍想得和他一样，也是那回运枪的事：“那有什么奇怪的，都是到了向上帝忏悔的年龄了。”

“胡说八道——”

“一般讲，上了年岁，人的心肠变得软些。”

于而龙被他老伴的真知灼见逗得哈哈大笑：“依我看，有的人越老越歹毒，因为不愿意离开这个世界，对所有活着的人都恨！”

“存在着这种变态心理，大多数还是老了要善良些。江海也许后悔不该逼着我们运枪。”

“是他的过错吗？好像是党的决议。”

“决议有时也有个人的影子，他是主要负责人。”

“我们谁都不是圣贤。”

“芦花那回挨一枪却是因为他。”女人总是比较记仇的，事隔三十多年，谢若萍说起来，还带有忿激之情，因为她也是当事人嘛！“尽管他后悔，我也并不原谅他。”

“算了，算了，他日子过得不比我们轻松。”

谢若萍又同情那个病人了：“江海头发连一根黑的都找不到了。”

于而龙叹息：“我们都曾经伍子胥过昭关来着，一点也不奇怪。”

也许因为夜静，他们听得清清楚楚，楼外院子里，王纬宇的车子刚刚回来，从汽车喇叭声断定，似乎并不止一辆。他想：肯定是王纬宇从通天的夏岚那儿，得来了什么“新精神”，又要对那些班底，进行“不过夜”的传达了。

谢若萍识相地拧灭了床头灯，拉开窗帘，窗外，月光如水，静静地照在那些婀娜多姿的菊花上。她回过头来，朝那雪茄烟头的火光说：“明天，该是闰八月的十五啦！”

老头子沉默着，烟头一亮一灭，谁知道他在想些什么？

“也许——”她自己先笑出声了，“闰八月过去了，就会好起来了……”

于而龙仍旧不作任何反应。

可是在他们斜对面的那栋楼房里，在那用菲律宾杨木做的墙围，日本进口的缨珞式水晶吊灯，新疆的和田地毯，和一幅放得特大的庐山仙人洞照片装饰起来的客厅里，那几位尊贵的客人，像辛伯达第一次航海的故事那样，想不到他们赖以寄命的小岛子，却原来是一条大鱼的背脊，而且倒霉的是这条鱼开始下沉了。在汪洋大海里，无法不感到一种难以形容的恐惧和紧张，那种幻灭感，那种巨浪没顶感，那种来不及应变的仓皇失措感，在一阵阵侵袭着人们的心。连他们自己都不明白,为什么秋天的夜晚,心里会是这样地冷,可这间屋子是装有空气调节器的,永远保持着十九点五度的恒温。然而他们还是冷得要命。

那座落地的大自鸣钟,正在有节律地沉静地响着,似乎在抚慰着那几位暴发户的心,细细听去,那大钟好像在说:“别急,别急,别急……”想竭力使他们安静下来,但是它的努力白费了:他们仍旧坐立不安地你看着我,我看着你。

“不会的吧?”不知谁喃喃自语。

人总是能自我安慰,宽解那紧张得过度的神经,即使在无望的情况下,也不会失去幻想的能力。也许一切都是假的,也许又出现了新的转机,也许说不定是一场虚惊,也许……

他妈的,咖啡壶又空了。

还是王纬宇有恃无恐:“弟兄们,千万不能押孤丁! 帆使八面风。你这条船才能得心应手地航行!”他心里想着,一面给他的朋友们,烧第四壶德国风味的咖啡。不知为什么,他联想起那终于覆灭的第三帝国。这时候,院子里的公鸡开始报晓了。

按照迷信的说法,只要雄鸡引吭高啼,一切鬼魂的活动就停止了。于是最初的一线曙光降临大地,人们苏醒了。

于而龙蒙眬中听到有人在“剥剥”地敲门,失眠的人就是这样,很难睡着,却很容易醒来,才敲了一两下,便惊醒了,正诧异是谁会这么老早来惊动他们。对面床上的谢若萍也支起了胳膊,轻声问:“听见了么?”

他看了看表,才四点多,披起衣服,趿拉着拖鞋,准备去开门。

“又出了什么事?”谢若萍担忧地按住那颗杌陧不安的心。自从儿子的悲剧发生以后,做妈妈的对于突如其来的敲门声,面目生疏的客人,总是怀有一种惊恐的感觉,害怕不知什么时候突然降临到头上的灾祸。

于而龙虽然笑话过她越来越经不得事的可怜胆量:“亏你还打过仗,上过火线!”然而自己,对于清晨四点钟的敲门声,也不免心头有点忐忑,他从套间走到外屋,顺便瞭了一眼斜对面的楼下,那几辆汽车刚要开走,王纬宇站在门口,向车里的客人挥手。

他立刻闪过一个想法,乖乖隆的冬,文件够长的,竟传达了一个整夜。接着,他又领悟到敲门声很可能和这些人搞了一个通宵,有些什么关联?于是他快步走出外屋,在过道里问了一声:“谁?”

“我,伯伯!”

啊?娟娟!他吃了一惊,心里想:她又怎么啦?这么早?难道又像七月地震之夜发生了那种可怕而又可恶的事?那一回,要不是地震,凭她那把随身携带的刀,是无法从那个卑污的乘人之危的恶棍手里逃脱。那一天也是这么早来敲门的,莫非又有什么不幸?一个长得出众的姑娘,美貌对于她,犹如象牙对于大象本身一样,倒成了遭灾惹祸的根源。

于而龙又想到,她是持有门钥匙的,那么大门钥匙呢?不幸的预感在袭扰着他的心。

他打开了门。

哦,他登时觉得眼前一亮……

柳娟,这个窈窕妩媚的舞蹈演员,这个秀丽魅人的年轻姑娘,好像新娘子那样喜气吟吟地站在他面前。

“娟娟!”

“伯伯——”

于而龙似乎第一次看到她真正的惊人的美,像绽开的稚菊那样心花怒放，像出水的粉荷那样容光焕发，更像一枚闪亮的宝石，发出炫目的美的光芒。和那一个地震后的清晨，泪和愤，羞和怒，成为多么鲜明的对比啊！

她欣喜地扑了过来，也许那个留过学的画家，经常毫无顾忌地亲她爸爸的缘故，也许她实在太激动了，情不自禁地第一次投到他怀抱里，把脸贴在于而龙那霜白的鬓颊上。

她在于而龙耳边说："我太高兴了，我太高兴了，阿姨呢？姐姐呢？"

"什么事啊？娟娟！"

谢若萍站在客厅门口问了一声，柳娟又转而扑到她的身上，紧紧搂抱住莫名其妙的大夫亲着、贴着，一面吻，一面说："他们完了！"

于而龙其实听清，但又怀疑没听清地追问了一句："娟娟，你说什么？'他们完了！'"

因为在这间客厅里，在属于家庭的私下谈话里，"他们"是谁？我们是谁？那是不言而喻的。

她松开了谢若萍，但谢若萍仍旧搂住那个细细的腰肢，洋溢着素馨花香的姑娘，仿佛一松开，她就会没影，那句话也会不翼而飞似的。她注视着那张有吸引力的漂亮面孔，听着她说出来的每一个字："他们完了，彻底的完了……"紧接着她原原本本地把听来的消息讲了一遍。

此起彼落的雄鸡在喔喔地啼着，报告黎明的到来，他们全家也好像头一次特别注意到，在黎明时刻，竟有如此众多的报晓鸡，四面八方，络绎不绝地呼应唱和，一个有生趣的日子，就是从那时开始了。

不知什么时候，谢若萍从被窝里把画家拖了来，又要柳娟从头至尾地复述一遍，大夫的记性真好，还给兴奋的演员补充："……娟娟，你忘了说，那个臭婆娘的头套也掉了，满地打滚，像个死不要脸的泼妇一样……"

"是的，是的，我恨死那个女人，菱菱的画，就是我给他出主意的。对，那也不顶用，谁也救不了她，就这样，完蛋啦……"她又接着不惮其烦地讲下去，讲得有声有色，绘景绘情。于而龙自然明白，有些细节未必都是真实的，而是掺进去人民自己的想象和创造。正如杭州西湖岳王坟前，那对残害忠良的铁铸奸臣一样，千百年来，人民把愤恨唾弃在他们的头上，而且还把万俟卨错当做秦桧共同作恶的妻子。有什么办法？人民的意志是不可战胜的，他们有权利爱，正如初春那满城白花所表达出来的感情一样。他们也有权利恨，就看才二十多岁的年轻姑娘，是怎样痛快地泄愤说："完啦！他们彻底的完蛋了！"恨，同样也是一种非常强烈的感情。

他们全家谁也不曾怀疑，倘若不是王纬宇的打扰，昨天晚上，就会享受到这种额手相庆的欢乐了。"将军"不是用筷子蘸着琥珀色的葡萄酒，在白玉似的盘子里，写下了三滴水的偏旁了吗？

两个年轻女性紧紧抱在一起，在客厅里转着、跳着、飞舞着，于莲一面轻声地喊着"乌拉"，一面望着墙上那幅珂勒惠支的版画，高兴地说："菱菱该放回来了，那个蛇身女妖完蛋了，十二月党人该回家了……"

于而龙看着柳娟的脸颊上，一连串的泪珠滴落在于莲的裸露着的肩头上，好像传染似的，谢若萍也忍不住眼眶湿了。画家站住，惊奇地问："你们怎么啦？"

舞蹈演员向谢若萍走去，第一次没有称呼她阿姨，而是发自心底地叫了一声:"妈妈……"便再也控制不住,趴在她怀里哭了。

只有天明以后才体会到夜是多么黑暗哪!我们都经历了一段苦痛的岁月,那是用血和泪写的日子啊!

于而龙准备去进行照例的锻炼了,走出门前,关照他老伴:"别忘了今天晚上我做东,你最好先联系一下。"

那天晚间的西餐,令人非常遗憾,就是最喜欢凑热闹,最能活跃气氛,最会喧宾夺主,而且酒量最豪的王纬宇,居然爽约了。

七

于而龙有时候爱发表一些玄妙的言谈。

"我不知道宇航员重新返回大气层,溅落在地球上,是个什么心情?他的双脚接触到原来本属于他的土地时,会产生何等样的感受?"

但是于而龙那天踏着水磨石阶梯,朝那宽敞高大,装潢布局别具一格的餐厅走去的时候,确实感到他的脚是踩在什么实实在在的东西上了。他甚至有点子奇怪,竟不自主地低头看了一眼,不错,的的确确是祖国九百六十万平方公里上两个脚印大的地方,被他踩住了。

好笑,难道以前,他是在秋千上悬挂着,动荡不定,摆过来摆过去,心也随之"忽悠忽悠"地生活来着?更奇怪的是他自己无论怎样也推不开这种奇妙的感觉,昨天是浮着的,今天才落在了实处。

凡人免不了喜怒哀乐,除了圣贤和伪君子能够做到喜忧不形于色,谁也要在情感的海洋里沉浮起伏。这种脚踏实地的感受,使他心情舒畅,甚至还没摸到酒杯先就醉了。就连堂堂的"将军",也想来一点自由主义，按说他是相当严谨的领导干部，也有些控制不住自己了。

西餐的菜单是于莲点的，她内行；酒是劳辛要的，他坐在了昨晚王纬宇的位置上，什么朗姆酒啦！味美思啦！金酒啦！于而龙只是抗议："都弄了些太太们喝的酒！"

"酒鬼——"劳辛指着他说，看得出来，诗人眼里闪出一种真挚的感情，炽烈的眼光，甚至让谢若萍看了都会嫉妒。然而，她才不生他的气，还从心里喜欢他、尊敬他。为了营救于菱，诗人不只是献出了那支高级的进口货猎枪，而是生命。于莲两次送他去医院急救，但他出了院，照旧为那个画漫画的罪犯奔走。

他是今天一听到消息，赶忙跑来告诉的。当时，他一进屋就像瘫了似的倒在沙发里，气喘咻咻，从怀里掏出一台袖珍的录音机，说："你们放着听吧！我已经舌干口燥讲不动了。"

于莲赶忙装好磁带，一开，很快就听到一阵强烈的，带有讽刺意味的笑声，很有点《跳蚤之歌》的味道，充满了揶揄、嘲弄、蔑视和辛辣的恨。说实在的，那笑，不是一种好的笑。随之，就是诗人那不南不北，始终也不曾学好的国语，像朗诵似的大声道白："……在中国，历史上的最大的一堆臭屎堆，从人们的心里铲除了……"

整个客厅里爆发出一阵大笑，于而龙差点笑出了泪水，因为他想起了他那阶梯式的马雅可夫斯基式的诗，真是"恶习不改"啊！

"都早知道了？"于是他关掉录音机。"今天，我一共跑了十家，你们是最后一家。"他舒展开总有点震颤的手脚，让于莲下楼告诉司机："叫他回机关去吧，别等我，我不走了。"

"十家？"谢若萍对手脚不利索的热情洋溢的诗人，充满了敬意。

“都是些倒过霉、吃过苦头的人家。明天，我还要跑几家，也许他们像你们一样，都已经知道了，但我还是要去，同他们一起欢乐，痛痛快快地笑一笑，把我几年来失去的笑，统统地补偿过来。”

诗人的浪漫气息也真是毫无办法，有一天，于莲告诉于而龙说：“爸爸，今天我和劳伯伯去找人谈弟弟的事，出来，正好路过广场，他站在马克思的像前，不走了。突然问我：‘莲莲，你说马克思要活着，现在，他会怎么着？’”

“奇怪的问题！”

“他郑重其事地问，然后又一本正经地回答：‘马克思也会像菱菱一样被抓起来，因为他肯定会在《共产党宣言》后面添上一节，批判那种没有马克思主义味道的马克思主义。你想，那些大人先生们会饶了他吗？’”

在餐厅里，周浩的心情还是和昨天一样，兴致勃勃，竟然用商量的口吻，而不是惯常的命令式短语对于而龙说：“在座的数你量大，其他人都有限，还是不要搞得太张狂了，如何？”

江海向于而龙耳语：“什么时候你到我那儿，好酒有的是，还招待你吃油炸铁雀！”

路大姐问：“你们两个队长搞什么秘密串连呀？”她那娴静的脸上，永远有着温和恬静的笑容。

于而龙说：“大姐，江海在用油炸铁雀诱惑我呢！”

“一提起油炸铁雀，就像黄桥烧饼一样，想起我们在根据地的那些岁月了。谢天谢地，王纬宇缺席，把我们饶了，要他在，房顶都能抬起来。咱们今天安安静静吃一点，喝一点，主要是聊聊，谈谈。据说，人老了，喜欢沉浸在回忆里，是脑软化的表现。小谢，你是医生，谈谈你的看法。”

“不尽然吧！”她用叉子挑起一颗红晶晶的鱼子看着，仿佛答案在那里藏着似的，“回忆过去，有一个时期，是罪，而不是病。”

“那好，温故而知新，咱们谈谈往事吧！”“将军”对饭桌上的话题拍了板。

“看，那头亚洲象都在沉思了。”

大家被于莲的话逗乐了，隔着玻璃落地长窗望出去，动物园里的大象低着头，垂着长鼻在思索着。

“毫无疑问，它在回忆着热带森林，就像我们忘不了石湖一样。”于而龙给自己倒了一盅杜松子酒：“请允许我们都为难忘的石湖年代，先干一杯！”他一饮而尽，正要说些什么，服务员走过来，请哪位名叫于而龙的同志到后边听电话去。

“谁？”

“不知道，电话在经理室。”

原来是王纬宇这位老兄，在电话里直向他抱歉，因为必须去听传达，不准请假。正好，给“将军”在这家餐厅里订做了一块蛋糕：“就势，麻烦你，省得我再跑腿了。”

相隔十多年，餐厅经理居然把他认了出来：“你是于厂长吧？那时候你经常陪专家光顾。”说着把那盒大蛋糕捧给了他。

给“将军”订做哪门子蛋糕？

回到席上，周浩一听说是怎么回事，便让打开盒子，哦？好大的一块巧克力蛋糕，上面用火焰一样的樱桃肉，堆砌出“生日快乐”四个字。于而龙心想：“他小子真会凑趣，竟把这个日子称为生日，难为他小子琢磨得出！”对他的敏思捷才不得不佩服。

但路大姐却说：“每年今天，他总是要破费！”

登时，于而龙怔住了，原来并非如此啊！“于而龙，于而龙……”他对自己说：“你这个粗心的家伙，多少年来，你同‘将军’生活在一起，战斗在一起，你知道‘将军’的生日在哪一天吗？”

连江海，都不禁背过脸去，向于而龙咧咧嘴。

现在，江海来了，而且是坐着直升飞机，朝三王庄飞来了。

那位陪着他，奉县委书记命令别让他再走开的干部，坐立不安地到大门口，手搭凉棚，向着那反射三月阳光的镜面也似的石湖望去，诧异县委那游艇怎么还不出现？

于而龙却惦着村西头那块殷红色的墓碑，他想趁着他们——肯定是前呼后拥的一大串，如同他老伴爱形容为“人墙”的一群，尚未到来之前，先去那座坟上坐一坐，看一看，他向那位瞅不见游艇踪影的干部说：“我先去溜达溜达——”

“不不……”他变得愈来愈恭谨了，“支队长，你无论如何——”

于而龙站起来，他真的要走出去了。

刚才挥舞过拳头的干部，现在几乎是央告地：“支队长，你等一等吧！”

突然，在轧轧的震耳音响声中，直升飞机像巨大的铁鸟，扑扇着翅膀，从他们头顶上低低地掠了过去，呼啸的疾风，把屋顶的瓦片都震动了。

那个年轻干部火速地冲了出去，不过，他很有心计，临走时，将大门的铁锁挂上，才朝学校的大操场跑的。整个三王庄都被惊动了，正如四十年前，他们起义的渔民，打响第一枪，开辟了一个新时代。那么，从直升飞机第一次降落在这个湖滨渔村起，也许该进入插上翅膀高飞的又一个时代。是的，包括这个已算不得石湖人的于而龙，也觉得石湖确实应该变一变了。

哦，被锁在高门楼里的于而龙，看不见人流，但听得见人声，像喧腾的春水，朝直升飞机降落的地方滚滚而去。

这种感觉，十年前，他也曾亲身体验过一次，门被反锁住了，出不去屋，但那是好心的门卫同志，把他推进里屋吧嗒一声扣上的。因为企图把实验场资料偷运出去的军列，又给广大的“无产阶级革命派”强逼着退回厂里，正通过侧门慢慢倒退着，车轮每压过一根枕木，就听到群众在欢呼，于而龙从来不曾这样处于劣势，哦！十年前刮起的那场飓风啊……

于而龙想：也许如同小狄批评他一样，在做一件愚蠢的傻事。难道不是这样吗？绝望的挣扎，无益的尝试，不甘心失败，偏偏要去冒一冒险。其实，于而龙完全可以撒手不管，然而，谁让他是一个真正的布尔什维克呢？

因为实在找不到办法，从“红角”冲杀出来的革命小将，成了天之骄子，贴出了勒令销毁的布告，每一个字都有斗那么大。也就是说：三天以后，实验场十几年的心血，尽管是失败的，但也是难能可贵的全部资料，必须受到火的洗礼。于而龙怎么能甘心呢？那是做了许多投资，花费无数精力，才搞到手的那弥可珍贵的科学资料呀！

于是他找到阳明，因为工厂和他们那个部队，多少有些业务上的关联，而且他也一直关心这个雄心勃勃的试验。刚要张嘴求援，政委拉他坐下：“好了，详细情况我知道了，周浩来电话说过，现在，研究一个转移方案吧！”

“只有三天时间啦！”

“第一步，你得把那位权威搞出来，只能要最关键、最紧迫的资料，目标愈小愈好；第二步，还是你，得想法把资料装箱，运出工厂；第三步，才是我窝主出动，派车去拉回，存放在我们保密室里。”他最后说，“二龙，也有可能，不知哪个环节，出点毛病，全局败露，你我作为同谋犯，一块受审吧！——你害怕吗？”

“政委，你都见义勇为，我还有什么说的。”

“二龙，像《国际歌》唱的那样，做最后的斗争吧！历史上所有那些纵火者都不怎么光彩。秦始皇烧过书，项羽烧过阿房宫，侯景烧过建康，八国联军烧过圆明园，希特勒烧过国会大厦……二龙，只有这样尽到我们的责任吧！”

“谢谢你，政委！”

“不是我，有人在关心——”

“谁？”

“你就不用问了！”

他忍不住还是追问一句：“告诉我，政委，谁？”

“我们中华民族不能只顾今天，不管明天——”阳明显然在重复着建厂时中央的决定：“这是一个既有人领导毁灭，也有人力挽狂澜的时代啊！……我们是一个有八亿人口，九百六十万平方公里的国家，一个实验场不算多。”

于而龙站起来，告辞政委，满怀信心地回厂里去了。

高歌在这以前，由车间干事一下子被于而龙的精简政策，压回到磨床跟前干活，心里充满了怀才不遇的怨气；费尽心思搞出来的几万字学习心得，得不到于而龙的赏识；想去单独找他谈谈，又被他的秘书挡了驾。这样，导致了他和那些“红角”革命家终于走到舞台正面来，头角峥嵘，一下子红得发紫。他们和市里一个什么响当当的“司令部”挂上了钩，在工厂里采取的第一个“革命行动”，就是把动力学权威给绑架走了。

于而龙那时也濒临垮台的边缘，不过高歌还不敢触动他，谁知道是不是由于先天精神上的怯懦，于是先拣廖思源这个软柿子捏，他们也是充分盘算过的，打他一个反动权威，无需分辩，即可定性。总工程师，三百多元工资，搞试验花费无数金钱，一无成果，罪行完全够了；打他一个里通外国的特务，理由也满够用，一个女儿在太平洋彼岸，一些国际科研机构和他有联系，一部分外国人士还念念不忘他，他即使浑身长嘴也说不明搅不清的。至于他的家庭背景，社会关系，个人历史上俯拾即是的问题，哪个都能做出一大篇文章。

“不革他的命，还革谁？”把廖思源揪走了。

于而龙决定冒险去把这个革命对象弄出来，那些年轻人已经不可理喻的发出一个又一个的通令，连进厂的铁路专用线上的信号灯，也强令改过来，红灯放行，绿灯停车，还指望听得进什么话呢？

汽车直冲那个“红角”，人们谁也不敢拦阻他，从那时还属于他的“上海”车上跳下来，便厉声喝问：“高歌呢？”

那个突然间红得发紫的明星，从屋里闻声走出，许是室外的光线充足，许是于而龙那一副威严凛凛的派头，把他震住了：“于书记，你——”

“你搞的什么名堂！乱弹琴！”他当着那些穿草鞋的革命家，训斥着高歌，“你要不马上交出廖总，我就派人把你扣押起来，你要知道我们是个什么性质的工厂——”

如果当时高歌有些斗争经验，满可以回答：“请吧，于而龙，我恭候！”那么这位快垮台的书记是半个人都派不出的，他的命令像过期支票一样,已经无法兑现了。

高歌只是本能地感到屈辱,青筋暴突,热血冲上了苍白的面颊,他们两个很有点像抵架的公牛,谁也不能后退,只要谁的脚步动一动,就算输了。

于而龙知道高歌有些疑虑,不敢贸然同他决战,而更主要的,是那种劣根性,使他软了下来,交出了廖思源。——如同眼前的干部,一听王惠平书记的大名,先在精神战线上退却了一样。

被扣押的总工程师,亲眼目睹这个场面,在汽车里,惊奇地问:"你还挺有威力?"

"空城计,只能唱一回!"于而龙说。

司机也笑了:"我以三十五公里速度冲进去,要不急刹车,钻进单身宿舍大楼了。"

廖思源听说于而龙的最后努力,不以为然地说:"用不着去顾那些身外之物了吧?"

"我们不是老绝户,还会有后代,还会有子孙,留给他们什么?留给他们烧光的灰烬?"

"徒劳的努力!"

"不就给你剃个阴阳头吗?看你灰心丧气的样子。"

"当整个大厦都坍下来的时候,你一只手是顶不住的。"

于而龙说:"那我能做到什么程度,绝不吝惜半点力气。"

"会压死你的。"

"那也比当懦夫强!"于而龙拍拍司机的肩膀,"停一停,让廖总下车!"汽车嘎的一声,停在了半路上。

廖思源不解地:"干什么?"

"你不是怕死,不敢干吗!我干吗拖着你?请下车吧,请吧!"

他见他不动弹，便吼了起来，“滚！不干就滚——”

“你呀你呀，我拿你没有一点办法……”廖思源关照司机开车。

然而，还是失败了，列车退回到庞大的实验场里去，作为主犯的他，却被好心的门卫关在屋里。这第一次失败，可比第二次当还乡团垮台要严重得多，那打倒还乡团的大字块有几个人认真地看呢？一噤鼻子哼一声走开去了。可十年前那场风暴初起的时候，那势头大有把于而龙碾成齑粉的危险。可他，却不在乎地捶门要出去，因为，阳明政委派出的汽车正在几公里外的路口等待着。糟糕，他急得直跺脚，该杀该砍，也只能由他于而龙伸出脖子去。应该赶快通知他们撤走，免得受到牵连。唉，到底败露了。

听得出来，不是一些人，而是一股愤怒的群众，围着列车吼叫：“检查，打开车门，不许转移黑材料！”

是谁泄露了秘密？哦！人群肯定围得越来越多，吼声几乎连厂房屋顶都掀得起来，于而龙再沉不住气，看来，连军列都逃脱不了干系，那是肖奎的战友，跟他一说，未加考虑就同意帮忙给夹带出厂，无疑，闹大发了，他们要吃官司的。

廖思源是个怪人，尽管他认为是身外之物，多此一举，但是在拟单子的时候，这也要，那也要，舍不得扔。那位从国外留学刚回来的工程师，也就是后来成为小狄丈夫的猪倌羊倌，直朝他抗议：“廖总，十大箱都装不下的。”临到装车时，他又来磨嘴，这也不能割爱，那也不愿抛舍。“啊呀，你别婆婆妈妈了，在这儿碍手碍脚！”于而龙不得不强令他安静休息，别打扰大家的工作，结果还是多装了两箱，影响了发车时间。

于而龙挨个想去，所有参加这次行动的人员，都是和保卫处老秦逐个挑选的，懂得保密的一支精干队伍，是谁的嘴这样不严实咧?

很清楚,他了解大伙未必像他那样满怀信念。正如寓言所说的那样,森林发生了巨大的火灾,谁也无法把它扑灭。一只可怜的小鸟,因为曾经在那森林里营过巢,怀有一种依恋的感情,眼看森林快烧完了,还从遥远的地方,衔来一口水想要救火,那实在是很可笑的。那漫天的熊熊大火,很可能把它烧死,但它仍旧鼓起翅膀往火海飞去。于而龙也正是这样一个不识时务的汉子,他向那些参加者讲:"宁可我像那只小鸟被烧死,也不能把十几年劳动的成果毁掉。"

列车终于退回到工厂里面来了。人声鼎沸,群情激昂,他不理解怎么能惊动了如此众多的职工。他叫门卫赶快放他出屋。他相信,他会给群众讲清楚的,为了通过侧门这一关,他和门卫讲明白道理,门神爷不也准备同他一起承担风险么?"廖总啊廖总!要不是你神经质地跑来捣乱,列车早出工厂,政委也就接到手了。"

"砰砰砰",他死劲砸门:"让我出屋!"

门卫回答他:"不行,于书记,你不能去,只要一露头,非吞了你不可。"

"开门,快给我开门。"

"他们不会轻饶你的。"

"我去跟他们讲,让我出来。"

列车一直开进庞大的实验场里,至少好几千人麇集在车皮附近,这样的场面,他这辈子再也不愿碰上第二回。因为他诚恳剀切地向大家讲了真话,他知道,只有讲真话,才能挽救自己,而且言之凿凿地向所有在场群众宣布,除了十二箱科技资料,绝无其他。然而,丢人哪!群众推选出的代表,从车皮里拎出第十三个箱子,一只硕大无朋，塞得鼓鼓囊囊的大皮箱。

耶稣是第十三个门徒犹大，将他出卖的，这只第十三个箱子，把于而龙坑苦了。他恨不能从那七千吨水压机的基座上跳进底坑里去，只不过五分钟以前，他在基座上信誓旦旦地讲出口的。他一生最恨当面撒谎而不脸红的伪君子，现在，自己成为一个在公共汽车里被当场拿获住的小偷一样，立刻落到了数千人谴责和不信任的眼光底下。

那皮箱里装的全是些无聊的，毫无用处的，把群众打成牛鬼蛇神的黑材料，是那种按比例制造“敌人”的愚蠢产品。

哦！那不是对全厂职工的戏弄、欺骗和莫大的侮辱吗？人们差一点点就相信了他那拍着胸脯的保证呢，于而龙再找不出比这次更为痛心的失信了。

大概人在做蠢事的时候，头脑不会清醒，保卫处长什么时候趁机塞进一只皮箱，于而龙忙得竟没有发觉。难道能怪罪大个子么？他不同自己一样，在尽最后一点职责嘛！

保卫处长站出来承担责任，并未一推六二五。但是文章并未做完，人们逼他交出后台，是谁指使他无视党纪国法，非把黑材料转移走？

秦大个子回过头来，抱着歉意的眼光，看了于而龙一眼。这一眼看坏了，群众像雷似的吼着，一个满头卷毛的女工，竟然泼妇似的嚎叫着冲上来。大个子的本意，或许是：“原谅我吧，于书记，由于我的过错，破坏了整个行动计划。”但群众错看成真正的元凶极恶是于而龙，那是他在工厂二十多年的领导生涯里，第一次被这个并不认识的女工一手抓住脖领，直呼其名，而且以审问的口气斥责他：“你给大伙老实交待吧，于而龙，别装腔作势了……”

他说什么呢?“不知道!”那么保卫处长很有被愤怒的群众吊起来的可能。他不得不向群众认错,把责任揽在自己头上。“是啊!老兄——”于而龙自嘲地,“就从这一天开始,你就一蹶不振,两次垮台,一转眼,三千六百天过去了……”

这时候,三王庄那股喧闹的人流,又像回潮一样,返了回来。他听到门口的锁被人摘掉,那扇沉重的黑漆大门打开,出现在他面前的,是一个满面春风的地委书记,和去年十月份于而龙见到他时,除了那满头白发、一脸皱纹外,整个精神状态找不到一点共同之处。他浑身焕发着一股朝气,半点不假,于而龙嗅出了他身上由滨海的阳光和石湖的水花融合在一起的芳香。

肯定是有许多人要拥进当年的区政府里来,门口熙熙攘攘,尤其是年龄超过四十的乡亲,都不大相信地问:“真是支队长回来了嘛?”

“没错。”

“让我们进去看看他。”

“不行。”

在人们残存的记忆里,好像当年的支队长是决不会派两个大腹便便的哼哈二将,特地在门口挡驾的。

王惠平把门口群众堵住了,穿过回廊,来到花厅,听到江海在大声埋怨于而龙,也捎带上他。

“你搞的什么名堂?动身不给我打招呼,不让我接,难道我咽气了吗?要不是‘将军’昨晚给我打电话,王惠平再不告诉我,我算蒙在鼓里了。”

“周浩同志给你打电话,什么事?”于而龙不由得惊奇地询问。

“是的，把我吓了一跳。”

“说些什么？”

“出国代表团临时变更了一下，决定由你代替王纬宇，那位老徐郑重推荐的。”

“王纬宇怎么啦？”那是一个以始终没出国而遗憾的家伙。

“没听太清楚，好像是痔疮犯了。”

“‘将军’怎样讲？”

“他只是说：这倒是个难得的考察机会。”

于而龙摇摇头：“我只好向老徐抱歉了，我既然回到石湖，哪能轻易丢手打道回府呢！……”他望着坐在旁边的王惠平，不由得想起那个死去的老晚，心里琢磨：王纬宇，王纬宇，你的手伸得够长的，第一局你暂时领先。是的，头绪断了，线索没了，也许你会永远立于不败之地，但是，要想让我罢休丢手，恐怕也同样是永远不可能的。

旁听的王惠平，听说“纬宇叔”没有出国，他那屁股和座椅还紧紧相连，心里一块石头落了地。因为从前天起，一直接不到他的电话，不免有点忐忑不安。于是端了两杯茶，一杯先递江海，然后，才把那杯送到于而龙面前：“请！”

但是江海却站起来：“来吧，既然来了，那就看看去吧！”

当然是客随主便了，于是他在县、地两位领导的左拥右护之下，走出了差点被扣押的高门楼。那位曾经向他举拳头的干部，正朝着乡亲们挥舞胳臂，示意他们闪开，给让出一条路来。许多有身份的人都站在前列，而且好像一下子都认出了于而龙，都向当年的支队长伸出了手，实在使他盛情难却。有几位白胡子的老年人，还挤到前列，亲亲热热地叫了声：“二龙！”到底是一个庄上的乡亲嘛！

慢慢地从记忆里想起了他们。

真是太承情了，于而龙想：你们要早一点赶来为我证明该多好，也不致被当做卖假药的郎中，进行一次小规模的游街了。

王惠平向于而龙，恐怕主要向江海倡议："还是请支队长看看家乡不成样子的进展吧！"

江海向支队长做了个"请"的姿势，迈下了白石台阶。于而龙离开高门楼的时候，还来得及向那个曾经挥拳的干部，握手告别，感谢他沏的好茶叶，当然也等于感谢他那种方式的接待。但是，他那汗津津的手，还让于而龙有什么好说的呢？

三月里石湖的阳光，刺眼似的明亮，甚至使人感到，仿佛每一道波浪都在向你愉快的眨眼。看，又像多少年前，消息不胫而走："支队长回来了，石湖支队又打了个胜仗回来了……"那些亲切的眼光，那些热烈的议论，那些迎上来攀谈的乡亲。啊，整个三王庄向他微笑了。

高音喇叭怎么能在这时候，肯向贵客沉默呢？一阵热烈的手风琴拉完前奏，天爷，那两个义务兵又引吭高歌了。在他俩的青春歌喉的唱和下，于而龙在故乡的街道上走着，仿佛回到了和王小义、买买提差不多的年纪，成了于二龙了。那时，他该是"浪里白条"，或者"混江龙"之类的年轻渔民，然而，那个和他同年龄的芦花呢？

他在人群里寻找，她该不是躲在尼龙渔网的背后，闪烁着那对特别明亮的眸子吧？

渔网后边，倒是有石湖姑娘那种大胆俏谑的笑声，但她们穿着挺括的上装，露出花衬衫的领口，于而龙发现他家乡的姑娘和城镇女性的打扮，没什么大的差别了。

他的眼光在姑娘群里搜寻不到那个永远活在心中的人，再也瞅不见那个穿着土蓝花布，打着补丁的芦花。那时，他们的网是可怜的破网，帆是残败的旧帆，船是朽烂的老船，只有那对瞳仁的色彩，是明亮的，是清新的，永远充满着生机。他怎能忘记在这样春汛大忙的季节里，正是一网金、一网银满载而归的时候。每当船一靠岸，总会看到那对闪着欢欣的大眼睛跑到湖边，她那卷起的浑圆膀臂，被腌鱼的盐卤渍得通红，会抢着从他肩头夺过鱼担子去……

然而现在，那对眼睛在墓穴里永远闭上了，只有殷红色的石碑上的红星，算是惟一可以发出精神光彩的纪念了。

——她不会再来迎接我了，不会再来抢我的担子了。尽管我多么盼望那个指导员，来分担我肩头上沉重的负荷，尤其多么期待那个百发百中的神枪手，帮助我击中靶环哪！

——芦花，请原谅我仍旧成队成帮地来看望你来了，有什么办法呢？会吵扰得你在九泉之下不得安宁的。原先，我还曾想独自在你身边坐会儿，理一理旧日的记忆，那是我迫切想做的一件事，现在，也只好抱憾了。好在人多也并不会妨碍你那敏锐的听觉，我记得你早就说过：不论多少人行军，你能辨明我的脚步声；不论多少人说话，你能识别我的语音。我敢肯定，芦花，你已经在地下听出来了。

——芦花，我来了，虽说那棵银杏树失去影踪，但大致方位，仍是不会错的，一别三十年，总算如愿以偿地来到你的身边，我该对你先说些什么呢？该有多少话会一下子，同时涌塞在嗓眼里呵！三十年，石湖水潮涨潮落出现了多么明显的变化，但是，惟有你，永远以一个不变的三十年前新四军女战士的形象，留在人们的记忆里。而我，沧海桑田，满头华发，你该猛乍间不敢相认了吧？

一个年轻姑娘，从人群里挤了过来，手里捧着一大束鲜花。呵！于而龙认出来了，不是饭馆里那个服务员吗？长得多漂亮啊！刚才把于而龙当做接头的特务，那脸色可不怎么吸引人。在阳光下，那几粒俏皮的雀斑，更增添了轻盈的笑意，和她手里的艳丽花束，相互辉映，她含笑着把花塞在他手里，亲切地说："支队长，你要的花儿！"

"哦！谢谢——"

多么娇媚的花束啊！显然经过女性的手，加了一番装饰，白色的玉兰、红色的月季、像鹅绒似的刺球，还有一支嫩黄的报春花，一股股浓郁的甜味的芬芳，沁人心脾地飘散在早春温馨的空气里。真的，再也比不上捧着这束带有露珠的花，放在那块石碑前更为合适恰当的了。

王惠平一定要他们去参观那个苇制品工厂。据说：石湖的苇编品是为外贸生产的，远销好多国家，真看不出，那些极平凡、极普通的芦苇——和芦花的性格实在太相似了，在乡亲勤劳智慧的双手里，竟能编织出如此美妙的工艺品！

厂里送给于而龙一个精致的玲珑提篮，呵！提篮外面，还织上一条红荷包鲤鱼的图案，真是样式新颖而又风雅。于而龙把花束放进去，立刻成为一个美观大方的花篮。哦，他想：要是莲莲，我那个艺术家在场，准会爱不释手的。若是能得到女儿的赞赏，那么妈妈也会喜欢的，母女的心总是相通的。

好容易结束了社办工厂的参观，他实在有些耐不住，等不及了。顶多再有五十米，跨过一座干河的小石桥，该是那棵不在了的银杏树原来生长的地方，那块殷红色的碑石，应该在附近矗立着。

但是江海却提议往回返了。

不，三十年虽然过去，方位，对一个作过战的军人来说，是不大会弄错的。于而龙不去理会他们，步伐不由得加快起来，朝小石桥走去。

说不定在冥冥之中，芦花已经听到了他的脚步声。来了，芦花，你的二龙来啦！相隔了三十年，你的二龙又出现在你面前了……

但是，当他来到小石桥的时候，不由得迟疑地，惊愕地站住了。

他不但不见那棵作为历史见证人的银杏树，而且也看不到他千里迢迢为之而来的那座矮矮的坟墓，也许被岁月的流逝渐渐磨蚀平了吧？但那殷红色的石碑，怎么也不见了踪影？

于而龙差点没叫喊出来。

“芦花，你在哪儿？芦花，你在哪儿？”

他捧着手里那个花篮望着，那些生气勃勃的花朵，似乎在询问他：“把我们放在哪里？把我们放在哪里？”于是，许多许多的疑问，包括站在石桥后边，那个滨海支队长去年十月的喟然长叹：“没有保护了她呀！”又缠绕在他的脑际。

难道真的会有什么蹊跷嘛？！

然而生活里却是什么事，都有可能发生的呀！

——芦花，也许只有你能够回答我心底的诘问：为什么？为什么？……

只有那束特别娇嫩，颜色皎洁，芳香袭人的玉兰花，在阳光下，合拢了花瓣，仿佛显出一副惆怅和难过的样子。

怎么能不伤心呢？坟墓没了，石碑没了，棺木呢？尸骸呢？又散落到什么地方去了呢？

——芦花，快回答我吧！快回答我吧！……

没有一丝回声，只有云雀在蓝天里歌唱。

新中国 70 年 70 部
长篇小说典藏

新中国70年70部
长篇小说典藏

冬天里的春天

下

李国文——著

学习出版社
人民文学出版社

第 四 章

一

于而龙两眼一阵发黑，不相信这一切会是真的，可眼前的现实，使他想起江海所说的那句意味深长的话：这是一个无论对于生者，还是死者，都是严峻考验的年头啊！三十年来一直在心目中向往的圣地，他精神上的凭借和寄托，刹那间，哗啦一声全坍了下来。甚至连个废墟都不曾留下，那样的话，或许还能遗留一点足可凭吊的断砖残瓦。现在，什么都没了，像那棵高大的银杏树一样，古怪地失踪了。

他想起一个梦，一个芦花的梦，一个他从来也不相信的梦。哦，那是一个漆黑的夜晚，漆黑的世界，从来也不曾这样黑过，黑得可怕，黑得恐怖。好像在这个世界里，从来也不存在过光亮似的，或者，起码在梦中人的记忆里，早就消失了光亮的概念。她觉得她醒了——她说得确切不移，但于而龙不那么深信，因为梦境和现实有时会惊异的相似，难解难分。确实也是如此，现实中的怪诞不亚于梦境；而梦境里的刹那悲欢，在现实中会一再重现。于是他说："没准是你梦魇着了！"芦花摇摇头："不，我醒了！"好吧，也许她醒了，生活里有这种可能，在黑夜里，明明醒着，眼睛瞪得大大的，但实际上和睡着也无啥大的差别。于是她迷迷糊糊地听到一个脚步声，朝她住着的那座草棚走来，“谁?”她立刻警觉地问着自己的心。

那是石湖支队差一点点就在石湖上站不住脚的困难时刻。所有应该离开支队，无法再坚持下去的队员，都用这样或者那样的手段，离开这一支初创的革命队伍。只有一个人，他是完全属于那种应该离开的人，但他偏偏没有走。难道是他？芦花思忖着。

他终于也要开小差了。

然而，他围着她的草棚转悠是为了什么呢？脚步声很轻很轻，是想来杀害她呢，还是打算来奸污她呢？那时，她是支队惟一的女战士，也许他在离开以前，给支队一点报复。那是他完全做得出来的，而且他分明知道，她恨他，从来不给他一丝笑脸。现在，她被恶性疟疾缠得连一点力气都没有了，失去了任何抵抗的力量，于是她大声地叫喊起来。一会儿，脚步声消失了。

“绝不是梦！二龙！”她对侦察回队的于二龙说。

“你在发烧，脑门子都烫手，好好躺下，别说胡话！”

她用虚脱衰弱的声音说：“他没开小差吗?”

“你说是谁?”

那烧得通红的脸颊上，泛起一丝疑云。

在那个漆黑的世界里，是什么都可以强奸杀害得的，甚至人心民意；那些崇高的理想，神圣的意志，美好的愿望，幸福的向往，都曾经被踩在泥土里，受到践踏和蹂躏。因此，于而龙对眼前出现的这种情况，也就虽然心伤而并不奇怪了，于是不再想那个梦。现在在他眼前，原来埋葬芦花的地方，如今是一条宽阔平坦，涂着黑色油渣的公路，顺着湖滨，延伸到望不见尽头的远方。

江海给他介绍，这是他和地委一些老干部，十年前当小工，亲自修过的公路：“不仅可以通往县城，通往省会，还通往首都呢！”如果真是那样，于而龙想：芦花，在你化为泥土，为后代修铺的公路，倒多少像精神上的纽带，把我们联结在一起呢！

三十年前，也就是一九四七年底，一九四八年初，当人们把他放在担架上，抬着离开石湖的时候，或许是王纬宇的有意安排，要不，就是抬担架的长生和铁柱的好意，故意多绕几步远，来到那棵高大挺拔，亭亭如盖的银杏树下，向芦花的坟茔告别。

于而龙记得那时，新坟上也才只有几支纤细的、弱不禁风的枯草，在寒风里瑟缩。

坟不大，矮趴趴的，墓石也平平常常，不那么突出，只是那殷红的颜色，使人联想到血，石碑上的五角星，好似死者明亮的眸子，闪烁着不同寻常的光彩。其他，再也找不到什么特殊之点。这是当时游击队员的心意，也非常符合那个女指导员的性格。好像众人还费了好大口舌，才制止住王纬宇代理队长，打算大搞大弄的做法。他要搞一座陵墓，还要修一座纪念碑。这个曾经亲手拆毁过自己亲爹坟茔的王纬宇，以人们不可理解的积极性，向支部建议，向骨干游说："芦花的血不能白流，我们总要让她在这世上留下些东西。死者的遗愿，生者的责任，我们活着的人惟一能尽到的心意，也就是这些了。"

一个共产党员，活着的时候，生活在群众中间，死了以后，也应该普普通通，平平常常。队员们，尤其是那些老同志，都这样说。因为他们深知芦花的心意，她绝不会同意自己和众人不一样的，于是王纬宇的主张才算告寝。其实，历史就是这样的，碑石是树立在人民的心灵中的。

哦，那是一个多么寒冷的冬天啊！

“歇会脚吧,长生!”老林哥招呼着。

王纬宇咬着嘴唇,那种他们家族特有的嘴角皱纹,深陷地抠了进去,默默地先在新坟旁边站住了。

大部分恋恋不舍的战士和支队干部,早被于而龙挡了回去,因为他从那些朝夕相处了快十年的战友脸上,看见的并不是送别,而是送葬的沉重心情,心里无论如何不是那么愉快的。于是他挥手叫他们停步,王纬宇也帮助劝说着大伙:“同志们,别远送了,支队长到医院去取出弹片,就会归队的。”

(这块从大腿股骨里取出来的霰榴弹片,一直保存在谢若萍身边,那时,她还是个见习医生。)

“早点回来呀! 支队长!”

“给我们写信来……”

“什么时候回队,告诉一声,我们去接你。”

尽管人们嘴上讲,但谁都不相信,因为他从黑斑鸠岛上活着回来,大腿肿得比腰还粗,再蒙受芦花牺牲的打击,死里逃生,亲人阵亡,身上还残存着弹片,能否再经得起复杂的大手术? 能活下来就是万幸,反正战场上是没有他的事了。

那些无声的语言,他从人们脸上看得出来,不仅他们,就连他自己都觉得像断了翅膀的雁,永远退出战斗序列了。然而,战争之神并不曾把他抛弃,他在马背上又度过几年征战生涯,一直到王爷坟为止。而他们,那些石湖子弟兵,绝大部分倒早早地离开了人寰。

王纬宇、老林哥,还有几个同志,一直随船送到三王庄,尤其是站在新坟旁边的王纬宇,充满了难以名状的感情——躺在担架上的于而龙看出来是惜别之情,仿佛有着无限心事。

当时，他理解王纬宇的心情，大概是肩头上压着扁担时的沉重感，已经没有精力顾到其他了。更多的倒是对于工作的忧虑之心，队伍要升级，改成正规部队建制，人员要扩充，准备去解放县城，还极有可能离开本乡本土，开赴到外线去作战。

“都撇给你了，老王，一摊子百八十口人，许许多多的家务事，统统给你留下来了。”于而龙敢赌咒，是半点幸灾乐祸之心都不抱地讲出来的，因为他正是于而龙向阳明竭力推荐的人选。一九四七年战争朝外线扩展，那年头各处都需要人手，干部奇缺，就像猛然间长大的身材，衣服鞋袜顿时嫌小了，现做现缝也来不及。一个小小的石湖支队，实际上也就是县大队罢了，要准备扩成一个团的建制，需要多少人手啊！那时江海已经改编完毕，进入山东解放区了。因此，阳明政委让他死心，自己想办法物色人才，培养干部，上级只能抽走干部，而绝不会再派干部来的。就这样，他向领导建议，由王纬宇代理队长职务。

但他替王纬宇担心，因为支队的基本骨干，多半是老同志，芦花的影响还是深的。虽然芦花牺牲以后，他的组织问题最终得到了解决（那封血写的入党申请书总算没有白费），但“七月十五”的论点像幽灵一样，在背后议论，所以大家并不十分相信于而龙的推荐是绝对的正确。因此，可能使他开展工作，感到扎手。而且还有点对他歉疚之处，因为他一年内连续负伤，精力实在不逮，队伍不曾整理得那么干净利落就交给他，像一只箍得不紧的木桶，有些稀里哗啦，很觉得过意不去。

他记得他们当时手握得多么紧呵！可以肯定，王纬宇是非常激动的，至今还能记起，清清楚楚地记起，印象特别深刻地记起来，站在芦花坟旁的这位两颊凹陷、鬓发如刺的二先生，手是冰凉冰凉的，而且在不安地颤抖。

——我想我还不至于说错（虽然他必然要矢口否认），那时，我们这位参加革命的大学生，刚刚度过了他生命史上的一个最严重的关头。还记得他在获悉胡宗南侵占延安的消息时，在有些解放区重新落到国民党手里时，在我们石湖支队又一次濒临困难境地时；也正是他那位令兄向他招手，要他采取离心攻势时。哦，他真有过一阵饭吃得不香，觉睡得不实的难熬难忍的日子。

但是，在芦花牺牲以后，他告别石湖的时候，王纬宇已经像患了一场伤寒病似的逐步复元，眼睛不再那么无神失魄的样子。真的，于而龙把心底里的祝福，通过那紧握的手向他表达出来。

“再见吧！好好干吧！纬宇同志，你虽说是个新党员，可是三八式的老同志啦！等着听你的战斗捷报！”

他脑袋垂得很低，似乎在打量着坟头上那棵衰微的枯草，看得那样专心致志，以至于而龙怀疑他是不是在听自己讲话，或者他的确对未来的日子感到惶恐。那时候，游击队长躺在担架上，望着他；虽说，彼此之间有过隔膜，有过挂碍，甚至还有过不愉快。但于而龙是个直性汉子，事情过去了，也就烟消云散。这一会儿，倒真是毫不见外地赤诚相待，多么希望他能够胜任愉快地挑起队长这副说来不轻的担子啊……

然而，十年前那一场风暴掀起来，于而龙被关在九平方米大小的优待室里隔离反省、接受批斗，棍棒交加、触及灵魂的时候，王纬宇终于亮相结合登上前台，如愿以偿地来办交接，于而龙再不是石湖那时的衷心祝福了，而怀着一种阴暗歹毒的心理，着实地“恭喜”了一番。

“祝贺你终于瓜代，完成了历史阶梯的必然一步！”虽说是民办的业余监牢，狱吏和囚徒之间的关系，也是等级森严的，所以他没有把手伸给这位革命干部，以免“玷污”了他。

“得啦老兄……”他知道于而龙并无半点诚意，但又不愿同他顶嘴，一个心情舒畅，乾运亨通的红人，是不会斤斤计较走背字的朋友，所发出来的牢骚的。

于而龙向同屋的难友，那位动力学造诣极高的反动权威发问：“密斯特廖，你见过买彩票中了头奖的人，脸上那副高兴模样吗？”

廖思源采取不介入的姿态，正襟危坐，缄默不语。

王纬宇扑哧笑出声来，他觉得这个人有着不可理解的顽固，宁可自讨苦吃，也决不让步。哪怕只是口头上暂时的服软，他也决不肯干。这种可笑的愚直，除了激怒那些眼中布满血丝的打手，有什么用呢？他觉得应该劝导两句：“二龙，顺时应势，是做人的一条基本准则，聪明人都这样活过来的。你本来不至于落到这步田地，要早听我的劝告的话——”

“三千年为一劫，那回风雪之夜的赐教么？”于而龙早就敬谢不敏了。

王纬宇转向那位落魄的总工程师，他那头顶上还依稀留下“小将”们给他剃过阴阳头的痕迹，很像两垄紧挨的庄稼地。一垄肥水充足，赶上节气，麦苗长得茁壮，齐刷刷的一片；另一垄小苗才钻出土，连地皮都没遮住，不过，终于还是长了起来，屈辱既不能使头发降服，那也不会永远叫人抬不起头。“一味固执有什么用呢？廖总，你说是不是？需要刚的时候就硬，需要柔的时候就软，或者是刚柔并济，软硬兼施，而他，一条道走到黑，怪谁？”

廖思源保持中立，阖着眼，像参禅似的盘腿打坐。

其实有什么好交接的呢？除了挨斗的权利之外，一切都被“夺”走了。哦！原来是来讨那外国专家使用过的，大写字台上的几把钥匙。

“我已经早就交给了小狄！”

王纬宇说：“但是，那位清高的，效忠于你的女性，一定坚持非要你写个条子，她才肯交——”

“哦！……”于而龙不禁感叹系之，心里念叨：我的忠实的小狄，使他们嫉妒了。愚不可及的姑娘啊！俗话说得好，孩子都死了，还在乎一把干草吗？

当于而龙关在优待室里闭门思过的时期，他的家砉拉一下解体了。谢若萍编进医疗队，到祁连山南麓的荒塬上给牧民治病去了，连看老伴一眼的权利都不能获准，只好忍住泪水登程出发。列车西去，可她的脸却总是向东，担心她丈夫身上的“棒疮”，什么时候才能结痂？恩爱夫妻，十指连心，即使到了那荒漠的高原，也常常一个人伫立东望怆然涕下。于莲和高歌那伙革命家吵了一架，来同她爸爸告别，奔赴云梦泽国去种那矮秆早稻。而且据说一辈子要在向阳湖畔落户，终老斯乡，因为学到老改造到老嘛！可她，还有不如意的婚姻纠缠着，本不想当着爸爸的面哭的，他的心还嫌揉搓得不碎么？然而，自此一别以后，她还能向谁流泪呢？叫了一声“爸爸”，热泪如雨，抱住伤痕累累的于而龙呜呜地大哭。

当时廖思源毫无表情地看着，像一尊泥塑木雕的偶像。

他儿子于菱在撵出四合院不久，就被肖奎带到部队当兵去了。于莲抬起泪花花的脸，望着她父亲，问道：“你一个人，该怎么办呢？”

于而龙抚摸着他女儿的长发，不禁叹息：“自然是要活下去的，我不相信历史会永远颠倒过来写。”

就在这艰难的日子里,可全亏了小狄在照应他,他怎么也想不到原先认为是娇里娇气的秘书,却有着这样倔强刚直的性格。那些流言蜚语,对一个没有结婚的年轻姑娘来说,就不是一般的讽刺讥笑。那些无聊的家伙,以他们自己卑鄙龌龊的精神状态,来编造一个又一个谣言,把小狄描绘成一个不要脸的女人。然而她顶住种种难堪的屈辱,一张大字报不写,一句揭发的话不讲,而且理直气壮地来优待室看望他。

“以后你可不要再来这里看我了!”

小狄说:“坐牢总得有探监的呀! 现在,只有我,是你惟一的亲人啦!”这话她不仅仅对于而龙说,对谁都不隐讳。

这个瓷雕似晶莹的高傲姑娘,昂着头,眼皮抬也不抬地通过那些持刀弄枪的岗哨,每礼拜光临一次这如今统称之为牛棚的小屋子,给于而龙送来换洗衣服,而且还替他经管着不多的生活费,为他买一些日用品和必不可少的雪茄。

“卷毛青鬃马”,第一个冲上台把于而龙拉下马的女工,成了全厂的名旦,曾经指着小狄骂过:“不要脸的贱货,真是旧情不忘啊!”

小狄站住,脸白得像一张纸,但仍旧文静地告诉她:“你说得半点也不错,是旧情不忘。我可以坦率地,用最明白的语言告诉你,我确实爱他,但是我更尊敬他,这一点,怕你未必能理解的。”

“卷毛青鬃马”放纵地大笑,毫无羞耻地劈开两腿,拍拍自己的裤裆:“别装假正经啦,小姐,谁不明白吗?”

无论怎样冷嘲热讽,甚至逼迫划清界限,仍旧每礼拜来一次,久而久之,看守的人渐渐松懈了,于是她用俄语同于而龙交谈,用英语和廖思源聊天。“多么忠贞的女孩子啊!”那位学术权威衷心赞美着。只要她来，总给优待室里留下一股科隆香水的芬芳。

“好吧！我让小狄把钥匙交给你！”

于而龙一边写便条，一边想着王纬宇上任后的情景，估计他决不会轻松愉快的，几千人的偌大工厂，可不比当年的石湖支队，即使那百把个弟兄，也是在他的带领指挥下，全部把生命断送在樊城战斗中。那么这座工厂在他手里，会不会像断了箍的木桶，哗啦一下全散架呢？

只好由历史来判断了，而终归会有这一天。

“你们也别远送了，老王！”于而龙躺在担架上，有气无力地朝他们挥手。

“好！等着你！”王纬宇说。

“我会回来同你一起干的。”他仰望着那活像老人的鹊山，使他触景生情，想起在石湖沙洲上度过的，芦花生命史上的最后岁月，于是向通讯员说：“长生，扶我一把！”

铁柱，老林哥的二小子，他和长生负责抬于而龙到后方医院治疗去，他刚正式参军不久，是老林嫂让游击队长把孩子带走的。负有特别使命的铁柱抗议：“二叔，谢医生讲，你只能躺着。”

老林哥笑了，好心肠的事务长体贴到他的心境，和长生把担架抬着，往那块殷红色的墓碑靠拢了些。无非是一种世俗的想法，给亲人的坟头添把土吧！此去经年累月，还不知何时再来扫墓！

三十年后，在清明节的时候回来了。

于而龙想些什么呢？“芦花，我的芦花呀！连你的坟墓都找不到了，你甚至比抬担架的两个年轻人都不如。铁柱的墓碑竖立在朝鲜定州西海岸的山丘上；而长生，还有那匹‘的卢’，是埋在面向黄河的陵园里，可你，石湖支队的女指导员呢？……”

他不知拿他手里的鲜花怎么办了？

江海挽住他的胳膊，强拉着他走回来：“我记得对你说过的，这是一个无论对于生者，还是死者，都是考验的年代呵！”

“那么你应该告诉我，她的下落！”

“你不会忘记，我请求你们原谅过，我没有能够保护好她。”

“老江，请你讲得不要那样抽象好吗？”于而龙恳求着他。

江海望着铁一般坚硬的汉子，他那刚毅的脸上，显出准备承受任何不幸消息的神色，似乎在讲：“把你去年难以讲出来的话，统统地倒出来吧！我神经不会脆弱得受不住的……”

但是江海看看周围异样沉默的人，便把舌边的话，强咽了回去。难道十年来，他心灵上受到的伤痛还少么？干吗再给他增添苦恼和悲哀呢？于是他向老战友建议：“走吧，到我那儿去。”

“我哪儿也不去。”

“干吗？”

“在石湖找到回答。”于而龙坚定地说，并把那个花篮捧到他的面前，“要不然，我拿它们怎么办？”

是啊！半点可以凭吊的遗迹都找不到了，难道花篮总让于而龙在手里端着么？

所有在场的人，对于游击队长和芦花之间的关系，谁也比不上江海理解得更深，他几乎等于亲眼目睹全部过程。那时滨海和石湖还同属一个地下的中心县委，并未分家。他记得当时是多么不理解，也不支持那个追求革命和真理，也追求爱情和幸福的芦花呀！她是怎样大胆勇敢地作出自己的决定，冲破了世俗的观念，摆脱了不成文的婚约束缚，和现在端着花篮的人结合。那是一个痛苦的割舍，无论对于芦花，对于他们哥儿俩，都曾有过一段困难的日子啊！尤其是于大龙悲惨的牺牲，加重了他们结合的阴影，但有什么好责怪芦花的呢？

人们有权利追求自己的幸福，和追求真理一样，是谁也不能剥夺的神圣权利；爱情和怜悯是完全不同的事情，难道芦花就该听受命运的摆布才算好么？

芦花的一生是短促的，像流星一样，在空间一掠而过，然而她的生命、爱情、战斗，以至于牺牲，像流星似发出了强烈的光辉。大凡一个人生前有人爱的同时，必然也会有人恨。死后，爱和恨的分野就会更加鲜明，肯定是爱之弥深，恨之弥切了。要不然，该不会落到连放一捧鲜花的地方都没有。

"走，江海！"

"哪儿去？"

"沼泽地。"他寻找他那个小舢板，打算走了。

"你发疯了吗？想陷在里面出不来吗？"

"那好，不攀你。忙你的贵干去吧，地委书记同志！"

"你这个人哪——"江海了解他的脾气，而且"将军"在电话里嘱咐过不要袖手旁观，于是他萌出了一个主意，捉住于而龙的手："走吧！二龙，我们到天上去！"

"干什么？"

"看你的沼泽地去呀！"他拉着于而龙，向停落着直升飞机的大草坪走去，心想：那样，这篮鲜花就好办了。

"我要脚踏实地地去看、去回忆！"

"照样，在天上更能一览无余。"江海强拉着他走了。

告别了乡亲，告别了故乡，直升飞机载着两位游击队长，离开了波光潋滟的渔村，向辽阔的蓝天里飞去。

“芦花，芦花，我回来得实在太晚了……”于而龙那紧捏的拳头，重重地落在了对座的江海膝头上。这时，飞机已经升得很高了，冷风从机身罅隙里钻进来，吹得心里直发凉。“真是应了老伴的话。”于而龙琢磨，“难道不是这样吗？失望加上失望，扑空接着扑空，使自己高兴的事情不多，引起忧伤的因素倒不少。”他摇了摇头，对江海说，“我不相信我会陷在沼泽地里出不来，它总有边，总有沿，总有走出头的一天。”

“不要激动，二龙！打起精神来，我们的贵体，我们的高龄，还有他们——”指着那些忙碌的机上人员——“年轻人的未来，都不允许再糟蹋自己。听我告诉你，她的坟墓、棺木、尸骸、骨殖，以及那块石碑，都到哪里去了。你不是要看这块沼泽地吗？很好，话就得从远处讲起来，不过，你一定要耐住你的性子……”

江海的沉稳性格可是出名的。

机舱里堆满了药粉，这种扑灭早生蝗蝻的六六六粉，是相当刺鼻的，呛人的，然而它却可以消灭一场灾祸。但是人类并无什么有效办法，来肃清两条腿的早生蝗蝻，以致他们羽化以后，铺天盖地，酿成巨灾浩劫。“是得从远处讲起，过错并不是一天早晨突然发生的，而是昨天，前天，许久许久以前就种下恶果了。”

“说得对啊，二龙，那天西餐席上，小谢讲起芦花运枪负伤的故事，还记得吗？”江海问他，然后沉思地说，“要想彻底了解一个人多困难哪！来，咱们一块来回忆——”

“得扯那么遥远么？”于而龙现在需要证实，不想推理。

“不然讲不清楚。”他俯瞰着机身下的大地，说着：“看见了吧！石湖落到后边去了，前面就是县城，再往远看，该是滨海，认出来了吧？当年芦花就通过运粮河，把枪支弹药送到我们那儿去的。如今是密密麻麻的防风林带，河，看不见啦！”

“你在给我绕什么弯子？”于而龙问。

“还记得你夫人怎么指责我的吗？”

“哦！你居然会往心里去？”

“哈……”他笑了，“历史有时是一笔糊涂账，正确的永远正确，而替罪羊则不能得到原谅……”

那天在餐桌上，由于“将军”规定了话题，加上劳辛要写《女游击队员》那首长诗，缠着谢若萍，非要她讲讲芦花在望海楼和王经宇交锋的过程。

谢若萍笑了：“我讲不成问题，只怕有人不乐意听呢！”

江海看看她：“我不是头回站在被告席里，十年，锻炼出来了。”

“那好，我来说一说……

“不知道你们同意不同意我的观点，有的人，死了死了，死了也就了啦，谁也不再惦念他，甚至还竭力把他忘却；但有的人，虽然永远离开了人间，可似乎觉得他还在我们身边，同我们一起生活、战斗，参与到我们的欢乐或者痛苦中来，息息相关。心里总存在着逝者的形影，而且奇怪的是，他不是强赖在你心目里的，也不是非让你记住他不可，不，而是你自己特别珍惜那惟恐愈来愈淡的形象，所以就深深铭刻在心里。芦花正是这样一位虽死犹生的亲人，她离开我们快三十年了，我想她现在肯定和我们一样高兴喜欢，说不定像‘将军’和路大姐那样要喝上一盅。

“我们许多同学都是差不多先后参加支队的，男同学都通过封锁线到湖西了，可能因为我是个女同志，留在了湖东。是的，我们一个个都是芦花动员走上革命道路的。

“她对我要格外关照些，虽然她对小队其他同志也都不差，但我感觉到她好像把我和肖奎——那个快嘴丫头，看得更亲切些。有些机密，有些心事，并不回避我们，因为小队只有三个女同志，而且总是住在一起，像姐姐似的关心着我们。

“一九四四年的秋天，芦花去滨海开了个会，因为那时我们跨区活动，似乎接受着双重领导。是不是啊？老江！也就在那次会上，作出了一个极其荒谬的决定，要我们把缴获的一批武器转移到滨海坚壁起来。

“我至今也不相信，那样一个不信邪的芦花，明知道是错事，为什么不站出来反对？难道她真的相信那些假情况？笑话，我们在城里的地下工作同志，怎么从未反映过一点？是我负责联系的呀！

“‘不就是那点点白薯干，江海就狮子大开口啦！’”

江海停住刀叉，怔住了。

“芦花批评了肖奎，叫她沉住气，别瞎说。

“我也劝说指导员：‘大姐，办不到的，等于给敌人白送，还是老办法好，细水慢流，通过咱们的联络渠道转运过去。’

“‘来不及啦，鬼子很快就要秋季大扫荡了！’

“‘滨海的情报可靠吗？’

“我们吃过麻痹大意、毫不在乎的苦头，但过度警惕、神经过敏，也使我们上了不少当。不适当地夸大敌情，弄得草木皆兵，疑神见鬼，也坏了不少事。”

“将军”插话说：“不奇怪，杯弓蛇影，宁可信其有，不可信其无，在战争年代，或许还可原谅。”

“不过——”劳辛说，“现在已经成了整个社会的心理状态，真可悲——”

“诗人，要罚你酒啦，出题啦！今晚只谈过去——”周浩又掉脸朝发愣的江海说，“吃啊，干吗按兵不动？若萍说你两句，看紧张的。”

江海叹了口气：“‘将军’，这是断不清的官司！”

谢若萍接着讲下去：“老江，你别误会我是和你算账，也可以统统不记在你的名下，但话总是要让人讲的吗！……不但芦花相信敌人要来夺枪，湖西，也被送粮去的王纬宇给宣传得动了心，特地派老林嫂通过封锁线，送来了一道紧急命令。

“老林嫂来，就意味着非常重要和紧急，看样子好容易弄到手的一块肥肉，滨海不费吹灰之力搞走了。想不到芦花看完命令脸都白了，要我们设法把枪支弹药送到滨海去。

“喝！像一点水滴进滚油锅，大伙都炸了。

“原来，连送出去都思想不通，并不仅仅是本位主义。好，现在不但给，还要我们送，好像我们是三头六臂，刀枪不入的神仙。难道王经宇听我们调动？他没投降日本鬼子以前，就打主意抢过这批军火，向顾祝同、韩德勤邀功，现在成了汉奸，不正是给大久保的见面礼么？

“肖奎恃着她是指导员的小鬼，天不怕，地不怕，对老江嚷过。——记得不，老江，有一回你来我们驻地，商量接送军火的具体办法。那肖奎冲着你鼻子：‘你们没本事自己缴获，有脸朝人家讨，讨还罢了，叫花子要饭嫌馊，得我们送上门，岂有此理！’没忘了吧？队长同志！”

江海说：“真抱歉，大夫，记不大起来了，我有脑震荡后遗症！许多该忘的东西忘不了，许多该记的东西记不住。”

“怎么得的，江伯伯？”

“还用得着问吗？画家，跟你爸一样，能从‘小将’手里活过来，就算命大，别打岔，让你妈讲下去吧！”

“芦花犯愁了，硬打硬拼硬冲么？我们几十个人，孤注一掷？从敌人眼皮底下混过去？谁也不会隐身法。她怎么能睡得着呢？翻来覆去，后来索性坐起来靠墙思索。

“‘睡会儿吧，大姐！’我劝她。

“‘你放心睡吧，一会儿我替你岗！’

“‘不，你累了一天。’白天把已经坚壁好的军火重新从埋藏的村子里起出来，准备集中朝滨海运去。嗐！荒谬的决定啊！我们就是这样自己整自己，放着好端端的日子不过，像发神经地一会儿这么变，一会儿又那么变，消耗时间，浪费精力。我们用了多大工夫才把那些军火分散坚壁起来的呀！老百姓都拿命替我们保管着的呀！

“芦花苦笑了一声，突然问我：‘他干吗那么坏？’

“‘谁？’

“‘小谢，说是医院里有一种什么光，能把人的心肝肺腑照个通明瓦亮，看得清清楚楚。要是能把心思都照出来，那敢情好了，人人都一眼看透了。’

“‘你指的是谁呀？’我再一次问——”

江海把正抿着的高脚玻璃杯放下来。

“芦花始终也没讲出是谁。

“‘将军’，我要讲几句离题的话，你别罚我酒。我看咱们过去，打仗的时候，人与人之间的关系，要纯朴一些，真挚一些，也直率一些，所以大家也团结些，即使有些什么长长短短，彼此也能容让。

为什么现在搞得那么紧张？人变得那样刻薄，那样歹毒，心肠是那样坏，手段是那样辣？难道他们是突然之间变成恶鬼的吗？”

江海笑了：“不，你说错了，医生同志，恶鬼原来也披着人皮站在我们队伍里，只不过有更强大的敌人在面前立着，同舟共济的心理，使得他们规矩些，老实些，收敛些罢了。”

周浩摆了摆手：“不完全是这样，同志们。若萍那时候和现在的莲莲一样，天真烂漫。说句不中听的话，还不太懂事。江海，你应该有所体会，尽管在那狂风恶浪，大敌当前的时候，他们也是同舟并不共济，你以为那些人就不搞些手脚啊？照搞不误。只不过由于你忙着和敌人拼命，而顾不过来罢了！同志们，手脚是多种多样的，有时候拿枪拿刀，有时候就是别的花头了！”说着，他把蛋糕推到席中，举起刀叉，“请吧，不必客气，领情就是，现实生活并不总像奶油蛋糕这样甜蜜的。”他一刀从“生日快乐”四个字划过去。

劳辛倒了一盅酒端到他跟前：“请吧，‘将军’！”

“怎么回事？”

“你谈到了现实生活，该罚酒！”

“哈哈，让你钻了空子！”

路大姐笑着说：“怪不道莲丫头这些年来总挨罚，也许是总爱画现实生活的缘故吧！——好啦好啦，若萍，你快讲下去吧，芦花该怎么办呢？”

谢若萍接着往下讲：“……正在为难的时候，一艘小篷船轻巧巧地来到我们驻地。我记不得那船家姓什么了，反正他顶着一个皇军情报员的身份，为我们往返联络，传递消息。我们以为他给搞来了粮食，因为那年旱得厉害，颗粒无收，游击队的肚子问题成了难关，所以老江的白薯干才身价百倍，要我们拿军火去换。谁知那

船家笑嘻嘻地说：‘一个送上门的俘虏，我给你们运来了。’

“那时，老百姓的心向着我们，也指望着我们，而我们总跟人民群众心贴着心，所以关系融洽极了。

“他回头向舱里招呼：‘上岸吧，到地方啦！我也不知该称呼你是太太，还是小姐？’

“从船舱里钻出来一位烫着头发，城里打扮的妇女，一见是荒乡僻野的孤村，便问：‘你把我送到什么地方来啦？’

“‘我把你请到石湖支队做客来了。’

“那个妇女一听‘石湖支队’四个字，腿一软，赖在了舱板上。我们把她请上岸，她哭天抹泪地说她去石湖县城看表兄的，哀求我们放了她。

“‘哼，别充好人——’说着那个船家把几张‘储备票’掷还给她：‘还你的船钱，我是看着你从国民党的党部进去，又换了这身打扮出来的，好好地跟同志们讲讲清楚吧，我要图钱，还不揽你载呢！’说罢扬长而去，等芦花赶来，船已经划远了。

“芦花在湖东有许多基本群众，关系密切得犹如亲戚一样，就拿这位船家讲，就经常来看望芦花，有时还特地给她送点吃食东西来，亲切极了。大旱之年，细米白面可是珍贵之物，奇怪得我朝肖奎打听：‘这个人怕是指导员的娘家哥吧？’

“‘不是，根本不沾亲带故。’

“‘那么，怎么这样热呼呼的？’

“‘都这样的吗！’

“‘谁们？’

“‘老百姓哪！指导员不论到哪儿，就把心贴在他们身上。哦，想起来了，好像听说过，有一回，指导员搭过他的船，救过他老婆

的命——’

“‘哦！难怪呢！原来如此。’

“的确，那时我们全靠群众活着，所以心里也就比较地要有群众些，倘若失去群众支持，搞些不得人心的事，更甭说伤天害理的倒行逆施了。敌人一围村子，把你裹在乡亲们中间，只消一个眼色，一点示意，你就完啦！”

于而龙被他老伴这种“初一过了初二，十五就是月半”的真知灼见逗笑了：“好啦好啦，今天不是做礼拜，你还是不用忏悔吧！”

“现在开始忏悔也不晚！二龙——”劳辛喝下一盅酒，“我先罚了再说，你认为我们在人民心目中的那个形象，还那样完好？”

谢若萍显然不愿他们争论这类令人痛心的题目，便截住诗人的话说：“那位落在我们手里的国民党特工人员，还算是明白人，以后还帮过我们几次忙。当时和盘托出了她的使命：她是派来和投降的王经宇取得联系的，只求马上把她放回。

“芦花说：‘忙什么？呆两天，玩玩看看，说不定会跟我们一块抗日呢？’然后她关照炊事员给这位‘客人’安排饭吃，还叮嘱要弄得好一点，把伤员舍不得吃的粮食，都给她吃了。

“我跑去找指导员抗议，因为我是医护人员。

“她听完了我的话，心又不放在上面，倒是从头到脚地打量我，盯得我浑身发毛。怎么啦？我说错了，不该维护伤员的利益？要不，我做错了，搜查了那个妇女？可是那封给王经宇的密信，就是这样弄到手的，要不，她才不肯承认呢！

“谁知那一会儿芦花的脑袋里，已经琢磨出一个主意：一大堆集中起来的军火，已经成了一块心病，必须赶快运走。所以她突然问我：‘小谢，给你个特殊任务！’

“‘干吗?’

“她眼睛亮晶晶的，几天来的愁云一扫而空，兴奋地对我讲：‘你敢不敢冒充一下那个女特工?’

“我吓了一跳：‘做什么?’

“‘朝王经宇借路，走！’她拉住我，要跟大伙儿合计合计去，人们一听乐坏了，笑得前仰后合。可谁也不考虑我是否胜任，是否胆怯，好像那是不该存在的东西。但我确确实实害怕，因为和敌人这样近交手，有点怵头。于是我强调，我没有她那烫的飞机头，而且也学不来那种交际花的样子，因为石湖是个小县份，我哪里见过世面。然而在大家眼里，还能算个问题吗？生命都可以抛掉，一点困难还不能克服？芦花鼓励我：‘你肯定能办到的，王经宇是不见兔子不撒鹰的主，要给他一点真货看看。’

“‘头发怎么办?’

“也许一顿饭吃得高兴了，而且看到我们并无加害于她的意思，那个女特工人员和我换了穿戴以后，对于头发问题，她倒帮着献计献策说：‘容易得很，找根火筷子，烧红了，给你烫两个小发卷，用头巾一裹，能混过去。再说，他只见过我一面，还是在麻将牌桌上，不会记那么清楚的。’

“哦！天哪，受的那份罪就别提了，那不是烫发，是燎毛。那个妇女，我敢担保她不是折磨我，然而，头皮被她烫破好几处，别看是柴火烧热的铁筷子，烫起人来照样要命，差点晕倒过去。肖奎看得不忍心了，啪地掏出手枪，顶住她的后心，威胁着：‘烫坏人，小心老子毙了你！’

“但肖奎的好心，造成我更多的痛苦，那个女特工人员手一个劲地抖，我的头发一绺一绺地给烧焦。当时，我从心里诅咒那荒谬的决定，一项错误的决策，得多少人为之付出代价呀！

“我们进城了，芦花和我一路，虽然有她在，而且也已经演习过了，但心里仍是敲鼓，惴惴不安，比第一次参加战斗还要多一层恐惧。在火线上，除肉搏刺刀见红外，敌人只是一定距离以外的一个靶子，至少能有点回旋余地，可是在那样混乱嘈杂的望海楼里，面对着面，天哪，该不会出丑吧？

“‘哟，小谢，你的手怎么像块冰似的？’

“‘那位小姐的旗袍、短大衣太单薄了。’我当然不好意思承认自己胆怯和紧张。

“‘用不着害怕，小谢，到这种时刻，只有鼓起胆子往前冲，枪子专找胆小鬼，向后退可不是路。’

“‘说心里话，大姐，哪怕离开五米以外，我要开枪，决不会手软。’

“她讪笑我：‘你要是恨得牙痒的话，越靠近一刀扎下去才越解恨，你要碰上天大的仇人就在眼前，可你手是绑着的，那才不是滋味，我遇上这种事情可太多啦！’

“我问她：‘大姐，你有绝对把握吗？’

“芦花看看我，好半天不做声，又走了一程，她才说：‘我跟你讲实在的，小谢，没把握啊——’她摇摇头，叹了口气，‘没有，半点也没有，可除了这招，还能找到别的法子，把军火运过去吗？只好冒这个险去。’

“船到城关，接头人正急不可耐地等待着，偷偷地告诉我们：‘王经宇要滑，推脱了，不肯见面。’

“‘他妈的！’气得芦花直骂街。我的心，算是一块石头落下地。但是芦花绝不轻易打退堂鼓：‘你去告诉他，他不怕是非，我也不怕风险，到他家去登门拜访！——我们在望海楼等他回话。’那个中间人赶忙去联络了。

“‘去他家？’

“芦花说：‘不这样，蛇轰不出洞。’

“我们的船朝城里划去，望海楼灯火辉煌，一会儿就到了。拴好船，有地下同志接应，朝这座大饭馆走进去。我担心地：‘他真的会来？’

“‘为什么不？那条毒蛇！’然后轻声却是威严地命令我，‘拿出点样子来——’她那眼里逼人的神采是有股震慑力的。

“经常交手的双方，久而久之，大家也都摸透了相互的性格，王经宇知道芦花的厉害，自从她从抗大分校回来，到湖东开辟游击区，远不是他印象里三王庄那个无知无识的渔村姑娘了。所以他估摸着来者不善，善者不来，不应付搪塞一下，是过不了门的。而且，他很可能盘算过：过去芦花和他谈判，总是在望海楼，那时他还挂着青天白日的旗子，县城是日本鬼子占领着，他也不敢奓翅。现在，横竖撕破了脸，当了汉奸，要能捉住芦花，给大久保献去，保险邀个头功，一箭双雕的欲望，驱使着他前来望海楼。

“我们在一间宴席厅里等待，芦花叫我到套间屋里安生休息，告诉我：‘小谢，万一出了事，有人会掩护你的。’

“‘你哪？’我替她犯愁，虽然她枪法好，但寡不敌众呀！‘大姐……’

“‘看你——’她不喜欢我那种情绪，‘上了战场，还能考虑那些。’

“这时，我们听到一阵脚步声，于是她推我进套间里去，原来这里面是阔佬们抽大烟的场所，我刚在烟榻上坐下，就听见王经宇来了，那众多的脚步声，可以想象跟进来不少护兵、马弁。

“王经宇嘿嘿冷笑两声，带点挑衅的味道：‘指导员，你胆子越来越大了！’

“芦花说：‘我不像你那么胆小，来七八个人干吗？打架吗？’

“‘出去！’王经宇是个自尊心很强的家伙，量她也是一条网中之鱼，便把随从人员撵出去：‘有什么事，快谈吧，我没工夫。’

“‘着什么急？大先生。你是我请来的客，拿你们文雅人的话讲，叫做客随主便！’

“‘嗬！好大口气，现在我的保安团驻扎在城里，城里是我做主。’

“‘别往脸上抹粉，那是大久保还信不过你，才弄到眼皮子底下看着你。’

“‘不管怎么样，以往在县城难为不得你，这回是你自己送上门，只怕是进得来，出不去啦！’

“‘那你白跟我们打几年交道，还不摸石湖支队的脾气，没有登天的梯子，我们绝不去摘月亮，既然敢进城来找你，就不怕你找了新靠山。’

“‘别狂啦，芦花，我只消咳嗽一声，就把你逮捕。’

“‘你敢试试看吗？’芦花口气强横地‘将’他，‘请吧！’

“他缓和了一下僵局：‘忙什么？你不是有正事谈吗！’

“‘好吧！’

“‘那就请教——’

“‘先来给你打个招呼，我们要用用运粮河！’

“王经宇笑了起来：‘果然不出老夫所料，那批货色扎手了，想运走？’

“芦花回答得很痛快：‘不错！’

“‘什么价码，我给你让路？没有好处我是不干的。’

“‘想敲竹杠吗？’芦花问道，‘你把运粮河让出来为好，来找你是给你个面子。’

“‘太承情了，到底是三王庄的老乡近邻，亏你照应，我该怎么谢你呢！’他喝了一声：‘来人哪！’

“‘慢着——’芦花嗓门也不示弱地叱喝着。

“一阵马靴声停在屋里屋外的门槛那儿。

“‘大先生，我先请你看一样东西！’我听到芦花把那封密信摔在桌子上。

“‘哦？’王经宇惊了一下，大概是被信上的落款给怔住了，那是他们的联络暗号，便叫那些人退出去。

“很可能看到对手的狼狈，芦花问：‘摸摸脖子长得结实不？’

“王经宇沉默了一会儿，才慢吞吞地说：‘一封信，能说明什么？’

“‘那你要见一见本人吗？’

“‘什么？’他跌坐在椅子里，长吁短叹地，‘你们把她弄到了手？’

“‘还给你带来了，让你看看。什么时候我们过了运粮河，这个人交给你。’

“‘是，是。’肯定是满头大汗，不得不认输了。

“‘一言为定？’

“‘当然，当然！’

“这时，听芦花走过来拉开门，向我客客气气地招呼：‘小姐，你不是找你的表兄吗？’

“我自然动也不动，只见王经宇紧张惶恐地站起，向我走来，直是抱歉。然而，芦花担心我沉不住气，怕露了马脚，连忙把门拉上。这一来，指导员失策了，欲盖弥彰，反而被他看出破绽，他跳起来，大声嚷着：‘假的，假的。我一眼就看穿啦！’他抢着拉开门，嘲笑地看着我：‘啊哈，一个秃尾巴鹌鹑，想来打马虎眼，亏我见过一面，要不真让你们唬住了。哈哈，要打算冒充，应该先让她上城里来烫个发！’他真的胜利了，得意地狂笑起来。

“我望望芦花，不知她该怎么来收拾局面，难道束手就擒了么？才要摸身上的枪，两三个人抢步走进，用枪顶住我们两个。

“王经宇笑声止住：‘走吧！请！’

“他们扭住我的手脖子，立刻被五花大绑起来，芦花一声不吭，也由那些穷凶极恶的卫兵捆个结实，还加上手铐，看来，我们这场本来把握不大的戏，肯定是演砸锅了。

“‘咱们走！’芦花对我说，那自信的声音里，充满了蔑视奚落和毫不在乎的劲头，‘走，看谁后悔！’于是扬起脖子跨出门去。

“‘等等……’王经宇到底坐不住了。

“‘走啊！’芦花偏要激恼他。

“他强笑着：‘弄个假货来冒充——’

“‘真货，我还留给大久保呢！劝你不要高兴得过了头。’芦花开始反攻，‘我先来就跟你讲，给你大先生打个招呼，让你看看信，不假吧？再看看这套衣服，是人在我们手里的证见，不错吧？现在那位党部派来的小姐，我不妨给你说实话，在关帝庙鬼子营盘外边等着，只要望海楼一有动静，往岗楼里一送，那可是抬腿就到。大久保是最恨那种身在曹营心在汉的人，杀过不少头的，会给你什么好果子吃吗？再说，那位小姐要落到日本人手里，国民党方面会对

你怎么样？你把前头的路堵了，后边的路绝了，脖子上长几个脑袋？我还是这句话。’

“芦花抬起脸来，看着他，等待着他的答复。

“王经宇想了想，便挥了挥手，叫那些护兵给我们松绑。当我们走出望海楼时，才看到我们许多同志已经化装混在群众当中，原来他们在掩护着咧！

“‘大姐，那你干吗说没有把握？’

“她苦笑着：‘这是没有办法的办法！’

“‘假如他真的翻脸不认账——’

“‘那就连他也一块弄走，给我们开路，哪怕拼个你死我活。有什么法子，得执行命令，得听从决议，尽管它分明是错的。’

“我不禁反驳她：‘滨海的会，你是参加的呀！’

“她肯定是不便于和我讲的了，沉默一阵以后说：‘小谢，你听见了的，王经宇怎么知道我们要运军火？’

“经芦花那么一提，我也不禁纳闷起来……”

路大姐插进来说：“那还用说，他们那边有我们的人，难道我们这边就没有他们的人？”

“那到底是谁呢？路大姐，你是干锄奸保卫这一行的，我可至今背着黑锅呢！”江海把蛋糕上切开来的“快乐”两字，统统拨到自己的盘子里：“要知道，当嫌疑犯并不快乐！”于是他把那些樱桃肉用叉子挑进嘴里，逗得大家都笑了。

关切着生母命运的于莲，催着谢若萍讲：“妈，后来呢？”

“后来，是你江伯伯的罪过啦！他是推卸不掉责任的，约好了他应该带队伍来接应我们，谁知来晚了一步，被一股残匪，就是麻皮阿六打死后，独眼龙领着的余党，想发笔横财，把我们纠缠住了。

当然有可能是王经宇暗地串通的，他们总是穿着一条裤子，但是莲莲的妈妈说话算话，把那个女特工人员放了，还给了一笔酬劳，其实，满可以拿她做挡箭牌，让王经宇去抵挡那个独眼龙。现在，只好以有限的人力支持，好在我们弹药充足，芦花的枪法又好，打得那伙匪徒靠不了边。但不幸一颗流弹，打中了她的右肩，倒在我怀里。这时候，才听见滨海支队的军号声，就这样，她为她支持过的那个错误决定，付出了血的代价。”

在机舱里，江海叹息地提出了一个奇特的问题：“存在不存在无罪的罪人？”

于而龙想起被专政了的儿子，被批判过的女儿；想起了自己十年来总在被告席里站着，难道不都可以称之为无罪的罪人吗？

“都是历史陈迹了，是非功过留给后人去评论吧！不过，那天在宴会席上，若萍对我的指责，并不完全正确，对一个不了解详情的批评者来说，最好的办法，就是沉默。”

“牢骚太盛。”

“罪人确实不是我，但我承担了责任，这就是我的错。”

于而龙懒得去追究三十多年前与己无关的旧账，仅是自己头脑里的纷纭烦扰，搅还搅不清咧，便说：“其实我老伴也是纯属多余，女人们心眼窄。”

“不，我是有错的。”他说，多少有些后悔，“我不该相信那些假情况，不该支持那个荒谬的决定。”

“怪了，那到底是谁决定的？难道是芦花自己，她自讨苦吃？”

江海嚷了起来，把机舱里民航工作人员吓了一跳，直以为出了什么事：“不，她压根儿就不赞成，一开始，她就怀疑那些夸大了的敌情，四四年，‘大东亚战争’搞得日本人精疲力尽，已经失去力量来大规模‘扫荡’了，所以她反对那个决定。后来，她见到了我，便把同志们支开，单独对我说：‘任务完成了，可决定是错的，我白挨了一枪，这一枪等于是他打我一样。’”

“谁？”于而龙问。

“是他搞来的情报，是他坚持作出的决定，是他利用了我们那种不怕过头，越左越好的思想情绪，宁可信其有，不可信其无，像吓破了胆似的疑神见鬼，结果吃了这个亏。”

“他？”

“对，芦花说的就是他！”

“难道——”于而龙这才想到敌情不是和自己毫无关联，而且仿佛在眼前打开了一扇小窗户，虽然透进来不多的阳光，但终究使他豁亮了一点：“哦，原来是他干的。”

“是他。”

江海伸出来两个指头，在他面前晃着。

二

话题自然而然地集中到他身上来。

这似乎是不言而喻的，只消举起两个手指头，大家就明白指的是谁。

江海问：“我不明白，你们俩从石湖分手以后，一个天南，一个地北，怎么又搞到一块？也许，芦花今天的下落，该和你们重新合作有关联的。”

于而龙望着这位生气勃勃的老盐工，心想：“所以，你是幸福的。”

“讲讲吧！老天爷怎么又把他给你送去的呢？”

那还是六十年代初叶的事情了。

猛然间，于而龙简直认不出这位高门楼的二先生了，他和王纬宇是在芦花墓前握别的，所留下的最深刻印象，莫过于那双冰凉而又颤抖的手了。那么，这个大高个子是谁？堂而皇之地跨进了四合院。

石湖分手以后，天南海北，不谋一面，只是断断续续地保持着联系，但每年夏季都能品尝到金线荔枝的于而龙全家，只是到剥着吃的时候，才能想起托人捎来礼物的王纬宇。于是不免沉湎在往事的回忆里，那个风流倜傥的人物，确实也有足以使人留恋的地方，但于而龙照例要笑骂几句，似乎人相隔得远了，嫌隙也就不存在了。然而在于莲、于菱的心目中，却认为他是个和金线荔枝同样甜蜜多汁的人物，总惦念着这位和他们爸爸一块打过游击的英雄，但王纬宇的模样，时隔多年，在于而龙全家人脑海里确乎有些淡薄了。

“谁？”于而龙无论如何想不到站在葡萄架下的陌生人，竟会是打过架，吵过嘴，骂过街，不止一次决裂，又不止一次修好的王纬宇。哦，认出来了！“老天——”他一拳打在了这个历史系大学生肩上，差点把眼镜打落了。“你这个混蛋，按说比我大三岁，属虎的，对不对？但我俩站在一起，准会把我看做是你的老大哥。”

那紧握着于而龙的手，不再是那样冰凉而颤抖了。

王纬宇那公子哥儿的漂亮气概，叫于而龙嫉妒：“终究是年轻时没受过罪，底子好啊！”他心里想着，然后，请客人进屋，“文教厅长嘛，吹拉弹唱，悠闲自在，比不得有个工厂坠在后边，到底要轻松些，一般规律，无忧无虑的人不大显老。”

王纬宇把整个南国风光都带来了，大包小篓，塞满了宽敞的走廊，立刻，于而龙的那座老房子里，充满了亚热带植物园的芳香。

“你应该先打个电报来，混蛋。”

“游击队嘛，突然袭击。哎，若萍和我们那个小妞呢？”

“我马上来给她们打电话，通知贵客莅临。这一阵忙得我七荤八素，专家全滚蛋了，连一张擦屁股纸都卷了走，撂了台，要我们的好看。差点停了摆，玩儿不转，现在总算勉强活过来啦，你来正好，我要高兴高兴，痛饮黄龙！哎，就你独自一个吗？哦！两口子，夏岚呢？去宣传部报到，短期进修，好，你呐？玩来了，单纯的玩么？混蛋，真有你的。——喂，若萍吗？怎么电话铃响了半天也不接？你猜谁来了？哈哈，是南风把那位美男子吹来了，快回来，快！——能多住些日子吗？哦，休假，真叫人羡慕。——你还猜不出来？我的大夫，是王纬宇，老伙计。喂喂，喂——瞧把她高兴的，电话都挂了。你们地方上就是好说话，还可以休假。我，真惭愧，十多年想回石湖看看，也挤不出空儿。——喂，美院吗？西画系，你给找于莲听电话，麻烦。——莲莲学美术了，想不到吧？路大姐非让她学，你想，就冲我，她哪来的艺术细胞？瞎闹！——喂，莲莲吗？你纬宇伯伯从南方来了，请个假回家来，别忘了带点助酒兴的佳肴，让我和你纬宇伯伯干两杯！——怎么样？还那么能喝吗？”

“量窄得多了。”

“在造舆论么？”于而龙赶快堵他的嘴：“狡猾的酒徒，往往先筑防御工事。”

“不，南方太热，喝不下去多少酒，再说，心情也大有关系，酒入愁肠，化作相思泪嘛！”

“又来了，又来了！”于而龙多年不听他动不动引用诗词这一套了，哈哈大笑，“怎么，不大舒畅么？”

“嗐！”他叹了一口气，眼皮垂下来，“人事关系紧张复杂，咱们不适应那里的气候。”

“啊！不服水土！”

“出了一点事，二龙，待不下去啦！”

“怎么搞的？”于而龙看他委屈的样子，要为他打抱不平了，游击队长是非常护卫自己同志的。

“为了一个贱货，差点连党票都丢了。”

于而龙立刻暴跳起来：“你，又搞女人——”他努力捏住自己的手，要不然，会结结实实赏他一记耳光。但他来不及发火，谢若萍和于莲几乎同时踏进院子里，紧接着，夏岚也来了，于是只好压住火，接待这位初次见面的编辑。院子里很少这样热闹过了，因为大家都不拘束，只是夏岚在观看浏览他们整个四合院时，见到于莲房间里那些裸体女像，吓得连忙掩眼退出来，有点大煞风景，使画家心中不快，悄悄地向她妈嘟哝：“乡巴佬！”

谢若萍劝阻她：“也许那是个正经得出奇的女人！”

“屁！”

“游击队的小妞，你在说什么？”王纬宇大声地问。

母女俩只好一笑了之，语音笑声在四合院里回荡，然后又聚拢在觥筹交错的餐厅里。也许保姆做了一盆红烧鱼端到桌上的缘故，不知怎么谈到了于而龙当年钻到冰窟窿里，为王纬宇订亲捉拿红荷包鲤的事情上来。突然，使大家吃了一惊，王纬宇激动万分地站起，许是忏悔，许是赔罪，以于而龙从未见过的低姿态，泪水直流地说：“老于，我的二龙，我怎么说才好呢？我早就体会到你的宽宏大量了。”

简直拿他没法办，于而龙望着这个流泪的大个子。

即使是冤家对头，久别重逢，恐怕也不至于马上反目为仇，何况他们俩是一块儿打过仗，受过苦的战友，又是一位干练的，出色的，确实给他卖过力的副队长，相逢的喜悦，冲销了往日的阴影，尤其他能当着妇女和孩子们的面，虔诚地服软认输时，人心是肉长的，于而龙被感动了，连忙声称：“算了！过去的就由它过去吧！”

他做出一副无辜者的样子：“往事不堪回首，老兄，皇天在上，其实我总是当牺牲品。”

王纬宇的话刚刚讲完，那位醋劲很大的编辑，用筷子戳她丈夫的额头：“亏你有脸咧嘴笑，花花公子！”

能够厚颜无耻，也算一种幸福。王纬宇的脸，居然一红也不红。于而龙端详这久别的熟客：花花公子，倒是一个有趣的外号。王纬宇在生活作风上比较地不检点，老同志们早有耳闻，但这一回，竟弄到在南方站不住脚，实在是有点意外。一般地讲，在男女问题上，不漏就是好壶，怎么会马失前蹄了呢？

“你呀你呀！也算得上病入膏肓了！”

在杯盘狼藉的餐桌上，当着孩子的面，于而龙不好追究；只好碰他伸过来的酒杯，他堂而皇之地嚷着：“举起来，老于，为友情，为重逢，干杯！”

“有什么办法？”于而龙原谅自己的感情用事，“老同乡，老搭档，现在摔了一跤，向我伸出求援的手，我能袖手旁观吗？人非圣贤，孰能无过，凡心一动，搞了点风流韵事，总得拉一把才是。”

王纬宇直到临死那天，也会记住那顿小宴后于而龙对他的帮助，再比不上揭疮疤更为醒酒的了。

谢若萍见她丈夫使了个眼色,便把夏岚和孩子们领到院里看热带鱼去了。于而龙点上一支雪茄,平静地望着满不在乎的厅长,茅台酒他足足灌下大半瓶。

“说说吧,全部犯罪的过程。”

他在桌边,用筷子蘸着杯里的残酒,画了一个问号,“谈它干啥?已经受到惩罚了。”

“不要怕丑,何况你已不是初犯。”

“其实我是死猪不怕开水烫了,大致是这么回事……”他简略地提起他那段不愉快的风流史,一说到那个风情别致的南国女郎,仍是眉飞色舞,忍不住回味。

“行啦行啦,你不用讲那些混账事,我也懒得听你的狗屁检讨,我要你亮亮你的灵魂,明白吗?你应该毫不隐讳地把那些肮脏的东西统统抖出来,捂着盖着,犹抱琵琶半遮面,对你今后不会有好处。”

“我想不到这么严重法!”

“呸!”于而龙火了,难道说,道德败坏是一桩可以轻描淡写的事么?混账透顶,何况他是利用职权,搞出的这种可耻名堂,就更加恶劣。“姑且我们认为那个女孩子不值钱,送货上门,以求达到什么目的,可你王纬宇并不是一头种马,或者是出巡的公猪啊!”

“嗐,你不懂得,他们那种地方排外情绪严重,抓住一点小节问题,大做文章,利用桃色事件把我赶走。”

“滚你妈的蛋!”于而龙气不打一处来,一顿臭骂掷到了花花公子的头上。凡诿过他人以卸己责,是游击队长最为反感的;而出了差错,找些借口搪塞,尤天怨人,拉不出屎怪茅房,也是于而龙至为恼火的。“好,就承认你百分之百地正确,那地方排挤外来干部,你南下时去的，十多年怎么也没给排出来呀？”

“所以我才觉得他们利用我的弱点，布置了个圈套，把那个肉感的美人鱼派到我身边。”他喃喃自语，“妈的，一念之差……由不得你的，老兄，孔夫子说过：食色性也！”

于而龙猛地从沙发上弹跳了起来：“啊，你是清白的，你是无辜的，你是迷途的羔羊，你王纬宇是可怜虫，人家安排美人计来捉弄你。呸！你怎么不说自己是头骚猪，是头起兴的公马？在你当二先生的时候，在你到石湖支队以后，这种花花绿绿的事少吗？你就欠让我们骑兵，剥掉你裤子用鞭子饱饱抽一顿，才长点记性，要不，索性给你把祸根劁了，你就老实了。你是学过历史的，那叫宫刑……”于而龙从头至尾数落着他，臭骂了一番，骂得他三尸出窍，七孔冒烟，这位激动的厂长，竟连珠炮似的，喷出许多只有骑兵才敢使用的脏字眼。

他见于而龙当真地动气了，连忙站起，毕恭毕敬地垂着手，像在石湖支队一样，听一个盛怒的队长在训斥他、痛骂他，在揭他的皮。有一种土耳其式蒸气浴，浑身要用新鲜树枝来抽打，才能洗净泥垢，浑身轻松；而语言有时比鞭子更痛些，难怪以后王纬宇总讽刺这位党委书记，是动辄要杀人的大暴君。

于而龙声严色厉地盯住他的眼睛：“生活上的堕落、糜烂，必然是和政治上的变质相联系。我从来不相信，一个乱搞女人的人，会是好货！在生活上毫无道德观念可言，能在政治上是纯真的、坚定的嘛？至少，这种人的政治情操，绝不可能是忠贞的，高尚的。”

王纬宇脸色由白而青，嘴角下两条皱纹也明显了，支支吾吾地辩解：“你这样提到原则高度来看问题，当然是允许的。但具体到我，是不是言过其实？”

“一点也不，四七年，那是石湖支队处境险恶的一年，你说，你那时动摇过不？”

“不！”

“我说至少在思想上，灰心过没有？失望过没有？”

他矢口否认：“没有。”

“连灵魂上的一刹那，也不曾有过？”

“半刹那也不曾有过。”他捶胸起誓。

“你不断找过你那个四姐？”

“我当时向组织承认过。”

“你哥哥向你招过手？”

“那是他的事，碍不着我，再说我没离开石湖一步。”

“有一回你拿来一份上海出的《申报》，上面头条消息登载了国民党胡宗南进攻我们延安的消息。”

“记不得了。”

“看着我，干吗掉过脸去？”

“你是在审判我吗？”

“不，我只是提醒你，在生活上不讲道德，在政治上也可能会变节，至今我还记得，在你给我看那张报纸时，我注意到你眼里的绝望表情。”

“胡说八道！”王纬宇像挨了一刀似的吼起来。

“但愿如此吧！”于而龙也累了，倒在沙发里直喘气。

谢若萍和夏岚在院里葡萄架下，听到屋里毫无动静，直以为于而龙一气之下，用茅台酒瓶子，将花花公子击毙过去了：“老头子的脾气要上来了，可是不管三七二十一的……”于是快步走回屋里，扭门进来，看到两个男人像斗败的公鸡，一个耷拉尾巴，一个倒了冠子，两位妻子才放了心，总算没出人命案。王纬宇从来不曾如此狼狈，脑袋低垂，没有半点精神，脸上一阵潮红，一阵惨白，活像刚生过一场伤寒病似的。

谢若萍抱怨地说："有话慢慢讲，何必大叫大嚷，像吵架一样。"用眼睛瞪着始终不改粗暴急躁脾气的老头子。

王纬宇倒转来替他讲情："没有什么，没有什么！老于一向是个宽宏大量的君子，我们谈得很融洽，很投机。"

"别替我掩饰了，我骂了你几句粗话，原谅我吧，我是个骑兵，横冲直撞惯了。"

"不不不，我认为还是相当和风细雨的。"

于是又回到工作问题上来。王纬宇说："你们了解的，我曾经在这个城市读过书，对这座古城，有着始终不能忘怀的感情！"

于而龙说："那你这次来，是为自己谋个差使，而不是休假，对不对？我不习惯转弯抹角。"

"还是一挺马克沁！"

"需要我为你效些什么劳呢？"

"'将军'那边做做工作吧！"

"他？"于而龙不抱信心地说。

"只要他不持反对意见就好办，老徐说……"

"哪个老徐？"

"有权决定你命运的上司，你还不知道？夏岚给他作过几天秘书，我们结婚还是他主持的婚礼。他说周浩同志点头就行，怎么样？你是'将军'麾下一员能征善战的大将。"

谁知道王纬宇的板眼有多少，反正比起一九三七年投奔到游击队来，要从容自如得多了。他说："大禹治水之术，成功的秘诀在于疏浚二字，所以我要使所有的渠道都畅通。”于而龙不是傻瓜，知道自己是他首先要疏浚的航道，然而他是一个感情用事的人，而且成了他根深蒂固、不可救药的毛病。“将军”曾经为他的替王纬宇游说活动，敲过警钟：“于而龙，于而龙，会有一天，你要为此触霉头的。”但他还是努力说服了周浩，这样，王纬宇从呆不下去的亚热带，来到那座高围墙的工厂。

现在回想起来，于而龙也不得不宾服王纬宇疏浚有术，至少在他这条航道上，是相当成功的。

还是在那一天，终于聊到于而龙气也出了，酒也消了，王纬宇骂虽挨了，但总算有了眉目；他了解，游击队长实际上是个心地善良的家伙。接着，他便倡议去看看于莲的习作。是的，每个人都有自己的弱点，于而龙不免为自己的儿女骄傲，所以王纬宇投其所好地抓住这一点。

那时，于莲正在创作一幅游击队生活的油画（也是一幅最早挨到老爷们皮鞭的作品），王纬宇一进屋子，就叹为观止地赞不绝口。当然，做父亲的能不高兴么，终究是十七八岁的孩子画出来的巨幅作品呀！王纬宇拖过一张椅子，放在距画较远，能统观全局的地方，手扶椅背骑坐着，似乎是如醉如痴地欣赏着。

油画艺术有它奇特的性质，猛乍看去，好像是零零散散，支离破碎，东一块，西一块，彼此毫无关联的组合体。但是，一旦习惯了那仿佛是漫不经心的笔触中，有根作者贯穿脉络的线索，顿时间，它就突然汇聚成一个完整的艺术形象，映入眼帘。看惯了平铺直叙的作品，也许不喜欢油画，然而，它却是经得起思索的艺术。

但是于而龙并不相信自己女儿的作品，会有如此强烈的吸引力，那只是她初出茅庐的处女作，粗糙、疏漏，艺术技巧上的不纯熟，于而龙这个门外汉也都看得出来，但想不到竟把文教厅长迷住了。

直到于莲挡住他的视线，他才如梦初醒地问："莲莲，告诉我，全是你自己构思的？"

她点点头。

"全是你自己画出来的？"

她又点点头。

"没有人指点，也没有人帮忙？"

于莲摊开手："我倒满心盼望着那样。"

"好极啦！莲莲，你会成功的，你像在茫茫的海洋里探索寻求，已经见到蓝天里的第一只海鸥，快要到达彼岸啦！"

"得啦！纬宇伯伯！"

他指着油画里的游击队长，那个两眼有神的女指挥员说："她会为你的成长感到高兴的。"说着，激动的感情涌上来，使他把下面的话噎住，哽咽得说不出来。妈的，于而龙敢起誓，看到他果真流下两滴眼泪。

年轻人的心，尤其是像于莲那样搞艺术的姑娘，就如同小提琴上的G弦似的，稍一触动，就会产生余音不断的共鸣："他说得多么懂行，多么确切呀，我就是以画母亲的心情，来刻画这个游击队的女队长的……"泪水顿时也充盈在眼眶里，闪闪发光。于而龙那时由于专家撤走，忙得脚丫朝天，差不多把芦花的名字置之脑后，经他一提起，也不由得怦然心动。

那是芦花吗？于而龙问着自己。

她正在马灯的微弱光线下，查看摊在膝头的军用地图，那是个漆黑的夜晚，显然是刚刚结束战斗转移到这里。那些身上还带着硝烟的游击队员,都东倒西歪地,熬不过疲劳地睡着了。几个女战士蜷缩在一堆,可能在做着美丽的梦,睫毛闪出喜悦的彩辉。一个小鬼,枕在那个满脸胡茬的老炊事员身上;而那个火头军也抱着行军锅和干粮袋,嘴角含着小烟袋,昏昏沉沉地打瞌睡。通讯员是理应照顾队长的,但队长也让他休息,看得出他在和睡意挣扎。哦,这一仗打得够累的,连缴获来的枪支、弹药、太阳旗都乱堆在一起,来不及整理。只有那位女队长,在为下一步思考琢磨。

于而龙很明白,他经历过的,这只是短暂的歇脚而已。然后该是无休止的急行军,为摆脱吃了败仗而发疯的敌人,得不停地开动两条腿;走路,在游击队是家常便饭,于而龙记得有时候走到让眼前的文教厅长都叫爹叫娘的。

而一般地讲,王纬宇不是孬种,是个好强的汉子。

"没有必要了吧! 队长,把敌人甩得够远的了,下命令停止前进,原地休息吧!"王纬宇做过他的参谋长,副队长,也只有他敢在这时候(于而龙一脑门官司,满脸乌云的时候)提出这种建议。

"你给我闭嘴!"

"你一点都不懂得怜惜人,臭军阀! 让同志们吃一点、喝一点、躺下来歇会儿吧! 小肠疝气都走出来啦! 要是只我一个,妈的,跟你走到天边,要叫声苦,你把我的姓倒转过来写。"

"倒过来写,你还姓王!"

他扑哧笑了,然后给于而龙算细账,敌人相隔多远,即使追来需要多少时间,那灵活的脑袋也着实叫人佩服,更何况那张能把死人说活的嘴呢! 他反正也掌握了于而龙的性格,知道不反驳便等于默认,就自动代替队长发出命令,开始埋锅做饭。可是刚吃完了饭,战士们要伸直那肿胀发木的腿,打算躺一躺的时候,于而龙叫长生吹哨集合出发了……

——原谅我吧！游击队的战士！同样，也请动力工厂里的男女老少，原谅我这个拼命勒紧缰绳的厂长吧！

并不是我于而龙不怜惜你们，屁股后头有敌人盯着，落后了，是要挨打的。

于而龙想：不当家不知柴米贵，难道画上的女队长不困不乏吗？难道她不想好好地躺一下么？但是她没有权利休息。正如今天虽是厂礼拜，他这个党委书记兼厂长，却要审阅廖总改变方案后的设计图纸，因为可恶的别尔乌津，那个自以为是殖民地总督的黔之驴，撤走时甚至把廖总的一些研究成果都拐跑了，因此那老头儿不得不从“人之初”再搞起来。好吧，不休息又算得了什么？还是听听南国客人充满感情的语言吧！

“莲莲，你妈要能活到今天，一定会为你的艺术才能而骄傲的，你妈就是一个有才华，有魄力，而且非常有理智的人，太聪明，太能干，也太有胆量啦！死了，真是太可惜，太遗憾了……”他在画室里来回踱步，似乎他从南方来，就是专为发表这通议论的，“莲莲，你还应该把主人公画得更美一点，美术美术，就是一个美字么！话说回来，你妈当年，至少不亚于现在的你，而你，又使我想起了弥罗岛上的维纳斯。好啊好啊！莲莲，你做了件好事，把死去的战友，又召唤回来，回到了我们中间！”他走到油画跟前，拿起放大镜，虔诚地近乎膜拜地观看，仿佛在巴黎卢浮宫欣赏那里收藏的世界名作似的。

真是天才演员啊！

大概对女性，要懂得夸赞她的美，对母亲，要懂得褒扬她的孩子。人之常情嘛！而作家艺术家之流，比女性还女性，比母亲还母亲，所以能在头上悬着一根利剑的情况下，搞出来一点东西确也不容易。因此，王纬宇的连篇累牍的颂词，使年轻的画家大为开心。岂止于此，他搞了一部可供代步的轿车，出出进进，领着初出茅庐的于莲，拜访了一些在文艺界属于大师以下，小师以上的人物。“都是些地头蛇，莲莲，这些门头你不磕到是不行的，他们能把人捧到九霄云外摔死；也能把人打入十八层地狱永劫不复，我们石湖一句老话：帆使八面风，多烧香，多磕头总没有错的！”鬼知道他是怎样结识了那些画家，作家，评论家，以及报刊编辑、记者；还有那些老不足吊的演员，拍不出影片的导演，弄得于而龙家那个小院乌烟瘴气，保姆不得不一天擦三次地板。

原来，在葡萄架下，只能听到轻轻地谈论——因为多少涉及到军事机密嘛！那些关于流水线的争论，关于设计方案的定夺，关于什么型号与口径，阻力与弹力，消声与音障等等专业性质的谈话，虽然不怎么吸引人，但那是实实在在的。现在，成了文艺沙龙，什么文艺复兴时期三巨人啦，什么卡拉凡乔、柯尔培、塞尚的静物画啦，什么米勒、戈雅、伦布朗、委拉斯贵支等等大师们的作品啦，海阔天空，评头论足。而且这些人屁股沉得很，一坐下来就聊个没完，害得于而龙照例的党委碰头会，也无法在家里开，只好叫小狄另行安排地点。

有一天，于莲突然向两位家长说：“你们猜，今天纬宇伯伯领我去见了谁？”

谢若萍吓得面如土色，凡是做母亲的都逃脱不了这条规律：随着女儿年龄的增长，母亲的担心也正比例地跟着加大。于而龙以为王纬宇给女儿介绍什么朋友呢！……这个游手好闲，无所事事的休假人物，连骂他祖宗三代的话都准备好了。结果，于莲报出来的人名，引起一阵笑声，是一个老头儿，早先和于而龙在一个军区待过，解放后一直在教育部门工作。

“见他有什么获益？他又不是艺术界人士！”

于莲一本正经地说：“纬宇伯伯不让我先讲出来，他说他喜欢突然袭击，要叫你们大吃一惊。”她突然地激动起来，搂住谢若萍：“妈妈，我要离开你们了。”

于而龙怔怔地望着他女儿，活见鬼啊！大颗大颗的泪珠，哗哗地从她脸上掉下来，那孩子感情特别丰富，像死去的芦花一样。

“怎么回事，死丫头？”谢若萍问。

“我可能被批准出国进修去。”

呵！于而龙懂了，他们去找的那个老头儿，正好是分管派遣留学生工作的。但他妻子拿不准这到底是件好事，还是件坏事，脸上布满了疑云愁容，女儿要离开身边，不会那么开心的。

于莲赞叹着她的“纬宇伯伯”：“东奔西跑，到处求爷爷告奶奶，说得天花乱坠，真有股劲头。他说，‘如果需要的话，也不妨跟魔鬼交朋友，叫他把地狱的大门为我打开。’”

于而龙问：“怎么，他要进地狱？”

谢若萍终于认准她女儿出国，未必是桩值得高兴的事，便说：“也许，他想把别人投进地狱！”

不过，无论如何，把孩子送去深造，还是符合于而龙的心意，尽管嘴上骂道：“混蛋，我是不会承他情的。”但还是暗地里感激那个花花公子的。因此，在“将军”面前，讲了许多好话，替王纬宇美言。

“人嘛，感情动物，来而不往非礼也，一报还一报，偶一为之，也算不得失足，白璧微瑕，愿意怎样想就怎样想吧，反正，我为此付出了代价。”

于是，似乎是顺理成章的，他的安慰，那个漂亮的美院高材生，六十年代初，也正十八九岁时，并没有像她生母那样，走进生命的死胡同，一头钻进冰封的石湖去寻死；而是步入艺术之宫，到国外学习绘画去了。

临走的那一天，她像骄傲的公主那样，带着幸运儿的喜悦，充满了对自己艺术才能的信心，怀着出人头地的期望，向往着未来，憧憬着光明，在国际列车的窗口，向送行的人挥手致意。

芦花即使有再丰富的想象力，在芦荡沙洲那苦楝树下的窝棚前，也难以揣测那个丑小鸭会有出国留学的一天。差一点点就被残酷的游击队长爸爸掐死的女儿，现在，正用娇妍妩媚的似水流波，向他递过话来："爸爸，你看，来了这么多送行的，把你都挤到后边去啦！"

她穿着轻暖的羔皮大衣，是她的路妈妈特地为她出国订做的。"将军"的爱人破例地没给她钟爱的于莲送别，因为她惟一活着的儿子，正是在前不久一次特殊的事故中，为尖端科学献出了生命。她不能再来车站送别，因为于莲在她身边的时间不短，感情挺深，做母亲的心啊，似乎再经不起割舍的冲击了。所以只是在电话里告了别："走吧，孩子，我不去送你了！"

于莲噙着泪水："路妈妈，我明白！"

现在她站在车窗前，泪珠还沾在睫毛上咧，多么像花蕊上晶莹的露滴，在第一站台的强光灯映照下，亮闪闪地发出魅人的光辉，那张粉扑扑的脸，像她喜爱画的玉兰花一样动人。

美院的同学来了不少，把窗口团团围住，那帮女孩子，像雨后初晴的喜鹊，叽叽喳喳，说个没完，同时，笑个没完。搞美术的人不修边幅，衣着随便，色彩古怪，头巾和帽子，更是花样百出。谢若萍大夫是个古板妇女，有点看不习惯，直是皱眉头；出国见过世面的于而龙笑话她大惊小怪："等过上几年，莲莲回来，你再看看吧！"

"用不着过几年，就拿你工厂说吧，那些个小青年，我亲眼见的，穿阿飞裤，包住屁股，你也不管管。"

"哦唷，你怎么成了假道学？只要不太离格，年轻人愿意穿，就由他们去好了。我不懂为什么非要按照我们的模式，去要求下一代，应该相信他们长有头脑，而且脑容量并不比我们少；如果认为他们成问题，我们自身就先不对，因为我们的老祖宗穿长袍马褂，更早一点，穿树皮，实际上我们也不遵古制——"

要不是王纬宇赶到，于而龙的高论会把他老伴气糊涂的。

王纬宇吵吵嚷嚷地来了，大声喧哗使得站台上一些外国乘客，都为之侧目。他排开众人，把手伸向于莲："年轻人，闪开，让我握一握缪斯的小手！哦，飞翔吧，莲莲，我的心肝，我的女神……"

于而龙看出他不知在哪儿喝多了茅台酒赶来的？鬼知道他那时从南方活动回北方来，带来了多少箱陈年茅台？他的应酬交往的活动，实在频繁，成天把脸喝得铁青——他从来喝酒不红脸，而且越喝越青。他喷着酒气，把夏岚也拉到车窗旁边："靠近点，莲莲，别忘了我背你行过军，来，再听听教母的祝福吧！"

谢若萍笑了，两口子好有趣味，什么时候自封教父教母？难道因为她女儿要去的那个国家，有这样的讲究吗？王纬宇最能赶时髦的了。

站台上开车铃声响了，夏岚那时也随丈夫由省报调来了，不过，还未巴结上那些通天的才子，但也通体洋溢着革命的纯洁性，她才不当那修正主义的教母呢！白了王纬宇一眼，然后，向于莲说出了她的祝福辞："记住！第一革命，第二革命，第三还是革命——”

她的话是半点也不错的，难道在那样的场合，说些别的不也满可以么？不，我们这位情不自禁的“左派”，总要表现出一种革命的风格，说些大家都说的一路保重之类，岂不是太凡俗了。

他们两口子占领了窗口前的一席地，于而龙和谢若萍被闪在了后面。有什么办法？于而龙完全了解他是个专门抢镜头的人物，是个最能喧宾夺主的混账。每逢人多的场合，他禁不住手舞足蹈，按捺不住地要扮演主角。出席会议，不论大小，他非讲几句不可，总是先声明只讲几句；而他张嘴以后，就像自来水拧开了龙头，滔滔不绝，于而龙不在旁边踢他两脚，是不会收场的。工人们给厂里这两位领导干部，总结了两句话，叫做：王纬宇的嘴，于而龙的腿。是褒是贬，不得而知，但至今仍在王爷坟流传。要是宴会上不幸有他，那张天花乱坠，能把死人说活的嘴，保险会有人被他灌得烂醉如泥，滚到桌布下面去哼哼，他有不计其数的理由，使对方不得不干杯。

“他在丑表功，让我感谢他！”于而龙看着那么多美院师生，自然明白，在那些未来的画家中间，他的女儿，未必是最最出色的。而且因为那幅毕业作品，竟然大胆地运用了印象派的光和色，很被一些正人君子所鄙夷，甚至有几个掌握艺术权柄的卫道夫子，几乎把外来艺术上的新颖流派，全当做洪水猛兽，所以很难为了于莲一顿。但她独能出国深造，多赖王纬宇奔波游说。看车窗玻璃反映出的一脸得意之色，分明可以读出印在脸上的内心字幕：“别看你是堂堂一厂之长，可只是一个守多大碗，吃多少饭的本分角色，一个守株待兔的笨虫，要不是鄙人，你的女儿能出国？”

谢若萍不那么承情，毫无感激之意，因为她虽是女人，却瞧不大起女人，对于妇女究竟能有多大发展，从来持有异议。她对这趟国际列车，把于莲载向那异国他邦，究竟是祸是福，一直存在着忐忑之心。

在这以前，老两口议论过：

“你还指望一个女孩子能多么出人头地？”

“嗐，镀镀金，开开眼呗！”

“你不大理解女性，尤其年轻人，可塑性太大，我们医院从农村招些护理员来，才几天哪，都洋气起来了。”

“洋气有什么不好，土气就好？关键在她们丢没丢掉好的本质？”

“形式决定内容。”

于而龙不赞成：“将来谁做你这老古板的儿媳，算倒霉了。”

“所以我担心莲莲，她已经够欧化的了，再到外国去……”

“放心吧，”于而龙想：她是芦花的骨肉，她血管里流着那个女指导员的血。不过没有讲出来，只是开玩笑地安慰：“不会给你弄回一个番邦驸马来的！”

谢若萍摇头。

直到此刻在站台上，她仍然觉得王纬宇像在石湖打游击时那样，出点莫测高深的主意，叫人摸不着头脑。

于莲从车窗探出身来，透过人群，向站在外层的他们喊着：“再见吧！爸爸，妈妈；再见吧！菱菱！”但是，王纬宇却成了他们的全权代表，晃着臂膀，高声地：“飞吧！飞吧！我的孩子……”

好多送行的人，甚至美院的教授，都把他当做于莲的家长，向他握手告别，他也一个劲地表示感激和谢意。“真是有意思透了！”于而龙不得不恭维他两句，“你要演戏的话，怕不会是个蹩脚的演员！”

他笑笑：“逢场作戏嘛！老兄。”

国际列车开远了，消逝在红红绿绿的信号灯光里，年轻的于莲插上幸福的翅膀飞了。

“就这样，你们俩又孟良、焦赞地搞到了一起！”

“既然自己端起了这杯苦酒。”他望着机舱外如雾似的粉末，带着强烈的六六六药粉味道，有点呛人地飘扬着，它们似乎不肯离开这架慢吞吞的直升飞机，缠绕着飞来飞去，像淡色的薄纱飘浮在海滩的上空。然而，终究还是沉落到无垠的大海边沿上，好似一面巨大的渔网，影住了万顷碧波。

“这我就开始明白了！”江海叹了口气。

“那你告诉我吧！什么叫没有保护好，讲啊！你这个慢性子！”

“忙什么！你还没有来得及仔细看看咧！触景才能生情，你说对不对！”这时，那架轧轧作响的国产直升飞机，像大蚱蜢似一头扎下去，从那滨海上空弥漫的药末粉雾里，画了个问号似的圆弧，沿着飞来的航线踏上归程了。

于而龙在思索：看有耐性的江海，什么时候给我解答这个问号？

他多么渴望知道他的结发妻子骨骸的下落啊！

江海却偏指着机窗非要他看不可：“你看，二龙，你从远处来看你的石湖——”

“我的石湖？”于而龙俯脸过去，心里忖度着，“石湖还属于我吗？一捧花都无处可放啊！”

但是魅人的石湖，摄住了他的全部灵魂，现在和他昨天在游艇上所见到的石湖，又不相同了。如果说：在游艇的浪花水沫中，只是展现出娇俏脸庞的一角，那么，在机身下，石湖，把她整个身心都呈现在于而龙眼里。

呵！春天给石湖带来多大的变化，荡漾的春水绿波，饱含着鸟语花香，像一杯斟得太满的碧酒，动一动就要洒出来。那嬉闹的春潮，像一群活泼调皮的女孩子，飞舞着发辫彩带，飘散着裙衫衣襟，涌进了沼泽，漫过了浅滩，淹没了淤地，一直灌到了大片的防风林带里。再比不上从高空来俯瞰大地更为壮观的了，石湖那一汪碧绿的春水，就像一块“祖母绿”宝石那样光彩闪闪。

飞机的高度又降低一些，于是宝石上面的一切，都纤毫毕露地分辨出来，那些荏弱细柔的芦苇，婆娑新绿的桑林，挺拔青翠的楠竹，以及毛茸茸的嫩秧，鹅黄色的菜花，和那正在拔节的齐崭崭的三麦，都沐浴在春潮带来的喜悦里，似乎来不及地欢腾生长。他把机窗拭得更明净些，望着所有那些闪光的东西，不由得想呼喊出来：“呵！故乡，也许只有你能剖开我心中的谜啊！”

“看见了吗？”

于而龙怎么能看不见呢？

“看见那你要看的沼泽地了吗？”

游击队长的心，猛然间收紧了起来。

“你不是想知道问题的答案吗？你先别急，我也正要从这块沼泽地讲起，还记得那次被破坏了的地下党委会吗？……”

于而龙的脑际立刻浮现出那个饥饿的梅雨季节，是的，是那块难忘的沼泽地，也就是在那里，他听到芦花第一次朝他吐露心声。

“……我是你的，二龙，你不要折磨自己，也不要折磨我了，我全都向你说了，我心里只有你……”

但是,同一个地方会勾起两种不同的回忆,似乎是命运特地安排的:于而龙的脑海里同时映出在沼泽地的泥里水里,在濛濛的雨里,在密集的枪声里,他哥哥,那个少言寡语的于大龙,驾着船冲出重围,把追捕的敌人,吸引到他那个方向去的场景。从来,也不曾听过他那样大声吼叫:“二龙,快开枪,朝他们开枪啊!”

这位头发花白的工厂党委书记,有点晕眩了,那些难以忘却,永远也不会淡薄下去的回忆,又把他的心灵,紧紧地裹住了。

三

也许应该追溯得更远一点。

在石湖,只要提起一九三〇年令人心悸的汪洋大水,活着逃脱那场灾难的乡民,都会念一声佛,感谢菩萨保佑。

哦,在于而龙眼底下的石湖,顷刻间由绿变白,成了水天相接,无边无际的大海。船只可以一直驶到鹊山半坡的山神庙,三王庄成了鱼虾的宫殿。可怕的饥饿,恐怖的瘟疫和残酷的杀人越货的江洋大盗,像无情的鞭子,抽打着差不多已经奄奄一息的灾民。

真是一场浩劫啊!那股祸水疯狂地冲毁一切,破坏一切,而且久久地淹没住这块土地不能消退,可以想象那些受苦受难的人们,是怎样熬过那在死亡威胁下的日日夜夜了。于而龙至今还记得:麇集在鹊山上那些嗷嗷待哺的饥民,伸出双手,向苍天祷告:“救救我们吧!老天爷!救救我们吧!”哀号声、悲鸣声、祈求声,听起来让人胆战心寒,毛骨悚然。有些上了年岁,深信不疑上苍定会慈悲为怀的老人,就趴在地下,冲着老天,一个劲儿磕着响头,有的头皮碰出了鲜血,有的撞得昏厥过去。但是老天却是以瓢泼大雨,无尽无休地倒下来，加重人们的灾难。

那时，于而龙也就十二三岁的样子，但在渔村，甚至刚刚懂事，就要挑起生活的重担。船上无闲人，往往在母亲乳汁还没干的时候，就会尝到生活的酸辛。他也曾吞咽过观音土的，那该是他第一次领受到上帝的慈悲。不过，他要比鹊山上的饥民，命运稍强一些，因为他们有条船。而那些人——天哪！于而龙把眼睛闭上了，简直惨不忍睹。他忘不了人们是怎样挤在鹊山的洞穴里，挖那种浅白色的黏土吃，又是怎样排不出便来，活活给折磨死的情景。那是一时半时断不了气的，然而人总是有着强烈的求生欲望，尽管活得那么痛苦，那么勉强，但也不愿意闭上那双眼。挣扎，滚扑，按着那硬得像铁块似的腹部，再也忍不住地咒骂开苍天："死了吧！死了吧！你这瞎了眼的老天啊！……"

谢天谢地——于而龙松了一口气，这些都已经成为历史了。

早些年，偶尔有一次翻到过一本《东方杂志》，里面刊登过那时灾区的照片，虽然未必是石湖，但还是马上递给了孩子，指给他们看。当时于莲和于菱，看完以后，并不觉得有什么新鲜。那个中学生不以为然地说："我以为什么稀奇，爸爸真能大惊小怪！"学美术的漂亮女儿，指着照片里泡在水中的灾民议论："我真奇怪，他们怎么毫无表情，显得麻木不仁的样子？要不就屈服，要不就斗争，这算什么？死不死，活不活！"

"行啦行啦，快吃饭吧！"谢若萍是个讲究健康之道的人，便对于而龙说，"以后在饭桌上，少拿这些影响食欲的东西，给孩子们看。"

他瞪了他爱人一眼，心里想：你是城里人，倘若你要在鹊山那充满尸臭的悲惨世界里生活过一天，就会在脑膜上烙下铁印，永远也不能抹掉，那么，岂不一辈子影响食欲，该怎么办？

那本发黄变脆的旧杂志，使于而龙久久不能平静，劫后余生，痛定思痛，才知道可怕的不是灾难，而是人类束手无策的可怜，只知跪在那里把头磕得山响，祈求菩萨慈悲，可洪水照样泛滥，以致淹没了九州八府，百万生灵涂炭。可当初为什么没有力量约束住这股祸水？或者早早地消弭成灾的隐患呢？

所以等到灾难降临到头上的时候，就免不了那种麻木不仁，毫无表情的样子，那正是无能为力的表现啊！

不过那时他们弟兄俩和好心肠的妈，好在有一条船，在白浪滔天，饿殍千里的灾区里，多少算是幸运儿，而且发大水的年头，鱼也又多又肥。但也同样，人到了无以聊生的地步，铤而走险的也比比皆是。所以幸运儿也只有不至于饿死的幸运，而提心吊胆的日子，并不比鹊山上坐以待毙的苦人儿好受些。白天，他们尽可能躲得离人远些，竭力把船隐藏在树梢里，好不被打劫者发现，直到夜幕降临，才敢悄悄地打捞些什么，找些可以糊口的食物。

芦花，那个新四军的女指导员，倘若有谁问她，她究竟姓什么？是什么地方生人？她准确的年龄是多大？究竟哪一天是她的生日？……这些，她除了笑笑以外，都无法答复上来。

她惟一能告诉人的，就是从这场一九三〇年汪洋大海似的水灾开始，摆脱了奴隶的命运。

在她记事以前，就可能被卖或者被拐，离开了亲人，因此，所能追忆到的全部童年，好像除了挨骂、挨打、挨饿的无穷折磨以外，整个画面上，看不到一点堪称得上光亮的色彩。她说过，那还是于莲在她怀抱里头一回咯咯乐出声的时候，告诉老林嫂："小时候，我不会笑，说出来人都不信，真的，那么多年，我压根儿没笑过一回。为我那副哭丧着的脸，不知被人打了多少回！”

最后，辗转换了几个主人，落到了人贩子手里，十五块钢洋是她的价格，运往上海一家纱厂当包身工去。

“什么是包身工？老实讲！”十年间狺狺的声音在耳边响起，那是亲自过堂审讯的高歌拍着桌子怒吼着。因为他觉得厂里专门成立的“于而龙专案组”，搞了那么多日子，竟狗屁东西拿不出来，大为恼火，况且王纬宇那嘲弄眼光，也使他的自尊心受不了。于是他根据从夏岚那儿先搞到的一份，后来全国奉为圭臬的经验，坐镇专案组，不把于而龙打成叛徒，死不瞑目。

被缚得结结实实的于而龙，押在了一个烧得通红的大火炉子前面烤着。尽管他舌干口燥，尽管他像叩见龙颜似的不得抬头，心里却在想：“当初你高歌不去制造那种虚假的学习心得，而踏踏实实看些书的话，也不至于把包身工看成比殷墟出土的甲骨文还难懂了。”

早先，于莲向他探听芦花妈妈的情况，关于包身工，无须做过多的解释，只要向她推荐一篇报告文学——惟一接触到包身工题材的现代中国文学作品就足够了。但是他敢对这些杀气腾腾的人们讲“三十年代”四个字吗？罪恶滔天，那还了得？但是沉默是不准许的，在人们一迭声喊他交待的情况下，他不得不抬起头来，朝着那个脸色苍白的高歌说：“关于这个问题，最好去问一问你们那位王老吧！”

全场大哗，差点把他塞进那只用汽油桶改装的火炉里去。就在这个时候，一张纸片从屋外传到了审判官的手里，于而龙才从老君炉里被拉了出来，除燎了一绺头发外别无损失。深夜，高歌累了，宣布散会，找他的卷毛青鬃马去了，新贵们和那些棒子队员们也一哄而散，只剩下于而龙一个人打扫会场，还要把那个炉子的煤火封住，以便明天晚上继续烤他。这没有什么可笑的，共产党员在被敌人活埋之前，不都是自己替自己挖坑吗！

那张纸片被他的扫帚从桌底扫了出来，趁着押解人员在门外未加注意的一刹那，他赶紧掠了一眼，笔迹是那样的熟悉，上面写着："包身工有什么油水可捞？问别的。"

于而龙想：王老啊王老，你是无论如何料不着这句话，早在三十年以前，就从别人的嘴里讲出来了……

那一船挤得满满的包身工，装载密度不亚于十八世纪贩卖黑人的奴隶船。天灾和瘟疫是结伴而来的孪生兄弟，打摆子和瘪罗痧折磨着一船未成年的女奴。漫天的大水，使得人贩子连薄皮棺材钱都省了，按照水手的葬仪，念一声阿弥陀佛，往水里一推喂鱼去了。每从舱里拖出一具死尸，人贩子便呼天抢地地骂娘："妈的，十五块钢洋掼进水里去了，包身工有什么油水可捞啊！"

历史竟会如此前呼后应地重复，难道不值得奇怪么？

大凡越是受过苦的命越硬，芦花要比所有的女孩结实些，非但不曾被病魔缠倒，而且还能体贴照顾身旁的一些伙伴。虽然谁都不认识谁，但相似的命运，使得芦花不由得不去体贴别人，只要她能帮助，芦花是从不吝惜自己的力气和同情。

船过石湖，接二连三地死去了好几个。人贩子红了眼，把一个以为是死了，但还没有咽气的女孩子，拖出了船舱，像扔一只小鸡似的，提起一只脚要往湖里扔去。

芦花从舱里爬出来，喊着："她活着——"

"唔？"屠夫似的人贩子摸摸那个女孩的鼻孔，冷笑着，"算她命好，趁活给她放了生吧！"

“不能，不能，她还有口气。”

“你给我滚回舱里去！”他飞起一脚，把芦花踢倒在舱板上。然后，他像做了蚀本买卖的投机商一样嚎叫，“老子就爱听扔进水去的扑通一声，我一高兴，把你们统统扔去喂王八，给我升你的天堂去吧！”

他把那个奄奄一息的女孩子，摔进了波涛起伏的湖水里。可能经冷水一激，那个垂危的苦命人，从死亡的边缘惊醒过来，睁开了眼，立刻意识到马上有被淹死的危险，她恐怖地呼救，但是一张嘴，灌满了水，只是把最后一点希望，寄托在芦花身上，把眼睛死死地盯住她。

“她能活，她不该死的，救救她吧，求你们搭救她一把吧！”

那个女孩从波浪里又蹿出个头来，望着芦花，把她当作救星那样祈求和盼望。芦花看那个嘿嘿冷笑的人贩子，根本无动于衷，她自己也不知从哪里来的劲头，纵身朝湖里那个挣扎着的女孩子跳去。

人贩子登时大怒，火冒三丈地在船板上跺脚大骂：“这个找死的货！”抢过撑船的竹篙，朝着那根本不懂水性的芦花戳去，“我叫你也活不成。”

芦花终于拉住她的同伴，要不是那个船工夺住竹篙，要不是那些姐妹围住了疯狂的畜生，要不是一股汹涌的激流，把她们和船只冲开离散，芦花的故事早在四十年前就结束了。于而龙想：“高歌，也就省得你拍桌子审讯什么是包身工了。”

载着包身工和那个活阎王的船走远了，一对苦命人总算侥幸，靠一捆漂浮过来的芦苇，她们才免遭灭顶之灾。可是芦花被人贩子的竹篙，在腿上扎了个窟窿，鲜血染红了裤脚管，也染红了她俯卧的芦苇。看来,她救活了别人,自己倒付出了沉重的代价。

生活总是这样来惩治那些善良人,好心未必能得到好报,这已经不是什么新鲜事了。

亏得那天,于二龙一家早一点出来,因为船上既没吃的,也没烧的了。应该说:救了她性命的是那捆芦苇,她为什么姓芦名花,是含有一点纪念的。二龙的妈妈打算捞起那捆芦苇,好留着当柴烧,没想到芦花昏昏沉沉,神志不清,还死死地搂住那捆救命的芦苇,于是她招呼两兄弟把芦花拉上船。

至于她那个同伴,倒比她早一点得了救,她就是后来被王纬宇钟情的四姐,也就是于而龙今天清晨在陈庄见到的,戴着孝花的珊珊娘啊!

他们把芦花抱上船,正是红艳艳的太阳,往西天波涛里沉没下去的时候,满天彩霞烧得通红通红,映照在海洋般辽阔的石湖上,金色的浪花不停地起伏翻滚,折射出无数道跳跃闪烁的光芒。那明亮得出奇的晚天,照亮了破旧的渔船,照亮了贫穷的船舱,也照亮了苦命的芦花。不知为什么,所有物件都涂上了一层神秘的色彩。因此,她那褴褛的衣衫,憔悴的面色,以及满是胼胝的手,和身上新的创伤,旧的鞭痕,是那样吸引了这一家母子三人。二龙娘给她梳理着发辫,叹口气说:“是个苦家孩子啊!”

芦花随即苏醒过来,也许她从来不曾被人抚慰过吧?睁开了眼,看着这一家人,没有露出什么新奇意外的感情,相反,倒像长途跋涉,历经坎坷崎岖的道路,终于回到了家,找到了归宿似的安心踏实,又昏昏沉沉地安睡过去。

从此,他们那艘破船上,又多了一张吃饭的嘴。路旁的野草,例如马齿苋,生命力就是相当强劲的,据石湖流行的传说,甚至神圣的太阳，也曾在它肥厚的叶子底下，躲避过敌人的袭击，所以太阳不得不允诺它，越晒，长得越旺盛，越旱，活得越结实。它真不愧为植物界的一位强者，踩倒了，伸直起腰，压弯了，挺立起头，即使在冰雪的积压下，在寒冬的淫威里，它根部也是绿莹莹的，带着青春的气息，而且嫩芽新叶，正等待着破土而出，芦花，就这样奇迹似的活了过来。

于而龙想起她第一次真正的笑容，当他们弟兄俩像两只鱼鹰合伙从湖里捉上一条大鲤鱼，扔给坐在后梢的芦花时，她嘴角和面颊不自然地抖动着，大概她果真不会笑，先是有些发窘，但终于似笑非笑，露出牙齿，粲然地漾出两个旖旎的酒窝。而她依旧软弱的身子和那未愈的腿伤，按不住那条活蹦乱跳的鱼，又怕它蹦回湖里去，于是求援地喊叫："快来呀！哥——"从此，她那格格的笑声，使狭小的船舱里，充满了年轻女性的生气。

他记得，他女儿听到这里，曾经露出一丝疑惑的眼神，纳闷地询问过：不是说大灾之年生活艰难么？不是说勉强糊口的日子都混不下去么？凭空添一个闲人，究竟为了什么？

应该怎样对他女儿讲呢？这是所有做父母为儿为女的本性啊！男婚女嫁，是上一代人义不容辞的责任。穷人有自己的算盘，儿子终归是得娶媳妇的，在盛行溺婴——特别是女婴的陋习恶风之下，娶亲不是那么容易的。因此，添上一个吃饭的童养媳，总比花上彩礼，正经八百地说媒下聘，要经济划算得多。

芦花的童养媳身份，大家都知道，她心里也有数，但将来长大了，究竟是大龙的媳妇，或者还是二龙的妻子，一直也是糊着层薄纸，谁也不去捅破。然而事情摆得清清楚楚，最终她是属于老大的人。但二龙妈并未点明，这样，一直维持到她去世时为止。

难道可以责备饱尝人间酸辛的母亲么?在她心中,不论哪个孩子,都能在那宏大的胸怀里,博得一个公平的位置。自然,二龙娘在临死前,那番深思熟虑的话,有她自己的心曲,一是于二龙和四姐,无论是真是假,也不管人家早有悔亲之意,总是换过庚帖的;二是于大龙那沉默内向的性格,一个老实巴交的人,恐怕难得人家肯把女儿给他。所以才在生命的最后时刻开了口:“芦花,你要是不嫌这个家穷,你就跟大龙成亲,顶门立户地过下去吧!”还没容芦花答应,她就闭上了眼,溘然去世了。

做母亲的会没看出来么?共同生活在船舱那样狭窄的天地里,又不是深宅大院,绣阁闺房,什么能逃过当妈的眼睛,她会不明白芦花心里有谁?然而,手心是肉,手背也是肉呀,她当然要为于大龙多多着想了。

芦花起心眼里难以首肯,但也无法表示异议;于二龙当时认为她至少是打算接受既成事实。那一阵子,她就像现在带上直升飞机里来的一篮鲜花,开始有些发蔫,有些枯萎。再加上还不清借下的棺材钱,和失去平衡的生活,弄得芦花一点兴头都打不起来,只是坐在舱里给那个必须要离开这条船,而远走他乡的人纳鞋底,用锥子狠狠地扎着。然而,她不敢鼓起勇气表白,更缺乏力量作出决断,因为她终究不是喝石湖水长大的。

要是石湖姑娘的话,早就和心上人双双飞走了。

所以那时候,水上人家是很遭正人君子物议的,于而龙记得有一年春节,四姐家求识字的先生写了副对联,贴在船舱门楣上,结果不论停泊在哪个码头上,都会惹起人们的哄笑,引得许多人驻足看热闹。后来,四姐全家才明白那位调侃的先生骂了他们:上联是“伤风败俗船家女”;下联是“寡廉鲜耻捕鱼人”;横批是“石湖败类”。气得姐儿几个，七窍生烟，但也只是骂了一顿扯掉了事，谁让自己一个大字都不识呢！

那时，于二龙也不过十五六岁吧，其实跟他有何相干呢？两家那时还没换帖嘛！但于二龙打听到那个写对联的先生住处，隔了不久，正是黄鳝该上市的时候，他也裁了两张红纸，求写对联去了。那位先生看见满满一篓游来游去的鲜活礼品，作为润笔，来不及地答允了，立刻磨墨准备动手提笔写。

于二龙告诉说有点事，回头来取，扬长走出门去，因为他实在憋不住，差点要笑出声。当然，他是不会回去取的了，装满一大鱼篓的，哪是黄鳝哦！而是几十条花花绿绿，粗粗细细的水蛇，赤链蛇，青竹标，以及几只大癞蛤蟆，足够那位先生恶心半个月的。

据说，后来是四姐自己提出这门亲事的，她挑中了这个有正义感的年轻人。其实她和芦花一样，都是大水漂泊来的，但她多少有着石湖姑娘那大胆放浪的性格，也许是她那几个风流姐姐熏陶出来的吧？

恐怕直到如今，石湖姑娘的感情，也比较地要丰富些，就那个声称要去赎罪的女孩子，于而龙从她漂亮动人的眼睛里，看到多少溢于言表的大胆神情，是多么敢于表露自己啊！

可是，芦花，一直到参加革命以后，才在那一天，在沼泽地，在雾蒙蒙的雨里，在那丛扇状的灌木林伫立的时候，终于感情爆发地对于二龙说：“谁也不要折磨自己了，我是你的……”

也许因为她太想讲出心里憋了多年的话，非讲不可了，逼得她无法再不表态了，所以见约定来接的摆渡船，总不出现在烟雨飘渺的湖面上，便说：“走吧，二龙，咱们绕点远吧！”

“万一要来了，不见我们又该着急了。”

那是中心县委的领导干部，来参加的一次地下党委会，也是一次决定命运的会。

芦花望着满天濛濛的细雨，催促着："走吧，谁知那些人怎么搞的？船还不来！"

"再等等看！"于二龙坚持着。

"你真是像俗话说的那样：傻汉等老婆了！"说到这里，她可能发觉到这句话运用得不那么妥当，扑哧笑了，连忙改口，"好吧，你要等就不勉强，我可情愿多走两步，看谁先到吧？"她抖了抖蓑衣上的水珠，吧嗒吧嗒地走了。

她已经走出好远，湖面上是洋洋洒洒的冷风斜雨，水鸟的影子都瞅不见，于二龙踌躇了，便招呼着："芦花，等着我。"紧走两步追上去。

也许是侥幸，他俩算是免去落入敌人兜捕的网里，那时，人们的斗争经验还差，对于渡船未能按约而来接应，竟一点没引起警觉，好像万无一失，绝不会出事似的。其实，城里的鬼子和那时还不是汉奸的王经宇，彼此默契地从两个方向朝沼泽地摸过来，企图一网打尽，扑灭石湖刚刚燃烧起来的革命火焰。

经过最初的较量以后，措手不及的反动阶级开始反扑，他们凭借人力、物力、甚至心理上的优势，来围攻小小的石湖支队，革命进入了第一个艰难的低潮期，那已是一九三九年的事情了。

芦花边走边问："二龙，上级会不会叫我们扯下红旗，散伙拉倒，回家当老百姓去？"

"凭什么？"

"我想也不能吧！"

这个把生命都曾献进去燃烧的神圣的火，是无论如何也舍不得叫它熄灭的。可是，在那青黄不接的梅雨季节里，哦，抗日游击队的苦难岁月，可不大容易熬呀！于二龙是一队之长，他不怕人们的米袋子瘪下去，而是怕老林哥脸上的笑容开始消失，那简直是最恐怖的不祥之兆，意味着灾难就要降临。因为他生性乐观宽心，从不发愁，即使前脚迈进地狱的门槛，人们也相信他还会哼着轻快的小曲。只要有半点指望，他脸上也绝不会有阴影。如今，不但无米下锅，甚至他的火镰火绒，也都湿得捏出一把水来，那个连火种都失去了的春天，实在令人心寒哪！

游击队员拖着沉重的脚步，和缠在脚板上的大团黏泥，裹着湿漉漉的衣衫，和透心的凉气，使队伍越走越吃力，越缓慢，敌人也越是容易接近，总是盯着屁股紧追不放地袭击着，围剿着。他们从这个村，转移到那个村，有时候，村边都不敢沾，因为那里难找到可以藏身立脚之地，谁让他们是一支缺乏群众基础的队伍呢？只好在芦苇丛中，荒草滩上，灌木林里，湖心的岛子找地方宿营。冷哪！尽管那不是冬天，却比冬天还冷；直到后来，他们悟过这个道理来，把心和老百姓贴在一起，才明白真正的春天，是在人民群众中间。

缠绵不断的梅雨，说大也不大，说小也不小，它不是下在人们的身上，而是下在同志们的心里。游击队长会不知道么？凉丝丝的一大块在心口洼着，那是什么滋味？顶好喝上一大碗热面糊，使浑身发霉长锈的关节缓解开。但是办不到呀，纵使有了干柴，找到火种，一旦举火冒出了烟，鬼子的汽艇和讨伐队，王经宇的保安团就会赶来的。

艰苦的岁月对人的意志是严重的考验，队伍愈来愈短，有的人打个招呼告辞了，不干了；有的人吭也不吭一声，悄悄开了小差；有的人甚至拖枪叛变，投降王经宇去了。加上负伤的、生病的不得不离队的人员，于是剩下的几乎清一色都是参加较早的老同志。好像是个规律，在队里呆的日子越短，离开得也越早，惟一的例外，只有一张不曾动摇的新面孔，那就是王纬宇。

尽管那个高门楼公鸭嗓管家，肩负王经宇的使命来找过他，希望他回去，不要跟渔花子混在一起，并且不念旧恶，原谅他把老兄打得落花流水，狼狈败窜，寄人篱下的往事。但王纬宇却把这个公鸭嗓绑来，交赵亮和于二龙发落。

“搞啥名堂？”于二龙并非一点警惕心理都不抱，“也不能扒开肠子看看，他到底是真情，还是假意。”

梅雨季节下得人心烦意乱，雨一阵密，一阵疏，以致人的心灵也成了阴沉沉彤云密布的世界。芦花又问：“说不定会把我们调到别处去，例如去滨海，跟老江一块干。”

“谁也揣摸不透上级的心思……”

她望着苍茫混沌的石湖，惋惜地说：“就这么丢手走了，真不甘心，好不容易开了个头。”

“谁不是呢！热土难离啊！”

她突然激奋地说：“我就不信，石湖这么大，会没有我们容身站脚的地方。二龙，咱们跟上级提出要求，订下保证，你看行不行？”

“老王也表示过这个意思。”

“他？”

“只是随便一说。”

“说些什么？”

于二龙告诉芦花：“他意见是尽量争取留下来，不要离开石湖——”其实王纬宇谈得更加透彻些，他晓谕地说：“一旦离开本乡本土，好比寄居在亲戚朋友的家里，无论人家待你如何好，拿你不当外人，总不如在自己家里那样方便自由。”于二龙知道芦花对他怀有一种偏执的心理，并不曾讲出来。

芦花很不客气地追问：“他什么时候对你讲的？”

“昨儿下午。”

“你跟他讲了今天在沼泽地开会的事？”

“哦，看你，我会这点密都保不住？”

“那他怎么晓得我们要研究决定的问题？”

“他是个聪明人——”

“不，我看他这两天老找大龙。”

“别疑神见鬼啦！”

芦花高声嚷了起来：“还是我那句老话，七月十五，日子不吉利啊！”

农历七月十五，也叫盂兰节，在渔村，认为是鬼魂的中秋节，是所有亡魂死鬼的节日。王纬宇就是在这一天，加入石湖抗日游击支队的。

“别迷信啦，人家不是一直到现在，还跟咱们一块吃糠咽菜吗？”

“好好，算我没说。”

这是他和他妻子一辈子惟一谈不拢的观点，对于高门楼的二先生，他俩总是谈崩。不是那个于而龙从来不相信的噩梦，就是这句成了口头禅的话：“七月十五，日子不吉利啊！……”

其实那只是偶然的巧合。但偏偏却在那一天的傍晚，王纬宇来了，要和渔花子一块抗日。

突然袭击是他的拿手好戏，包括他搞那些花花绿绿的勾当，也是这种手段;现在,他招呼不打一声,坐到他们几个人的对面来了。他以直言不讳的坦率,单刀直入地——他从来不怕在最难处下笔做文章,对游击队几位领导人慷慨陈言:“诸位也都明白,我是走投无路,只好找你们共产党的游击队了。是啊,不管怎么讲,我跟在座的打过几回交道,肯定,不一定能相信我是真心实意。可大伙都了解我家的实情,那时有我身不由己的苦衷,得罪各位,并非我的本意。现在,我倾心情愿来跟大伙一块抗日,要把这一腔子血贡献出来,这片心我也没法剖给你们看,就看诸位敢不敢收留我。点头,我就留下,不点头,我马上抬腿走,决不叫你们为难。”

那时候,一九三八年的秋天,经过最初两个回合的胜利,算是一个初创的兴旺时期,再加上国民党准备撤退,日本鬼子还未进犯到石湖的空隙,石湖人民的抗日活动,有了一个意想不到的好开端。即便如此,要动员一个群众,豁出身家性命参加游击队伍,总是费一番口舌,然而他,高门楼的二先生,不请自来,主动上门了。

可怜当时支队的四位党员,赵亮、老林哥、芦花和于二龙,竟不得不请他略为等一等,让他们研究商量一下。

王纬宇像一位老师似的,哂视着四位回答不出问题的学生,那眼光仿佛在说:“好吧,我就恩准你们交头接耳,议论一番吧!”他背着手,踱了出去,在屋外打谷场上,抬头观看秋色葱茏的鹊山。

鹊山上的枫叶正红,在绿水中的倒影,也像燃起一堆火,上下交相辉映,越发衬得那慈祥的老人,红光满面,喜气盈盈。它透过窗棂,看着四个苦苦思索的党员,很同情他们,这道题也确实不大容易演算。说来惭愧,那时他们的政治水平低,马列主义不多,全凭着朴素的阶级感情,和一股血气方刚的勇气,在干革命罢了。赵亮要比其他三个人有见识些,他到底是在江西苏区待过的嘛。但他懂得三张反对票的力量，贸然付诸表决，肯定不会有人赞同他的；因此，那个车轴汉子提议：理一理王纬宇怎么走上抗日道路的头绪。

“账是再好算没有。”老林哥掰着手指头，“老子死了，没了后台，四姐嫁了，没了指望，钱柜封了，没了活路，白眼狼翻了脸，逼得他上了梁山。”

肥油篓子一死，王纬宇确实是厄运开始了。

于二龙从冰洞下攀死捉到的那条红荷包鲤，并没给王纬宇带来吉祥如意。因为城里那位千金的长相，和那身材，总使他联想起倭瓜；造物者喜欢搞些恶作剧，在给予财富权势的同时，也给予一副丑陋可憎的嘴脸。尤其是王纬宇怀抱里有了那个美人四姐以后，就更不愿意牺牲自己的幸福了。

王敬堂在他两个继承人中间，偏爱是比较明显的，除了嘴角的阴鸷和残忍外，两兄弟毫无共同的地方，一个眉宇轩昂，身材魁伟；一个精神委琐，瘦小枯干，因此，王纬宇更得老头子的欢心些。尽管他非常支持大儿子扩充保安团，开拓新地盘的雄图大略；但小儿子对和亲政策不肯俯就，溺爱的父亲也不得不让步，只好以“缓议”二字，暂时平息了兄弟间的不和。

但是，此刻躺在停尸床上的肥油篓子，无法来支持王纬宇了。于是乎急不可待的保安团司令，在来不及收殓的情况下，要迫使王纬宇就范了。

“听着，老二，婚事不能无限期地拖下去，你得明白。”

王纬宇料到会有这一手：“你还是赶快去请郑老夫子，给爸做祭文，你先少操心我。”

“我打发人叫去啦！”

“哼！一个秀才怕不是随便叫得来的吧！”

“看他长没长那分胆子，敢违抗我！”言语中自然也是借机敲一敲失去后盾的王纬宇。

果然，去叫的人空手回来了：“老东西讲：‘我一不是高门楼的佃户；二不是三王庄的渔家，对不住，没那工夫奉陪！’碰了个钉子，大先生。”

“混账，拿我的名片，摇条体面的船去，把那老货弄来，别神气活现，会有叫他买账的一天。”

王纬宇知道他指桑骂槐，哼了一声。

在他们那种门第里，正出和庶出在名分上有着很大差别，好像王纬宇的生母，也是个使女之流的可怜人，所以现在王经宇更加有恃无恐地要收拾他老弟了。

于而龙记得他刚来游击队的时候，有时闲谈，他说他的血管里，也流着奴隶的血液。芦花还曾悄悄地问过：“二龙，我怎么不明白，一个人的血，分有好多样的？”

“鬼知道，他的那些学问。”

正是由于他的学问，使得白眼狼不得不慎重地对待，而安排了一个圈套，让王纬宇慢慢掉进去，不能自拔。爱情是盲目的，那个四姐也陪着坠落彀中，成为一个真正的牺牲品。

谁也不知道珊珊娘，是怎样度过整整四十年的漫长岁月？那额上的皱纹，头上的白发，脸上的愁容，可见她的生活过得并不那么惬意。根本谈不上什么幸福，也许是在幻想和等待中，消磨掉一生的吧？

对于这位阶级姐妹，于而龙或是芦花，就不负一点责任了吗？赵亮曾经说过，她也是无产阶级，不过是一个被腐化了的无产阶级。当那艘装粮的船折回头驶往三王庄的时候，在船舱里战战兢兢的四姐，和那个小石头有什么两样，只不过劫持的形式不同而已。当时只消一句话："回来吧，跟我们在一块吧！我们不会多你一个人的。"尤其是芦花，她曾经救过四姐的命，她要坚决地把手伸向她的话，四姐该不会是今天早晨，他见到的珊珊娘的样子了。

但是芦花恨她，并不是因为她和于二龙订过亲，纯属女性的嫉妒心理，不，而是咒诅她瞎了眼，抛弃了于二龙，竟投入了与芦花不共戴天的仇敌怀抱里。

四姐在十五六岁的时候，或许对那个英俊的年轻鱼鹰，石湖上赫赫有名的神叉手，流露过一点少女的慕恋。但那是一个腐蚀灵魂、消融意志的社会呀！在她前面二个声名狼藉的姐姐，嫁的嫁了，跑的跑了，私奔的下落都不明了，对她，怎么会有良好的影响呢？因此，一个出息得像支粉荷似的姑娘心里，于二龙，那个年轻穷苦的渔民，占的位置就愈来愈小了。

偏偏这个时候，王纬宇一脚踏上了她家的船。

在那狭窄的船舱里，四姐一下子就被神色懊丧，而由于吵架显得激动的王纬宇吸引住了。他们之间的鸿沟，至少相隔得有一百个石湖那么阔，但是，爱情的小鸟可不在乎，扑棱着翅膀起飞了，她的心在扑腾扑腾地跳动，只不过瞟了一眼，她觉得自己心里，印下了他的影子。

恐怕那影子一直存留到今天吧？

王纬宇并不曾注意后舱里，还有双注视他的眼睛，直到伸过来一双白皙的手，端着一杯盖碗茶，才看到坐在身后，只隔一层舱板的四姐。

她羞羞答答地说："请喝点茶吧，二先生。"

如果说:刚才在县城里见到的那位千金,是块难以消化的大肉团子,那么眼前的船家姑娘,该是酥嫩可口的奶油点心了。一个漂亮点的女性,脸庞上会自然地散发出一层光彩,小小的船舱里,充满了温暖、舒适、宁静的感觉。他看得出她虽然有些羞涩,但并不回避,像所有船家姑娘一样,那大胆的,多少有些撩拨的笑吟吟的眼光,在探索着他的心。

四姐脸上的笑靥,钩住了王纬宇的灵魂,县城相亲之行,犹如在沙漠里长途跋涉,感到空虚和寂寞。现在,船舱如同绿洲,四姐的笑脸仿佛一汪清泉,他真的感到口渴了,揭开碗盖,七枚红枣在碗里晃动。

呵,乞巧同心,每一个时代有它不同的表达爱情的方式。王纬宇刚刚端起杯子,就觉得自己有点醉了。

但是,他们俩的爱情,却是在另一双豺狼般的眼睛下进行的。王经宇有意放松门禁,准许一个船家姑娘进出高门楼,而且也不干预他兄弟的开销,关照公鸭嗓的账房先生:“老二愿意支多少钱,就由他支。”

女人的虚荣心,好比狐狸身上美丽的毛皮一样,往往因此倒坑害了自己。四姐从来也不曾在物质上、精神上这样得到满足过,何况是在那样一个狭窄天地里成长起来的女性。她的奢望、她的渴求、她的向往,对以高门楼账房为后盾的王纬宇来说,确实是轻而易举地就能办到的。

此时,那条鱼鹰在她心里已经不占任何分量了。

也许她完全明白那是短暂的幸福,是注定要付出沉痛代价的幸福,然而她却要恣意尽兴地去爱,去笑,去欢乐,去享受……很可能在笑之后,紧接着无穷无尽的痛苦,也比不痛不痒地度过一生,要活得更火爆些、炽热些……

爱情蒙住了她眼睛,金钱是可以打开所有门户的钥匙,再加上王纬宇那海盗般突然袭击的手段,使她猝不及防。这样,她像所有轻率地失身少女一样,难免要尝到那种爱情的苦痛果实,她发现自己怀孕了。

王经宇终于等到了这一天,他老弟的把柄被他抓到了手,"由不得你不服帖。"就在停尸的花厅里,用哀的美敦式语言说,"做出这种败坏门风的事,老二,你该懂得怎么办的！当然,我们不一定非按家法办不可,但必须要妥善处理。惟一能补救的万全之策,只有尽快地成了县里那门亲事。"

王纬宇轻轻一笑,身边有个死人躺着,是笑不起来的;但他还是笑了,此时此刻,要不泰然自若地笑笑,是示弱的表现:"漫说我不赞同那门亲事,就打我满心满意高兴,爹的尸骨未寒,马上娶亲成礼,说得过去吗?"

"你们可以到上海去结婚。"

"什么?"他没料到他哥会有这个鬼点子。

"我看你也不必守七了,女家也是同意了的,依我说,早办早了,明天就可以启程动身。"

"你想得倒美——"王纬宇吼了起来。

正好,被人磕头作揖,千不是,万不是赔情说好话,请了来的郑勉之,大摇大摆地被礼让到花厅里。

"……二位贤契,我既不是会看风水的阴阳先生,也不是能嚎得两声的哭丧婆,找我来顶个屁用!"

别看他是个秀才童生,倒是个喜怒笑骂皆成文章的骚人墨客,他不大遵古制,不大喜欢自己营垒里的人,所以一辈子也不曾吃过香,可以说是终生潦倒。原来请他去编撰县志的,偏又不肯歌功颂德,当一名乖乖的御用文人,得罪了有头有脸的人家,干脆连县志都停办了。他自己两盅酒后,有时也叹息:“我怎么就不能把笔杆弯过来写呢?”

“勉之先生请上座!”

两位泣血稽颡的孝子,在蒲团上跪了一跪,算是尽了一点苫块之礼,然后把死者弥留期间的遗愿,表达了出来。

说来也可笑,跺一脚石湖都晃的王敬堂,临死前,一定要儿子请秀才先生来做一篇呜呼尚飨的祭文,而且还要老夫子戴上顶子给他点主。谁知是他的可笑虚荣,还是由于作孽多端的胆怯,害怕阴司报应,需要一个有功名的前清人物给他保险?坚持要儿子答应以后才闭眼的。偏偏板桥先生的后裔,是个不识抬举的穷骨头,那是何等光荣,何等面子的事?就拿夏岚来讲,自打进了写作班子以后,立刻开口上头,闭口首长地神气起来,还做了件“娘子军”式短袖褂子,裹住那略显丰满的身体,在报纸第三版上,张开血盆大口,看谁不顺眼,就咬上一口。于莲直到今天还蒙在鼓里,那篇点了她名的评论,实际是夏岚的杰作,这正是“饶你奸似鬼,喝了老娘洗脚水”,她算抓住了这个好差使,风云际会,甚至红过了王纬宇。但是老秀才却奇怪地问道:“为什么偏要我写,难道我郑某做的祭文,是‘派司’,可以通行阴间?”

一个秀才敢用洋泾浜英语,比画印象派更大逆不道。

孝子连忙说:“家大人一向仰慕老夫子的道德文章。”

“两位侄少爷休多说了,老朽也明白了,至于做篇祭文,本非难事,不过,你们是知道的——”

王经宇以为老东西趁此敲笔竹杠:“放心,我们心里有数,老夫子是一字千金……”用现在的话讲，就是稿费绝不会少，对你这样出了名的作家，文章无论优劣，总会刊登出来，总会给个好价钱的。

“正是一字千金，所以我才说，你们还是另请高明吧！”

“那怎么行？先考的遗愿吗！”

“一定要我写？”郑勉之追问了一句。

“当然当然！”

“那好，写好写坏可怪不得我。”

“那是自然，请！”

郑老夫子被请到书斋里，进行创作去了。这里弟兄俩接着打嘴巴官司。其实，没有仲裁人的裁判，胜利永远属于力量占优势的一方，现在，王经宇是猫，王纬宇是鼠，结局已经揭晓了。

“怎么样，如此了结，你以为如何？”猫问。

王纬宇想不到他老兄这手不留余地的“逼宫”，当然，他不能俯就，但要试一试对方的实力，突然把话延宕了一下：“我倒是很想去上海。”

“好极了！”喵呜喵呜的猫恨不能去亲一口那只相貌堂堂的老鼠。

王纬宇告诉他：“但不是你想巴结攀附的那一位。”

“谁？”其实猫也是多余问的。

“我只能跟你看不起的下贱姑娘结婚！”王纬宇宣布，“我们走，离开石湖，到上海去！”

他以为他哥哥一定会暴跳如雷，但王经宇毫无动静，耷拉着眼皮，好像对躺在那里的王敬堂尸首讲：“你是再也跳不起来了，不信，你就试试看……”

郑勉之行文作画，一向是才思敏捷，不费踌躇的。据说，他画他祖先郑板桥爱画的竹子，甚至一壶酒还没烫热，洋洋洒洒，像泼墨似的，一丛乱竹跃然纸上，生气盎然。哥儿俩的架还打得没告一段落，祭文已经做好送来了。

“老夫子呢？”

“掸掸袖子，走了！”

“唔？”王经宇一看那篇记载他老爹一生行状的“暴露文学”，气得他两眼发黑，“什么祭文，妈的×，这老婊子养的——”恨不能从他老子尸首身上跳过去，把那个胆敢顶撞保安团司令的老货抓回来。王纬宇接过一看，哪是祭文，活像法院的判决书，什么为富不仁啦，鱼肉乡里啦，盘剥平民啦，蹂躏妇女啦，气得他把一笔潇洒的板桥体书法撕个粉碎。不过他没有暴跳，而是冷冷地说：“先礼后兵，用船送回去。”

先礼后兵，无疑给他哥一个信号，王经宇哼了一声：“敢欺侮到我头上，不给点颜色看看，不行。”他禁止派船。

“办丧事要紧，量他一个老梆子，往哪儿跑？”

最后，船既没有派，但也没有抓他回来，老夫子在大毒日头下走回闸口，要不是遇上于二龙，差点中暑死去。但是，那弟兄俩的争吵，并没有结束。

高门楼的盛大丧事告一段落以后，王经宇回到陈庄区公所，派人把四姐的醉鬼哥哥找来，慷慨地给了一把票子，要他尽快地找个人家，把四姐打发出去，要不然的话……

手里的钱，和区长铁青色的瘟神面孔，老晚尽管满心不乐意，也无可奈何地屈从了。

王纬宇也在做和四姐去上海的准备，但奇怪的是账房那里，大宗钱再支不出来，公鸭嗓给他打马虎眼，三文两文地对付着。他终于明白底里，现在除非把王敬堂从祖坟里起死回生，谁也无法使王经宇改变主意："好——"王纬宇嘿嘿一笑，阴森森地在心里说："等着瞧吧，我不会让你自在的。"

他还来不及琢磨出一条报复的妙计，失魂落魄的四姐，倒先来报告噩耗，说她哥哥已经给她找到了婆家，而且马上就要娶亲过门，真是晴天霹雳，望着心都碎了的四姐："你怎么才来？"

"家里不许我出来，这里不准我进！"

他立刻悟到是他老兄釜底抽薪的伎俩，喃喃地自语："好极啦！"

四姐瞪大了眼睛，恐惧地看着他。他知道她误会了，赶紧抓住她手："你别怕，我马上去陈庄找他。"

"要不是那赘住我心上的肉，我恨不能——"她扑在了他的怀里，凡是落到了如此境地的软弱女性，通常都是想到了死，因为觉得死比活着受屈辱要容易些。

王纬宇到了陈庄，没想到他哥倒是笑脸相迎，活像猫看着落到自己爪牙之下的老鼠一样，劈头就说："老二，人不能太痴情，事情总要有个适度。"

老鼠开始反抗，决定朝他的虚弱处下刀："甭提那些啦，咱俩言归正传，分家吧！"

"喝！"正在倚仗雄厚财力开创事业的王经宇，不禁赞叹他老弟出手不凡，"这步棋走得不俗！"一只老鼠，霎时间长得比猫还要大了。"那你准备打几年官司？"

"你打算打几年，我奉陪几年，我在大学时旁听过两年法律课，研究过几天《六法全书》。"

"为了一个女人？"

“不，为了我这口气。”

“你以为分了家，就能达到目的？好像你还蒙在鼓里，那女人已经变了心，而且马上就要嫁人啦！”

“不要耍把戏啦，你这招棋太臭！”

“那是我成全你的名声，老二，那些船家女人，是惯于栽赃的，把不是你的孩子，硬说成是你的。”

“你胡说八道。”

“谁能担保她只有你一个相好的，就是天天守着的妻妾，还难免偷人轧姘头，何况那样一个水性杨花的船家姑娘？”

他相信四姐对他纯真的爱情，但是在他以前呢？夏娃早在伊甸园里就受了诱惑……他记得四姐说过，她的那些放荡的姐姐，是怎样脱得赤条条地，钻进夜幕笼罩的湖水里，悄悄去和情人幽会，船上人家的声名啊……

“那些朝秦暮楚的女人，钱，不光光买她们一张笑脸，老二，别糊涂油蒙了心。”王经宇还很少如此语重心长地，和他剀切地谈过，“分家，与我有损，与你无益，现在只有寻一个两全其美的办法，才能不伤彼此和气。城里的亲事，不错，固然是为了我，从长远看，还是为了你，有那样一个靠山，女婿等于半子，将来你可以大展宏图。而船家姑娘，咱们也不妨明修栈道，暗度陈仓，我已经派人告诉她哥，找一个不成材的女婿，让他当活王八就是了。至于城里那位小姐，大户人家出身，终归要贤德些，识大体些，怕不会那样争风吃醋，你不觉得可以试一试么？”

老鼠变成了多疑的狐狸，而怀疑是一味致命的毒药。

王纬宇动摇了，他尝试走一条捷径，心里正在想着：“我得跟她商量商量！”但他哥看出了他的迟疑，问道：“什么时候能给我回话？

可不要太拖了！”

“明天吧！”他卓有把握地说。

但是，四姐想不到等了半天，却是一个尴尬苦痛的结果。石湖上的姑娘是大胆的，甚至是放纵的、毫不顾忌的，可那是水底里的云彩，一个浅浅的浪花就打散了。但是，真的爱起来，拼出性命也在所不惜，那可是翻腾的暴风雨中的石湖，一种惊心动魄的爱。她怎么能甘心过忍辱负重，苟且偷安的奴性式爱情生活？怎么能从别人的杯子里分得一口残羹？不，石湖上有多少姑娘，为了打断锁链，为了冲破束缚，悄悄迈出船艄，和情人远走天涯海角，她的一个姐姐，就那样一去了无影踪。

她对王纬宇哭着说：“只要你舍得，咱俩飞吧，不管飞到哪，哪怕我去一口一口讨饭，我也能养活你……”

这是一个女人嘴里说出来的话呀！

即便如此，王纬宇仍然摇头：“那不是闹着玩的，四姐，听我的，忍了吧！”

四姐，一个石湖上充满炽烈爱情，而且渴求真正爱情的女人，从他怀里挣脱出来。“你说什么？”

王纬宇向她保证：“我永远一片真心给你，只给你。”

也许这并不是石湖女人的特有性格，在爱情上，要么全有，要么全无，在这个问题上，所有女性，是谈不到温良恭俭让的。

爱情是自私的，自从产生爱情以来。

“你上哪儿去？四姐——”王纬宇喊着。

那个需要纯真的全部的爱情，半口气都不能忍的四姐，头也不回地走出了高门楼。

王纬宇急匆匆地追赶离去的情人，紧接着就是生死诀别的场面。

谁知道王纬宇怎么居然会萌生死的念头？也许是一时愚昧而寻短见，也许是被哀伤的四姐所感动，那些属于王纬宇心底的奥秘，是贴上了封条，永远禁锢在不见阳光的角落里，谁也不可能获悉的了。

但是，那个花朵一样的四姐，一个可怜的被腐化了的无产阶级，怀有三四个月的身孕，而且马上要嫁给一个烂浮尸式的男人，死的念头是相当坚决的。她让王纬宇捆住了自己的手，哪怕稍为会点水，都必须这样才能被淹死。然后，她又扑在了王纬宇的怀里，哭着，贴着，亲着，直到远远地有了追寻他们的动静时，王纬宇才闭着眼睛，咬咬牙说："搂住我，咱们一块跳湖自尽吧！"

他们俩这场悲剧的高潮，只有一个人看得清清楚楚，那就是芦花。

她是听了赵亮那句发自肺腑的呼声："我们不能不管她！"特地跑到三王庄来的。阶级的心灵总是引起共鸣，这句话使她想起了波浪滔天的石湖，都是被买去当包身工的可怜人嘛！尽管她不喜欢四姐那粉白的脸，细嫩的手；不喜欢她那身打扮，那身穿戴，但决定还是来找她，因为听说她又来高门楼找王纬宇了。

芦花真想当头猛喝一声："我的好四姐，你别糊涂，他是拿着你看不见鞭子的人贩子啊！你还不醒醒啊！……"

凑巧，正是四姐从高门楼里彻底绝望冲出来的时候，芦花喊了一声，她不答应，也不理会，拦她一下，拉她一把，偏又没有截住。那个怀着必死之心的船家姑娘，已经对生活、对人生、对世界不发生任何兴趣，毫无留恋牵挂之心了。

"四姐……"芦花冲那个死不回头的女人悲愤地喊，她本想追回那个可怜人，但是王纬宇从她面前急匆匆地穿过去，神色仓皇、气急败坏地追撵着四姐，芦花只得放慢脚步走过去。当然，那位高门楼的二先生，并不知道关键时刻会出现个第三者。

“你活着吧，让我死……”那个哀哀欲毁的女人，在生命的最后时刻，还甘心情愿地为所爱的人做出牺牲。

“不，咱们生不成双，死也成对——”

四姐怀着感激的心情泣诉着：“有你这句话，我死了也是倾心乐意的，你留在世上吧，逢年过节给我烧两张纸。我，走了——”她挣脱出王纬宇的怀抱，往湖滨大堤跑去。

“四姐……”王纬宇追上去，“咱俩一块走！我也不想活啦！”两个人先是难分难舍地搂抱，然后，紧紧拉扯着，从陡峭的堤上朝石湖跳去。四姐，捆绑住双手的船家姑娘，半点犹豫都没有，纵身跳进了那水色青白的湖中之河——塘河里去。

王纬宇在最后一刹那，也不知是贪生怕死的欲望控制住他，还是压根儿就不想兑现诺言，他在大堤的边缘，要跳未跳的时候，身子晃了两晃，保持住平衡，站稳了。可耻啊，他背叛了那个为他献身的姑娘。然后，他失了声地没命地呼喊：“救人哪！快来救人哪……”

…………

也许这是芦花亲眼目睹的事实，所以她一辈子都对王纬宇投不信任票。她那明亮的眼睛，清澈如水，望着那三个党员问道：“共产党讲不讲良心？”

“良心？”赵亮琢磨着这个和革命似无关连的字眼。

“是的——”芦花问，“一个没良心的人，咱们队伍能要吗？”

按照共产党人的道德观点，良心这种东西，是属于感情范畴的，而衡量感情的标尺上，往往缺乏理智的刻度。从道义上讲，王纬宇应该跳下去，但是，他要是真的随四姐而去，岂不是加倍的愚蠢了吗？这种没有必要，毫无价值的自杀，究竟有什么意义？然而，良心，却是一个砝码，一个相当重要的砝码，十年来，不是有那么一些人，完全抛弃了自己心中的砝码，而干了许许多多丧尽天良的事。

赵亮也不知拿这个"良心"怎么办？只是同芦花商榷似的问着："让我们留下他来看一看，好吗？"

芦花眼里又闪出了于二龙熟悉的，"我要杀死他"的仇恨光芒，她坚决地："就冲他杀了小石头——"

就在这个时候，从三王庄方向传来了密密的锣声，越敲越紧，打断了他们的磋商，走出屋来，只见一股浓烟，冲上天空，烟下是吐着火舌的光亮，还隐隐约约听到嘈杂的人声："走水啦！走水啦！快来救火啊……"

老林哥说："七月十五，不晓得谁家香烛纸马不小心，燎了房啦？"赵亮赶忙招呼着："去，救火去，不能让老乡受损失，二龙，快——"站在大草垛上眺望的于二龙跳了下来，告诉大家："好像是高门楼着了火！"他对王纬宇说："是你们家——"

王纬宇无动于衷地回答："是我们家，不会错的。"

人们有些奇怪，他怎么能知道的。

他平静地，若无其事地说："因为这把火是我放的！"

大家面面相觑，惊愕得说不出一句话来。

就在七月十五这一天火光烛天的晚上，王纬宇参加了石湖抗日游击队。

直升飞机正在沼泽地的上空，地面一汪汪水塘像无数面镜子似的在反光。于而龙眼睛再也离不开那块地方了。他从心里不只是感到，像昨晚在小姑家的抗属家，今晨在三河镇的残废人家的那种亲切，而且也感到那种无言的责备，似乎沼泽地在对他说："怎么？只是从空中看一眼就走了吗？"

他突然向江海提出来："你去跟驾驶员说一声，叫他降落一下。"

"干吗？"

"下去，到沼泽地去！"

"你疯啦？"

"江海，我固然非常想知道芦花的下落，可我还有更想弄清楚的东西，让我下去，让我脚踏实地走一走！"

"别胡闹啦！"

"不！"于而龙坚定地说，半点讨价还价的余地都不留。

江海看那样子，又想到周浩电话里关照的话，跑到驾驶员舱去说了几句，又摇摇晃晃地走回来。

那两个洒药的小伙子笑话他们："你们陷在沼泽地里出不来，我们可没办法救你们脱险哦！"

"你胆怯了吗？江海！"于而龙问。

"笑话，我们两个不是吃素的。"

这时，驾驶员走了过来，是一个英俊的讨人喜欢的小伙子，笑容可掬地朝于而龙伸出手，问着江海："江书记，这位是——"

"我给你介绍一下，这是于而龙同志，当年石湖支队——"

还没容江海把话讲完，那个年轻人一把抓紧于而龙，激动地："于伯伯，是你？"

"你是——"

“你知道我是谁吗？我是念芦，我是念芦呀……”

“念芦？”于而龙愣住了，“他是谁呀！我怎么一点印象都记不起来呢？我和民航或者空军的谁有些瓜葛呢？……”

“我妈妈是肖奎，于伯伯。”

“啊！你是肖奎的孩子？”江海也惊讶地喊了起来。

顿时，于而龙眼里热烘烘地。啊，肖奎的孩子都长得这么大了，不知为什么，他的心突然激动起来，又追问了一句：“孩子，你叫什么？”

“怀念的念，芦花姨的芦——”

毫无疑问，肯定是孩子的妈妈，为了纪念那位牺牲的女指导员，而起的名字。于而龙一股热流又在胸臆间回荡，使他无法平静，可是他该怎样对孩子说呢？“你大概不会知道，你妈妈心里惦念着的，那个亲姐姐似的女战士，也就是你的芦花姨，却连坟墓、棺木、石碑，甚至骨骸都无影无踪了……”

那只编织着红荷包鲤的花篮，仍旧那样鲜艳，但是篮子里面的花朵，已经弯下了沉思的头，低垂着，显得心事重重的样子。

江海想起了他那个主意：“二龙，还记得那位把骨灰洒在祖国山河上的伟人么？来呀，孩子，让我们一起把这些无处可以奉献的鲜花，从高空里往石湖洒下去吧！”

于而龙似乎从呼啸的风声里，听到了芦花的声音：“七月十五，日子不吉利啊！……”

四

直升飞机的机舱里，信号灯忽明忽灭地亮了几下。

念芦告诉他们，该准备降落了。果然，飞机慢悠悠地沉了下来，而且关掉了那台最吵扰的发动机，人们可以用平常谈话的声调来开个玩笑了。

“你当真要下去，打鱼的？”

“晒盐的，我连出国机会都放弃了，非下不可！”

“后悔还来得及噢！”

“十年前就给我盖棺论定，封我死不改悔了。”

但是哪想到，飞机在离地面还有几十米高度的空中，停住了，一位助手向念芦请示：“沼泽地要是降落不好，说不定会陷在淤泥里，首长一定要下去，可以再低些，用绳梯不知他们敢不敢？”

两位游击队长对视着，有点发窘，然后尴尬地笑了。哦！可丢人哪！两个老头子连这屁大的勇气都鼓不起来。大约念芦看出了他们多少有点疑虑，便说，显然是在安慰：“现在，顶多有五层楼高。”

灯又闪烁起来，机舱门拉开，吹进来一股凉风，助手们把绳梯推落了下去，回头看着他们俩。

念芦好心好意地：“来，让我先给你们示范，伯伯！”

于而龙拦住了他：“用不着，孩子，我们当过兵。”

江海嘿嘿笑了：“二龙，现在打退堂鼓还来得及。”

“那你算了吧，我下。”

他抢着：“小看人，我第一梯队！”

“得啦，病号，我先到地面打前站吧！”于而龙钻出舱门，立刻，呼呼的风讨厌地从裤脚管，从袖筒灌进来，当一磴一磴地向下迈的时候，他才懂得，诗人为什么总把大地形容成为母亲，原来，他也恨不能一步扑进大地母亲的怀抱里。那种上够不着天，下踩不着地的半吊子生涯,实在不是滋味。而这种滋味,他在优待室里、特别班里、生产指挥组里,已经尝够了。

他终于踩在一块结实的土地上,抬头向天空喊:“快下来吧,老伙计!”

江海听不见他的话,但看清了他的手势,也慢腾腾地向大地靠拢。于而龙心想:啊!这种危险的游戏要是被老伴知道,肯定不会有好脸色的,活了一大把岁数,竟不知轻重,倘若有个失闪,该怎么办?可是,亲爱的老伴,冒险,在某种程度上讲,是有吸引力的。不过,一定要跟江海约好,还得对若萍保密为佳。

晒盐的隔好高就迫不及待地跳下了,高兴地搂住于而龙,朝空中挥手,绳梯收了回去,装花的篮子扔了下来,直升飞机在他们头上兜了一个圈子,像一只巨大的鸟,扑打着翅膀,慢吞吞地飞走了。

“好了,现在只剩下我们两个了!”

于而龙说:“两个空降特务!走吧!”

“哪儿去?”

“当年开党委会的小河浜。”

“路可不好走啊!”

于而龙现在恢复了信心,精神振作多了:“我们可以在纷扰的世界里,找出一条路的。”

“但愿如此。”

“也是幸存者的责任嘛!”

在高空里看,沼泽地也只有簸箕大的一块地方,然而现在,没完没了的,星罗棋布的水洼,使他们产生一个感觉,大概永远也走不出去了。阳光在头顶上照着,那些大大小小的水洼,都反射出耀眼的光辉。他们很难找到一条叫做路的路——在生活里,有时也会这样没有路的，只好曲曲弯弯，绕来绕去的走，有方向，可又没有目的地，有出路，可又不知尽头在哪里？——只好往前走，有时还要跳跳蹦蹦，免得跌进酱缸——不愉快的淤泥地里去。即使看上去是绿茵茵的草地，也不宜过多停留，只要脚下开始吱吱地冒出气泡，不一会儿，地皮就瘫痪地下陷了，于是，他们两个赶紧跳开这块是非之地。再加上缠住他们不放的蠓虫，直朝鼻孔里钻，还有草丛里叮脚的小咬，哦！两位队长，石湖有时是并不那么友好的。

四十年前，于二龙和芦花就这样在沼泽地行走着。

他记得，芦花那时刚把辫子剪掉，因为那是战斗行军中的累赘，而且对她改扮男装也是个麻烦。然而剪成短发的芦花，在某种意义上讲，不再是船舱里纳鞋底的村姑，而是工作同志，这倒使得两弟兄看来感到陌生了。

密密的雨，扑面而来，雨水使她那乌黑的头发，紧贴在一起，在斗笠下齐刷刷地，越发衬出脸庞的丰满圆润和眼眸的澄澈明亮。她不到两年的变化，实在让人目不暇接地感到惊讶，似乎随着精神上的解放，人也变得鲜丽光彩起来。不久前，还是个干巴巴，常锁着个眉头，不那么舒展的女孩子，并不是那么富有吸引力的；如今像吹气似的膨胀发育起来，而且在脸颊上，总挂着一对充满魅力的笑涡，至今，这笑涡的影子还留在画家女儿的脸上。正如一年有四季的变化一样，芦花生命的春天开始了，虽然那是个相当残酷的环境，疲劳、饥饿、紧张，还要加上疾病（恶性疟疾都没有把她掩倒）和死亡的威胁，但是青春，像灌满石湖的桃花汛，按时来了，而且以无法遏制的力量，强烈地表现出来。

那时，每当她需要改装，那高耸的胸部就得紧紧地箍扎起来。

但支队很长时期，仅有她是独一无二的女性，所以于二龙就不得不帮她点忙。也许他们是生活在船上的缘故，那些住惯了大房大屋视作鄙夷不齿的事，水上人家是不以为然的，兄弟姐妹之间，哪有许多好避讳的。在那宽不过一庹，长不过五步的狭窄天地里，文明和礼仪，男女授受不亲，就成了有限度的东西了。

这天出发前，芦花照例又悄悄叫他到她住的草棚里，前不久那场噩梦使她加上了一道门闩。于二龙一进屋，就笑话她："你还真把梦当真了。"

"我不看做假的。"

"那么是谁？"

"告诉你也不信。"

说着她面朝着墙站住，把背冲着于二龙，嘱咐他使劲勒紧住她胸部的布带，甚至勒到她喘息都困难了，还嫌不够似的，让他紧点，再紧点。

"会把你憋死的。"

"系牢靠了，有一回我正过伪军卡子口，呼啦散了，差点出娄子！"她披上褂子，扣好纽子，转回脸来。

"走吧！"

"走——"

"都给老林哥交待清楚啦？"

"放心吧！"

"你干吗把公鸭嗓放啦？"

"你管他饭？我们人都吃不饱。"

"早晚得把王纬宇拉走，信不信？总来勾魂！"芦花敲着警钟，"队长，提防着点吧！"

现在，渡口早落在他们身后老远了，大约快晌午了吧？在濛濛的雨天，又是坑坑洼洼无边无沿的沼泽地里，仿佛时间停滞似的。除了沙沙的雨声和踩在泥沼里的脚步声，好像整个世界都静止了。在这样静止的世界，停滞的时间里，就必然会感觉到内心的活动了。

那沙沙的雨声，多么像一个人在叹息，而噼噼啪啪的脚步声，更像两颗不宁静的心。他们虽然沉默着，但彼此都领悟到为什么两颗心不能如愿地紧紧密贴着，就因为横亘在中间，有那个叹息的人啊！

爱情就是这样，越是在战火中，越是在艰难困苦的关头上，会表现得越强烈，因为说不定明天，或者下一个回合的战斗中告别这个世界。那么还有什么隐讳，什么羞涩，有什么不可以和盘托出，把心里的衷肠全部倾诉给对方呢？

然而他们默默地走，尽管有许多的话。

当爱情构成一个不等边三角形的时候，那个锋利的锐角，总要刺伤一个人的，而这一个偏偏是他俩的亲人，这就不得不犹豫了，何况还有那一纸并不存在的婚约。

但于大龙决定离开石湖支队啦！走啦！再见吧！祝你们幸福吧……这是今天早晨临出发去执行会议警卫任务前说出来的。谁知他是真心，还是赌气？头也不回地走了。

她轻轻地问，雨声几乎湮没了她的语音："知道了吧？"

他喃喃地回答，似乎自言自语："听说了。"

"怎么办呢？咱们——"

于二龙拿不定主意，只是想：为什么独独对于他的走和留，会感到这么困难呢？前年，他把被害的小石头从山上抱回后，到底留不留他在游击队？大伙儿七嘴八舌，取不得一致意见，而且僵持着，非要自己表态，队长嘛，你做主吧！人们瞪着眼睛等你说个留，还是不留。

那时于二龙真为难，偏偏由他来决定他哥的命运。

亏了赵亮，那个光明磊落的共产党员，他从不高筑壁垒，而是敞开胸怀，恨不能拥抱整个世界。尽管于大龙跟他动过武，抢劫他的五块银元，但是他相信于大龙手上的老茧，相信他的诚恳、老实，对大伙儿说："……他本应早站在我们队伍里的，有他理所当然的位置，是晚了一点，是走了点弯路，但他是自己人。同志们，给他一杆枪，让他跟我们一块搞革命吧！"

这时候，芦花站了起来，大家立刻把眼光投向她，而且马上猜到她会说："不！"因为人们心里明镜似的，知道她和这对弟兄的关系——她是大龙的名正言顺的未婚妻，但她心里却只有一个二龙，难道她会投赞成票么？谁也不会捡个枷锁自己套在脖子上的。但是她激动地，泪珠都迸出来了，大声地说：

"留！"

连于二龙都愣住了，大家惊诧得说不出话来。

"不错，大龙哥当过土匪，我要不是碰到了共产党，也会拉着二龙投奔鹊山，糊里糊涂跟着麻皮阿六干的。大伙儿说他手上有小石头的血，我不信，孩子他妈也不信，你们谁去试试，抱着已经发臭的尸首，三伏天，走几十里山路，要不把孩子当做亲人，能做到吗？留下他吧，同志们！他会干好的，我信得过他，保险干得比谁都不差。"她量人有她独特的尺子，"真假好坏，不在脸上写着，日久天长，才能看清楚。二龙，你说呐——"

于二龙说什么呢？终究是亲兄弟啊！

雨越下越密,沼泽地也越发地不好行走,她见他不愿回答,就不再追问。其实,还有什么可以追问的?并不是一道难以回答的问题嘛!现在,需要的是勇气,需要的是突破。但是,如同一块苦痛的疮疤,早晚总是要揭去的,只因为护疼,就尽可能不触动地拖下去。

于大龙参加支队不久,有一次突然找到他兄弟,劈头就是一杠子:"叫芦花离开队伍吧!"

"怎么回事?"于二龙诧异他哥无端的问题。

"让她回庄上去,随便哪一家,还愁混不上一碗饭吃?"

那时的三王庄,第一次成为石湖支队的根据地,王经宇打跑了,逃得远远地不敢露头。但是于大龙的主意,绝不是因为三王庄成了游击队天下的缘故,于二龙猜测得出,肯定有些别的讲究在里面包含着。"究竟为了什么?哥,你痛快点行不行?"

他吭哧半天才说出来:"我不情愿她待在队伍里。"

"还有呢?"

他想了想:"就这么多。"再不吭声了。

于大龙由于刚刚参加支队,对于革命队伍的理解,自然要浅显些,现在已不是他可以决定芦花命运的时候了。于二龙一点也不客气地说:"哥,你太糊涂啦!怎么说出这样的傻话——"

很清楚,他是听了不三不四的话才找来的,想不到于二龙不但不支持,反而碰了个钉子,使直性人忍不住了,凭空里冒出一句:"她不是我的人啦?"

于二龙忍不住笑了,这叫他着实伤心,再加上信口而出未加考虑的话,真正刺痛了他。"你的人,亏你说得出口!哥,谁的也不是,她如今是革命的人。这道理怎么你还不懂,你以为还在我们家那条破船上？现在，你，我，她，都是同志！”

“同志？”

“快把你那些呆念头收起来吧！”

无心话就怕有心人去听，现在，于大龙一切都印证了，原来，灌进他耳朵里的风言风语，他是压根不相信的。现在思前想后，把事情串在一起，他终于明白，芦花的心是在二龙身上，连二龙都说了：“你的人，亏你说得出口！”他真的失望了，这些年来等着盼着，却是这个结果，能不伤心么？

他是真爱她呀！而且爱得那样深，只不过是在心底里罢了。他第一次喝得酩酊大醉，倒在他妈的坟上。

那时候，人们头脑里的桎梏要更多些，大家并不赞同芦花的行为，更不理解她的抉择是正当的。去追求真正的爱情有什么过错呢？但是人们却责备她，其中还包括江海。他们按照这样的逻辑推断：假如于大龙还当土匪，或者很不成材，是不三不四的人，那么背约还说得过去；现在，他打仗勇敢，干活勤奋，人又老实，心肠也好，找不到挑剔的地方，拿不出嫌弃的理由，就轻易地把一个老实人甩掉了，还讲不讲信义？还有没有道德？芦花在支队里简直挑不出毛病，独有这个问题，人们不竖大拇指，背后讲究她，指摘她。

但是，芦花是个不肯妥协的人，她认准了是决不会改弦易辙的。

她一点也没猜错，果然在娘的坟头上找着了他，生气地对这个不会喝酒，偏要喝酒的闷嘴葫芦讲：“你可真出息，喝醉了给娘丢脸来啦！亏你还是个男子汉，亏你还是个战士，就这样找人可怜你吗？呸！起来，归队——”

于大龙踉踉跄跄站起，头一回发现以命令口吻跟他讲话的剪了短发的女战士，确实不再是在后舱里，只会烧火做饭的芦花了。但是，那股未消的酒劲给他壮胆，不爱讲话的人憋出两句话来也够噎人的："二龙说：你不是我的人，我来找娘问问！"

芦花说："娘在地底下，告诉不了你，还是听我说吧，我只把你当做亲哥哥。"

"那娘临死的话白费了？"

那个女战士坦然地说："娘要活到今天，她也会让我自己做主的。"

"你放心，二龙绝不肯的！"他冒出了一句。

"这你就不用焦心了。"

于大龙提高了声调："别忘了二龙连冰窟窿都肯钻——"

他不提别的还罢，一提当年喝砒霜酒冰下捉鱼的事，芦花真的火了，不可遏制地愤怒责问："你还嫌他死一回不够本吗？"

说罢甩手走了，于大龙望着那越走越远的影子，他的心碎了。

也许这是残酷的，可是在任何一个不等边三角形里，总存在着钝角和锐角的呀！就在这一天早晨，于大龙决定离开了。虽然那是痛苦的，割不断的手足之情，和那心底里难以消失的牵恋，但是想到总有一个人在身边唉声叹气，他们心里是不能松快的。

"芦花，我走了！"

芦花正在给他缝子弹带："等等，这就完。"

"断了的东西，连不到一块啦，给我带走吧！"

她望着他的脸，"哥，你怎么啦？"

"我那儿完了事就跟江海走了，说好了，到他们支队去。"

芦花站起来："老赵晓得么？"他摇摇头。"二龙晓得么？"他还是摇摇头，并且觉得自己行为有些不妥当，于是解释说："我这不是给你打招呼来吗?”惹得芦花冒火了:“你也不看看,是什么时候,凑这个热闹!”把那个没缝完的子弹带甩还给他,眼泪都快急出来了。“你怎么能这样糊涂呢?”

“芦花,我不能总不明白,干吗碍手碍脚,这样一来,我好,你们也好。行啦,我该出发啦,大家等着我。”

“站住——”芦花脑海里闪出王纬宇的影子,“告诉我,谁教你的? 这不是你的主意!”

于大龙难得这样沉着、自信和镇静,他说:“芦花,咱们三个人起小儿一块苦熬苦撑长大的,有什么不能担待? 让我走,你们俩好好过,不能把笑话留给人。”他忙着追赶他那小队走了,人家在喊他,因为保密关系,开会地点只有负责带队的他知道。

“大龙——”芦花喊他,想听听王纬宇究竟说了什么?

他回过头来,看着芦花,突然想起他妈临死时说的话,不觉重复地说了一遍:“你们俩就顶门立户地过下去吧!”然后跳上了船,走了。

等芦花追过去,那船已经钻进密密的芦苇荡里。

现在芦花把问题摊在了于二龙的面前:“怎么办?”

那漆黑的瞳仁里,透露出期待的神色,希望能听到他正面的肯定的答复,自然他完全了解她那个“怎么办”,并不是指走的那一个,而是留下的他们俩,并且只需一句话,就可以圆满地回答问题。

然而,世界上许多事物是千丝万缕、互相牵系制约着的,明明是错的,偏偏不肯认错,本来是对的,可又不敢坚持。看到芦花等待而显得激动的样子,使他回想起在冰上死死被她抱住的情景,从那以后,他俩再不曾分开过,一块坐牢,一同游街,一起打游击,在枪林弹雨里,在艰苦岁月中,在生死关头上,相互体贴,彼此关照,有着许多无需用语言表达的情感交流。现在，他决不会把命运交付给天空的雁群来决定，自然更不会孤注一掷地钻进地狱似的冰洞里去。但是，他仍旧缺乏勇气，对那双明亮的眼睛说："我爱你！"——也许未必是这三个字，但当时，表达同样意义的语汇，在石湖年轻人之间还是有的。

于二龙咽下了那三个字，不敢做出真实的回答。在细雨濛濛的石湖里，只有那对瞳仁，是惟一光明的东西。

也许把真善美作为最完好的品德时，偏要把真放在首位的缘故吧！当真实受到压抑的时候，虚假就会盛行起来，于而龙想：那一瞬间他的脸色肯定是尴尬的，矛盾的，甚至可以说是狼狈的。

——人们，说出心里真实的语言吧！

那双等待着答复的眼睛，神色变得愈来愈炽烈，而且，令他大为惊讶的，怎么渐渐地，露出了一丝玩世不恭的诡谲？芦花从来不会有类似的表情，或是爱，或是憎，都是线条清晰，轮廓分明的。但这种曾经沧海的深沉，深谙人情的世故，绝不是芦花的性格，然而奇怪，的的确确是一张芦花的脸。

啊！那是芦花的女儿，他辨别出来了，是于莲在等待着他的答复，也是涉及到类似她妈妈那样的问题。

他回到了玉兰花下的那顿野餐里去……

谢若萍堵他嘴的油浸鳓鱼，并不使他感到兴趣，因为不论什么鱼，只要做进罐头里去，就像一窝蜂的作品千篇一律似的，总是一个味，再加上王纬宇永远唱高调的祝酒词，弄得他大倒胃口。其实于而龙最讲究口腹享受，现在，也觉得筷子沉甸甸的了，要不是来了个解围的，野餐恐怕要不欢而散了。

穿着西服的廖思源，露出了人们久已不见的兴致勃勃的神态，长期挂在他脸上，那种愁眉不展，负担沉重，兢兢业业，谨小慎微，一副地道的被告面孔不见了。今天显得轻松些，盘腿坐在野餐席边，背靠树干，从提包里拿出两听罐装洋酒："来凑个热闹，是我女儿捎来的。"

看到了复活过来的老头，那股神气，以及罐头上两个穿着游泳衣的女人，夏岚抬起屁股，道了声失陪，背着一分钟照相机，推辞说要给孩子们照相走了。于而龙笑笑，他了解，其实王纬宇最追求舶来品了，从来也不见他的左派太太，把那些洋货扔到楼外来，以示革命的纯洁。不过，比起老徐的夫人，夏岚只能算个小巫，那位原来的亲家母，竟然能在一座熙来攘往的公园草地上，全家人都玩得十分起劲的时候，她非要大家聚在一起，坐下来，捧着宝书，一齐高声朗读数段。于莲那时还是他们家的儿媳，实在受不了众目睽睽下的这种卖乖现丑的即兴表演，一甩袖子，蹬车回娘家来，因为她认为太恶心了。

她对于而龙说："我那妖精婆婆，如果不是一种可笑的智能衰退，就是天底下相当大的女伪君子，我弄不懂，这种义和团的狂热和吃珍珠粉怎么能统一起来？"

"你那位公公呢？"

"他岂敢例外——"

于而龙想象那位对老婆服帖的大人物，捧书朗诵的形象，一定是很怡然洒脱的。于而龙想到这些，不禁叹息，于今惧内成风，夏岚毫无礼貌地离席，王纬宇只好无可奈何地报之一笑。唉，难道真要回到母系社会里去？

廖思源是经过沉浮的了，倒并不计较，只是嗔怒他那不安分守己的外甥，不知跑到哪里去了？

其实陈剀正在庙门口，握着于莲的手，呵呵地笑着，她望着他，他哪里还有书呆子气呢？一个相当可爱的“学者”，他诚恳直率，坦荡磊落。正是那股毅力，干劲，和毫不畏惧的拼命精神，使得于莲着迷啊！

徐小农也走了过来，向画家——原来的妻子伸出了手，但是抱歉，于莲不是千手观音，一只手握住画笔，一只手拉住陈剀，再也腾不出来，徐小农只好转身回红旗车里取东西去了。好在对于莲的任性，动不动就冷淡奚落自己，也已经习惯，根本不注意正在握手的两个人，眼睛里闪现出来的异样虹彩。

“听说你打架去啦？”

“妈的——”于莲说，“我讨厌狗眼看人低！”

“我也是挨轰惯了，根本无所谓，从国外轰回国内，从首都轰回省会，又从城市轰回农村。他们怕我打架，那些老爷才轰我，可也不想想，我长着两条腿，还会捧着论文回来的。”

“看起来你跟我爸一样，也是死不改悔！”

这时，徐小农从车里捧个锦缎盒子走来，于莲真怵他的物质攻势，那是他的拿手好戏，再加上有站脚助威的那对夫妇，她不由得想：又像那年在葡萄架下的阵势一样，谁知爸爸还会不会沉湎在副部长的梦里？

“快来快来！”于而龙向陈剀招呼：“你舅舅直怕人家把你已经轰走了！”

“去年十月以前，倒有可能。”

“现在也不是不至于。坐下，坐下，年轻人！”

于而龙的热烈情绪，使得于莲心情宁静一点，因为，他的票至今还是决定性的一票。

徐小农也来到玉兰花下，王纬宇赶忙迎上去，拖他挨自己身边坐下："怎么来晚一步？"

他指着不知装了什么宝贝的盒子说："去取它了！"

"啊，我担心你会找不到这里！"

在一边照相的夏岚说："哪能呢？莲莲简直像座灯塔！"

众人团团坐下，一时间都找不到话题，大家各顾各的吃喝，这种场面很有点像在巴黎召开的三国四方会议。

陈剀是个乐得清静的人物，繁华的环境，和无聊的应酬，倒使得他苦恼。现在，他倒没有考虑他的论文和设计，而是被那对眼睛的光彩，真像在国外长途旅行后初见国门时，把他吸引住了。于是，仿佛浮现出那长着白桦树的原野，那一望无垠的冻土地带，在车窗外没人烟的单调景色陪衬下，为了一张不让带而偏带的自己搞的设计图，碰上了敢作敢为的于莲那情景，历历在目。当时并不是因为她的脸孔是多么充满魅力，而是她的大胆泼辣，和敢于挑战的性格攫住了他的灵魂。

陈剀能够继续在国外求学，并不因为他父亲的问题倒霉，是由于一位高级将领关照的结果，也许是一种报恩的行为，那个民主人士的家庭确实是为革命出过一些力的。但是，随着那位高级将领在政治舞台上的消失，陈剀也就登程回国了。

"把图给我！"于莲也不明白为什么要同情他，那时一块回国的留学生，并不只是他一个呀！

"你有办法？"

"当然，如果你认为有价值——"

"其实纯粹是赌气，我自己搞出来的设计，为什么不许带走？"

“那好，你来帮我，把你的设计裱糊到我的画稿后面。”

“裱糊？”

“哦！那是地地道道的中国学问。”

爱情，在那漫长的旅途中开始成长起来。最初，他们俩只不过是一对恶作剧的共谋者，但是，中国的裱糊术，不仅使两张纸粘合密贴在一起，这两个人的心也在靠拢着。现在，陈剀想到自己又来到寺院，又来到玉兰花下，这么多年彼此都走了一条弯路，谁的生活都不幸福，责任究竟在谁身上？

不错，于而龙应该承担很大责任，但是，他倘若要问：“孩子，你们自己的意志呢？为什么要把命运托付在别人手里，听候裁决而俯首听命呢？”

那又该怎么回答？啊，只有广场方砖上那温暖的血，才是真正的觉醒。

然而于而龙不会来问的，他和廖思源谈起一些往事，又回到五十年代的王爷坟里去了。也许这是一种通病，人们不大愿意勾起阴暗岁月的回忆，而总是容易怀念生命史中的黄金时代。啊，那些国泰民安的年头确实让人留恋啊！

“你们俩在谈些什么呀，这么热闹！”谢若萍看到大家枯坐着有些冷场，便以主妇的身份，想把人们用一个话题聚拢起来。

“我们在探讨骑马术！”

王纬宇说：“那是我们骑兵团长的拿手好戏。”

“你还不要不服气，五十年代初的王爷坟，四条腿的战友可帮了我们忙啦，那一片洼地泥塘啊！”

廖思源笑了：“所以你见我第一句话，就问会不会骑马？”

“是的是的——”于而龙哈哈大笑。“啊！想起来了，我正在王爷坟忙得不可开交,周浩通知我,要我洗刷洗刷,刮刮胡子,穿套干净衣服,去火车站接你(他不愿提廖师母)。‘将军’在电话里说:人家辞掉外国工厂的聘约,回祖国参加建设,要好好接待,要热情欢迎,以后你们就一个锅里盛饭,一个桶里喝水啦!”

于而龙讲着的时候,王纬宇抬头看花,难怪,那还是五二年大规模建设的开端时期,他不在场,自然不发生兴趣了。但于而龙却很有兴味地回忆着,也许,他含有某种用意吧?“……我问‘将军’,来人姓什么?他告诉我,姓寥,寥寥无几的寥,去掉宝盖,加上——”

“何必那么繁琐?”廖思源说,“就讲‘西蜀无大将,廖化作先锋’的廖,不就结了?”

“我赶到火车站,一看廖总穿着西服,打着领带,毫无疑问,是我要接的人了。第一句,我确实是问他会不会骑马来着!”

“你这个人哪!”谢若萍说。

“不会骑马,在王爷坟寸步难行,廖总说他在外国看过马戏。好,只要懂得马是动物,长四条腿,就好办了。回到工地,我让骑兵挑了一匹最老实最温驯的牲口,外号叫做狗子他娘的马给这位总工程师骑。”

“喝,我真像不成材的马戏团演员一样,好不容易才趴在狗子他娘身上。”

他的话经不起琢磨,逗得人哄堂大笑,尤其于莲笑得更厉害,她今天似乎特别高兴,连徐小农给她倒的酒,也一饮而尽,王纬宇认为是个好兆,也许真的会“鸳梦重温”吧,那样就不枉一番苦心孤诣的安排了。

廖思源觉不出自己的语病在哪里:“怎么?难道不是狗子他娘

驮着我走遍整个工地？”那匹良善的牲口，忠实地、吃力地在泥塘里挣扎，尽自己的职责，虽然被赐予难听的名字，但并不后退，仍旧默默无声地向前蹚着，不是相当令人可敬的吗？“哦！那都是过去的事啰，现在回想起来，倒不觉得当时多么苦啦，如同喝酒一样，刚沾在舌头上，又麻又辣，回过味来，就又香又甜啦！”

王纬宇说：“其实老廖并未把话讲完，喝酒还有最后一个过程，该是冒酒臭了！”

“确实也是如此，如今我也是第三过程的产品了。”他的平淡语音，使整个场面又冷落下来。

“老廖，你多心啦！”王纬宇感到有些失言了。

“不，你说得一点不错，今天赶到这里来，就因为你俩，一个过去的领导，一个现在的上级，难得在一起的机会，特地向你们辞行来的。”

“廖伯伯，你终于还是要走？”

“我不知该怎么谢你这幅画？我总算能够带着欢乐走了。”

谢若萍关切地问：“批了吗？”

陈剀从口袋里掏出来护照、飞机票：“喏，都办妥了。”两位工厂前后负责人沉默了，谢若萍充满了惜别之情，不胜依依地问：“什么时候启程？”望着那一张孤零零的飞机票，突然想起了那位文弱的廖师母，她们俩一起度过那急风暴雨的最初几年，她也曾陪过谢若萍在门后马扎上守候丈夫。那是一位和善的，然而是软弱的，总是像藤萝一样，要依傍着什么的女性。两口子一块从国外冲破封锁阻挠回来的，如今，只剩下廖总孑然一身地走了，他把她扔下了，难道能带着骨灰盒走吗？

廖思源回答：“明天坐飞机去广州，然后经香港——”

人们都像哑了一样,惟有鸟儿不理解人们的心境,在欢快地啭鸣喧闹在廊檐花枝间。过了好一会儿,于莲望着那幅即将完工的写生,冒出了一句:“廖伯伯,不理解你为什么执意要走?你以为欢乐只在画面上么?”

“莲莲,我是个冒酒臭的人,煞风景啦!”

十里长亭,送别辞行,本是生活河流里容易掀起的波澜,往往要触动人的心弦,何况像断线风筝,远涉重洋,从此一去不回头呢?也许他不应该走,因为撇下的是母亲似的祖国呀!但是,话说回来,他作出走的决定,总是考虑再三。肯定,他为这种割舍痛苦过,然而他还是下了狠心,一走了之,难道没有什么值得留恋的么?二十五年,一个世纪的四分之一,会不在他脑海里印下一丝值得怀念的印迹?有的,毫无疑问,甚至是很多很多。所以今天批下来,明天马上离开,不打算多停留,免得在脑海里生出许多犹豫,懊悔,来折磨自己。

谁也没心思把杯子举起来了。

于而龙站起来:“廖总,走走去吧,我陪你看看古庙吧,恐怕你还是头一回来吧?”

“是头一回,但也是最后一回。”

他们俩步出了芬芳的院落,沿着曲折的路廊,登上了另一层楼殿。在那里可以眺望到西山坳里的罗汉松,也可以瞥见到半山腰里舍利塔的圆顶。低下头俯视是紧贴大庙后墙的湍急的水涧,那位穿着红白蓝三色旗似的舞蹈演员,那位十二月党人,那位左派,正在嘻嘻哈哈地照相玩。

“怎么?老廖,已经毫无任何挽回的余地了么?”

不远处的田野里,一畦畦的冬小麦长得肥黑茁壮,廖思源把眼光落在绿绒似的麦苗上，落在垄沟里背阴处余下的肮脏的残雪上，似乎不曾听到于而龙提出的问题，又似乎已经答复了地不再关切。

“听见我说话了吗？”

那位总工程师仍旧不回答。

“好吧！”于而龙终于放弃了最后说服他的意图。“那你就走吧！老伙计，我不再留你了……”

大约在几年前，王纬宇曾经拿总工程师的一份报告，来打趣他的时候，事后他问过书生气十足的廖思源：“我不了解你高雅的意图何在？非要当一名‘二氧化碳’，打算达到个什么目的？”

“我确实感到我的心大大坏了，不具备一个共产党员的条件，所以请他们新党委讨论，免得因为我而玷污了党。”

“你天真得太可笑，老廖。连小偷、破鞋、活王八都挂上了党员牌牌，难道会多嫌你一个技术权威？自然，谦逊是种美德，发现自己不够，可以再努力，可千万不要犯愚，冒傻气！”终究是二十多年的交往，他们俩习惯了直言不讳的谈话方式，从来不拐弯抹角。

“我们两个反正有一个装糊涂的。”廖思源说，“你认为党还是你的我的吗？我佩服你的自我感觉过分的良好，时至今日，真可怜，你还不能过组织生活。而我，运动一开始，就被‘红角’革命家开除出党了。党已经不是我们的了，就像阿 Q 在土地庙里一觉醒来，发现赵秀才，假洋鬼子都成了柿油党，革命没他的份啦！”

于而龙的笑声在老鳏夫空荡荡的房间里轰轰地响：“你挺幽默！”

“含泪的笑罢了！”

他看着老头的清癯面孔，那眼角的细碎鱼尾纹，表明着经历过的艰辛生活。他在国外求学期间，是靠自己在餐馆里洗盘子谋生的，那时穷得廖师母在亲戚家寄居，也就是陈剀的家。廖思源的拿手好戏是削土豆皮，有时表演给于莲和于菱看，他不愧是动力学权威，懂得怎样利用最小的能量，取得最大的功率。手指，快刀，土豆，像魔术师般旋转着，动作快速娴熟，总引起一阵热烈的掌声。但他只能为他认为是自己人的人，才表演特技的。

于而龙可能也如此，只是对自己的人，才毫不见外地责备："你不应该给他们制造笑话的机会。"

"这不是笑话。"他回答，"我不配，也不能当党员了！"

"胡说——"于而龙不相信自己的耳朵，一个在五十年代生龙活虎的工程师，中央领导人握过他手，表扬了他的干劲。特别在六十年代，别尔乌津领着他那一伙不告而别，工厂落到那种田地，像遭到强盗洗劫过的人家，连贴身裤子都失去了。哦！廖总工程师那时年富力强，精力旺盛，以致得了传染性急性肝炎，转氨酶指数高达五百，也不曾把他搞倒拖垮。那时他按高级知识分子待遇，发他一张购货卡片，可以享受一些优异待遇，后来收回一看，他的卡片上全部是空白，一样东西都没买过。尽管那样，他还是日以继夜的滚在厂里，用大鞭子抽都不走。当工厂终于造出了中国风格的产品，那大马力的家伙发出震耳欲聋的声响时，大伙儿都围上去向他这位设计师祝贺。因为别尔乌津幸灾乐祸地预言过工厂可以关门大吉，现在照常运转起来了，能不高兴么？人有人格，国也该有国格。"廖总，廖总，你真是个好样的！"但他躲不迭地避着大伙，"别碰我，别挨着我，我是肝炎患者，会传染给你们的。"然后，兴奋地爬上机器，和他一向端庄的体态，沉稳的性格全不相同，紧贴着轰隆隆的心脏部位听了会子，回过头来，向赶来抓他住院去的谢若萍说，用的是拉丁语："夫人，哦，尊敬的大夫，脉搏正常——"

像这样一个热爱自己工作，热爱革命事业的共产党员，竟然会提出来退党，起码是反常的心理状态。在许多人削尖了脑袋，往党里钻以牟私利的时候，他却要当废料，当二氧化碳，岂不怪哉。

“你不是发高烧吧？”他正告着。

“我是说正经的。”廖思源颇为严肃的回答。

现在，于而龙终于明白，他的痛苦折磨该经过多少时间的斗争，才得出今天的结果。

随后，在去年秋天，十月里那个清冽的早晨，谢若萍为了使孤独的老人，也享受到喜讯的欢欣，和于莲一块来到了楼下。

正在做气功的廖总工程师，起先不相信，继续闭目入定，意守丹田，等到于莲调皮地放开了劳辛的录音讲话，他的气功无论如何做不下去了。

画家把录音机凑到他耳边，他站了起来，半信半疑地：“该不是愚人节的新闻吧？不，今天不是四月一日，而是十月——”他望着日历，“是十月几号来着？”

一看写字台上的日历，已经好多天没翻过去了，于莲开他的玩笑：“你这个当代陶弘景啊！‘山中无日月，惟有白云多’。”

谢若萍叹息，她想起廖师母，那个多么爱自己丈夫的妻子，在这间屋子里度过她生命最后时刻的情景。一个丈夫失去了妻子，就像在生活轨道上失去了重心，不免要倾斜敧侧，把日子过得不像样子了。

“有一位诗人，我认识他，他最后被国民党枪杀了，曾经写过一首诗，叫做《死水》，可能你不一定读过，我给你念两句：‘这是一泓绝望的死水，春风吹不起半点漪涟。’莲莲，听，像不像我？”

“不！”于莲大声地反驳，“你那种陀思妥耶夫斯基的颓废要不得，这股风会把你吹起的，一定——”

过了不久，他倒真的吹起来了。年底，王纬宇来找于而龙，多少有些奚落的口吻，问着：“你干吗不拦住他？”

“谁？”

“钟楼怪人。”

“什么事？”

“他正式申请出国，到他女儿那里去，和家人团聚。”

他能说些什么呢？

于而龙想都想不到：度过了对他来说是最难熬的岁月，从剃成阴阳头，到成为敲钟人为止的苦痛历程，是不容易的：现在，和煦的春光又温暖了每个人的心窝，他居然提出要走，实在是不可思议。

“看看你器重的专家党员吧！”王纬宇说得比较婉转，不曾用拉进党来等等粗俗字眼。

于而龙哪有工夫理他，把革委会主任撂在客厅里，下楼找廖老头去了。

二十多年来，于而龙不曾用如此高的嗓门和总工程师讲过话，甚至和他大发雷霆的时候，也得自觉收敛降个调。于而龙那该死的脾气，跟谁少吵过架呢？现在，几乎是大吵大喊，也不怕隔音性能不良的楼房，传到在楼上客厅里坐着的客人耳朵里去。——让他笑去吧，那只号丧的乌鸦！“收回你那个愚蠢到家的念头，老廖，我怀疑你神经是否健全？理智是否正常？你在歇斯底里，明白吗，简直糊涂到了家！你老天拔地的跑到外国去做什么？列宁都劝那个唱低音的夏里亚平从美国回到俄罗斯，可你，老兄，倒要远离祖国。去把申请书讨回来，马上去，王纬宇就在楼上我家。”

“不！”廖思源知道于而龙是最难通过的一关，二十多年来，命运使他们紧紧扭在一起，那种分不出是友谊，还是爱情的相互之间的关系，会对他产生相当强的影响。如果于而龙执意不让他走，真害怕自己没准会动摇的，他咬定牙关，不退让地声称："那是经过我深思熟虑以后，才作出的决定。"

"狗屁决定！"于而龙嚷嚷着，声震屋宇，如果说刚才是 C 调的话，现在的腔调起码够上升到 D 调了，"一张技术图纸，也许你拍板说了算数；在政治上，你是小学生。不，办出这种傻事，只有幼儿园孩子的水平！"于而龙在他房间里转来转去，一脑门官司，看什么也不顺眼，尤其那电炉上熬着的中药，咕嘟咕嘟地冒泡，似乎在嘲笑他多管闲事。

"好了好了，咱们不要吵架！"

"谁跟你吵来着，就听你一个人嚷嚷！"

廖思源看着从不服输认账的于而龙，想起他在优待室里共同生活的两年，竟然学会了英语，那顽强不屈的劲头，看样子一定要拼命说服自己的。

"好，我们来平心静气地谈一谈吧！老廖，你百分之百地错了。你不应该走，柳暗花明又一村，现在，中国有希望了，我们已经看见曙光了，一句话，从黑斑鸠岛上熬过来啦！——记得跟你讲过我这段往事吧？怎么偏偏到了光明普照，大地回春的日子，你倒想出了馊不可闻的主意呢？"

"正是现在，我才走。"

"糊涂！那么艰难的日子，你倒挺得住？"

"那时，我也想过走的念头。"廖思源沉默了一会儿以后，声音更低了，"当我终于知道她已经离开人间以后——"他看了一眼桌上镜框里的速写像，那是眼睛睁得很大，有着惊奇夹杂惶恐感情的廖师母，于莲凭记忆里的印象，画出这位没有等到丈夫放出来的可怜的妻子。

“当时，你为什么不走？你女儿来过信要你去，在优待室，你给我看过。”

“我想过。可是那时候提出申请走的话，我的良心不允许。”

“为什么？”

“我不能只顾自己逃生，而工厂，是我们两个一块搞的，有罪同当，不论多大过错，我也该承担我的百分之五十的责任。一股脑儿全留给你，罪过你一个人顶，惩罚你一个人受，我做不出那种事的，那不是君子行为。可怜哪，到时候，连游斗都没个伴，那是不是太孤单了？”

于而龙直摇头，他不喜欢知识分子这种孤高耿介的古道热肠。

“……再说，你是我结识的第一个共产党员，又一块合作了二十多年，在优待室里朝夕相处了好几载，既是难友，也是知己。你说我能撇下你，抛弃朋友，背叛同志吗？那太缺乏一点做人的基本道德。现在，当然不同了……”

他听着听着停住脚步，望着在动力学上有很深造诣的专家，是一位知识分子味道多么浓厚的老夫子呵！他想起那位死在敌人屠刀下的秀才老先生，他们有着许多共同之处，最明显的，就是那种在中国这块土地上，经过数千年文化教养传统的熏陶，而形成的知识分子特有素质——“士为知己者死”的古色古香的感情。

要不得啊！老兄……

“不对，老廖，你这种过时的感情拉倒了吧！着眼点不应该放在人与人的相互关系上，这些恩恩怨怨对于大局来讲，是小而言之的东西。我谢谢你的关切，要懂得，我也是那种不值得提倡的人情味多了一点的人。‘将军’早批评我好感情用事，我来到屋里同你嚷嚷，就充分说明我的弱点；不过，我还是忍不住要来，因为一步棋往往决定全局，老廖，你要慎重再慎重啊！”

他握住于而龙的手：“老于，原谅我吧，我实在有点辜负你，对你不起——”他的语音显出不大自然的样子。

于而龙不耐烦地甩开了廖思源，动作几乎有点粗鲁，他讨厌婆婆妈妈：“为什么？到底为什么？”他迫切想找到原因，关键在什么地方？日子好过了，他怎么倒要走了？

“我太老了。”

“谁也不年轻。”

“心灵上的伤痕，是永远也不能愈合的。”

“老廖，打碎牙，往肚内咽，死过的人，难道还怕死吗？”

他沉重地叹了口气：“回天无力，老于，让我走吧，我还是走了的好……”

是这样吗？也许。那么无须再问了，他，可能太伤心，太疲倦，也太悲观了。

当初造这座寺院的人，决想不到几百年后，会有这样一对朋友，处在这样的心情里凭栏远眺的。在他们身边的一块山石上，迎面刻着“莫回头”三个苏东坡体肥放大字，那原是鼓舞参拜的香客，沿着崎岖山路继续往上攀登。但是于而龙却目不转睛地思索着那言简意赅的三个字，想着在人生的途程上，有时倒需要回过头去，看一看自己走过来的路。

他不禁思索：“为什么一个远涉重洋，几经转折，才回到祖国的工程师，在度过了二十五个春秋以后，又要离开这块他洒下过汗水的土地呢？”

在王爷坟那一片烂泥塘里，廖思源有时连“狗子他娘”都不骑了，深一脚、浅一脚地跋涉着，而且永远保持他那绅士派头，穿得干干净净，胡子刮得溜光，刚来时还改不了那打领带的习惯。他那同样是上头漏雨，脚下泛浆的工棚办公室，也要收拾得比其他屋子整洁。炮弹壳做的花瓶里，警卫员总给他采一些野花插上。他白天设计未来的工厂，在蓝图上绘出他将来挨斗、坐喷气式的一个个车间；夜晚还得给抽调来的科技干部讲课，如今那些高足，遍布全国，有的还成了专家。那时，一些外国公司或研究机构，还总给他唱些海妖的引诱之歌，他站在齐膝深的泥塘里宣布：“哪儿我都不去啦，王爷坟是块磁铁，把我吸引住了。看，我的脚已经陷在里面出不来了。”

看他在泥浆里挣扎的狼狈相，于而龙逗他，那时，他俩刚刚开始熟悉起来：“你应该把你脖子上的套包子解掉，不嫌憋得慌，满头大汗。”

警卫员在一边牵着马偷笑。

知识分子有时真是无知得可怕，侧过脸来问道：“什么？你管领带叫套包子？”

小鬼忍不住揭发：“廖总，师长拿你开心，只有牲口，才用套包子。”

他丝毫不介意：“当一头革命的牲口，在泥塘里奔走，也未尝不可。”

但是，他奔走了五十年代，六十年代，到了七十年代，虽然手脚被捆住了，但还没有发明一种可以捆住脑子的办法，所以他的脑子还在奔走。他做气功吗？不！他在打坐吗？不！他在思考他摸索了一辈子的动力理论。但是，他现在，停下了脚步，不再奔走了，明天，就要离开共同生活过二十五年的土地、工厂、同志、朋友，离开祖国。走到这一步，怪他自己么？当然，他是不应该走的，话说回来，难道仅仅是他个人的原因吗？

社会有时是个教员啊……

走吧，走吧，于而龙现在倒不那么坚留他了，在政治斗争的漩涡里，他，一个只顾学问，无暇旁骛的知识分子，永远是个失败者。要不然，就是这个或那个运动的牺牲品。

看，在下面院落里的花丛中，席地而坐的王纬宇，正擎着酒杯，像葛天氏之民那样，无忧无虑地高谈阔论，听不清他在讲些什么？看他那趾高气扬，有恃无恐的神气，可以估计到老徐，和比老徐还大的人物，仍旧很健康，很结实。所以，他认为廖老头的选择，或许还不是那样没有道理。但是，无论如何，明天就要握别了，他还是情不自禁地问：

“老廖，当真你对这块土地不产生一点点感情？”

没有回答。

“老廖，难道你不惦着你亲手建造起来的工厂？”

仍旧没有回答。

“老廖，你对我们这些共事多年的人，真的舍得抛掉？”

廖思源凝视着共了二十五年事的共产党员，摇摇脑袋，朝那镌刻着“莫回头”三个大字的曲径走去。

他好像衰老得很，一个失去补天信念的人，步态龙钟，孤孤单单地走了。

那模样，使于而龙回想起被王经宇杀死的郑老夫子。

是谁用一把无形的刀，砍向廖思源的呢？于而龙多么痛恨那些制造罪犯，制造混乱，制造歇斯底里狂热，制造荒唐逻辑的祸首啊!

他不禁想起那些攻破巴士底狱的人,是怎样把路易十六送上断头台的?也不禁想起托尔斯泰在一部小说前面引用过的,那两句《圣经》上的阴沉沉的语言:“伸冤在我,我必报应。”

“走吧!老廖,祝你一路平安!”

——至于我,却是要留在这里跟他们干到底的。

五

花丛里一阵纷乱,于而龙不知发生了什么事?

男大当婚,女大当嫁,他现在算是有了足够的体会,好端端的春游,被她一阵喜怒无常的脾气,给搅得兴致全无了。

等他回到庭院,在淡雅的香味里,那儿只剩下两个人,一个是把自己作品撕得粉碎的于莲,另一个是努力把画拼凑在一起的陈剀。

“怎么啦?”

她回答,若无其事地:“什么也没发生。”

陈剀像拼七巧板似的在组合嵌拢着那些碎片,仿佛研究学问一样的认真,但是那些碎片上的花瓣,也不知谁跟谁应该吻合到一起,然而又觉得不论谁跟谁都可以硬凑在一块。在生活里也是同样,幸福的情侣被拆散,别别扭扭的夫妻非要捏着鼻子过下去。

“别弄了,陈剀!”他敦劝着。

陈剀站起来,抖掉那些纸上的花瓣,和从枝头上落下来的真的花瓣,总结性地发表了一句感想:“艺术要比技术复杂得多。”

于而龙忍不住赞同这个观点,并且补充说:“而走上艺术创作这条道路，则更险恶！”所以他总认为：艺术创作多少有点类似登山运动，对于每个队员所迈出的每一步，应该给予鼓励，给予支持，而不应该在耳边喋喋不休地指责，没完没了的教训，甚至摆出一副教师爷的架势吓唬：“你这一步迈错，跌下去就粉身碎骨啦！”虽然，也许出于一种好意，但那样只能把人吓退，永远也休想到达顶峰。

“但你干吗要撕画呢？难道也是因为印象派嘛？”

“你别问吧！爸爸。”

陈剀突然冒了一句：“我太不善于辞令啦！”他转向于而龙解释：“因为我随便发表了一点看法，生活要是也这样美，就太好了。如果我有什么说得不对的地方——”他望着于莲，轻轻地：“请原谅吧，莲莲！”他慢慢地踱开了。

于而龙本想喊住他，但是由于他一向持重，很少冒失，竟会如此亲昵地称呼“莲莲”，真有些不太理解。

待他走后，于莲哈哈笑了：“生活的美，不是寄托在愿望上。现在还谈不上真正的欢乐，干吗我粉饰现实？春寒料峭，他那快被驱逐的论文和本人，倒觉不出冷意？”

“追求理想的人，不大注意那些卑微的细节。”

“爸爸，你认识他吗？”她突然冒出一个古怪的问题。

于而龙望着女儿那张玉兰花似的漂亮面孔，心中那个朦胧的影子隐隐约约：“我承认，确实是又陌生、又熟悉。”

“爸爸，也许更难使你点头了，一个右派家庭，还不够，马上又要有一个海外关系。”

“啊！我想本来应该是他。”

“现在，我需要你说一句话，爸爸——”

于莲望着他，那双像芦花一样明亮的眼睛里，流露出热烈的、期待的、盼望着给予肯定答复的神情。和三十多年前,沼泽地里那扇形灌木林前,她生母的眼光一样,只是多一丝诡谲狡黠。她接着说下去:“爸爸,假如他跟我一样,也是结过婚又离了婚的呢?”

难题放在了做父亲的面前,他愣住了。

在人们的脑海里,存在着多少有形或无形的禁令啊!那些别人设置的,自己套上的精神枷锁,重重地束缚住自己。既不敢对“正确”说声“是”,也不敢对“错误”道声“非”。哦,好比蜗牛一样,背在心灵上的硬壳实在太厚太重了,以致在那样明亮的眼光面前,都不敢正视,只好连忙缩回到自己的壳里去躲着。

但是,于莲像她生母那样,突然间爆破地冲出来一句没头没脑的话:“爸爸,你知道什么叫私奔吗?如果你不答应的话……”

“你有那个胆量吗?”

画家的脸色倏变,葡萄架下那宣判的场面又出现在她眼前,但经过一连串生活上的不幸折磨以后,更加珍惜那可贵的真正爱情,可不能轻易地抛舍和割弃了。于是立刻和她父亲摆出了一副决斗的架势。但是,她无论如何没想到,那个双鬓斑白的老游击队长脸上,出现了一股天不怕地不怕的神气,他说:“莲莲,如果你认为你所做的一切,都是正确的话,你就谁也不要管地走你的路——”

“爸爸……”于莲扑了上去。

然而三十多年前,当他还叫于二龙的时候,对于那个第一次剪掉了辫子的女战士所提出的问题,却缺乏回答的勇气啊……

现在,他已经回忆不出在沼泽地的雨天里,对芦花那热烈期待的眼光,到底在思想里转过多少弯子,因为她本应是他的嫂子,因为母亲临终时的遗言?因为他哥是个太老实的可怜人?因为游击队员和乡亲们的非议？因为不成文婚约的束缚？因为芦花一定要自作主张？……以致本来应该回答的话，到了嘴边，成了不伦不类的回答："要大龙哥走，你就留着；要大龙哥不走，你就离开——"

"你说什么？"芦花盯着他。

"到滨海支队，或者去抗大分校学习！"

"你去吗？"那双亮得出奇的眸子凝视着。

"我？"于二龙嗫嚅地说不出话来。

他有时自嘲地想过：孔夫子的书不曾读过一本，可自己身上孔夫子的气味倒很浓。为什么把老房子的家抄得一塌糊涂而不敢非议？为什么关在优待室里受罪而不越狱逃走？为什么对一连串的迫害逆来顺受？为什么不敢大声说那是鹿，而不是马？为什么不能像年轻人，把鲜血洒在广场上？为什么不能杀人，像那老红军赵亮说过的那样？

是的，他缺乏突破精神上禁区的力量。但是，芦花比他在爱情上要大胆得多，解放得多，敢于讲出她心里的话。

"大龙哥走也好，留也好，跟我有什么关系？他是他，我是我——"说着说着像决堤的水流，止不住地涌了出来，"二龙，咱俩生在一块，死在一堆。我对你实说了吧，你到哪儿，我跟到哪儿，我是你的。二龙，从我见你的那一天起，我心里就跟定你了。咱俩不分开，永生永世不分开。你不要折磨你自己，也不要折磨我了。我把心里话，多少年的心里话，全说给你，我……"

如果不是一顶土黄色的战斗帽，在不远处的草丛中移动，她一定还会接着说下去，尽管她不是石湖土生土长起来的，但也终于像船家姑娘那样，大胆地表露自己的情感。

"咦？你看——"芦花吃惊地掩住嘴，指给他看那个缓缓移动的目标，由于是雨天，帽子的颜色变深了。起先，于而龙以为是一只斑鸠或者鹁鸪，但是在石湖，野禽多的那年准是丰收年，多得会自己落进饭锅里来；然而到了灾荒年，想寻一只做药引子都不得，猎人的肚子饿得咕咕叫，哪来味美的下酒物？糟糕！他们终于像一句谚语说的："盼什么，没什么；怕什么，来什么。"认出来那是日本鬼子带着披巾的战斗帽，而且不止一顶。仅是他们能够看见，浮在草丛上的，数了一下，就有二十多个鬼子，正沿着他们走过的路，在沼泽地猫着腰潜行。

敌人怎么获知开会的秘密？

哦！可怕的不堪想象的后果……

现在，两位空降下来的游击队长，坐在沼泽地里一块簇生着野慈菇的土墩上小憩，那亮蓝色的花有着诱人的美，仿佛使岛屿似的土墩周围，成了充满神奇色彩的幻景世界。

走累了，需要歇一歇，但停下来，小咬和蠓虫的骚扰更加厉害了。

江海挥舞着野蒿，轰赶着："真的，想起来了，二龙，你们俩怎么打响第一枪的？"

"哦！第一枪！可我们俩谁也不曾带枪。大久保是个狡猾的家伙，你跟他打过交道，了解他的性格。我估计他命令过，不许有一点声响，以免惊动我们那些开会的同志；他肯定要尽可能地接近目标，以便一网打尽。因为他那时是占绝对优势的强者，根本不存在畏惧之心，撒开大网捞捕在石湖四周活动的共产党，那是再好不过的机会了。"

"到底也没查出谁泄漏了会议秘密？"

“历史有时是一笔糊涂账！”

“你们不是认为他极有可能吗？”江海伸出了两个指头。

“现在看起来，被他骗了，他妈的挖坟，把大伙搞糊涂了。那家伙太会演戏，我们也年轻幼稚——”

“今天敢说自己聪明了么？”

“至少，十年来我认识得出，凡是搞极左的，背后都隐藏着一颗不可告人的邪恶之心。”

“反正他在滨海搞土改，是左得可怕的，天怒人怨，甚至闹了海啸，群众都说是天报应。”

“报应落在我们头上，江海，你我都受到惩罚啦！”

“于是你俩成了向组织发出报警信号的‘告密者’，成了掩护同志们撤退的‘叛徒’。”江海笑了。

“那些专案组的酷吏们，也觉得情理不通，说不过去，为什么我们要夺鬼子的枪发出警告？历史的真相就是，当时我和芦花犯愁了，既赶不到鬼子大队以前去通知他们散开，也找不到武器能牵制住敌人。可是，必须让同志们知道处境的险恶。芦花悄悄说，只有夺枪一条道好走，枪一响，整个沼泽地都能听到。可两个人，赤手空拳，去撩拨大队的日本鬼子，不是明摆着送死么？总算幸运，天保佑，一顶帽子浮在草丛上不动了，真是天赐良机。我一分钟也不迟疑地，像蛇一样，拨开半人高的蒲草钻过去。出敌不意是获胜之道，但是这个稍为离开队列远了一点的鬼子，倒是我一生中肉搏过的最凶恶的对手。你信不信，江海，老鬼子要比后来的日本兵能打仗些，武士道精神要强烈一点。”

“但三光政策可是后来有的。”

“不奇怪，越是趋向没落，精神上要比肉体死亡得早。但那是个重量级的日本鬼子，起码有八十公斤重，他不喊也不叫，而是笑吟吟地跟我在草丛里厮打着。他是准备解手的当口，被我一阵飓风似的袭击撞倒在地，未曾系好的裤子，挺碍他的手脚，我暂时占了上风。但是当他不顾一切，赤条条地跟我肉搏的时候，他那公牛似的体力，和我吃不饱的肚子，形成鲜明的对比。我把他按在泥里，他很轻易地一扭身子就翻过来，而他把我压在底下，那沉重的身躯，那毛茸茸的腿，像一头熊那样，很难摆脱开。他把我揿在水里，居然还能腾出一只手来掐我的脖子，打算连掐带淹闷死我在淤泥里。”

“啊？他不咋呼他的同伴？”

“也许是他太小看我，要不就是我猜测的，大久保有过命令。我哪能等着让他结果我，总算一把抓到了他的腿，真该死，那些泥水滑得我无法给他留下致命的伤害。看样子，我是逃脱不了死亡的命运，因为那虾夷人的脸上，渐渐升起一种残酷的笑，一种杀人的快意。我喊芦花，但是喊不出声，喉咙快被他掐断了。”

江海说：“咱们这一辈子死的回数也太多了。”

“阎王爷都讨厌我们这些人。死不了啦！芦花冲过去，她也是手无寸铁，只好和他撕掳着。他很快辨别出是个女的，龇着白牙色情地笑了，举起那钵头大的拳头，朝我脸上猛击过来。很明显，想把我击昏，好去捉拿芦花。但是，芦花像只灵巧的山猫，跳到一边，抠起一大块淤泥，朝他脸上砸过去，命中率那个高哟，准准地糊住了他的眼睛鼻子，我就势翻过身来，把他重又压倒。”

“结果呢？”

“二比一，当然我们占了优势，那个鬼子就赤条条地来，又赤条条地去了。芦花直到这个时候，才看到那趴着的死尸，是光着个大屁股的,便别转脸去,叫我拿枪快走。”

江海回忆:“接着,我们在船舱里开会的同志,听到你们朝天放的三枪……”

砰,砰,砰!

三声清脆的枪响,毫无疑问,是一种信号,船舱里一阵骚乱,越是在处境恶劣的时候,人的心弦也绷得越紧。有的人赶紧拔出枪,倒霉的是,不知谁紧张得过了度,枪走了火,乒的一声,子弹从舱顶穿了个窟窿钻了出去。

——江海闭上眼,喃喃自语:“原谅我们吧,每个人都有穿开裆裤的时期。”

这样一声枪响,给在另一个方向埋伏下的人马,把目标完全暴露了。王经宇的情报来源可能只告诉他,要在沼泽地里开个会,但具体地点未必掌握,现在等于向他们打了个招呼:“来吧,我们共产党在这儿猫着呢!”王经宇率领他的保安团,配合大久保,两路夹攻包抄而来。

会议只好到此结束,中心县委的领导同志和赵亮商讨对策,又开碰头会。唉,会议啊,会议!已经成了可怕的灾难啦——江海苦笑着,他是在场亲眼看到那些害死人的形式主义,还开哪门子会?当机立断,时间就是生命呵!

总算作出了决定,大部分同志往东撤,肯定发来信号的地方,有自己人接应,而赵亮带着警卫班抵挡冲过来的保安团。

大久保是个卓有经验的老手,他不像刚当上保安团长的王经宇那样轻狂浮躁,刚握点权柄的暴发户,免不掉那种技痒之感,总要跃跃欲试的。(过去十年里,这样的新贵是屡见不鲜的了!)但大久保仍旧不动声色地张开网,等待着自己游进来的鱼儿。

——江海现在已经记不清楚那场混战的各个细节，就仿佛同时做着好几个梦一样，乱糟糟地纠结在脑海里。

那些县委领导同志，两位游击队长都记不起姓甚名谁了，或者早就见马克思去了。不过在他们印象里，似乎是书生意气多些。当那草丛里，突然呀的一声，站起来一片杀气腾腾的鬼子，呼啸着，像龙卷风一样杀将过来。这时，腹背受击，已经无法组织有效的抵抗，只好发出这样的命令："各自想办法突围冲出去吧！"

——他妈的，难道除了逃命，就找不到别的法子了么？打蒙了，没有任何思想准备，仓促上阵，一不想缴械投降，二不想马革裹尸，只好跑掉了事。

江海他们几个人，在鬼子的重重围困之中，厮杀、滚打、肉搏、拼命，连他自己也不清楚怎么爬钉山，滚刀板地冲出来的。（战争中最容易出现奇迹的了！）沼泽地呵！他永远也忘不了的沼泽地啊！有时候不由得绝望地想，纵使逃脱鬼子的手，也挣扎不出陷阱似的酱缸，好几次踩进泥塘里，再也爬不出来，而且每动弹一下，就深陷一点。倘若不是伙伴们扯下大把蒲草苇子伸过来拽他，就活活地埋葬在沼泽地里了。于是，这位初到石湖的滨海人聪明了，再落到这种危险的境地，赶紧四肢平摊卧在淤泥上，像爬行动物一样，慢慢蠕动。也顾不得那些该死的蚂蟥，像活蛆似的涌来；因为子弹在头顶上飞着，手榴弹在身边爆炸，那是比蚂蟥还性命交关的东西。不过，沼泽地倒是很公平的，蚂蟥照样纠缠住鬼子不放，他们每追来一步，都要付出巨大代价，甚至可以听到他们蹲下来摘蚂蟥时，气得直骂"八格牙路"的声音。那些草丛曾经掩藏过鬼子，使他们隐蔽行军接近目标，现在，倒转来帮江海的忙了，大地像母鸡的翅膀，护卫着游击队员，使他们不受老鹰的伤害。

所以在历经死亡的途程以后，拨开草丛，忽然看见于二龙和芦花的时候，那张自己人的面孔，哦，该是多么亲切和温暖啊！哦，不但活着，而且得救了。

“二龙！……”江海扑在了他的怀里。

芦花问：“别的同志呢？他们——”

“快，二龙，去救同志们吧！县委领导同志还陷在包围圈里，赵亮跟保安团接上火，看样子危险，快带你们支队的人去解围吧！”

“我们支队？”于二龙凄苦地一笑。

“人呢？你们的人马呢？”随后又冲过来的同志问，“你们不是发信号，掩护我们来的吗？”

“就我们两个人，也是来参加会的。”

有人顿脚嗐了一声：“赵亮他们非完不可。”

芦花走到江海跟前，威武地：“给我武器！”

“干什么？你想死么？”江海护住自己腰间的匣枪，不是舍不得给她，而是不愿意她跳进那似乎在燃烧着的一片火海里。

“给我枪！”

“你有几条命？”

“一条命，就不找他们去啦？走——”她一摆头，向于二龙说。

“你们疯啦？”不光江海，那些活着冲出来的同志，也跳起来拦阻，“去不得，那是无谓的牺牲，回来，给我回来。”

江海横住胳膊挡着：“站住，不许去！”

于二龙说：“不行，那儿有我们支队的同志，我得去跟他们一块战斗！”他脱身甩开了江海的手臂，快步冲了出去。

江海转身抓住芦花不放。

“松开我，你听见吗！把枪给我，让我去——”

“不行!”江海不撒手。

她几乎是吼了,那样子威严可怕,每当她发脾气,脸上的血色一下全消失了,白得吓人,眼里闪出凶狠逼人的光芒:“放开手——”她指着在草丛里一隐一现的于二龙,正飞快地朝枪声响得最激烈的地方奔去。不容江海考虑,转过来,用脚使劲绊他一跤,趁机下了他的匣枪:“我不能让二龙一个人去送命,不论生死,也在一块!”

那几乎是不可抗拒的,江海无可奈何地爬起。但是,等她走开,便狠狠地骂开了;不知是骂自己,还是骂芦花:“混蛋,你就后悔去吧!”

她很快消失在一片草莽之中,只听得鬼子的机枪,随她一路扫射过去,不大一会儿,她那披着蓑衣的身影,在远处出现了一下,江海听到他自己那把匣枪清脆的响声,毫无疑问,她同敌人交上手了。

——江海叹息着:她是个女人么?不,她是一尊杀人不眨眼的战神。

“我不晓得那些暴发户怎么自圆其说的,世界上有这样的‘叛徒’和‘告密者’吗?可非让我证实这件事的审判者说什么,你猜?”

“说我是一种精神上忏悔和自赎。”于而龙揣测着。

“弗洛伊德的心理学——”他又补充一句。

于而龙哈哈大笑,吓得那些鼓眼睛蛤蟆都蹦到水里去。“是他和那位编辑想出来的,虽然躲在幕后,嘴脸看不出来,那些四肢发达,头脑简单的小贵族想不出这一套的。”

“怪不得,怪不得——”

江海那时在公路工程段当小工,从事政治经济学里所说的那种简单劳动，背填路的石头，一天劳动九小时。在累得腰直不起来差点咳血的时候，实在缺乏幽默感，但还是忍不住说："那阵儿于而龙不信上帝，决不会忏悔的。"

"他是因为把亲嫂子搞到手，遮人耳目，耍了点把戏而已！"那些满天飞的专案人员提审江海时这样解释。

江海真想给那个外调人一拳，心里骂着："你敢拿生命去玩那样的把戏么？"但他却伸不出手，虽然没有脚镣手铐，但那些年，却有一根无形的绳索束缚住，甚至那位和他一起背石头的老红军，走过两万五千里的人哪，也只得气鼓鼓地别转脸去。

于而龙站了起来，独自沿着一条不大的河浜，向前溜达，因为他终于辨认出，这里再往前走，正是当年厮杀血战的沙场。啊，芳草萋萋，碧水依依，什么可以凭吊，可以回忆的遗迹都看不见了。

"嘿！干什么去？"地委书记在招呼他。

"看看——"他想：这是我来沼泽地的目的呀！

"别走远了，咱们一会儿往湖边走，该找一条过河的船，渡我们到闸口镇去。"

于而龙懒得去答理。刚来，怎么能走呢！不，他顺着河浜，远远的波涛声，又使他回到那永世难忘的场景里去。

"原谅我吧，哥！"

他猜不出他哥哥躺在沼泽地里，在枪声逐渐平息下来，熬过生命最后一刻时，到底想些什么？他始终记得那愤怒而带有责备意味的喊声："开枪啊！二龙，朝他们开枪啊！"看得清清楚楚，他哥跳上了船，把敌人注意力最重要的目标，从人们身边撑开，也就将王经宇保安团的火力全部吸引走了，以他那朴实无华的生命，为大家争取了时间。

“朝他们开枪啊……”这是他最后的一个要求。

他们是谁？于而龙现在把三十多年的前前后后一想，好像直到今天，才领悟出于大龙的话里，显然并不是没有所指的。赵亮曾经说过：大龙是有些什么话，要跟我说的，可来不及了，情况非常紧急，船的目标太大，他是警卫班长，让别人掩护干部撤退，自己驾船走了。

他究竟想说些什么呢？

也许他认为于二龙应该明白，然而他的弟弟，过了三十年，也不曾开枪，相反，自己倒落了个遍体鳞伤。“原谅我吧！哥！我没有完成任务。你的嘱托，要不是来到石湖，已经淡忘得差不多了……”

他回想起他哥欢乐不多的一生里，那种对芦花的爱情，那种不善于用语言表达，而只是默默的无声的爱情，怕是他胸怀里视之为最光明、最圣洁的东西了。虽然它像无根的飘萍一样，找不到一块可以落脚生根的地方，但他还是怀着深沉的感情，对待那个距离愈来愈远的芦花。

爱情，那是无法按一个固定的模式框起来的，正如七个音符，可以谱写出无数不同的乐曲，它有它自身才有的，谁也不能左右的特殊规律，勉强的爱情是不会幸福的，迁就的婚姻只会带来痛苦。于莲在绕了一个圈子，付出了沉重的代价以后，又回到了陈剀身边，而陈剀呢，也同她一样，受到了不必要的创伤，至此，他才相信，没有爱情的结合，终究是要离异的，那杯苦酒还是不要喝的好。

——原谅我们，哥，我们都是活生生的普通人，不是神仙，不是圣贤。产生神仙和圣贤的传奇时代，已经过去了。

船撑走了，一去再也不回来，赵亮命令大家快撤，他负责掩护。

那些日子，游击队一连串的失利，总是他，从江西苏区出来的红军战士，像护卫天使似的，使人们一次又一次地平安脱离险境，他冲在最前，撤在最后，好像已经成了习惯，大家也不争执地顺从地退走。

于二龙和芦花一溜烟地跑着，她不时回过头去，担心地看望，他催促着："快，鬼子要掐住湖边，我们就跑不掉啦！"

"下湖？"

"只有那一条路。"

她担心她的水性："我怕游不到闸口镇。"

"只要我有一口气，你就能活！"

在石湖里长大的于二龙，漫说几里水路，即使再宽阔些，也不会望而生畏。但是两支步枪，一些子弹，可是真正的累赘。枪是来之不易的，子弹也像吝啬人手里的铜板，不捏出四两汗来，舍不得按入枪膛，怎么能舍得抛掉呢？远路无轻载，这一带湖水入海处浪急漩深，确实是沉重的负担了。

芦花起先还有点劲头，游得比那有名的鱼鹰要矫健些，将江海那支二十响，顶在头上，奋力地划着。

他提醒她："匀着点劲，路还长着呢！"

她温顺地点点头，那神态充满了信任，把全身心都寄托在他身上，她相信他会保护自己，渡过那漫长的波涛起伏的险恶航程。离开沼泽地越来越远了，枪声逐渐稀疏，而石湖的浪涛也越来越汹涌了。

现在，目力所及的天底下，只有他们俩奋力游着，不管是风，不管是雨，全靠自己搏斗，谁也指不上了。而且也不知背后沼泽地上的同志还活着没有？前面闸口镇有无敌情？但必须泅渡过去，搞一条船,半夜来接应同志们。

“行吗？芦花!”于二龙扭回头去看她,因为她的速度开始变慢了,“到底是只旱鸭子哦!”

她咬咬牙,努力追赶上来。

他伸过手去:“抓住我,省点力气。”

“不,你也够累的。”她那明亮的眼睛,在水面上,显得更加晶莹,“不知大龙哥跑得出来不?”她又扭回头去看望,但沼泽地已经在视线之外,什么都看不见了,由于耳边听到的全是波涛和风雨声,沼泽地敌人打扫战场的断续枪声,也只是依稀可闻了。

于二龙给她鼓劲:“加油,芦花,跟紧哪!”

她眏了眏那充满水光波影的眼睛,奋勇地扑水前进。雨下得密了起来,风把浪头掀得更高了,凉飕飕的风,冷丝丝的雨,和噎得人透不过气来的浪涛一起推阻着他们,每向前一步,就得退回一半,闸口镇的教堂尖顶,早出现在水平线上,但是,要想到达那里,还需要豁出性命去苦挣苦熬呢!

于而龙从来不相信老天的慈悲,如果有的话,那也肯定是个反复无常,不怀什么好心的家伙。他多次体会到,在生活途程中,每当不幸、灾难、祸祟降临在头顶上,这个老天总是推波助澜地,来些愁云惨雾、凄风苦雨,和那弥漫的、永远消散不掉的迷雾,雪上加霜地增加些苦痛,现在,又在折磨作弄这两个从敌人包围圈里冲出来的人。

“把江海那支枪给我,你总顶着,游起来费劲。”

“你不轻巧,二龙!”

“还在乎多那半斤八两吗？给我,要不,你游不到闸口的,越往前漩涡越多,你得加倍小心哦！别把你裹走——”

她刚想说些什么，一个浪头把她打退了回去，但她又从浪花里涌了出来，那股不屈不挠的劲头，于二龙知道，宁肯拼出最后的力气，也不舍得给他增加负担了。

“抓住我，喘口气吧！”

她靠拢过来，分明是力气不多了，涌来的浪涛把她淹没下去，而且一股漩涡的力量在死命地吸住她，要不是眼疾手快的于二龙，一猛子下去把她拖上来，肯定是挣扎不出的。她无力地甩去头发里的水，大声地喘息：“我喝了一口，呵，漩涡差点要了我的命！”

“歇会儿，靠着我！”他觉得那软软的身体紧紧贴了过来，只见她一手揽着，一手划水，怜惜地说：“哥，会把你也拖垮的。”尽管那样说，那个深情的女战士再也舍不得分开。

于二龙尽力抱住她，使她能够尽可能减轻一些体力消耗。她虽然在石湖生活了许多年，但还从来不曾游过长路，何况是在风浪里，在激流中，在危险的漩涡区。因此，于二龙除两支长枪和子弹外，不得不挟带着她往前游。

“你先去吧，哥，我慢慢游。”她把脸贴过去说。

“会淹死你的。”

“不能。”

“别胡说！”于二龙不容她挣脱，拉着她，起先，她还抗拒，定要自己游，后来，见于二龙毫不让步，也就只好顺从地，追逐着波涛，飞越过激流，一英寸一英寸地朝闸口靠近。

啊！终于能看清楚教堂尖顶上那个十字架了。

“哥——”她哭了，滚热的泪水滴在了他的胳膊上，那是她从心底里涌上来对他的怜爱和她不能为他减轻负担，反而增加压力的痛心。是的，要回避开这一片湖水间的无数漩涡，是相当相当困难的，而且一旦被湖里的陷阱拖住，已经没有什么精力的人，要想摆脱，几乎是绝无可能的。他真害怕他也许一下子像吹折了篷帆的船，覆灭在巨浪里面，似乎筋肉间的燃料，快要消耗殆尽，指针已经指向零，再找不到什么可以凭借的力量了。

“让我自个儿再游一会儿。”她央告着。

但他却握住不放，因为只要一撒手，在这毫不留情吞噬人的涡流里，也许会永远失去她了，这两个人都奄奄一息了。

赞美爱情吧！要不是它，于二龙休想把芦花从那随时都可死亡的浪涛里解脱出来，同样，一九四七年，芦花也不会从黑斑鸠岛上把他找到，而且还在结有冰凌的湖水里，蹚了那么远，用自己的体温使得于二龙从冻僵中苏醒过来，至于为了那几瓶盘尼西林的奔波，更该是万分艰难的历程了。

离闸口镇不远了，雨才渐渐地停了，多少日子隐在云霭雨雾里的太阳，在日落西山的傍晚时光，在鹊山老爹的身后露了一点脸，湖面上登时明亮了许多。这时，他们发现了一条船的影子，虽然只剩下不多的路程，但精疲力竭的两个人，还是朝着船的方向游去。

然而，那不是救星，而是一条形迹可疑的陌生船。

芦花连把头昂起的力气都没了，也许有了获救的可能，她顿时软瘫了；要不，就是坚信那双托住她的手，是绝对可靠的，是万无一失的。自从她像决堤似的，在沼泽地吐出了那么多热情的语言以后，至少在她思想里，已经不复存在什么顾虑，任何力量也不能把她从那手臂里拆散了。她紧紧地靠着，而他侧着身子带着她，再加上那些武器，说不上是游，是挣扎，还是拼命，多么希望一步跨上船。

那条船向他们摇了过来。

他马上辨别出那不是渔村的船，是农村里用来罱泥的平底船，在生命危急的时刻,也就顾不得考问它的来历了,马上举起手来摇晃,向船上打招呼。那个不大像打鱼的,也不大像庄稼人的汉子,把船在距离他俩几丈以外的湖面上横过来,问道:“干什么的?”

“石湖支队!”

“站住,不要游过来。”

“帮帮忙,老乡!”

于二龙看出他是个干什么的,毫无疑义,是麻皮阿六一伙,那个惯匪是喜欢趁火打劫的。自从他那年撕票,杀了小石头以后,一直躲着石湖支队。于二龙琢磨:莫非今天他也想来吃些剩茶残饭吗?

趁着卷过来的浪头,于二龙悄悄告诉怀抱里的芦花,闭眼装死。

那个匪徒划起桨,要走了:“对不起啦!”

于二龙叫起来:“你眼瞎了吗? 人都快死了嘛!”

他贪婪地盯着芦花,眼光始终离不开她那被湿衣服紧紧裹住的身子,咽下了馋涎欲滴的口水,止住了桨,衡量了一下,一个精疲力竭的游击队,一个半死不活的女人,不可能是他的对手。而且芦花那充满青春魅力的丰美体态,优柔线条,使得匪徒动了邪念,便划了过来,先拔出腰里的手枪,对准着,然后才说:“把武器扔到船上!”

感谢那折磨得他们要死的浪涛,把船直推到他们身边,时机来得太巧太快了,于二龙想起渔村年轻人好搞的恶作剧,连忙给闭着眼睛的芦花一个信号,用手指头捅她一下,——那还是孩提时代淘气的把戏,生怕她早忘了呢! 但芦花从来是个心细精灵的伙伴,虽然浑身疲软得快成一摊泥了,还是一跃而起,帮着于二龙,按住船帮，拼命往下压，要一直把船扳翻过来为止。

“他妈的，他妈的，我，我要开——”那匪徒站立不稳地嚷叫威胁着。

倘是渔村的船，早就该扣在湖里了，这条罱泥船，任凭怎么使劲，已经像簸箕似翘起，也翻不过来。亏得那匪徒不是长年在水上生活过的，不知该怎样在风浪的颠簸里站稳脚跟。正说要开枪，那“枪”字还未出口，先就一头栽进浪涛滚滚的石湖里去了。

船没翻扣过来，倒便宜了他们俩，赶紧爬上船去，人的潜力也真是无法捉摸，到得船上，似乎又活了。于二龙划桨，芦花把江海那支手枪压好子弹，端在手里等待着。

果然，匪徒从湖底钻出水面，骂骂咧咧地游着靠拢过来，但是一眼瞅见芦花手里黑洞洞的枪口，才想起自己的枪，早沉落在湖底淤泥里了。

他责备着：“太不讲江湖义气了！”

芦花问于二龙：“给他一枪算了。”自从小石头牺牲以后，芦花一直寻求机会，要惩罚社会上这股最疯狂的破坏力量，和麻皮阿六算账。

那个匪徒听见了，连忙恐怖地叫喊：“别，别……”

她举枪的胳臂抬了起来，也许井台边的哭声在她耳边响着，食指钩住了扳机。

“我和你们无冤无仇……”他没命地大喊起来。

芦花自言自语：“谁说的？”眼睛瞄着匪徒的天灵盖。

“哦！饶，饶命！”他服输地央告着，举起一只手投降。

于二龙止住了她，问那匪徒：“干什么来啦？”

“六爷到闸口办事。”

“闸口是个穷地方，除了破落户，抢谁去？”

“给那老秀才一点教训。”

啊！于二龙明白了，王经宇的借刀杀人计，高门楼惯用的伎俩。老秀才怎么会得罪麻皮阿六呢？土匪头子决不会去求他给自己老子做祭文的。于是，他划动船桨，离开那个丧魂失魄的匪徒。

芦花多少有点遗憾：“饶了他？”

“拉倒吧，他举手投降了。”

“干吗去？”

“会会那个麻皮阿六——”于二龙以为这个有诱惑力的题目，给小石头报仇，芦花一定会举双手赞成的。

但芦花却拦住他的桨：“二龙，咱们回队一趟看看还来得及，横竖我们搞到了船。”因为约定黑夜才去接应赵亮。

“不！”于二龙还是把船朝闸口镇划去。

“听着，二龙，我恨不能一枪把麻皮阿六撂倒，把他的眼珠也剜出来，可……”

“可什么？”

她说：“咱们两个人太少了！”

于二龙揭穿她：“芦花，这不是你的话，你是怕队里出事，对不？”

其实她最不放心的，是赵亮和他们俩都离队的情况下，只剩下老林哥和几名同志，会不会敌得过王纬宇？这个她永远也不信任的人，尤其那场噩梦以后，她相信，他是什么事都能干得出来的。但是，她知道于二龙准会认为自己胡乱猜疑，并未明确说出来，只是讲了句：“我担心放了公鸭嗓，会招来什么歪门邪道？”

“瞎说什么！”于二龙知道她的心事，便说，“你可以不相信他，可应该相信同志们。放心，你长着眼睛，别人也不瞎，他要真搞些什么名堂——”

“你以为他不能吗？”她想起那个在漆黑的夜里，绕着屋子的脚步声。是的，他打过她的主意，曾经半开玩笑半认真地挑逗过：“干脆别让他们弟兄俩争吧！芦花，归我吧！”

她给了他一个嘴巴，然而又没法对那哥儿俩讲。现在也不能对于二龙说，只好叹气：“七月十五，日子不吉利啊！”

“得了得了，又来你这一套了！”

芦花望着他：“二龙，二龙，你这个人的心啊……”

是的，就是这颗实实在在的心，吸引住坐在对面的那个女战士的整个灵魂。

按照这颗心的逻辑：高尚的人不会从事卑鄙的勾当，文明的人不做下作的事，正人君子总是和道德文章联系在一起，决不能男盗女娼。于而龙固然不会单纯到这种地步，会一点不懂得人世间的复杂性，然而他还是一次又一次地，尝到按这种逻辑推理而带来的苦头。

“细想想，真叫人寒心呢！”这位失败的英雄拊掌自叹，似乎在冥冥中，那个女指导员又是疼爱，又是怜惜，可更多的却是责备的口气，在遥远的年代里，向他呼唤：“二龙，二龙，你这个人的心哪……”

“唉！芦花！直到十年前才算懂得人是多么复杂的生物！”

当那场急风暴雨刚在天际出现的时候，王纬宇的痔疮犯了。“妈的，有的人就是会生病，生得那么不早不晚，恰到时机；我要是早梗死几天，不就免得背氧气袋上台挨批了吗！”于而龙愤愤不平地骂着。

王纬宇回到石湖养病，直到接二连三的社论发表以后，于而龙濒临着垮台的边缘，他才出现在老房子的书房里——没隔几天，于而龙就被礼请出这座四合院了。

王纬宇吹着杯里飘起的香片，叹息着："由此往后，老于，咱俩就是涸辙之鱼，只好相濡以沫了。"他从石湖回来后，好些日子不曾露面。那时候最活跃的莫过于夏岚，她整天马不停蹄地跑来跑去。据说——也许是小人诽谤，王纬宇每晚都要给走累了的太太，用热水烫烫脚解乏。就在一个深夜，下着纷纷扬扬的大雪，他悄悄地来访了。

热水瓶的水，已经不大沏得开茶叶了，偏偏谢大夫去上夜班，不在家；保姆也被勒令辞退，因为那是一种剥削，虽然马克思的家里，也有那么一位恩格斯都非常尊敬的保姆。所以无法弄到开水，只好将就了。

"二龙，这大概真是一场革命！不过是野蛮的，原始的。"

"疯狂，歇斯底里——"于而龙愤愤地说，"应该顶住。"

"抵抗不住！咱们认识的所有老同志，几乎全部垮的垮，倒的倒，一败涂地。"他像敲着丧音的钟，不停地数落着。

"石湖的风浪大么？"于而龙不愿谈那些，换了个话题。

"冬天开始降临了，结冰了。"

"银杏树还活得挺结实吗？"

"在风雪里依然故我。"

"哦，说明石湖支队还在坚持战斗。"

"你总是乐观。"

"我看不那么绝望，党不会死。"

“早晚会把咱们押上审判台的。”王纬宇忧心忡忡地说。

“我不会屈膝投降的。”

“他们待你怎样？‘红角’的年轻人。”

“就像四九年进城，对待国民党政权的留用人员一样。”

“真有点改朝换代的气象！”

“真龙天子都出现了，就是那些连屁股都染红了的毛猴！”

“连最高领导层都那么器重这些小将咧！”

“现在后悔还来得及！”于而龙自然清楚他和“红角”的关系。

“我不想把我写进贰臣传里。”

于而龙淡淡一笑：“其实那又何妨，都活一辈子。”

“咱俩干吗内讧呢？你生我的气，我理解，把你一个人扔下抵挡四面八方的围攻，我去养病，说不过去。好啦，从今天起，咱俩有难同当。”

“你用不着海誓山盟，这种爱情式的表白，只能骗骗头脑简单，天真烂漫的女孩子。”

——王纬宇一听这话，吓得放下茶杯，惊恐地望着，脸皮唰地白了。

可惜灯光暗淡，于而龙注意不到他脸部表情的变化，接着说下去：“……如果你真心实意的话，你明天就去跟高歌他们谈，谁也不许染指实验场，让那里的研究人员得以继续工作下去，把廖总放出来，使他有可能把试验做完，要不然多年的心血就付之东流了。再说：革命的人道主义也该有的，廖总的老伴都被三番五次的查抄吓出病来了。”

——王纬宇这才松了一口气，知道那不过是于而龙信口说出的话，并无深意，那个罪恶的谜园之夜，此刻他本人都不敢去回想了。

他站起来，握了握于而龙的手："我去套套交情看，想办法施加一点影响，使实验场不受到冲击。"

在院子里分手时，于而龙说："咱们不是小偷，用不着如此害怕，深更半夜，鬼鬼祟祟，有什么见不得人的，不要心虚胆怯，放心，决不会改朝换代——"

葡萄架已是一片积雪，白花花的了，他说："至少，我看到是到了更新设备的期限，大部分老掉牙的机器，该淘汰了吧？"

"我不认为我超过了使用年限。"

"可是，我们被上头嫌弃了，'飞鸟尽，良弓藏'，我是学过历史的，历史上有过类似的事例。"

"历史会重演，这一点谁也不怀疑，可还有一个真理在，因为我们是共产党。"

他拍掉落在于而龙身上的雪花："你的天真无邪，一向使我敬佩。"

"你不相信真理最终会取胜？"于而龙不能设想，一个共产党员怎么能失去真理必胜的基本观点，"雪花遮住了大地，但是，雪花会化，春天会来，大地长存……"

"我们也许看不见了！"

"王纬宇，你错啦！我以为你不该这样。"他望着高门楼的二先生，在飘舞的雪花里，仿佛看到了那种再熟悉不过的惊怖绝望的神色，那好像是一九四七年，当延安丢给了胡宗南的时候，他拿着那张《申报》，就是这个德行。

"也许我们应该识时务些，三千年为一劫，我佛如是说。"他喃喃自语地，踏着小胡同里的积雪，消失在黑暗里，一路留下了彳亍的足印，但不大一会儿，雪花遮掩住这个世界上那些肮脏的一切，所有痕迹都覆盖住了。

于而龙沿着河浜，走得够远的了，而他的思路，更延伸到从未涉猎过的腹地里去。江海在后边喊他：“二龙，有什么新的发现吗？”

他站住，回过头来，似乎对江海；似乎对那九泉下一对特别明亮的眸子；似乎对有着妈妈眼睛的画家；似乎对特地让他回到故乡来的“将军”；似乎对石湖；似乎对那些子弟兵的英灵；也是对最早在石湖播下火种的赵亮和共产党，大声地说：“会有的，而且一定会有的。”

他仰望着那须发苍苍的鹊山，心里在念叨着：

“老爹，你是历史见证人，给我力量吧！”

六

太阳暖洋洋地照在两位旧日的游击队长身上。

湖面上看不见一条船的影子，偶尔一片孤帆，也是在叫也叫不应的遥远湖面上。

“别看你是地委书记，当方土地，道台大人，也没法摆脱尴尬局面了。”

“你自找的，活该。我真后悔没把那孩子的饼干带来。”

在降落前，肖奎的孩子念芦，曾经要拿些压缩饼干给他们带着，也无非防而不备垫垫饥的意思，但那位骄傲的石湖支队的队长拒绝了。因为有人说：“拿着吧，万一陷在沼泽地里出不去，还顶点用。”于而龙感谢了孩子的好意,看来,为了面子上的光彩,只好肚皮受点委屈了。

于而龙不用看表,太阳影子清楚地提醒他们,到了应该进餐的时间了,经过在沼泽地的奔波,早就饥肠辘辘了。“你承不承认,江海,文明使得人类软弱?”

“少唱些高调,先解决肚皮问题。”

“其实,还是你消化能力不行了,树皮草根都啃得下去,沼泽地能饿死你?当初你怎么过来着?”

“不要忏悔了,石湖佬,也许你能找些什么果腹?”

于而龙望着舍不得抛掉的花篮:“江海,咱们捉虾吃。”

“没锅没柴,缺盐少酱。”

“照样吃,就看你有没有口福?”

“怎么个吃法?倒要请教请教,西餐吗?”

“石湖有句俗话,生吃螃蟹活吃虾,趁活剥壳,往嘴里一丢,就是了。”

“哦,野人。”

“你要想当文明人,靠那股仙气活着,就等着夏岚文章里许诺给你的共产主义吧!我先去摸两只河蚌上来。”说着脱鞋脱袜,并且把裤脚管卷得老高老高。

江海跳起来:“你要干吗?”

“下河!”

“也不怕笑话,亏了没人。”

于而龙一边朝河里蹚着,一边笑着说:“看你大惊小怪的样子,倒像若萍那年到干校看我那回,正好撞着我在河里摸鱼,把她气坏了,就跟你刚才一个德行。哦,那顿抱怨哦,什么丢人现眼啦!什么出洋相啦！什么不顾身份啦！因为好多司局级干部也围着看热闹，彼此都面熟，她觉得脸上过不去；而且，不走运，马上要‘解放’我，回厂抓生产，怎么能做出这种有失体统的事？——喂，接住，江海（他随手甩上来一只河蚌）！把它剖开，绑在篮子里——我弄不懂，好像当官非要有点派头官谱不可，踱四方步，说一本正经的话，不苟言笑，做出一副俨然君子的模样才好？纯粹是假道学！——呶（他又扔上一只更大的长了绿苔的河蚌）！这下子我们可以动手钓虾了！”他爬上岸，抖去腿上的水，套上鞋袜，一看江海连蚌壳都撬不开，“唉，唉，老兄，你大概除了当官做老爷，没别的能耐了。”

“废话，我在修路队当过普工。”他自负地回答，“那些料石，块块像石碑似的，不是小瞧你，厂长同志，你未必吃得消，请你欣赏欣赏——”他撩起上衣，露出脊背上的累累伤痕，并不比那些畜生用钢丝鞭，三角带在于而龙身上留下的纪念少些，“我们地委的另一位书记，老红军，给大石头压得咯血，后来死去了。”

两个人都沉默了，因为死在自己人手里最可悲了。

过了好一会儿，于而龙把那最简单原始的捕虾工具做好，才想起来什么似的说：“他在爬雪山过草地的时候，不知可曾想到他是这样一个结局吧？那些被他拯救解放的人，却在用石头压死他，可怕的报答！算了，不谈这些，钓虾去！”

在水族里，虾是个有点狂妄，而且还是个愚蠢的鲁莽家伙，好像头脑要少一些。石湖的水，清湛澄碧，一眼见底，看得清清楚楚，那些虾大爷们，一个个张牙舞爪，不可一世地过来了。一看，就知道是些胸无城府的浅薄之徒，刀枪剑戟，锋芒毕露，那头部的须须刺刺，显得那样骄纵狂横，气势汹汹，然而，又不可免地使人感到那样纤细脆弱，和可笑的神经质。最初，它们还略微持有一点警惕，比较谨慎，那长长的触须在试探，想上前，又胆怯地准备后退。——假如王纬宇在场，肯定会给虾大爷们讲一讲《铁流》里无情的阶级斗争，于而龙不由得想。但是，那些蚌肉的美味在水里溢散开来，使那些蠢材们不顾一切地弓起身子，随即弹射似的跳进篮子，等它们尝到了鲜嫩可口的甜头以后，就忘情地大餐起来，什么利害全不管不顾扔在脑后了。

直到于而龙把篮子轻轻提出水面，它们才哎呀一声，想不到自己落了个这样的结果。

"尝尝吧，江海！"

望着那一摊像鼻涕虫似的，剥出来的新鲜虾肉，地委书记皱着眉头，肚子尽管非常饿，因为天不亮在电话里，把王惠平剋了一顿以后，有点火气，随便吃些点心就登上飞机到石湖来。现在，他的胃口，足可以吞下半座望海楼饭店，但于而龙吃起来挺香的东西，他实在难以下咽。

"那你就只好精神会餐了，笨伯，其实，味道还是不错的。"

"要是有柠檬汁、沙司还凑合。"江海馋得直舔嘴唇。

于而龙嘲笑他："要是有锅有火的话，我们可以吃一道日本风味的虾肉素烧了！"他把剩下的两三只小虾，剥都不剥地塞进嘴里，又把篮子沉下水去。

"你们石湖姑娘那样野性，可能和这种茹毛饮血的习惯分不开。"

"谁得罪了你吗？"

江海心想："故事还没有给你讲呢！"

于而龙又蹲到河湖交接的岸边钓虾去了，他看到那些蠢头蠢脑的家伙，趋利忘害地往篮子里游过来，不禁想起那些沐猴而冠的新贵们来了,人,同样如此啊……

哦,他又回到了那绽放的玉兰花下,静寂的庭院里。

那次春游恐怕是他们家历年来,最不成功的一次了,本来那该是最为欢乐的。因为那不仅是大自然的春天,而且也是九亿人的春天,终于盼来等来,拿血和泪换来的春天啊!但是实在可惜,理想与现实往往不能吻合,好像也是一种规律,正如雪莱那句脍炙人口的诗一样:“冬天来了,春天还会远吗?”相反,春天来了,冬天就会马上走么?

那田野里的残雪并未化尽,春寒料峭的日子,还会抖一抖余威,准备着吧,春天虽来,冷意犹存,隆冬的残影,要很过一些时间,才能消退的。

春游的人们,在主妇的召唤下,陆陆续续又回到芳菲的花下,除了那位显得特别苍老的工程师,还在那块“莫回头”的巨石旁边站立,眺望着大地上已经明显的绿意春色外,所有的人,都拿着谢若萍、夏岚分给的夹肉面包,就着啤酒和汽水咀嚼着。

于而龙想:谢天谢地,赶快收场吧,他已经毫无兴趣了,而且后悔耽误了可贵的时间。但是,在临走之前,快收摊的时候,王纬宇笑滋滋地来到他身边,问道:“还有酒兴么?最后干上一杯,如何?”

谢若萍拦着:“你就饶饶他吧!”

夏岚以社论的口气说:“我认为这杯酒很值得一喝,在某种意义上讲:是一杯政治上打了个翻身仗的酒。”

于而龙晃晃脑袋:“得啦得啦!鲁迅有句诗:‘未敢翻身已碰头。’我岂敢轻易谈翻身二字?”

“你呀你呀!”王纬宇大不以为然地,向徐小农说,“打开那个盒子，让滑铁卢的拿破仑，看看威灵吞的头盔吧！”

在于而龙全家的记忆里，这位过去的乘龙快婿，一向是以魔术师的篮子闻名的，他的物质攻势是相当凌厉的，那些年进贡岳父大人的食品，连于而龙那样一个贪点口腹享受的老吃客，都禁不住捧着肚子喊一声吃不消的。但是，谁也料想不到，锦缎盒子打了开来，不是别的，正是让于而龙由不得要掉几滴辛酸之泪的白金坩埚，差一点为它进了八宝山呀！

“拿那一只小号的，倒上点酒！”夏岚赶快举起一分钟照相机，“可不要再愁眉苦脸啦！”

“伟大的列宁讲过，真理前进一步，就是荒谬。两年前，你费了九牛二虎之力，差点把老命赔了进去，也没弄到手。为什么？时机不成熟，你纵使有三头六臂，七十二变，也无能为力。最后甚至可笑地诉诸法律，指望着一位公平的皇天菩萨，结果，碰得头破血流。现在，请看，水到渠成，不费吹灰之力，乖乖地送回来了。”

于而龙并不理会他的嘲弄，问道：“你抓了康‘司令’？”

“暂时还不打算。”

“你说服他们自动缴出来的？”

“也谈不上说服。”王纬宇说得轻松愉快，“我只是让我们那位铁的手腕，保卫处老秦，去警告了一下，那几位头面人物，可能觉得日子不好过了吧？……”

可怜而又愚蠢的虾呀！于而龙又一次从河里提起捕虾的篮子。这一回，江海终于饿得忍不住了，只好学着于而龙的样子，把那草腥气的鲜虾肉，闭上眼睛，塞进嘴里，不敢怎么细嚼就咽下肚去。慢慢地，品出点味道来了，最后，连那些小虾米都不放过，大口大口地吞吃起来。

江海的胃口,还真不小,简直来不及地往嘴里送,那模样,使于而龙想起,很有点像王纬宇举着白金坩埚,张开血盆大口在喝酒的形象。

当初康"司令"们用白金坩埚炖鸡,现在,他们可敬的王老,却用这只锅来煮他们。正如十年前,那次雪夜的谈话以后,他把于而龙推上断头台——那台七千吨水压机,自己脱身出来一样,他永远立于不败之地,又该用那些小朋友们的鲜血和泪水,来冲淡他灵魂上的不安了。

老天总降福给他,他度过了去年十月的慌乱以后,只是犯了几天痔疮,又恢复了镇定的神态,又听到了他那自信的笑声。

"不,编辑(夏岚从那个写作班子回到报社来了)!你是不会猎取到这个镜头的!"于而龙掂了掂那只白金坩埚,它一点也不像它应有的贵金属身份那样灿烂辉煌,有点像锡,有点像铅,普普通通,平平凡凡,一点也不出色。叹了口气说,"这酒,我是无法奉陪的,眼珠掉了,眼眶还有什么价值呢?"

他那颗皇冠上的宝石,已经被人摘除了,只留下镶嵌宝石的底座,一个空洞,像那剜去眼球的孩子,死死地盯着。

啊!难怪那个廖总工程师还在那里凭栏远眺,是的,心灵上的创伤是永远无法愈合的。于而龙想:你和我一样,失去的东西未免太多了。

他终究还是走了。

在飞机场高大宏敞的候机室里,在那些穿着奇装异服的外宾和侨胞中间,他们全家人来给廖思源送行。送一位相处了二十五年的朋友,送一位一去不回,注定死在异国他乡的老人。

他穿着一件朴素的涤卡上装,我们国家每个拿工资的男人都穿的标准国服。看那样子，更多的像是去开会，去出差，而且也非常像过去经常发生的情况一样，他总是不乐意放下研究工作，去参加那些与他无关的会议。于而龙记起来了，老头子总是勉为其难地摇头，他对这位厂长毫无办法，拿着塞给他的飞机票，离开实验场，也总是摊开双手埋怨："你把我毁了！"

现在，他不这样讲了，已经无此必要了，他站在这一家虽说不上生死与共，但也休戚相关的人前，心情绝不是愉快的。当他离开这九亿人的土地后，除了那骨灰盒里的老伴的残骸，除了陈剀惟一的亲戚，还有谁牵住他的心呢？不就是这一家的几口人么？他们全来了，而且那难以抑制的惜别之情，从眼光里流露出来。

眼睛是心灵的窗户，他看得清清楚楚，人们甚至带着最后一刻的希冀："扯掉那张飞机票，回到这个家庭里来吧，绝不会多你一个的。"谢若萍招呼他坐，他不肯，只是不安地，多少有点神经质地走动着。

"你把我毁了！"

他虽然没有讲出口，但是那个曾在王爷坟滚过一身泥的于而龙，却听到了这无言的责难，他在脑海里反躬自问："难道你不承认把他毁了吗？"

于而龙责备着自己，悔恨地望着这位马上要走的老人，想起二十五年前，到火车站去接他们夫妇的时候，无论如何也料不到，甚至有最丰富的幻想力，也估计不出会有今天，又由他亲手把他送走——文静的廖师母永远留下了。

那时候他们两口多么高兴回到故国来啊，在月台上兴致勃勃地等待着，等待迟迟不来的于而龙……

原谅这位泥人儿来晚了吧！

那辆从朝鲜战场带回来的吉普车，在王爷坟的烂泥塘里抛了锚，怎么也开不出来了。他不得不派他的骑兵，套上四匹军马，拉着吉普车在石人石马间驰骋，那种场面使人回想起电影里夏伯阳的骑兵才能干出这种事，大概石翁仲也觉得可乐，竟笑得歪倒在路边了。

他的那些个骑兵们，高兴得直是呼啸，因为他们终于得到机会，向他显示，也向王爷坟那些看热闹的人表白：骑兵永远只能在马背上生活，离开马匹是不行的，让骑兵交出马匹，告别无言的战友，像老娘们儿守着锅台似的，成天围着机器转，当工人是决计不干的。

现在回过头去看，这许多年该浪费了多少精力呀！无数的气力都浪费在无用的地方上去了。就拿让骑兵们交出他们的战马来说，要他们脱掉军装，穿上工作服，去驾驭机器，费了多少口舌啊！宣讲动员，恫吓威胁，那些丘八们哪，为了和那些哑巴畜生告别，哭天抹泪，抱着马脖子嚎个没完，如今一提起都成为笑话。大概中华民族的性格习惯，比较倾向于因循守旧，因此，每一次改革转变，都像蝉蜕壳似的要经历一阵苦痛。一旦离开了原来走惯了的老路，哪怕面前展现出一条更加光明灿烂的坦途，也会犹豫、退缩、惊惧，以至止步不前。甚至春天的气息如此浓郁地袭人欲醉，还习惯那闷了一冬天、门窗都不开的屋里那股污浊的空气，反把清新的沁人心脾的春风视之为奇怪的、格格不入的异端。也许正如三百年前的卢梭说过的那样：“自由这个东西，是一种重味的食品，对于肠胃不好，消化能力不强的民族，是不适宜的。”岂止自由，任何使国家前进，民族向上，人民幸福所迈出的一步，都要付出艰巨的努力。

可是有什么办法呢！周浩打来电话，让他马上放下手头的一切工作，去车站接工程师，特别强调了寥寥无几那四个字。他妈的，只好由着那几个剽悍的骑兵大爷向他逞威风了。

吉普车被拖到公路上，解开了那跑出一身汗的马匹，骑兵向他炫耀地说："这才是我们的真本事，老团长，咱们还是打仗去吧！"

"上哪儿打去？全国都解放了，只剩下台湾，你的战马也蹦不过去！"

"回部队去吧！"那时候人们不愿意转业，"那儿才是我们的家。"

于而龙告诉他们："从今往后，王爷坟就是你们的家，你们要在这里成家立业，生儿育女，将来还要当爷爷，抱孙子，永远扎下根啦！该变一变啦，过去打个没完没了的仗，结束了，今后该搞建设了。咱们比一比，到底是你的马快，还是我的车快？时代在变化，不要拽住马尾巴，落在后边啦！"他把司机推到边座上，把住方向盘，沿着进城的盘山公路飞驰起来，很快挂上了四挡。那几个骑兵追了一阵，看距离越来越远，也不上劲了，掉转马头往回走了。

他停下车，向他们哈哈大笑，那几个败兴的骑兵，竟然捏起拳头，朝他伸出中指，做了个猥亵的手势，那是浪荡的骠骑兵骂人的话，意思是给你个卵吃。

"好小子，小心给你们算账！"师长骂着他的战士。

那些调皮鬼嘻嘻哈哈地一挟马屁股，一溜烟儿跑了。

等他走进车站月台，旅客已经星星零落，所余无几，两口子正在用英语交谈，那时，于而龙一点都不懂。

现在，在机场候机室里，于而龙可以完全听明白，紧挨着他们坐的那对澳大利亚的年轻夫妇，正悄声谈论着是否应该去小卖部给墨尔本的姑姑，买些什么纪念品？——"哦，廖总，谢谢你的比较语言学,我发现我的牛津式发音,甚至比他们还要标准些。”

二十五年前,他听不懂嘀里嘟噜的廖师母在对她丈夫议论些什么,也许在打量这位满身泥水的共产党员,是不是未来的合作者?但于而龙一眼认出,这两位确实属于寥寥无几的人物,只看廖思源的领带,廖师母的项链就明白。尽管看不习惯,他还是礼貌地伸出手——于而龙记不得曾经向他们索取介绍信,或要过证件,也许那时的阶级斗争观念要低一点吧?廖师母那落落大方的姿态,给他留下了不可磨灭的印象。说实在的,他那渔民的手,骑兵的手,如果形容为锉刀未免过甚其辞的话,说是鲨鱼皮是一点不过分的,但她却文质彬彬地握了握,连忙把她的丈夫介绍给他。那温文尔雅的性格,使他得出结论,谁有她那样的妻子,肯定是非常幸福的。

她一直到垂危时刻,也还是这种文静,和特别明白事理的样子,她要求谢若萍——那是惟一陪伴她的同命相怜的人,不要马上去告诉关在优待室里的廖思源,等他什么时候放出来,再把她的死讯,找一个最适当的方法使他知道。

哦,一位多么深爱丈夫的妻子啊!

她宁肯自己孤独地死去,也不愿使身陷囹圄的丈夫更加深一层痛苦。

“……会把他放出来的,一定的,会把他放出来的,有那么一天,会放……”她怀着这个信念,闭上眼睛,离开这个世界了。

唉,二十五年前,他们是两口子一块儿回到祖国,来投身社会主义建设的。二十五年后,他却孤孤单单,孑然一身地离开了祖国。“老廖,我的老伙伴,是我把你毁了!”

“老廖,如果有什么使你不愉快的地方,你就怪罪我吧!”这时,大家已经来到了停机坪，马上就要握手告别了，于而龙说，“周浩同志本要来送你的，因为今天一早他要去国务院开会，他委托我代表，并且说，欢迎你作为亲戚，常来常往着吧！”

廖思源激动地哭了，但只见泪珠从那干涩的眼里滴下来，而没有哭声。

于而龙咽下了“将军”接着讲下去的话：“……二龙，对于祖国，我们是不肖的子孙，对于党，我们算不得真正的革命者，眼看着一个好端端的国家，一个好端端的革命事业，搞成这种样子，而束手无策，甚至坐以待毙。你说他一个知识分子，伤心失望到这种程度，有什么不能理解的呢？寥寥无几啊！二龙，再那样下去，我们可真要成为千古罪人啦！”

“再见吧！”谢若萍忍不住呜咽了，也许她想起了那文静的廖师母，于是于而龙再也憋不住了，索性说出来吧，分明是块苦痛的伤疤，捂着盖着疼痛就会减少吗？他握住廖思源的手：“老廖，我完全了解你的心情，原谅我没法替你分担这种痛苦。本来，今天还应该有一个人陪你一路走的，但她永远也走不了啦！还是那句话，老廖，千万别闷在心里，怪我吧，你要恨的话，就恨我好了。”

“不，那你恨谁去？”他紧紧握住于而龙，“老于，咱们都是无罪的罪人。”

“可是廖师母……”谢若萍用手绢擦拭眼角。

“人迟早都要到上帝那里去的，那是必然的结局，但实验场不应该死，科学不应该死，但终于死了。人死了，销声匿迹了，可实验场死了，骨头架子永远摆在眼前，触目惊心，从哪找到妙手回春的法术，没啦，死定了！难道你以为我愿意离开吗？那终究是咱们一把屎，一把尿侍弄大的嘛，它本不应该死，它完全可以活得很结实，很健壮，二十多岁，正是它应该出力的时候了，它可以做多少事啊！……”廖思源怀着一种挚爱的感情，像谈论一个人似的说着实验场。

于而龙把他的手握得更紧，似乎想把自己那股劲也传送过去：“老廖，咱们可以从头搞起来！”

“老于，我们都太老了！”

“那就从现在起，一直干到死，干成个什么样子，就是个什么样子。”

他凄惨地笑笑：“也还有可能从头毁灭。”

“不——”

“也许你信仰比我强烈，但我认为，有些人是决不肯放下鞭子的……”他讲完话以后，松开了手，“老于，再见吧，往后你也要好好保重呵……”

他向舷梯走去，头也不回，于莲喊了声“廖伯伯”，跑过去，抱住那老人，吻着他那智慧聪睿的前额。他看着那个用鞋跟踢着沙砾的陈剀，对于莲说：“希望你们幸福！”然后，他松开了她，摘下帽子，露出苍苍的一头乱蓬似的白发，向她鞠躬。“孩子，原谅我吧，我这一走，又会给你们涂上一层不幸的色彩！”他突然变得激动起来，“不会的，那只是短暂的历史现象，会好的，一定会好的，也许我看不见了，但一定会有希望的……”

他俯身下去，在地上捏了一撮沙土，珍重地放在手心里，走了。

飞机向南天飞去，很快隐在云雾里去了。

“你在想什么？”吃饱了生虾的江海问。

“我在想——”于而龙回答不上来。

想什么呢？在他脑海里正萦绕着两位老夫子的形象，一位是王纬宇嘲笑为只晓得漆自己棺材的郑勉之，一位是夏岚所不齿的廖思源，这两个人，倒确确实实只有中国这块土地上，才会有的知识分子，所以，他们的命运有某些共同之处。

在那次春游回来的路上，好心的编辑曾经奉劝过谢若萍，她亲切地附在大夫耳边，窃窃私语："若萍，你们明天可不要去送那个老怪物。现在还往外国跑，我不能理解，肯定可以讲，他对于我们的社会，我们的制度，有着一种格格不入的感情。我可把底交给你，正打算把你们家和老徐家往一块捏合，千万不要再惹是生非，像老徐那样的门第，是特别忌讳在政治上搅七念三的。"

那天晚上，于而龙听到他老伴转告的这番话后，完全出乎谢医生的意料之外，非但没有暴跳如雷，大骂山门；而且也不曾冒出"滚他妈的蛋"那些粗话。只是冷冷地说："左右全是她的理了，好像世界是她嘴里的馅儿饼似的，愿意怎么咬就怎么咬！"

"怎么咬都有理呢！"他老伴也不那么迷信了。

于而龙突然提出个冷门问题："你听说王纬宇有门路，搞到进口药品吧？"

"是啊，还送过你美国的硝酸甘油，忘了？"

"你是医生，告诉我，有没有一种使得妇女性机能亢进的药品？"

谢若萍望着自己的老伴，愣住了，竟提出个如此怪诞的问题，发神经病了吗？实在惶惑不解。

"瞪着我干吗？我用不着那东西，而是那位让你提高警惕，划清界限的左派编辑，和你过去的亲家母，一本正经的太太。她们都在服用这种无聊的药片呢！"

“啊呀!”谢若萍瞪大了眼,惊诧地,“都是早过了更年期的老婆子啦,真不害羞!”

“我奇怪那位女孔老二,在公园里学革命理论,在饭桌上搞忆苦思甜,竟然想返老还童,成为情欲横流的荡妇,多可笑!她们就是一种能在虔诚的革命高调和庸俗的低级趣味之间,左右逢源的人,所以她们的话,你也不宜太相信了。”

“谁告诉你的?”

“别忘了莲莲做过他家的儿媳!”

“丫头从来不对我讲。”

“我考虑会破坏你对一个人的完整印象,幻灭是可悲的,当你终于发现神也会做鬼的事情时,难道会不痛苦么?而你一直把那些人当做楷模呢!”

“我们社会里的癌细胞啊……”谢医生忧虑地说。

谢若萍第一次不被夏岚的蛊惑而动摇,而且听到自己女儿和陈剀的事情以后,也不再因为那个研究生的右派家庭和海外关系,而像那年在葡萄架下死活不赞同的拒绝。只是忧虑地谈起:“我听廖师母病危时,提起她外甥的事,她挺惦念他,好像这孩子的命运和她有着什么牵连。她说陈剀也够不幸运的了,工作如此,生活也如此,爱上了一个姑娘,彼此也情投意合,不知怎么就中断了;随后又和另一个女孩结了婚,但感情又不合,弄得很苦恼,谁晓得该怎么了结呢?”

挠头啊!于而龙看不出一个光明的前景,只是怨恨自己,这些年轻人的挫折和烦恼,不正是由于自己那副部长的美梦所造成的么?

嘀嘀——那轻盈的茶色上海车,揿了两声喇叭,停在了他们楼栋的门口。

“谁？”站在窗口的于而龙不禁诧异，只见保卫处长老秦匆匆钻出车门，直奔他家楼门而来，心里想：“他来干吗？”

“完璧归赵！”大个子经过十年风浪，显然学问长了，文绉绉地讲明了来意，“高歌那辆伏尔加还给纬宇同志，纬宇同志这辆上海，仍旧交给你老书记使用。”

“这也得由保卫处管？”于而龙奇怪地问。

老秦坦然自若地说：“现在高歌行政那一摊子事，我暂时代理一下。”

于而龙明白了，那颗曾经闪亮的明星，先在王纬宇的眼里暗淡下去。“厂里作出的决议么？王纬宇的主意？”

老秦说：“不，是根据部里老徐的指示——”

“听见了没有？若萍……”于而龙情不自禁地笑了，不过，笑得有些苦涩。那位深信自行车更有益于健康的医生，丝毫不感兴趣地说，“我既不希望坐门背后的马扎，也不希望坐这种小汽车。”然后，抬起腿要走。

“谢医生！”老秦叫住她，“那套四合院正叫那两家往外搬，再大修一次，保险叫你们满意，只是可惜那架葡萄，不过，还可以重栽——”

谢若萍连听都不想听地走出书房，不知为什么，她想哭。

“怎么回事？”大个子怔怔地问。

于而龙塞给他一支雪茄，给他点燃了，然后紧挨着这个挺不错的部下，在沙发里坐着：“老秦，咱们在一起多少年啦？”在他掐着指头算的时候，接着说，“你该知道我的性格，我不要小轿车，也不要四合院，我只要一样东西——”

"什么?"

"实验场!"他几乎是想大声喊的,但说出口却是轻声的。

保卫处长沉默了,他想起了那只叫于而龙身败名裂的大皮箱,那号码正好是外国人最犯忌的数目字:十三。

于而龙问:"他高歌、他王纬宇、他老徐,能还我实验场么?把车开回去,谢谢你的好意。"他断然拒绝了,而且是任何人也无法说服了,这一点,老秦是最理解的。

他知道这辆车今后的命运,恐怕锁在车库里时间要多于出车的时间了。于是起身告辞,其实王纬宇给他这个差使时,他倒估计到会碰壁的。

"哎!你等等——"

于而龙从写字台里摸出那支差点惹祸的二十响,擦了擦,还像三十年前那样锃亮,只不过有几处烧蓝褪了,不免有点珍惜地塞给老秦,终归是故人遗物,能不心疼么?

"何必上缴呢!老书记!"

"隔七八年来一次,不又得让你编谎诓人!"

老秦说:"再来,神州就该陆沉了……"他掂着手枪,小心地摸着枪口,并且放在鼻子前嗅嗅。"看得出来,这支枪喝过不少血!哦,我小时参军,做梦都想有这么一把大镜面匣子!"

"拿去吧,既然你喜爱!"

"留下吧,我给你补办个手续——"

"不,我老啦!"

"笑话,等着你走马上任。"

"胡说——"

"纬宇同志亲口讲,你马上要官复原职。"

“他？”

“哦，看起来，纬宇同志挺有板眼，目光比较远大。”

于而龙心想：“可不么？他能看三千年之远咧！”

“老书记，他说在给你扫清道路，反正那些响当当的，他都会一个个收拾的，还直埋怨十年前那箱黑材料——”

于而龙耳朵竖了起来：“什么黑材料？”

“就是从军列上查抄出来那一皮箱打算偷运出去的黑货。”

想起使自己十年前栽跟头的那只皮箱，头都有些发晕，于而龙叹了口气：“算了，还提那些干吗？”

“我也是这样讲的：‘纬宇同志，别提啦，要不是你给我出那个主意，老书记也不会在那么多职工面前栽倒，嗐，还叫他挨了那卷毛娘们儿一记耳光！’”

于而龙两眼顿时黑了……

他一把抓起桌上的二十响，把保卫处长吓了一跳。

“你怎么啦？老书记！”

“告诉我，那主意不是你拿的！”

“是纬宇同志啊，那时，他是副厂长，悄悄告诉我：‘你不到实验场去看看热闹，老于打算把廖总的资料，偷偷利用军列运走。你手里那些东西，放在厂里怕不安全吧，还不一勺烩了。’”

于而龙倒吸了一口冷气，十年前从七千吨水压机上一头栽下来，原来是他！是他王纬宇！这边支招，那边出卖，正是在雪夜谈话以后的事呀，他良禽择木而栖，可把于而龙送上了断头台。

是的，正是他二先生，戴着礼帽，穿着长袍的王纬宇，笑吟吟地看着他，好像在朝他说：“生的什么气呢？我是为你好。”

“你给我闭嘴！”

"不要分不清好赖人。"

"你把我卖了多少钱？你说，你说……"他端起了手枪。

他嘴角下落，露出一副阴鸷的神色："无所谓卖，无所谓买，一切从需要出发，适者生存。"

"混蛋——"他瞄准了王纬宇的脑袋。

二先生把礼帽从头上摘下来，指着自己的前额："请吧，你要记住，我是工厂党委书记兼革命委员会主任，而你，一个离职休养的干部，考虑考虑吧，政治谋杀案的主犯，名声不雅吧？"

"你是个杀人犯！"

"拿得出证据来吗？有什么凭证吗？找得到足够的法律依据吗？算了，你没有那本事，连蛛丝马迹也找不到，我是戴着绅士的白手套干的。你还是这样开枪吧，打吧，像芦花一样，从两眉中间打进去，有百死而无一生，可你缺乏这份勇气。于而龙，拉倒了吧，放下你的枪，不要逞匹夫之勇，老实对你讲，你不是我们的对手，认输了吧！"

他闭上眼，扣动扳机，只听砰的一声，王纬宇哈哈大笑，倒在血泊里……

"老书记，你怎么啦？"秦大个在桌子对面站起来。

于而龙这才发现什么事都不曾发生，只是拍碎了一只刻花玻璃茶杯，手被扎出点鲜血而已，手枪还在桌子当中摆着。

黑洞洞的枪口，似乎诧异地瞧着发怔的于而龙。

在那个多雾季节里，甚至正常人的理智也会混沌、混乱，说不定还会疯狂的。

现在，于而龙在沼泽地的小河边，望着那一大片被阳光照得格外明亮的湖水，心里在思索着：过去了，总算过去了……

——芦花，要不然就无法来到石湖破谜了，活着，就是胜利啊！

那位地委书记解决了肚皮问题以后，着急谋求出路了，总不能在沼泽地里当鲁滨孙哪，独自跑走找船去了。于而龙坐在小河旁边，望着影影绰绰的闸口镇，那熟悉的教堂尖顶似隐似现，这使他想起那一天和芦花冲破了恶浪险涛终于靠岸时的情景。

……也像现在一样，雨后斜阳把湖面照亮了，两个人的心情舒畅多了，特别是于二龙讲了应该相信同志们的话后，芦花想想也是个道理，便说："依你的，就这一回！"

于二龙说："要不是麻皮阿六——"

这句话说到了她心坎上，她笑了。

芦花起劲地拧干头发里的水，这时，她才发现紧贴在她身上的湿褂子，把那饱满的，箍都箍不住的胸部，无可奈何地暴露出来。"看我这样子——"她原本就不怎么回避他的，如今她更加坦然地迎接他那困扰的目光，半点也不心慌意乱了，更不失悔自己莽撞地抢先说出心里的话了。她觉得轻松，像了却一桩大事似的卸去了心头的重担，想到自己终于也像石湖姑娘那样大胆地吐露衷肠，便问："二龙，你该嫌我了吧？"

对着那样真诚的眼睛，说假话是不可能的，便坦率地摇了摇头。

"你心里什么时候不嫌我的？"

哦！也许女人的天性就是如此，谁落进她爱情的罗网里，下一步就该牢牢地控制住，用绵密的情丝紧紧地缠绕起来。

于二龙不知该怎么回答这个奇特的问题，难道有过什么时候，心里不装着她的影子么？

“我……”芦花抖弄开那又黑又密又厚的头发，回忆着自己的爱。直到今天，还可以从于莲的浪漫主义的长发上，瞧见当年芦花的影子。他女儿那波浪似的拖到肩头，像瀑布似的闪着光泽的秀发，使舞蹈演员嫉妒。因为柳娟的发型，是靠理发师的手艺，而那个在血管里继承了母亲那一头秀发的画家，即使不精心地梳理一下，也是风姿翩翩，格外动人。

“哥，从我见你的第一眼起——”

于二龙不相信：“那时都还小呢！”

“哪怕是小孩，也有个喜欢谁，不喜欢谁的。”

于二龙为他哥哥的命运叹息，他知道，那个拙于语言的人，有一颗多么爱她的心啊！然而却像飘蓬一样永无定处的被摈弃了。爱情的不等边三角呀，有时是相当残酷的。

“你还记得吗？在冰窟窿上一把抱住，死活不让你钻进去？”

于二龙清楚地记得她紧紧搂住自己的情景，生死关头，显然什么都顾不得了。但那是他第一次挨得她那样紧贴，如果说砒霜的毒性要使他死，那么她的泪水，她的亲近，她的拥抱，使他产生了强烈的活下去的愿望。

“后来，在陈庄游街，关在黑仓屋里，还记得么，咱俩紧挨着，伤疤贴着伤疤，血都凝到了一块，从那天起，说什么也分不开啦！”

“那他呢……”

“他？”芦花轻描淡写地说，“我应许过娘吗？还没等我来得及说话，她老人家就闭上眼了。二龙，他待我好，我心里明白，他有那个心思，是他自己的事，我敬重他，为的他是我哥。”

“他心里总装着娘的话。”他有些可怜他哥。

“就是娘活到今天，也办不到，我自己做自己的主。”

他回想起那眼睛里，闪出的毫无回旋余地的光芒，也曾经在他女儿，在未来儿媳眼睛里同样出现过，她们拒绝徐小农，拒绝高歌，拒绝艾思，拒绝其他她们所不爱的追求者，这种爱情的拒绝，同时掺进了恨的成分，那恨，几乎和爱同样的强烈。

芦花望着他，似乎等待着他的热烈语言，来填充她敞开的胸怀，简直可以说是期望着爱的抚慰，尽管眼前是土匪骚扰，身后是敌人围剿的暂时宁静局面，然而，爱情是无法遏制的，在战火中同样会产生爱情。

但是于二龙却有些忧虑不安："谁知大伙怎样？芦花，他们会说些什么？"

她似乎早经思索，一点也不犹豫地脱口而出："我不管别人说千道万，大主意我自己拿，哪怕只活一天，这一天，是我的。"她凝神注视，那眼神直逼到他心里，"你怕？"

"不，我是怕你——"

她笑了，那银盘似皎洁的脸，闪出一股令人望而生畏的光辉，像出鞘的利剑，寒光逼人。于二龙有时也不愿直视她那美丽可是刺人的双眼，如同她手里那把二十响匣子，张嘴是要杀人的。直到今天，他也承认，那是惟一能够用眼睛向他发出命令的女人："我才不怕呢！二龙，都死过不知多少回的人啦！"

她确实是拼出性命爱的，谁也比不上她为这份爱情所付出的代价更为沉重的了，一直到献出生命。她爱得那样真挚，那样深切，把满腔炽烈的爱都付与了他。在艰苦的战斗岁月里，在生死决战的火线上，人们也许难以相信那样的土壤里会萌发爱情的幼苗，但那是不可阻挡的，只要有生命的地方，就会诞生爱情。

可人们，包括那些正直的人，又是多么的不谅解啊！于而龙记得，最随和人的，通情达理的老林哥也不表示支持，小烟袋一锅抽了一锅，摇晃着脑袋："不成，琢磨来琢磨去，不成。二龙，芦花，你们俩丢开手罢休了吧，咱们都是党员，二龙还是队长，要做出不在礼的事，老百姓该戳着咱们的脊梁骨骂啦！"

赵亮根据他在苏区生活的全部体验，懂得婚姻自主，决定权在女方手里，这一点，一开始他就尊重芦花的选择。但是，在于大龙光荣牺牲以后，情况发生了变化，因为活着的时候，双方当事人都在，如果有婚约的话，也好解除；然而现在，一方成为烈士，又是如此悲惨地死去，倒成了永远也解除不掉的婚约，情理上的负债，变成精神上的束缚。因此，他也十分为难，真后悔自己在苏区时，只顾当他的赤卫队长，没关心苏维埃政权是怎样处理婚姻纠纷的。在小组会几个党员的众目睽睽之下，犯愁了："都盯着我干吗？让我好好回想一下！"他拍自己脑袋，想拍出当时苏区也有个于二龙和芦花就好了，那里是怎么解决的，这儿也就有章可循了。所以只好说："同志们，放炮是容易的，要心里没十分把握，保险不是左，就是右，会打偏的，给我容点空吧！"

他那虚怀若谷的精神，至今还印刻在于而龙的脑海里。这问题就一直拖着，正好抗大分校开办，芦花去学习，遇上了阳明，才算结束这一桩公案。——唉，精神世界的解放，是多么困难啊！

他们的罱泥船渐渐靠近了闸口，教堂尖顶下的圆拱形长窗都看得很清晰了，也不知什么朝代，一个传教士在这里建了座哥特式的小教堂，随着教士的离去，教堂也失去宗教的作用，而变成一个不伦不类的建筑物，和老秀才一样，是闸口两怪，大概怪就怪在他们的不同一般吧？

那天，他们完全有可能活捉麻皮阿六的，因为匪首犯了一个原则性的错误，钻进了小教堂，就像螃蟹爬进了篩里，只能进不能出堵死在里面。如果活捉到手，小石头的死因，穿皮鞋的阴谋家，都可能从他嘴里掏出来。但是动手前少说一句话，错过了良机，因此至今悔恨不已，为什么绝妙的主意，总是在事后才涌出来。

把船靠拢在村头，迅速地钻进一家基本群众的屋里，想摸清匪徒的一些情况。那时广大群众对党领导的这支游击队，并不十分理解，加上鬼子和保安团势力强大，他们开展工作困难，所以基本群众队伍根本形成不起来，越是得不到群众支持，队伍也越吃苦头；好像是恶性循环似的，队伍越削弱，不能给群众撑腰，群众越来越躲着队伍，以至于把门闭得紧紧的，苦苦地哀求游击队走开，别给老百姓带来不幸和灾难，离开了群众，支队没处躲没处藏，吃喝都成了问题。所以，那虽然是春天，但是，失去群众的春天，比冬天还寒冷，还难熬呵！

正是在尝够了苦头以后，才懂得人民是母亲的道理。于是，以后无论是再寒冷漫长的冬季，都能感受到来自地底下春天的温暖，春在母亲怀抱间，春在人民心田里。

他们刚跨进门槛，吓了那家人一跳，脸都变了颜色，老妈妈连忙跑过来，直撅撅地跪在于二龙面前，直是央告：“队长，你饶了他吧，你可千万别杀他头啊！”

芦花弄得不懂起来，慌忙扶起了她，那时，她是镇上惟一的可靠群众，儿子是支队的一个战士：“大娘，你在给谁求情啊！”

里屋门咣当一声，正是那个战士满面怒气地闪将出来，豁出命地顶撞着：“刀砍斧剁由你们便吧，我开小差，不干了。”

要早一年，于二龙那脾气，肯定会有一场火并，但应该承认，芦花那对明亮的眸子，在光线不大充足的屋里，闪闪发亮，分明是在警告他，不得盲动。他那扣枪的指头，从扳机上滑下来，伸出手，给那战士一拳，笑着骂："好出息的货色，吃不了苦溜了，多丢脸哪！芦花，给他一支枪，走，打麻皮阿六去。"

老妈妈奇怪地问："你们不是来抓他的？"

于二龙告诉她："我们来和麻皮阿六结账。"

"那他？"老妈妈指着自己开小差的儿子。

芦花说："那是饿得他没法啦，大娘，不能全怪他。可还得让他干，连麻皮阿六都回来了，往后的日子，乡亲们就该更不好过了，石湖支队的旗子不能倒，走吧！"

那个开小差的战士，无可奈何地抓起枪跟他们一块去了。

麻皮阿六挺狡猾，短兵轻骑，带来五个人，四个都给他放了哨。他是得到消息才回湖西重新开拓地盘的，既然石湖支队的头头脑脑陷入重围，劲敌已除，便放心来到闸口，给秀才一点教训，好给王经宇一个交待，那是高门楼大先生早就关照过，要给点颜色看看，紧紧老东西的骨头。

土匪头子一脸横肉，杀气腾腾，像饿虎扑食地一把抓住老秀才。那可怜的老人，除了颤抖，半句话都讲不出来。他想，今天，大概是来年他的忌辰，该是去见列祖先宗，和板桥先生的日子了。

"告诉你，六爷特地来敲打你骨头来的，你这块粪坑里的石头，又臭又硬，我倒要试试，你硬，还是我硬？"

"天哪！我可不曾招你惹你啊！"

"求你写文章比什么都难，还拐弯抹角绕着脖子骂人，今天，我偏要打出一篇好祭文来。"

老秀才恍然大悟，王经宇是决不会只给一拳就肯拉倒的，看来，他的现实主义文学，在麻皮阿六批评家手下是过不了关的啦！

老秀才希望这位掌刀的天良发现："你是绿林好汉，理应秉公判断！"那意思说我是忠实于生活的，学不来在广场血迹里还有唱赞美诗的功夫，高抬贵手吧！

那满脸核桃麻子一亮："不错，老子专门打抱不平。"

"苍天在上，是非曲直你可得分清，干嘛替高门楼撒气呢？"心想："给凶手恶棍写颂诗未免太下作了吧！"

麻皮阿六是个无赖光棍，笑了："老不死，你年岁大，倒不糊涂。老子也有不得已的苦衷，今天，我要不打你发个利市，我在湖西就站不住脚。委屈你老人家啦！"说着，按住老人在板凳上，"你放心，准给你留条命！"

杀人不眨眼的麻皮阿六，下手岂有轻的，才拍了几下，廖思源，那位总工程师，皮开肉绽，昏过去了。

于而龙怔住了，怎么在记忆里把两位老夫子纠缠到一块去啦？难道每一个时代，都会有以不同形式出现的麻皮阿六么？也许历史会惊人的重复，只是时间上有差异罢了。

他终于苏醒过来，望着做八段锦的于而龙，断断续续地呻吟："老于，你可千万别告诉她……"

"放心吧！"于而龙转过脸去，努力控制着自己，"我永远也不会对廖师母讲的——"他看着在优待室门口倏忽而过的黄鼬，心里拧成个疙瘩："该怎么告诉他呢，他的妻子永远也不能听见人间的声音了……"

——老夫子啊！你们的皮肉也太经不起风吹雨打啦！

砰！砰！

枪声在闸口镇上空响着……

只要一投入战斗，接火以后，芦花马上精神抖擞，像一只凶猛迅捷的鹞鹰，倒背着双翅，笔直地朝枪响得最厉害的地方猛扑过去。无论对手怎样毒辣致命的打击，她都能利落地避开，仿佛旱地拔葱似的脱离险境，又好像脑后长着眼睛似的躲闪意外的偷袭。而当敌人落到她手里的时候，怎么说呢？于而龙在琢磨该用一个什么字眼，来形容他的妻子，是的，她残忍，斗争使得她对于敌人相当冷酷无情，只听她咬着牙狠狠地说：

“我要他活着进来，死着出去！”

她把每一发子弹，都在鞋底上蹭了蹭，然后，压进枪膛，小石头的血，从她眼睛里冒出来。现在，即使麻皮阿六跪着讨饶，也休想给他留下这条命了。

仇恨使得她把枪口，对准敌人最致命的地方，所以她要在鞋底蹭弹头，就因为她听说那样击中敌人的头，就会开花，成为炸子，其实并无科学根据。但仇恨使得她非这样做不可，她成了敌人眼里一尊可怕的复仇之神。

“闪开！”芦花再不是刚才在湖里那温柔的姑娘了，她说：“先敲掉那个哨兵，分两路包抄过去。”她穿过一条窄巷，手一扬，嘿地叫了一声，那个站岗的匪徒回过脸来，没想到眼前一亮，一个美得出奇的女人在他跟前，（她从来不冲背后开枪，要杀死他，就让他死个明白，必须把对方叫得调过脸来，从两眉之间打进去这颗子弹。）才惊讶地张开大嘴，刚刚呀出声来，子弹击中了他的脑袋，一声不哼地倒在墙脚边了。

“跟着我，堵他们的退路。”她拉着那个想开小差的战士，猫着腰，像狡兔似的，穿过那几个被枪声惊动了的匪徒，还未等他们清醒过来，已经到达村口，抢先把守住那座匪徒要撤，必走不可的木桥。

麻皮阿六想冲出秀才的家，但于二龙手里那把江海的二十响封住了门。

“妈的，偷鸡不着蚀把米，于二龙来得好快！”麻皮阿六对撤回来的匪徒说，“翻后墙，跑！”倘若他了解门口只有一支匣枪，仗就不是这样打了。

老夫子在昏迷中苏醒过来，听到匪徒们互相埋怨：“不是说把共产党一网打尽，怎么于二龙在闸口冒出来了，妈的，咱们算是给保安团搪了灾啦！弟兄们，只要跑脱于二龙的手，我要不扭断那哥儿俩脖子，白在江湖上拉杆子啦！”

“高门楼的鸦片膏，把你烧糊涂心啦！”

他们几个急急忙忙翻过东倒西歪的后墙，绕过教堂，刚在村口稍一露面，芦花他们三八大盖发言了。“糟啦！”麻皮阿六拍着大腿：“出不去村啦！”又龟缩回小巷里来。

断断续续的枪声，早把闸口镇惊扰得鸡犬不宁，那年头还不作兴跑反逃难，家家都关门上闩，悬着颗瑟缩不安的心，等待着灾祸降临。麻皮阿六匪帮只是在县城、大集镇有秘密联络点，小村小舍，除了威胁利诱，找不到同情者。现在，无论敲谁家的门，都不敢接纳收容这些打家劫舍的败类了。

他们只好退守教堂，坚固的建筑物，足可抵挡一阵，原来造教堂的外国传教士，显然也只存固守之心，只留了一个可以进来的狭门。哦！匪徒们一步钻进了死葫芦，是不会有出路的了。

“投降吧，麻皮阿六。”

于二龙向教堂喊话，芦花也收缩过来。

匪徒们倒留点心机，把老秀才弄到教堂里当人质。现在，暮霭沉沉，子弹所剩无几，而惟一可以活命的门，像油瓶口被堵死了。

麻皮阿六懂得苦肉计不中用，投降没出路，背信弃义的撕票，早结了不解的冤仇。他把死去活来的老先生，推上教堂的尖顶钟楼，他躲在背后，让老人向全镇乡亲喊话，叫石湖支队腾出一条路，要不然，三天以后，全镇人人过刀，鸡犬不留。

石湖四周数县，谁不晓得麻皮阿六是个杀人如毛的刽子手。

老秀才喘气都困难，浑身伤痛，哪里站得稳，更谈不上喊叫了。况且他一生正直，不惧淫威，宁肯与匪徒同归于尽，也决不叫他们活着走出教堂。麻皮阿六在身后用匕首刺他："快喊，快，小心老子恭喜你！"

他终于张嘴了，力竭声嘶地喊了出来："你们就开枪吧，他在我背后头，开吧，快开枪吧！"

"把枪给我！"芦花伸过手来。

"你会连老秀才一块报销了的。"于二龙不放心地把枪递给了她。那时，这支枪是江海刚从盐警大队缴来的，是一把崭新的，可能刚开荤的二十响，尤其握在她手里，更显得秀气端庄，英姿飒爽。

芦花把枪端了起来，那枪身上的烧蓝发出一股幽光，从这一刹那开始，麻皮阿六的生命就得以秒来计算了。

他记得当时在教堂外边，天色已经昏暗，能见度不那么高了，她自言自语地："老先生，我得让你受点苦啦，没法子。"

砰的一枪，那锐利的声音像女高音一样清脆。这一枪不偏不斜，正好打在老秀才的小腿上，看得清清楚楚，他好像被人拦腿一棍，栽到一边去。在秀才身后的麻皮阿六，赶紧识时务地纵身一跳，企图躲开。好了，他没遮没拦地暴露在芦花的枪口面前；于二龙本想告诉芦花一声，给他留条命，有些话得从他嘴里掏出来。但晚了，刚要开口，芦花手里的枪响了。骚扰石湖多年的匪首，天灵盖给揭开了，粘在了教堂大钟的柱子上，子弹是从双眉之间斜插进去，再准也不过的了。

余下的匪徒举手投降了。

芦花向抬出来的老秀才跑过去，直向他道歉："老人家，别怪罪我，叫你受苦啦！"

老夫子从休克中醒来，刚才似乎是一场可怖的噩梦，终于结束了，在涌过来的乡亲们灯笼火把里，他慈祥地望着芦花，嘴唇在哆嗦着，显然讲些什么。

"你说些什么呀？"芦花问道。

乡亲们庆贺为害多年的麻皮阿六被击毙，那些对石湖支队敬而远之的人家，也忙着给他们三个人端茶送水慰问来了。

老秀才仍在哆里哆嗦地说着，人声嘈杂，芦花分辨不出，便俯身过去，弯下腰，听那躺在门板上的老人说："……姑娘，你，你……做了件好事，我不怪你……"

笑声在古老的镇子里飘扬，因为过去麻皮阿六在石湖抢劫作案，闸口镇是匪徒撤向海边的通道，他们真被这帮祸害作践苦了。哦！如今去了块心病，怎么能不兴高采烈呢？于二龙从这一天真正体会到：不给人民除害，不为人民造福，还算什么共产党员呢？

"还想开小差吗？"他问那个战士。

小伙子不理他，背过脸来："芦花大姐，你一定得教我成个神枪手，百发百中……"

于二龙捅那战士一拳，要他回答问题，芦花给这位队长一眼："你也是，人家已经回答你啦！"

在欢乐的声浪里，只见江海浑身湿漉漉地出现在人群里，他也游过来了。

“哦，我到底没有弄错，听得出来，是我的枪响，快走吧，赵亮同志在等着你俩呢！”

“不到时间，让我们后半夜去接你们。”

“快，找条船，再搞上几斤细盐，快，越快越好，我实在游不动啦！”他挤着衣服里的水，蹦跳着，夜深了，已经有点凉意了。

于二龙诧异赵亮怎么会这样着急，乡亲们也围了过来，关心地询问着发生了什么事？

江海也支支吾吾地不肯讲，直催着快些走。

芦花似乎有些预感，忙向乡亲们借了条快船，跳上去，招呼着他们，同时向乡亲们挥手告别。

船到了湖心，江海被逼迫得没法，才慢吞吞地告诉他们：“你们俩不要难过，大龙牺牲了。”

七

好像直到今天，盐工出身的游击队长，还是那个脾气，于而龙急于想了解的有关芦花的下落，她的棺柩，骨骸，墓碑，甚至包括那棵参天的银杏树，等等，等等，然而对这些疑问，地委书记到现在还不能爽爽快快地和盘托出。

他觉得和老林嫂一样，这位老战士也是吞吞吐吐，支支吾吾，似乎有什么难言之隐。他不理解，有什么不便张嘴的呢？最大的噩耗莫过于死，但芦花已经牺牲三十年，还有比死更难讲出口的可怕消息么？

也许这是江海的奇特秉性，你急他不急，你忙他不忙，你当回事，他毫不在乎——谁让他偏偏生肖是属牛呢？也许是巧合，这位地委书记有股子牛劲。

据说——自然是王惠平在饭桌上，当笑话讲给于而龙听的。十年前，江海被送到公路工程段当普工，背大石头去了，仍旧时不时地给县委写来条子，提出一些带有指导性的意见。譬如围湖垦田，他建议要慎重再慎重，三思而后行。大伙儿不但当做笑话看，还当成反面教员批。王惠平也很窘，出于好意，亲自到三王庄给这位下了台还不肯卸妆的老兄提个醒。江海那时已来到这一带修公路，王惠平劝他罢休算了，何必贻笑大方。“不！”这位盐工回答，“我认为是我应该尽到职责。”

笑话之至！顾全老同志的面子，王惠平不愿讲那些刺激性的话，只是提醒他：“您已经靠边站了！”

江海身背那二百来斤重的石头，顽固地坚持问道：“我想提个问题，党，死了吗？”

“何必这样不识相呢？”

“人有时得认个死理，不能灵活得过了度，既然党还活着，我就要履行我的义务，因为直到今天，谁也不曾给我一张中央或者省里，免去我地委第一书记职务的命令嘛！”

王惠平讲完这段小插曲以后，总结了一句：“他就继续当他那个背石头的地委书记。”

看来，对这样固执己见的同志，只有芦花，那个敢作敢为的女人，能撬开他的嘴巴，能使他讲话……

在往沼泽地回驶的船上，于二龙关切地，不止一次地问：“究竟出了什么事？”“怎么啦？”“你倒是吭气呀！”

江海坐在船尾，盯着西天里一钩如眉的细月，听着浪涛拍击船头的水声，硬是沉默着，休想从他嘴里，询问出个结果来。

坐在他对面的芦花，或许意识到什么不幸，要不，就是一种第六感觉，叫做直觉，或者叫做预感的神经在兆示给她，她沉不住气了。

“老江，你讲不讲？”

江海打量着她，仿佛她讲的是外国话。

“我再问你一遍，你讲不讲？”

那位固执的盐工，偏过头去，不愿理她。

芦花急了，站起来，厉声地喝着：“你给我滚！”猛一掀，把猝不及防的江海，给扳倒在石湖里。

于二龙听到身后扑通一声，赶紧止住了桨，回过头去看，江海已经从水里冒出来，扳住了船帮。但是，料想不到他的那支二十响匣子，在芦花手里捏着，黑洞洞的枪口，正对准自己。

从来没见芦花如此暴怒，因为她不但有第六感觉，而且深知江海在谴责她了：“滚！”

江海当然不会滚，但也不往船上攀，他非常理解眼前执枪的女人，那是个什么都做得出的女中好汉，一个长着漂亮面孔的凶神。是这样，她有时候很温柔，甚至娇媚，但要酸起脸来，心肠比铁还硬，她真敢给他一枪的。

芦花僵持了一会儿，突然地问：“是不是大龙他——”

江海点点头，爬上了船，这才慢悠悠地讲出大龙牺牲的消息。

谁都没有惊讶，似乎在意料中的，船上一共四个人，对这个不幸的消息，竟没有一个出声表示出什么感情，真是奇怪极了。而不论是谁的心里，都横梗着一块东西，是痛苦吗？不是；是悲伤吗？不是，他们四个人，只是感到无可名状的压抑。

那是一个很长的梅雨季节过后，气候开始转暖变晴的夜晚，空气不再那么霉湿，而变得爽朗，身后闸口镇跳跃着的灯笼火把，像眏眼的星星似的光亮，显得欢乐、轻松和痛快。按说那应是一个非常美好的夜晚，但是，对于二龙来讲，似乎是一种嘲弄，一种讽刺；又好像故意制造罪恶似的，把他拖陷在难堪的罗网里，仿佛他参与了什么阴谋似的。

要是白天在那避风的扇形灌木林前，芦花未曾吐露那番勇敢的表白，他此刻心里负疚的情绪，或许会轻一点。固然，在娘死后的几年里，芦花终究和谁生活下去的问题，横亘在他们弟兄俩之间，但谁也没有力量下决心突破。直到这一天，偏偏是芦花自己做出抉择的时候，而且也是于大龙终于明白爱情是勉强不得，也等不来的时候，天大的一个问题，却以这样的方式来结局，无论对于生者，抑或对于死者，在感情上，在所付出的代价上，都未免太沉重了。

在登上沼泽地以后，江海引着他们，急匆匆地向于大龙牺牲的烂泥塘走去。甚至到了今天，三十多年以后，于而龙也不大愿意回忆当时的情景。

于大龙是在被敌人残酷地折磨以后，延缓了很长时间死去的，直到傍晚时分，敌人全撤走了，赵亮才把他找到的。那时，他还存有一丝丝意识，于是赶紧打发江海过湖，来寻于二龙和芦花。现在，等他们赶到，大龙已经断气，停止呼吸了。

那个战士拎着桅灯，踩着泥汤走过去，站在于大龙尸体旁边，定睛一看，立刻恐怖地叫了起来，失神地往后一仰，跌倒在水里，桅灯也熄灭了。

于二龙和芦花走过去，看见他们的哥静静地躺在那里，在月光下，显得恬静安详，等到赵亮重把桅灯点亮，他们俯下身去，想看一看他的脸容，这时才看清楚，于大龙被剥光的尸体上，像穿了一件黑色紧身衣，不是别的，是爬得密密麻麻的蚂蟥，黑压压的一片，遮住了裸露的身体。那些嗅到血腥味的蚂蟥，继续从水里，从泥汤里涌过来；已经吸饱了血的蚂蟥，也像蚕蛹似的仍然紧吮着吸不出血的尸体不放，看得人发瘆，看得人麻心，看得人头皮发奓。

赵亮累得精疲力竭，那些吸血鬼在他的腿上，脚面上，也叮了不少，它们像疯狂了一样，嗜血的本性促使着，不管一切涌过来。

他喊着："弄到盐了么？快，给我！"

赵亮爬起来，顾不得自己，抓起大把的盐粉，搓弄着于大龙尸体上的蚂蟥，一边狠狠地骂："让你们吸，让你们吸……"

于而龙现在闭上了眼，顿时觉得那无数的吸血鬼，爬在了自己身上，可不么？爬满了，像那工厂后门守卫室里的木柱，无数的斧痕，印在了自己的心上。哦！生活里的蚂蟥，社会里的蚂蟥，十年来，用多少鲜血，把他们一个个喂得肥头胖耳，这些吸血鬼啊……

于而龙记起他哥最后的呼声："开枪啊！二龙，向他们开枪啊！"

三十年以前的话，好像在鼓舞着，催促着；满怀信心地期望着，等待着；甚至还含有深情地责备着，鞭策着这位三十年后又回到沼泽地的游击队长。

——哥，原谅我吧，原谅我没有完成你战斗的嘱托，非但我不曾朝他们开枪，而是他们一枪又一枪地射击过来；他们并未倒下，我却伤痕累累。

历史就是这样惩罚于而龙的，但究竟怪谁呢？

于大龙活着的时候，是他和芦花结合的障碍，在他牺牲以后，那并不存在的影子，仍旧是他俩头顶上的一块阴云。不但他自己推拭不开，许多同志，包括眼前吃饱了生虾肉的江海，也不支持，他理正词严地劝说过。

“拉倒吧！”

“拉倒什么？”

“你和芦花同志的关系。”

于二龙火了：“为什么不敢找芦花谈去？都来围攻我，我怎么啦？做出什么见不得人的事么？”

“保持点距离，咱们不能给队员，给非党群众造成不良影响。”

“什么不良影响？”他在滨海，倒会了解到石湖的不良影响，岂非怪事？于二龙不再理他。

江海是个顽固的家伙，偏要说：“你们俩太接近了，我看都有点过分了！”

“闭上你的嘴，我和芦花从来就是这样，一块儿长大的，怎么？让我朝她脸上啐唾沫，才叫正确？”

江海的一定之规真可笑，又去说服芦花，但是，芦花回答却异常简单，只有一个字，干脆利落：“滚！”

谁也猜不透芦花在听到于大龙死讯，看到于大龙尸体，心里是怎样想的？

他记得于大龙尸体上那些蚂蟥，涂上了一层盐粉以后，不一会儿，全化成了血水，发出一股难闻的铁锈味，特别是那张沾满泥浆，但神色坦然的脸，谁见了都得把头偏过去。

芦花喊他：“来，把哥抬到湖边去！”

“干吗？”

“给他收拾收拾，总不能这样让他走！”

赵亮交待了几句,和江海去找中心县委汇报去了。芦花他们三个人,在湖边的清水里,给于大龙洗去浑身血污,穿上在烂泥塘里找到的衣服。

于而龙回想起一个细节:当芦花在湖边洗那些泥污衣服的时候,突然间,她的手停住了,半天不吭声地愣着。他透过桅灯的光亮看去,只见她正在展平着那条断了的子弹带,若有所思地看着,但那不平静的一刻,不多一会儿也过去了。她用手抿了一下头发,又低头洗了起来,也许她借此擦一下泪水,可在黑暗里他看不真切,无法判断她的心绪。他想:说不定大龙的死,也给她带来相当大的内心震动吧?但是,她丝毫没有流露出来。

载着尸体的船,应该驶到什么地方去埋葬呢?他们母亲的坟是埋在三王庄的乱葬岗里的,可三王庄,现在,在保安团的手里。于是,只好回到支队驻地去,另外找一块地方掩埋算了。

但料想不到那个开小差的战士冒出了一句:"咱们支队这会儿怕要开进三王庄啦?"

芦花担心的事终于发生了,害怕什么?老天准会给倒霉的人送来什么,现在,整个支队覆灭的命运,更牵系住他俩的心了。

那是一个动荡的年代啊!

"谁决定的?"

"谁也没有决定,那些家住三王庄的人,都想趁保安团开走的空儿回去看看,惦着家里的妻儿老小呢!"

"老林哥呢?"

"他不准。"

"王纬宇呢?"

"他说他不赞成,也不反对。"

于二龙骂着:“混蛋——”

“后来,大伙说,白天不让回,晚上也得走,我趁他们乱着的时候,开小差跑了。”

芦花夺过一支桨:“快划,许能截住他们。”她分明看得清楚,王经宇的保安团,并未全部拉到沼泽地投入战斗,听不出来吗?成年到辈子打交道,谁手里有哪些长短家伙还不摸底,那挺马克沁重机枪就没在沼泽地响过。肯定,三王庄布置了一个圈套,让支队钻进这个口袋里去。“快——”她沉不住气地对那个战士讲:“你别傻着,找块板子帮着划船!”

“不赶趟的,芦花大姐!他们有人说,天一黑就动身!”

“少废话,你快加把劲吧!不该这么晚才想起说啊……”

埋怨他有什么用呢?应该把账记在那个蛊惑人心的家伙身上,于是把江海那支二十响摔给了于二龙。

“干吗?”

“七月十五,这日子不怎吉利啊!”

细想生活里许多偶然碰巧的事情,有时很离奇,而且是极不可能的,偏偏弱者战胜强者,险途夷为平地,明明办不到的事情成功了,以为错过的良机碰上了,这似乎是难以理解的。但实际上,从整个历史发展的趋势看来,占主导地位的那个阶级,只要顺应潮流,不人为地制造悖谬,倒行逆施的话,必然和时代步伐合上拍子,必然能在天时、地利、人和三个方面协调一致。因而能够容易取得优势,占到上风,特别在一步决定成败的机缘上,往往会抢先在对手前面。因此,看起来在局部上的偶然性,从整体来说,倒是历史的必然性,并不怎么可怪的。

他们三个人汗流浃背的划,那一船三心二意的支队战士,也七手八脚地往三王庄驶去。这是一场紧张和古怪的竞赛，真正就差那么几步，如果碰上顶头风，如果是个有雾的天气，如果他们那些人心要齐些，划得快些，那就永远追不上了。然而，话说回来，逆潮流而动，要心齐也是不可能的。

终于他们三个发现了湖面上的一个黑影，那个战士高兴地喊起来："是的，没错，准是那些人——"

于二龙摸摸插在腰间的手枪，心想：只要在人堆里看到那个七月十五来的鬼不鬼，神不神的东西，是决不会让他活得自在的。

然而等他们驶近了这条船，天知道，一条空船，一条当不当，正不正地锚抛在湖心里的船。他们三个汗毛都竖了起来。

突然间，离船不远的一丛稀疏的芦苇里，有人轻轻地拍了拍巴掌。哦，在这黑夜静悄悄的湖面上，是令人毛骨悚然的。但是，谁都明白，这是个信号，他在这里等谁？和谁取得联系？要搞些什么秘密活动？显然是不能放过的。芦花似乎碰运气地也随着碰了两下手心，芦苇丛里传出了话音："二先生吗？怎么他们还不来？"

一听那嘶哑的公鸭嗓子，于二龙火冒三丈地骂着："妈的，你过来，要不敲了你的脑袋——"话未落音，只听两三个人扑通扑通地跳入水中游走了。等他们把船划到那里，空空如也，什么都没有了。

芦花下了狠心："追——"

于二龙心里全明白了，暗自骂着："于二龙，于二龙，你算瞎了眼啦！"他说，"黑灯瞎火，往哪一猫，休想找到。走，先堵住人，后找他算账！"那条闸口镇的快船又扭过头朝驻地方向驶去。于二龙边划边想："也许王纬宇就在马上要碰头的船上，那更好啦，当场崩了他，这是哗变，不干掉他干谁？可听公鸭嗓的口气，又像是并不一路来，很可能，那挺马克沁重机枪在另一条道上，等着‘欢迎’这些回家看看的傻瓜们呢！妈的，不管什么样的花言巧语，不管把谎撒得怎么匀称，今天，王纬宇要想跑脱我手，大概是不容易了！”

这时，就在和三王庄平行的方向，那条篷船滑入了石湖里的塘河，顺流而去，过不多远，就该进入马克沁重机枪的射程里，变成伏击圈中的活靶了。

“站住！”于二龙喊。

“你们去找死么？”芦花的声音在夜静的湖面上，显得更加嘹亮，那条船迟疑地站住了，过一会儿，扭过船头，向他们驶回靠拢过来。

于二龙打开匣枪的保险，扣住扳机，跳上那艘大船，在人群里寻找他要算伙食账的人。那些懵里懵懂的战士，看到队长一脸杀气腾腾的样子，都惊诧地看着，显得疑问重重：“怎么啦？我们回家看看，犯了啥法？保安团开拔了，三王庄又成了我们的啦！”

正好，三王庄响了几枪，估计是公鸭嗓回庄，哨兵误会动了武，于是，船上的战士你看着我，我看着你的倒抽一口冷气。还用解释什么呢？乖乖地和于二龙他们一块回队了。

芦花问道：“哎，王纬宇呢？”

“他？”有人回答：“他上他家祖坟去了！”

这无疑火上添了一桶油，于二龙立刻带了几个战士，和芦花分手，她领着同志们回驻地，他去跟这位七月十五来的人结账。还是那艘快船，增加了几个人手，嗖嗖地像飞箭一样破浪前进。站在船头的游击队长，已经看到了这个场面：那位高门楼的二先生正在他爹的大坟前跪拜叩首，也许请求肥油篓子宽恕他误入歧途的过错，现在忏悔了，浪子回头金不换，王敬堂一定含笑九泉了。

“让你们笑!”于二龙想象自己准是自天而降,在香烛纸马的缭绕烟火里,一手把那匍匐在地膜拜亡灵的王纬宇抓起来,“叛徒,败类,你这个狼崽子——”

他一定会狡辩,会祈求,会指着天赌咒发誓,会流着泪水为自己表白。妈的,他什么都干得出来,只要他认为这样做对他有利。他的发展决定他的存在,他的存在决定他的需要,需要就是一切,这是他的座右铭。无所谓神圣的原则,哪怕和魔鬼拜把子称兄道弟,如果有必要,亲娘亲老子也可以动手宰杀。“无毒不丈夫吗!亲爱的——”

“站起来,你还有脸笑!”

“为什么不可以笑呢,我可以告诉你:我是从大龙那儿打听出开会的大致地点,又从你那儿证实了开会的日期;然后,我又叫你自己放走公鸭嗓,给我通风报信。下面的事我也不讲了,跟你想的一模一样,但是你没有任何把柄证据,你能拿我怎么的?”

“毙了你,今天就在这儿,让你们父子俩团圆见面——”正想到这里,他们快船靠岸,朝离三王庄大约不到三公里的山脚下,那个唤做王家祖茔的小村舍飞步而去。一路上还在心里继续审问着他,当把所有疑点都穿到一根线上的时候,也就自然而然地构成了他的轮廓:“大龙哥是你挑唆得要离开石湖支队的?那帮战士是你鼓动得回三王庄的?毫无疑问,你利用了他人的弱点,大龙哥最大的苦恼是什么?芦花;战士们迫切的愿望是什么?回家。对了,你就在这些地方下手,对不对?你脸白了,你跪下来了,你讨饶了。‘拉兄弟一把,你是宽宏大量的!’呸!看着我,我要把你的心掏出来!”

就在这个时候,一片灯笼火把从围着坟茔的柏树林里透出来。

出了什么事？似乎有不少乡亲在那里挥镐舞锹，传来丁丁当当的声响。走近一看，只见王纬宇领着乡亲，约有十几个人，在那里刨他老子的坟山。石碑拉到了，现在正挖墓，他赤红着脸，满头大汗，好像怀着无比的仇恨，和最坚决的革命性，要把他死去的老子，从棺材里拖出来鞭尸三百似的。他像疯了似的挖着，让人感到他的每一锹，每一镐，都是革命的，都是无产阶级的，都是左得可爱的行动；而且表明他的心，红得不能再红，忠得不能再忠，拿十年前流行的副词加码法来说，他该是最最最最最最革命的人了。甚至别人告诉他："二龙队长来了！"他也装没听见似的，更加起劲地挖下去，黑漆棺木露出土了。

于二龙的枪口，虽然低下了一点，但是并未放松，因为他多少从那革命行动里，看出了一点做戏的味道。他喝了一声："王纬宇——"

这位革命家停止了那狂热的动作，回过身来。

"你搞什么名堂？"声音是严厉的，决不客气的。

"我要向他们宣布，决不能再跟他们走一条道，看见没有，我刨了这座坟，就是叫他们死了那念头，也是我向党表的决心，我要坚决革命到底，我要永远跟党走！"

"算了！"他止住了王纬宇那高声地念台词式的表白，"别说得那么好听，你和公鸭嗓怎么串通？怎么约好？怎么打算搞垮支队的？"

"谁？"

"你们府上的管账先生！"

他吼了起来："是他找我来的，我把他交给你处理，是你给他放了的，现在倒转来赖上我。好吧，你相信他的话，倒不相信一个坚决革命的，连牺牲都在所不惜的人。来吧，把你的枪冲着我这儿，开枪吧！”王纬宇将那汗涔涔的脑门，紧紧凑到于二龙的枪口前头，声音变低了，调门显得那么柔和，似乎在劝诱和恳求着于二龙说：“开枪吧！请开枪吧！……”

于二龙把手枪放了下来。

紧接着，王纬宇从怀里掏出一张纸，变戏法似的摊在游击队长的面前：“你如果不枪毙我，那你就收下这份血书吧！”

“什么？”

“血写的入党申请书。”

天哪！于二龙无论如何也弄不懂，这个站在他老子棺材上的王纬宇，到底是怎么回事？就像阴沉沉的坟山柏树林外的黑夜一样，任凭你眼睛瞪得再大，也休想看透。

三十多年过去了，于而龙不禁琢磨，任何一次姑息，一次容让，都要付出沉痛的代价。因此，他对走回来的江海说：“账最好早早结清，否则，拖久了，贷方会变成借方。”

“说得很正确，革命成了反革命！”

横竖也找不到出路的江海，打开话匣子，坚决要给他讲点什么，也不管于而龙摆手拒绝，因为除了芦花外，什么都不感兴趣，但江海有他的固执，他偏要讲不可了。

“……你不会忘了三王庄那棵银杏树吧？故事，就发生在那里，时间嘛，哦，那是十年前的事情了。

“好吧，你现在有耐性听下去了。

“那一年，我去省里开会，会后，因为我那点病，年轻时盐粉吸多了，谁知在肺里长了个啥玩艺？结核不像结核，肿瘤不像肿瘤，省委便让我彻底查一查，住了院。

“大概过了不久，石湖的波浪受到那阵强台风的影响，一浪高似一浪。突然有那么一天，来了几个胳膊戴着红箍的年轻人，为首的是一个姑娘，要押解我回到地区去。押解，你听见没有？一下子成了囚犯，真是比黑暗的中世纪都不如，那时至少还有个宗教裁判所；现在，好，什么时候变为罪人，连自己也不晓得。

“当时，我很想给那姑娘一记耳光，但是举起手来，又放下了，倒不是我软弱，不敢打人；也不是我性格变得驯良，对女性讲究礼貌。不，我把她认出来了，她是主动要求从省会回到县里工作来的，在某些方面，我们还有着共同的语言，因为她特地来地委向我呼吁过保护石湖资源。他们那几个青年，气势汹汹，好像我们革了一辈子命，革出天大的错，他们吃了十几年安生饭，倒吃出功劳来了。看那一个个的神态，至少是半癫狂的神经质人物，惟独那个姑娘还比较清醒，她臂膀没缠尺来宽的红箍，也不炫耀胸脯上碗口大的红牌牌，而是客客气气地问：‘还认识我吗，江书记？’

“‘好像见过一面。’

“‘不错。’

“‘在保护鱼类生存的问题上，我们应该说是同志。’

“‘噢！对不起，现在和你谈不到同志二字，请吧，收拾收拾，跟我们回去。’

“‘你们没看见吗？我在住院。’

“‘用不着你提醒，我们知道。’

“‘如果有什么问题，等我出院再谈——’

“她瞪起双眼，露出石湖姑娘的野性，声严色厉地警告：‘我们是来勒令你回去低头认罪的，医院不可能是你的防空洞。’哦，她以为我是贪生怕死的胆小鬼，笑着对她的同伴说：‘看见了吧，大人物的内心更空虚，更胆怯。’说实在的，我有生以来，还不曾这样被人当面奚落过呢！”

于而龙不感兴趣地问：“江海，你说这些，跟我有什么关系？也许你说的那位保护鱼类的姑娘，我倒见过一面。”

“哦？”他多少有点惊讶地说：“见过她了？那好，马上转入正题。于是我被她押解着，由省里到了地区，然后，又由地区到了石湖。很荣幸，在作为阶下囚的航行途程中，会晤到一位老朋友，你猜是谁？”

“谁？”

江海伸出两只手指：“我是被内河小轮船统舱里的气味，熏得实在受不了啦，到甲板上来透透气，他老先生正好站在我面前，向我伸出了手。真可笑，老朋友见了面，使我忘了情，张开两臂，把他拥抱。直到他在我耳边，轻轻告诉我：‘老兄，那些押解你的人瞪眼啦！’我才醒悟一个失去自由的罪犯，这样不管不顾，太不知趣了。

“那个姑娘走过来盘问他：‘干什么的？’

“他笑嘻嘻地反问：‘你说我是干什么的？’

“‘还用问吗？带长字的人物，一套号的。’

“王纬宇一乐，掏出一封介绍信。鬼知道他从什么途径，搞到这么一位重要人物亲笔写的信。乖乖，那可不得了，别看头衔不大，小组成员；职务不高，一个十七级小干部，可是，哪怕他放个屁，马上全国传诵。哦，你了解，我们是小地方的人，是没有见过多大世面的。那姑娘一看那封信，二话没说，立刻向王纬宇伸出了手：‘哦，原来你是我们这个司令部的。’你想想，他那两片子嘴，死人都能说活，何况这样一个天真幼稚的姑娘呢！”

“你呐？亲爱的地委书记！”

“我？自然还是回到底层的统舱里去，闻那鸡鸭屎的臭味去了。”

两位游击队长哈哈地笑了……

“看见了吗？一条舢板正朝咱们划过来！”于而龙站起来，也不知道船上的人能否听到和看见，挥动着双臂，大声疾呼地喊着。

江海也忘了他的矜持庄重，脱下褂子来当做旗子挥舞。“哦，他们发现了，看，竖起桨来给我们打招呼呢！这下我们不至在沼泽地里过夜了。好，我也该结束我的故事了，大概过了两天，他们把我从县城押解到三王庄，押到了村西银杏树的底下，押到了芦花同志的墓前。在那里，聚集了好几百人，不，简直是近千人的浩大场面。当我在刀枪剑戟的前拥后护之下，通过密密麻麻的人群，来到临时搭起的会场台前的时候，定睛一看，我才发现，一夜之间，我们共产党的地委、县委、许许多多的领导干部，全成了罪人，囚犯，站在被告席里了。

“但是怎么也想不到，站在我们行列里的，竟还有那位躺在墓里的女指导员……”

江海沉默了。

于而龙望着这位老战友，也不做声，显然他急于想知道下文，所以不再打岔，盼他马上说下去。

“是我的过错呀！二龙，没能保护住她，其实，我本意倒是为了维护她的呀！

“就在这个时候，那个女孩子跳上台了，向群众讲话。二龙，你简直无法想象，从那副漂亮的脸上，从那张秀丽的嘴里，会喷出那样恶毒的语言。我绝不是给她解脱，至今，我也认为她是在说着别人的话,她说:‘为什么直到今天,三王庄还不通公路?为什么公路修到离三王庄不远,就停下来?为什么要改变原设计方案?为什么?大家想过没有?根子在什么地方?乡亲们,看看吧!问题就是她——’她指着那块矮矮的石碑。

“她从台子上蹦下来,跳到芦花的坟头上,力竭声嘶地喊:‘乡亲们,就是这么一个死人,挡住我们的路,要不把他们推翻打倒,我们就休想迈步。江海,你交待,为什么要让公路绕过三王庄,难道她是皇帝老子吗?她是谁?她是什么人?就碰不得,动不得——’

“我对着人山人海的群众讲:‘只要上三十岁的人,谁都知道:她是石湖支队的女指导员,是一个真正的共产党员,是把生命献给我们石湖的革命烈士!’我转过脸去对她说:‘年轻人,你不觉得害羞吗?这样来践踏一位革命先烈,你心安吗?……’

“哦,她又蹦回台子上去,说出来的话,差点叫我背过气去。不错,公路是我让改线的,免得惊动九泉下的英灵,即使有天大的错,刀砍斧剁,由我去领,跟芦花有什么关系?可是从她嘴里,吐出两个什么样的字呀?二龙,你不要激动,她当着数百乡亲高声喊叫:‘她不是革命烈士,她不是共产党员,是叛徒,听清楚了吗,是叛——徒。’”

于而龙登时觉得一盆污泥浊水,没头没脸地冲着他泼了过来似的把两眼糊住了,天全黑了。

“你不要激动,二龙,都是过去的事了。乡亲们心里是有数的,她说完了那句话后,全场鸦雀无声,紧接着,有好多上岁数的老乡,我亲眼见到的,低着头,拉也拉不住,拦又不好拦地走了。

“也许因为这样,不知是谁在背后出了个招,非要我们这些罪人,当场刨坟毁尸立新功,每人给了一把铁锹,叫大家立刻动手挖芦花同志的墓。

“二龙，二龙，你怎么啦？听我给你讲完。‘要永远记住这个教训啊！’这不是我的话，是那位老红军讲的。他长征没有死，抗日战争没有死，解放战争没有死，十七年建设社会主义祖国没有死，但是，十年前，他背石头给累死了。大口大口咯血，连医院都不让送，最起码的人道主义都谈不上。罪恶啊，二龙，应该说，那都是一代精华呀，活活给摧残了。生者如此，死者更谈不上了。我们一齐在挖芦花的坟，那位老红军讲：‘记住啊，江海，要永远记住这个教训。我们党走了那么多弯路，受到那么大损失，有时并不是失败在敌人手里，常常就是这样一锹一锹地，自己动手毁灭自己啊！’二龙，想到芦花最后落到一个曝尸露骨的结局，我们许多同志流着泪离开了她。”

于而龙紧紧追问：“后来呢？”

“后来，还没来得及等我们求人去收殓芦花同志的遗骸，第二天早晨去一看，什么遗骨残迹都不见了，想必是夜间，被那些人扬散了，只剩下一块孤零零的石碑。

“没过多久，我们成了公路工程队的普工，背石头，一天一天地修到了三王庄。那位老红军，一边咯着血，一边对我说：‘江海，我们还能为故人做些什么呢？这块石碑，眼看着要被压路机，推倒埋下去当路基了，咱俩偷偷地把它抬到一边藏起来，留给后人做个纪念吧！总有一天会竖立起来的，反正我是瞧不见了，可我相信，准会有那么一天的。’他望着雾蒙蒙的石湖说：‘雾消去以后，历史，就是最好的见证人了。’可是，二龙，你也别难受，即使这一块殷红色的石碑，也不曾保留下来，老红军病重以后不久，他精心保管的石碑，也失去了踪影。”

“全完了?”

“全完啦!”

“一切一切都没有留下来?”

江海抱住脑袋,痛苦万分地说:“怪罪我吧,二龙,我没有保护住她呀! ……”

石湖起风了,浪涛一阵高似一阵。于而龙伫立在湖岸边,敞开衣襟,任强劲的风吹着。此刻,他的心和石湖一样,波浪翻滚,起伏不定,久久地不能平静。

哦! 多么严峻的岁月啊!

…………

第五章

一

风越刮越大，浪越卷越高，那条小舢板，在风浪里，颠簸得越来越厉害。

大概人生也是如此吧？于而龙望着在浪涛里一会儿沉没，一会儿浮升的舢板，联想到一生走过来的漫长道路，倒和这条在浪花飞沫间挣扎的小船，在很大程度上是相似的，从来也不曾有过风平浪静的日子。命运早给这一代人特意安排好了，好比一块烧红了的铁块，在砧子上只有无尽无休的锤打锻压，哪怕还有一点余热，一丝残红，敲击就不会停止，除非彻底冷却了，命运的铁匠才肯住手。然而，也许随着冷轧技术的发展，如今，甚至死去三十年的英烈，也被拖出来放在铁砧子上，重新加以冶炼了。

那位抱住头的地委书记有些失悔了："也许，二龙，我不该讲的。糊涂着，固然是个痛苦；明白了，那就更痛苦。"

"不，江海，我们终究是铁，应该经得起敲打。"

他站起来，走到地委书记跟前，两个人并肩迎着那愈来愈烈的劲风站立着。闻得出，这是顺着晚潮而来的海风，有一点点腥，有一丝丝咸，生活也是这样，酸甜苦辣，味味俱全，甚至还包括残酷的血雨腥风。"铁永远是铁，但最可惜的，我们失去了时间！"

那条在风浪里出没的小舢板，已经清清楚楚地映入眼帘，他们先看到坐在船头的老林嫂，然后，秋儿——那是奶奶惟一的期望，昨天清晨帮着于而龙钓鱼的小助手在喊叫着：“二叔爷，二叔爷……”那模样，那神态，多么像小石头，多么像铁生，也多么像老林哥呀！

舢板划拢过来，先蹿上岸来的，却是那条摇着尾巴的猎狗，汪汪地围绕着于而龙欢跃地跳蹦，显得极其亲昵的样子，前腿直趴在他身上，用头顶着这位旧日的主人。因为它知道，什么叫做真正的猎人。会打猎的人并不急于扳枪机，而是等待、逡巡、跟踪，耐心地潜伏在草丛里，忍受着蚊蠓袭扰，瞄准着。这条纯种的猎犬，从于而龙眼里和习惯的动作里，看出了这种战斗姿态。但是，它同这位老主人一样，它生命中的最好年月，已经白白地虚度过去了。

老林嫂上了岸，拄着一根棍子，于而龙估计她一定会很生气，迎上前去，等待着她瓢泼大雨式的责难。从昨天下午离开柳墩，已经整整二十四小时不照面，连去向都未曾告诉她一声，肯定使她放心不下了。

但她笑着走了过来，本来她倒是有一肚子气的，为寻找下落不明的于而龙，她几乎划着舢板绕遍了石湖周围几个村庄。现在一看，沼泽地里，只有两位当年的游击队长，孤零零地迎风站着，一下子，好像历史倒退回去三十多年，她那候补游击队员的生龙活虎的神气恢复了。

再不是昨天在饭桌上，有王惠平在座，那副呆呆薷薷的样子了，她爽朗地招呼着：“啊！你们两个队长，在开什么秘密会啊？”

“又是事务长打发你给我们送饭来了？”于而龙也是触景生情，说出这句话的。但是话一出口，翻悔莫及，不该提那个乐观忠诚的游击队当家人，也许会触动老林嫂的心。

不过，老林嫂倒不曾在意——“谢天谢地！”也许于而龙苦头吃得太多了，深知心痛是个什么滋味，所以他懂得珍惜了生怕碰伤谁的心。老林嫂沉浸在回忆的激动之中，好不容易有这块清净地方，离开恼人的现实远了一些，不再为眼前扯肠拉肚的事，勾惹起许多不愉快，倒使她感到轻松多了。再加上女性的那种天然规律，随着年事日高，在她的心里，做妻子的感情，就要逐步让位给做母亲的感情，所以尽管于而龙提到了老林哥的名字，她也没往心里去。相反，眼前的情景，倒使她回忆起动人的往事——当现实是苦恼和麻烦的时候，就容易思念逝去的黄金年华。那时候，滨海和石湖两家经常互相配合行动，两位队长断不了碰头磋商，为了保密，就得选一个僻静隐蔽的地点，于是照料的任务，自然而然地落在她的身上。她高高兴兴地回答着：“带来啦！带来啦！”她回头去招呼拴船的孙子：“秋儿，快把那马齿菜馅饼拿来！”

酸溜溜的马齿苋，并不十分好吃，然而吞了一肚子生虾肉的两位队长，可能因为是熟食，有点烟火气，狼吞虎咽，倒吃得十分香甜。

“比你的望海楼怎样？”于而龙问。

“妙极了，今天我算开了洋荤，尝到了石湖美味。”

“要是有把盐，有口锅，我下河给你摸鱼捉螃蟹，来个清汤炖，保管你把望海楼甩在脑袋瓜子后边去。”

刹那间老林嫂脸上生起阴云：“望海楼正为你们忙咧！”

看来，她想逃避现实也是不可能的，不去想它不等于烦恼就不存在，为了寻找于而龙，担心他出事，又在王惠平那儿，惹了一肚子气。一想起那张灶王爷的脸——对待他的子民，永远是那金刚怒目的模样,给个饽饽也不带乐的,她心里就堵得慌。昨天夜里打电话,还能找到他本人,今天上午只能找到他秘书,下午,连秘书都找不到了,说是都去望海楼忙着张罗去了。亏得她在那饭馆里有个远房亲戚,求他去请县委书记听电话,那亲戚十分为难地说:"王书记忙得脚丫朝天,说是要招待三位上宾,正一道菜一道菜地商量合计呢,我可不敢去惊动他。"

三位?她望着眼前的于而龙和江海,除了他们两个,那第三位是谁呢?是个什么样的贵客呢?她可以肯定,准是个了不起的人,因为王惠平决不交那些毫无用处的角色,那么是谁呢?她,是无论如何想不起来的。

"为我们准备?望海楼的宴会可是赴不得的,江海。"

"哦!王惠平的名堂实在是多,干吗非拖你到望海楼去大宴呢,可能他记性也不太好。"

"能够忘却,算是一种幸福,我们倒霉,就在于感情的包袱太沉重,所以,往往在同一个地方,两种截然不同的回忆,欢乐和痛苦,高兴和忧愁,一块儿涌过来。望海楼,芦花和王经宇斗过法,同样,王经宇也请我去赴宴,为的是赎赵亮同志。老林嫂,你还记得么?

"怎么能忘呢?二龙,忘不了,他爷爷那只火油箱子,直到今天还在呢!"

啊!老林哥那只装着银元的"美孚"煤油铁桶,闪现在这三个同时代人的脑海里。

于而龙似乎看到老林哥迈着沉重的步伐,向灰蒙蒙的雨雾里走去。游击队长的心一下子紧缩了起来,说句不好听的话,是他驱使着,简直是强逼着老林哥去的。他,一个支队的领导人,在赵亮被捕以后，中心县委责成他全面负责，每一句话都成了命令。尽管江海也在场，他也是为营救赵亮从滨海赶来的，但终究是个客人，明知老林哥此去凶多吉少，总不能当着众多队员叫于而龙收回成命。因为那钱是准备收买王经宇的经费，所以即使那雨雾里有死亡在等待着，老林哥也必须去。

——老林哥！老林哥！你要是能从九泉之下回来，揪住我的头发，狠狠地数落数落我，也许那样，我心里会感到轻快些，好受些。

按说，于而龙自己也思索过，要论起办蠢事，做错事，整整四十多年，还得数在石湖打游击的时期做得多些，年轻，不免要莽撞些；热情，必然会冲动。而且那是战争，稍一不慎，就要付出沉重的代价，甚至战士的生命。但是，那时的人要宽厚些，没让他坐喷气式，或者头冲下拿大顶；也不会把他关在电工室里，打得魂灵出窍。他弄不通，差点在十年无边的专政下送了命，难道罪过就是在王爷坟那片洼地里盖起来一座巨大的动力工厂么？

想起老林哥在雨雾里渐渐走远的形象，于而龙可真的忏悔了。

从来乐呵呵不知忧愁的老林哥，多少年来一直当着石湖支队的家，解了于而龙多少后顾之忧呵！只要有他在，那就意味着在长途急行军以后，有一盆滚烫的洗脚水，和铺着厚厚稻草的地铺；在战斗中打得舌干口燥，眼红冒火的时候，准会有不稀不稠，温烫适口的菜粥送上阵来。即使在弹尽粮绝的日子里——游击队碰上这样的情况是不以为奇的，吞咽着盐水煮草虾，野菜糠团团，他那顺口溜的小曲，也能把队员们的胃口唱开来。

然而那煤油箱子里的银元，有的是一块一块从乡亲们的荷包里募集来的，有的是上级通过封锁线调运来的，为的是营救落到敌人手里的赵亮。王经宇像一条贪婪的红了眼的老狼，拼命勒索。他在望海楼摆宴，等待于而龙，在那里，交出第一笔赎款，五百块钢洋，赎回赵亮。

约定去赴宴的时间快到了，偏偏出了岔子……

通常是这样，在危难困殆的时刻，无情的打击并不总来自一个方面，已成强弩之末，临近无条件投降的大久保，和挂上了忠义救国军牌子的伪保安团，还在不停地追剿着石湖支队。一九四三年的"清乡"，滨海的日子不大好过，现在一九四五年，该轮到石湖难受了。哦，那是一个不大有笑容的一年。

事情就发生在一次紧急转移的行军途中，老林哥那个装着银元的"美孚"油箱，跌进了湖中的塘河里。天啊！这可把船上三个人吓晕过去了……在雾蒙蒙微明的晨空里，在细雨缠绵的石湖上，他们那份绝望心情，真是有天无日，茫然失措，不知该怎么好了。一向比较沉着冷静的芦花，也慌了神，因为牵系到一个人的生命啊！那时，她生孩子以后，身体尚未复原，所以就和老林哥一起，筹集粮草，管理辎重，安排住宿，烧火做饭。现在，眼看着一箱赎款落在滚滚的湖水里，一点踪影都找不到，能不动心么？她很想安慰一下着急的老林哥，和那个怵怵怛怛的王惠平，可她半句话也说不出来。

五百块银元，对只用过毫子、铜板的穷苦人来说，是一个不可思议的天文数字。

王惠平，可不是现在的县委书记，除了背影多少还有点相似，再找不到旧日那木讷、呆板、拘谨的模样了。其实也不完全是他的过错，那只去赎命的油箱，是沉甸甸地放在他腿前的。一个急浪，把船打得侧转过来，什么东西都不曾跌落进湖里，偏偏那只装满银元的铁皮箱子，仿佛鬼神附了体似的，骨碌一声，好像长了腿似的迈过船帮，钻进了塘河里。他惊愕着，战战兢兢说不出话来。

“唉，你呀你……”老林哥第二句话都没说，一头栽进塘河，扎个猛子钻进了湖底。

前面，转移的大队人马已经走得不见踪影；后边，扫荡的鬼子正坐着汽艇，沿塘河一路搜索而来。老林哥从水下钻出来，摇了摇头，喘口气；第二次又回到水下去寻找，那只“美孚”油桶，像一根针掉进大海似的杳无信息。

鬼子的汽艇声越来越响了，四周是茫茫一片湖水，无遮无盖，藏身之地都难找到。芦花也不赞成再冒险了，船上装有粮草辎重，弹药给养，要落在敌人手里，游击队在石湖坚持斗争就成问题。何况老林哥在水里泡得连点血色都没了，他万一出点什么问题，游击队可是缺了根顶梁柱啊！

等他们赶上了大队人马，来到了新的宿营地，老林哥呆呆地蹲在锅灶旁边发愣，再听不到他那欢快轻松的小曲，以至灶坑里的火苗，也那么没精打采的。

于二龙获知五百块银元掉进塘河的消息后，火了，而且还不是一般的发作，是狂暴的大怒，如雷地炸开了。因为马上就要进城赴宴，再也控制不住，除了未动手之外，什么过火的话都从嘴里喷吐了出来。

——原谅我吧，老林哥，你死后留下的惟一幸存的遗物，那顶新四军的军帽，还是从石湖戴走的。现在回想当时对你的态度，我简直后悔死了，倒好像你是偷走五百块银元的罪犯，或者你是杀害赵亮同志的凶手一样！

怎么能那样粗暴地伤害忠心耿耿的老同志呢？凭什么对多年

来任劳任怨的老战士大张挞伐呢？那些无穷的责备，没完的抱怨，以及相当难听的话，像雨点似的落在他身上。即使在战场上，抓住敌人，哪怕刚才还拼死搏斗过，也得捺住满腔仇火，按照党的政策，优待俘虏。可为什么对自己队伍里的同志，对亲如手足的战友，对曾经为你不惜牺牲生命的亲人，却那样无情无义，冷若冰霜，非但不讲宽大，连半点回旋余地都不留呢？

结果，于二龙下了一道铁的命令："怎么丢的，怎么去找回来，快，耽误了你负责。"

老林哥湿衣服还没脱掉，失魂落魄的劲头尚未缓醒过来，脸色苍白，嘴唇发紫，但仍旧像列兵一样，笔直地站立，敬礼回答："是，报告队长，我一定把它找回。"

于二龙挥挥手："去执行吧！"

那时，难道他没长眼睛吗？还不致糊涂昏庸到那种程度，分明在场的战士们，干部们，甚至包括江海，都不赞成他的所作所为。明摆着是去送死，汽艇还未撤走，一个人有几颗脑袋敢去开这种玩笑？抱着刚出世不久的于莲，坐在灶台后边的老林嫂，尽量把头俯得低低的，免得队长发现她满眶热泪，可以想象得到，她亲眼看着丈夫去送死，心里决不会好受的。

"报告——"芦花走了过来，"是我和老林哥一块撤的，我跟他一块去。"

鲁莽的指挥员，所作出的轻率决定，常是要用鲜血来补偿过错的。他们两人，冒着天大亮时的密密的细雨，猫着腰从芦苇丛中蹚水走了，很快，他们的身影消失在湖荡深处。

这时，他开始懊悔了，难道不可以稍为等待片刻，等汽艇搜索过后再寻找，现在，把他俩送到鬼子眼皮底下，还能有生还的希望吗?

雨和雾挡住了他的视线,阴晦昏暗的天色,使他看不见,也听不到他们的任何动静。每一分钟对他来讲,都是难熬的;每一个人的眼光,在他看来,都含有责怪和不满的神色。

也许芦花预见到这一步吧?所以她挺身站出来陪同老林哥去。不然,大家该怎么想呢?会认为当队长的,一点也不懂得怜惜人。她那时也刚满月不多久么,自告奋勇地去了,队长的爱人呀,同志们还有什么好说的,救赵亮要紧嘛!……“芦花呀芦花,你在走前,半句话也没讲,但从你眼神看出来,你在替我分担责任,减轻人们对我的怪罪啊……”芦花只是默默地接受了他塞给的一枚边区造手榴弹走了。

那顿麦糁粥谁喝了都不觉得香,一个个吃得萎靡不振,似乎筷子都举不动,因为那锅粥是他俩煮好的,但他俩却一口也没喝,饿着肚子上路了。

人们焦急地等待着,盼望着,同时又提心吊胆地捏着把汗,千万别跟鬼子打遭遇。然而,怕什么,来什么,突然砰砰地传来了一阵炒豆似的枪声。

于二龙心头一紧,好容易咽下的麦粥又涌回来,隔不多久,听到了手榴弹轰的一响,大家马上明白了,那是瓮声瓮气的边区造,肯定,他们俩出事了。

淫雨霖霖,把整个天色都下黑了。其实是早晨,倒很像傍晚,雨水从头发上流下来,抹把脸,满手是水,大家全在雨里站着,谁也不吭声;于而龙的脸扭向谁,谁都把眼光避开他。他能体会得出,大伙埋怨他的荒唐决定,但又不得不同情他,因为不但出事的人里面有芦花,而且他是等着火油箱子里的钱,去救支队政委。

终于，老林哥像水鬼一样，背着那只生锈的“美孚”油箱，和派去寻找的侦察员，从芦苇深处钻出来。已经快晌午了，人们眉开眼笑地迎上去，把他围着，可又把目光集中在那不见动静的芦苇后边，仿佛一个必然的疑问，涌在人们的心头：“芦花呢？指导员呢？”

“她——”老林哥双手捂住脸哭了。

一辈子很少流露忧愁和痛苦的老林哥，第一次，于而龙见他簌簌的泪水流了下来，和着雨水湖水，成了个水人。

又苦又涩的回忆，像蚕吃桑叶那样，啮着他的心……

而在场哭得更响亮的，却是老林嫂，和她怀抱里那个婴儿。她俩的哭声，一个沙哑，一个尖锐，撕裂心肺地在芦苇荡里飘荡。但是该出发赴宴去了，从石湖到县城还有相当一段路程，无法再等待了，咬了咬牙，于二龙把队伍交给江海。然后，拎起那只沉重的铁皮箱，招呼着长生和几个警卫人员：“出发！”

老林哥拦住他：“二龙，芦花掩护我冲出来的，现在，不知死活——”

“你跟江海商量着办，我得赶紧走。”

“等等！”老林哥一把拉住，从怀里掏出一个蓝布裹着的小包，于二龙一眼就认了出来，那是她始终珍藏着的五块银元，“芦花叫我给你的。”

他把那蓝布包掖在兜里，匆匆地走了，留在身后的是他女儿哇哇的哭声，走出去好远好远，依旧能听到她在啼哭。

远路无轻担，那只火油箱子，分量越来越重，他们六个去赴宴的客人，在肩头上轮流扛着。除了于而龙和他的通讯员长生，余下的四名战士，都是全支队精选出来的神枪手，每人腰里两支短家伙，能左右开弓，连踢带打，说实在的，是做了充分准备的。

他们以急行军的速度朝县城接近，说好了王纬宇在城关等待着，一同进城，在望海楼一手交钱，一手领人。虽然政委从敌人的关押下，捎出话来，不要做无谓的努力去营救。于二龙和江海商量以后，还是决定要王纬宇去找他哥哥谈判，答应付出一笔赎金。因为一九四五年开春以来频繁的战斗，部队已经很疲惫，劫狱，抢法场，除了付出巨大的伤亡外，未必能奏效。但是究竟谁先想出这个赎票主意的呢？是王纬宇毛遂自荐的？还是王经宇放出口风？或是其他人出谋划策？事隔三十多年，已是一桩无头官司了。

县城已经在望了，这一天，正好赶上逢七的大集，虽然兵荒马乱，战祸频仍，但是络绎不绝的乡亲们，照旧从四乡八村朝城关汇集而来。由于战士都换了装，穿的是伪军制服，老乡们像躲避瘟神似的远远离开。城关街道狭窄，加上集市临时铺设的地摊，和看热闹、做生意的群众，愈走愈拥挤了。他们担心会耽误行程，但是身上披着的老虎皮，帮了大忙，人们自动闪出了一条道，让他们顺利通过。牲口市过去了，粮食市过去了，卖鸡鱼鸭肉，新鲜蔬菜的闹市过去了，就在饭市锅铲丁当和响亮的叫卖声中，他们一行六人，拐了个弯，来到一家中药铺子门前，那块“丸散膏丹，应有尽有”的招牌还在挂着，说明一切正常，留下长生监视，其他人随他迈进门槛。“老板”是自己同志，连忙起立让进客堂后院。

“老王呢？”他一看屋里没人，便转回身问“老板”，约好了王纬宇在药铺会合，一块去赴他老兄的“鸿门宴”。“人呢？跑哪去了？”

“出去好一会儿了，枪留在我身边呢！”“老板”掏出一支美式转轮手枪，于而龙认识，那是王纬宇的珍爱之物。早就劝他换一支得用的勃郎宁，当时左轮枪的子弹不大好找，而且在战斗中威力不大，但他喜欢它的娇小玲珑，像个玩具似的，总在身上揣着。

于而龙接过枪来，塞在腰里，问着："他进城了?"

"老板"回答："有可能。"

"不是说都安排妥当了吗?"他一边说，一边预感到可能要出问题，因为直到现在，王纬宇还不能携带枪支出入城门，说明连个通行证也没搞到手，怎么搞的? 难道要出事? 他把那一箱银元交给"老板"："快，你先把它坚壁起来，或者转移出去。"

"是——"

他的话还未落音，长生跑进来说："侦缉队出城了!"

"糟糕，不是王纬宇叛变，就是王经宇翻脸，准备一网打尽，撤，这里肯定暴露了。"

砰! ——忽听外面枪响，整个集市立刻像乱了营似的搅成一团，骚扰不安，惊惶不定的声浪像潮水似袭来，一个店铺伙计走进里屋说："支队长，他们把城关包围了。"

没想到，于二龙成了落网之鱼，而且自动送上门的。"王纬宇，我要逮住你，不枪毙你才有鬼，就拿你的左轮，敲碎你的天灵盖。上一回你挖你老子的坟，这一回看搞些什么名堂?"他在心里咒诅着肥油篓子的两个儿子，白眼狼不是东西，大学生也不是好货，无论他俩中的哪一个，都把于二龙搞得够呛。按照当时他气愤的程度，即使王纬宇不曾叛变，办出这种荒唐混账事情，也决不会轻饶的。

"老板"拿来老百姓的穿戴，让他们抓紧换，裹在赶集的群众里，混着冲出包围圈。

"不!"于二龙拒绝了。

他马上想起那几百几千赶集的乡亲，在围猎者和逃亡者之间，会陷入什么样的境地? 子弹是不长眼的，共产党人怎么能拿人民群众为自己搪灾。所以后来他在银幕上，看到那些游击队，或者地下工作者，在熙来攘往的闹市人群里，制造事端，搞成一片混乱，然后趁机遁走的镜头，就不禁思索：倘不是他们共产党的气味少一些，就是我身上那种要不得的人道主义多一些，反正，我于而龙决不干使群众遭殃的事。

那五个人问他："怎么办，支队长？"

"下河，截条船，走！"

"碰到水上警察怎么办？"

"硬冲！我们的枪也不是吃素的。"

他们从药铺闪了出来，趄进一条小巷，穿过去，来到河边。正巧，一条由荷枪实弹的保安团押解的船，从他们面前驶过。

"截住它——"于二龙发出命令。

"站住！把船靠过来，老子要搜查！"一个战士用骂骂咧咧的腔调吆喝。

谁知船上的伪军不买他们的账，竟然回敬了一句："瞎了眼啦？也不看看是谁？"

"老子们要抓于二龙，你敢不停船让检查，别怪我不留情面！"那个战士手枪一仰脖，那个伪军的大盖帽给掀掉在河里。如此准确的枪法，吓得他腿都软了，跌坐在舱板上。立刻，船舱里又钻出来三四个伪军，但是一看岸上并排站着的六个人，虎视眈眈，手里的短枪都张开机头等着，知道吃生米的，碰到吃生稻的，遇上厉害碴口了，便赶紧嚷着："别误会，别误会！"把船向岸边靠拢。

等于二龙跳上了船，老天哪！万万想不到王纬宇被捆绑得结结实实，屈着身子，坐在舱里。他真想踢上两脚，痛骂一顿："看你办的好事，全给弄砸锅了——"本想要跟这位二先生算账的，但是他一句话说出口，于二龙什么也顾不得了。

王纬宇冷冷地说："你来晚了一步，政委他——"

于二龙半蹲下来，扯住那五花大绑的绳索："告诉我，老赵他，他怎么啦？"

"他，他被大久保弄去处决啦！"

"啊！"于二龙失声地叫了出来。

这位石湖播火者，最早来石湖地区开拓的共产党员，终于把他的鲜血和生命，献给了灾难深重的土地。

——赵亮同志，我的过错呀……

于二龙后悔死了，为什么不坚决拦阻他进城？为什么让他单独执行任务？他恨不能动员更多的人站到共产党一边来，站到革命队伍里来，所以他要到城里去开展工作。可是他是个江西老表，他的口音把他暴露了，而落到了那条豺狼手里。他死得太早了，还不到三十五岁的播火者呀！就这样离开了石湖。最后他的头颅挂在了县城西门，也许他还能看到波涛起伏的湖水吧？哦！他那像石湖一样宽阔的无产阶级情怀，恨不能使所有能站在革命行列的人，都唤醒心灵深处的革命激情。可是他自己呢？他那个赣南山村里的家还在吗？他那个赤卫队的伢子还活着吗？他的家人、亲属能知道赵亮仅有的骨骸，埋葬在县城北岗的陵园里么？

"将军"也记不得他的原籍了，尽管那是于而龙很久的一项心愿，应该去一趟江西那崇山峻岭之中寻找探询。然而，"原谅我吧，亲爱的赵亮同志，连石湖我也是隔了三十年，才第一次回来呀！"

于二龙松开了王纬宇，现在，责备他还有什么用呢？

"松开我，混蛋！"他挣扎着要解掉身上的绳子，见于二龙不帮忙，恶狠狠地骂着。

赵亮的牺牲，使得游击队长六神无主了，横直不能相信他会死。那样一个结实的车轴汉子，能把于二龙从砒霜毒酒里抢救过来，能把死神从芦花身边赶走，能把于莲由溺毙的命运里解脱。照理死亡应该和他无缘的，然而，他偏偏死在屠刀底下，身首异处地牺牲了。

王纬宇用脚踢他："听见没有，给我解开绳子！"

"不——"

他误会了："你要拿我怎么样？"说着他古怪地笑了，脸上的肌肉都抽搐起来："好极了，他们捉我去请功，你们要跟我结账，猪八戒照镜子，内外不够人，哈……"

于二龙真拿手枪去捅他一下，差点没把他的魂灵吓出了窍，脸唰的一下变得死灰死灰的，好在船舱里光线暗淡，不引起人注意。"笑什么，住口，先委屈你一会儿，得过了水上警察的栅子口。"

他又斜躺下去，拿眼睛瞟着由于得悉赵亮死讯以后，仿佛受到沉重打击的于而龙，半天，冒出一句："给我一把刀，让我回城！"

"你打算干什么？"

"给赵亮同志报仇，杀了王经宇，哪怕同归于尽。"

于二龙后悔当时为什么不扔给他一把匕首，每个人都带有的呀！

赵亮死了，芦花却活着回来了。

当他们平安地以押解罪犯的名义，渡过了水上警察的检查，过了栅子口，释放了那几个伪军，回到石湖，在宿营地，以为该拿钱赎回的赵亮，倒没有回来；以为在芦苇荡阵亡的芦花，却出现在人们眼前。

早晨，他们六个人是在哭声里出发的，傍晚，又在一片哭声里回到营地。芦花倒是强忍着，在湖边站立，望着县城的方向，努力控制住自己，不使泪水流出来。但是，于二龙把那蓝布裹住的五块银元，掏出还给她的时候，她再也撑不住，嚎啕地跪在地上大哭起来。

以后她整整地为赵亮戴了一年的孝，因为这位忠诚的红军战士在石湖没有一个亲人。同时，她有点迷信地认为：那一天她完全不可能活着回来，鬼子就在她潜藏的水面上来回搜索，盲目地射击着，但她能逃出命来，是由于赵亮代替了她。会有这种可能么？可被赵亮在冰窟窿旁边，指出一条生路的芦花，偏要那样想，也是自然不过的事。

望海楼的酒宴是赴不得的，饭菜也许是难得的美味，但想起高悬在城门上的人头，再好的奇珍异馐也索然无味。看来，三个同时代人都在怀念那位江西老表，那个背着小铺盖卷到石湖开拓的革命者。

老林嫂说："要是老赵活着——"

江海淡淡一笑："活着也未必能强多少，他比谁更东郭先生些。"

"幸好这世界上还是人多狼少，要不然那些画地为牢，惟我独尊，人人皆敌的家伙更有理了。"

老林嫂自然不理解他俩的对话，但她对鹊山上的狼，倒是有深刻印象的，便问道："你们说的什么狼啊？"

两个游击队长笑了，站起来，望着鹊山老爹，似乎那历尽沧桑的过来人，能给他们一个满意的答案。

老林嫂好像也悟到了一些，便说："先别管狼啦，还是谈人吧！

书记忙着摆筵席，顾不上来接你们，我看坐船回去吧！”

然而那是一条舢板，即使在风平浪静的情况下，也无法载得动三个大人，一个小孩，加上一条猎犬的。于是，他们两个，只好先走一个，像那个鸡、米、与狐狸过河的故事一样，必须有一位留在沼泽地上守候。

中国是个讲礼貌的国家，他们俩相互谦让一番，最后，还是老林嫂痛快，她逐渐恢复了原来的泼辣性格，爽直地说：“我先把老江接到闸口，今儿晚上演电影，准能碰上些头头脑脑，他地委书记一句话，还怕没人屁颠屁颠地摇船来接，别看石湖里头的鱼越来越少，可马屁精倒越来越多。”

“好哇！老林嫂——”于而龙看到她终于摆脱饭桌上拘束呆板的样子，又有了那候补游击队员的神气，不由得叫起好来。

江海跨上了船：“我先走了！”

“风浪大，你可坐稳，地委书记有点长长短短，我可包赔不起。”

“你别走远了，回头不好找。”他叮嘱着。

于而龙向老林嫂挥挥手，秋儿划动双桨，小舢板离岸，在风浪起伏的石湖里渐渐驶远了。

沼泽地里只留下他一个人，点燃起一支芬芳的雪茄，于而龙漫无目的地沿着湖岸溜达着。初春，芦苇长得不算太高，蒿草长得不算太密，在劲峭的海风吹刮下，都压弯了腰，他得以一览无余地观赏着湖上的景色。只是可惜，天色渐渐在变了，上午在三王庄被当做卖假药的郎中给抓住的时候，那太阳光多么强烈，多么耀眼哪！现在，日落西山，代之以急走的浮云，涌起的波涛，和飞溅到脸上来的水花，又是一番新的景象了。

他又回到了那个狼的问题上去，那种残忍贪婪，毫无同情心的动物,好像从来不会绝迹,它适应生存的能力是很强的。而且无妨说,有人的地方,就有狼,人和狼是并存的,甚至搅不清,究竟谁是人,谁是狼。也许是人“狼化”了,要不就狼“人化”了。总而言之,有那么一些人的外表、狼的实质的新动物品种,出现在人类中间。

所以人咬人的现象也就不足为奇了。

按照这些“类狼人”的哲学概念,对于自己的品德,肯定觉得无可厚非的,因为当良心这个砝码丢了以后,道德标准就各有各的称量法了。人要生活,狼要生存,从本质上来讲,道理是一样的,所以它在咬死你的孩子,叼走你的羊,它不会感到羞惭、感到对不起、和在良心上受到责备的。相反,也是理直气壮的。要办起报,写起文章,照样也会大讲特讲它的吃人哲学,说不定还有写作班子为之吹捧,奉为圭臬。

但是说来说去,关键还是在人,究竟是我们大家的错呢?还是应该怪罪那只狼?过去有狼,现在有狼,将来还会有狼,而狼的本性是不会改的,不然,它就没法过日子。无数事实已经证明:人,对于狼,特别是那种“类狼人”,是毫无办法的。

于而龙想:王纬宇和我跳了四十年的假面舞,竟不曾想起揭下他的面具看看,挨咬也是活该。四十年称兄道弟地过来,怪谁?怪自己吧!

是的,在他身上,肯定有一种在门捷列夫元素表上找不到的元素,姑且定名叫“变”吧!他太善于变了,有时候紧盯着他,到底想弄个明白,也是一会儿红,一会儿白,弄不准究竟什么色彩。他在拥护你的时候,留下不赞成的因素,而在反对你的时候,又使你感到支持和同情的温暖。他需要你的时候,可以跪下来吻你的脚后跟,可又不让你感到他下作,相反,他一脚无情地把你踢开,倒阳关三叠露出恋恋不舍的样子。他会哭着笑，也会笑着哭，他能把死人说活，也能把活人推进地狱里去，连眼皮都不眨一下。他从不落井下石，认为那样做，狗味太浓，而他，干脆连那个推人下井的人，也一块推下去，这才叫做无毒不丈夫。至于拥抱你的时候，摸摸你的口袋，帮你推车的时候，偷偷拔掉气门芯，那都是兴之所至的小动作，不在话下了。一句话，一切从需要出发，这是他的座右铭。

“要是赵亮活着——”于而龙想起老林嫂刚才说的话，“那么，他说不定会惊讶，怎么播下的是稻谷，长出来却是稗子呢？……”

错误总是积累而成，存在着许多历史渊源，绝非一朝一夕的事情。正如地壳下的能量活动一样，只是到了不能承受的程度，才会发生地震。所以，过错既有今天的，也有昨天的，而今天和昨天又是无法分割的，稗子在稻田里，并不是一天就长那么高的。

于而龙，感到自己在思索中走得够远的了，正如他儿子、姑娘，和那个舞蹈演员给他的评价一样：爸爸是个循规蹈矩的虔诚君子。所以决定往回走了，免得江海派人来接，找不到他。

但是，他突然站住了，那丛扇状的灌木林，像屏风似的挡住去路。妈的，他骂了自己一声，怎么会把这样一处重要的遗迹给疏忽掉呢？

他的两腿不由自主地朝那儿——三十多年前曾经避过雨的小灌木林走去。当然，他知道，沼泽地上，隔不两年，就要烧一次荒的，很明显，不知是第几代增殖的灌木林了，长得更茂密，更苍郁了，密不通风，成为黑压压的一片。但方位决不会错，因为鹊山千万年蹲在湖边，是不会移动半分的。他在心灵里觉得，似乎芦花还在那儿等着他，他害怕惊动她似的，轻轻地拨开蒿草和芦苇，朝她走去。

那时，他是个二十多岁的年轻壮实的汉子，一个浓眉大眼，英气勃勃的游击队长，一个魁伟颀长，充满精力，初步觉醒了的渔民。就是这座挡得严严实实的灌木林，它遮住了头上的细雨，也遮住了四周的冷风，两个人紧紧地挨在一起，那是第一个把身体缠靠住他的大胆女人。世界上没有任何两个物体，会比相爱的人贴得更紧，他都能觉察出她的心，跳动得那样激烈，但她的皮肤却是冰凉冰凉的。

蓦地，他听到了一个女人在说话的声音，确确切切地听到，不是幻觉，不是梦境，他头发一根根直竖起来，那腔调是陌生的，但语意却惊人的雷同，他不禁愕然地站住了。

"……你不要折磨你自己了，……真的，你不该这样跟自己过不去，他是你的……"

于而龙对于虚无缥缈，捉摸不清的，诸如命运之类的题目，有时倒会产生一点唯心主义的想法，但对于实实在在的，摆在眼前的事物，他是个严峻的唯物论者。他不相信返灵术，更不相信西方无所寄托的徘徊者，吞食大麻叶后产生的谵妄境界。不是的，他向前又走了两步，听到了另外一个女人的声音，在回答着刚才的话，但并不像是答问，而是循着自己的思路，在探索一个什么复杂的问题。

啊！敢情沼泽地上，不光是他一个人，还存在着第二者、第三者呀！

她在娓娓地叙述，又像在轻轻地自语："……其实，我也并不后悔自己走过的路，因为终究是自己走的，有什么好怨天怨地的呢！告诉你吧，也许我是个不幸的人，尽管我不相信，然而生活总给我带来不幸。我被一个完全不应该爱我的人爱过，然后，我又去爱一个并不爱我的人。十年，回想起来，好像春梦一场。我伤了人家的心，人家也伤过我的心，我破坏过别人的梦，同时，别人也夺走过我的爱。不过，也说不定我倒是个盗窃者，想巩固住偷来的本不属于我的爱情，他是我的，不错，但他又不是我的。”

“你说得太神乎其神了。”第一位讲话的女中音插了一句。

于而龙想象她准是一位老大姐之流，爱替别人操心的人物，但是第二位，那个清脆的女高音却说：“你年纪还小，并不理解什么叫做生活，那是相当复杂的现象。当然，对你讲讲也无所谓，因为你是个过客，小江。”

“瞎说，我爸爸希望我能在石湖待下去。”

她笑了：“那么大的干部，会把女儿扔在石湖，跟鳗鲡鱼打交道？”

女中音说：“我哥哥复员了也要来呢！”

“为了我吗？哈哈哈，不必了吧！”

“看得出来，你心里还是有着那个人，所以一直到今天，也下不了决心，一刀两断。”

“不完全是这样，或许我也有点赌气。”

“真是够矛盾的了。”

“你算说对了，生活本身就是无穷无尽的矛盾。你知道吗？我实际上是很不走运的，因为我生来就没有父亲，我只有一个名义上已经死去的父亲……”

糟糕，于而龙想着自己应该转身离开了，悄悄地偷听人家的私房话，多少是属于君子道德之外的。然而，她接着说下去的话，使得于而龙愣神了，世界上会有这种搅七念三的事情么？

“……我妈妈的一辈子,比我还要不幸些。她瞒着我,什么也不告诉我,眼泪也是偷偷一个人背着我流。我问过她,一直在给我们娘儿俩汇来钱的那个人是谁?她死也不说,我写信去邮局查访过,地址都是不真实的。但我知道,汇钱的这个人,才是我真正的父亲,我的生身父亲。这一点,从我舅舅那儿透露出来过;十年前,我又从一个人那儿得到了证实,这就是历史的本来面目。可是,直到现在,不,直到今天,他,一个多么卑劣的人,不敢,而且也不想承认我是他的女儿。我恨死了他,真想当着他的面问:你既然敢把我生到这个世界上来,你就应该负责,因为你是人,不是畜生,即使是畜生,也懂得疼爱它的儿女呀!”

“谁?”

没有回答。

“谁?”女中音又追问了一句。

“我不会告诉你的,小江,尽管他不承认我是他的女儿,但是,血统的呼声,使我还要维护他,因为我已经伤害过他一次了。”

什么血统的呼声?倘若于而龙知道,他本人正是那个女高音又恨又爱的,抛弃了女儿的卑怯父亲时,准会跳起来冲过去的。

但是,此刻觉得他是站在漩涡之外的陌生人,旁观者,除了认为她所讲的,犹如影片故事那样离奇外,剩下的,就是对自己这样有身份的文明人,居然也津津有味地窃听,深感不雅,决定要转身走开。

这时,那个烦恼不亚于游击队长的姑娘,似乎说给他听似的,不由得使于而龙欲走又踟蹰了。

“他来了,站了站脚,看看,听听,又走了。他大概是无所谓的,因为我听说,经过战争,见过生死的人,感情是特别冷酷的。我想,多少有些道理。可我呢？受不了，真受不了啊！他走了，影子会留在心上，那是永不消失的。小江，你体会不到我现在心里是个什么滋味，我真想大喊大叫，让所有的人给我评评理，为什么对我这样不公正？我应该得到亲生父亲的承认，我得不到；我应该得到我所爱的人的爱情，同样也得不到。为什么老天偏要惩罚我？而她，那个会画画的女人，倒是天之骄子？”

“谁？”

仍旧得不到回答，那位女中音也不再追问了。

沉默了一会儿以后，她又继续说下去：“她的画应该说画得再漂亮不过，然而我恨透了那油画，恨透了那朵玉兰，几次，我拿起剪刀，想把它剪个稀烂——”

因为提到了玉兰花，于而龙更不想走了，那种秀色可餐的花儿，是他女儿于莲笔下经常出现的画题。

“……但那有什么用呢？画可以剪掉，但剪不掉他对画家的爱，更剪不掉他们之间认为是志同道合的东西。我们结婚不多久分手了，因为过不到一块去，有什么法子，我对他说：‘听着，我需要的不是同情，不是可怜，而是爱情。’他说什么：‘同样，我需要的也不是同情，不是可怜，而是科学。’‘爱情呢？’‘死了！’‘再见吧！’‘再见。’就这样，散伙了。一个七十年代都不知怎么过的研究生，在那里写八十年代的论文，最初我也认为可笑。后来，唉，女人注定是要付出牺牲的，我终于还是爱上了他，甚至也替他那篇牛棚里产生的论文命运担心了。”

“这样说，你不完全是赌气呢！”

她叹了口气：“我妈讲过，我的命不好，小江，你别笑，人在不顺心的时候，容易迷信命运。”

“那你总不能永远这样下去!”

“我也不知道,很渺茫——”

“他还能回到你的身边吗?”

“谁?”

“写八十年代论文的那位——”

“你是说陈剀吗?”

于而龙听到这个书呆子的名字,就像在湖里经常发生的、一股水下的湍流,拼命把他拖进漩涡里去的情况那样,他害怕卷进去,赶紧快步离开了那丛灌木林。人事的漩涡,往往更复杂呀!

他根本料想不到,陈剀不曾处理好的事宜,偏是他在石湖碰上了。

也许他走得太急,而且也疏忽了沼泽地带那些泥塘的特点,慌不择路,一下子像踩进了软绵绵蜂糕似的发酵面团里,一点一点地沉陷在烂泥洼里。

他不得不发出呼救信号:“有人吗?来帮帮忙!”

听不到动静。

也许风大,她们未加注意,他又大声地喊了一遍:“快来帮帮忙,我要陷下去啦!”

他看到她从灌木林里跑出来,飞快地迈着大步,但是在看清了他是谁以后,出乎意料地怔住了,不但不往前走,甚至面对着他倒退了两步。

“你怎么啦,看着我活埋下去么?”

她犹豫了一会儿,又走近过来,脸色远不是那么友好,但是她看到于而龙双膝都淹没在泥浆里,恻隐之心使她咬着嘴唇,赶紧冲向于而龙。

于而龙猛地大吼着:“站住,给我站在那里,不要往前走,打算和我一块死么?去拔把苇子来拽我。”

她冷冷地问:“一块死不更好么?”

等被她用一大把苇子拖出泥潭以后,于而龙抖去裤脚上的泥浆,心情沉重地说:“也许我来了不该来的地方!”

“说不定还听了不愿听的话吧?”

“不要用这样的口吻讲话,年轻人。”

她挑衅地抬起头:“用什么口吻?你说,我该用什么样的口吻来跟你讲?我倒要请教请教。真遗憾,自从我落地直到今天,还没有一个人教我该怎样讲话呢!”

“要打架吗?”

她泪水涌了上来,两只眼睛更明亮了。

于而龙摊开了手:“我并没有惹你!”

她突然爆发地喊了出来:“你敢说没有惹我,你,你,我恨不能——”她举起手,怒不可遏地扑过来。

于而龙简直弄不懂眼前泪流满面,激动万分的姑娘,为什么对他充满了愤恨怨艾的感情,便问:“这就是你要赎的罪么?”

她愤懑地叫着:“我没罪,有罪的是你!”

“我?”游击队长凄然一笑。

但是,她伸出的手,还没触摸到他,女性的软弱心肠,使她缩了回去,现在,对她来讲,已经不是大兴问罪之师的时候,而是渴望得到她从未得到的慈爱。顿时间,她那股寻衅的锐气消逝了,扑在他怀里放声大哭起来。

“你怎么啦?你怎么啦?”

她只顾委委屈屈地哭,那满脸的泪痕,使他想起了自己的女儿于莲，那个感情丰富的画家，也常常这样尽兴一哭的，甚至弄不清她为了什么，无缘无故地哭个没完。于是，他习惯地抚摸她的头发："告诉我，为什么？为什么？"

但他万万没料到，那个女孩子张嘴喊出了一个差点让他吓晕过去的称呼。她抬起脸，亲切地望着他，极其温柔地喊了声："爸——爸！"

啊？一切一切都搅得乱七八糟了。

——老伴说得对呀！回到家乡，能够使我欢乐的因素不多，相反，使我伤感，使我烦恼的东西，是不会少的。

难道不是这样么？

二

游艇朝沼泽地开了过来。

很明显，那是派来接于而龙的，艇前探照灯的明亮光柱，像搜索似的在青青的芦苇、密密的蒿草上空扫来扫去，电喇叭传出叫喊的声音，因为风大浪高，听不清楚，也不知嚷些什么。但毫无疑问，是江海到了闸口，从那里给县委挂了电话，然后游艇直接从县城开到沼泽地来。现在的江海可不比背石头当普工的那个时期了。

于而龙对江海的小女儿，那个女中音说："那时候，你爸爸一本正经的意见，他们当做笑话听；现在，分明不应该兴师动众，随便找条船来就可以的，但他的一句话，别人看做圣旨，赶忙把游艇开来了。"

那个女孩子也许年轻幼稚，不太懂事，也许对这类事习以为常，不觉得奇怪，所以未加理会。倒是那个非认于而龙为爸爸的叶珊,哼了一声,以一种看破红尘的腔调说:“社会就是这样的可恶!”

“还仅仅是个别人吧,不能一概而论。”于而龙觉得年轻人喜欢作出“全是”或者“全否”的绝对结论,便以商榷的口吻,对这个关心鱼类生存的姑娘说。心里思忖着:如果整个社会都可恶的话,那你们算什么呢?孩子,你们来到沼泽地绝不是要躲开这可恶的社会,相反,而是为了使社会多获得些蛋白质,才观察鳗鲡鱼从海洋回到淡水里来的路线的。由于围湖造田,许多通道被堵死了,可怜的鱼已经无法返回故乡了,也许正因为这样,认为社会可恶的想法,才愤愤然冒出口来。说实在的,在荒凉冷落的沼泽地上,在那些掉下去会没顶的泥塘里,守候着、等待着鱼类的信息,要没有对于生活的热爱,是不会产生出这种披星戴月的干劲来的。然而脚踏实地的人,似乎命运作梗,却得不到幸福。

既然喊了一声爸爸,就得有点女儿的样子了,再不能像昨天那样飞扬跋扈了,叶珊笑了一笑,把话缓和了一点。恰巧,探照灯的光柱,扫到她的脸上,于而龙又看到了那含蓄的伦勃朗笔下的笑意,她说:“虽然不应该一概而论,但也是绝大部分。”

“不然,年轻人,你所见到的,只是在水面上飘浮着的泡沫,因为永远在表层活动,所以首先投入你的眼帘,但主流绝不是它们。想一想吧,过去的十年,从老帅们拍案而起,到广场上扬眉剑出鞘的青年,你不觉得历史的主线,应该这样联系起来看吗?”

但是,她说:“爸爸!”——叫得多么亲昵啊,于而龙笑了。不过,这是当她女友奔去迎接游艇,就剩下他们两个人的时候,她才这样叫的。看来,她确实是个懂事的姑娘,知道该怎样维护她父亲,所以刚才在泥塘里那样激动地扑在他怀里,小江的声音一出现,立刻破涕为笑,装出若无其事的样子。啊,也是个鬼灵精啊!

大概这是年轻姑娘的天性吧？——“你讲的只是理论罢了！”

这时，游艇的探照灯发现跑去的小江，随着也照亮了他们，并向他们驶来。在耀眼的光柱里，于而龙多少有些悲哀地从这个假女儿的脸上，又看到小狄那种可怜他做一个愚蠢的卫道者的同情；和于菱那种责难他毫无激情愤慨的冷漠；以及儿女们嘲讽他为虔信君子的讥笑。“唉……”他暗自叹息：“要不是果然存在着两代人的隔膜，那就是我确实不理解今天的年轻人了。”

叶珊和那位秘书小狄一样，不像画家那样张狂，和毫无顾忌，多少有些女性的含蓄和温柔，用一种委婉的声调说：“爸爸，世界上有许多死亡的河，为什么死的呢？因为被污染了，表面的浮游生物太多了，氧气全被它们耗尽了，整个生态平衡被破坏了，河流无法更新，于是就成了死水。还存在什么主流呢？社会，也是同样的道理。”

“不！”于而龙几乎大声地喊出来，“太悲观了，我完全不赞同你对社会的看法，孩子。”

她哼了一声：“我也希望不那么看。”

游艇司机随着江海的女儿走了过来，现在这位师傅比昨天中午，当于而龙拖泥带水爬上他游艇时，还要客气些、热情些。伸出手来，直是道歉，并且代表王惠平请游击队长原谅，因为王书记要准备明晚的小宴并等待一位客人，不能亲自来接，实在对不起等等，讲了一大套。人要热情得过了分，就像放多了糖的食物，吃起来齁得难受了。

叶珊对王惠平不感兴趣，便对小江说：“咱们今晚也放假了吧！你不是要看电影去么？走吧！”

“难得你有这一天，对电影的兴趣，超过了鳗鲡。”女中音高兴了，二十多岁的女孩子，是电影最忠诚的观众层，所以中国会生产那么多乏味无聊的影片，主要是不愁没有观众的缘故吧？她雀跃地跳上了游艇，回过头来招呼他们快些。

叶珊问于而龙："你呐？"

他轻声地说："如果你不反对的话，带我去看看你和你母亲的生活。"

她迟疑地拿不准主意了，说不上是喜悦，还是发愁。而游击队长确实想了解，她为什么那样对他充满恚怨，而终于承认他是她的父亲，简直离奇古怪，误会也多少需要些依据啊！这个年轻姑娘究竟是谁？从他昨天见她的第一眼起，他敢对天盟誓，曾经在哪里见过她的？

"可以吗？要是不方便就算了。"

"走吧，请——"她变得高兴起来，拉住于而龙，朝游艇走去。

游艇把小江送到闸口，那些大小干部像捧凤凰似的，把地委书记的女儿接走以后，叶珊便对游艇司机说："麻烦你，师傅，请送我们到陈庄去，正好你回县城，顺路。"

司机见于而龙毫无反应，便加大速度飞也似的，在深夜的石湖里飞驶着。艇前的大灯，像一把利剑，劈开了黑暗，开辟出前进的路。在灯光照耀下，可以看到浪花飞沫和那些惊起的水鸟，在光柱里仓皇失措地飞。毫无疑义，正如他和这个自认是他女儿的争论一样，在巨大的历史性变动中间，会有许多涌上表层来的东西，甚至会把水质搞坏，如她所说，成了一条死亡的河。但是，历史的主流是决不能中断的，在受到了足够的惩罚以后，会变得聪明起来。大自然也是如此教训着的，人类尝到了破坏生态平衡的苦头以后，就不得不改变原来的做法。现在，不是有许多遭到严重污染的河水，又澄清下来了么？可以设想，在不久的将来，那些鳗鲡会自由通畅地回到故乡。人类，在漫长的发展道路上，会产生一种律己的力量。同样，党在成长的过程中，有净化自己的能力。早早晚晚，错误终归要改正的，即使有人非抱残守缺不可，别人也肯定会替他扬弃的。尝试，失败；失败，再尝试，是无法避免的历史必然性。每前进一步，总要付出巨大的代价，但历史的主流，正像这艘游艇一样，毫不犹豫地向前飞驶。

比起那耀眼的探照灯，座舱里的光线，就显得幽暗，由于叶珊的目的地是陈庄，于而龙本想问一问她的身世，但是司机坐在身旁，就只好和她继续探讨在沼泽地上展开的话题。她说："因为你提到了代价，我想问一句，假如花了一百块钱，只买回来价值一元的东西，那代价是不是太大了？"在柔和的乳白色顶灯映照下，她的脸色既有点怅然若失的感情，也带点讥诮讽刺的味道，很清楚，她并不完全同意他的观点，不过有些话不便说出口罢了。因为这种阿Q式的宣传"成绩极大极大，损失极小极小"的谬论，已经听得耳朵长茧了。

但于而龙出乎意料地回答了她："不，叶珊，你总还是年轻些，要知道，有时你花一百块钱，连一分钱的东西，都落不到手呢，只给你留下一个惨痛的教训。"

她凄楚地笑了笑，点了点头，深有感触地说："完全可能。"

也许因为她这种惨淡的，苦森森的笑容，和那种伦勃朗式的笑，截然不同的缘故，引起了于而龙的关切。他觉得好像更熟悉了，确实是在哪里见过她似的。终于想起来了，同样是在船舱里，对，不过是装满稻谷的船舱里，当他打开舱门，王纬宇曾经用挑衅的口气问过："不认识吗？"那时候，坐在舱角蒲团上的四姐，脸上就曾出现过这种苦涩的无可名状的笑。

呵！天哪！于而龙坐不住了，怪不得看来眼熟，甚至越看越像，她就是年轻时代那个标致的船家姑娘的翻版，不但脸形像，眼神像，那摄人魂魄的笑靥也一模活脱的相似。叶珊要比早年的四姐显得聪颖些、洒脱些，还有一点过来人的深沉与世故。但她是四姐的女儿，这点确定无疑的了。她的名字叫叶珊，而那个衰迈的戴孝妇女叫珊珊娘，那么正该是她的母亲，何况，要去的地方，又是陈庄。于而龙暗自呻吟："啊！老天爷啊！原谅我这个无罪的人吧！可是，我怎么能被她认作是亲生爸爸呢？"

陈庄到了，谢天谢地，王小义和买买提正和陈庄的乡亲一起鼾睡。在寂静的春夜里，告别了司机，于而龙又从昨天爬上岸的地方，悄悄地登上了他第一次坐牢，第一次游街，也是第一次知道世界上有共产党存在的土地。

"你怎么啦？站住了！"

"我不晓得我做得究竟是对，还是不对？因为我不止一次问过我妈，我应该姓于，而不应该姓叶，但她从来不承认你是我的父亲，所以我想，你的突然出现，对她，是幸福呢？还是痛苦？"

"谈不上幸福，那是属于别人的，而我们，注定是要当靶子，谁都可以打的。"他想起那累累伤痕的木柱。

在菜园里，她请于而龙等一等，先向屋门走去，那是预先给她妈妈打个招呼了。他只好站着，嗅着蚕豆花和油菜花的香味，那些踩倒的蚕豆，可能珊珊娘料理过了，又恢复了原状。

叶珊很快转回来，败兴丧气地说："真不巧，妈不在家，请进屋吧！"

外表上半新不旧的房子，屋里收拾得倒比老林嫂家更接近于城市生活，因为船家是解放后才定居下来，她们娘儿俩又与农业生产无关，所以干净利落，类似城市里小康人家的模样。于而龙从昨天清晨钓鱼，今天清晨在三河镇，马上又要到明天清晨，整整快四十八小时不停地奔波。现在，在这间舒适的、充满脂粉气息的屋子里，他确实感到自己累了，而且也真正觉得自己老了，才熬了不到两天两夜嘛，就吃不消了。

叶珊问："要我做些什么吃的吗？你大概饿了！"

那几个马齿菜馅饼根本不顶事的，于而龙笑着承认："方便的话，我倒有一点胃口。"

她忙碌起来，点煤油炉，下挂面，卧鸡蛋，从里屋到外屋，张罗个不停，连她自己都认为可笑，自我嘲讽地说："真荣幸，我长这么大，整三十周岁，头一回能为我的爸爸效劳。"

三十周岁，这账并不难算，但是他还是要问："你一九四八年生的吗？"

"多么负责任的父亲啊，连我是哪年生的都忘怀了。"她拼命往锅里洒味精，借此发泄她心头的怨恨，多少年失去父亲的日子不好过啊……

于而龙又追问一句："确实是一九四八年吗？"

她把煮好的面给他端来："难道你还怀疑吗？怕什么义务需要你承担吗？"

"不，孩子，我现在一点也不怀疑，而且非常相信——"下面的话他咽住了，因为他确实知道她的生身父亲是谁了，但那还是由在等待与绝望中度过一生的四姐，亲口告诉孩子吧！他想：有什么瞒着的必要呢？历史应该回复它本来的面目。错的就是错的，对的就是对的，遮掩起来反倒不好，而且会既害人，又害己的。

“是咸还是淡，滋味怕不太好吧？”她瞥了他一眼。

他回答：“味道倒是蛮鲜的，只是那些谴责，埋怨，愤恨的作料，放得太多了，叫人受不了。”

她给逗乐了，然后坐在他对面，也吃起来，她用筷子挑起面条，边吃边说：“你猜，我曾经多么恨你，恨死了你。”仿佛于而龙就是面条，用牙狠狠地咬断。

“你不应该恨我的。”

“那我恨谁？”

“先不说这些，我问你，你怎么一下子，就猜准我是你的父亲？你说过的，你妈妈并不承认。”

“血统的呼声！”

“胡说。”

“我认为我的性格、精神，继承了你的某些特点。”

“更玄了。”

她憨直地一笑：“那都是我以后逐步发现的，因为我一开始懂事，妈妈就送我到省里去念书，那时，你用假名给我们汇钱。后来，我问过我那糊涂舅舅，寄钱的人是谁？他只肯讲是石湖支队的一个大干部，再详细的，就不说了，逼狠了，他就讲，‘我这老不死还想多活几天呢！’十年前，我从省里回来落户，因为我学的是水产，石湖是理想的天地。一回家，像当时所有的幼稚娃娃一样，革命得厉害，自己先抄起家来，翻了个底朝天，许多东西都当做四旧，劈的劈、烧的烧。结果，在我妈妈的妆奁盒子里，发现一张粉红色的字帖，上面写着你和妈妈的名字，还有年月生辰。我妈妈看见了，一把夺了去，扔在火里，我从来很少见她那样异常过，赶紧从火里抢了出来，她整整哭了一夜，别提多伤心了。我逼着问她：‘到底我姓叶,还是姓于?'她摇头,说什么也不敢承认。正巧,我去省里医院在把小江她爸押回来的路上,碰上了一个人——"

于而龙放下了筷子,心里在咒诅着自己:"老天,惩罚我吧!"坐在他对面的不是别人,正是毁了芦花的坟,扬了芦花的尸,那个不共戴天的仇敌。如果是个有血性的汉子,是决不能轻饶她的。他的拳头开始攥紧起来,胳膊的肌肉逐步在扭曲纠结,恨不能一拳冲她的脸击过去。

"……爸,面凉了吧,我替你再热热。"

他摇摇头谢绝了,对着这样一对清澈明亮的眼睛,好比万里晴空,毫无半点云翳似的澄净,是下不去手的。倒不是他优柔寡断,因为他相信江海说的话:她不是邪恶之辈,肯定,有人借她的手,假她的嘴,在办他的事,说他的话,一杆被利用的枪罢了!但是,于而龙还是控制不住自己的手,生怕不知哪一句话,点燃了传爆线,把满腔的炸药爆炸出来。于是,他摸出了一支雪茄叼在嘴上,她连忙划亮火柴趋过来,在烟雾里的叶珊,他看来是多么矛盾着的实体呵!她既是一个温顺的体贴的女儿似的人物,又是一个粗暴践踏他心目中圣地的,无可饶恕的凶手——一点也不过甚其词的夸大,难道她不是亵渎英灵的罪人么?

她接着讲下去:"他说——"

"他!他是谁?"

"你的老战友——"

"王、纬、宇?"

也许于而龙控制不住感情,嗓门放宽了些,夜静更深,万籁俱寂,叶珊怕惊动左邻右舍,开始压低了声音说:"……我把那个合婚帖子请他看了,因为我听说石湖支队活着的人并不多。他说——

当然，他讲得比较技巧，比较策略，但他的话是最可信的。”

“他说些什么呢？”

“他说，‘要是那棵银杏树下的女人，不从你母亲手里，把英勇的支队长夺走的话，也许今天你就不在石湖了。’我请他证实帖子是真的，还是假的，他说：‘那时候没有结婚证书，再说有什么必要伪造。’后来，有一回问得更明确：‘我真正的父亲是不是于而龙？’他告诉我：‘我只能对你说，你肯定不姓叶，如今是子教三娘的时代，你自己会作出判断的！’还能要他说得怎样明朗呢？够了，足够了。爸爸，你说，我能不恨那个过去挡妈妈道，现在挡人们道的所谓女烈士吗？”

于而龙霍地站起，把她吓了一跳，厉声地责问：“谁给加上‘所谓’两个字的？”

她并不示弱：“我！”

“你凭什么把救过你妈妈命的恩人，叫做叛徒？告诉我，谁教你的？”

她仍旧倔犟地说：“要算账吗？告诉你吧，我——”

要是叶珊确确实实是他女儿的话，大发雷霆的于而龙肯定一巴掌打过去了。幸亏手里有雪茄，提醒了他，也阻止了他。他知道，她不是真正的敌人，她不应受到过重的责罚。然而，她又不是没有过错的；但是，叶珊也够冲动的了，胸脯一起一伏，气咻咻地，认为到底是来算账了，活着的人，为你这多年忍辱负重地过来，竟得不到一句同情熨帖的话；她确实有点于而龙那样的不肯服软认输的性格，他们俩僵持着。叶珊负气地认为他不够资格责备谁，因为活着的人要比死去的人，更难熬些；于而龙恨她不该把分明不是自己的过错，一股脑儿全揽在自己头上。终于，游击队长决定让步了，她是无罪的，真正的罪人是那个挑唆青年干坏事的人，他倒在一边看笑话呢！于而龙长叹一声坐了下来，几乎就在同时，她精神上的警戒线也垮了，冲到他的跟前，双膝软了下来，抱住他，把头扎在他怀里，痛心疾首地悔恨着："你打我吧，你打我吧，我不该伤害你，也不该伤害那位……"

那本来要打她的手，落下来，拉她坐好，问着："珊珊，叛徒两个字，你是从他嘴里听到的吗？"

她一个劲地抽抽嗒嗒地哭。

"告诉我，是不是他第一个讲的？我需要知道这一点，你明白吗？"

她不肯回答，只是说："你要打就打吧，爸爸，别问我，别问我。"

——好一个糊涂东西啊！

于而龙不耐烦地站了起来："好了，我也实在是太累了，你休息去吧，让我在这张藤椅上打个盹，天也该快亮了。"

"不！"她止住了哭，擦干眼泪，像所有勤快能干的女性那样，一边哽咽着，一边尽到女性的职责，把里屋匆匆收拾了一下，便招呼于而龙到她屋里去休息，她准备在她母亲的房里住。

这间一明两暗的屋子，她们娘儿俩一人一大间，倒是相当宽敞。于而龙谢谢她的好意，因为裤脚上还沾着沼泽地的泥浆，实在太狼狈了："行啦！藤椅挺舒服，别弄脏你小姐的闺房了。"

她说："不碍事的，我给你找了件替换的衣服，不知合不合身？"

他奇怪了，娘儿两个怎么会有男人的衣服？她看出了他的疑惑，便领他进到里屋，抖开了一条轧别丁的裤子，多少带点苦味地，向他说明："这是我那没有爱情的婚姻，所留下的一点纪念品。"

"什么？没有爱情的婚姻？奇哉怪哉，年轻人哪，如今这类奇特的名词，我们上了点年岁的人，确实有些接受不了呢！”

“奇怪吗？半点也不奇怪。介绍，结婚，生孩子，是今天中国青年男女组织家庭的三部曲，这种结合，说心里话就是缺乏爱情，不，是缺乏那种强烈的爱情。严格讲，谈不上幸福，但谁也无法不这样办。我也逃不脱，按照三部曲嫁了个人，结果我发现他根本不爱我，心还在从前的女朋友身上。也许换个人，就忍了吧，慢慢让他回心转意，不，我办不到，要么我，要么她，爱情上怎么能搞和平共处呢？”

“那么，他就不该同你结婚！”他在心里埋怨陈剀。

“不能怪他，其实是我自己的过错，怜悯不是爱情，那样一个有学问的人，竟会因为家庭问题，没有人敢爱他。可他呢，也够认死理的，又是个不会撒谎的人，要是有一点点说瞎话的本领，也许今天，就相安无事了。”

“当时，你是甘心情愿忍受那种状况的啰？”

“不瞒你说，爸爸，我确实是这样的，他一开始就说他忘不了那个画家，而且永远不会忘。但是他答应体贴我，同情我，甚至怜悯我。”

“弄不懂你们这些年轻人哪……”

“等我后来真的爱上了他，那种体贴、怜悯、同情，简直是对我的侮辱，我不需要那些随便制造出来的廉价品，我要的是真正的爱情，全部的爱情。”

“看起来，你最初也不是真的爱他。”

她点了点头。

“那你为什么要结婚？”

她把头低了下去：“因为我要保全我的名声。”

于而龙呆了，太可怕了，难怪她眼光里有着一种玩世不恭的诡谲，她妈妈，那个赤诚真挚的四姐，永远也不会有的。

“能告诉我为什么吗?”

“你还是别问了吧，已经过去的事了。”

“现在打算怎么办?”

她的声调提高了，脸又扬了起来:“我要得不到他，谁也休想得到他。”她的嘴角露出了一种残忍的笑意。

他想:难道世界上还有另外一个同名同姓，写八十年代论文的书呆子吗?“珊珊，有他的照片吗?”

她从抽屉里找出一张照片递给他，正是那个不折不扣的研究生，一个差点被驱逐出境的倒霉蛋，照片背面是叶珊写的即兴题词，逗得于而龙笑了，因为相当准确地形容了他:“一个被抛弃的家伙!”

“怎么样，欣赏欣赏你老的乘龙快婿吧!”

他端详着陈剀的照片，心里像翻了锅似的，由于自己的过失，造成了莲莲，陈剀，以至眼前的珊珊，还有小农在内的一连串的不幸啊，该怎样来了结呢?……

自己的罪愆，别人的祸殃，他深深地感到不安了。

乱了，两天两夜得不到休息的脑子，成了一锅糨糊，连他自己也不知为了什么，竟那样轻率地，毫不估计后果地说出来了，他问叶珊:“你知道那个女画家是谁?”

她意识到什么，眼睛瞪圆了。

“叶珊，你别激动，她是我的女儿，叫莲莲，一九四五年在石湖生的，比你大三岁!”

叶珊像噎了一口似的透不过气来，然后，发出古怪的笑声:

“哦！比电影还要电影哪，我们姐妹俩居然在共同争一个男人！哈……”傻笑着冲了出去。

游击队长实在太困了，再打不起精神来，只好相信年轻人吧！相信他们的聪明才智，也许会处理好的。刚挨着枕头，就迷迷糊糊地睡过去了，仿佛早年间在石湖里浮沉似的，一会儿，就进入了梦乡。

但是，神经衰弱症患者，总是很容易惊醒的，于而龙才躺下不多久，就被那屋的哭声，弄得睡意全消。他揉了揉发胀而疼痛的前额，像所有失眠之夜一样，困得要死，可就是睡不着觉，只好等待天明了。

他在黑暗里思索着，那是失眠的人，无法摆脱的胡思乱想，即使自己发狠从一数到一千，数着数着，又会陷进无穷无尽的思索中去的。

那个正在哽咽的女孩子，刚才说得多么坚决啊！“我要得不到他，那么，谁也休想得到他！”现在，不知为什么，倒哭个没完没了，也许在埋怨命运的安排，偏使她们之间，构成了一种充满敌意的关系。于而龙想，或许她的哭声，是在考虑到姐妹骨肉的联系上，作出牺牲的预兆；但是，一旦她明白了她和于莲之间，毫无任何关联的话，那么，她会让步吗？

但是，她还能得到陈剀么？

“由于出现了‘将军’和路大姐，珊珊，你呀……”于而龙叹息着，“不但过去，陈剀不会属于你，现在，甚至将来，就更加是不可弥合的距离了。”

他已经不再是个被抛弃的角色了。

实在是非常偶然的，而且还是勉强的，因为是在极不可能的情况下，出现了可能。所以连当事人都有点不大相信，但那的确是言之凿凿的一些事实，想象力再丰富的人，也编造不出，何况那是一位善良诚挚的妇女，在临终前吐出来的遗言呢！

从飞机场送走了廖思源，回到了部大院以后，于而龙便让孩子们去帮助陈剀，料理善后事宜，赶紧把房子腾出来，交还给公家。

其实这正是撵走陈剀的一种手段，王纬宇的眼睛是何等精明，玉兰花下，他看出了于莲和陈剀之间的蹊跷，就觉得这个书呆子是个障碍，稍微添些油盐酱醋，陈剀便接到了克日离开的命令。于而龙赶紧给无家可归的陈剀设法，到处联系，结果也是碰了一鼻灰，气得直骂街："真他妈的人走茶凉，一点情面都不讲，使人寒心哪！"

廖思源走了，也不曾留下个"遗嘱"，对他那一屋子乱七八糟的书籍物件，究竟作何处理？自然，这是陈剀的事。偏偏那个书呆子，除了要那幅瞪大眼睛，面露惊吓之情的廖师母的肖像外，余下什么都不感兴趣，只好暂时堆积在于而龙家的过道里，等待废品公司来收购。啊！快堆得连下脚的地方都找不到了。

于菱，陈剀，还有把头发包扎起来的演员和画家，像耗子搬家似的，一趟一趟从楼下往楼上捣腾，年轻人干起活来格格的欢乐笑声，冲淡了早晨在飞机场，似乎送葬般的压抑气氛。这位知识分子的遗产，除了书籍，还是书籍。幸好，那许许多多科技书籍，都是硬面精装，个个像铠装的骑士，一本本比城墙砖还厚，所以十年来在痞子们三番五次的光顾下，居然能保存得完好无损，倒全亏了这副硬骨头。这使于而龙悟透了一个道理：应该挺起腰杆，应该理直气壮。于是，走出书房，对陈剀讲："他们越是这样撵你，我还偏要留你，不走啦！"

正说到这里，客人光临了，路大姐陪着一位部队的同志登门拜访来了。于莲迎了上去，并给于而龙介绍："爸爸，你不认识吧，这就是那幅《靶场》的买主啊！"

"今天，我请路大姐陪着来，上门提货啦！准备搞个展览会。"

"怎么？老爷们点头了？"于莲问。

"我们决定不理他。"部队同志回答挺干脆。

于莲笑着说："过去那帮老爷没有说错，是有点印象派咧！所以眼下新掌大权的老爷，有点害怕。"

游击队长一直为那位布尔什维克不平，愤愤地说："弄不懂他们干嘛那样怕新鲜事物？恨不能把社会主义像捂韭黄似的闷在小屋子里！"

最可乐的是陈剀，他又提出了一个冒傻气的问题："怎么？我有些糊涂，这幅画又不是毒草啦？"

"陈剀，陈剀——"于而龙赞赏地拍拍他肩膀，"你问得好，一部艺术作品的好坏，究竟由谁说了算？我不明白，九亿人民是什么时候把艺术作品的生杀大权交给这些老爷的？让他们拿出委任状来，否则，他们的话就是放屁！真奇怪，他点头，就通过；他摆手，就枪毙。以一些人的胃口，代表九亿人的食欲。十年，文化大沙漠吃够了苦，其实，他们何尝轻松过，难道不是有目共睹的事，不都绑在耻辱柱上过吗？可他们太健忘了。"

"不奇怪，爸爸，挨过鞭子的奴隶，手里有了鞭子，照样要抽人的。"于菱重复刚刚离去的那位工程师的警句。

路大姐说："细想也够悲哀的。"

"走吧，抬到车上去，让真正的评判员，人民群众去鉴定吧！"部队同志倡议着，大家都帮着把那幅油画，装到卡车上去，面壁了多年的老兵，在初春的阳光里，依然是那样神采焕发。

路大姐在书房里凭窗看着，几个年轻人充满生气的笑声，特别是两个姑娘银铃似的花腔女高音，袅绕在部大院里，使这位失去儿子，然而疼爱青年的老大姐笑了。他们多么像画幅上那些细细的白杨树，笔直地向上长着，很快就会成材了。可是，斜对面那栋楼上，也许年轻人的欢声笑语，影响到编辑的文思，只见夏岚把原来敞开的窗户，砰地关了起来。但是路大姐从另外一个角度同情这位编辑："这是可以理解的，到了应该做母亲年龄的女人，还是膝前空空，肯定是有点凄凉的。"其实，夏岚却站在百叶窗后，端详着画面上的老指挥员，咬着牙狠毒地说："算你走运，老东西！如果七八年再来一次，我保险不拿笔，而拿刀！"

那幅油画在卡车上怎么也垫不平稳，于菱找了块砖头，他姐姐嫌硬；柳娟寻了片木板，画家又嫌脏，还是陈剀有办法："我上楼给你扔下几本精装书来，又软又硬，富有弹性。"一切都是这样凑巧，第一本书扔下去了，第二本书又扔下去了，第三本书正要扔，楼下于莲嚷着："够啦够啦，稳当了！"于是，就把这本书放在窗前，正好在路大姐的面前。那是一部马克·吐温的小说《王子与贫儿》，狗屁不懂的暴发户抄家时不认识外文，错当做技术书籍给疏忽了，其实那个汤姆和爱德华倒是有点阶级调和论的嫌疑。路大姐顺手拿过来翻看，要不是其中夹着的一张放大照片，她绝对不会毫无分寸地拆看和照片放在一起的信。事情往往怪就怪在这里，倘若照片放得小一点，或者信封稍大些，那该像芦花牺牲时，开黑枪的第三者一样，是个永远的秘密了。然而夹在《王子与贫儿》中的这封信，倒使王子成了贫儿，或者贫儿成了王子。

虽然陈剀还是陈剀，并没有丝毫变化。

照片上起伏的矮矮丘陵，沿着丘陵蜿蜒的曲折山路，以及山路上的那座颓败的歇脚凉亭，一下子，把路大姐的魂灵给勾住了。

谁照的呢？照它有什么用呢？既无人物，又无景致，更谈不上名胜古迹。路大姐做过几天公安工作，倒觉得很像一张以供查证的现场照片。如果她记忆力不错的话，照片照的地方，正是她解放后两次去寻找小儿子下落的刀豆山。

她顾不得一切地打开这封没有封口的信，老花镜也来不及戴了，越往下看，两手颤抖得越厉害，而且，字都一个个跳动起来，她的心像悬在一根灯芯草上，在激烈的摆动，随时有断的可能。果然，当她看到"咖啡色毛衣"几个字样的时候，再也控制不住自己，往后一仰，跌倒在窗旁的电视柜上，碰翻了养着热带鱼的玻璃箱，那种叫做"黑玛丽"的小鱼，在地板上乱蹦着。

"怎么啦？路妈妈！"陈剀连忙回身抱住，也许真是血统的呼声吧？——于而龙想起叶珊才说过的话，只听那位非被赶走不可的书呆子，大声地向楼下喊叫，至少整个部大院以为出了什么事，那位女编辑重新拉开百叶窗，幸灾乐祸地瞧热闹。

等到在医院急救室里苏醒过来，路大姐便追问那封信的下落，真是巧，那封廖师母临终前写的信，已经被鱼缸打翻在地板上的水泡湿，勤快的舞蹈演员收拾屋子的时候，把它团成一团扔到垃圾箱里去了。

要是早一年，于莲对这位弟媳无意中的过失决不会原谅的，现在她拿这位纯净无邪的天使怎么办？只好哭笑不得地说："只有你干得出来，我的宝贝！"

"我去给你找，姐姐——"于菱弄不懂他姐姐干吗着急？更不明白路妈妈会对一封与她无关的信，发生兴趣？只好穿上靴子，在垃圾箱里寻找,总算上帝慈悲,在众目睽睽之下,找到了那个纸团。“是吗?”

柳娟点点头,但并不觉得做错了事。

一直等待着的路大姐,连忙把它装在塑料袋里,去求她的老同事,运用近代迅速发展起来的侦破手段,想办法在已成纸浆的一团里,将廖师母的遗信复原出来,赶紧坐着“将军”的“红旗”车走了。

大家都莫名其妙,因为人们已经习惯于高度的警惕,那根紧绷着的弦,马上猜测到和早晨刚走的廖工程师有什么联系,是不是那个老人有什么严重的叛国罪行?……那时,他还在波音飞机上,进行着最后一刻的激烈思想斗争,想不到又被人冤枉了一阵,而且还基本上是自己人呢!唉……没多久,路大姐匆匆回来,一定要在廖总留下来的寥寥无几的衣物里,寻找一件咖啡色旧毛衣时,大家才松了一口气。万幸万幸,总算不是什么图纸之类的东西丢失了,因为国产电影艺术家老是这样教导观众的。

满屋的人谁也不露声色,因为,除了陈剀,所有的人,差不多都听说过路大姐在“皖南事变”中失去儿子的故事,但谁也不想讲穿,而是怀着一种激动期待的心情,希望赶快寻找出那件毛衣,由实物来讲出人们衷心盼望讲出的话。

于而龙回想起那天晚间,他家书房里,走廊里成了处理旧货的破烂市,望着那些杂乱无章的东西,不由得慨叹一个孤老头子,由于失去老伴,竟会把日子过得如此糟糕。“是的,老廖确实是失去了信心啦!原来他是个多么一丝不苟的人。”

坐在沙发里焦急地等待年轻人翻检寻找的路大姐,轻轻地说:“别忘了人是生活在社会里的。”

谢若萍正在端详着那张照片,她记得廖师母曾经说过:“我要眼睛闭了，谁也说不清楚了，也许我该把实实在在的情况告诉孩子。”那时候，谢若萍忧虑的是关在厂里的丈夫，竟不曾多过问一句，但照片是有印象的，然而信呢，信是什么时候写的？她在回想，所以于而龙的叹息，路大姐的答话，都没往心里去。

“他是深感回天无力才走的，其实，并不舍得离开祖国。”

“即使那些有补天之才的人，也感到棘手的，这个烂摊子呀！二龙……”她望着屋里屋外乱糟糟的一切，深有感触地说。

猝然间，舞蹈演员在走廊里“嗷”地一声，叫了起来，她从一个纸箱里，找到了那件旧毛衣，人们立刻哄了出来。于莲一看，便摇了摇头：“大惊小怪，我刚才就翻到了，颜色不对头，这是烟色，不是咖啡色。小姐，再说，这哪是毛衣，而是麻袋。”画家的眼睛，对于色彩，有种职业性的敏感。

一听到麻袋，路大姐也走出书房，柳娟为了弥补刚才的粗心大意，把毛衣捧到路大姐眼前。对失去儿子的母亲来讲，颜色不是主要的，质量也不是关键；她赶紧抖开那件对襟织起的旧毛衣，摸了摸，有点不相信，又回到书房，在明亮的灯光下，仔细地看了看。果然，一个纽扣都没有，这是做母亲的无意中做下的记号；当时，她只不过怕硌着孩子，才把所有的纽扣都用牙咬掉的呀！她还是和来时一样，不露任何表情，拿着那件还是在大生产时期，用自己纺成的毛线织起来，在农村染坊里煮得黑不黑，烟不烟的毛衣走了。

人们总是在事后才聪明起来，那位文静的廖师母把这封信夹在马克·吐温的小说里，肯定是有些什么寓意的，多么聪慧的妇女啊，这不是王子和贫儿马上变换了位置吗？哦，所谓黑五类式的家庭出身，顷刻之间，几乎是讽刺喜剧似的，再填什么登记表的时候，在那成分栏里，该写上革干两个字了吧？海外关系那也该一笔勾销了！然而，在这一天以前和以后的陈剀，难道会起什么质量上的变化吗？不会的，他照旧是他。所以说，写在纸上，印在书上的东西，并非都是非常准确的，而永远真实的，只有生活，歌德的那一句名言说得多么好啊，“生活之树常青……”

他的学术论文弄不下去了，一个碰壁碰惯了的倒霉蛋，突然发现每扇大门，都朝他打开，而且每一扇大门里面，都有一张笑容可掬的面孔；每张面孔的嘴里，都同样用唱小夜曲的柔和声调，向他表示欢迎，实在使得陈剀有点接受不了。因此，他向于而龙提出：“看样子，七七年的春天，好像还不太正常，明年我再来为论文战斗吧！”

“打算回南方去吗？”

“火车票已经买好了。”

“你把车票给我，陈剀。”

“干什么？”

“给我。”

于而龙拿着火车票去见周浩和路大姐，他们老两口，正戴着老花眼镜，逐字逐句，在看着终于“破译”出来的原信。“将军”示意让他坐下，把那些一张张洗印出来的底片递给他，虽然是东一句、西一句，前言不搭后语，于而龙终于看明白：陈剀正是他们失去的小儿子。凑巧，廖师母因为丈夫赴美留学，就去廖总的姐姐家暂住，那家是一位江南著名的辛亥元老，有点声望，和新四军关系不错，所以廖师母才从部队的驻防区域穿行赶路，谁知正好赶上“皖南事变”，就这样一个机会，在头天晚上激烈战斗过的刀豆山下，凉亭里等着挑夫的时候，发现了用毛线衣裹住的陈剀。江南的一月份是相当凄冷的，好心肠的廖师母便抱着他，来到亲戚家，正巧廖总的姐姐没有孩子，便留下抚养。名字是廖师母起的，她坚持要用一个“剀(剀)”字，这样，就把发现他的地点，也是他亲生父母失去他的地方，巧妙地像谜底似的组成了一个字，永远嵌在了他的名字里。

啊！她是一位多么细致的妇女！

而那件旧毛衣，她一直珍藏着，历经“革命”者的洗劫，能够保存下来，倒多亏了它那朴实无华的外表，那些海盗们对项链更感到兴趣些，不知谁揣在兜里拿走了。但那实际却是不大值钱的开金首饰。由此可见，真正的价值并不体现在闪闪发光的外表。同样，无论王子，还是贫儿，陈剀最可贵的还是那颗孜孜不息的心。

于而龙问：“那应该告诉陈剀，他还蒙在鼓里呢！”

周浩说：“不，我看暂时先维持现状吧！”

“他打算回去呢！”

“老家还有什么人吗？”

“记得廖总得知他老伴死去以后，曾经说过，只有他和陈剀在这块土地上相依为命啦，别人都到上帝那里去了。”

“那好吧，他不是要搞论文么？我来想办法安排吧！”他望着苦痛的母亲，便把陈剀的火车票接在手里，看了看，撕作两半，然后，对路大姐说：“不过，现在我们并不够资格去承认是他的父母，因为我们并未尽到做父母的责任。”

“你的意思是责备我吗？”

“不，应该受到责备的不是你我，但必须为错误做出牺牲、付出代价的，倒是你，我，还有二龙这一代人。”

“包括我们的孩子——”母亲在发言。

“是的，是这样。等吧！既然那么多年在绝望中都等过来了，我想在有希望的情况下，多等等也无妨。让我们重新开始吧！来得及的,既然春天来了,花总会开放的。”

于而龙望着桌上那些从纸浆团里分析出来的底片,心想,要是三十年前,有这些科学侦破手段的百分之一,或者千分之一,芦花的死因,也不会成为永远的秘密。惟一能知道一点线索的老晚,就是那在隔壁屋里哭泣着的姑娘的舅舅,偏偏在两天前死了。

看来,幸运,是和于而龙无缘的。

那个年轻漂亮的伦勃朗式笔下的姑娘,似乎也命运不佳,她最后终于爱上了的陈剀,还有可能属于她么?

“唉,哭吧,哭吧!”于而龙在似睡非睡,似醒非醒的状态中想,“我们俩都不是幸运儿……”他又接着往下数数,但是记不得数到几百几十了,只好再从头数起,“一、二、三、四……”

直到他回到石湖第三个早晨的太阳透过窗帘,把整个房间照亮,他才发现自己不知什么时候睡过去,现在精神健旺地醒了。

屋外竿竿缭缭的动静和低声细语的交谈,使他立刻意识到该是珊珊娘,那个四姐回家来了吧?便翻身起床,发现自己那条在沼泽地泥塘里弄脏的裤子,已经刷得干干净净,压得平平整整地放在旁边。他想:要真有这样一个可心懂事的女儿,倒也是一种福气。莲莲,从来不会在生活上替别人操心,相反,需要别人来照料她。唉,什么家庭出什么样的孩子啊!

等他走到客堂间——农村里都这样称呼正中间的大屋,只见母女俩在桌旁忙着捏糯米粉汤团,叶珊笑着迎上来,分明是为了减轻她妈妈的窘态,问着:“睡好了吗?”

于而龙注意到了那双哭肿了的眼睛,笑着说:“很好很好,比我住在国外第一流的旅馆还舒适些,你妈什么时候回来,我都不知道。”

珊珊娘说：“昨儿个又去她舅家办点事，一早到的家。”

“你昨天猛地认不出来了吧？”

她酸苦地说：“哪能呢，慢慢就想起来了，你没变，支队长。”

“你还是叫我二龙吧！你的姑娘挺招人喜欢，也真像你，怪不得一见面就眼熟。”

“你孩子都好吗？那大姑娘，我见过的，要比珊珊大点。”

于而龙沉吟着：“可不，孩子催人老啊……”

叶珊手托着下颏，望着她妈：“妈，你认识莲莲姐？”

“怎么不认识，跟她妈妈长得一模一样，好多年前，回过石湖，成天追着我画像，——”珊珊娘回忆地说，“听说她到外国留过学，可一点架子也不拿，我们娘儿俩话不多，可挺投缘。”

“妈，听得出你挺喜欢她！”

“怎么？你不高兴啦！”于而龙开玩笑地说。

“珊珊可霸道哪，是个任性的孩子，我管不了。”

“妈，你算说错啦！珊珊不糊涂，我不是那种人，你看，我马上就去发信。”

“什么信？”她妈赶紧追问。

“昨天夜里，我写好了的给法院的信。”

于而龙沉不住气了：“什么？”果真应了他的猜测。

“是的，我决定跟陈剀了结这段姻缘，算了，强扭的瓜不甜；再说，莲莲姐也不是外人，我怎能破坏她的幸福。完璧归赵，就是这么回事……”说着说着，泪水又在她眼里打转，割舍是痛苦的，何况由自己下狠心来割舍。

珊珊娘弄得不懂起来：“又犯神经啦，死命闹离婚的是你，后来不肯离的还是你,今儿个又想起变卦,嗐,你到底有个准主意吗?"

"我本来不打算离,拿定主意的事啦,我要不舒服,他也甭想痛快——"她叹了一口气,望着于而龙,"可现在,她成了我的亲姐姐,这你们也不是不明白。"

"怎么出来个亲姐姐?"珊珊娘糊涂了。

"莲莲,就是你认为挺投缘分的莲莲!"

"她怎么是你的姐姐,老天爷,你乱搅些什么?"珊珊娘转脸看于而龙,希望他能解答她的疑问。

叶珊几乎是朝她妈妈叫嚷:"妈,我早不是三岁两岁的孩子了,你打算瞒我到几时?"

一提到瞒字,显然女儿的话说重了,汤团不能再捏下去,珊珊娘失神地坐在那里,双手拄着桌子,半天也不说话。

于而龙决定结束这种局面,于人于己,都有好处,那些属于历史的过错,孩子大了,也自会正确对待,便按着叶珊坐下:"听我说,珊珊,莲莲确实不是你的姐姐。"

"什么?"她瞪大了眼睛,失望地说:"你到底害怕承担责任!"

"你妈妈是对的,莲莲和你无关,毫无你认为的血缘关系。"

"哈哈,得啦得啦,不要串通演戏啦!亲爱的爸爸同志!"她多少有点神经质地笑着。

"不,我不是你的爸爸,珊珊,你完全给弄误会啦!"于而龙认为应该当着四姐的面解开这个结。

但叶珊一阵风地冲到自己屋里,很快找来一张已经烧掉四只角的红纸帖子,摊在了他的面前:"请看看吧,听说你是个勇敢的游击队长,可不是一个敢作敢当的爸爸,不要懦弱啦,想一想,让它帮助你回忆回忆吧!"

珊珊娘尽管说不出，也听不大懂他们之间的新名词，但从那张充满青春幻灭的梦，啮心般苦痛的订亲帖子，分明看出女儿误会了，连忙对叶珊说："你别瞎说了，珊珊，不是，他不是……"把糯米粉推过去："快包你的汤团吧！"

"不，再也不能包下去，也包不住的，讲清楚，必须讲清楚，而且，只有你们能讲得清楚。"她大声地嚷，"我要求知道我的生身父亲是谁！作为一个人，活在世上，这不能算过分吧？"

于而龙看着珊珊娘，懂得她此时此刻是多么艰难啊！这终究是不光彩的事嘛！难以启口啊！何况当着自己的女儿，揭自己的疮疤，那是一个对女人来讲，是至关重要的问题啊！"珊珊娘呀！……"他摸出了一支雪茄，叶珊生气地把火柴递过来，也不主动点火了，见她烦恼到这种地步，便叹了一口气说："孩子大了，应该明白她想要明白的事，何苦再瞒着呢？都是半截入土的人了，还能活多少日子？瞒着，对孩子，对自己，都不轻快。再说已经是过去的事，三十年了吧？是对是错，心里什么滋味也尝遍了，还有什么讲不出口的呢？相信孩子是明理的，你的珊珊是个好姑娘，你该把那个人的名字告诉她。她原来一直以为我是她亲生父亲，说实在的，这样的聪明孩子，我并不嫌多。可假的真不得呀！今天她明白了不是我，早晚也要打听出来的，人都活在世上嘛！珊珊娘，珊珊娘，你就告诉孩子吧！"

珊珊娘站起来，要往外走，她女儿拦住，喊了一声："妈——"那目光是相当严厉的，并且啪地关上堂屋门。

"妈不讲，妈不能讲啊……"她挣扎着向门口靠近，想拔开门闩走出去，避开这难堪的困境。

叶珊拉住她妈，恨绝无情地说："你别走，妈！听我说一句话：

你要我，还是要那个不能讲出口的人？”

“珊珊，妈要不是你，早不活在世上了。”说着搂住她女儿嚎啕大哭。

但是叶珊推开了她妈，走到于而龙跟前：“你告诉我吧，我的亲生父亲到底是谁？”

那个要躲出去的母亲倒不打算走了，她转回身恐惧地望着于而龙，嗫嚅地求着，眼睛睁得很大，仿佛看到一个妖魔快要钻出来似的，有些魂不附体了：“我求求你，二龙，求求你……”她顾不得哭了，屏神敛息地等待着命运最后的判决。

游击队长站起，他万分同情这个可怜的四姐，她的良知在这一生中受过多少次审判了啊？“我不晓得你是要我瞒，还是要我讲，不过，你的珊珊是个聪明人，不用跟谁去打听，只要想一想，这些年给你们汇钱的，要不是我，还能有谁？”

珊珊娘还未来得及反应，那个伦勃朗笔下出现过的佼俏面庞，突然脸色大变，转回身，紧紧地抓住她妈，连声音都不同寻常，问道：“是他？”

“谁？”

叶珊火辣辣地喷出三个字：“王、纬、宇——”

“哦……”珊珊娘惊叫了一声，捂住脸。

她女儿重复地问了一句：“是他吗？”

可怜的母亲在指缝里无可奈何地点了点头。

登时，那个女孩子像受了过度刺激似的，脸上的五官都有些挪位了，眼睛不是眼睛，鼻子不是鼻子，似哭非哭，似笑非笑地拔开门闩，往屋外冲了出去。

“珊珊，珊珊，我的珊珊呀……”

在门外，阳光暖融融地照着，那两个快乐的小伙子，又大声地在扩音器里舒展开歌喉，显得那么轻松，那么调皮，而疯狂地奔去追逐着女儿的母亲，和已经不见踪影的女儿，她们俩却生活得多么沉重呵……

艺术永远是艺术，生活总归是生活。

要作为一个人生活在这世界上，艰难哪……

三

石湖的天气，似乎形成了规律，每逢刮起大风的日子，吹得波高浪涌；吹得湖面上的船只，纷纷落帆回航，但是风平浪静以后，准会有一个响晴响晴的好天气。万里无云的天空，暖洋洋的阳光，洒在碧波万顷的湖面上，像是跳跃着的一池碎金，等待着渔民的，将是一场满舱的丰收。

生活也是同样的道理，离乱动荡，灾祸频仍的时期过后，接着就是兴旺发达，繁荣昌盛的年代；人也不能例外，经受了疾风暴雨的磨炼，会更坚强，更勇敢地去生活，去战斗，去迎接明天，去创造未来。

“放心吧，珊珊娘，你的孩子绝不会丢的。”

于而龙站在蟒河与石湖的夹角，那块原来盖着炮楼的地方，安慰着四姐。那个被腐化了的无产阶级，正恓恓惶惶地害怕着她女儿出些什么事。

“不，她是个烈性子，想做什么，就做什么，是个什么事情都做得出来的人。书念得好好的，不念了，要去找工作；在省里工作得好好的，不干了，回石湖来落户；找了个对象，结了婚，过不了几天，闹崩了,说散就散。就拿改田的事说吧,碍着她什么啦,鱼断子绝孙,也不是她一个人不得吃。啊呀! 她到处告状,七斗八斗,碰钉子挨批判,到今天,还不死心——"

于而龙知道做母亲的绝不是夸说自己的女儿,但她的话倒描绘出这个有性格特点的姑娘。他觉得她至少不唯唯诺诺,有股敢想敢干的劲头,也许她所作所为不一定正确,正如于莲偏要在画里运用一点印象派的表现手法一样,那种敢的精神,总还是有可取之处,于是夸奖了一句:"我看珊珊这种样子,也不能讲她不好。"

"还好哪? 芦花的坟就是她给闹的,弄得好多人都怨恨我。"

现在他理解叶珊为什么要赎罪。正因为不完全是她个人的过错,所以才敢理直气壮地承担,而且总用那种负气的口吻讲话。他绝不是想为她解脱,但良心使他要说:"不能怪珊珊。"

"那该怪谁?"

"怪王纬宇。珊珊是孩子,懂个啥? 是他!"即使王纬宇马上站在他跟前,他也会客客气气指出这点的。当然他要对天赌咒发誓,说明自己如何清白。但是,这是一道只需要用减法就可算出的问题,除了他,没有别人。

但是珊珊娘摇头,她不相信。

"是他,半点都不会错的。"

她一口咬定:"不——"

可怜的女人哪! 于而龙哀叹着,三十年都过去了,她的心还系在那根不存在的船桩上,除了赞美石湖姑娘至死不渝的爱情外,也忍不住想对至今执迷不悟的珊珊娘讲:"三十年,你都不能将他看透,就不是什么爱情蒙住眼睛,而是可怕的愚昧了。"可他也只是在心里想想罢了,因为她非常坚决的,不容丝毫置疑地反驳:"不,不,他不是那种人，怎么能做出那种伤天害理的事？不是他，不是他。芦花活在世上的时候，那年大年初一——”说到这里，她把话咽住了，说了句别的：“二龙，他下不了那个毒手！”

“你相信？”

其实于而龙也是多余追问，她要不相信，不深爱，甚至不是五体投地地崇拜王纬宇的话，是不会作出如此挚诚的保证。她已经被他征服了，三十多年来，她是在幻影中生活的，一旦那个幻影破灭，她将会是个什么后果？也许只有天知道了。

然而，她那句不经心说出的“大年初一”四个字，使他不禁多看一眼这个苍老而又怯懦的妇女，说不定她会知道一些什么吧？老晚是她的哥哥呀！

“求求你，二龙，帮我把珊珊找回来，我怕她出什么事，她是我的命根子啊！”

突然间，前天下午给于而龙自告奋勇当向导的废话篓子，跑了过来，一口一声珊珊娘，大惊小怪，神色慌张，唾沫星子隔多远就喷过来了。在晴朗清新的空气里，干唾沫的臭味更使人败兴了，就像我们突然从俨然正统的文章里，嗅到了声名狼藉的帮味一样，忍不住要掩鼻子了。

他看到了于而龙，立刻把来由全扔到脑后边，笑着问：“你找到那位船家老爷子了吗？”

对着这一脸谄笑，真遗憾，于而龙在口袋里摸不出过滤嘴烟卷。

珊珊娘问他：“你叫我干什么？满世界嚷嚷！”

他这才想起他来的目的，脸色倏忽变得可怕，仿佛他是亲眼目睹现场发生的一切：“……了不得啦！你们家珊珊，跳上了刚开走的班轮，在湖心里，扑通一声，寻了短见，跳湖自尽啦！蹦进去就没影啦！”

“啊！”珊珊娘被这想不到的一声霹雳，击昏过去，她的命根子，她活在这个世界上惟一的实实在在的联系，跳湖了。她仰倒在柴草垛上，差点晕厥过去。但是，她又挣扎起来，问道：“我的珊珊在哪？我跟她死到一块去！……”

“公社，电话，我是从那儿听来的。”

珊珊娘哭喊着她的女儿，踉踉跄跄地往庄里奔去。

于而龙也被这消息吓了一跳，历史竟会出现如此雷同的现象，母亲遭遇到的命运，她的孩子也该重蹈覆辙吗？

懦弱呀！年轻人，你干嘛走你妈妈走过的路呢？那是上代人走的不成功的路，一条失败的路，一条无能的路，一条事实上已经证明是碰了壁的路呀！

他站在河湖夹角的半岛尖端，拿不定主意是走还是留。但他终究是游击队长，就冲这四个字，也不能撇下别人苦痛不管。他怎么能不关心这母女俩的命运，她们和他一样，都曾和那个“需要就是一切”的人，打过交道，并且是深受其惠的同命人啊！是的，有形或者无形的联系，使他决定站在这个半岛的尖岬顶端，等派去追寻叶珊下落的船只回来。

闹嚷了一阵以后，半岛上又清静了，只有那个只知撅起屁股逃跑的豆腐渣，还在陪伴他，可能烟瘾又犯了，很希望抽上一支过滤嘴的香烟。

“你真是石湖支队的？”

“千真万确，半点不错。”

“你到底认不认识于而龙？”

“不是吹，哪怕骨头化成灰，我也认得出。”如今，吹嘘已经成为一些人条件反射的本能，只要一张嘴，就是什么“我早就进行过抵制，十年来我没少跟他们斗争”之类的大话，可忘了过去分吃一杯残羹时，那沾沾自喜的神色了。

于而龙决心戳穿这类人物：“你说我是谁？”那位豆腐渣挠弄头上几根不多的秃毛，不知该怎么回答。游击队长告诉他：“这儿原来有个炮楼吧？就是我扒掉的。”

“哦！”他一下子跌坐在柴草垛上，结结巴巴地：“你，你，你是——”

“对了！我就是于而龙，不过，还没化成灰。”

他惊恐地问：“你是回来算账的吧？看，挖指导员坟的珊珊跳了湖，该轮到我们啦！”

“我们？”

“我们几个都打过证言，说你是叛徒。”

于而龙爆发出一阵强烈的笑声，笑得那个作伪证者直是发毛。在同一个世界里居住着多么不相同的人啊！就在这个秃头构陷游击队长的时候，三河镇的老迟却咬断自己的食指，柳墩的老林嫂进省上京为他于而龙辩诬。他望着那一片茫茫的湖水，心里感叹着：“天哪！幸好这世界不那么绝望，要不，真不如一头栽到湖里去呢！太可笑了，为了按比例地制造出敌人来，为了把同志打成叛徒，竟乞灵于一张伪证，连不谋一面的豆腐渣放的屁，都奉为至宝，古往今来，到哪里能找到这些比贝克莱还贝克莱的唯心主义者呵！”

“支队长，我有老婆孩子，也是万般出于无奈，才干出这种下作的事。十年前，纬宇同志回石湖亲口对我们讲的，叫我们大胆怀疑，活着的，死去的，过去的，现在的，都可以打问号。我想，横竖你倒台了,也不会在乎那一张证言,田鸡要命蛇要饱,顶多你受点罪,我们可就立了新功啦!”

所有出卖灵魂的人,都会寻找一些依据来安抚自己的良心。像他,只是为了生计,倒也可怜。他真希望送这位作伪证者一包纸烟,然而抱歉,空空如也。

那个废话篓子看到失去了抽烟的希望,站起来,讪讪地走了。于而龙相信,只要价钱相当,卖过一次身,还可以再卖第二次。这种寡廉鲜耻的人是不会绝迹的,有买才有卖,商品是为消费生产的。倘若大家都光明磊落,告密者必然失业;问题全摊在桌面上,打小报告有什么用呢?一切皆绳之以法,作伪证岂不自讨苦吃;作风要是很正派的话,马屁精还会有市场么?在过去十年里,这些新兴行业所以生意兴隆,是和销路相联系着的。

但是,废话篓子的话,倒使于而龙更进一步认识了王纬宇,他那些模棱两可、似是而非的语言,都带有相当程度的弹性,既可以打出来击中要害,达到目的;又可以缩回去不负责任,溜之乎也。如果说他是个混蛋的话——于而龙笑了,一种无可奈何的笑,那一定是双料的。因为上帝给狐狸以狡猾,给狼以残忍,而赋予王纬宇以狐狸加上狼的双重天性,所以他常常是无敌的。

“物以类聚,人以群分哪!”那位老秀才的叹喟之声,又在于而龙的耳边响了起来。

郑勉之终于不同汪伪政权合作,也不去第三战区给国民党顾祝同之流装潢门面,这位腿被芦花打伤的老秀才,在外地治好伤以后,回到石湖,决定拥护赤脚大仙,参加抗日民主政府,从那开始,跟共产党在一起,直到死。

“你这个秀才先生，跟泥腿子，渔花子，光脚板的共产党混在一起，也不怕辱没先人！”他的儿子、他的女婿，都托人捎来话，讽喻他，劝导他。

但他的回答倒很简单：“将相王侯，宁有种乎？”

王纬宇口头上称呼他为前辈，背后，并不十分尊敬他，开玩笑地喊他“棺材瓤子”。因为人人都知道，老夫子的后事早给自己准备好了，有一口油漆了许多遍的柏木棺材。

“要不是那口寿材，二龙，我敢给你打赌，你的抗日民主政府，拿绳子都拴不住他。”

“你说他终究不和我们一条心，会走？”

“那是自然。”

“你放心吧，他不会离开石湖，也不会离开我们。”

“走着瞧吧！”王纬宇嘴角往下一撇，不相信地说。

于而龙耳畔响着老夫子的哀鸣，那是一句发人深省的话，就在这里，就在原来的炮楼底下，就在他生命最后一刻说出来的。“物以类聚，人以群分！”是多么语重心长呀！

现在，经过了三十年以后，石湖支队的队长才陡然间领悟到，这位老夫子的遗言，是在对他进行一种同志式的告诫，正如伏契克那句“要警惕呀”的名言一样，希望通过那茫茫湖水，传送到他游击队领导人的耳朵里。

——老夫子，站在你被处决的这块地方，我体会到了，你把你的思想，你的看法，同时，还把你的忠诚，你的关切，甚至你的焦虑，你的希望，都凝聚在这句话里面了。这是一句有分量的话，你以死亡前最后一口气时说出来，更加重了它。然而，三十年来，我并没有牢牢记住；可现在，连生活现实也在提醒我，确实存在着那种“类狼人”,或者是人化了的狼,他们是以吃人为生的。

王经宇就在这里警告所有追随石湖支队的渔民、船民,谁要是不服从党国的命令,敢同共产党来往,就是被他们抓住的六个人的下场。

他下令当场枪毙了那六名党的基本群众,第六颗脑袋,就是至死也和党一心一意的郑老先生。

当时,那五个人都倒在血泊里了,王经宇站起来,喝了一声:“住手!”让人把老秀才带上来。

行刑队刚要端起的枪,只得放下。

他嘴角紧抠着,盯着郑老夫子,慢悠悠地问:“老东西,看见了吧!现在是一步即生,一步即死,前脚是阴,后脚是阳的最后机会,你要三思而行,回头还是来得及的。”

刚强的老秀才颤巍巍地回答:“人活七十古来稀,我已经七十六岁了,相当知足了。”

“你和他们不一样!”王经宇指着那些倒在湖边,血流遍地的尸体说:“他们是渔花子,是泥腿子,是愚民,是蠢材;而你有功名、有学问、有地位、有家产,怎么能和他们为伍,就是去阴间路上,也不该与他们同行!”

他仰望着蓝天,长叹了一声:“物以类聚,人以群分,我和他们在一块同生共死,那是理所应当的。”

王经宇大声吼了起来:“你这个不识抬举的老货,他们给了你什么好处?”

老夫子沉静地反问:“你又给了我什么好处呢,大先生?”

白眼狼勃然大怒:“好吧,那我就给你一点好处,成全你,让你跟他们一块走!”

“谢谢——”

老秀才转回身去，站在那五位已经倒下的烈士中间，望着眼前一片茫茫的碧水，似乎是自语，又似乎是向石湖倾诉：“记住吧，这话是一点也不错的，物以类聚，人以群分哪！”

这位和石湖，和石湖上的人民，和石湖的第一支共产党领导的队伍，永远站在一起的郑老夫子，昂起脑袋，背抄着手，动也不动，只有凄冷的风，吹动着他那长衫的衣襟，王经宇把手一挥，他便成了那次屠杀的第六个牺牲者。

在中国这块土地上成长起来的知识分子，有他们自身的特点，于而龙记得他的挚友、那位廖总工程师曾经剖析过，还用了一个不大恰当的比喻：“唉！中国的知识分子，很像俗话讲的：‘儿不嫌母丑，狗不嫌家贫’那样，热恋着这块土地啊！”

那是在优待室里，闭门思过时的事情了，于而龙接着问廖思源：“所以一九五二年，你想方设法要回祖国来——”

他承认：“没有办法，我像得了病似的想念这块生我养我的土地。”

“所以，现在这样折腾你，你也并不想去你女儿那里。”

他沉吟了一句：“故土难离啊……”

“我看你还是走吧！既然你女儿来了信，也许我不该这样怂恿你——”于而龙那时态度是明朗的，他赞成这位老夫子离开苦海，要不然，他会走上他老伴的路，死在那种无端的恐惧之中。

“不——”那时，廖思源是坚决不走的。

他俩因为臭名昭著，罪行严重，被隔离在工厂大仓库后边，一间九平方米的优待室里。当时，这种叫做牛棚的民办监狱，是无边专政的产物，在中国这块土地上，究竟有多少，现在神仙也统计不出了。所以后来法家红了一阵，滥觞恐怕自此起始的。仓库的大墙后边，人迹罕至，大白天，黄鼬都敢在草丛中出没。起先，这些胆怯的小动物，看见他们俩一会儿被彪形大汉押走，一会儿浑身像散了架地被拖回来，都吓得躲在洞穴里不露头。但是时间长了，它们发现这两个人并无伤害别人之心，而别人却是可以随便伤害得他们。

小动物恐怕也有些奇怪："你们干吗不敢反咬一口？"于是它们胆子大了，公然在这两个被折腾得连翻身都困难的"囚犯"眼前，蹿来蹿去，毫无恐惧之意，但恐惧症却压倒了廖总工程师。

"你还是申请出国，到你女儿那里去吧！"

他连一丝走的念头都不抱，倒反转来劝于而龙："我认为你还是认真写份检查，搪塞一下，可以少受好多苦，放下你那种殉道者的自尊心吧！"他指着于而龙手里那本牛津版的《英语初阶》："学那劳什子还有啥用？"

"我花钱也请不来的私人教师啊！老廖，精通三国语言的小狄，夸你的英语口音是标准的牛津腔调，虽然书面气味浓点，但很有绅士风度，她认为适合我学。"

"我越看你越怪，什么时候还有闲情逸致学英语，知识即罪恶，明白吗？要不是你懂俄语，人家哪会批你的修正主义？要不是你看那些外国著作，而且动不动就引用，小将们也就不能打你个崇洋媚外了。"

"照你说，白痴最安全了。不，老廖，那对我来讲，还不如死去好呢！我认识一位老同志，解放前搞城市工作，被国民党抓起来，判了五年，坐在牢房里。感谢马克思，也不知以前哪位难友，留下一本列宁著的《帝国主义是资本主义的最高阶段》，别的难友都不感到兴趣，他整整啃了五年。老兄，你现在要去听听他的关于经济危机的报告，保管比那些照本宣科的政治课教员讲得精彩。给我讲讲被动语态吧，别惦着晚上的批斗会啦！"

他叹息着："我实在没心思啊……"

"我弄不明白英语的被动语态和俄语的语法习惯有何不同？你是学过亨雷的《比较语言学》的，给我讲透彻些，被动语态在科技书籍里经常出现，我要搞通它。"

"搞通它到英国去读伊顿公学、哈罗公学？"老头子一脸苦笑，"不是那年纪了！"

"我才五十多岁，老廖，你也刚六十出头，怎么，今日悟道，明天就死么？亏你白有那么多学问了。"

"好好，我给你讲，被动语态是最简单不过的了，亨雷教授认为：每一个民族语言的形成过程中，总是会……"他讲着讲着又想起来："老于，我们已经在一分厂、九分厂、一零一车间作了检查，接受了批判斗争。今天是锻压中心，哦，那些个哥儿们的手劲可是挺大的，敢扭断咱们脖子，真要命咧……"

"嗳，老廖，动词改为过去时态加上 be，可是我要问为什么？"

"为什么？为什么？你最好去请教萨克雷、狄更斯、笛福，或者萧伯纳去吧！哦，还有个四分厂，转业兵多；对啦，铸造中心的关不好过，那些模型工，翻砂工的火气可不小。"他转回来问捧着《英语初阶》的于而龙："老于，咱们还有几处没有磕过头？"

于而龙见他掰着指头计数："你不在算？"

"糟，搞乱了，重新算，一分厂、九分厂、一零一车间……"每提到一处，两个人心里就一咯噔，望着那些藐视他们的黄鼬，想着当初设计工厂时，厂区惟恐不大，车间惟恐不多，两个人有着无可名状的悲哀和悔恨。《聊斋志异》里有个故事：一个财主在地狱里，被狱卒灌着他生平暴敛钱财所熔化的铜汁。蒲松龄叹息着，生前惟恐其少，此时深恨其多，但那是自私贪婪的报应。“可我们究竟是为了什么呢？……”动力学家莫名其妙地问着自己。

廖思源怎么也算不清，尽管那是道最简单不过的加减题，关键就是恐惧，他并不羞于承认，连自杀都打算过的，还在乎这点丑么？“……是这样，当时我得了一种恐惧症，老伴大概也是如此，她顶不住，就先我而去了……”

也许总工程师最使于而龙喜欢的性格，就是坦率。

但是，到了阳光普照大地的时候，他却走了。

物以类聚，人以群分，一个热爱土地、热爱人民的知识分子，终究是要和符合历史总趋势的大多数站在一起，并且生死与共的。

甚至在那架载有廖思源的波音飞机，离开跑道，腾空而起的时候，这两代知识分子的影像，在于而龙脑海里同时交叉出现。一个飞到外国去了，一个留在了石湖，都是和党有过密切联系的知识分子，为什么会产生这样大的差异？不仅仅是个人的责任吧？但是，他还是向那愈来愈小的机影说：“廖总，你无论如何不该走的呀！”

郑老夫子却是死也不曾离开石湖……

一九四七年是石湖支队相当困难的一年，也是于而龙和芦花生死离别的一年。好容易打下的地盘，差不多重新落入敌人手里，日子很不好过，他们又过起流动转移打游击的战斗生活。已经派几起人去接郑老夫子，要他离开石湖，到老根据地去，或者到他认为可以藏身的地方去。但固执的近乎迂腐的老先生，拒绝了同志们的好意。最后，支队研究了一下，决定把他接到游击队里来，多派几个人照顾就是了。因为他和民主政府一直合作到今天，是很遭国民党嫉恨的，尤其是卷土重来的王经宇，肯定不会轻饶。于而龙亲自来到闸口劝说动员，由于部队撤出湖西，这一带越来越紧张了。

他执拗地晃头不同意："无非一死，何足惧哉！"

"毫无必要的牺牲嘛，你老人家还可以为革命做许多事。"

"我不能给你们出力，反而添累赘，二龙，你别讲了，我是宁死也不从的。快走吧，敌人说来就来，太危险——"果然，教堂响起枪声，还乡团进了镇，他们占领着制高点，控制住钟楼，居高临下地射击着，吆喝着。

"出来，共产党，今天你跑不脱啦！"

"不投降国军，老子们就毙了你！"

跟于而龙一块来的通信员长生，正在船上等着，这时，被还乡团的火力隔断，也无法接应支队长了。

郑老夫子说："你只手难敌双拳，何况他们人多，如今只有一个法子，好在天黑，你穿上我的大褂，我换上你的短打，他们不是叫出来吗！咱们一块往教堂走，到了钟楼下，你就贴墙根穿小巷出镇——"

"你怎么办？老夫子！"

他沉稳地笑着："二龙，我已是垂暮入土之人啦，快走吧，该来不及了！"

"你老人家——"

"大丈夫要当机立断，不能以小失大，我在世上还能活几天？你往后的日子还长着呢！"他把他的长衫递给于而龙："快，快换上，迟则生变!”老人严峻的目光,深含着剀切的情意,于而龙激动地抓住了他的手,怎么也不肯接那件衣服,老人激动地催促着:“二龙,你应该深明大义,好心肠有时倒会坏事,快点,就听我这多活几十岁,算是一个长辈的话吧!”

“滚出来!老子摔手榴弹了!”还乡团在钟楼上嚷着。

于而龙拉着郑老夫子,推开大门,走了出来,老人关照他:“走得慢些,天色还有点亮,别让他们看出马脚来。”

“把手举起来!”钟楼上命令着。

他们俩并肩往教堂走过去,那只是不多的几步路,因为房子几乎紧挨着教堂,郑老夫子就在那十几米长的小巷里,向于而龙倾诉了一位知识分子最后的话:“二龙,自打跟你们在一块共事,是我这一辈子最痛快的几年,就是闭眼,也不枉此一生了。现在,你该快步走过去了,贴着墙根,他们看不见的。放心吧,二龙,士为知己者死,我不会辱没我自己,也不会辜负共产党的!”他不容于而龙犹豫,竟放下手推了一把,“快走,多保重吧,孩子……”

老夫子当夜落入了王经宇手中,石湖支队还来不及采取措施营救,第二天,就传来了他和其他五个基本群众一块被屠杀了的消息。

曾经预言老秀才最终必将离开石湖的王纬宇,听到老人壮烈牺牲的详细情况以后,装哑了,再也不做声。他还有什么可说的呢?早在两年前,还是赵亮头悬西门的时候,王纬宇就结结实实挨过一记响亮的耳光。

其实老夫子并无意给他这个教训,“物以类聚,人以群分”这句话,虽是临死时才说出来,但肯定是早产生这个想法了,所以对王纬宇不怎么亲热,采取敬而远之的态度。

老先生为赵亮的不幸惨死，找政府来了，老泪纵横地对大家说："烈士的头颅还在城门上挂着，不能收殓，不能掩埋，我们活着的人，怎么能心安哪？想办法，各位，别坐在这里发愣啦！"

大伙儿拿不出个准主意。

老夫子急了："你们还指望着唇枪舌剑，说得鬼子汉奸发善心吗？"

在场的王纬宇觉得脸上挂不住了，因为责成他和他哥谈判营救的，便反驳着老人："事情不像你老夫子想得那么容易，你以为是摇笔杆做祭文，坐在那里胡诌几句就行了？"

但是老夫子悼念赵亮的祭文，使许多战士、乡亲，尤其是老一点的同志都感动得哭了。他不是用文言文，而是用大家能听懂的半文不白的语言写的，连鲁迅说过的，"革命岂有被人头挂退"的名言都引用了。他说："这也是我为赵亮政委，能尽到最大力量的一点心意了。"

王纬宇火了："听这口气，赵亮同志的牺牲，是我的责任，或者说，是我蓄意谋害他的了。"

"你这个人——"于而龙止住他。

老秀才讲："我并非那个意思，你也不用朝那些地方想，反正，我早先是寄希望于你和令兄的谈判上。如今，人头还在挂着，大家还等着靠嘴巴去打仗吗？我不晓得你们手里的枪，是做什么用的。哀兵必胜，这是古人早讲过的。"

终于组织了一次突袭，于而龙正面带着部队去夺西门，芦花领人混进县城，负责策应和牵制，才把政委的头颅从城门上抢到手。回来的路上，与沿途警戒的王纬宇碰上头，三支人马一块到了三王庄。船一靠码头，最先看见的，是那位穿得周周正正，虔诚守候着的老先生。哦！大家都明白，只有在最隆重庄严的时刻，老夫子才这样一丝不苟地穿戴的。

王纬宇轻轻哼了一声："又该献出那篇祭文，他的最大心意了。"

于而龙瞪了他一眼："不要那样看人。"

他撇撇嘴："说说空话再容易不过的了。"

但是，王纬宇绝对料想不到，亲手接过赵亮遗骸的老秀才，领着人们朝岸上走去，来到三王庄湖滨大街，一口黑漆光亮，擦拭得干干净净的棺材，停放在街心，鲜明地映入了人们的眼里。

王纬宇吃一惊地陡然站住，正是郑老夫子的心爱之物，不知油漆了多少遍的寿材啊！"不可能！"他心里想，"绝不可能，他哪会舍得？"王纬宇不相信，然而却是活生生的现实，看得真真切切，是那口费了二十年心血，甚至早死的王敬堂都羡慕的柏木十三元棺材，他的脸刷的全白了。即使真的在大庭广众之下，给他一巴掌，也比这种无言的惩罚要轻松些，因为并不是个别人听过他的议论："要不是那口寿材，用绳子也拴他不住，早到南京或者重庆去了。"这时候，他还有什么好说的呢！

老人家打开棺材盖，把这位播火者仅有的遗骸，放进去；同时，还把赵亮总裹在薄薄行李卷里的一双布鞋，那是他妻子在红军离开江西苏区时做好给他的，一直没舍得穿，如今，也放在棺材里和他永远在一起了。

也许他妻子在给他这双鞋时，盼望着他能穿着这双鞋回去，也许还在油灯下等待，也许能在梦中相见，但是她的丈夫，从此一步不离地留在石湖了。

"老人家，你——"芦花望着这位令人钦敬的老夫子。

老先生懂得她的意思，他说："应该的，他是一个为国为民的好人，是理所当然的……"然后，合拢了棺盖，他后退一步，向终于回到同志们和乡亲们中间的一位红军战士，深深地鞠了个躬。

现在，三十多年过去了，王纬宇在谈论另外一位老夫子的时候，口气就相当缓和，不再讲得那么绝对，而且尽可能不流露辛辣的嘲弄。于而龙明白，并不是怕抬出棺材来而弄到下不了台，也不是他对飞广州去的廖思源产生什么好感，很清楚，是由于天气的缘故。

现在，王纬宇亟待照料的事情太多了，包括那位总受夫人支配摆布的老徐在内，都需要适应冬天过后，已经来临了的春天气候，虽然寒意未消，但也开始红杏枝头，春风一线，早晚有大地春回、万紫千红的那天，所以，他们都在考虑换季的问题。适者生存嘛！这是达尔文学说的精华，何况他们这些政治上的候鸟呢？更要寻找或者创造最适宜他们生存的条件了。

王纬宇说："走了，廖总终于走了，可惜！"

于而龙对于最近常来串门的，这位兴致极高，一坐聊个没完的客人，并不太感兴趣。

"走了好！"王纬宇绝不是幸灾乐祸，而是十分同情地加了一句。

"为什么走了好？你倒说说看。"

"彼此心安，何况他早早晚晚总得走。"

"他本来不至于出此下策。"

"怪我吗？听你的口气！"

"岂敢怪你革委会主任，怪我自己。"

"怪你?"

"自然,我太无能了。"想起那天"将军"委托他去送廖思源的话,于而龙内疚地说。

王纬宇望着楼道里、走廊里,以至书房里都堆放着的书籍什物说:"真是物在人亡了。"

"三十年后,你有资格嘲笑了。"

王纬宇已经忘了他哥杀害的老秀才了,哦哦了好一阵,才在被近来繁忙的社交活动,搞得一塌糊涂的脑子里,想起那始终和共产党同心同德的老学究:"哦……那位老先生至死也留在了石湖的,这一点,倒是叫人钦佩。我想:可能秀才先生是圣人教诲出来的,而总工程师则是喝洋墨水成功的,所以,注定他们结局之不同吧!"

"不存在脱离社会的人,我不能预测秀才先生活到今天,还能不能和我们同生共死!难道廖总认为西方是极乐世界,才向往而去的吗?他在外国削过土豆皮,知道那里不完全是天堂。假如他不是为了国家、民族,和千疮百孔的土地,也不必二十五年前回来,早知如此,何必当初。"

"该到了吧?"

"还在广州。"

"怎么回事?"

"等他女儿——"

"哦,看来,廖总也许早就有了外心。"

于而龙有点生气了:"不要把人想得那样坏!"

"不过,也用不着把人想得那样好。"他站起来要走了,又是老规矩,迈门槛告别的时候,才谈正题,"你要求回石湖探亲休息一阵的报告,老徐批了,请你暂缓,如何?"

“为什么？”

“因为我要出国，老徐让你早一点到厂里上班呢！”然后以遗憾的腔调说：“可惜廖总走了，要不，又可以唱‘三岔口’了。真是‘黄鹤一去不复返，此地空余黄鹤楼’，这位知识分子也太不给阁下留脸啦！”

他没有被激怒，因为王纬宇要出国这件事，似乎使他回到当年最后攻克县城那一仗，正是由于抓住了国民党主力部队调防的空隙那样，一个再好不过的战机出现在眼前。王纬宇前脚刚走，马上给周浩打电话。

听筒里传来熟悉的声音：“二龙，你在干什么？”

“我打算回石湖去，跟你说过的。”

“听说好像不太同意，是吗？”

“你呐，‘将军’？”

“非走不可吗？”

“而且马上——”他急切地说。

“那怎么办呢？……也许你还从来没开过小差吧？”周浩笑了，“就看你有没有胆子，如果你认为那样做是十分值得的话——”

“我明白了！”

“不过，在你走之前，我得给你一项新任务，希望不耽误你的行程！”

“什么事？”

“二龙，你还记得若干年前，我曾经给你打过这样一个电话？‘二龙，你洗涮洗涮，换身干净衣服，去接一位客人。’这印象还有么？”

“记得，怎么回事？难道老廖他——”

"对了,他决定不走了,马上回来,跟我们一块接着干!"周浩估计于而龙准会发出惊讶的反应,但奇怪的是听筒里喑哑着,长时间的沉默着,"二龙,二龙,你怎么啦……"

于而龙在想:黄鹤一去不复返,可中国的知识分子,最终是和这块土地分不开的……

廖思源决定回来了。

如果仅仅是为了结束自己的残生,那又何必远涉重洋,死在异国他乡呢? 在飞机上,他给自己提出了这个问题。起飞后最初的紊乱和喧闹,终于渐渐地阒静下来,长时间的百无聊赖的飞行,除了打瞌睡,或凭窗俯瞰以外,也只有陷入沉思里去。但到了他这样年岁上,瞌睡就不多了;疲倦是青年的一种幸福,他们有着饱满的精力,干起来拼命地干,玩起来拼命地玩,所以困起来也没命地困。现在他既没有力气去从事大运动量的消耗,也就得不到那种疲劳后令人心醉的休息。只好让思路在脑际萦绕着,然后他又无法给自己找个答案。

要是扭过头看看祖国山河,或许能分散注意力,但是他敢看吗? 因为看上这一眼以后,再也见不到的话,倒宁可不看为妙,何苦再加深那种生离死别的难受之情,给自己过不去?

看起来,他给自己总结出来了,既然还有如此浓重的乡土感,故国感,那种结束残生的概念渐渐淡了,尤其那个一辈子为之追求探索的动力理论,以生命去浇灌倾注的科学研究;那些个公式,那些个符号,那些个在电子计算机里跳蹦出来的结果,又回到他脑海里来以后,刚才那个古怪的关于死的问题,给挤到一边去了。特别是手心里那把机场上抓来的沙土,像酵母一样,使那些公式符号,像大力士似的膨胀起来，硬把那个得不到答案的问题，给轰了出去。

那瓶敌敌畏，他想起来了，当他从优待室放出来，回到了空荡荡、孤零零的家后，那个夜晚，他至少不下三次，把那二角七分钱从药房买来的敌敌畏，抓在手里，希望就此结束自己的生命。好像也是这些公式符号，驱走了死的念头，他终于把药瓶放下，抽出纸来，埋头演算，直到于而龙大惊小怪进屋时为止。

"我听菱菱说，你买了瓶敌敌畏，敢情是真事？"

"不错，不就在这桌上放着吗！"

"你要搞什么名堂，老廖？"他声严色厉地问。

"这屋好久不住人了，有些蚊子和小虫——"

"胡说！我警告你，干这种勾当是一种懦夫的行为！"

"怕我自杀？那还是需要一点勇气的，不信你试试看！"

"我才不试呢！宁可去杀人，也决不自杀，这是四十年前一个共产党员说的。"说着，把那瓶敌敌畏生气地抓起来，推开窗户，摔到楼下去，"看你这份出息，亏你还是个有学问的人，竟婆婆妈妈地想寻短见，我都替你害羞，五六十岁，白活了。跟他们干，干到底！他们有句话我看说得好，叫做'人还在，心不死'，咱们不能就此罢休！"

"放心吧！老于，我决不会死！"

然而现在，他却要到外国去等死。

他手心里的沙土使他不安宁了，终于克制不住自己，偏过头去，看一看窗外的景色，可是遗憾，等到他想看的时候，飞机正钻入了云层里，烟雾缭绕，什么也看不真切。但是广袤宽阔的国土，倒使他觉得王爷坟也好，实验场也好，终归是渺小的一个局部，简直等于一篇文章里的一个逗号。他想:太计较个人的成败得失,或许是知识分子的天生的弱点,即使实验场死了,王爷坟那个工厂垮了,整个民族,整个国家,以至这无边无垠的土地就会沉沦下去吗?

不会的,永远不会的。还有党,他曾经举手宣誓时的那个党,正是这只手,捏着那沙土不放。哦,那些憧憬,幻想,真理,信仰,和公式,符号充塞在脑子里,使他天旋地转起来,于是把那把沙土握得更紧。也许这正是知识分子的命运,沙土是祖国的象征呀!

中国的知识分子,怎么能离开自己的土地呢?他想起一位诗人写过的:如果我要死一千次,也要死在祖国的怀抱里。但是,他,却像一个开小差的战士一样,偷偷地溜走了,没有别的什么理由,只是因为害怕看见战场上的尸体。

飞机降落了,他最后走下舷梯,以为不会有人来接他的,便慢悠悠朝出口处荡去,谁知偏有三个人等在那里,他几乎认不出来了,即使亲亲热热叫着“廖老师”,接过他的提包,扶着他走出机场的时候,也未能想起。他们正是二十五年前,在王爷坟那洼地里第一批他负责进修讲课的高足啊!后来都成了专家、总工程师,或者技术厂长了。

“老天爷,你们都老成这个样子?”

“老师倒觉得自己年轻吧?其实和孔乙己也差不多了!”

“是这样,看到你们,可以想象我自己。”廖思源笑了,然后问道,“哎,谁告诉你们接我的?”

“部里周浩同志!”

“‘将军’?”他怅惘地朝北方的天空望了一会儿,才钻进了接他的汽车。

这些学生们的命运,和他几乎一模一样,好像一副拷贝的翻版，都差不多脱了层皮似的，从专政棍棒下逃出条命来。这三位高足啊！廖思源叹息着，一位被打断胫骨，没有得到很好治疗，以致落下了残疾，走路一拐一瘸；一位耳朵里灌进很多蓝墨水，现在严重失聪，不得不靠助听器；那第三位身体倒完好无损，只是爱人离了婚，如今，她很想和好回来，他也是旧情难忘，但她已经又同别人结婚并且生了孩子，这该怎么办呢？

廖思源在学术上是他们的老师，过去是、现在是，甚至将来也是。至于处理烦恼的生活，这位老师就不成其为老师了。要谈到对于生活的信心，对于理想的追求，对于明天的向往，廖思源倒是他学生的学生，因为无论他们三位中的哪一个，都没有想走的意思，而是和于而龙一样，要留在这里继续干下去。虽然他们的伤痕、苦痛、不幸并不比他少，但好像并不曾被那些沉重的负担而压得抬不起头。

廖思源有点茫然了。

他不得不思考，斗争，当他从狭小的思想境界跳出来，就觉得那三位弟子的殡仪馆式的送葬面孔，倒是个讽刺。那些个公式符号拉住他，那曾经是手心握过的沙土拉住他，所以当他在站台上，看到他女儿的第一眼时——多么像二十五年前一块回国的廖师母呵！他没头没尾地问了一句：

“孩子，你会骑马吗？”

…………

“听明白了吗，二龙？”周浩在电话里问。

“是的，他到底回来了，像那位老夫子一样，最终也是把一腔热血倾泻在石湖的。”他在心里念叨着。

“怎么，你哑巴了吗？我打发陈剀明天坐飞机到广州去。你看你——”

“我叫菱菱代表我去,行不行?”他回答着“将军”。

“陈剀的飞机票钱,可是我自己掏腰包哦!”

“放心,菱菱的飞机票我们老两口付款。”

于菱骑上那辆改装摩托不成的破自行车,去民航营业所买票去了,他二话也没有说,因为廖思源曾经是他和柳娟爱情上的惟一精神支柱。

——回来吧!廖总,到底还是回来了,虽然有些出乎意料之外,但细想还是在情理之中。因为不管是小米干饭喂养出来的,不管是吃面包牛奶学成功的,只要是中国土地上生长的知识分子,这块土地总是要更适宜一些,他的心总是离不开这块母亲似的土地。

——回来吧!廖总,在王爷坟齐心合力,从头开始吧!把失去的一切,重新捡起来。不错,还会有各式各样的鞭子,在人们脸前挥舞,但是,精神枷锁一旦摆脱,鞭子也不过是道士的符箓,和尚的经文,弄神弄鬼的急急如律令一样,已经在慢慢地失去效力了。

——回来吧!廖总,历史的总趋势是不可逆转的,如果再给十年时间,不,哪怕五年也好,让那颗皇冠上的宝石,再度在王爷坟熠熠发光,那就永不熄灭了。任何符合历史潮流的事物,只要屹立起来,强大的生命力也就表现出来。

就在那天晚间,于而龙给部党组写了份报告,正式表达了他要回到工厂里去的愿望。以前,管干部的党组副书记,奉上一级老徐的命令来征求过他的意见,要他回工厂去,现在,这颗跃跃欲试的心,更按捺不住了。

“你在写什么?写了扯,扯了又写?”谢若萍正在为于菱明天去广州接廖总做些准备。

于而龙了解她的主导思想，便说："你不赞成的事情。"

"嗐，廖总回来，你的心更活了。"

"支持我吧！若萍！"他把报告叠好交给了她。

"唉……"她深深地叹了口气，"谁让我是你的妻子呢？"她知道，最后还是拗不过他。

"明天你顺便发走。"

"寄给谁？'将军'，还是小农他爸？"

他斟酌一下："按正常途径，给部党组。"

"估计他们怎么答复你？"

"关键是王纬宇——"

"他怎么？"

"我要赶走他，如果想把厂子搞好的话。"

看来，他自嘲地想：经过四十年的交往，才算清醒地认识到王纬宇不是一条船上的人，不可能合用一根扁担去抬水喝。"难能可贵，难能可贵……"他恭维自己："于而龙同志，你总算有了一点进步。"说着，他写了个信封，把信装进去，贴上了一个四分邮票。

——回来吧！廖总，生活的河流总是滚滚向前，而且也不会倒流，但是，有些时候会产生挫折，有些迂回，甚至在个别地方，和局部环节上要倒退一些，那也无关宏旨。春天已经来了，它就不会再退回到冬天里去。

看，昨天还是满湖风浪，现在，一池春水。他站在这河湖夹角的半岛上，不由得想起这里曾经有一座形象丑陋的碉堡，是那么不可一世地蹲在湖边，威风凛凛。后来，不就是他领着支队战士和陈庄老百姓，扒掉了这座庞然大物吗？现在连一点残迹都找不到了。

这，大概就是不可抗拒的历史辩证法。

在目光所及的湖面上，出现了那艘蓝白相间的游艇，在水上飞也似的驶了过来，溅起的水花和波浪，像两条白尼龙纱绸簇拥着这艘石湖骄子，从他面前风驰电掣地掠过。他看到船舱里，坐着那位胖乎乎的当年的事务长，也许由于他的到来，使得县委书记格外地忙碌了。

由于他站在这个尖岬上，太引人注目了，那条游艇在湖上拐了一个大弯，车转头朝他开来，只见王惠平从舷窗里探出身来，向他招呼："老队长，今天晚上，望海楼！"

他还来不及表态，游艇九十度急拐着又飞走了。

王惠平连忙调过脸来，朝他喊着："我现在去接一位贵客……"下文听不清楚了，因为轰鸣的马达声压倒了一切，很快，那艘游艇在视线里消失了。

贵客？谁？难道是……

他的心弦砉拉一下紧绷起来，如果真是那样的话，倒有一场好戏看了。

候鸟，终于出现在石湖上空了。

对猎人来讲，也是该厉兵秣马，准备逐鹿的时节来到了。

四

冤家路窄，于菱去民航营业所买飞机票的路上，偏碰上了高歌。而且，他也想不到，手里捏着的那张飞往广州去的票，恰巧是高歌替王纬宇退的，革委会主任在最后一天，终于决定放弃这次出国考察的美差。但是，忙得七荤八素的于菱，竟认不出这个似曾相识的青年人是谁。

不过，于菱实在没工夫认，他现在倒羡慕去年那种囚徒生活。在牢狱中，在边疆时，无需费什么脑筋，思维简单到只有一个概念，不到十个月的日子里，只想着四个字“活着，出去”。现在，不灵了，广场方砖上的血，唤醒他那原来甚为朦胧的意识，能不思考吗？能不探索吗？一个社会主义的国家，一个马列主义的政党，竟会被几个蟊贼搅了个昏天黑地，差点闹得国家破亡，民族沉沦，而且还不是短时期的猖獗，整整忍受了三千六百个日日夜夜。有多少问题在他脑海里盘桓，寻求真知，又需要经历多么艰难的过程呵！

但是对面那个年轻人，也没能马上认出于菱来，反正觉得有点眼熟，就失神地站住了。放纵的夜生活，饮酒，打牌，女色，使得“红角”革命家失去了原来的精锐之气。现在，他脸上的惟一特点，是那双塌陷下去的眼眶，和一对失神的眸子，所有在赌场输光口袋里最后一个铜子的赌客，都会有这种充满血丝的结膜，和显得混浊的玻璃体，而变成一副令人望而生厌的样子。

其实，在黑魆魆的小胡同里，于菱，比较粗心的，总不及格的大学生，是不会看得那么仔细的。但是，由于近十年来，一直以车代步的高歌，竟然忘了行人应该躲避车辆的简单道理，直撅撅地挡住了于菱的去路，这才使他想起这个拦路虎，好像在哪儿见过面？

谁？

倘若不经过那十个月的磨炼，于菱也许不介怀地朝这个陌生的熟人，打个招呼，但如今，他的心要冷酷得多，别人不伸出手，他决不上前一步。胡同本来不宽敞，绕也绕不开，只好按了一下车铃，警告对方躲开。

哦，他先认出了于菱：“你——”

于菱轰的一下，仿佛踩在地雷上一样——啊！两眼冒出火来，原谅他是个有血有肉的人吧！一个男子汉（如果他确实是条汉子的话），对于曾经欺侮、凌辱、调戏或者诬陷过自己心上人的死敌，是无法心平气和，保持那种高雅的绅士风度的。他跳下自行车，一把抓住对方的脖领，刹那间，柳娟愤恨的脸色，几乎同时出现在两个人的记忆里，说实在的，无论对于他们两个人中的任何一个，都不是愉快的。

啊！七月流火，那难忘的一天呵……

据说，有些动物对于地震前兆，会产生某种预感，常常在地震发生以前，表现出惊慌失措，躁动不安，心神烦乱的状态，至今科学家也无法解释。

那一天，高歌早早地醒来了，一看表，才七点半，妈的，他骂了一声，无论如何也睡不着了。打完最后一个八圈，他做了一副满贯，已经是清晨四点钟了。只睡了三个钟头，就再也合不上眼皮，岂非咄咄怪事？自从他父亲，那位一辈子谨慎小心的汽车司机，抱着忐忑不宁的心情，离开这个世界之后，高歌搬进新居，很少在九点钟以前醒过。可今天，才七点半，就在原来是专家招待所的高级房间里，辗转反侧，无法成寐了。

其实昨天夜里的麻将，他本无意打，无奈那位卷毛青鬃马，贵贱缠住他不放。按说，那是过去的情谊了，然而她也忒多情些，自认为是高歌明媒正娶、合理合法的原配夫人。因为要不是她，冲上那七千吨水压机，给了下不了台的于而龙一记耳光，打得高围墙里的“独裁者”威风扫地，整个局面是无法改观的。她还当着数千人，强迫于而龙当场跪下向群众赎罪，可是，于而龙不是醋里泡过的，要他屈膝却不那么容易，气得她满头卷毛都直竖起来。不过，她的这一巴掌，是有功的，从此扭转乾坤，高歌得以正式登上舞台。也许为了感激她，高歌就和她产生了这种称之为介乎恋爱与结婚之间的过渡关系。

那时候，还在马棚住宅区住着，老高师傅活在人世，曾经向他儿子，向可能是他儿媳的这个女人，不，名义上还是姑娘，跪下来哀求过："你们可不要去难为好人，作践好人，那可是罪过，老天爷不是不长眼的。"

"什么是好人？谁是好人？现在中国成了洪洞县，连自己是好是坏都闹不清。"

"别人我不敢打保票，我给于厂长开了那么多年车，他可是一心扑在群众身上，一心扑在厂子里的呀！我在世上活不多久了，你们让我顺顺当当咽下这口气吧，我求求你们，他们谁愿意闹谁就闹去，你们别跟着折腾啦！"

高歌对他父亲的奴性感到气愤和羞愧。而卷毛青鬃马戴着碗大的纪念章，金光闪闪，对半身不遂的老人，挣扎着跪在他们面前，非但毫无半点怜惜之心，反而圆瞪着眼，气呼呼地说："看像个什么样子，神经透了，求爱一样地跪着，要不是纪念章挡着，差点碰上我奶子。高歌，管管你老子吧！"

不久，老高师傅含恨离开人世，他咽气的时候，他儿子正率领着人马，在市里初试锋芒，大打出手呢！

要不是王老，（哦！那真是有远见的人呵！）高歌和卷毛青鬃马也许过渡完了，该登记了，那后来也无法起飞了。王纬宇劝他："良禽择木而栖，小高，假如将来有一天，你满身朱紫，身居要职，愿意身边有一位粗俗不堪的太太吗？"

果然，高歌随着地位的提高，身份的改变，眼界和欣赏口味也不同往昔了。围绕着他的女性当中,最不济的,也比那位卷毛强得多。她,已经失去吸引力了,虽然她觉得自己是正宫娘娘。

可她来了,穿着一件近乎透明,而领圈开得太大的半袖衫,像一贴膏药似的粘着不肯走,高歌便招呼几位小兄弟搓麻将,那本是例会,一般打到深夜,也就拉倒的。但一来高歌手顺,连和满贯,不肯罢手;二来借此挡车,使那位紧贴在身旁热乎乎的女性滚蛋。所以一个四圈,接着一个四圈,打到四点多。也许他太集中精神做清一色了,不知什么时候,那个抹得香喷喷的女人走了,大家哈哈一笑散去。

高歌想起床,头昏昏沉沉,躺在那儿,又浑身不自在,心里憋着一股劲,真想嗷嗷地叫两嗓子,才能轻快似的。怎么回事,他也茫然了,过了一会儿,他似乎明白了,应该成家了,总这样打游击,过水浮云,实在不是长远之计。王老又给他敲警钟了,(哦,真是一个了不得的人!)"老弟,不要搞昏了头,你跟那三四个货色搞的什么名堂,争风吃醋,女人是什么事都干得出来的,你犯不上为她们身败名裂,要出了情杀案,就有你的热闹可瞧了。"

——都给我滚,这帮骚货,这帮破鞋,我需要真正的爱情,她们根本不是爱我这个人,是爱我的地位,我的职务,我的汽车,我的权势。妈的,只要我一旦失去那些身外之物,她们也会马上卷铺盖滚蛋的……

高歌突然想起前几天,在一次招待外宾的歌舞晚会上,他在舞台上那一群水乡姑娘的行列里,在那个领舞者的脸上,看到了熟悉的,然而却是引起酸性反应的面容。哦,那对魅人的眼睛,真是目光如水,顾盼多情,他多么想借邻座的观剧镜仔细地看上一眼呀!

是她,是柳娟,她那曼曼起舞的美姿,像一首玲珑剔透的诗,灵活轻软的腰肢，优雅婉约的体态，本身就是一支动人的旋律，舞蹈是以一种形体美来征服人的。而柳娟，则又加上她那磁铁般吸引人的眼睛，那时候，他觉得舞蹈编导太不懂得观众心理，应该让她在舞台上多停留一会儿，然而，她飘飘欲仙地隐去了……

是她，一点也不错，是那个在学校宣传队钟情过他的柳娟。他敢发誓，那阵儿，现在扭住自己脖领的于菱，只不过是个跟着瞎胡闹的傻小子罢了，压根儿就不是他的竞争对手。于菱唱起歌来跑调，演戏只能跑龙套，弹吉他连音都定不准。可是，一朵鲜花插在牛粪上，那个劳动教养的现行反革命分子，远在沙漠那边，永无翻身出头之日，据说，柳娟矢志等着他。"唉！为什么我得不到那样真挚的爱情呢……"

哦！乱透了，在床上翻来覆去，心里像一团麻，那种已经好久不出现的不安心理，又如吃多了甜腻食品，往上泛酸水似的涌上来。自从他冲杀出"红角"，头角峥嵘以后，总有好几年的工夫，被这种时隐时现的不安心理困扰着。怎么形容呢？很有点类似范进中举后，搬进新居，他那可怜的妈，怎么也不相信屋里的一切是属于她的。他，一个三级磨工，也是很久很久以后，才习惯把自己看成一厂之主。可是，奇怪的是到了公元一九七六年的七月二十九日，这种真正的主人翁感还像空中楼阁一样，竟认为这座庞大工厂的所有者是于而龙，太可笑，也太反常了。过去，为了矫正自己的僭夺者感情，只好以亡命徒的思想来抵偿。今朝有酒今朝醉，得乐一天，且乐一天，狂饮暴赌玩女人，什么都学会而且精通了。后来，大概认为江山坐稳了，谁知经过四个月前广场上的大较量以后，他那好几年都不曾出现过的不安心理，又频频地发作了。试图用许多报纸上的革命理论来镇定自己，不灵，那些狗屁文章，恐怕作者自己都不相信，纯粹是白昼梦呓，怎么能给高歌一点安慰和信心呢？

于是，他萌出一个念头，要是把那个舞蹈演员弄到手，也许能填充自己心灵中的空虚吧？——唉！其实何止心灵，空虚的地方多着咧……

她多美啊，简直是个迷人的精灵，他在席梦思上翻来滚去。人的本能，凡是越是难以弄到手的东西，越是要想方设法地攫取，那个穿着半腿裤的水乡姑娘，怎么也在脑海里推不开了。

剥啄一声，有人轻轻地敲他卧室的门。

“谁？”

笃、笃——笃！

糟糕，两短一长，是卷毛青鬃马的暗号。妈的，不要脸的狗皮膏药到底饶不了自己。但是又不能不放她进屋，因为她声称有些要紧的情报，必须马上告诉他。

“真会找借口，臭妖精。”

但妖精千真万确是来向他报告的：第一，于而龙钓鱼打猎的距离愈来愈远，昨天，竟有人开车来接他。“是周浩吧？”高歌问着这位确实像一匹洋马似的动态组长。“不是，是部队的汽车，白牌，不知搞什么秘密串联去了？我们开吉普盯了一阵，没咬住。”

“还有吗？”

“第二，于而龙的女儿，那个披着长头发的美人，和一个拄着拐棍的老头子，在广场马克思像跟前站了半天，假装站在那儿看画像，不知等谁？”

“妈的，人还在，心不死啊，这都是新动向啊！”

尽管那样说，高歌心里那股烦躁不宁的情绪有增无减，对她那薄尼龙短袖衫里的一切，竟半点不感兴趣。

她说："倒不如那回在电工室里，一不做，二不休，索性把于而龙给打发了。"

"真后悔没听王老的话，'给我狠狠地打！'那是什么意思，还得承认，姜是老的辣，人家早料到这一天，打蛇不死反遭咬。嗐，再说那时哥儿们也不心齐，你打重，他打轻；你打东，他打西，这里下手狠点，那里要讲政策，妈的，毁就毁在窝里哄。我心里烦死了，天怎么这么闷，要于而龙现在落到电工室里，就怕——"

她嗤地一笑："高歌，怕你也咬不了卵！"

一个女人竟然粗俗村野到如此田地，真可怕。他又想起那个袅袅婷婷，翩翩跹跹的柳娟，在追光下裕如雍容，柔曼轻盈的神态，相比之下，这位情报部长就令人倒胃口了。

"也许于而龙打算第三次爬起来？"

高歌说："那就第三次把他打倒。"

"要是打不倒呢？亲爱的。"

"那，他不倒，也许就是我倒。"

她乜斜着眼扑上来："你不已经倒了吗！"

像触动了他的痒处似的，他把这个女人紧紧搂住，两个人在床上滚着。但是卷毛青鬃马却在耳边，听见高歌在喃喃地念着一个陌生的名字，她怔住了，从他怀抱里挣脱出来。

"小高，你在说些什么？"

"我什么也没说呀！"

"谁是娟娟，你告诉我！"

"你就是娟娟，你就是——"他扑上去，眼睛里露出一股兽性的欲念。

许多地震观测者所看到动物在震前的异常表现，都可以归纳到一种末日来临感的特殊状态上，因而形成种种颠倒、错乱、反常，和魂不守舍的举止上来。那一天，高歌确实神经出了问题，从早上开始，本应睡得香香的，偏偏老早醒来。使他得到发泄的肉体，忽然感到恶心慌不迭地躲开。爬起来，坐着汽车，直驰厂区，看他的脱产文艺宣传队排练那“就是好，就是好”的声部轮唱，使他无端地发起火，大骂编这种没理搅理，要无赖歌词的家伙，不是个白痴也是个混蛋。因为是他嘴里出来的话，民兵们也无可奈何，换个别人，轻则学习班，重则专政队，要收拾的。所以重新回到食堂卖饭票的小狄说：“看起来今后普希金，或者莱蒙托夫，大概还是需要的，总是‘就是好，就是好’，诗人还有什么用场呢？”

其实，小狄也是犯愚，诗人总会找到讴歌的对象，哪怕是广场上制造血海的棍棒，尽管那时并不付给稿酬。

然后，高歌又驱车到部里，在运动办公室见了王纬宇，把闲杂人等都支出去后，他啰里啰唆地说了半天。王纬宇还是莫名其妙：“小高，你的思路相当相当紊乱，首先，你得明确一点，于菱在被抓前已经送进大学，跟厂子毫无牵连啦！”

“不，我们派人上大学，是为了管大学，既然于菱没有管好，反而被人家管了，我们就有权收回这个人，该打该罚是厂子的事。现在这样处理，能对得起一国之母吗？”

“我弄不懂，小高，刚才你的意思，从路线斗争角度上分析，对明目张胆，丑化攻击首长的现行反革命分子，未能绳之以法，处理过轻，有意见，这种革命义愤，保卫首长的热忱，可以理解。可你偏要把对他的处置权抓到自己手里，工厂也没有毙人的权力，能拿于而龙的儿子怎么办？你能不能逻辑性强些，今天怎么啦？简直语无伦次！”

他忽然想起他的卧室门钥匙，还在锁孔里插着。糟啦！倘若谁要拧门进去，发现床上躺着一个脱得光光的女人，又该当故事传开啦！他赶紧拨卧室里的电话号码，铃声响了一会儿，无人来接，谢天谢地，他松了一口气，那个不要脸的骚货走了。

他和王纬宇怎么说得既清晰明确，而又含而不露呢！虽然和王老已经到了无话不谈的地步，但要赤裸裸地说出心里的话，还有点难以启口。他的真心本意是：要柳娟能答应我，作为交换条件，可以把于菱保释；要拒绝的话，那就给他来个罪上加罪，永无生还之理。但说出口来却是：“按我和于菱的私人关系，我应该帮忙，使他早一点回来，有什么罪过，也允许留在厂里监督劳动；可是从大是大非上衡量，胆敢攻击那样一位中央领导人，他的矛头实际指向谁，不言自明，所以又觉得便宜了他小子。”

王纬宇是何等聪明的角色，对方一张嘴，就能看出肚肠里装的什么名堂，看他满脸晦气，一脑门官司的样子，心里盘算着老徐的至理名言：这些暴发户们绝不是成事之材，既无创业的宏图大略，又无守成的雄心壮志，他们走上自我毁灭的道路，要比预料的还要快些。难道不是如此么？高歌的精神早就开始衰朽了，现在恐怕连抄那几万字学习心得的劲头都不会再有了。

他问高歌：“打开窗户说亮话，是不是因为还存在着一个第三者的缘故？”

“我不明白王老你话里的涵义。”

“你所以希望控制住于菱的生死，正是为了那个第三者，对不？”

高歌讲：“在更大程度上，是对付咱们共同的朋友，于而龙，现在,他活动频繁得很呢!”

“我从来不以感情代替政策。”

年轻人嘿嘿一笑:“王老,你总是说一些永远正确的话。”

“我劝你对那个第三者死心。”

“王老,请你不要误会,我如今对于女人,已经很反感,很讨厌。”

“哦,什么时候成了尼采啦?”

高歌不懂尼采是什么人,但又不愿露怯,便闪避开去,径直地说:“这是一项战略措施。”

王纬宇笑了,他非常理解,所有从事卑鄙龌龊勾当的家伙,总要寻找一些冠冕堂皇的借口。便说:“算了,谈实质问题吧!”

高歌当然也掌握住王纬宇精神上的弱点,只要于而龙不进八宝山,就是他的障碍,他的威胁,他的势不两立的对头。“十年前,不能从肉体上予以消灭,十年后,也必须在精神上把他彻底打垮,要不然,坩埚事件还会重演的。”

“啊!小高,十年前,你错过了良机,现在想跟他搞精神战,不是我小看你,你把自己乘以十,乘以一百,也不是于而龙的对手。想在精神上把他搞垮,小高,你肚子里的真才实学还少一些。历史上有一些文化落后的民族,凭一时野蛮征服了文化较发达的民族,到头来,征服者变成被征服者,最后连自己的民族都消融在早先的战败者手里。你以为杀了他的儿子,夺了他的儿媳,于而龙就会服软认输,你比大久保如何?”

“那你未免太长他人志气,我们一个有利因素,是注定要始终在路线斗争中占上风,无论老家伙多能耐,最高支持我们,也需要我们。”

“哈哈，很好，你能有充足的信心，那倒不妨试一试，沙漠那边，我倒有点板眼，可以按我们的意志要求办。”

“我来找你的目的就在这里，王老，你是个法力无边的人。”

“可是那位舞蹈演员，我怀疑你——”

难道他王纬宇不也有一种嫉恨的感情么？每逢二四六的傍晚，只要电讯大楼敲过六点，那个娉娉婷婷的姑娘，准会出现在部大院，朝于而龙家的楼栋走去。

准得不能那么再准，六点整。是什么因素使得那个女孩子把自己的命运，依附在一条覆灭之舟上？是一种他觉得恐怖的殉教徒精神。不但那个舞蹈演员，连那个会三国语文的翻译，连那些骑兵，那些和工厂一齐长大的年轻人，他都恨得要命。很清楚，只要于而龙张开怀抱，他们会情不自禁地扑上去。而他，革委会主任，倒有点类似英国女王派往殖民地的总督一样，工厂里的人，绝大多数对他是侧目而视的。是的，于而龙是块磁铁，当然，他想砸碎它，整整砸了四十年，结果又如何呢？

每当他看到，那个自由哥萨克，和他的画家女儿，和代替了于菱位置的舞蹈演员，在眼皮子底下出出进进，想到自己屋里，在菲律宾杨木与和田壁毯之中，空空荡荡，膝下无儿无女，那种嫉恨的感情就更加强烈。

“王老！舞蹈演员终归是个女人。”

“你不会得到她的。”

“试试看。”

“还是拉倒了吧，不要讨没趣！”

高歌站起来告辞，因为他得到了承诺。

王纬宇继续用激将法对付这类蠢材：“你不行的，小高，你不是对手！”

“你等着瞧吧！”高歌嘟哝了一句下楼，在汽车里，他对自己说，“如果我得到了她，我就开始过真正的生活。”

司机问他：“上哪儿去？”

他告诉柳娟那个歌舞团的地址。

“你要干什么？”

高歌镇定下来，早些年对于斗殴厮杀司空见惯的“红角”革命家，虽然很久不操旧业，但最初的慌乱过去，以挑衅的口气质问着。

于菱一把搡了出去，骂了声：“混蛋！”推车要走，好像努力想避开使人厌恶的东西似的。因为胡同狭窄，高歌虽被推在一边，但一伸手，仍然拦住了于菱的自行车。“滚——”他还有许多事等着办，决定以一种最大的蔑视，代替报复，喝了一声，离开这个越看越使他憎恶的人。

“你来得及听我说完一句话的，于菱，过去的，我们且不论它，因为这件事有关着现在，甚至将来，所以——”

于菱挺不客气地嘲弄：“你还会有未来吗？可笑！”

“谁都有未来，死去的人，也不例外，有的流芳百世，有的遗臭万年。”

“放开我车。”

“听着，如果你不怕柳娟的名声，闹得满城风雨，那就请她准备好，在法庭上和我当场对质吧！我马上就要被控告为强奸犯，或强奸未遂犯了。”

“谁在控告你？”

他苦笑了一下：“我的朋友，不，我的导师王纬宇——”

“他?”

“对的,我很理解他,他需要生存下去,所以用得着垫脚石。我希望你能转达给你的父亲,但我绝不是向他投降,请你告诉他,下一个回合,假如他想下手搞掉王纬宇,我可以提供一批重磅炸弹。”

“你他妈的卑鄙透了!”于菱跨上车离开了他。背后,还传来他狼嗥似的笑声,在胡同里响着,由于更深夜静,由于人迹稀疏,他那笑声在狭窄的街巷里反复回响,而且细细品去,那笑声又好像是哭声,但是,他干吗要哭呢?

于菱回到家里,夜已经很深了,见他爸爸妈妈的房间里还亮着灯,便推开书房门进去。

“啊哈,敢情都在。”

于莲招呼他:“快坐下吧,来晚了,就没你的份啦!”

“什么好东西?”

还带着舞台残妆的柳娟,朝他笑了一笑:“西太后的小点心,爱吃吗?”她递给他一个小窝窝头:“我记得还是小时候在东安市场里见过,多少年啦！夏阿姨真是个有办法的人。”

于菱晃晃脑袋,不感兴趣地把那蜡黄色的小窝窝头,又放回到点心盒里。

“夏阿姨给你们买的,吃吧!”谢若萍把点心盒推到他面前,随他心意挑选着吃。

“我实在难以理解——”

“你怎么啦,菱菱?”于而龙比较懂得自己的儿子了,这一程子确实要成熟一些。

“我不明白,他们这一套打打拉拉,又打又拉的战术,究竟是为了什么？要达到什么目的?”

谢若萍瞪着儿子："你说些什么呀？菱菱，我糊涂。"

"妈……"他把和高歌狭路相逢的过程，叙述了一遍，然后问道："你们说，这位纬宇伯伯的棋，下得怎么样？"

"有点阴——"于而龙说，"不错，这是他的惯用手法，向来是一石三鸟，既除了高歌，解脱自己，又搞臭娟娟，从而实际上搞臭了我。很简单，因为高歌一直跟我是这样的关系，所以大家必定会认为，是我借王纬宇之手，来消灭异己，报复的罪名就落在我头上。谁不知道，王纬宇和我是四十年的交往，辩解也没用。问题还在这里，他要控告高歌，似乎为我舒张正义，显得他多么够朋友。但明摆着为了娟娟的体面，这官司又打不得，这样他抓住了你的弱点，要不打吧，又等于默认确有其事，所以他拍拍屁股出国了，在一边瞧热闹。哼——"

听到这里，柳娟的眼睛都瞪圆了，深眼圈流露出愤恨的神色。于菱说："真想不到在我们这个社会里，在我们四周，还有这样一些看不透的人。"

"倒不如当时一刀攮得深些！"柳娟十分遗憾地说。

"娟娟——"于而龙说，"应该制裁的是那些幕后的教唆犯，出国吧！等他回来的时候，再瞧吧……"这个决心开小差回石湖的游击队长狠狠地说。

"那么现在，万一法院真来传票，爸爸——"于莲问，"咱们家的邓肯，她怎么去演那出《窦娥冤》？"

"只有一条，莲莲，奉陪到底！那么久的浓雾弥漫日子，那么长的严寒冷酷冬天，都坚持了过来，还怕这最后的猖獗吗？来，老伴，请把那封给部党组的信给我。"

"不是明天要发吗？"

“咱们就浪费它一个信封和四分钱吧！我要删掉一个字。”说着，他笑了，“对，要抹掉一个非常重要的字，来他个一百八十度大转弯。”

“你呀！总心血来潮。”他老伴责备着。

于而龙撕开了信，摊在桌上，全家人围拢来看，他指着其中的一句念道：“我个人意见，不希望与王纬宇继续合作下去。”掏出钢笔，把那个“不”字给涂抹掉了，然后，以征询的眼光看着大家：“行不行？”

很快都领会了他的意思，而且像战斗前夕最后的动员那样，全家五口人，把手都压在这张檄文似的请战书上，紧紧地挨贴在一起。

谢若萍说：“明天，我再重抄一遍吧！”

“不，就照原样，不动，寄出去，我就是要让那位老徐看看，为什么于而龙要圈掉一个‘不’字！”

“爸爸复活啦，乌拉！”于莲压着嗓子喊。

“也别太高兴啦，这一仗或许更难打。好啦，休息吧，明天，菱菱还要上路呢！”

“团子已经捏好啦！”谢若萍告诉大家。

多少年来，他们家还保持着石湖的风俗，谁要出远门，临行前总要吃一顿糯米汤团，也许等到柳娟成为这家主妇的年代，这风俗还会继续保持下去的。

但是，钻进长沙发上鸭绒睡袋里的柳娟，却不曾去想那类将来做主妇的食谱问题，而是被刚才于莲那句话说动了心，尽管她不知道谁是邓肯，也不懂得《窦娥冤》是出什么样的戏，（十年文化空白留下的愚昧烙印啊！）但她明白那一个“冤”字，她是险几被高歌糟蹋的女性呵！要不是那把匕首，要不是那使人魂灵出窍的地震……

要是，他真的胡说八道——贼咬一口，入骨三分，那是跳进黄河也洗不清的呀！

真不该去的呀！她后悔死了。

她再也睡不着了，从睡袋里伸出手，托住自己的头，思索着。

那天，因为晚间有演出任务，下午才上班，在传达室看到了一封给她的便函，拆开来一看，却是高歌来访未遇而留下来的。

信的内容是：于菱所在的劳教单位来了个人，工厂和他谈了，想把于菱要回来，在厂里监督改造，那人也初步点了头，趁热打铁，希望她赶快去和人家面谈一次。最后，还写上“机不可失，万万勿误，事关于菱前途，一定要来”。这几句话可把年轻姑娘的心，扰得无法平静了。

她马上给家里打电话，偏偏于而龙不在，又给医院打电话，世界上有谁更比母亲关心儿子的呢？谢若萍连一丝怀疑也不曾有，毫不加以考虑地就催促着：“娟娟，那你就去一趟吧，和那个人谈谈，要是能够弄回来，守在身边，哪怕罪名再大些，年限再长些，我也认了，快去吧，娟娟！”

“我这就去，阿姨，你放心吧！”

“我等着你电话。”

她向团部请了假，费了半天工夫，倒换好几趟郊区公共汽车，来到王爷坟，找了一溜十三遭，也不见高歌的影。而且所有办事人员，都说不上来，因为高歌的行踪，现在连他的“情报部长”卷毛青鬃马都摸不清楚。但这封信却是真的，柳娟认得出那笔字，厂里一些人也承认是领导手迹，可对信里所提到的那些，都莫名其妙地摇头，有人说或有其事，因为现在是首长负责，头头决定一切，好多内部交易，是不容别人染指的。

柳娟等了好大一会儿，晚上还有重要演出，去跳那外国人看不懂，中国人不爱看的舞蹈，只好又给谢若萍打电话。她下班了，打到家里，于而龙接的，一听明白怎么回事，他告诉她："你甭管啦！赶紧回来吧！谁晓得他们又搞什么花头精？"

等她赶回市里，来到剧场，都开始放观众入场了，她气喘吁吁地推开化妆室的门，那个准备代替她上场的 B 角，在镜子里先看见她，哦的一声，卸下千斤重担似的说："谢谢老天，别让我受罪吧！"

那晚演出，她起码出了十个差错，气得导演、舞台监督，甚至团长，在边幕条里向她挥拳头、舞胳膊地威胁恫吓："柳娟，你要再心不在焉，就把我们大家全毁了。"

大幕好容易闭上，人们围上来，责难的词句，比舞台上落到白毛女身上的雪花还要多，她只是说了一句："请原谅我吧，同志们，但愿你们永远幸福！"大概几乎所有的女伴，都知道她爱情的悲剧，一个忠贞地等待着爱人的姑娘，一个永远没有出头之日的可怜女性，难道不值得同情吗？大家都体谅地散开了。

就在这个时候，康"司令"奉高歌之命来到剧场。

柳娟拒绝了他："谢谢你，我不想去了！"

康"司令"按照高歌的话说："那个人，明天一早就走。"

"是吗？"

"你是去，还是不去？"

"天也太晚了，路又太远。"她犹豫着。

"高副主任让我开车来接你，要走，就快点，要不，我就不等啦！"一些同志也劝她："去吧！去吧！"她到底活了心，终于坐上汽车走了。

车子一口气开到工厂的原专家招待所门口停下，直到高歌在门前台阶上来迎接她，柳娟也还没发现是个骗局，漫说一个二十多岁的天真少女，就是经验丰富，专门捕获野兽的猎手，也会遭到豺狼虎豹的偷袭。“何况他们是七十年代的麻皮阿六呢！”这是于而龙的话。

“那个人呢？”

“在楼上，请！”

“这么晚来打扰人家，怕不合适吧？”

“不会的，像你这样一位漂亮的人，连欢迎都来不及的！”高歌运用着王纬宇经常对女人讲的恭维话，对柳娟甜言蜜语地讲着。但是，他的王老能说得对方高兴，满意，甚至报以一笑，他以同样的声调，同样的语气，想不到换来的倒是竖起的眉毛，和警惕的脸色。

“你的话什么意思？”

高歌站在螺旋式的楼梯口，做出延让的手势，并且解释道：“老同学，说句玩笑话都不许可吗？”

她噔噔地踩着楼梯，从他身旁走过，眼皮抹搭着：“对不起，我根本没有开玩笑的心情！”

他把她让进了自己的卧室，回手关上了门，嗒地一声，碰锁撞上了。接着，他像一个张网捕鸟的人，终于把鸟捉进笼里那样，安心得意地坐在那里，欣赏着那只捉到手的鸟，似乎被那一身美丽的羽毛吸引住了，两眼直勾勾地盯着。

“那个人呢？”她再一次问。

高歌笑了：“柳娟，那个人就是我。”

现在，柳娟才想起于菱的爸爸，倒是个老谋深算的人，早估计到他们会耍花招，果不其然，上了这个坏蛋的当，而且陷进了贼窝。但是掖在腰里，那把贴身的匕首还在，她那颗恐慌不安的心，略微还能镇静一点。

这把匕首，还是十年前，她和于菱一块去学校地下室，去收她父亲的尸时，从那位活活被折磨死的校长身上拔出来的，当时，沾满了鲜血，柳娟碰都不敢碰，但于菱却把刀擦拭干净，塞在她手里："不要怕，这是一把杀你爸爸的刀，带着它，有朝一日，也要把这把刀，插进那些凶手的心口，给你爸报仇！"也许正因为这，她才信赖后来参军走的小伙子吧？

她沉着地问："你打算干什么吧？"

"谈谈，如果你不讨厌的话——"高歌龇着牙说。

"请便吧！"

"那你先坐下，可以吗？"

柳娟摸摸腰间那把匕首，坐了下来，立刻脑海里闪现出她所看过的外国影片，在这样情况下，一个单身女人对付一个心怀歹意的坏蛋，该采取什么样的自卫手段？影片是生活的教科书，真是一点不假，要是迷恋语言威力的国产艺术家们，准会给落到这个境地里的女主人公，拍上一千米的演讲镜头，口若悬河，滔滔不绝。不，柳娟决定给他一刀，如果他敢动手动脚的话，对待这种人（姑且不考虑他是一种地震前的异常反应）最好的办法，就是以牙还牙，不必浪费那一千米胶片。

"也许你觉得我非常卑鄙，无耻，你愿意怎么想就怎么想好了，可是我们都生活在现实社会里，不可能不面对现实。我很难理解你干嘛偏要等待一个囚犯，一个充军发配的人？"

柳娟不做声，心里盘算着，开窗跳楼不是办法，万一摔断腿，就甭想上舞台了，要大喊大叫，肯定在他的势力范围里，不会有人来救她的。

“所以，我想，在为时未晚之前，咱们恢复旧日的友谊，或许对于菱能有点好处，根据我目前一点微不足道的地位和权力，也说不定可以小助他一臂之力，尽管我和他爸爸是死对头，但于菱，你，我，还是有点旧交的。”

她根本不认真地听，坐在那里，望着已经锁上的门，琢磨着：即使逃出去，深更半夜，人地生疏，不摸方向，不知远近，说不定还会碰上别的坏人。如果和他磨到天亮的话，现在才十一点多，时间还长着咧！

“说心里话，我一直爱你，柳娟，我不想隐瞒，有过几个女朋友，处在我目前的地位上，不用张嘴，自会有人巴结上来的，但我不需要那样不平等的爱情，太没意思，因此——”

柳娟想，还是尽可能地把事态缓和一点，得想法搞个退兵之计。便问：“你是打算强迫我答应你的要求呢？还是允许给人一个考虑的时间？”

“当然，我不希望采取强迫手段。”

“那好，请你派车送我回去，行吗？”

啊？好容易捉到笼子里来的鸟儿，岂有放出去，让其飞往海角天涯的道理！高歌对她说：“就在这里住下吧！”

“那么，你请出去，我要休息了。”她站起来，向高歌指着那扇锁上的门。

但是，他不动弹，也拒绝回答，而是眼珠滴溜溜地转着，一种跃跃欲试的心情，一种压制不住的冲动，使得他像偷嘴的猫一样，正伺机扑过来。她确实比在学校宣传队时漂亮多了，魅人多了，那舞台上水乡姑娘的倩影，又在脑海里浮现，他控制不住自己了。那个卷毛青鬃马，那些穿《出水芙蓉》式游泳衣的女人，只不过是追逐浮华，好慕虚荣的货色。现在，在他眼里，一钱不值。无法消停下来的颠倒状态，那种临震前动物性的本能反应，又使得他在人与兽之间徘徊摇摆。希望凭借真正的爱情，来拯救自己灵魂的愿望，和迫不及待地破坏一切、毁灭一切的暴徒心理，在激烈斗争着。幻想用那纯净的灵魂来洗涤自己的罪恶，可又如堕苦海无法自拔的恐惧，在相互矛盾着。总之，那种末日来临感在侵扰着他，苦日无多的思想使他不得安宁。

“请离开这里！”

“不。”动物的吞噬本能战胜了他灵魂里最后一点良知（如果他还算得上是个人的话），现在，兽性占了上风。

“你——”

他迟疑一会儿，终于站起来，向她靠近，那脸上狰狞的情欲，和他以往指挥厮杀械斗时同样，一根根肉丝都横了起来：“听着，柳娟，我并不是吓唬你，于菱的生死，就在你的一念之间，答应我，还是拒绝我，听你的一句话！”

“无耻——”

“哈哈，正经和贞洁又值多少钱？柳娟，你别躲着我，你躲不开的，从你最初背叛我，去爱我对头的儿子，打那一天起，我就不打算饶了你，咱们还是好结好了，因为我需要你，而且此时此刻就需要你——”

他步步进逼过来，恨不能一手攫住，搂在怀里，但柳娟绕着钢丝床，躲闪着他。这更使得他心急难忍，猛地从床上蹦跳过去，差一点抓住了她。

“来人哪！”

“你叫吧，这儿是我的天下。”他冲了过去，正把柳娟逼到大衣柜的一角上的时候，眼看就要得手，房间门啪地被人拧开了，进屋的是他的情妇兼“情报部长”——早先，由于她的一记耳光的汗马功劳，当过一阵子动态组长，现在这个职称是非官方的了。

“妈的，钥匙在她手里。”高歌回过身去，只见她脸上交织着嫉妒和凶残的神色，像恶狗一样冲过来，骂着：“好一个不要脸的臭×！”两眼血红血红地缠住了柳娟。

一见这种泼妇式的来势，知道是个不可理喻的东西，柳娟便闪了一下。但是这个满头卷毛的大块头女人，手挺长，一把扯住她的衬衫，只听嘶的一声，拽破了袖山的衣缝，露出了肩膀。于是柳娟狠狠地给了那婆娘一脚，到底是受过芭蕾训练的舞蹈演员，那一个大弹跳的踢腿动作，至少要够对方疼半个月的。就是她本人，也拐着走了好几天，幸亏地震后一切演出活动停止，算是把她饶了。

“情报部长”真像马一样尥开蹶子了，并且迁怒到高歌身上，一连串肮脏的话，连珠炮似的喷射出来。许多不该让外人听到的，属于他们之间的地下活动，或者秘密勾当，都毫无遮拦地从那充满色欲的厚嘴唇里倒出来。

现在他想起王纬宇的话，是多么千真万确了：“高歌，高歌，你早晚要被女人搞昏头的。”果然，卷毛青鬃马望着柳娟，又望着自己在大橱穿衣镜里映照出的那副尊容，一种自惭形秽的心理，更促使她肆无忌惮地发泄着疯狂的仇恨和怒火。哦，连高歌都吓得心惊肉跳，眼看要出人命案，只得赶紧推着她，离开了这座房间。

屋里只剩下柳娟一个人，她赶紧拨电话，谁知早有预谋，把电话线掐了；跑去拉门，门也给反锁上了。怎么办？她把钢丝床推过去，挡住了房门，所有能够搬得动的家具，都当做障碍物筑垒据守了。

那天夜里实在闷热异常，她忙了一阵，汗流浃背，累得一点劲都没有了。看看表，两点多快三点了，只要再熬几个钟头，天一亮，工人上下班，就可以大喊大叫求救了。

在另外一个房间里，高歌正在安抚着那个歇斯底里大发作的女人。闷死人的燠热，和狂暴的跳嚷叫喊，使得她扒掉了衣裙，满头卷毛，赤身露体地冲到卫生间里，打开莲蓬头任水冲淋着，尽管这样，也压不住那股怒火，死命地嚎叫着、咆哮着，和高歌没完没了地闹着。无论他硬的软的，她横直是半点油盐都不进，像个浪里白条似的，一会儿寻死，一会儿上吊，一会掐住自己的脖子，非要憋死过去不可。“妈拉巴子，要不是老娘，你们这帮狗杂种能有今天，我不想活啦！……”碰上这样蛮不讲理的撒大泼的疯狂女人，连万能的上帝都得退避三舍，何况王纬宇的明星？

总算高歌幸运，也不晓得是癫痫病发作，还是神经性痉挛症？或者是大吵大闹过度兴奋而浑身脱了劲？她四脚巴叉地躺在卫生间的瓷砖地上，像一个大字。高歌直以为她休克了，关了莲蓬头的凉水，推推她，也动，喊喊她，也哼，便阖上门，轻手轻脚地离开了她。

柳娟在屋里歇了一会儿，觉得还不牢固，又费劲地把梳妆台转过来顶住钢丝床，这样，即使他能挤开条门缝，人也休想进屋。但是，未等到她把工事筑成，冷不防身后那扇带穿衣镜的大衣柜门开了，浑身湿漉漉的高歌，凶恶地从里面跳了出来。

啊！原来那是他们的一条秘密通道。

他纵过来，像饿狼一样，把她抱住，一面狂吻着她那细巧的脖子，和那被撕破衣服而露出的光滑肩头。但是，他想都不曾想到，这个被他紧搂住像人鱼似的娇俏女性,却以一种难以想象的仇恨,将一把锋利的刀,朝他大腿根扎去。

“哦——”他叫了一声,松开手,跳了开去。

柳娟握着那把血淋淋的匕首,站在那里,动也不动,像一座复仇女神。

他不顾裤裆上的血,再度冲上来,并且掏出了手枪,就在这千钧一发之际,大地强烈地滚动起来。整个楼房在震颤着,门窗发出吱吱嘎嘎的可怕声响,吊灯在大幅度地摇摆,家具像被鬼神附了体似的滑动着。他那些惊惶失措的小兄弟们,鬼哭狼嚎地奔跑着,呼叫着,贼窝变成乱糟糟的马蜂窝。高歌现在顾不得她了,这种生死关头,命比色欲要紧,也不知他从哪里来的劲头,拉开了钢丝床,和那些桌椅板凳,破门而出。在那螺旋形的楼梯上,不是一步一级地走,而是连滚带爬一溜烟地滑下楼,蹿了出去。

柳娟孤零零地站在阒无一人的危楼里,悲愤万状,泪珠像线似的落下来,她想着陷进贼窝里的自己,想着死于非命的父亲,想着沙漠那边的爱人,望着那倒塌的一角洒进来的朦胧夜色,她真想喊:“这是什么世道?好人没有活路,这世界都成了他们坏蛋的天下!一个好端端的国家,被他们糟蹋得像个什么样子啦!这真是天怒人怨,恶贯满盈啦!震吧,老天,震死他们吧!把他们统统都震完蛋了吧……”

她想到自己向苍天呼吁的情景,伤心地啜泣了。

书房里的灯亮了,谢若萍披着睡衣站在她面前。自从于菱回家以后,她只要留下不走,就在这张长沙发上睡。

“你怎么啦?娟娟!”

“妈——”她哭出声来,“我是清白的,妈妈,我是绝对清白的。”

“谁怀疑过你吗?”谢若萍挨她坐下,把她的膀子塞回到睡袋里去,抚摩着她的头发,“不要哭啦！好孩子,睡吧,菱菱明天还要上路呢！”

她仍在不住地抽噎,并且从睡袋里挣出来,一把抱住谢若萍:“妈,你是大夫,你领我去医院检查。妈,我是干干净净的……”

谢若萍给她擦去泪痕,紧紧地把她搂在怀里:“娟娟,我的乖孩子,我们全家都相信你,起心眼里爱你,喜欢你,让他们去闹吧,让他们去折腾吧,就像在伸手不见五指的夜里,我们已经熬到东方发白了。原来,我也糊涂,甚至还不大愿意让菱菱的爸爸出去工作;现在,我开窍啦,如果我们不和他们较量,他们再爬上来,还会把白天弄成黑夜。十年来,他们糟蹋了国家,糟蹋了人民,尤其罪恶滔天的,是糟蹋了党;党曾经是我们心目中最美好的形象,她代表着我们的理想,愿望,追求,向往,以往艰难困苦的日子里,只要想起她,我们就有力量,可现在让这帮败类抹了黑。娟娟,不瞒你,我都失去过信心,不知道这种属于鬼的黑夜,还有完没完？如今,白天来了,而白天是属于人的。娟娟,你还记得么？你总来接我下夜班,我们一块在黑夜里走着,娘儿俩惦着远在边疆的菱菱,默默地掉着泪,谁也不去伸手擦,怕更引起伤心地走过多么漫长的夜路呵！现在,走到头啦,天已经亮啦,孩子,你还哭什么呢？应该笑,娟娟,应该是好人挺直腰杆笑的时候啦！”

再没有比在黎明时间,更能体会到夜的黑暗。

曙光开始照耀的一九七七年的春天,多么美呵！

五

一个猎人,伺伏在丛莽之中,当身旁紧贴着的猎犬,开始躁动不安；当远处传来野兽的响声，这时候，他的心情，是紧张，绝不是畏惧；只能应战，端起枪来瞄准，而不应该望而却步。至于一个战士，一个确实想打一仗的战士，是不害怕听见鼙鼓之声的，来吧，欢迎哪！炮打当头，老将给逼出来了，那该真枪实弹地较量一番，也就是所谓的刺刀见红吧！

于而龙站在半岛尖端，心想：现在，在这春光明媚，景色宜人的石湖上，他，一个离职休养，尚未安排工作的干部，是不会有人来干扰他的了；而是相反，该是他来给别人制造些麻烦，增添些不愉快了。是啊，三十年以后才头一回踏上故土，如果仅仅为了悼念，为了怀旧，恐怕那地下的英灵也不会苟同的。而且，那冥冥之中的女战士，他相信会支持他勾掉那个“不”字。心有灵犀一点通，他好像看到，芦花的眼光里，在流露着赞同的神采。

哦！终于看到了这颗信号弹，不过，不是红色的。

水生的唤声打断了他的思索，只见那个供销员快步向他跑来：“二叔，又把我找得好苦！”

“出了什么事吗？”

“快回家去吧，我娘等急了，朝地委江书记讨人呢！”

“发脾气啦？”

“是的，江书记没得办法，叫我来接你回去。”

“真有趣，你妈妈还是当年候补游击队员的劲头，竟敢一点不见外地，去剋江海。可是我也奇怪，水生，怎么对你们那位县委书记，你爸爸当年的助手，好像有点距离，或者说，存着畏惧之心，怎么回事？”

“其实王书记还是挺关照的，譬如对我——”

“这么说，是你妈的不对啦？”

“她总跟不上形势。”水生总结地说，“认死理，不开窍，这年头，心眼儿要不放活泛些，那怎么能行？”他看出这位父一辈的人物，不大喜欢听他的处世哲学，就改口了，“走吧，二叔——”

“不行，我在等一个人的下落！”

“谁？”

“叶珊，有人说她跳湖了！”

“被人救起来了，二叔。”

“现在，她在哪儿？”

“柳墩。”

“是吗？好极了，快找条船，搭上珊珊娘，走！——你怎么知道我在陈庄？”说着他们去找那个可怜的母亲。

“就是叶珊讲的，这个姑娘，也不知怎么一时想不开，钻了湖，也许她太关心她的鱼了。嗐，也是个认死理的人，围湖造田吧，她反对；我们化工厂往湖里排点废水吧，她抗议；老乡们的渔网，网目稍为细了点，她也大吵大嚷，说人们吃了子孙后代的饭。可谁听她的呢？命令都是上头下来的，胳膊拧不过大腿，你有天大本领也不行，难道凭良心讲，她的话不在理么？可一个小萝卜头，顶个屁用，所以还是应该安分守己，端多大碗，吃多少饭……”他又打开了那部处世哲学的新版本，得意洋洋地宣讲。

于而龙根本不往耳朵里去，他在思忖：“这么说，王纬宇的‘非法定继承人’还活着，十年前，她不知道事实真相，被他瞒了。十年后，她已经全部明白，看看他那个良心砝码，在血统的呼唤面前，是抵赖，还是承认？是接受，还是背弃？王纬宇，王纬宇，我倒要看看这个角色，该是怎么样来扮演呢？”

水生的那套理论，并不停留在书本上，而且还充分运用，他嫌坐船一摇三摆太耽误时间，截住了一辆过路的运货卡车，和司机搭讪了几句，答应搭他们三个人，绕一点远，送到柳墩。看起来，友谊在这种情况下，就变成了可以等价交换的商品了，谁知水生在司机耳边嘀咕了些什么，那个老油条驾驶员表现出很高的热情，定要于而龙和水生坐进驾驶室里。也许水生有些话想对他讲，所以附和了于而龙的主意，把珊珊娘让进去坐，然后他们俩攀上车厢，拍拍驾驶室顶篷，解放牌汽车便离开那唱个没完的买买提和王小义，向三河镇开走，是的，得绕个很大的弯子。

很显然，水生是受了王惠平的嘱托，要来给他做工作的，供销员嘛！三寸不烂之舌，能说会道，和行驶中的这辆车一样，在给他兜圈子呢！

“二叔，你看那座双曲拱水泥桥没有？”

一座抛物线似的公路桥，像彩虹般骑跨在蟒河上，映入眼帘，他由不得赞叹：“呵！相当漂亮的嘛！”

水生加了一句：“全部水泥，都亏了纬宇叔，要不是他，我们县眼睛哭出血来，也弄不到一袋啊！”

于而龙纳闷了：王纬宇什么时候当上水泥厂的革委会主任？即使他手里有座水泥厂，也无权调拨这么多吨水泥给石湖县，至少得千吨以上吧？一座多墩桥梁，恐怕很需要点水泥的吧？可惜不懂土木工程，概数都计算不出。

“二叔！”又来了，“你看见那并排的高烟囱吗？”

于而龙眼力不那么太好了，假如有大久保那架蔡司望远镜就省劲了，尽管水生指给他，他还认真看，夹在他当石湖县第一任县长时种的防风林里的那两个烟囱，怎么也看不出来，三十年后，那些树木都郁郁成林了。

水生相信他看见了，告诉他："一个烟囱是化工厂，就是叶珊拼命反对往湖里排污水的，计划外的项目，省里说什么不拨款，是纬宇叔帮了个大忙，算是从头到脚都武装起来。"

"哦，那不用分说，另一个大烟囱，也是纬宇叔的功劳啦？"

"是正在筹建的农机厂，计划内的，省里答应给钱，可是——"

"可是什么？"

水生莫测高深地笑笑，住了口，不说下去。

于而龙乐了："水生，按你的年龄，总是看过《梁山伯与祝英台》的了。"

"我倒是有眼福看过几天四旧的。"

"其中有一段《十八相送》，还记得吗？现在我演的那个角色就是梁山伯，什么都不明白；你取的那个角色，就是祝英台啰，想拼命让我知道那些你不便明讲出来的话，于是只好一个劲地'梁兄'、'梁兄'。我说水生，你们那位县委副书记交给你什么特别任务？何必吞吞吐吐，拐弯抹角，干脆痛快些不好吗？"

"二叔！"他讪讪一笑，这个创造出人民群众要靠共产党，而共产党无需靠群众的理论家，坦率地说，"现在农机厂，好比一位要出阁的大姑娘，光有两只空箱子。"

"哦，需要陪嫁。"

"二叔，你真懂行。"

"纬宇叔呢？这个乐善好施，功德无量的好好先生呢？"

"他是点了头的，帮忙帮到底，送佛到西天。"

"那不很好，不过，按照一般规律，他这样热爱家乡事业，你们怎么报答他呢？"

"他什么都不要。"水生叹息着，"真该给他挂万民伞啦！"

“哦！有这等好人？”于而龙心里想：他究竟为了什么？这位一石三鸟的“二先生”。于是说：“那就照方抓药，再找他。”

水生迟疑一会儿，才说：“关键在你，二叔！”

于而龙吓了一跳：“真是闭门家中坐，祸从天上来，我怎么成为关键？别忘了我担任过石湖的区长，县长，支队长，这里的江山是我们一块一块解放的，怎么会如此缺乏感情？水生，你搞错了吧？”

“一点都不错，二叔你很快要官复原职，还会回到工厂里去，所以纬宇叔不好太专断了，得照顾到你。只要你能同意，或者你答应不予追究，那台电子计算机——”

于而龙吓了一跳：“什么？”

“就是你们厂实验场里那台进口的什么宇宙型——”

他糊涂了：“跟你们有什么牵连？”

“有一家研究所搞不到外汇，假如你们能转让，我们农机厂要什么，有什么，想星星，还得给月亮呢！”

这位前党委书记兼厂长，气得差一点从卡车上跳下去。——“搞的什么名堂吗？究竟我们还是不是社会主义国家？什么时候中国又出现了掮客这种行业？电子计算机是实验场的心脏部分，难道觉得它死得还不彻底，定要斩草除根，杀尽灭绝才丢开手不成？哦！有的人心肠实在太狠毒了，就像当年残害你哥哥小石头那样，水生，水生，你呀……”但是，责备一个小小的供销员，有什么用处？充其量也只是具体经办人员而已。于是，告诉他：“到三河镇，你让车停一停！”

“干什么，二叔？”

“我需要找个人，办点事。”

“找谁？”

“一个残废同志——”

他摸不清底细深浅地看着于而龙，但是，他估计得出凶多吉少，便不再做说服动员工作了。

车在三河镇停住，几乎不用找，老迟还在昨天早晨的河边，继续钓他的甲鱼。他看见急匆匆走来的游击队长，乐了，因为他脸上那块伤疤，笑起来，面孔是很难看的，但于而龙懂得那是真心的笑，毫无隔阂的笑。

“你这个队长，又打开游击啦，神出鬼没——”

“老迟，能不能马上去给我发个电报？”

“这等紧急？”

他笑着说：“大久保要来搞掏心战术啦！”

“那还用说得。”他立刻收拾他的渔具。

于而龙向水生讨了纸笔，写好拍给工厂和王纬宇的电报，电文很简单，但工厂里的同事准能听得出来，那是于而龙的语言：“不要打电子计算机的主意了，这种挖坟的游戏，可一可二，可不能再三！”

“拍加急电报，老迟！”

“一准啦！”他把电报稿折好，掖在帽檐里，像过去战争年代传送情报似的，马上就去执行任务了。

“老迟，等等，给你钱。”

这句话，于而龙可说得太糟糕了。老迟站住，回过身惊诧地看着他。他后悔了，钱？有些东西不是拿钱可以买来的，譬如共产党和人民群众的血肉联系，是和商品交换毫不相干的。——呵！老迟，我的兄弟，对不起，我把你侮辱了，你为我咬掉的那截手指头，是多少钱也补赎不回来的，你唾我吧！唾我这生锈的脑袋瓜吧！

于而龙挥挥手，老迟也许看到了他的内疚，便车转身走了。

卡车继续绕圈朝柳墩开去，他对失望的水生说："你那样总结我们的社会，我总认为有点消极。无论什么时候，共产党也得靠人民，就如同鱼和水一样，水没有鱼照样流，鱼没有水，可活不成。只有那些老爷，和存心要祸害党的败类，才把党变成救世主，人民得看它的脸色行事，得靠它的慈悲恩赐生活。放心吧，水生，那样的老爷，那样的败类，早早晚晚要垮台的。去年十月就是一个铁证，你说，历史上有谁比那些人失败得更惨，九亿人民的唾弃呀！……"

水生摇摇头，并不以为然，道理是一回事，现实生活又是一回事，在这两者之间的差距还未合拢，一个小小供销员，还用得着那部处世哲学，包括对于而龙，也不敢得罪。倒不是因为于而龙是长辈，而是一个他认为可以靠一靠的共产党的老爷，不是很快要官复原职了么！

冬天，在每个人的心灵上，都留下了寒意。于而龙想起他们家乡的一句谚语："吃了端午粽，才把棉衣送。"那是一点都不错的。

汽车终于开进了比平日要热闹得多的柳墩。

珊珊娘一把抱住她世界上惟一的亲骨肉，母女俩搂在一块嚎啕大哭，哭声把柳墩都震动了。但是，她们俩所哭的情由，却并不相同，固然，都是和王纬宇有关，但从哭声里，可以分辨得出，感情是有差别的。

老林嫂叹着气说："一对苦命人哪！"

一个是哀伤地哭，一个是悲愤地哭；一个是想起凄凉岁月，含辛茹苦，在如泣如诉地哭；一个是满面羞惭恼怒，心肝摧裂，而饮恨痛恶地哭。

对于妇女们的哭，于而龙的一条根本政策，就是不干预，不劝解。因为哭，无非真假两类，那些假惺惺的哭，越是理会，（巴不得你来理会！）越是上脸；而真情实意地哭，更无需阻拦，应该哭个够，哭个痛快。看来，她们娘儿俩的哭，确实是一种感情的爆发，尤其是那个年轻姑娘，都是曾经企图结束自己生命的人，让她哭吧，肯定她有着更大的痛苦。

柳墩是个不大的渔村，一位从大地方来的贵客，就是够轰动的了；现在，又出了一位投湖自尽的姑娘，更是村子里的头条新闻；随着又开来了一辆大卡车，乡亲们的两眼简直像看乒乓球赛，忙不过来，脑袋都成拨浪鼓了。他们不知是看捉老母鸡送给司机，以巩固友谊的水生好呢？还是看那下车就哭哭啼啼的珊珊娘好？

对于人们这种看热闹和凑热闹的天性，于而龙有深切的体会，几乎满村男女老幼，两条腿能够走得动的，都不请自来了，云集在老林嫂家门前的场院里。有的端着碗筷，边吃边看，有的嫌自己生来矮小，索性搬条板凳，站上去瞧，有的挤在窗前，不时把第一手消息往后边传递。但是，可以保证，绝大多数人并无任何恶意，人不伤心不落泪，甚至还很同情。

所以于而龙对于十年间制造的群众声势，人海战术，万民空巷，义愤填膺等等，从来不相信，无非利用人们的这种天性，和手里棍棒的压力，取得一时的优势罢了。只有广场上鲜红鲜红的血，和那无数的洁白洁白的花圈，那才能代表真正的人民意志。至于那些看热闹和凑热闹的善良人，十年来，于而龙也总结了一条经验，如同对待妇女的眼泪一样，让他们看个够，凑个够，直到他们腿站酸了为止。因此，他不许水生去干预门口围看的乡亲，千人大会，万人大会怎么办？你能去一个个轰人家，还是让人们看得越清楚越好，真理在光天化日之下，可以完全堂而皇之地摆出来的。

果然,不多一会儿,除了几个少数顽固派,都陆陆续续散了。因为,很有点像我们那些不太佳妙的影片一样,只消看个开头,就能知道结尾,估计娘儿俩也就这样哭下去,不会再出现什么奇峰突起的情节了。终于,那几个顽固分子也不再坚持,连珊珊娘都擦眼泪站起来了,还有什么精彩镜头可看呢?如果在电影院里,座椅准劈里啪啦响开了,观众一定嘟囔:“浪费两毛五是小事,白让我们受一个半小时的罪!”

直到人全散了,老林嫂才问她儿子:“弄到了吗?”水生颔首示意,但又似乎规避着于而龙好奇的目光。老林嫂说:“不碍事的,快拿出来吧!”于而龙注意到水生打开那供销员的提包,还神色诡秘地看看门外,这才掏出几刀方方正正捆绑得结实密贴的锡箔。他纳罕地瞅着,这是地地道道的迷信用品,又要搞些什么名堂呢?“干什么?你们打算搞真正的四旧啊?”

老林嫂不容干涉地止住他:“你可以装看不见!”

“我长着眼睛——”

“江海都准了,你在这儿,水大漫不过天去。”

“他人呢?”

“领他儿子走了,回头再来。”

“他儿子?”

“就是救了珊珊的复员兵。”

老林嫂说到这里,叶珊的哭声又响了起来,于而龙不由得深深叹息,因为他曾经在沼泽地里,听过她和那个女中音说的私房话,心里想:生活是多么复杂呵……

老林嫂将锡箔折叠成一个个元宝,珊珊娘走过来,坐在她旁边,默默地帮着忙,她是个手巧的妇女,叠的纸锭要比老林嫂的精致，秀气。

“哭吧，珊珊！”老林嫂折叠着准备烧化给芦花的迷信品，一边慢腾腾地说，“如今我是想哭也流不出眼泪来啦，全流干了，流尽了。说实在的，想起这十年，我也真想哭一场。十年啦，你们娘儿俩头一回登上我的家门，十年，整整十年，我头一回跟你们娘儿俩张嘴说话。是谁害得咱们这样生分的嘛？早些年，我跟珊珊娘也不是不来往嘛，再说都是水上人家，船靠船，帮挨帮，不亲还亲三分，可做了十年仇人。要不是江海把道理给我讲清，今儿我敢拿棍子打你们出去。如今我总算悟开了这个理，挖芦花的坟，毁芦花的尸，不能怪珊珊，孩子有什么错，是大人教唆的嘛！黑心肠的人有的是，他们什么下作的事干不出来？那双黑爪子，什么地方都下得去毒手的。哭吧，孩子，你上当啦！哭吧，不要憋在心里，大声哭出来吧！”

叶珊站了起来，泣不成声地拉住了老林嫂，拉住了她妈，咽了半天，也咽不下那口骨鲠在喉的话。她失神地痴呆呆地立着，两眼都直勾勾地不转不动。“哭吧！孩子，哭出来，要不闷在心里就憋死你啦……”

但是，谁都料想不到，她冲着于而龙，把最后的指望寄托在他的身上，愤不欲生地诉说：“……我该怎么办？我还能活下去么？我有脸在人前站着么？告诉我，告诉我吧！”现在，她认为只有这个坚强的游击队长，能给她力量了。

听话的三个人都愣住了，堂屋里死一般的寂静，因为联系到她的投湖，联系到她哀哀欲绝的哭声，想想从一个女孩子嘴里吐出“没脸”两个字，性质就是相当严重的了。珊珊娘紧紧握住她女儿的手，惊恐不安地望着她女儿，望着那张紧紧用牙咬住嘴唇的脸，害怕地等待着叶珊即将说出的话。在这个度了凄凉一生的女人心灵上,从来还不曾像现在这样,笼罩着一个巨大的罪恶魔影。

叶珊颤抖着,嘴唇哆嗦得几乎说不出句整话,好像不是她在讲,而是那个灵魂中绝对纯洁,毫无瑕疵的女孩在控诉。于而龙活了六十多年,老林嫂是七十多岁的人,也被那女孩含血带泪的言语震蒙了。

她求援似的朝着三位鬓发苍苍的长辈,双膝跪了下来,伸出手,渴望他们拉她一把:“我怎么有脸活着,我怎么办?亲人们,我该怎么活在这个世界上呢?你们快告诉我,我这个被亲生父亲糟蹋过的女孩子啊!……”

畜生!王纬宇!你这个禽兽!……于而龙差点背过气去,他那紧握的拳头,指甲都深深地抠进掌心里去。突然间,他眼前映出芦花在船舱里,端着冲锋枪向那些强奸犯扫射的情景,似乎那鲜血脑浆飞溅到他身上似的。他站了起来,朝叶珊走去,那个脸色白得可怕的女孩子,紧抓住他伸出的手,哗哗的热泪滴落在那渔民粗大的手心里。

这时候,发怔的老林嫂,好久才透转那口气,甚至珊珊娘摇摇晃晃,站立不稳,晕倒下去的时候,也不知道去扶她一把。

可怜的珊珊娘,又像早晨在陈庄那样,听到她女儿投湖自尽的消息时,神不守舍地跌倒在堂屋里的砖地上。她晕厥过去了,但还有一丝意识,好像又回到了装满了包身工的航船上。那个人贩子,不,变了,是相貌堂堂的王纬宇,正笑容可掬地把她从舱里拖出来,要往湖里扔。

“救救我,救救我,你不能这样无情无义。”

他甜蜜地笑着,将她扔进了石湖:“四姐,我把你放生啦!”

“救命啊！救命啊！”她呼喊着，在波涛里挣扎着，水淹没住她，但是，又冒出了水面，可是王纬宇非但不搭救她，而且笑吟吟地用撑船的竹篙，朝她狠命戳过来。

不知什么时候，她又似乎落在了王纬宇的怀抱里。哦，她被他搂得紧紧的，站在三王庄那段大堤上，他在她耳边情意缠绵地说：“四姐，让咱们抱在一块跳湖吧！”

“不，你活着吧，只求逢年过节给我烧几张纸钱……”

“横竖十五块钢洋，不会白扔进水里去的。”

她吓坏了，抬头一看，发现搂住自己的，不是王纬宇而是人贩子，是那输光了一切的赌徒。“放开我！放开我！”拼命想从他的怀抱里挣脱出来，但是像屠夫一样的人贩子，把她推进石湖里去。

她在波浪里沉浮，一会儿浮在了浪涛的顶峰，仰望苍天，但天是黑的；一会儿又沉到了湖底，环顾四周，也是墨一样漆黑阴沉。世界是那么广阔浩瀚，竟没有一丝光亮来映照这可怜的女人。呵，终于给她展示了一指宽的裂缝，她从那罅隙里，看见了自远处驶来的一条班轮，而且清清楚楚地认出了她的女儿。哦！那不是她的珊珊吗？她站在船头，容光焕发，在她身后，站着王纬宇，脸上挂着永远是那样和蔼可亲的笑容。她告诉他：“知道吗？她是你的女儿，你的，明白吗？”

他高兴地笑了：“都长得这么出息了！”

堂屋里，天窗照进来的一束光线，正好照到了她的脸上，她苏醒过来了，头一句话，满屋的人谁也听不明白，只听她有气无力，断断续续地说：“我对他讲过的，讲得再明白不过的……”

她的确告诉过王纬宇：“珊珊是你的亲骨肉呀！”

——难道他会没往心里去？听见的，他分明听见的，那是十年前他回石湖的事情了。

王纬宇做梦也想不到在这样的情况下,碰到了一夜之间成为阶下囚的江海,以堂堂地委书记之尊,竟屈居在统舱底层,和鸡笼子,鱼担子混在一起,实在太狼狈了。他想到于而龙在王爷坟的命运,恐怕不会太久,也将步江海的后尘;他倒不是兔死狐悲,物伤其类,而是庆幸自己,痔疮犯得及时,能够离开工厂来到石湖,是一项多么明智的举动。他在心里,向那仍留在工厂里支撑残局的于而龙说:"老朋友,我该歇歇肩啦,天塌下来,你独自顶着吧!"

三十六计,走为上策。在必要的时候,急流勇退,而今天的退,正是为了明天的进啊!

在船舱的两边甬道上,他向早先的滨海支队长打招呼:"哦,老朋友!"这个二先生,从来不会在脸上流露出什么内心情感,而甚至马上送你去断头台,还抱住你脑瓜亲吻,祝福你一路平安去天国的。最可笑的是江海,这个盐工,竟忘情地张开膀臂过来欢迎战友,直到王纬宇附耳告诉他:"注意影响,有人在瞪眼呢!"这才使江海记起自己的身份。

就在这个时候,他看到了一张漂亮的面孔,王纬宇是个"阅人多焉"的人物,也被吸引住了,放开了江海,和走来盘问的叶珊搭讪起来。

那封有来头的信帮了王纬宇很大的忙,一下子缩短了他和持有戒意的姑娘之间,那种警惕的距离。江海的分析未必全对,不是由于小地方的人,没见过大世面,才被唬住的,而是人本身固有的一种崇拜本能,在女性身上,表现得更为突出。她们崇拜名流,崇拜显贵,崇拜强者,就像电磁分子在磁场里向正负极集中那样,趋向有名气的人。只消看一看电影演员在三王庄小饭铺服务员心目中的地位，就不难猜出，虽是一个小组的成员，而地位超过部长以上的人物，他的亲笔信在叶珊眼里，该产生何等强烈的反响。

何况，王纬宇有着于而龙总骂的："这个混蛋半点也不显老"的面容，他永远保持住四十多岁，五十来岁的堂皇仪表。对女性，不管老的少的，香的臭的，他都有办法讨得她们的欢心。于是，不用分说，一个刚二十岁的专科学生，很快被他云山雾罩的谈话吸引住了。

海妖，就是用歌声来迷惑海上的航行者，让他们葬身鱼腹的。轻信，正是年轻人的致命伤啊！

当班轮终于抵达县城，王惠平早站在码头上恭候，连看都不看江海一眼，把王纬宇请上吉普车，送到县城北岗的县委小招待所去了。说实在的，那两天的洗尘接风，忙得王纬宇把那个魅人的姑娘忘了。尽管那时县委也处于瘫痪状态，但新派人物，也不敢菲薄他，因为他给家乡出过力，而且不计报酬；似乎惟一的条件，就是他的得意门生，总得在县的领导岗位上"赖"着。

世界上是有许多奇怪的，难以理解的事情，然而细细想去，又并不奇怪，而且也不费解。例如在非洲密林的犀牛，和在它牙缝剔抉残渣的犀牛鸟，它们之间的伙伴关系，岂不是很足以说明它们之间的君子协定么？

两天以后，他准备去陈庄、三王庄等故地一游，在班轮上，再巧不过，还是两天前那舱面甲板附近，一张满月似的漂亮面孔迎了过来。

王纬宇问她："去哪儿，你——"

"前面停船的码头，陈庄。"

“你是石湖的?”

“当然,我家在那儿住。”

“陈庄?”二十多年前,陈庄是他们家兴怡昌字号的天下,什么时候变了风水,竟出息这样一只美丽的凤凰?他笑了,“那我们说不定还沾亲带故呢!你爸爸呢?”

“早死了。”她不情愿讲自己的父亲,而多少有点怜惜和深情地谈起她妈妈来:“也许你会认识我妈妈的,她送去每个离开陈庄的乡亲,又迎来每个访问陈庄的客人,一年三百六十天,风里雨里,生活在石湖上。”

“她是——”他眼前闪现出一个女人的影子。

“凡是搭过我妈的船,都忘不了陈庄的珊珊娘的。”

他完全了解珊珊娘是谁。怪不道这张妩媚多情的脸,多么像当年在船舱里,给他端来一盏装满爱情的枣茶的那个温柔婀娜的四姐啊!

“你十几啦?”他不禁想起问这个难堪的话题。

“一九四八年到今天,整整二十周岁啦!”她那诱人的笑靥越看越像四姐了。

在她诞生的前一年,正是王纬宇生命史上艰难的一年,罪恶、诱惑、沉沦、挣扎,有些早就使它死亡的回忆,努力予以忘却的回忆,又涌了上来。那些只有沉默的鹊山和无言的石湖,才能知道的生的和死的秘密哦!

一九四八年?王纬宇盘算着。但是,冒昧地去问一个还不算熟识的年轻姑娘,她的生日在哪一天,是行径荒唐的。可他脑海里,无法排遣掉一九四七年底,一九四八年初那个阴历年的除夕之夜,自打那个夜晚,离开新寨的四姐以后,从此劳燕分飞,天各西东。除了以莫名其妙的地址，汇几个钱给她们娘儿俩，以赎灵魂上的不安外，更无别的什么联系了。

——难道她会是自己的亲生骨肉？

他不相信，可又无法使自己不相信。船慢慢地靠拢了陈庄码头，他比叶珊还要眼快，先瞥见了在熙攘人群里，等待着女儿归来的珊珊娘。

“妈，你认识吗？”

对于女儿提出的这个酸甜苦辣的问题，她不知道该怎么回答。等到叶珊忙着向熟人们介绍，怎样把地委书记揪回来的时候，她悄悄地对王纬宇说：“看见了么？都长这么大了！”

王纬宇的眼睛瞟着别处，嘴在问着：“是我的吗？”

“你还怕栽赃吗？好狠心！”

“问一声不算多吧？”

“十月初一的生日，你算去吧！”说罢转身离开了他，伤心对珊珊娘是家常便饭，已经是无所谓的事，她麻木了，也适应了这种生活。二十年前，孩子不被人承认的命运，二十年后又重演了。不过，女儿大了，艰苦的岁月过去了，承认也好，不承认也好，风风雨雨再也不会影响她什么了。而且，作为母亲，也不愿失去最后的安慰，更不愿由于承认产生新的纷扰，来破坏她的平静。她像一只受惊的躲在窠里的鸟，刚探出点头，又缩了回去。

应该讲清楚的不讲，不应该隐瞒的偏要遮掩起来；不知不觉地犯了罪；明知道是罪孽，却忍不住要陷进去。三者，究竟谁的过错更大一些？哦，毫无疑问，公正的审判官，会把惩罚的利剑指着那个花花公子的。但是，残酷的现实却是：无罪的人站在被告席上。

历史的颠倒啊……

王纬宇在十年前的石湖上漫游的时候，确实产生了一种再世之感：他认为历史是要颠倒过来写了，且不说一个十七级干部写的介绍信，胜过了铁券丹书，身边的这个女孩子，竟敢把地委书记从宝座上扭下来，随便几个人写张勒令之类的东西，俨若圣旨。这种形势再没有那么清楚地表明，龙卷风掀起的层层恶浪，他需要像弄潮儿那样凌驾在波涛之上，才不会被历史车轮所碾轧。所以，他多次返回石湖，从来也不像这一次，唤起他心底里的异样感情。他觉得是时候了，改变那种旧的对他来讲是不平衡的局面，新的机会展现在他的面前。他顿时发现石湖是玫瑰紫的，呈现出梦幻的美，鹊山是亮蓝的，蓝得那样神奇，身旁的叶珊是粉红色的，像一支夏季开花的美人兰。所有这一切瑰丽的色彩，使得他心花怒放，要不是司机猛地刹住车，他不但看到了自己明天要把于而龙扳倒，后天很可能像那个十七级干部飞黄腾达。连升三级，过去是相声讽刺的题材，现在撑竿跳一步登天，也是正常的了，为什么他王纬宇就不可以起飞呢？

他再也按捺不住那跃跃欲试的心理。

县里的小车司机告诉他们："如果要往三王庄去，公路到此为止，只好麻烦二位步行了。"

"为什么公路不经过三王庄？"王纬宇问。

司机也答复不上所以然，因为有的人喜欢疑问，有的人喜欢习惯，司机显然属于后者，不认为公路不往三王庄去，有什么不妥之处。而王纬宇却觉得蹊跷，嗅觉灵敏的人，总要到处嗅嗅，也许并无什么恶意。但他却不，为什么在离三王庄还有三华里的岔路口，公路折而往西，离开了湖岸？等他来到银杏树下，那座矮趴趴的坟墓旁边，他嗅出文章来了，对叶珊说："很清楚，死人挡了活人的路!”

那块殷红色的石碑下,有堆新烧化的纸钱灰,这像触媒剂一样,燃起了王纬宇心头嫉恨的恶火。一个至今还在人们心里活着的死人,对他来讲,不仅仅是挡住道路的问题,而是一种精神上的威胁。他并不记仇,过去的事情已经了结了,但在新的生活即将开始的时候,这座墓是相当碍眼的。人死了以后还会产生威慑的力量,那是相当玄虚的,可是,灵魂上心虚胆怯的弱者,却往往忌惮这种精神上的压力。刹那间,那些梦幻似的玫瑰紫,奇妙的孔雀蓝,都黯然失色,不那么鲜艳夺目了。——妈的,多少年过去了,可纸钱是刚刚焚化的,人们还惦着她,不曾把她忘记。据说,四时八节,有人远远地划着船来给这位新四军女战士上坟扫墓。看起来,人死以后的价值,要以年代久远而仍旧被人缅怀不忘来衡量的。他嫉妒,不是一般的感情上的嫉妒,而是一种竞争,是势不两立的竞争,她的存在,即或是这种并不存在的存在,他也认为是触目惊心。生前,她挡他的路,死后,她还挡他的路。哼!嘴角那残酷的下垂纹变得更明显了。

叶珊问:“她不是个烈士吗?”

“据说是。”

“为什么说‘据说是’?”

“现在是重新估价一切的时代;旧的价值观念不灵了。”

“可以挪到烈士陵园里去嘛!”叶珊说,“她不该挡着人们的生活。”

“不是那么简单的,总有挪不进烈士陵园的苦衷——”

“是吗?”那时候,人们的鼻子特别敏锐,叶珊从那闪烁其词的后面,嗅出来一些古怪的气味。当时,由于怀疑成为癖嗜,否定就是真理，所以对神圣准则的破坏，对崇高理想的亵渎，对英雄前辈的诋毁，成了一种时髦的空气。尤其是曾为这个制度，为这个社会奔波跋涉，流血流汗的同志，一股脑儿全成了革命对象。因此，在像叶珊这样的天真头脑里，仿佛所有的一切，特别是过去的，都是属于被告席上的东西。于是她向王纬宇提出了一个问题："你敢不敢跟我讲讲？"

"有什么好讲的呢！"他站在芦花的坟头旁边，手不再冰凉和震颤了，过去了，一切都过去了；时间是最好的镇静剂，而忘却是比吗啡还要灵验的止疼药。

叶珊说："提供一些关于她的情况。"

"那可说来话长呢，甚至还牵扯到你——"

"我？"

"对的，假如你有兴趣，你到北岗的谜园找我来吧！"

去这个幽雅的小招待所，假如不愿顺公路走嫌远的话，一般地都是径直翻过那道小山岗，穿过烈士陵园，就可以来到在林木环抱着的园林建筑物里，能够住进谜园的人物，自然都是首长之类的贵客。叶珊虽是石湖县人，还有生以来头一回踏进由荷花池，太湖石，曲壁回廊，亭台楼阁组成的府邸。那正是一个新旧交替的年头，例如江海之类老客人，失去了住的资格；而暴发户们刚露头角，还抱着最初的谨慎，比较不那么忘形，也不太好意思来住，偌大庭院，只有犯了痔疮的王纬宇独自休养。

水榭静悄悄的，静得连养来专供首长垂钓的鲫鱼，浮在水面上吧唧嘴的声音，都可以听到。

"真幽静，简直是世外桃源！"

"不，叶珊，没有桃花源，只有避风港。"

她笑了:“你是逃避现实斗争吗?”

“是这样,叶珊!”他胡乱甩着鱼钩。“我不能伤害朋友,明白吗?也许这是我们多活几年的人,必然会有的精神包袱,你知道我和于而龙有四十年的交情,我缺乏你们年轻人的把皇帝拉下马来的勇气,把手举起来打他,所以——”

“那你究竟认为于而龙是好呢?还是不好?我对他很感兴趣,想了解了解他。”

“要依我说,当然是好的了,也许在你眼里,就不见得是好的了。”

“为什么?我不理解其中的奥妙!”

“那让我从头讲给你听,许多许多年以前,石湖上有个出色的渔民小伙子——”

“于而龙?”

“我给你讲的是故事。”

“好吧,我不打断你!”

“同样,还有一个出色的船家姑娘,她爱上了他,下了订书,交了聘礼,换了庚帖——”

“庚帖?”

“那都是封建的婚姻契约,谢天谢地,如今你们再不受那种约束了。”

“是不是纸上写着姓名年月日,还有吉庆话的字帖?”叶珊坐到他身边来问。

“是的,但那有什么用呢?所有不幸的爱情,都是由于第三者的介入呀!”王纬宇说起这些话,是挺能打动人心的。

“那么这个第三者是谁?”

“一个女性介入了他们之间。”

“谁?”

“我不说你也该明白了。”

“哦,原来是她!”

“而且她是抛弃了另一个人,爱情有时是很无情的。”

“那是谁?”

“就是那个渔民的哥哥。”他叹了口气,“他和那个船家姑娘一样,都是不幸的牺牲品。而他,死得更惨,浑身巴着无数的蚂蟥,那次地下党委会,直到今天,也不知是谁出卖的。反正,这一来,那个厉害的女人,得以放手大胆夺取她想要夺取的那个渔民了,于是,可怜的船家姑娘……”

“哦！原来如此!”她站了起来。

“其实,我是不善于讲故事的。”

“谢谢你,我终于懂得了许多,原来,我想象革命是一桩多么神圣纯洁的事业,现在——”

“都是人么！能逃脱人的本能吗？英国的达尔文,创立了物种竞存学说,强者生存,弱者淘汰,是自然规律,两者之间的争夺是残酷的,出卖算得了什么,只要能战胜对方。原谅她吧！何况已是过去的事情,历史嘛！就让它原封不动地保存在那里算了。”

她哼了一声,也不告辞,走了。

他望着叶珊的背影,心里想:“她假如不是四姐生的,该多好!”他掰着指头算着从阴历的除夕,到十月初一,正是生命从形成到诞生的一个周期,难道真是自己的骨肉？然而,她是多么迷人哪！他想起他种的那株美人兰,扑鼻的清香,雅致的风韵,羞涩的情调,娉婷的体态,多么像这个脉脉多情的少女啊!

过了几天，她兴奋地跑到谜园，僻静的人迹罕至的水榭，响起她欢乐的笑声："终于查出来了！"

"什么？看把你高兴的。"

"我们从公路设计图上，找到了江海做下的手脚，是他命令公路改道的，推翻了原来经过三王庄的设计。"

"应该找他本人对质。"

"他承认，说是为了保护那棵古老的银杏树。"她笑了，那神态让王纬宇看了心都发痒，多么富有诱惑力的精灵啊！他拼命忍住自己，保持住一定距离。"还有，江海也说不清楚，那次地下党委会到底被谁出卖的事。"

王纬宇说："我学过几天法律，一般地讲：当事人无法排除别人对她的控告事实，又提不出足够的证据，证明她未曾犯罪。那么，她就是个涉嫌犯，在无新的发现之前，当事人应该认为是个有罪的人。"

"那么她是——"

"究竟是什么性质的问题，要从路线斗争的角度来看。有这样的情况，她未必想出卖同志，但客观上达到这个效果，你能说她不是叛徒吗？爱情蒙住一个人的眼睛，什么事都做得出来的。"

"那你应该参加三王庄的批斗大会。"

"叶珊，要是你的追求真理的勇气，无私无畏的精神，天不怕、地不怕的革命劲头，能匀给我一点就好了。理智上，我知道你做得对，百分之百的正确，造反有理嘛！我完全应该支持你，可在感情上，我缺乏你的坚强，终究我和他们有着不是一刀能砍断的联系，请原谅我的软弱吧！"

"你可真够矛盾的了。"

“别笑话我。”

“我把你看做我的朋友。”

“谢谢你给我的光荣。”

甚至一直到今天,叶珊也不知道那天三王庄的大会,他是在场的。不过,当时,王纬宇不曾露面,而是坐在高门楼那座花厅里倾听会场上的动静,因为高音喇叭的声浪,压倒了石湖的波涛,什么都听得清清楚楚。大概自从高音喇叭这个事物问世以来,从来也没有像在我们这片国土上,得到如此广泛的应用,尽管我们不是一个电力相当丰裕的国家,但可怜的买买提、王小义却不得不从早到晚地唱。王纬宇坐在他父亲常坐的椅子上,在那透过五彩镶花玻璃的阳光照射下,他脸上也是五颜六色,捉摸不定的样子。陪着他的王惠平——惟一幸免不受批斗的县委成员,弄不懂他的纬宇叔究竟是为解救江海,还是加重他的痛苦?他说:“不就因为芦花的坟吗?那就挪掉算了!到底死人要紧,活人要紧?”

“不合适吧!将来于而龙——”

“于而龙还有将来吗?”

于是,王惠平心领神会,略一布置,紧接着,连掌握着会场的叶珊,也不晓得怎么突然出现了挖坟的举动。她也不知如何是好,然而,如同一部失去制动能力的车辆,现在,谁也无法控制,只好由着性儿开下去了。

有些好大喜功的人,总是爱把不是自己的功劳,看成自己的。也许最初还不敢那么确信,慢慢地,自己给自己合理起来,最终就深信不疑自己是创造那段历史的主人了。叶珊虽然不想揽功,但经不住大家一再夸赞,尤其是王纬宇和王惠平,夸她怎么会别出心裁,琢磨出这样一个最最革命的行动,真叫人敬佩小将是多么可爱。她起初不相信这是她的智慧，可伙伴们都恭维她，推崇她，于是，年轻人的脑袋瓜发热了，恍惚觉得是自己喝令江海他们去挖芦花的坟的。是她自己，因为除了她，还能有谁？

但是到了后来，挖坟的举动，受到了广大群众无言的谴责，尤其是她妈妈又是烧香、又是磕头，祷告菩萨神灵把所有灾难都降临到她身上，由她来承担女儿的过错。叶珊后悔了，可是，她又缺乏涎皮赖脸的本领，干脆不认账，一推六二五——本来不是她的账嘛！但她却宁可走赎罪这一条路，有什么办法！有的人连本属于自己的错误和罪恶，还想方设法地解脱与推卸呢！可她倒去替别人承担过失，整天在湖上漂泊，为鱼类的生存奔走，赎那永远也赎不完的罪。

那一天，当那块殷红色的石碑被扳倒，矮趴趴的坟墓被扒开，朽烂的棺木像风化了的石头，徒有木材的外形，轻轻一磕，就化为粉末的时候，叶珊的不幸日子就开始了。

她哪里经历过这样的场面，二十岁的女孩是和死亡这类事物无缘的，可是，除了那些手持铁锹挖墓的地、县干部外，她是站得最近的一个人。在翻开来的潮湿阴冷的泥土堆里，蠕动的甲壳虫，逃跑的乌梢蛇，惊慌蹦跳的癞蛤蟆，使她心惊肉跳，尤其是那形容不出的恶浊气息，阵阵袭来，刺鼻钻心，使她头晕目眩。特别是会场秩序完全乱了，好奇的人过来看热闹，但绝大部分群众都陆陆续续散了，有些老年人，在走出会场后，轻声呜咽地哭了，那哭声（夹杂着骂声）使她烦扰不安。她奇怪为什么别人听不见，或者听见了不往心里去？但她很想去问个究竟，搬掉了挡路的石头，为什么倒要哭泣？为什么竟然骂街？然而她不消问了，她从那些无言的群众眼里，看出了倘不是她办了一件缺德的事，就是这个被挖墓毁尸的新四军女战士，在人们心里埋得太深了。因此，她无法控制住自己，勉强支撑着，连她自己也不记得是怎样从三王庄过湖回到县城的。

她就是从这一个不幸的日子，向原来那个天真无邪的叶珊告别的。每个人都有他自己生命史上的转捩点，日期也许记不真切了，但那一天却永远在她记忆里长存。

回到县城，她蹒跚吃力地爬上北岗，叶珊自己都诧异：为什么要去谜园？难道她需要慰藉，需要鼓励？不，她需要镇静，需要安定。特别当她穿过烈士陵园的时候，她看到那些高高矮矮，大大小小的石碑，似乎每一块石碑，都像一个人，站在那里，看着她，并且瞪大眼睛询问："你是挖坟的吗？"那些在墓道里栽着的长青松柏，也飒飒作响地问她："你是挖坟的吗？"

叶珊不怕鬼神，但是那些虫子啦，蛇啦，又在心口扒着挠着，恨不能连肠带胃都吐出来，心里才能轻松一些似的。而且，更使她恐惧的，似乎那个被挖了坟的女人，在蹑手蹑脚跟在她身后，轻声细语地追着问她："你是挖坟的吗？"

她害怕了，要不是迎过来的王纬宇，她非大叫起来不可。其实天色还亮，石碑上的字迹，清晰可辨。呶！那不是写着么？看，鲜红鲜红——

共产党员赵亮之墓

那一笔潇洒的行书，是老夫子的板桥书法。王纬宇认得出来，叶珊自然不晓得，不过，总算好，此刻她不那么紧张和心里难受了。

王纬宇其实和叶珊同时到达县城，他的吉普车快，回到谜园，折回头来迎接叶珊。因为他在路上，已经看见那娇俏的身影，在往北岗上爬着。现在寂寥恬静的陵园里，在灰蒙蒙的薄暮里，只有他和那个突然变得软弱的女性，慢慢地踱着。

叶珊向他颠三倒四地说着挖坟的细节，根本不去注意，这个她崇拜的人物，那异常的激动。尽管他装得很平静，但眼里的光彩却表明内心在交战，只有猎人在等待瞄准扳动枪机时，才会有这种外松内紧的神态。

今天，他还是多少年来少有的愉快，不错，他挖过他老子的坟，今天，又挖掉芦花的坟，但他绝不是报父仇，那只不过是偶然的不算牵强的巧合。主要的，是搬去了心灵上的一块石头，她是于而龙的精神支柱，只有在最坚实的柱脚下，把基础松动，那巍峨的石柱才能倒下。那么说，下一块石块，将要来搬那块骄纵的、不可一世的于而龙。仗要一个一个地打，路要一步一步地走。“王纬宇，挂起风帆吧！风向变得对你越来越有利啦！”

他想着想着，不知不觉地揽住那个年轻姑娘的腰肢，也许他过分集中精力在脑海里与假想敌在较量，谁知那个年轻姑娘拒绝过没有？躲闪过没有？反正此刻那软软的纤腰在他的膀臂里。也许天色渐渐重了，陵墓里那特有的阴沉气氛，死亡气氛，生死异路的气氛，使得年轻的女孩子害怕，反而依偎过来一点。他的心，那颗野兽般吞噬之心，陡然间增大了。

王纬宇对于女人，从来是搞突然袭击的能手，在这昏暗的暮色里，在这阒静的陵园里，那正是再也找不到的机会。他正想抽冷子紧紧搂抱住这个年轻姑娘，只要突破这一关，她就得听他的摆布了。但是，忽然间，他觉得墓碑上，那几个板桥体行书跳了出来，红灿灿地——

共产党员赵亮之墓

他吓出了一头冷汗，其实已经黑得看不清字迹了，可能是神经

作用,也可能刚才看过的印象太深刻,以至,他似乎在每一块墓碑上,都好像能见到通红通红的八个大字:

共产党员赵亮之墓

王纬宇吁出了一口气,作为一个人的良知,又恢复了过来。随后,把搂在叶珊细腰上的胳臂松开了,回到了谜园。“天哪!”他谴责着自己:“我怎么做出这种逆伦的事?”

随后,他第一次像父亲那样,请招待所小食堂着意烧了两只拿手的小菜,他和她一起就餐。在饭桌上,给她碗里夹了许多好吃的,像哄小孩似的劝她放开量吃。

但是叶珊却咽不下去,并非菜不可口,更非王纬宇的盛情她不领受。不是的,只要她一想起甲虫、蛇,她就止不住地反胃想呕吐。然而,她又敌不住王纬宇的劝诱,那个在酒席宴上,甚至最老练的酒鬼,都会被他灌得磕头作揖告饶的海妖,使得年轻姑娘不但强咽,而且还喝了两口。但一回到水榭那王纬宇的高级房间里,哇的一口,全吐了出来。

“你怎么啦?”

“不晓得。”

“不舒服啦?”

“有点头晕,恶心。”

“给你找点药吃吧!”

他记得自己提包里装有一点旅行用药,例如晕海宁之类,哪想到翻来翻去,一瓶进口药滚了出来,他大吃一惊,什么时候忙得晕天倒地,把给老徐夫人搞的这种性兴奋剂,裹带出来了,幸亏是外国字,要不可得丢尽脸面啦!

当他回过头去,那个女孩子正仰脸躺在沙发上,抚摸着洋溢着青春美的丰满乳胸，努力抑制着自己的呕吐反射，那模样，那神态，使他回到多少年前，在一个漆黑的夜里，是怎样走近游击队当时惟一的女性草棚边，打算在开小差之前，把那个生病的女人搞到手，然后再干掉。那个女人和眼前躺着的姑娘一样，丰满的身体散发着诱人心醉的芬芳，尤其是那张漂亮的脸啊！怎么可能属于那样一个铁石心肠，杀人不眨眼的女人呢？

叶珊肯定不能像那个复仇之神，死命地喊叫。那张银盘似的脸，那双泪盈盈的眼，肯定是对他充满信赖与敬意的。这是一座不设防的城市，强盗的眼睛红了。

王纬宇盯着她，人的良知被兽性的色欲挤在一个角落里，而在那一小块尚未沉沦的孤岛上，还有那个被芦花割掉头颅的王经宇，在向他宣传："那些船家女人，是惯于栽赃的，把不是你的孩子，硬说成是你的。"

于是，他打开那瓶进口药，撬掉软木塞，倒出两粒用胶囊装着的药，送到她跟前。

并不是每个少女，都像柳娟那样，带着一把防身的匕首，而且，在这方面，王纬宇要比一百个高歌加在一起还高明，叶珊休想逃脱这只可怕的魔掌啦……

那天夜里，下得好大的雾啊！

在那几乎是噎人的浓雾里，一艘小舢板正悄悄地往三王庄方向划去，船上只有一个年老的妇女和她脚下卧着的一条狗，以最快的速度，尽量不弄出大的响动，在石湖里行进着……

倘若不是浓雾，不是害怕独自从陵园经过，叶珊也许就告辞，离开这个道貌岸然的禽兽了。现在，只好留下来，听他大讲特讲第一次上战场的经验，尤其是第一次杀死敌人的经验："……那是完全正常的现象,不足为奇,属于一种生理本能上的厌恶,慢慢就习惯了。你知道不,我参加游击队以后,第一回参加的战斗,就是攻打你今天去的三王庄。那时,我们非常缺乏武器,即使有枪,子弹也不充裕,大部分时间得靠接近敌人,进行肉搏战。我一上阵就被一个保安团死命缠住,他认识我,我也认识他,他想活捉我去立功,我想夺他的三八大盖。我们拼个死去活来,他力气大终于占了上风,把我扭住,并且押着我走。就在这个时候,飞也似的跳过来一个人,举起一把柴刀,从我头上砍过去,只听一阵风响,那个抓住我的保安团,脑袋开了瓢,正好,不多不少劈掉了二分之一,那红的鲜血,白的脑浆,喷了我一脸,差点把我吓晕过去。一只未砍掉的眼睛,居然还瞪着我。说实在的,那种场面是相当恐怖的,我以为我大概也死了,那个人踢了我一脚,把柴刀朝我一扬,吓飞的魂灵才回来……"他一口气说了许多的"我"以后,叹息地回忆着,"当时,差点连肠子心肝肺恨不能吐出来,那个女人,半点同情心都没有,骂了一声'出息',转身投入战斗中去了。"

"女人?"

"对的,就是你今天挖掉坟的那位——"

"她?"

"不错,她不止一次救过我的命,可是感情不能代替政策,按我个人,可以感恩戴德,但是——"他不往下说了。

"但是什么?"

"一个叫做需要,一个却是原则。"

"我不太明白你的意思,什么叫做需要?"

"那让我来告诉你吧……"他猛然间趴过去,几乎不容对方反应,就把身子压在那个可怜的姑娘软软的肢体上,那冰凉的爪子,粗野地探进她胸怀里去……

雾越来越浓密了，当那艘小舢板贴近三王庄的堤岸，划船的妇女猫着腰，领着她的狗悄没声摸上岸时；在县城北岗谜园水榭里，王纬宇把那个颤抖着的，哀告着“别！别！”满眼泪光的女孩子，紧紧压住，心里还在作最后的挣扎：“万一，她真是我的亲生女儿呢？”

“管它咧！”那个畜生自己回答着自己：“需要就是一切！”

珊珊娘颤颤巍巍地站起来，朝门外走去。

于而龙示意老林嫂照顾那个充满羞辱和苦痛的母亲，几十年来她心头的希望、光明、力量，以及无穷无尽的爱情，就在这一刹那间彻底破灭了，她将会怎么继续生活在这个世界上呢？

而屋里，痴痴呆呆的叶珊，却等待着他的答复。他说什么呢？安慰她吗？她需要那些空洞的言词，来给自己增强生活下去的信心吗？

这可怜的母女俩呵！

他抓住叶珊的手：“孩子，记住，鲁迅说过：‘如果你血管里流的是血，而不是水——’那就要活着，报仇雪恨，以牙还牙。我们——包括我，孩子，过去太软弱了，是的，太软弱了……”

这时，珊珊娘笔直地朝湖岸的垂柳丛走去，老林嫂拉都拉不住，于而龙怕她一时想不开，又要寻短见，因为彻底绝望和死亡，也只是一步之差罢了。他放下叶珊，走出门来追住了她：“你要干吗？”

“给我弄条船，二龙！”

“干什么？”

“我要回陈庄。”

“讲清楚，我才能给你找船。”

她轻描淡写地回答：“回家去拿样东西给你。”

“什么东西？”于而龙不相信地问。

她看看于而龙，然后，这个被腐化了的无产阶级，毅然决然地说出来：“五块银元！”

“老天！”游击队长情不自禁地抓住她：“你说什么？四姐，你告诉我……”

“五、块、银、元！”

——哦，老天，简直是意想不到的，我本来已经不抱任何希望了，现在，失去的游丝又回到我的手心里。

他沉着地，然而是冷酷地笑了：“的确，过去，我们太软弱了……”

六

看来，诗人劳辛的记忆相当可靠，于而龙把他错怪了，现在，陈庄、老晚、五块银元，像一根线似的，把整个故事穿了起来。

多么遗憾哪！——“劳辛，要是你活着，此刻也在石湖的话，一定会诗兴大发吧？”

于而龙认为恐怕是不虚此行了，半点也不懊悔白白浪费的两天半的宝贵光阴，打游击出身，还不懂得迂回战的道理，只有不断地行军，不停地绕圈，才能寻找到战机啊！他站在垂丝般的柳树行里，等待着那五块银元（水生奉命划着船送珊珊娘去陈庄了）。这样，不但诗人未竟的诗篇，在实际生活里有个结束，而且也弥补于而龙失去芦花下落的遗憾。尽管她的石碑没了，坟墓挖了，棺木毁了，骨殖散了，但是她的五块银元还在，也就是她在这个世界上留下的惟一纪念品，重又落到他的手中，确实是很大收获了。

偏偏这个迫不及待的关键时刻，固执而又多事的老林嫂，向队里又借了一条船，莫明其宗旨地招呼于而龙上去。

“干什么呀？”他有些奇怪。

“跟我走吧！”她坚持着，不容置辩地说。

“我在等水生和珊珊娘回来。”

“误不了事的，快上船吧！”

游击队长有着说了不变的性格，但是他从候补游击队员的眼睛里，看到了更坚定的不可违拗的色彩。使他想起了多少年前，就在这同一个湖岸码头上，她扑通跳进湖里，叫喊着“我要枪”那样，有着一种叫人无法拂逆她意志的力量。

“等一下不行吗？水生已经走了好一会儿啦！”

“不！”她不留丝毫转圜之地：“快上船，别耽误今天晚上，你去望海楼赴席哩！”

“你放心，你的马齿菜馅饼我还没吃腻咧！”

“江海刚才来电话说了，你非去不可，有一位你必得会会的客人。”

“谁？”他想证实一下。

“江海不讲，说你准保知道这位贵客。走吧！还有段路程呢！”

嗐！于而龙无可奈何抄起了桨，在这样一位老姐姐的面前，他是毫无作为的。

舢板快离岸的时候，老林嫂唤了声：“黑子！”那条一直在岸上逡巡不安的猎狗，终于像得了个凑热闹的好机会，呼啸着隔丈把远的水面就蹿跳到船上来，然后又回过头去，向留着看家的秋儿汪汪叫了两声，那意思似乎招呼他一块走。老林嫂把它按在脚边卧着，然后关照她孙子:“那个姑娘要饿了,你让她自己做点吃,一会儿,复员兵就会来照顾她的。”

“复员兵?”他立刻想起是江海的儿子。

“嗐!他要晓得珊珊这桩事,还会跟他老子吵得天翻地覆,非要娶她吗?”

“你说,珊珊那孩子到底有什么错?”

“我看,还是瞒着一点好吧!”

“不!”于而龙摇摇头,心想:那个复员兵,如果是个有眼力的年轻人,应该懂得,白璧微瑕,更重要的是一个人的心,她的心,能找出一丝疵点吗?——“不过,亲爱的王纬宇,很可能我的心术变坏了,隐恶扬善,对有些人来讲,似无必要。要是叶珊作为我的客人,在部大院里出现,不知道你们两口,作何感想?……”

舢板已经划出一箭之遥了,老林嫂又想起什么,叮嘱着她孙子:“秋,要是你爸爸回来,干脆让他去沙洲迎我们去,告诉他,老地方?”

“沙洲?”于而龙瞪大了眼睛。

“是的,二龙,你就划吧!”

从柳墩到沙洲,少说也得划上两个小时,他弄不明白,老林嫂葫芦里装的什么药:“告诉我,去干什么?”

“你还记得莲莲落地的那块地方吗?你该去看看,像我过一天少一天的人,谁晓得往后还能陪你看几回。”

既然讲到这种程度,他也只得把五块银元暂时搁置在一边,因为,毫无疑问,游丝是不会断的了,这种将要破晓,但天色仍旧混沌的临界状态,黑夜和黎明即将交替的时刻,似乎给等待盼望的人,燃起更强烈的终于熬过长夜,迎接白天到来的幸福感受。他加快了速度，小小的舢板在石湖里破浪前进，太阳在头顶上偏点西，一碧无垠的湖水，照得通亮通亮。第一天来到石湖垂钓的早晨，那种有点苦涩、有点甜丝丝的回味，像吃橄榄似的心情又把游击队长控制住了。

石湖的春天，是多彩多姿、充满诗情画意、洋溢着青春活力的季节；是万紫千红、令人憧憬未来、深寄期望的季节。沿着密如蛛网的河沟港汊，船在波光水影里驶行，欸乃的桨声，催人欲睡，细浪拍击着船头，又似絮絮低语，惟恐惊起芦苇中的水鸟；日丽、风和、浪静，是一个多么恬淡安详的世界。于而龙把那些纷争、烦扰、不愉快的心肠、皱眉头的事情，暂时先推到了一边，沉醉到他家乡的风光里去，否则，可真有点煞风景了。

他已经多年不使家乡的船，显得有点笨拙生疏，不那么灵光了，总不如早年间那样操纵自如。驶了好一程子，才有点顺手。直到这时，他才能够定下心来，边划边看，迷人的水乡春色，真是叫三十年不回乡的于而龙心醉。这些曾经在梦中出现过的景致，如今活生生地堆涌在他眼前，简直让他眼睛忙得看不过来，不知看哪是好了。他给自己讲：看吧，尽情地看个够吧！如果话不说得那么绝，恐怕此生此世，也就只此一回，下不为例了。很明显，当第二个王爷坟缠住这位党委书记兼厂长以后，鹊山老爹，他向你许愿再来看看也不可能，生命对他来讲，就像跑百米一样，只剩下最后冲刺的有限途程了。

——我们白白虚度了多少年华，现在想想，连哭都来不及了。

啊！多美的石湖啊！浓妆淡抹，处处都勾人魂魄，浅的像随意渲染的疏淡水墨，浓的像金碧青绿的工笔重彩，而随船行进的一路景色，又好似绵亘不绝的长卷，倘若稍一驻桨，眼前出现的画面，就仿佛美术大师的即兴小品，真是人在画中游。他生活在石湖那么许多年头，好像还是初次欣赏到这样的美景，自然，心情是一种大有关联的因素，倘若五块银元没着没落，倘若不是即将来临的战斗，恐怕就不会产生这样浓厚的诗情画意了，尽管一九七七年的春天，远不是那样暖和的春天，他这个不是诗人的人，竟然也想做诗了。

——劳辛，你要活着该多好！

老林嫂好像也沉醉在石湖的景色之中，半天，也不说话。但是，也许夏岚说得有点道理——尽管她那些文章，全是胡扯淡，但女人是天生的现实主义者，这话是不错的。她不是浏览景色，而是在品评一个人。她的脸上出现了一丝阴影，忽然间，没头没脑地冒出一个问题："我还没顾上打听，二龙，他怎么样？"

"谁？"

"坑害了那母女两代人的——"同时伸出了两个手指。

"怎么说呢？……"一提到他，于而龙那种暂离尘世的悠然心情消逝了，又回到现实生活里来。对于高门楼的二先生，是很难用几句话可以概括起来的，于而龙怎么回答她呢？——如果他是一道数学题的话，肯定是相当复杂的代数方程式，尽是些X、Y，未知数实在太多了，尽管是相处了四十年，甚至还长些，半个世纪，但谈不上对他真正的理解。有一条可以肯定，他不是通常意义的好人，绝不是。冲他对待珊珊娘和那个被他玷污了的姑娘，就能得出这样的结论。然而，要把他看做通常意义的坏人，说实在的，即使那些坏人，怕也不会赞成与他为伍。想到这里，他告诉老林嫂说："反正到眼下为止，他混得不错，弄好了，往后，我想，也不会坏。"

老林嫂若有所思地说："这可苦了水生，县太爷的门槛他还得去迈。”

为什么王纬宇要那样不惜工本，去支持王惠平？仅仅为了友谊吗？以至于工厂里的电子计算机都答应转让出手，非同小可啊！按照无利不起早的价值规律来看，于而龙弄不明白，究竟他们谁更需要谁些？

忽然间，那条猎狗咻咻地嗤开鼻子，原来，从芦苇丛里游出来两条水蛇，花花绿绿，扭摆着身子，浮在水面上，昂着头，朝舢板游过来。“黑子”站立在船沿上，回头看着老林嫂，似乎等待着一个眼色，给那两条毫不畏怯的家伙以什么打击似的。

“算了！”老林嫂对“黑子”说，“你弄不住它们的。”说到这里，话题转了回来，“难怪水生非要去靠他们，也想攀住大树往上爬呢！爬比自己干要省劲，这年头大家都摸着门了，没有见过拍马溜须掉脑袋的。可他爹、他哥干革命，倒把命送了。就为你来，王惠平怕我对你说些着三不着两的话，给我当面锣、对面鼓敲了好几顿啦，还许了水生一个供销科长，让他来给我做工作，要是我不领情的话，他一手遮天，什么事做不出来。我不是说了吗，要是如今鬼子来，你看我还掩护他不？”

于而龙说：“不会的，到时候你又心软了。”

“倒说不定，水生讲的也对：鬼子一来，又要靠老百姓啦！嗐，要不是昨晚江海给我开了点窍，你就算白回来一趟啦！”

“哦？”

“原来不是一条船上的人，二龙，你还记得死去的芦花好说的一句话——”

“七月十五，日子不吉利呵……”

舢板划出了茂密的芦苇丛中的河道，现在展现在眼前的是一片连绵的岛子。这些小岛,和沙洲、沼泽地都曾经是石湖支队赖以寄身的地方,也是和敌人周旋的战场。岁月流逝,沧海桑田——特别是人为的改造,已经变得不大认识了。

石湖里的小岛,准确的数目,谁也说不上来,涨水闹汛的季节,一些岛子失踪了,可到了枯水期,没影的小岛又出现了。但是有名目的大一点的岛屿,照例不受水涨水落的影响。现在,正好一年一度的桃花汛,所以岛子的面积都缩小了,有的只在水面上留着一点痕迹,像鱼脊似的表明它的存在。但是,又划了一阵以后,只见一些岛屿上,人声鼎沸,旗帜飘扬——多好的渔汛期啊!人们不去打鱼下网,却在这里进行轰轰烈烈的围湖垦田的劳动。原来,那在湖里撒出去的一路小木牌,敢情终点是在这里。哦,难怪叶珊要为鳗鲡的命运奔走呼吁,要照这样大规模围垦下去,于而龙想:在他见到上帝之前,石湖就要在地图上抹掉了。

越划越近了,面前那岛子的整个轮廓看得越来越清晰了,他顾不得去忧虑鱼类的生存,这岛子他简直在脑海里印象太深刻了,然而,很像在路途中邂逅一位久别的熟人,刹那间竟想不起对方的姓名。"那是什么岛子?好眼熟!"

老林嫂不但诧异他的健忘,而且惊讶他的麻木,甚至带有一点责怪的口气:"怎么?二龙,你连黑斑鸠岛都认不得啦!"

啊!黑斑鸠岛……

他像被谁用棒子敲了一下脑袋,刹那间几乎近乎休克似的怔住了,舢板失去了控制,在湖面上滴溜溜地转起来。

老林嫂以为他还未回忆出那段往事,便提醒地说:"……芦花就是好不容易把你从这岛上找到的呀!你只剩下一口气了,她背着你在湖里蹚了那么远的路,总算捡回一条命。可她——"她看到于而龙的脸色，不怎么好看，仿佛受到过度刺激似的，便把话头煞住了，不再往下讲。

有幸福甜美的回忆，自然也会有苦痛辛酸的往事，尽管那是很不愉快的题目，但总该有勇气去触及。可是一提起黑斑鸠岛，他无论如何排遣不开一场噩梦的感觉，真是害怕去想啊……那是他生命史上一场可怕的噩梦啊！

在那样一个黑洞洞的冬夜，那样一个浓雾弥漫的绝望天气里，他，已经不抱任何生还的希望了，腿部受到了重创，一块美制的霰榴弹片，啃掉一大块肉，嵌进了股骨里，由于失血过多的衰竭，再加上在冰水里潜伏的时间过长，已完全丧失活动能力。即使撤出包围圈的同志们，打发人冒险回来寻找他，夜黑如锅，雾重似幕，在茫茫冰封的石湖上，是绝对不可能把支队长发现的，除非两只手把一寸一寸土地摸遍。

然而那又谈何容易！敌人在湖面上布下重重封锁线，东一堆，西一摊的篝火和那破冰巡逻的汽艇灯光，正企图一网打尽石湖支队。

眼看自己马上要向世界告别了，十年前，那砒霜酒使他在热昏中人事不知地死去；现在，却是头脑异常清醒地，注视着自己在一点点离开人世。如果到死亡那一站，有可以计算的里程表，也就仅有一步之遥了。看不到同志，见不着亲人，在这块生养他的土地上，在冷酷的怀抱里，孤独地死去了。看得清楚极了，再没有比看着自己的死更痛苦的了。死亡在一步一步地朝他靠拢，而且是一根枕木，一根枕木地逼近过来——哦，时代的错觉又把游击队长搅住了。枕木？哪来的？石湖上怎么出现了钢轨，火车头？

那分明是高歌指挥着浩浩荡荡的人马，开着火车头，轰轰隆隆地朝站在两根钢轨中间的于而龙滚轧过来，他甚至听见高歌在咆哮："轧死他——"

错啦错啦，神经发生了故障，又乱成了一锅粥。他想：黑斑鸠岛是一九四七年的事情，它与一九六七年整整相差二十个年头，火车头怎么会从黑斑鸠岛上开来呢？然而也怪，他耳畔响着冻坏了的斑鸠，那恓惶的啼叫声，但是，眼里却看到那火车头扑哧扑哧地，冒着气冲他而来。

"马上就要轧成肉泥啦！于而龙，滚开——"

他眼前完全黑了……

就在这千钧一发之际，突然一声巨响，火车司机撂了个死闸，车头正好停在了他的脸前，再差几个厘米，就会碰着他的鼻尖。

——马克思向他挥手说："于而龙，你还得再缴几年党费，好好干，再见吧！"

火车司机两只大眼瞪着他……

后来，于而龙一直在寻找这位对他手下留情的小伙子。可再也打听不出消息，像一猛子栽进水里，被漩涡裹走的人，连尸首都没影没踪。那年轻人长得虎头虎脑，说起话来瓮声瓮气，眼睛大得吓人，尤其瞪起来的时候。舍此以外，什么细节都记不起来了。因为电工室里，只有一盏开关板上的指示灯泡，而且还是蓝色的，所以除了憧憧往来的人影，谁的面目都看不真切。他是谁？叫什么名字？究竟是哪个单位的？现在活着，到底还是被秘密弄死了？都探听不出一个下落。十年间，有过多少这样的无名冤魂啊！

他肯定不是工厂里的职工，因为厂里运输部的火车头，都是和铁路局签订合同，由他们承派的驻厂人员，于而龙悄悄地查过，倘若不是守口如瓶，那就确实不知底细。他们谁也回答不上来，那个火车司机是谁？当然，高歌，或者躲在电工室外面，喝令往死里打的那一位，能说出子午卯酉，但是于而龙无法张嘴去问他们几位："喂，你们把那个大眼睛小伙子搞到哪里去了？"

只是提一下被派出所拘留的历史事实，都使得"司令"们如丧考妣，大发雷霆，何况人命关天的事情。但是，连个苦主都找不到，于而龙也就只好在脑海里记下那血的洗礼之夜，共同度过灾厄的难友了。

火车头在于而龙面前站住，但他还是立在铁道中心，动也不动。立刻，从车上跳下几条彪形大汉，扭住他，拳打脚踢，"老子娘"地被他们狠狠地詈骂了一顿，然后带到离主厂房较远的变电站里去。

扫帚总统于而龙确实把形势估计得乐观了些，以为这样一来，内战危险总算避免，双方脑袋能够冷却下来，说不定还会感激他作为一根人桩矗立在铁道当中的作用呢！要不然，枪炮开始说话，那死伤人数肯定不会少的。但是，他可不曾估计到，现在，所有的账都得算在他头上。游击队长进到电工室里，他彻底明白了，看那一个个凶神恶煞的样子，自己嘲讽自己：老兄，和一九四七年一样，是石湖支队最不好过的一年，恐怕是进得来，出不去的了。

他看到：电工室里出场的人不是很多，直接出场的也就六七个膀大腰圆的家伙，尽管他很不想把这儿形容成"渣滓洞"，但眼前这几个满脸横肉的人，却使他无论如何也排除不掉渣滓的概念。这些七十年代的"麻皮阿六"，别的不说，仅仅是那些刑讯逼供的器具，就很有点奥斯威辛的味道。他们只问了三句话："你有没有罪？""你反不反党？""你低不低头？"还来不及等到于而龙回答，电工室窗外影影绰绰一位不出场的人说话了："先给个下马威——"紧接着，那些个家伙劈头盖脸地打过来，打于而龙，也打那个被他们斥为"工贼"的火车司机。在那些打人的器械中间，于而龙认为电工皮带是最客气的了，这种时候，谁能相信孟轲宣扬的那一套呢？"人之初，性本善"，半点也不对，年岁都不那么太大嘛，为什么心肠会那样歹毒？下手那样狠辣？他们从哪里学来的一套法西斯手段？

那个火车司机想不到他的同伴们，竟那样毫不留情地对待他，他起先暴怒地予以反抗，大骂不已，但很快，一个五大三粗的打手，顺手抄起一根电工用的令克棒，击中他的脑袋，当场晕倒在地。第一课不算长，二十来分钟就结束了，由于那个大眼睛的小伙子跳闹得厉害，他挨的揍要多一点，等门哐啷一声锁上以后，于而龙爬过去，扶住他，但是，想不到他从昏沉沉的状态中，醒来以后，发现自己在于而龙的怀抱里，连忙慌不迭地挣扎出去："离我远点，滚开，滚一边去。"

于而龙也不客气，把他推走："请吧！我是怕你一口气过不来。"

"我死了也是革命的，你——"

这真是可笑的愚昧："那么你说我是什么人？"

他粗声浊气地回答："坏人！还要问吗！"

"你好像并不认识我，我也从来没在厂里见过你的面孔，你怎么断定我是坏人？"

"别人都这么说的。"

于而龙摇头叹息："那每个人自己长个脑子还有啥用呢？"愚昧固然可悲，而制造愚昧就更可悲，整天"岌岌乎危哉"地害怕人民群众觉醒，防民之口甚于防川，恨不能使每个人都成为按照程序控制，或者是编码穿孔带操纵的机器人，一个国家，一个民族，弄到这步田地，还有什么出息可言？

他翻过身来："你的话是什么意思？"

"你愿意听我说老实话吗？一个需要别人代为思考的可怜虫和白痴有什么区别呢？"

那小伙子差点要翻脸了，眼睛瞪得又圆又大，真像个铜铃，但刹那间改变了主意，歪扭着鼻子笑了："要不是思考，我还不会撂个死闸，当工贼，挨揍呢！"

于而龙是不大肯安宁的，已经落到如此境地，就老老实实做铁窗里的囚徒算了。不，他兴致勃勃地附身过来，研究心理学对象似的问："小伙子？你干吗紧急刹车？"

"老兄！我没想到你真的不怕死——"

"那你说错了，我想活，而且非常想多活上些日子。"

他有所发现地问："喝，原来你也害怕啊，哈哈，敢情是假装镇静！"

"在死亡面前，是假装不出镇静的，年轻人。"

"那你是找死？"

"如果死得有价值的话，倒是应该试一试的。"

电工室的门被人打开了，又涌进来一批面目看不真切的暴徒，不讲什么情由，不问什么罪名，一句"就打你的态度——"急风暴雨的惩罚落到他身上。他们嫌刚才那个回合里，有些人憎恨的程度还不够深切，调换了几个，增补了几个，凶器也提高了水平，那种A型活络三角带，相比之下，应该认为是比较仁慈的刑具了。

第二课只打了半个小时就结束了，于而龙遍体鳞伤，已经挣扎不起,去关怀那个大眼睛的小伙子了。因为,那些人显然想通过摧垮他的身体,达到在精神上也把他搞倒的目的,他们是奉到旨意这样干的,很给了他一点颜色看。

小伙子倒转来呆呆地瞧着于而龙,然后提出一个问题:“你干吗挡着我,护着我,让那些人揍你?”

于而龙擦干净嘴角的血,朝他尴尬地苦笑了笑,因为实在连说话的力气都失去了,只好闭着眼仰在墙根休息。

“妈的,畜生,王八蛋……”那个小伙子爆炸似的朝窗外大骂起来,他那粗犷的嗓门,每吼一声,小小的电工室都振动得嗡嗡响,“来吧!兔崽子,你们来收拾老子吧!想借我的手杀人,姓高的小子,有种过来吗?……”他叫嚷着,吼骂着,不多一会儿,进来两个人,把他拖走了。在门口,他回过脸来,盯着于而龙,很明显,那对大眼睛大约想说些什么,但他只说了“当心”两个字,便消失在门外的黑夜里。

黑夜,是最能掩盖罪恶的,从那以后,再也见不到那对大眼睛。十年,有许多沉冤是永生永世也无法洗雪的,特别是那些离开尘世的人。可无论生者和死者,都万万没有想到会出现那么多失去天良的暴徒,如果前人感慨播下龙种,收获跳蚤的话,那么现在该是后悔播下希望,却长出了畜生。——啾!这批畜生又簇拥住于而龙了……

第三课他瞥了一眼那块被抽碎的手表,是从午夜十二点开始的,一场漫长的轮番审讯逼供开始了。虽然拷打只作为一种辅助手段,只是在他们认为不老实的时候,才施之以拳脚。不过,于而龙能够使他们认为老实的情况又不多。最后,气得高歌推翻了桌子:“于而龙,你要不承认所有罪状,你就休想活着出去。”

于而龙舌干口燥，伤口的血，津津地流得太多，他决计沉默。但是，高歌既然这样挑战，游击队长认为不给一个答复，就不是人们心目中那样的蛟龙了——这种死不认输的性格啊！他用最后一点唾沫，舔舔嘴唇，慢慢地说："高歌，你觉得比那个火车头怎么样？我在那庞然大物面前，也不曾退后半步！"

在高歌嗾使之下，一群疯狗样的人，和人样的疯狗，一窝蜂地冲了上来，那根令克棒也拖来了。于而龙听得清清楚楚，在窗外，有人在发号施令地说："给我往死里打！"他在十来个人的围攻下，打得他无法招架的危急状态下，居然还能回忆起多少年前，和小石头，那个勇敢的孩子，跳进高门楼，被人围攻时，王纬宇站在廊下说过的同样的话。那斩尽杀绝的狠辣，难道，此刻又是他？于而龙拼出最后一点力气，偏要冲出去看一看，这个躲在背后的家伙，是副什么嘴脸？但是，他刚迈门槛，脑后挨了一棒，里一半，外一半地倒在门口，失去了知觉。

等死了，游击队长的生命现在以分以秒来计算了，世界上再比不得等死的滋味更难受的了。生命从伤口一丝一丝地逸出身体，最可怕的是头脑还异常清醒，再清楚不过地注视着自己的死亡，那才是莫大的苦痛啊！一方面是无可奈何地要作最后的告别，一方面还有许多事务纠缠住自己。历历在目，使他无法一撒手离开这个世界。于而龙想："这大概就是人们所讲的死不瞑目了。"

芦花的判断是正确的，现在，一切都已经晚了，后悔也无济于事。支队的背水一战，于而龙原指望把这股地头蛇消灭掉，使部队的处境略微改善一些，但是，那只老狐狸看出了一点蛛丝马迹，便搞了一个圈套，把石湖支队陷进了一个更凶险的局面里，差点落了个覆灭的结果。

王经宇将计就计地在三王庄被围困着,佯装无法逃脱,等待着彻底失败的狼狈相。那时,支队已经配备了电台,截获到他求救求援,要县城调兵配合包抄的电报。但是于而龙把它小看了,未能很快觉察到他们安排下的香饵计,在诱使石湖支队上钩,而且错误地估计,王经宇不会有如此大的胃口。啊！很多错误都是在毫不在乎,小看对手上而造成的,本来可以一走了之,要是几年前,也许他就不那么恋战了,再香的骨头,啃不动,也得吐掉,千万别卡住脖子。但是人的胆子总是越做越大,尤其是带点冒险性的事业,胃口会随着成功的可能性不断扩张。直到汽艇气势汹汹地开进石湖,他们还蛮有时间从泥潭里拔出腿的,可是,于而龙固执地非要把王经宇敲掉才走。

直到今天,于而龙也不知道当时根据什么死命坚持？也许认为王经宇搬不来多少援军,国民党正规部队不会听地头蛇调遣。但是,谁料到敌人竟像蝗群一样蔽云遮日而来,把石湖支队团团围住,水泄不通。

王经宇得计了,他猖狂地打发个人站在高门楼的屋顶上,把民主政府的木牌,倒挂在大旗杆上,还向游击队喊话,展开精神攻势:“于二龙,识相点,投降吧,大先生的招降酒烫热了等着你呢!”

于而龙对芦花说:“给我把他的天灵盖揭下来——”

芦花皱着眉头不太高兴,她通常要谨慎些,而且在湖东和王经宇打交道的次数多些,那是个不见兔子不撒鹰的家伙,敢在三王庄同你耗时间,就知道其中必有名堂,因此早就建议转移,但于而龙说什么不让到嘴的肉飞了,这样,落进困境。此刻,她饶了那个喊叫的人一命:“让他吼去吧！我们得想法突围——”

石湖支队就这样让王经宇最后搞了一下，本来经过残酷艰苦的一九四七年从春到秋的战斗，快要拖垮的部队，更衰弱不堪了。

哦！不应该失败的失败，是最不能轻饶自己的了。

他被黑斑鸠岛上响亮的号子声惊醒过来，重新操起了桨，把那条在怔忡中失去控制的舢板，划离了岛子，原来，浪涛把它送到小岛的岸边了。

老林嫂谅解地问着："累了吧？二龙兄弟！"

多么亲切，多么温暖的称呼啊！于而龙抬头看看她，那眼神是相当严峻的，似乎在说："你不该忘，你不该忘。"随后她长叹了一口气："芦花能在这岛子上找到你，可也不容易啊！……"

于而龙刹那间呼啦一下心都凉了。

他想起他躲在岛边齐脖深的冰冷的湖水里，只能露出一个脑袋，眼前是凝结在薄冰里的断茭残荷，败叶乱茎，有些丁点大的不怕冻的小鱼，竟敢摇头晃尾地游到他脸前来，唼呷着他的下巴。

枪声渐渐地消停下来，他估计同志们大概突围了，但摸不准搜湖的敌人走了没有？鹊山掩映，暮霭迷茫，除了西北风，吹得枯树残枝簌簌作响，听不出别的什么动静，于是，他拖着腿部的重创，蹒跚地爬上了黑斑鸠岛。但是，哪里想到，上得岛来，老天爷比敌人还要辣手，峭厉的寒风一吹，创口、污血、泥水、湿淋淋的衣服，立刻硬邦邦地冻成一团，他像被施了定身法，木桩似钉在那儿，动弹不得。

啊！老天爷向来趋炎附势，岸上比湖里要冷得多。

冷哪！他觉得从心的深处往外冷，血液都凝固了，在血管里滞留不动，可能也结了冰了。他拼命挣扎，力图改变这种困难处境，咬着牙，使出最后一点力量——不，是意志，是确乎属于精神世界的东西,正如他在最近的十年里,坚持要活下去见个分晓的劲头一样,逼得他在岛子上朝前迈步。他强挣着举起一只脚,扑通一声,摔倒在冻得铁也似的硬土地上,而且摔了个结实。

他趴在地上,脑海里的思维尚未冻木,不禁掂掇着:果真是我铸下了弥天大错,该我于而龙受到这样严厉的惩罚?难道我就呜呼哀哉,不明不白地死去?不,党不曾给我轻易撒手而去的权利。

——不能死啊!队长同志,现在鹊山那山神庙后的大峒里,正在进行着有关石湖支队命运的一场辩论,是在石湖继续坚持斗争下去,还是改弦易辙,另谋出路,把队伍拉走?相持不下,正等待着你关键的一票呢!

要活下去啊!于而龙,要为明天活下去,看见了吗?同志,就在你匍匐着的冻土里,那芦苇的嫩尖,快要透出冰封的大地啦!冬天里的春天,是在沃土中间,你怎么能趴在孤岛上等死,放弃一个共产党员的职责呢!

然而,一个人要栽倒了,不大容易爬起来,可费劲挣扎起来,下一个跌倒的命运还在等着,所以只有死亡这条路好走,多么不甘心啊!可是上帝不饶人哪,死神在一步步逼近……

和死神同时,也传来了另外一个人的脚步声……她来了,是芦花来了。她受着支部的嘱托,冒着巨大的艰险,说什么也要把于而龙找到,她并不仅仅为了自己,而为了石湖支队那面不倒的旗子,即使是于而龙的尸首,也得把他找回来。要是落到敌人手里,不但精神上处于劣势,向众多的石湖乡亲又怎么交待?她来了,已经搜遍好几个湖心小岛,现在,凫着水,还不敢弄出大的响声,怕惊动敌人,一步步向黑斑鸠岛摸过来,而远处湖村的公鸡已经在啼晓了。只要天一放亮,甚至她都有落入敌人手里的危险,然而她哪怕豁出命去,也不能放弃寻找于而龙的打算,因为在同上级联系不上的情况下,理所当然地担当临时指挥员的王纬宇,明显地倾向着想要把支队拉出石湖。而在一九三九,一九四五年那样艰难困苦的日子里,也不曾离开石湖半步。

这支小小的游击队,在江湖淮海之间,虽然说不上是插向敌人心脏的一把尖刀,但由于逼近上海、南京,很有点像揉进反动派眼睛里的一粒沙子,国民党恨不能早日把它除掉。但是这支神出鬼没的石湖支队,自打成立那天起,就像枣核钉一样,死死地楔在这块土地上。

然而要想找到于而龙却不那么容易,她和长生,还有两名战士组成的搜索小队,在漆黑的夜里,在迷茫的雾中,在蒙着一层薄冰的石湖上寻找着,哦,困难哪,像大海捞针一样,哪儿也找不到生死不明的游击队长。

芦花攀上了黑斑鸠岛,一听那凄苦的咕咕声,她的心凉了半截,连鸟雀都毫无警觉地安然高眠,肯定他不会在这个岛子上了;即使能够找到的话,怕是活着的希望不大了。周围几个小岛子都搜遍了,要是在这里还不见踪影,那么他到什么地方去了呢?

她仍然坚持着用两只手在地面上摸索着,一寸一寸地都仔细摸了个遍,她相信他就在这一带,决不会离开的。有谁能比妻子更理解自己丈夫的呢?他不会呆在战场以外的地方,哪儿战斗激烈,他准在哪儿,即使死,也死在枪声最响的地方。

她一步一步在黑暗里搜寻摸索,不敢高声,惟恐掠起夜眠的斑鸠,招来敌人,只能轻轻地呼唤:“二龙,二龙!”黑夜浓雾,眼睛不起任何作用,只能靠触觉,靠她的两只手。

哦,那两只鲜血淋漓,伤痕累累的手呵……

即使她肯定得知于而龙就在岛上，这方圆十来亩大的黑斑鸠岛，也够她找的，因为她必须把每一个角落都要触摸到才能放心，何况天快要亮了，此起彼落的鸡叫声，在提醒她，赶快撤出去吧，敌人肯定在天明以后，就要来打扫战场的。

芦花，这个不屈不挠的人，也就只有她，才能把于而龙找到，因为她终究是他的妻子，而妻子对丈夫的爱，使得她哪怕手心的肉都刮烂了，露出骨头，也得继续一寸一寸土地挨着摸下去。

在出发前，王纬宇不赞成她亲自去："我们可以多派几个同志去找，你别冒险啦！"

"不！"芦花坚定地回答，"谁去也不如我去！"

直到今天，于而龙也还能记得那双血肉模糊，肿得像馒头似的手……渔村妇女成年到辈子搓绳织网，腌鱼卤虾，张帆使橹，打草劈柴，那双久经风霜的手，是相当结实的，但是摸遍了那几个岛子的所有土地以后，再结实的手也毁了。哦，那些岛上的枯藤败枝，蒺藜荆棘，以及湖岸边的锐利冰凌，刺人蚌壳，即使钢浇铁铸，恐怕也得磨脱一层皮的，何况十指连心的肉呵！那双手不成样子了，找不到完好的地方，扯裂的伤口，丝丝的血在渗透出来，肿胀的部位又受了冻伤，在发黑坏死……然而，正是这双手，把于而龙从死神的怀抱里，夺了回来。

可是一直到她牺牲那天，这创伤也不曾愈合。

她说过："二龙，我要找到你，说什么也要把你找到，为我，是的，是为了我，可我又为了谁呢？支队离开石湖，还叫什么石湖支队呢？露出了骨头算什么？手磨掉了有胳膊，得把你找到，得让你活着，明白吗？石湖支队不能落在他手里！"

"谁？"

她手肿得无法活动，伸不出两个手指来表示，而是痛快直接地说："不是梦啊！二龙，他什么事都干得出的。"

难道不正是这样吗？……于而龙思忖着。

究竟怎样把他找到？又是怎样历尽千难万险把他弄到沙洲上？都由于芦花那些日子的匆忙，和突如其来的死，而未能来得及讲，许多细节都是无从知悉的事情了。

现在，留在他记忆里的，只是一些支离破碎的断片，像舢板前头的浪花，一浪一浪地涌在眼前……

他觉得他终于死了，而死亡和寒冷，正沿着受伤的腿部慢慢地升上来，沿着凝滞的血管逐渐蔓延，扩大到整个身体。死了，一点救回的可能都不存在了，只有怕冷而在窠里咕咕的斑鸠，在给他念超生咒。

他也不知什么时丧失意识的。直到他被人背上，在水里蹚着，才醒了一点，可还是迷迷糊糊，只觉得那人深一脚、浅一脚地走着，他也随着摇来晃去，而且不止一次，两人一块栽倒在湖水里，冰凉的湖水刺激着，脑子能够活动了。但是，也来不及思索什么，敌人巡逻兵的枪声，他又被拖入芦苇丛里，这些迅速急遽的动作，都使得伤口疼痛加剧，随着就昏了过去。

后来，他又在深水里了，被人拽住游泳，不得不吞下了大量的水，由于憋气，他挣扎，又是别人用身子承托住他，才通过那些水深流急的区段。

他也不知持续了多久，也不知走了多远，终于被拖上沙滩，而且听见有人在喊叫他，声音是那么遥远，但是他依稀听见了，心里在想："快过来吧，同志们，我在这儿。"

那遥远的声音在说："二龙，二龙，睁开眼，看看我是谁呀？"

天已经大亮，他睁开了眼缝，先看到那对闪亮的眸子，原来因为耳朵里灌满水，其实芦花就在他身边，他这才放下了心，合上眼，昏昏沉沉睡了过去，等他再睁开眼，芦花告诉他说，已经是两天以后的事情了。

多么沉重的负担，多么艰巨的路程，该付出多么坚强的毅力，才能把于而龙从湖心岛弄到沙洲上来！现在，于而龙划着舢板，正是沿着她曾经蹚水走过的路，一步一步地前进，他简直不能想象，一个女人，一个妻子，是什么力量在促使着她，为了丈夫，去做她按说根本不可能办到的事，仅仅是为了爱情么？仅仅因为他们是结发夫妻吗？

或许部分是，但绝不完全是，因为，在那时，生死存亡是比较显而易见的，用不着整整花上十年时间，去认识一个真理。

“你要活着，明白吗！二龙，要活下去……”他耳畔又响起芦花的呼唤，在那间曾经生养过他们女儿的窝棚里，是芦花紧紧地搂抱住他那完全冻僵了的身体，使他从麻木中渐渐缓解开的。她不住声地在他耳旁呼喊：“二龙，二龙，你听见了吗！万万不能撒手走啊！明白我的意思吗？我们不能离开石湖，没有上级的命令，我们不能撤走，就是死，我们也一块死在石湖，二龙，二龙……”

她好像害怕一旦停止喊叫，于而龙的魂灵就会飞走似的，把那冰凉的脸，揽在胸前，俯身朝他喊：“二龙，二龙……睁开眼，看着我，看着我吧……”滚热的泪珠，一颗一颗跌落在他的脸颊上。

突然间，他眼前的场景变换了，不是石湖。他从昏迷的状态里惊醒了，他发现他躺在医院的手术台上，身边站着眼睛哭肿了的谢若萍，还有愤怒的于莲，和那个咬着嘴唇的小狄。因为门外、窗外喧嚷的声音太大太响，以致紧急抢救的外科大夫、护士，都惊吓得无法进行手术了。

于莲看见她爸爸的嘴唇在翕张着，便附在他耳边说："这帮人闹到医院来啦，非要把你揪回去接着斗！"

其实，他关心的是，谁把他从电工室弄到这里的？

猛地，手术室的门拉开了，阳明走了进来，这个从来温和儒雅，亲切平静的政治委员，以少有的愤怒回过身去，冲着门外喧嚷的人群，庄严地申斥着："你们要干什么？不许过来！我把于而龙弄到这里来抢救的，一切由我负责，你们谁有枪，谁有刀，冲着我吧！"他披着将军呢大衣，像一尊神似的站在门口，那种不许逾越的威严，虎视眈眈的眼睛，喧嚷声渐渐地平息了，喧闹的人群慢慢地散开了。

"谢谢你，政委！"躺在手术台上的于而龙喃喃地说，他本想伸出手，但是，遗憾哪，被打得骨折受伤的四肢，都叫大夫打上了石膏绷带，动弹不得，只好苦笑着，"差点见不着你！"

"二龙，不要颓废，有朝一日，还得把实验场搞起来！"

"啊？"于而龙耳朵都听直了："什么？政委，你说什么？"

"九百六十万平方公里的土地上，有这样一个实验场不算多。我们当兵的，不能赤手空拳去打仗。"

"全毁了！"

"没关系，只要人在。"他抱歉地说："来晚了一步，让你受了重伤！"然后指着那娇俏的秘书："要不是她挨着揍打电话——"这时，他才注意那个咬着嘴唇的小狄，也被打伤，用绷带吊着臂膀。

于而龙潸潸的泪水，泉涌似的流出来。

"记住，二龙，天不会坍，党不会死，我们得活下去，还得接着干！"

可是，无论是芦花，也无论是阳明，都不在人世了，而于而龙还活着，如他们所期望的活下来了。黑斑鸠岛上的冬天，确实是不容易熬过来，老林嫂看出他太激动了，便感叹地说："革命，这条路太艰难了！"

——是啊！一条苦痛的付出沉重代价的路呀！

前面就是沙洲，老林嫂招呼他靠岸。

那条黑狗，还未等他把船停稳，便呼的一声，蹿上了那像面粉似的细沙滩，回过身来，摇着尾巴，等待着他们。很明显，那只聪明的动物，对于荒无人迹的沙洲，不是那么生疏的。它伸长了脖子，昂着头，在不停地嗅着空气，似乎有些什么新鲜东西，使得它激动不安，焦躁地跑跳着。

老林嫂先递给他一把铁锹，又递过来一个布包袱，拎在手里，几乎没有什么分量，原来是她叠的锡箔元宝。他诧异这烧化给亡灵的东西，带到沙洲上做什么用？

沙洲还和三十年前一样，繁盛茂密的树林，缠绕纠结的蔓藤，密不通风的杂草，似乎护卫着自己的秘密，连插足的空隙都不留。老林嫂打量了一回，终于寻找到一个什么记号，那条黑狗已经兴奋地跑在前头，她便招呼呆呆的于而龙："走吧！"

"干什么？"

"给芦花上坟去！"她安详而又平稳地说。

哦！老天爷，这究竟是怎么一回事呢？这位回到家乡的游子，差一点两腿一软，晕倒在沙滩上。

七

她怎么也想不到，这么晚了，他还来敲门。

只听他轻轻地敲门，轻轻地问："在屋吗？"

"你走吧！你赶紧走吧！"她咬咬牙，拒绝了他。

"不！让我进屋——"他以不可违拗的坚定口气说。

"我求求你！让我安生吧！"她朝门缝哀求，但喷进屋里一股浓烈的酒味。

"开门，你快开门吧！"他半点也不肯退让。

"不行。"她想：今天是什么日子？大年三十啊！

"有人过来了，会瞧见我的。"

她无可奈何，只得拔掉门闩，放他进到门里。只见他脸色瘦削阴森，眼窝也塌下去，因为半年多来，他在绝望里挣扎苦斗，大大地变样了。

"给我点水喝吧！嗓子眼都冒烟啦！"

"听说你们出了事啦，二龙也被打死在石湖里啦！"

他咕嘟咕嘟地喝下一大碗水，抹了抹嘴，还在喘着粗气。如今，一点斯文样子都不复存在了，那满脸的胡茬，那许久不剃的头发，那邋里邋遢的衣衫，活像个败退打散的丘八，或者说，更像个亡命流窜的土匪。除了那双眼睛，仍旧是多少年前，头一回在船舱里见到的那样，有着强烈的吸引力外，其余，和那个使她钟情迷恋、陶醉爱慕的男子，已经毫无共同之处了。

十年河东，十年河西，落魄的凤凰不如鸡，她多少有点心疼，善良的女性，总是充满着对别人的同情心。

他瞟了她一眼："难为你惦着他，准备着像秦雪梅那样吊孝去吧！于二龙这会儿活着比死还难受呢！大腿肿得比斗还粗，伤口化了脓，一个劲儿淌血水，等着数日子啦！"

"那别人呢？"

他以一种第三者的超然姿态，评论着石湖支队，既不是悲观失望，也不是幸灾乐祸："主力早撤得无影无踪，电台和上级领导机关也联系不上，完啦，结束啦，拉倒了！"

"你呐？该怎么办呢？"

他环视着这间空荡荡的屋子，由于她丈夫新死，屋里办丧事的死亡味道和年节的吉庆气氛，不相调和地交织在一起，显得有些古怪，有些别扭。于是他提议："把灯吹了吧！"

她吓了一跳："什么？你不走了，今天晚上？"

"我往哪儿去？"

"不行，说什么你也得走。"

"撵我吗？"

"不，我想了，除了堂堂正正，像人家正经夫妻似的一块过日子，再不能偷偷摸摸，跟鬼一样的见不得人了。"

他想了想，赞同地说："也是该这么办的时候了，那烂浮尸倒挺知趣，黄汤喧多了，竟会一头栽在水田里淹死。"他捏住她白生生的一双细嫩的手，摩挲着，感叹着，"我一想起你夜里让那个死鬼搂着——"

"怪我吗？我有什么法子？是心甘情愿的吗？"她不无委屈地说，往事触动了旧情，由着他把自己揽过去，被他搂在怀里。正沉醉在昔日幸福的回忆里，想不到，他把油灯一口气吹灭了，多少年，他和她就这样来往的。

她挣脱开他："谁家这么早就熄灯睡觉？大年三十晚上，都得作兴守岁的。"接着她擦根火柴，重又把灯点亮，而且埋怨他，"你不该喝酒！"

他按捺下一颗烦躁不宁的心，问她："你说，我跟你怎么过呢？"

“起码做做样子，等我脱了孝！”

“你跟我，还是我跟你？”

她不明白他话里的玄虚：“你别给我打哑巴缠！”

“你跟我，就得还和石湖支队在一块干，你也去参加，不定哪天一颗枪子就成了正果；要我跟你呢，咱们离开石湖县，远走他乡，隐名埋姓，过安生日子。”

“我养活你——”她还像许多年前那样信守不渝，石湖女人只要真的爱上谁，连命都舍得豁出去的。

他摇摇头：“说说罢了，空话填不饱肚子，你拿什么养活我？现在，咱们要想远走高飞，一要钱，二要路，人在矮檐下，不得不低头，还得靠他——”

“谁？”

“我那王八蛋哥！”他们弟兄之间并无什么手足之情。

“他？”她对那个白眼狼有着生理上的厌恶。“他吃人不吐骨头，你说过的。”

“是这样，不过，做买卖，他会干的。”

屋外，鞭炮劈里啪啦地响着，火光透过窗纸映进来，两个人都沉默着，彼此想着心事：一个想着幸福，女性的心，总是善于憧憬，她在为自己的未来，描绘出一个光明的远景。一个想着结账，在他的收支一览表上，借方和贷方在这年关盘点的日子，该清理一下了。他给了石湖支队，他漂亮的青春，二先生的地位，高门楼二分之一的财产，得到的是什么呢？零，一个纯粹的零。因此，那样搞一下，作个见面礼，也算不得什么辣手。大丈夫要下不得手去宰人，他一辈子也休想成个政治家。他想到这里，用双手揉着发疼的太阳穴：“你进趟城行吗？”

“大年三十,黑灯瞎火的。”

“去一趟吧!”他把她抱住,热烈地抚慰着那个新寡的女人,然后在她耳鬓细语,“我要同他见一面,错过这村,就没这店啦!只有他能成全咱们。钱和路都在他手里,只要他抬抬手,我们飞得远远的,再也不回这毁了我青春的石湖啦!”

“空口无凭,他能信得过我?连他门口的马弁护兵,也不会让我进。”

“我来写个便条,让他约定时间、地点。”

她不识字,也不知道他簌簌地挥笔疾书些什么,但是一想到不久的将来,能够光明正大地夫妻一块生活,再用不着藏头掩面,鬼鬼祟祟,也不怕别人背后戳脊梁骨,产生犯罪的心情了。一下子又被那个奋笔疾书的聪明人迷住了,刚才他把自己搂抱得多紧,骨头都快酥了。

他写好了信,折叠得整整齐齐,上面写了两个字,告诉她:“凭这暗号,谁也不敢挡你,准让你进屋上席高坐,你啥也不用说,信上全写了,他会告诉你,带句什么话回来。”

“准能行吗?”她信不过那个心毒手辣的王经宇。

“你把心放在肚子里吧,他有利,我无损。两厢情愿,这买卖准能谈成。”

“是吗?”她眉宇展开了,把这封信郑重地掖在棉袄里贴胸的口袋中间,在她的心目中,这哪是一封信哪,而是意味着幸福和爱情,希望与未来。所以她临行前,报以娇媚的一笑,然后,低声柔情地说:“那我马上走啦!”

“你走吧,快去快回,我等着你带回的信息咧!”

“那我把你锁在家里,你好生睡吧,说话该明年见啦!”说着拿起门锁，吹灭了油灯，准备离家了。

但是，她刚要去开门，想不到他那健壮的胳膊，急不可耐地从背后伸过来，拦住她，抱住她，在她脑后说——还是那股桂花油和廉价花露水的刺鼻香味：“大年三十，哪能叫我白来一趟，咱们先团圆一会儿，再进城也赶趟，横竖队伍一两天不会有调动，于而龙也离不开那养伤的地方，来吧……”

沉湎在爱情里的女人，往往不够清醒，多情会丧失掉理智，钟爱会蒙蔽住视线。过了三十年，她才想起琢磨那两句话的涵义，也未免有些太不及时了。什么叫做队伍一两天不会有调动？什么叫做于而龙离不开养伤的地方？拿十年间那流行得令人听腻了的术语来说，这才叫真正的出卖组织和同志，地地道道的叛徒行为呢！然而当时，她只顾迷迷糊糊地瘫软在他的怀抱里，享受着那热烈的近乎粗暴的爱情。

珊珊娘着急了，问划船的水生：“还有多远，才到那个沙洲？”其实，她是水上人家，一辈子跟石湖打交道，还不明白大致还有多少路程？一是她迫不及待有话要对于而龙讲；二来，水生为了抄近路，尽在芦苇丛里穿行，弄得她有些晕头转向了。

“快啦，快啦！”他安慰着珊珊娘。

水生弄不懂她为啥着急慌忙？尤其不清楚她为啥要把五块银元，埋藏在堂屋里的方砖下面？老太婆的这种藏藏掖掖的举动，他认为很可笑。太愚蠢了，一块银元，按银行兑换价格是一元人民币，倘若卖黑市呢？还可以多捞几文。水生立刻展开丰富想象，假如屋里每块方砖，都埋有五块银元的话，算一算，该是多少钱？

——其实，供销员同志，你也不必太财迷了，就连这五块银元，也是珊珊娘那不成材的哥哥,在临终之前才说出来的。人之将死,其言也善,终于在最后一刹那吐露了埋藏在心窝里的话。

“走了吗? 他们……”垂危的老晚喘着最后一口气。现在守在快咽气的老晚身边,只有珊珊娘一个人了。说实在的,看残烛余烬终于熄灭的一刹那,绝不是件开心惬意的事。意外光临的王惠平告辞了,他想到的第一件事,该给“纬宇叔”通个电话,那张最不放心的嘴,在于而龙来到前闭上了。

老晚示意让他妹妹靠近些:“这下他们放心啦! 我这老不死眼一闭上,嘴就封住了,再不会给他们添麻烦了。”

“你说些什么?”

“我快撒手走了,连累了你一辈子,什么也没给你们留下。也不能说什么都没有,给你们留下五块袁大头,就埋在你堂屋里迈过门槛,第五块方砖底下。”

珊珊娘直以为他是死前弥留期的谵言呓语,人在咽气的时候,生命之火即将熄灭前的最后挣扎,总是今天和昨天,真实与梦幻一股脑地涌在眼前。倘若还有说话能力,就要胡说一气的:“算啦算啦……”她又点燃一炷安息香,送他的魂灵早早离开躯壳,升入天堂。

老晚却一本正经地,非常清醒地说:“五块大头,一条人命。这钱,我三十年动都不敢动,摸都不敢摸,像火炭一样,烫着我的良心。我是畜生,我是狗,我没有半点人味……”

“你安生点吧! 胡诌八咧,尽瞎说些什么?”五块银元的故事,她也听说过,但她从来不相信,她哥那些不怕大风闪了舌头的话,虽然他说得有鼻子有眼,她也没往心里去。

“不,有一句话,我憋在心里多半辈子,不能叫我带到棺材里,在阴间也受折磨啊！我只说过一回，对一个外乡人，他认识于而龙，也认识那个女指导员，我想由他把话捎过去，可是我怕呀，说了开头我就收尾了。想想真后怕，他们手里有的是帽子，不管什么分子的帽子，朝头上一扣，还有活路嘛？我忍了，让良心受折磨去吧，总比受活罪强。可到了这地步，我也没什么怕的了，他们权力再大，管不了阴曹地府。”然后，他像卸下千斤重担地对珊珊娘说：“你知道，我在沙洲，听到了那一声黑枪过后，我亲眼看见了谁？”

“谁？”

“珊珊的亲生老子，他把那个女指导员打死了。”

可怜的直到那一刻还忠实于爱情的四姐，差点没跳起来：“胡说——”

“老天爷怎么不让我瞎了眼呢？偏让我看见了呢？那个女指导员要不是去打另外一个狗特务，他也得不着机会背后开黑枪。是我害了她呀！我不该告诉，珊珊的亲生老子驾了船先走，她赶紧掏出钱来，非让我死活找条船，去追赶他的……三十年，这五块银元，坠着我的心，我怕牵连你们娘儿俩，咬着舌头，过了这么多年。如今我说出来了，心病没了，我死了也闭得上眼了……”

他说完了这番话，望着他那一辈子得不到幸福的妹妹，似乎还想嘱咐些什么，但他终于把一生的话全说完了，是应该住嘴的时候了，侧歪了一下脑袋，死了。

这位废话篓子，讲了一辈子，总算最后一句话落在了实处，也真是难能可贵。

珊珊娘现在多么想把那五块银元，老晚的忏悔，以及那句部队不会调动，于而龙不会离开的话，统统全端给二龙啊！腐化了的无产阶级开始觉醒啦！

“干吗他们要去沙洲?”她向水生提问,心里忖度着:莫非二龙心里有底?沙洲,难道是立见分晓的地方?一决雌雄的地方?她知道,这是个常人不来的荒凉所在,都聚会到这里来干什么呢?

谁能回答?水生对于自己母亲的古怪行动,也说不上所以然,弄不清她经常要到沙洲去散散心,究竟为了什么?而且不允许他和他爱人,那个小学教员好意给她做伴,不,谁也不让跟随。后来,秋儿总算讨得她的欢心,被获准陪同奶奶去沙洲探望,但问问孩子,这个守口如瓶的老林哥后代,也什么都不肯讲。是的,水生想:除了和你在砖头下埋银元一样,是老太婆那种不合时宜的举动外,找不到别的解释。

男人家总是这样,他得到了他需要的一切,鼾然大睡去了。而她,这个被展示在眼前的,即将开始的新生活弄得头晕目眩的可怜女人,却揣着那封信在年三十夜里,往县城赶路。

哦,那真是漫漫长夜,一个好像总也不会天亮的年三十夜。尽管鞭炮声在不断地响,但县城怎么也走不到。女性有着追求幸福的本能,而且不辞疲劳,不怕辛苦,虽然大年夜是团聚的日子,但她却要为明天的希望去奔走,去寻求。她已经不愿再过那种偷鸡摸狗,见不得人的生活,即使刚才,那种粗野的,发泄似的爱,难道给她带来任何快乐吗?提心吊胆,神魂不定,惟恐邻居或者那不成材的哥哥撞来敲门,战战兢兢,疑惧交加,甚至连他都感到她在瑟缩地颤抖。

他惊讶起来:“你怎么啦?还有什么好怕的呢?他死了,完了,你自由了!”

她充满了忧虑:“一个寡妇人家,要万一怀了孩子——”

“不是说了嘛，我们结婚，我们走，我们和石湖一刀两断。说心里话，我够了，我也不想再干了，我走了许多没用的路，我白费劲花了那么大力气，我得到的远不及我失去的多，我永远到不了我预期的目的地……”

他在她耳边还说了很多很多，但可怜的船家女人，半点都懂不了他那些有学问的话，只明白他一个劲地“我”，于是把温暖的身子紧紧贴住这个只知道“我”的人。

“唉，你听懂我的话吗？”

她在黑暗里摇头，那股桂花油的味道更浓了。

他长叹了一口气：“嗐！你是一个知心贴腹的女人，可不是一个知音啊！”他在心里盘算着一道代数题，正数与负数相乘之积，永远是个负数。他王纬宇要是同这个女人结合的话，在新的途程上起飞，她是肋间添上的轻如蝉翼的翅膀呢？还是一条沉重的累赘似的尾巴呢？一个带负号的女人啊！他也在黑暗里摇头，喷出了一股混浊的酒味。

现在，他美美地躺在床上睡了，而她，在去县城的路上，为永远也不可能来到的明天，做徒劳的努力。

唔？她赶上了一条在蟒河里划着的小船。

大年夜，正是吃年夜饭的时候，每户人家都把欢乐和笑声，紧紧地关在屋里独家享受，尽量不使它溢出去。在这样的年三十夜，很少有人划船赶路的，都尽可能待在家里，在温暖的气氛里，在炭火盆毕毕剥剥的火星里欢度除夕。

她奇怪，难道和自己一样，也是在追求幸福？哦，细细从岸上看去，驶船的敢情还是个妇道人家，她一个人，独自划着船在蟒河里干什么？不用问，是去县城，那么顺路，麻烦捎个脚吧！

“喂！是进城不？”

没有答应。

“劳驾借个光，带两步路吧！”她招呼。

一个踽踽的赶路妇女，容易讨人同情，船往河岸靠拢，她赶快冲下河堤，才要多谢人家一片好心，往船上跨，一张熟悉的面孔，使她惊叫了一声：“芦花？”

芦花这才认出来：“四姐！”

“干嘛呀，这么晚？”

“给二龙搞药去。你呐？”

她犹豫了一下：“去看个亲戚！”

“大年三十晚上？”

她脸臊得通红，好在是深夜，芦花看不见。不过，理由确实不那么充分，按照石湖县的风俗，出了阁的姑娘，大年夜也不能在娘家过，上亲戚家去做什么？再说，都是一块从那场大水里漂泊来的，在石湖县是无根无攀的浮萍，哪来的城里亲戚。

指导员听出她撒谎，而且谎还编得不圆，不大会骗人的老实人往往很快露出马脚，那些做惯了手脚的骗子大王，倒装出一本正经的样子，爬到很高的位置上，很难揭穿。芦花笑笑，把桨推给她：“四姐，你替我划会儿船，我手不得劲。”

见她手上缠着破布，便问：“怎么，你也挂花啦？”

“不是，找二龙，在岛子上剐破的。”芦花然后关切地问，“四姐，你男人死啦，往后怎么打算？”

“过一天，是一天呗！”

“不老不少，多咱是个头？”芦花突然热情地动员她，“四姐，参加支队吧！跟我们在一起，谁也不会嫌你的。”

她怀里那封信,使她说出了一个“不”字。

“那你总这样不三不四,鬼混一辈子?”

她终究是识羞耻,顾脸皮的女人,犟着嘴说:“我没做什么丢人的事!”

女指导员一针见血地:“你和他——”

她张口结舌,但仍旧嘴硬地反问:“他,他是谁?”

“又把你缠上了,要当心哦！四姐——”

“芦花,你瞎说些什么?”

指导员把脸俯过去,那对明亮的眼睛,在黑夜的蟒河上熠熠发光:“我说了你也不会认账,他,这会儿正在你家是不是?”

既然如此,还有什么必要躲躲闪闪,藏藏掖掖的呢？何况彼此都是女人,还是可以互通声气的,芦花也曾经撇下大龙,死命同二龙如愿以偿地结合,她为什么不也可以得到同样的幸福,于是把牌摊开:“本来,我跟死鬼无情无义,不人不鬼地过了那些年,如今我一身轻,无牵无挂,也该过几天舒心日子。芦花,我实对你说,我是铁了心啦！要跟他好下去。”

芦花着实同情这个被腐化了的无产阶级,不禁问:“他能要你吗？四姐！你以为他会娶你做妻房吗?”

“为什么不?”

“你呀,四姐,人嘛,长耳朵是为了听,长眼睛是为了看,长脑袋是为了想,你怎么不听一听,看一看,想一想呢？他是谁,你是谁啊?”

“说定了,我们说定了。”

指导员是做政治工作的,而且是实实在在地做人的工作,没有今天这么多玄虚的东西,苦口婆心地说着大实话。“他能一辈子要你吗？我的糊涂四姐呀！”

“哪能有错，亲口说的，哪怕走到天边，双双对对，再也不分。”

“许是明儿大年初一，先拿空心汤团把你填饱了！”芦花能不领教过那张能把死人说活的嘴巴？何况对这样一个痴情的女人，迷魂汤早把她灌得真假好赖都不分了。

“你不信拉倒，芦花，他是一片真心实意。”

“看人要看心哪！”曾经救过她命的伙伴，语重心长地叮嘱着。

也许是一种女性的骄傲，也许她对芦花并不心存芥蒂，要不，就是她对当时你死我活的斗争，理解得太肤浅——处在热恋中的女性，是不大注意报纸上的头条新闻的。于是，她止住桨，从棉袄里掏出那张折叠得整整齐齐的信：“看，信，这就是他的一片心，在我胸口装着咧！”

“他写的？”

“嗯！”

“写给谁？”

“他那王八蛋哥，白眼狼！”

芦花警觉地思索：哦！他们又牵丝挂线地勾搭上了！“干什么！找他！”

“我们俩远走高飞。”

“他能帮个屁忙？”芦花嘲笑她的天真。

“钱和路呀——”她鹦鹉学舌地重复着他的话，“人在矮檐下，不得不低头。”

芦花笑了，但心底里毫无一丝笑意，她摸了摸腰间那把匣子，在；按了按腿旁那把攮子，在；再看看前面不远处，县城上空的光亮，知道快要到目的地了，便说：“四姐你要指望着白眼狼发善心哪？等石湖见底吧！别忘了谁逼得你寻死跳湖的，别忘了谁逼着你嫁给一个癞蛤蟆，别忘了你这十年眼泪往肚里流，打碎牙往喉咙里咽的日子！你还求他开恩，我，要是我的话，就去咬下他一块肉解恨。可惜呀！四姐，陈庄是边缘区，没来得及搞土改，你呀你呀！真没点觉悟，还盼望着猫给老鼠念放生咒呐！四姐，你算糊涂到了家，白眼狼十年前就不让你跟他在一起，三个多月成了形的孩子，都不心疼折磨掉了，十年后倒能改变了主意？再说：王纬宇果然想要跟你一块过日子，那么瓦房里住的是两口子，草棚里住着的就不是夫妻啦？他干吗要走？”

她自然不能告诉芦花更多的了，甚至说出那封信，也有点后悔，多余讲出来的。

“你不说我心里也明镜似的，四姐，我对你不瞒不藏，他要脱离支队，可以；你要跟他一块飞，你自己倾心乐意，我也不拦着。有一条，记住，想对我们搞什么鬼，不行。”

她向芦花保证：“他不能，他不能……”

“把他写的信拿出来！”

她慌了，不知该怎么办才好，谁知他写了些什么：“你甭看啦，芦花，他们哥儿弟兄们的私事！”

芦花瞪起了眼：“四姐，你该知道我是谁！石湖支队的指导员，你打听打听，那些为非作歹的家伙，连做梦都怕我，我要你听明白这句话，心里没鬼，不怕半夜敲门，干吗又把那封信掖起来？啊——”

在黑夜里，在蟒河上，她被这个酸脸的女人震慑住了。她被传闻里说打眼睛，不打眉毛的神枪手，说五更收拾，决不留到天亮的报复之神，吓得乖乖地交出那封信。

“记住,四姐,要说亲,咱俩才真亲,要说近,我们算得上姐妹——”但是,黑咕隆咚,信上写些什么,一个字都看不清。

前面马上到县城城关了,她到底是个软弱的女人,细细品味着芦花的话,句句在理,想起了那三个月硬给折腾掉了的孩子,心凉了半截。何况那是一个豁出命救过自己的人,那郑重的语言是相当有分量的。温柔的女性总是听人劝的。她从善如流地说:“那我就不进城找白眼狼啦!”

“这就对啦! 四姐,你要记住这句话:‘狼走遍天下吃肉,狗走遍天下吃屎,’就连他,你也得把眼睛瞪大点呀!”

她们把船拴在一个僻静的码头,然后,上了岸,她随着芦花来到一家中药铺,敲了敲门,进到屋里。

那药铺的先生见到芦花:“我等你不来,派人把盘尼西林,送到陈庄联络点去了。”

“到底弄到了,那种药!”在门廊的黑暗里,芦花如释重负地说了一句,这就意味着她的二龙得救了。

“还亏了你认识的那个飞机头,她挺开面,说今后有什么事,她能帮忙的话——”

“好,你点盏灯,我看个东西!”

那位“老板”赶忙提来了过年点的灯笼,就着朦胧明灭的光线,几行醒目的字映入眼中,芦花怔住了:“……亟待一晤,有要事相告,对你来说,是天赐的好机会,否则追悔莫及,约定见面时间与地点,速告来人,万勿延误。”

就算芦花不能全部领会,那个历史系大学生给他哥哥写的亲笔信,半文不白词句后面的真意。那时,她的文化程度很低,只能认识冬学课本上的一些有限的常用字,但是信里那种待价而沽的味道，她还是嗅出来了。

四姐记得清清楚楚，那个女指导员的脸，在昏黄的灯笼光亮里，刹那间，脸上血色全无，变成死灰般的白，白得吓人。突然间，她问着四姐："你能凭这封信进城？见白眼狼？"

她嗫嚅地回答："他这么说来着！"

"好吧！"她显然打定了什么主意，让四姐进到上屋里去暖和着，她要出去办点事，等回来一块走。

说着，她和那位"老板"把子弹顶上了膛，急匆匆地出门去了。四姐足足等了好大一会儿，有些店铺都开始放开大年初一的迎神鞭炮，芦花才回到药铺，招呼她一块走。

"等急了吧？"

"我怕你出什么事！"

"还是你划船吧！"说着，她把一包衣物扔在船后，跳上了船，天还是那么黑，雾倒越来越重了。和来时相反，女指导员一路上没说一句话，聪明的四姐看得出，凭着女人的细致心理体会到，芦花的沉默，预兆着不祥，而且是和那封信联系着的。夜黑风高，也不晓得芦花扔下来，砸得船板咚的一声，是什么东西？不硬不软，声音有点发闷，在船上装人载货多年的四姐，也估计不出那是什么货色。幸亏她没猜出，要早知道了，宁肯上岸一步步像朝山进香磕着头回去，也不愿在船上多待一会儿的。

啊！那是一个斗争极其残酷的革命年代……

王纬宇做梦也想不到，门上的锁被人打开了，进屋的四姐身后，竟然还站着另外一个人，因为天色尚未全明，四姐的身子，正好影住了芦花。

他迫不及待地问："见着了吗？他怎么说？时间地点怎么

定的?”

芦花威武地闪将出来,横在他和四姐的中间,用一种冷酷带点讥嘲的口吻说:“我全代表了,就在这儿跟我谈!”

“啊? 是你——”

“对啦! 我。”那屋里的剑拔弩张的形势,很像点燃了炸药包上的引线。

王纬宇倒抽了一口冷气,觉得自己落在这样一个女人的掌心里,而且无法自拔,简直是奇耻大辱。妈的,无论怎么也料不到,一个堂堂的七尺男子,会斗不过一个娘儿们,竟至于把刀把子丢在了她芦花的手里。必须转败为胜,必须把她的得意之色,她的不可一世的威风打下去。啪! 他翻脸不认人地,从腰间掏出那支精致的美式转轮手枪,乘其不备地直指着芦花的脸。

“好吧! 谈就谈——”

芦花朝那枪口冷笑:“早料你会有这一天。”

“现在明白也不晚。”

那个可怜的四姐,扑过去,拦住杀气腾腾的王纬宇:“你不能,你不能开枪啊! ……”但是,她求不了情,反倒被他重重地拨拉到旁边,赏了她一脚,并且恶狠狠地骂着:“滚开! 臭货!”

他沉静地微笑着,想起那一个漆黑的夜,现在,占到了真正的优势地位了:“认输吧,芦花,我并不一定要打死你。”

“放下枪,王纬宇!”芦花喝令着。

“你再动,我就毙了你——”

“不要把自己的后路堵死了,现在还赶趟,本来,冲你给敌人秘密联系这一条,就蛮够条件啦!”

“哈哈,你要毙我,好极了,等着我先毙了你再说吧!”旧恨新仇促使他扣住扳机，正要射击，芦花动都不动地笑了，笑得比他还响，“仔细看看吧！你的枪里没有子弹。”王纬宇大惊失色，手一软，枪口冲下了。

芦花说：“昨晚上我让通讯员给你卸下的，因为我怕你喝醉了酒闯祸！”

一眨眼间，王纬宇的优势完蛋了，他失神地注视着那转轮的弹孔里，果然一个个都空的。这个女人啊，他真恨不能一口吞掉她。

——王纬宇，王纬宇，即使酒量再大，碰上心情不舒畅的时候，也不宜多喝，尤其濒临绝望的关头，酒和毒药是差不多的，这真是“智者千虑，必有一失”的错误啊！

“你的子弹在这儿，给你——”芦花从口袋里把昨晚卸下的几粒子弹，摸出来，毫不在乎地递给他，顺手也抽出她的那把原来属于江海的二十响镜面匣子。

王纬宇失去了最后的反抗力。

那支杀人如麻的枪，在支队传得神乎其神，因为击毙的敌人太多了，据说隔些日子不开荤的话，夜里都能听到它的动静。也许肖奎说得要夸张些，但这支枪在那个神枪手的掌心里，命中率是百分之百，何况现在只有几米距离，他自然不怕那支枪，而是非常了解举着那支枪的手，她会眼皮都不眨地杀死自己。是的，她说得完全正确，有那封该死的信，罪名就足够了，他无法把子弹按进枪眼，予以回击，只好将那几粒不太好寻觅的宝贝，学她的样，也塞回口袋里，等候她的发落。

要不是那烧蓝闪亮的二十响，一个男人对付一个女人，还是绰绰有余的。这个女人，好像是他在石湖支队的一颗克星，最后，终于还是败在了她的名下，他一屁股坐在桌边，把头低了下来。

四姐转身向芦花求情了:“芦花,你说过的,天底下论亲还是你我,看在我的面上,放了他吧!”她为情人差点要双膝下跪了。

“你放心,四姐,我早年间答应过一个同志的话,我不会改口的,只要他不碰到我枪口上。”她问那垂头丧气的王纬宇,“你知道谁吗?赵亮同志,我答应的话,是算数的。我倒要问你,大龙牺牲那年,你要把队伍拉走,投靠你哥,你死不认账。这回,又跟那年差不多,日子不好过了,又想打老算盘了吗?这回怎么赖掉?”

信是他自己写的,闪烁其词,本来留有伸缩的余地:“你怎么想都行,我不是那个意思。我劝你还是趁早开枪吧!我是不会再回队的了,既然已经走到了这一步。”

“你打退堂鼓?”

“对,不干了。”

“想投靠谁去?”

他有恃无恐地说:“那你就不用费心了!”

这时,芦花一脚把那包衣物,踢到了王纬宇的跟前:“打开看看吧!你的退路断啦!”

王纬宇也有些惶惑和不解地看看那包衣物,又看看芦花。这个和他共了十年事的女人,始终是他不可逾越的障碍。她那明亮的眸子似乎能洞穿他的肺腑,而他即使拿出孙悟空七十二变的本领,也休想使她产生半秒钟的动摇。

处于在对双方都不得不讨好的情况下,四姐赶紧走去蹲在那包衣物旁边,打圆场地拆开为王纬宇缓颊解围。但是她哪里料到,抖开那件夹丝贡长袍,滴溜溜滚出一颗鲜血淋漓的人头,猛地,她看不出是什么东西,因为油灯的光亮远不那么充足,还用手去扒拉一下,当她碰到冰凉僵硬的嘴脸,立刻往后一仰,昏厥了过去。

王纬宇浑身的血直冲到头顶囟门，因为他终于从齐脖颈砍断的脑袋，那脸上紧抠而阴鸷的嘴角，认出了是他的哥哥，他的心当时都停止跳动了……

她不是一个女人，她是疯狂的报复者，那种毫无表情的样子，使他不止一次想从桌边蹦起，扑上去，和她拼个生死，一决雌雄。他并非要替那颗被砍下的头颅报仇，而是要反抗这种超过他，并且压倒他的力量，可一看那黑洞洞的要喝血的枪口，他按捺住自己。

芦花说："还得谢谢你的信，要不，他也不会上钩，我也报不了赵亮同志的仇，小石头的仇，老夫子的仇，和石湖乡亲们的仇……"

她冷笑着，是一种强者的笑，是一种充满了蔑视心理的笑。这个曾经逼得要跳石湖的女人，现在，站在高门楼两兄弟的面前，不由得想起那个启蒙者的教导："为什么不可以杀？他们也没长着铁脖子……"

不可能存在万世一统的局面，现在，历史要改写了，从沃土里生长起来的奴隶，挺直地站着，迎接新时代的到来。正如大自然里，春天最终要代替冬天一样，是一种必然的趋势，谁也无法阻挡。

想一想广场方砖上的鲜血吧！新的一页是从那儿开始揭开的……

当四姐从昏昏沉沉的梦境里醒过来，那颗让她魂灵出窍的人头不见了，而且那势不两立的王纬宇和芦花也都没了踪影。

天完全亮了，屋外，是人们祝贺新年，一片恭喜发财之声，但她开门一看，却是一个阴霾灰暗的大年初一，一个没有阳光，没有欢乐，甚至没有一点生气的大年初一。

…………

该不是一场噩梦吧？珊珊娘坐在船头，呆呆地望着林木苍翳的沙洲,细细回味自己的一生,确实也像一场梦似的,直到今天才算醒了过来。认识一个人容易,看穿一个人可不容易,以至于要付出两代人的沉重代价——既害了老一辈,又害了年轻一代。呵!难道他,对的,就是他,难道不应该像他哥那样,得到身首异处的惩罚吗?

但是,一直盯着沙洲的珊珊娘,猛地站起,喃喃地,几乎不相信地望着那灌木林自语:"停停,水生,你把船停一停!"

"怎么啦?"他回过头去,看站在那里发痴的珊珊娘。

"你把船靠岸吧!"

"干什么?"

"我要上去!"

水生不大理解她的举动,告诉她,"拐过去就是——"

"你没瞧见一个人影?"

供销员只顾划船,哪里去注意岸上的动静,顺她手指的方向看去,除了那密密的灌木林里,扑棱棱地飞起的几只小鸟外,毫无其他迹象可寻。话又说回来,即或是有个什么人,有兴趣来到这荒芜偏僻的沙洲,怀古思旧,与你老太太何干?

珊珊娘,甚至还未等他把船头插上沙滩,就迫不及待地登岸了,才走两步,又转回身,想起什么地把那五块银元,郑重地交给了水生:"先给你二叔拿去,他盼着呢!回头我再一五一十地告诉他。"

"你要干吗?"

"快走你的,甭管我。"她踩着湿漉漉的沙滩走去。

"那我怎么跟二叔讲,这五块银元,没头没脑,怎么回事?"水生朝她喊。

“那是一条人命！你跟他说，枪响过后，我那死鬼哥，一眼就看到那个人——”她边回头说话，边往前急匆匆地追赶，差不多有点小跑的劲头了。

水生糊里糊涂，供销员对于阿拉伯数字的账目，能算得一清二楚，但怎么也搅不明白这笔人生乱账，他站起追问：“你说的这个人是谁？”

她头也不回地大声说：“开黑枪的！”

他吓一跳：“谁？”

珊珊娘已经走出好远了，用手指着密密麻麻，杂草丛生的乱树林里讲：“是他——”她不是走，而是追赶什么来不及地往前跑了。

在现代汉语口语里，他，她，它，是很难明确分辨出来，除非那实指的第三者在场。水生，是个精明的人，但也无法剖析得出，珊珊娘拼命追赶的是人，是鬼，还是野兽？他摇摇头，懵懵懂懂地操起桨，望着那几块暗淡的，已经失去光泽的银洋，继续往前划去。

她怎么啦？水生由不得纳闷。

年轻人怎么能知道湮没在历史长河里的往事呢？她刚才瞥见了一个钻进了树丛里的人影，虽然，也许像照相机快门那样，只是五百分之一秒，千分之一秒，那样喀嚓一下，却在珊珊娘脑海里那张底片上曝了光，留下了无法泯灭的印象。因此，她不得不追踪而去，尽管那只是一个背影，一个熟悉得无法再熟悉，所谓虎背熊腰，姿态轩昂的背影。

难道人的背影，当真的一生一世都不会变吗？

八

猎狗悄悄地跑在他们前头，像狐狸一样，无声地把梅花似的足迹,印在密林间潮湿的沙土小径上。

沙洲,郁郁葱葱,阒无人迹,除了叽叽喳喳的鸟雀,窸窸窣窣的昆虫,这里是静谧的,幽深的,又似乎是格外恬淡安详的。但是,黑子,那条来到了原野里,回复了天性的猎狗,总是竖起鼻子,嗅着空气里令它不肯宁静下来的味道。

于而龙嗾唤它过来,摩摩它的脑袋,又放它前面跑了。他对于渔猎这类户外活动,有着天生的兴趣,所以什么渔具,钓饵,铳枪,猎犬,以及诱鸟的囮子,捕兽的夹子,都研究过,而且挺在行。在这方面,他自认是个天生的骑兵,是属于大自然的。不用分说,从这条兴奋不安的狗,它的动作,它的表情来看,在周围不超过一千米的方圆面积里,准有一个生人,或者一头野兽。

它又仰起了头,站立着,嗅着空气。

谁?于而龙想:除了他们活了一个甲子以上的人,还有谁对这密不通风,蛮荒难治的沙洲发生兴趣呢?

他们低着头,钻进愈来愈密的狭窄路径里,有的地方只好低着头,侧着身子通过,有的地方干脆连路都长满了草木,枝丫交错的杂树,彼此纠缠到一块去了。盘根错节的藤蔓,缠绕不分地扭结着,一人来高的蒿草,杞柳,像堵墙似的挡住去路。还有刺人的荆棘,蒺藜,和碰不得的荨麻,处处设置下障碍,于而龙像钻进笼子里一样,感到气闷。

当年,游击队长躲在这里,可不是气闷,而是觉得安全,就像鸡雏躲进老母鸡的翅膀下,使凶恶的老鹰再也无可奈何的脱险感。那时候,无论大久保怎样穷追猛赶,只要钻进沙洲的青纱帐,用今天的生活用语形容,好比在保险柜里那样稳妥可靠。因此,恨得敌人咬牙切齿,每年冬天都要来放火烧荒,可顶个屁用。“野火烧不尽，春风吹又生”，灰烬是最好的钾肥，来年草木长得更加旺盛，敌人甚至从你身边比肩擦过，也未必能发觉。

然而，他现在觉得气闷了。真奇怪，当年可并不如此。他想，要是沙洲有某种灵性的话，恐怕也会有点失望吧？“于而龙，于而龙，有些东西你是永远也不该忘的，那就是人民，土地，祖国，和伟大的党，希腊神话里的安泰，为什么会有那么大的力量呢？”他勉励着自己：“于而龙，往前走吧，把两只脚实实在在地踩着这块母亲也似的大地上，勇猛地朝前走吧！”

“累了吗？”老林嫂关切地问。

“不。”

“看你满头汗，身子骨有点虚弱呢！”

“是这样！”他承认，可又补充了一句，“今后会结实起来的。”他相信，经过焠炼的钢铁，去掉杂质，会更坚硬的。

老林嫂钟爱地看着这位老兄弟：“没问题，还蛮能再打十年游击！”她似乎觉得这只石湖鱼鹰又恢复了早年的生气。

“托你的福，我的老姐姐！”

猎狗一定是经常陪老林嫂到过这里的，它像向导似的走在前头，要不是它，在这密草乱树的沙洲上，恐怕很难到达目的地吧？

他们不知走了多大一会儿，其实也未必走得很远，因为纵横交岔的沟沟浜浜，就好像钻进了迷宫似的复杂多端，绕来绕去，好不容易来到了似乎是沙洲的腹地了。呵，一棵高大亭立的苦楝树出现在他们面前，老林嫂止住了步，回过身，凝视着他，那疑问的眼光，好比一道测验题，等待他的答复：“还认识这棵苦楝树不？”

于而龙当下真想不出，倒不是他贵人多忘——原谅他吧！老林嫂，破船多揽载，他已经负担了超过他载荷量好几倍的苦痛。许多记忆都成了压在档案库最下面的陈旧资料，必须努力翻检一阵才能找寻到的。确实，愣了好一会儿，一个在襁褓中婴儿的哭声，在他耳边响起，呵，他认出来了，马上，记忆的仓库打开了一扇门，哦，往事全部涌到眼前。

在他女儿呱呱的哭声里，似乎看到了芦花产后虚弱的面孔，长生抱着莲莲躲闪的可怜样子，还有老林嫂拎着鳗鲡要同他拼命的神态。苦楝树啊苦楝树，躯干仍是那样洁净，枝叶仍是那样葱绿，而且还保持着三十年前那副刚直不阿的姿态，挺立着，不向谁谄笑，不向谁折腰。这位历史见证人惟一的变化，只不过那时是棵幼年的树，如今长成材了。终于，他完全辨认出这棵老朋友了。

老林嫂相信他认了出来："记得吗？"

"当然。"

"没忘？"

"哪能，莲莲就在树底下窝棚里生的。"大凡一个特定场合，能勾起一个人既有欢乐，又有苦痛，两种截然不同的记忆时，通常人们是习惯先去回忆那带点甜味的往事。

"哦，你还记得我和芦花搭的窝棚，二龙——"她的思路还循着划船的路线追寻，"芦花把你从黑斑鸠岛背到这里，在窝棚里整整暖了你两天两夜，别人都说你死了，可她到底救活了你的命，是啊，二龙，可她，就在这儿送了命……"突然间，她扶着苦楝树，大声地，令人毛骨悚然地喊叫着，"芦花，芦花，我的好芦花，你看见了吗？你睁开眼看看，是谁来啦！芦花，是你的二龙，我把他给你领来了……"

她跌坐在那里，倚靠在树干上，两手拍着地，放声地嚎啕大哭起来。

老林嫂的哭声，那悲愤无泪的哭声，压倒了印象里新生儿莲莲的呱呱啼叫，甜蜜的回忆像镜头转换似的化去，管你愿意不愿意，那阴惨的、暗淡的、苦涩的、酸痛的画面，一个接一个地推过来。

——本来嘛！能叫你欢乐的东西不会多，而引起你伤感的东西，是绝不会少的。游击队长同志，未老莫还乡，还乡须断肠呵！

于而龙这才看出，根据鹊山的方位辨明了，正是在这棵苦楝树底下，度过了那一九四七年底，一九四八年初的农历新年，度过了他那历史上最阴暗的大年初一，终生难忘的一个悲惨日子。

那是一个天色阴沉，兵荒马乱的春节，连远处传来的鞭炮声，也是喑哑的、无精打采的。自从三王庄一战失利，石湖支队和当时全国各解放区转好的形势不同，反倒处于败局之中。石湖成了真空地带，敌我双方在对峙着，相互揣摸着对方下一步的意图。支队派出去的侦察员，和县城下来的武装特务经常打遭遇，于而龙就在这样的情况下，隐蔽在沙洲原来芦花搭的窝棚里养伤。

伤势使得他根本无法转移，再经不起折腾，何况局势紧张。最后，谢若萍——她那时是支队的卫生员，也不坚持送后方医院了，因为指导员的话，还是叫她敬重的："百把里路，颠到那儿就没命啦！"

一个冰凉的，找不到一丝温暖和笑意的春节，匆匆地来临了。谁都明白，年节是为有好心情的人，和口袋里有钞票的人准备的，对于焦头烂额的游击队，对于伤势沉重的于而龙，是一种多余的奢侈品，想都不去想它的。但是，芦花离开于而龙去寻找药品时，临走却想到了过年，她向强忍住疼痛的于而龙说："等着我，等着我回来，等着我大年夜回来！"

她走了，但到了大年初一，依旧不见人影，于而龙让长生去迎迎她，谁知是什么事情把她耽搁了呢？着实叫游击队长放不下心。

他总算历尽千难万险，摆脱了昏迷状态，从死亡边缘撤回了一步，芦花告诉过他，他整整讲了好几天胡话，发着高烧，人事不知，长生掉眼泪，小谢不存指望。说到这里，她那因为瘦削而显得更大的眸子，放出异样的神采："还是我对吧，不会死的，这不活过来了嘛！二龙，我信得过你，你是砒霜都毒不杀的人哪！"

可是，那条中弹的大腿，肿胀发炎，糜烂的创口化脓流水，酱紫色的皮肤薄得透明。有些部位，发出一种不吉祥的黑褐色，很可能是坏疽病，或者是败血症。一天一天病情变得非常恶化。死亡的阴影，又笼罩在窝棚里，死神并未走远，仍旧在沙洲上徘徊。

谢若萍束手无策了，必须要搞到特效药，不然——她咬着嘴唇，感到无能为力的医生，都会如此歉疚的。很清楚，不然就要截肢，这还算幸运，下一步，就是死亡，在事务长老林哥那儿报销伙食账。

芦花瞪着坍陷下去的大眼睛，望着卫生员，她了解，但凡有一丝希望，小谢是不会不尽心治疗的。这个从城里来的姑娘，也着实够辛苦的了，东跑西颠，马不停蹄，要为四处分散的伤员护理，累得常常坐在那里就睡着了。

"小谢，实在没有别的办法可想了吗？"

芦花见于而龙迷迷糊糊的哼着，便轻声问谢若萍，其实于而龙并未睡着，估计那个卫生员除了摆脑袋，别无良策。

窝棚里的空气像死了一样沉寂。

忽然间，王纬宇的脑袋，从窝棚的缝隙里钻进来，先是他那笑声，和随着笑声贴过来，那张满面胡茬的脸。

“看你这副狼狈相。”于而龙多少有些怜惜地说。

他抚摸着刺猬似的下巴，自嘲地：“马瘦毛长啦！怎么样，阎王老子不收你?”他的出现，窝棚里的空气变得热烈一点。

从那时开始，他的笑声就有言菊朋老板那种阴阳怪气的腔调，冷笑热哈哈，是个捉摸不透的怪物。起先，三王庄失利以后，倾向完蛋一派，坚持主张把队伍拉出石湖，寻找主力部队去。没过几天，他态度陡然变了，声称死也得死在鹊山老爹的身边。反正，王纬宇是个有着超等才华的演员，不过，一九四七年，他多少有点“倒嗓”，虽然还是那样笑，但其中缺少一点往日的从容和自信。他看到于而龙龇牙咧嘴的样子，一个铁汉子会折腾到这种地步，伤势可想而知，揭开被子看了看伤情以后，问谢若萍：“怎么样?”

年轻的卫生员一筹莫展。

“恐怕得打盘尼西林了!”他是个无所不知的通才，青霉素在那时，还是一种新药。

“后方医院也找不到。”

“到县城去想想办法看。”王纬宇摘下眼镜，用肮脏的衣服角擦着，思索了一会儿，“交给我来托个人情试试。”

芦花压根不相信他能办成，便决定通过她在湖东建立的渠道去搞盘尼西林。直到年终，也没有消息，而于而龙开始发烧了。看来，芦花只得亲自去一趟，她嘱咐长生好生照护，临走时握住于而龙滚烫的手，安慰地说：“你放心，好生等着我，再晚，三十年夜也会赶到家，咱们一块过年。”

一个疼痛和发烧的伤员，年节是没有什么意义的。

她该走了，长生告诉她已经划来了一条小船。但是，芦花又坐在于而龙的身边，替他把被子掖好，然后说：“等我回来吧，二龙，多少年总是咱俩一块守岁的，对不？想一想，自打大水漂来那年起，一直到今年，从来也没分开过年，是不是？”

确实是这样，于而龙点点头，命运的纽带，使他们不离不分地共同度过十七个春节，即使她那年去抗大分校学习，以为她准会留在学校过年了。三十晚上，到了掌灯时分，等了会儿，不见她影子，谅是回不来了。这时，支队开联欢晚会，整个驻地充满了欢乐的气氛——哦，人与人的关系，是那样融洽，团结，和谐，一致，现在回想起来，真如古人追念葛天氏之民那样无忧无虑的生活，而变成一种精神上的向往和渴慕了。于而龙到屋外的寒风里，替值勤的战士站岗，让他进屋去暖和会儿，跟大伙一块热闹。突然间，一个女战士出现在于而龙的面前，英姿勃勃地敬了个礼，威武而又调侃地说：“报告队长，我回队过年来了。”

“啊！芦花！”

四只手紧紧地握在一起，然而，于而龙很快松开了。因为那时候，好多人对他们之间的情感是持非议态度的。但芦花却久久不肯撒手，明亮的眸子闪烁着热烈的青春活力，饱满的胸部洋溢着动人的美和纯真的爱。

于而龙开玩笑地：“是偷着溜回来的吧？”

她自豪地，妩媚地，透着喜滋滋地说：“阳明政委特批的，让我回队和你一块过年！”

“和我？”于而龙想不到阳明同志真会开玩笑。

她娇娆地一笑，脸颊泛起一阵红潮：“你呀！真是个呆子！”说着朝屋里走去，不一会儿，就听见战士们的鼓掌声，在哄她唱歌。果然，她张开喉咙唱了，唱着她在抗大学来的抗日救亡歌曲，一支接着一支，嘹亮的歌喉，充满了丰沛的感情，和强劲的力量。也许想把歌声送到门外站岗的那个“呆子”的耳朵里吧？她高声地唱，而且欢乐地唱。

“你笑什么?”芦花应该走了，长生又来探了探头，但她好像特别依恋地坐近了些，可能从他疼痛的面容里，看出一丝笑意，便附身朝他询问。

“我想起有一年，三十晚上你从抗大回队，唱歌的事情了。”

“是吗?”她也笑了。

于而龙说：“现在，你怕没心思唱了！”

“谁说的？等着，等我回来好好给你唱——”她站起来，走出窝棚，还回头深情地看他一眼，“二龙，等我回来一块过年！”

——一块过年！不错，芦花，我们是一块过了个年，可那是生死异路，永远诀别的年啊！

于而龙在思索：现在已经弄不清，芦花为什么急急忙忙，甚至不惜拿出那珍贵的五块钢洋，作为脚钱，坐老晚的船赶回沙洲？那她自己那条船呢？又被谁驾走了呢？

如果说，老晚的话是可信的，芦苇里响了一枪，那么倒和当时的现场完全符合了。长生朝枪响的地方赶去，那特务已被芦花一枪打死了，连挣扎的过程都没有。而芦花自己也中弹倒下，枪弹是从后背穿进去的，她趴在那儿，当时，还是相当清醒的，似乎要对长生说些什么，但说不出话了。

特务身边只发现一支大号勃郎宁，一直以为芦花是被这支手枪打死的。起初，大家也有点怀疑，她怎么会是从后背被击中的呢？但人们，包括那位博学多才的王纬宇，展开了最丰富的想象力，后来，慢慢地给合理得头头是道了。

据他们分析，芦花在往回走的过程中，特务开枪射击，然后，她奋力坚持着转回身击毙了那个坏蛋。当然,如果不是劳辛从老晚那里听来新的情况,于而龙一直也相信她倒会那么英勇地消灭敌人的,但老晚说得确凿不移,芦苇里响了一枪,那么肯定是有第三者了。

不祥的枪声在他脑海里响起,砰!砰!他眼前顿时黑了。

一声清脆,一声喑哑,他晓得出事了,而且预感到会产生不幸似的,挣扎地爬起。随后,是长得令人难耐的静寂,于是他更加不安,连忙拖着沉重的身子,沉重的腿,和一颗格外沉重的心,爬到了窝棚门口。冬天,沙洲的草木要稀疏些,他一眼就看见长生背着芦花,踩着未化净的残雪,朝窝棚快步走来。

看到通讯员慌不择路的样子,他的心凉了。于而龙是个不大知道畏惧的汉子,但在那一刻,他意识到,最可怕的祸事临头了,真是恐惧得发抖了。

他立刻完全绝望了,芦花不止一次经历艰险,也不止一次面临死亡威胁,但从来不相信她会被死亡所征服,总抱着她一定能生还的信心和希望。可是,她说大年夜一定赶回来而没回,在黑沉沉、阴惨惨的初一早晨,在远处迎神的鞭炮和庆贺的锣鼓声里,于而龙绝不是迷信,他知道不会再有奇迹。芦花,和他十七年相依为命的芦花,要永远离开他了。

她安详地躺在窝棚门口,也就是眼前这棵苦楝树底下,热血无法控制地流着,湿透了她的旧棉袄,染红了她身旁的沙土,直到流尽了最后一滴血,心脏停止了跳动,芦花短促的一生,就这样终结了。

指导员在死前肯定是有许多话要讲的,可以看出她那失血而苍白的嘴唇在哆嗦,然而,她什么也来不及说了,因为失去了说话的能力。终于,最后一次睁开了眼睛,依旧是那样明亮,依旧是那样清澈,看了一眼于而龙。大概在她生命的终止时,能有生死与共的亲人守在身边,使她感到慰藉吧?她微微地露出一丝笑意,缓缓地,宁静地,合上了那双美丽的眼睛,告别了人世。满是创伤,肿胀未消的手掌松开了,几瓶盘尼西林滚在了被她鲜血洇遍的沙土上。

于而龙从不相信命运,但不禁向苍天呼喊:老天,这样的惩罚,是不是太严峻,太残酷了?

听起来沮丧的锣鼓、泄气的鞭炮,还在远处断断续续,有气无力地响着,他和芦花就这样在一块过了年。

一个凄惨的诀别的年……

黑压压的云层,令人窒息地覆盖在冬天的石湖上空,长生去找卫生员了,只剩下于而龙一个人,守着像是恬静地安睡着的芦花。对,还有鹊山老爹陪伴着,那山头未融的积雪,使得它更像一位须发苍白的老者,在同情地俯瞰着他们。

鹊山依旧,可三十个年头飞也似的过去了。

于而龙也老了,又回到石湖。但是,芦花呢?她在哪里?

老林嫂扶着苦楝树站起,递给于而龙那把铁锹,揉了揉已经哭不出泪水的眼睛:"有那伤心难过的工夫,还是把芦花的坟垒起来,把石碑竖起来,她也该跟我们大伙一样,可以挺直腰板,站起来啦!"

"啊?"

她指着于而龙跟前的那块稍稍隆出地面的土丘说:"挖吧!二龙!趁着黑夜,我就把芦花的骨头,从三王庄一块一块地收拾好,偷偷地埋在这块土包里。我想,这块地方,除了我,谁也找不到,再说，芦花在这儿，生养过莲莲，救活过你命；也是在这儿，咽了最后一口气。我琢磨，她会喜欢这棵苦楝树给她做伴的。”

“老林嫂……”于而龙扔掉铁锹，一把拉住白发苍苍的候补游击队员——不，真正游击队员的手，激动万分地说，“我的老姐姐呵……”

“二龙，记住吧！记住那位老爷子的话，天不会坍，党不会垮，坏人一时当道，终究成不了气候。”

“谁？”

“就是帮我把那块石碑，弄到这儿来的老爷子，说是个红军呢！”

于而龙明白了，他该是江海提到过的，被大石头压得最后咯血而死的长征战士。十年，有多少这样的好同志，离开了社会主义的中国，这不是泪，这不是血，这是悲剧，这是共产主义运动史上的悲剧，这是任何一个有良心的人，都应该防止它再现的悲剧。

血不会白洒，泪不会白流。“伸冤在我，我必报应。”

审判日总有一天要来到的。历史的罪人，逃不脱人民最终的裁决！路易十六不是被人民送上断头台的吗！

“挖吧！二龙！石碑就在浮土底下，江海昨晚说啦，豁出再低十年头，再弯十年腰，也要把芦花的石碑立起来。”

一锹下去，那块殷红色的石碑露了出来，于而龙弯下腰去，用手把沙土拨拉开，一会儿，那颗五角星映入了他的眼帘。

这时候，老林嫂打开那个包袱，取出纸锭，在墓碑旁边烧化着。微微的火光，缭绕的纸烟，像一层薄雾，团团裹住了于而龙。

——芦花呀！我早就该来看望你的，原谅我吧！当然你对你的二龙，有什么不能原谅的呢？可我，却不能原谅自己，倒不是因为我没能挡住泼在你名字上的污泥浊水，也不是因为我找不到那个开黑枪的坏蛋，这些虽然属于你我之间的事情，实质上是和阶级的命运，党的命运，国家的命运相关连的。但我，已经不是你心目里那个二龙啦！我离开火线太久啦！是的，我不能再当自由哥萨克啦！

现在，那个曾经翻江搅海的于而龙活了，任何力量都挡不住他，他恨不能马上站到“将军”面前：“周浩同志，给任务吧！”

他多么渴望着一场战斗啊！

想到这里，便把那些沙土，重又扒拉好，把那块石碑覆盖住，心里在默默地向那个长眠在新居——同他一样，也被赶出了老房子的芦花祝愿着：“再见吧，芦花，你放心地安息吧！春天已经来了，这块土地一定会装点得更美的。”

老林嫂有些奇怪地：“二龙，怎么不把碑立好，又埋下去，干什么？”

于而龙想起小姑家那位老抗属的话：“就让芦花像她活着的时候，和乡亲群众们紧紧抱成一团那样，埋在深深的土地里吧！”

她问：“那么碑呢？”

“人心才是没字的碑啊！”

这时候，老林嫂从怀里掏出一个小包，递给他：“二龙你再看看，这是什么？”

于而龙打开一看，是一枚很小的手枪子弹的弹头，已经锈蚀得不成样子了。

“是从芦花棺材里摸到的。”

他愣住了，一切都如他所设想的那样印证了，他认识这颗弹头，熟悉这颗弹头。啊，一幅再清楚不过的图画，在头脑里呈现出来。

听见水生在叫喊，那条猎狗飞也似的蹿了出去，于是，他们告别了芦花的新坟地，通过曲曲折折的盘陀路，来到湖岸边。

“二叔！”水生跑着迎了过来。

“咦！人呢？”

“她在那边上岸了，偏要上去不可。”

“那是为了什么？”

“她说她见到了一个人影。”

人影？于而龙猛地一惊，难道真的有一场战斗？是他？蹊跷！坐不住金銮殿了吗？……只见那条晓事的猎狗，也显然被空气中陌生的异味吸引住了，跳起来汪汪地叫了两声，企图引起人们对它的注意。

水生把珊珊娘要他讲的话，全告诉了于而龙，并且掏出了那五块银洋。啊！一点不差，不多不少，正好是五块丁当响的银元。当年的游击队长顾不得飞跑出去的猎狗，一把抓在手里，然后捏了些沙土，将银元逐个擦了一遍，当在每个银元的背面都发现一个熟悉的字样时，他的手由不得颤抖了。怎么能不激动呢？人是有血有肉的感情动物呀！想到这五块银元，从赵亮带到石湖开始，辗转周折，四十多年的血和泪，终于又落到他的手里，于而龙是凡人——他自己一直这样讲的，怎么能按捺下那颗不平静的心呢？那银元上镌刻的五个字：“于而龙芦花”，仅仅联系着他们两个人么？四十年风波，整整两代人的命运呵……

他记得芦花说过，有一天，等莲莲长大了，出嫁了，要把这五块银洋，当做压箱底的钱，给她作陪嫁的礼品呢！

呵！这一天果真来了。

他笑了，纵情地笑了，连拍着沙滩的浪花，也发出哈哈的笑声，在呼应着，此起彼伏，仿佛整个石湖都在笑着。

是的，那是芦花抱着她心爱的女儿，在三王庄银杏树下说的，现在，银元还在，银杏树却没了踪影。于是他向那娘儿俩追问起银杏树的下落，谁知他们回答挺干脆："砍了，早砍了！"

"什么？砍掉那样一棵大树，不怕罪过！"

老林嫂说："长了虫子，把里头都蛀空了，树就死了。"

"死了？"于而龙很难相信，那样一棵巨人似的树木，也有倒下的一天。

"从里头往外蛀，从根上往顶蛀，想不到会败得那么快呀！二龙，生了蛀虫，就算是没法治啦！"

"能有这么厉害的蛀虫？"

"有的，有的……"老林嫂叹息着。

听她的口气，好像这类蛀虫，不光在自然界里有，甚至在社会上，在党里，在人们的生活中，在伟大的革命事业和前进道路的各个方面，都可能滋生这类钻到心里去蛀空一切的害虫似的。

哦！也许如此吧！本来就是一个复杂多端的人类社会吗！于而龙继续在拿沙土，擦亮那五块银洋，四十年的积垢，被他慢慢打磨掉了，露出它本来的灿烂光华。同样的道理，国家、社会、民族以及亲爱的党，或许会暂时蒙上一点灰尘，一点泥污，难道不可以回复原来纯净的面貌么？人类要没有一点净化自己的能力，早灭亡了。

把娘儿俩撇在身后，他思索着，独自顺着满是芦苇的沙滩往前走着。

芦苇愈来愈茂密，青翠的叶子上，还挂着晶莹的露珠，正张开手臂,迎接亲人似的,舒展开宽大的叶箬,拥抱着明亮温暖的阳光。

按照辞典上的解说:"芦苇,是一种多年生的草本植物,属禾本科。"它从来不曾被人高看过,但大有益于人类,由于它的根系异常发达,深深扎根在泥土里,所以生命力惊人的顽强。它具有朴实无华的性格,从不追求鲜艳的色彩,也不羡慕绚丽的外表,而是扎扎实实,根深蒂固地成长,在疾风暴雨中挺立,在惊涛骇浪里搏斗,毫不畏缩,决不后退。它把自己无保留地全部贡献出来,从顶端的花须,直到泥土中的芦根,都为人类竭尽了它的绵薄之力。

啊!芦花,她不正是这样一个普普通通的献身革命的女共产党员么?

是啊!高大的银杏树被害虫蛀倒了,但是,千千万万的芦苇仍在蓬蓬勃勃地生长着。

人民是不死的。

希望在人间,而且最后审判权属于人民。

…………

就在那条猎狗的汪汪吠叫声中——也许它嗅到了什么血腥气味,再也沉静不住地在暴跳、在狂跑。于而龙听见了一个女人,虽然衰弱,但是非常有力的喊叫声。

游击队长好像一下子回到三十年前,那个恐怖可怕的大年初一里去了。

难道历史当真能够再次出现吗?要不,就是于而龙以超过光速的速度,回到了已经逝去的历史中间了。雷同的场景,雷同的人物,实在是令人脊背出冷汗的,因为它同噩梦一样,会使人感到被魇住一样的窒息。但是,他还是来不及地朝传出喊叫的林子里钻进去。

半点也不是虚幻，而是活生生的现实，珊珊娘，对，正是那个可怜的母亲，躺在密林的一堆乱草上。于而龙快跑了两步，走到这位终于明白了一切的四姐身边，她口角流出一丝细细的血迹，已经奄奄一息了。

“珊珊娘，你——”

这个觉醒了的被腐化的无产阶级，睁开了眼，上气不接下气地呻吟，“二龙，快去追——他！”

“四姐，四姐……”

“我把珊珊交给你了，二龙……”她疲倦地，像长途跋涉以后，得到彻底的休息那样，把两眼合拢了。

他接着往前面跑过去，找不到任何危险的踪影，和可疑的形迹。相反，沙洲的密林——其实，都是些不很高大的灌木，倒是相当静谧，毫无动静。

他唤了一声：“黑子——”

立刻，从树丛里，那条猎狗，像影子似的，悄没声地滑行到他的腿旁，差点把他吓了一跳。

“混账！”他骂了一句，然后拍拍它的脑袋，抚摸它的颈毛，显然，这条训练有素的猎狗，领会到于而龙的意图，便嗅着，闻着，在根本不是什么路的林中小道穿来穿去。

打猎是个苦差使，要比钓鱼劳累多了，而且危险性也大。鱼不会蹦出水面来咬人，但即使一只兔子，也会蹬脚挠腿，需要费点力气对付的。这里，很少照得进阳光，也听不到石湖的浪涛，他顾不得树枝剐破了脸，荆棘扯破了衣服，鞋里灌满了沙土，随着那条猎狗往前走。鬼知道，它还要把自己领多远，五块银元在口袋里，发出丁丁当当的声响，连黑子都回头，带点责备的眼光在瞅他。

“妈的，我算是个什么打猎的！”他咒骂着自己，紧接着采取措施把银元分装在几个口袋里，以免惊动要追踪的对象。现在，他才感到真正的遗憾，要是有去年劳辛作贿赂（哦，新名词叫做送礼。）的那支安茨双筒猎枪该多好！对付狼，对付熊，都是呱呱叫的，如今，手无寸铁，就怕打不着野兽，倒有被野兽收拾了的可能。

谁知道被追踪的对象，会不会突然反扑过来？

于而龙脚步放慢了，打猎人固然要舍得花力气驱逐追赶，但也必须懂得以逸待劳的道理，追和被追者之间，后者的体力消耗要大得多。

他捉住黑子，蹲下来抚摸了一阵，然后，松开手，使劲送了它一把，猎狗径顾自己冲出去了。

越往密林深处行进，道路也越艰难。但是，也不知从哪儿来的一股劲，于而龙硬是从这个脚都插不进的沙洲密林里，生挤出一条路来。

要不然，他就不是于而龙了！

突然间，黑子在前面不远处大声地，然而是急促地叫了起来，那是训练出的规矩，它发现目标了。这种显然是兴高采烈的吠叫声，一方面是通知主人，一方面是惊扰猎物，使得主人好瞄准射击。

可是我们的游击队长赤手空拳，只好学景阳冈的武松，在一棵死树上，劈下一根树杈提在手里，当做哨棒，给自己壮胆。

他走不几步，黑子叫得更厉害了，透过树梢的稀疏空隙看过去，皇天保佑，于而龙差点背过气去，他看见了一个人的背影，熟得不能再熟的背影。

于而龙的两条腿，像桩子似钉在那块沙土地上，再也挪不动了。妈的，他唾骂自己的理智，竟至于控制不住感情。“二龙！你怎么搞的？人家都说于而龙的腿，是最能走的，你怎么啦？二龙！竟惊愕得无可名状，以至于六神无主了么？笑话。这是一场刚刚开始接触的战斗，冲锋号吹响了，向前冲吧！”

什么也挡不住，他大踏步向前走去。

是他，活见鬼，真是他……

“站住，混蛋！”于而龙像雷也似的吼着，以致在密林里到处响起了回音。

“站住，混蛋！”

“站住，混蛋！”

那个人影果然站住了，并且回过脸来，密林里虽然光线暗淡，但仍旧可以看得清清楚楚，他就是王纬宇，若无其事地，坦然地向过去的石湖支队长笑着。

于而龙问道：

“你那把美式左轮呢？”

他毫无反应地站着，密林里像死一样地沉默着。

于而龙又大声地喝问着：

“你带来那把美式转轮手枪了吗？杀人犯！”

“新中国70年70部长篇小说典藏”书目

书　名	作　者	书　名	作　者
风云初记	孙　犁	白鹿原	陈忠实
铁道游击队	知　侠	长恨歌	王安忆
保卫延安	杜鹏程	马桥词典	韩少功
三里湾	赵树理	抉　择	张　平
红　日	吴　强	草房子	曹文轩
红旗谱	梁　斌	中国制造	周梅森
我们播种爱情	徐怀中	尘埃落定	阿　来
山乡巨变	周立波	突出重围	柳建伟
林海雪原	曲　波	李自成	姚雪垠
青春之歌	杨　沫	历史的天空	徐贵祥
苦菜花	冯德英	亮　剑	都　梁
野火春风斗古城	李英儒	茶人三部曲	王旭烽
上海的早晨	周而复	东藏记	宗　璞
三家巷	欧阳山	雍正皇帝	二月河
创业史	柳　青	日出东方	黄亚洲
红　岩	罗广斌　杨益言	省委书记	陆天明
艳阳天	浩　然	水乳大地	范　稳
大刀记	郭澄清	狼图腾	姜　戎
万山红遍	黎汝清	秦　腔	贾平凹
东　方	魏　巍	额尔古纳河右岸	迟子建
青春万岁	王　蒙	藏　獒	杨志军
许茂和他的女儿们	周克芹	暗　算	麦　家
冬天里的春天	李国文	笨　花	铁　凝
沉重的翅膀	张　洁	我的丁一之旅	史铁生
黄河东流去	李　準	我是我的神	邓一光
蹉跎岁月	叶　辛	三　体	刘慈欣
新　星	柯云路	推　拿	毕飞宇
钟鼓楼	刘心武	湖光山色	周大新
平凡的世界	路　遥	大江东去	阿　耐
第二个太阳	刘白羽	天行者	刘醒龙
红高粱家族	莫　言	焦裕禄	何香久
雪　城	梁晓声	生命册	李佩甫
浴血罗霄	萧　克	繁　花	金宇澄
穆斯林的葬礼	霍　达	黄雀记	苏　童
九月寓言	张　炜	装　台	陈　彦